早稲田大学中国古籍文化研究所編

中國古籍文化研究 上巻

徐天進題

稲畑耕一郎教授退休記念論集

東方書店

序

安 平秋

この学術論文集は、古稀を迎えられ、早稲田大学を定年退職される稲畑耕一郎教授の栄誉を讃えるべく編纂されたものです。収められた論文は74篇、分野は目録学・版本学・校勘学・古典文学・言語学・歴史学・考古学・文化史・民俗学など多方面にわたるが、いずれも稲畑教授のご研究に関連する領域です。その論文の執筆者七十余名も、みな稲畑教授の交流のある友人と門下生です。これを見れば、稲畑教授の学問の広く深いこと、また交友関係の広範なことがわかります。

私が稲畑教授と知り合ったのは2003年のことですから、すでに15年近く経ちます。彼はそのころ55歳、私もすでに還暦を過ぎていましたので、二人の年齢からすると、知り合ったのは早いというわけではありません。しかし、知り合ってしばらくして、私たちはともにもっと早くに出会っていればと悔やみました。私は、彼が仕事を始めるに当たって明晰で周到なこと、また事を処理するのに明敏にして情理を解していること、そして実際の行動では他の人のために心を配り、全力を尽くし、打算的でない人柄に大変敬服しています。

私が北京大学古文献研究中心の主任であった時期、私たち二人は協議を重ね、彼は早稲田大学中国古籍文化研究所所長の立場で、古文献研究中心の6名の副教授を前後して訪問学者として早稲田大学へ招聘してくださいました。訪日の期間は長いものでは一年、短いものでも半年、その間の生活の資金は早稲田大学からの支援もあれば、日本学術振興会からの支援もありました。現在、その副教授6名のうちの4名がすでに北京大学中文系の教授となっていますが、早稲田大学での訪問研究の経歴が彼らによい作用を及ぼしたことは言うまでもありません。

それに対して、私もまた北京大学中国古文献中心の主任という立場で、早稲田大学の2名の博士課程の学生を北京大学に訪問学者として受け入れ（1名は1年間、1名は2年間）、また稲畑教授を高級訪問学者として北京大学に2年お迎えしました。現在、この早稲田大学の博士課程の学生は2名とも、早稲田大学を卒業して日本の大学で教鞭を執っています。

このようなお互いが研究者を双方の機関に一定期間訪問させるというやり方は、北京大学と早稲田大学の学術交流にとって、また日中の学者の相互研修と交流にとって、その効果は目につきにくいものですが、その後の学術研究においては次第にはっきりと現れてきています。これこそまさに、稲畑教授が早稲田大学のために、日本のために、また中国の学術界の人材育成のために果たされた大きな貢献です。

2007年、稲畑教授は上海で、復旦大学古籍整理研究所の所長であった章培恒教授と協議され、北京大学古文献研究中心・復旦大学古籍整理研究所・早稲田大学古籍文化研究所の三機関で、今後協力して年に一度、三機関の研究者が参加する小型の学術会議を開くことにされました。私も話し合いに加わり、第1回目の会議は2008年に早稲田大学の主催で東京で行うことを決めました。その後、我々三人に続いて、三機関の責任者となった廖可斌教授（北京大学）、岡崎由美教授（早稲田大学）、陳廣宏教授（復旦大学）の三方が継承され、現在まですでに十年に及び、早稲田大学で4回、北京大と復旦大学でそれぞれ3回開催されました。その会議の参加者は主に三機関の若手研究者であり、彼らには年に一度の学術交流・学術討論の貴重な場となりました。この間の歳月はその跡を留めており、十年にわたる交流は三つの学術機関のメンバーの学問上の考え方や研究に深く影響を与えています。

稲畑教授は、早稲田大学のために、そして日中の学術交流と人材育成のために、多くの堅実な仕事をしてこられましたが、それと同時に、個人の学術的な著作も数多く完成させてこられました。これは私が彼に及ばないところです。稲畑教授の研究の領域は、楚辞から儺戯まで、考古学から古代文明まで、三星堆から紫禁城まで、傅増湘から陳舜臣まで、広範囲でまた深いものです。近年、稲畑教授は北京大学の袁行霈教授等が主編された『中華文明史』の日本語版（『北京大学版　中国の文明』）の主編にあたられ、また湯一介教授が主宰する『儒蔵』の日本側の責任者の一人をつとめられています。数日前に、彼はご自身の著作である『出土遺物から見た中国の文明』を贈ってくださいましたが、その時、私は、彼がかつて監修・監訳された日本語版『図説中国文明史』十巻を思い出しました。いずれも少しも揺るがせにしない確かで信頼できる著作であり、後世に伝えるべき名著となっています。

稲畑教授は1948年初頭の生まれですので、2018年3月には早稲田大学を定年退職されます。その古稀を祝賀するために、そして半世紀近い教学と研究の人生を讃えるために、親しい友人と門下生がこのような学術論文集を編纂出版するに至ったことは、まさに彼の人脈とその学縁をはっきりと現わしています。

私に序文を書くようにという話があった時、その大任にはとても堪えないとは思い、再三躊躇しましたが、ただその真心に感じ、十五年来のコラボレーションでの気心の通い合いと友情の深さを考えると、辞退することなどできないと思い、ここに謹んで私が稲畑教授について知るところを記し、序文とする次第です。

2018年月1日早朝　北京大学にて

（石碩訳）

序

安平秋

這本學術論文集是為稻畑耕一郎教授七十壽辰自早稻田大學榮休而編輯的。所收論文七十餘篇，涉及目錄學、版本學、校勘學、古典文學、語言學、歷史學、考古學、文化史和民俗學諸多方面，都是稻畑耕一郎教授治學的相關領域。論文的作者亦達七十餘人，皆為稻畑耕一郎教授的友朋、知交或門生、熟人。由此可見稻畑耕一郎教授治學之深廣、交友之衆多。

我和稻畑耕一郎教授相識于 2003 年，至今已近十五年了。但從我們兩人的年齡上看，我們相識得並不算早，因為那年他已經 55 歲了，我也已年過花甲。在相處了一段時間之後，我們都有相識恨晚的感歎。我很欽佩他慮事的清晰周密、處事的明敏通達，做事肯為他人花心思、花力氣而不為個人打算的品質。在我擔任北京大學中國古文獻研究中心主任的任期內，經我們兩人協商，他以早稻田大學中國古籍文化研究所所長的名義，先後邀請了我所在研究機構的六位副教授到早稻田大學做訪問學者，時間長則一年，短則半年，在日本的生活費用或由早大支持或由日本學術振興會支持。如今，這六位副教授中有四位已經成為北京大學中文系的教授，不能不說他們在早大的這一小段經歷對他們起了良好的作用。作為對等，我以北大中國古文獻研究中心主任的名義，邀請了早大的兩位博士研究生到北大作為訪問學者（一位一年，一位兩年），同時邀請稻畑耕一郎教授作為高級訪問學者到北大長住兩年。如今，這兩位早大博士生都已從早大畢業在日本的大學裡任教。這種彼此互請學人到對方機構訪學一段時間的作法，對北大與早大的學術交流、對中日學人的互相學習與溝通所起的作用是潛移默化的，卻會在其後的學術研究中逐漸顯現出來。這也正是稻畑耕一郎教授為早大、為日本、也為中國的學術人才培養所做的深遠貢獻。

2007 年稻畑耕一郎教授在上海與復旦大學古籍整理研究所所長章培恒教授商議，由北大中國古文獻研究中心、復旦大學古籍整理研究所、早大中國古籍文化研究所三家聯手今後每年開一次三家學者參加的小型學術研討會。經我附議，三家決定 2008 年在東京由早大辦第一次會議。後經接續我們三人擔任三家研究機構負責人的廖可斌教授（北大）、岡崎由美教授（早大）、陳廣宏教授（復旦）的繼續，至今（2017 年）已經辦了十年，其中由早大在東京主辦了 4 次、北大、復旦在北京、上海各辦了 3 次。參加學術會議的是三家的年輕學者，為大家提供一年一度的學術溝通、討論的機會。歲月留痕，十年的交流在這三個學術機構人員的學術思維和學術研究中將會留下深深的烙印。

稻畑耕一郎教授在為早大、為中日學術交流和培養人才方面做了許多堅實的工作，同時他自己又完成了大量的個人學術著述，這是我不如他的地方。我知道，他所研究的領域從楚辭到儺戲，從考古到古代文明，從三星堆到紫禁城，從傅增湘到陳舜臣，涉獵既廣且深。近年北京大學袁行霈教授等主編的《中華文明史》，稻畑耕一郎教授是日文版主編；湯一介教授主持的《儒藏》，稻畑耕一郎教授是日方負責人之一。前幾天，他又當面送給我一本他的日文版著作《從出土遺物看中國文明》，這又使我想起了他監修、監譯的十卷本日文版《圖說中國文明史》，都是一絲不苟的堅實可信之作，足以傳世。

稻畑耕一郎教授生於 1948 年初，到 2018 年 3 月他就要從早稻田大學榮休了。為了他 70 歲的誕辰，為了他近半個世紀的教學與學術生涯，親朋好友、門生弟子為他結集出版這冊學術論文集，正顯示出他的人脈與情緣。他命我為之作序，我雖知不能勝任，遲疑再三，但感其情真，念十五載合作情深誼重，難以辭卻，謹述我對他所知之一、二以為序。

2018.1.1 晨　於北京大學

中国古籍文化研究　上巻　目次

第I部

第II部

第III部

第 IV 部

題字は北京大学考古文博学院の徐天進教授による

下巻目次

中国古籍文化研究

稲畑耕一郎教授退休記念論集

稲畑耕一郎 自撰学事年譜略

1948年1月	三重県津市柳山で、稲畑統一郎・いとの長男として生まれる。
1954年4月（6歳）	津市立高茶屋小学校に入学。
1960年3月（12歳）	津市立高茶屋小学校を卒業。
1960年4月（12歳）	私立高田学苑高田中学校に入学。
1963年3月（15歳）	私立高田学苑高田中学校を卒業。
1963年4月（15歳）	三重県立津高等学校に入学。
1966年3月（18歳）	三重県立津高等学校を卒業。
1967年4月（19歳）	早稲田大学第一文学部Ⅱ類に入学。
1969年4月（21歳）	早稲田大学第一文学部中国文学専攻に進級。
1971年3月（23歳）	早稲田大学第一文学部を卒業。卒業論文は「楚辞離騒論」（主査：目加田誠教授、副査：松浦友久助教授）。
1971年4月（23歳）	早稲田大学大学院文学研究科修士課程東洋哲学（中国文学）専攻に入学。指導教授は目加田誠教授。
1973年3月（25歳）	早稲田大学大学院文学研究科修士課程東洋哲学（中国文学）専攻を卒業。修士論文は「伝宋玉の文学」（主査：目加田誠教授、副査：大野實之助教授、松浦友久助教授）。
1973年4月（25歳）	早稲田大学大学院文学研究科博士課程中国文学専攻に入学。指導教授は目加田誠教授。
1974年4月（26歳）	早稲田大学文学部助手となる（1977年3月まで）。
7月	初めて中国に遊ぶ（香港、広州、北京、天津、西安、南京、上海、杭州）。8月16日帰国。以後、中国への渡航歴は百回を超え、足跡は全省・全自治区に及ぶ（以降、訪中歴は省略）。
1976年3月（28歳）	早稲田大学大学院文学研究科博士課程中国文学専攻単位取得修了。
4月	成蹊大学法学部非常勤講師（中国語）（1981年3月まで）。
1977年4月（29歳）	早稲田大学文学部専任講師となる。
1979年12月（31歳）	杭州の浙江大学に短期滞在し（12月27日から2月17日）、杭州大学中文系で聴講、講義などを通して学術交流を行う。
1980年4月（32歳）	早稲田大学文学部助教授となる。早稲田大学教育学部で中国語関連科目を兼担（1987年3月まで）。
1983年3月（35歳）	早稲田大学文学研究科中国文学専攻の指導（修士・博士）を担当。 インドの古代仏教遺跡の探訪（カルカッタ、サルナート、ブッダガヤ、ラジギール、ナーランダ、ベナレス、デリー、アーグラ、オーランガバード、ムンバイなど）。

8月	地中海地方の古代都市遺跡の探訪（アテネ、ローマ、ジュネーブ、イスタンブール、カイロ、ルクソール）。
1984年4月（36歳）	北京大学考古系に交換研究員として派遣される（1985年3月まで）。受け入れは兪偉超教授。この間、中央人民広播電台の海外向け放送部門（いわゆる北京放送）で日本向け番組「北京だより」（毎月1回15分）の放送を1年にわたって担当。
1985年4月（37歳）	早稲田大学文学部教授となる。南開大学東方芸術系兼任教授として天津に滞在する（1986年3月まで）。
1986年4月（38歳）	中国から帰任。
1989年8月（41歳）	アメリカ各地の博物館の見学（アトランタ、ニューオリンズ、ニューヨーク、ワシントン、ボストン）。
1990年4月（42歳）	早稲田大学教育学研究科で「中国文学特論」を担当（1998年3月まで）。
6月	岡崎嘉平太国際奨学財団奨学生選考委員に就任し、中国・台湾・タイ・インドネシア・マレーシア・ミャンマー・ベトナム・フィリピンなどでの現地面接に当たる（2013年3月まで）。
1992年4月（44歳）	科学研究費総合研究A（課題番号04301054）「漢魏六朝を中心とした辞賦、駢文の研究」（研究分担者。研究代表者：松岡榮志。1994年3月まで）。
1993年7月（45歳）	弘前大学人文学部で集中講義。
1994年4月（46歳）	慶應義塾大学文学研究科非常勤講師（2003年3月まで）。
1996年4月（48歳）	二松学舎大学文学研究科非常勤講師（2001年3月まで）。
7月	高岡短期大学（現在の富山大学芸術文化学部）産業工芸科金属工芸専攻の夏期研修の青銅器鋳造実習に参加し、三星堆出土の青銅人頭像の鋳造を試みる。
1998年4月（50歳）	早稲田大学第一文学部中国文学専修主任、大学院文学研究科中国文学専修主任となる（2004年9月まで）。
1999年4月（51歳）	早稲田大学特定課題研究（課題番号B-033）「中国西南の仮面劇と基層文化の研究の研究」（研究代表者。2000年3月まで）。 科学研究費基盤研究C（課題番号11610329）「中国西南の仮面劇と基層文化の研究」（研究代表者。2001年3月まで）。 科学研究費基盤研究B（課題番号11694008）「中国西南儺戯における儀礼と芸術研究」（研究分担者。研究代表者：伊藤洋、稲葉明子。2001年3月まで）。
2000年4月（52歳）	早稲田大学図書館所蔵の風陵文庫の蔵書調査研究を主旨として、中国古籍文化研究所を開設。
2001年4月（53歳）	早稲田大学書道会（学生の会）会長となる（2018年3月まで）。 早稲田大学特定課題研究（国際共同）（課題番号C-101）「考古出土文献と祭祀儀礼・芸能よりみる中国基層文化の研究」（研究代表者。2002年3月まで）。 科学研究費基盤研究C（課題番号13610543）「清末・民国初期の巷間資料による庶民文化流通形態の研究」（研究分担者。研究代表者：岡崎由美。2003年3月まで）。 科学研究費基盤研究C（課題番号13610366）「考古出土文献と祭祀儀礼・芸能よりみる中国基層文化の研究」（研究代表者。2004年3月まで）。

2002年7月（54歳）　パリ、ロンドン、オックスフォード、コッツウォルズでの漢籍調査と博物館の見学。

2003年4月（55歳）　科学研究費基盤研究C（課題番号15520063）「中国西南の宗教演劇職能集団に伝承される道教およびシャーマニズム儀礼文献の研究」（研究分担者。研究代表者：森由利亜。2005年3月まで）。

2004年4月（56歳）　早稲田大学特定課題研究（課題番号A-047）「中国における出土遺物と現存祭祀儀礼から見た仮面文化の研究」（研究代表者。2005年3月まで）。

7月　ペルーの古代遺跡の探訪（リマ、クスコ、マチュ・ピチュ、ナスカ）。

2005年4月（57歳）　早稲田大学の「特別研究期間」の制度を利用して北京大学中国古文献研究中心に訪問学者として北京に滞在（2007年3月まで）。受け入れは安平秋教授。

科学研究費基盤研究B（課題番号17401009）「中国西南部の巫教祭祀における儀礼過程と口承伝承の研究」（研究分担者。研究代表者：森由利亜。2008年3月まで）。

6月　放送大学で特別講義「中国　仮面の世界」を担当（以後、3年間に渡って放映）。

2006年11月（58歳）　北京大学中国古文献研究中心のメンバーとともに、アメリカの大学図書館での漢籍調査（ミシガン州立大学、ミシガン大学、シカゴ大学、カルフォルニア大学バークレー校、スタンフォード大学）。

12月　海南島を一周して、全省・全自治区の踏査をひとまず完結する。

2007年4月（59歳）　中国から帰任。

9月　北京大学中国古文献研究中心兼職研究員となる（2011年9月まで）。

12月　福田康夫総理の中国公式訪問に際し顧問として随行（北京・天津・済寧・曲阜）。

2008年4月（60歳）　学部での所属が文化構想学部多元文化論系に移る（2015年3月まで）。

中国古籍文化研究所所長となる（2018年3月まで）。

早稲田大学特定課題研究（課題番号B-031）「歴代地方志による中国歳時習俗地図の作成のための基礎的研究」（研究代表者。2009年3月まで）。

2009年4月（61歳）　早稲田大学特定課題研究（課題番号B-032）「清末民国初期の古籍「書影」に関する文献学的調査研究」（研究代表者。2010年3月まで）。

北京大学中国古文献研究中心兼職教授となる。

2010年3月（62歳）　ネパールの仏教遺跡の探訪（カトマンドゥ、ナガルコット、バクタプル）。

2011年4月（63歳）　岡崎嘉平太国際奨学財団の理事に就任（現在に至る）。

9月　中国教育部人文社会科学重点研究基地中国古文献研究中心課題（課題番号JJD770003）「中日学人交往資料整理與研究」（研究代表者。2014年12月まで）。

2012年4月（64歳）　文化構想学部多元文化論系主任となる（2014年3月まで）。

2013年4月（65歳）　早稲田大学特定課題研究（課題番号A-6070）「傅増湘の詩と伝記に関する基礎的研究――民国期の中国古典学の再検討に向けて」（研究代表者、2015年3月まで）。

岩手県一関市委託研究（課題番号A-151000800）「芦東山とその主著『無刑録』に関する調査研究」（研究代表者。第1期、2017年3月まで）。

2014年4月（66歳）　科学研究費基盤研究C（課題番号26370417）「傅増湘の古典学と伝記・詩文に関する基礎的研究」（研究代表者。2017年3月まで）。

2015年4月（67歳）　文化構想学部複合文化論系に移る。

2017年3月（69歳）　ヒューストンのライス大学での国際会議に参加して、サンアントニオのアラモ遺跡の漢詩碑を調査。

2018年2月（70歳）　早稲田大学文学学術院での最終講義「彷徨古今而求索、但開風氣不為師——私の中国古代学」を行う。

3月　早稲田大学文学学術院を定年により退職。

4月　北京大学国際漢学家研修基地から大雅堂訪問教授として招聘され、北京に赴任。

岩手県一関市委託研究（課題番号A151000800）「芦東山とその主著『無刑録』に関する調査研究」（第2期、研究代表者）開始。

この他、海外では、北京大学、南開大学、復旦大学、華東師範大学、浙江大学、南京大学、中山大学、暨南大学、四川大学、吉林大学、湖南師範大学、湖南大学、湘潭大学、湖南文理学院、江蘇師範大学、揚州大学、北京日本学研究中心、台湾中央研究院、国立成功大学、国立中央大学、国立東華大学、ミシガン州立大学などで講義や講演を行う。

稲畑耕一郎 自撰著作類別繋年備忘録

この目録は、著作の形態や内容に従って、IからIVに分類し、それらを年ごとにまとめて著録したものである。単刊も雑誌等に発表した論文や文章も、中国語文は《　》で示し、英語・韓国語のものは“　”で示し、日本語文のものと区別した。また＊①から＊㉗をもって、それぞれ対応する単刊に収録されたものであることを示した。

I　単刊

I-1. 単著類

1987年12月『一勺の水——華夷跋渉録』，二玄社　＊①
2003年10月『神と人との交響楽　中国仮面の世界』，農山漁村文化協会
2007年　3月『境域を越えて——私の陳舜臣論ノート』，創元社　＊②
　　　　10月『皇帝たちの中国史』，NHK出版
2009年　1月『皇帝たちの中国史——連鎖する「大一統」』，中央公論新社
2011年　9月『徒然草　世を厭い人を恋う』，イースト・プレス
2012年　1月『徒然草　世を厭い 人を恋う』（電子版），イースト・プレス
2013年　5月『中国皇帝伝』（中公文庫版，『皇帝たちの中国史——連鎖する「大一統」』の増補改訂），中央公論新社
2017年11月『出土遺物から見た中国の文明——地はその宝を愛しまず』（潮新書），潮出版社　＊③

I-2. 編著類

1983年　2月『新漢文：唐詩と散文』高等学校国語科教科書古典（漢文）（共編著），清水書院
　　　　3月『新漢文：唐詩と散文（指導と研究）』（共編著），清水書院
1984年　2月『新漢文：史記の世界』高等学校国語科教科書古典（漢文）（共編著），清水書院
　　　　3月『新漢文：史記の世界（指導と研究）』（共編著），清水書院
1994年　2月『地図で知る中国・東アジア』（共編著），平凡社
1995年　2月『新漢文：史記の世界（改訂版）』高等学校国語科教科書古典（漢文）（共編著），清水書院
　　　　7月『新漢文：史記の世界（指導と研究）（改訂版）』（共編著），清水書院
1996年　2月『レクチャー新漢文』（編著），清水書院
1997年　2月『漢文問題集』（編著），清水書院
1999年11月『仮面・傀儡・仮面劇——中国民間の儀礼と芸能』科研報告書（共編著），好文出版
　　　　12月『簡明中国五千年地図』（編著），集英社
2000年10月『中国歴代帝王系譜（リーフレット）』（編著），インタープラン
　　　　11月『中国考古発掘遺跡（リーフレット）』（編著），インタープラン

2001 年　6 月 『中国の少数民族（リーフレット）』（編著），インタープラン
　　　　12 月 『中国五千年史地図年表』（編著），集英社
2008 年 11 月 《莽蒼園稿》住友財団研究助成研究成果報告書（共編著），自印
2009 年 12 月 《莽蒼園稿》（増補版）住友財団研究助成研究成果報告書（共編著），自印
2010 年 10 月 《莽蒼園稿》（共編著），鳳凰出版社
2013 年　7 月 《日本國會圖書館藏宋元本漢籍選刊（國外所藏漢籍善本叢刊）》6 種 8 冊（共編），鳳凰出版社
《日本國立公文書館藏宋元本漢籍選刊（國外所藏漢籍善本叢刊）》11 種 15 冊（共編），鳳凰出版社
2015 年 12 月 『中国の文明――絵画に見る中国（2016 年暦）』，潮出版社

I-3. 展覧図録類

1983 年　1 月 『傅益瑤画集』（編集、作品解説、作者略伝），傅益瑤画展委員会
1991 年　5 月 『上海博物館所蔵　中国明清書画名品展図冊』（図版解説翻訳監修），日本書芸院
1994 年　4 月 『大阪市立美術館蔵・上海博物館蔵　中国書画名品図録』（作品解説共訳監修），中国書画名品展実行委員会
　　　　5 月 『大阪市立美術館蔵・上海博物館蔵　中国書画名品展――筆と墨のメッセージ』（翻訳），中国書画名品展実行委員会　＊④
　　　　9 月 『秦の始皇帝とその時代』（共編），日本放送協会・NHK プロモーション　＊⑤
1998 年　4 月 『三星堆・中国五〇〇〇年の謎・驚異の仮面王国』（監修・共編著），朝日新聞社・テレビ朝日　＊⑥
1999 年　4 月 『紫禁城の女性たち――中国宮廷文化』（編著），西日本新聞社　＊⑦
　　　　5 月 『陳舜臣展リーフレット』（監修），陳舜臣展実行委員会（集英社・早稲田大学図書館）
2005 年　3 月 『都市を築いた日：中国――文明の原点と展開：展示文物解説リーフレット』（編著），「愛・地球博」グローバル・ハウス中国展示部門
2006 年　8 月 『始皇帝と彩色兵馬俑展――司馬遷「史記」の世界』（監修・共編著），TBS・博報堂　＊⑧
2009 年　9 月 『京劇の花――梅蘭芳』（編著），日中友好会館　＊⑨

I-4. 索引類

1979 年 12 月 『「歴代賦彙」作者別作品索引稿（全）』（第一次修訂本），早稲田大学中国文学会　＊⑩
1981 年　9 月 『李商隠詩索引』［中国文学研究特刊叢書 3］（共編），龍渓書舎
1984 年　3 月 『李商隠詩索引訂譌』（共編），早稲田大学中国文学会

I-5. 翻訳・注釈類

1975 年　1 月 『世説新語』（上）（共訳），明治書院
1976 年　6 月 『世説新語』（中）（共訳），明治書院
1978 年　7 月 郭沫若『屈原研究・屈原賦今訳』（『郭沫若選集』8），雄渾社
　　　　8 月 『世説新語』（下）（共訳），明治書院
　　　　11 月 松浦友久編『校注・唐詩解釈辞典』（共著），大修館書店
1989 年　8 月 黄仁宇『万暦十五年――一五八七・「文明」の悲劇』（共訳），東方書店　＊⑪
1998 年　3 月 『中国古代文明の原像――発掘が語る大地の至宝（上）』（監修・共編著），

アジア文化交流協会　＊⑫

8月　『中国古代文明の原像——発掘が語る大地の至宝（下）』（監修・共編著），アジア文化交流協会　＊⑬

2000年　6月　アン・パールダン『中国皇帝歴代誌』（監修），創元社　＊⑭

7月　孫機『図説　漢代の建築』（共訳），中国古代学社

2004年　1月　裘錫圭『文字学概要——［前編］漢字の誕生とその発展』（共訳），中国古籍文化研究所　＊⑮

2005年　9月　『図説・中国文明史（4）秦・雄偉なる文明』（監修、解説），創元社　＊⑯

11月　『図説・中国文明史（5）魏晋南北朝・融合する文明』（監修、解説），創元社　＊⑰

2006年　1月　『図説・中国文明史（10）清・文明の極地』（監修、解説），創元社　＊⑱

3月　『図説・中国文明史（7）宋・成熟する文明』（監修、解説），創元社　＊⑲

5月　『図説・中国文明史（8）遼西夏金元・草原の文明』（監修、解説），創元社　＊⑳

7月　『図説・中国文明史（6）唐・開かれた文明』（監修、解説），創元社　＊㉑

9月　『図説・中国文明史（9）明・在野の文明』（監修、解説），創元社　＊㉒

11月　『図説・中国文明史（1）先史・文明への胎動』（監修、解説），創元社　＊㉓

2007年　2月　『図説・中国文明史（2）殷周・文明の原点』（監修、解説），創元社　＊㉔

3月　裘錫圭『文字学概要——［後編］漢字の性質とその展開』（共訳），中国古籍文化研究所　＊㉕

5月　『図説・中国文明史（3）春秋戦国・争覇する文明』（監修、解説），創元社　＊㉖

2015年　7月　『中国の文明（3）文明の確立と変容・上』（日本語版監修、監訳），潮出版社　＊㉗

10月　『中国の文明（5）世界帝国としての文明・上』（日本語版監修、監訳），潮出版社

12月　『中国の文明（6）世界帝国としての文明・下』（日本語版監修、監訳），潮出版社

2016年　2月　『中国の文明（7）文明の継承と再生・上』（日本語版監修、監訳），潮出版社

4月　『中国の文明（4）文明の確立と変容・下』（日本語版監修、監訳），潮出版社

6月　『中国の文明（8）文明の継承と再生・下』（日本語版監修、監訳），潮出版社

8月　『中国の文明（1）文明の誕生と展開・上』（日本語版監修、監訳），潮出版社

10月　『中国の文明（2）文明の誕生と展開・下』（日本語版監修、監訳），潮出版社

II　期刊雑誌等掲載

II-1. 論文

1971年12月　「楚辞離騒錯簡提疑——霊氛占辞の範囲について」，『中国古典研究』第18号，早稲田大学中国古典研究会

1972年　9月　「宋玉をめぐって——宋玉文学への一視点」，『古代研究』第3号，早稲田古代研究会

1974年10月　「「宋玉」論——その文学的評価の定立をめぐって」，『中国文学論集：目加田誠博士古稀記念』，龍渓書舎

1975年　1月　「「宋玉」の別集——その編集・流布・散佚のあいだに」，『中国古典研究』（大野實之助博士古稀記念「唐代文学小特集」）第20号，早稲田大学中国古典研究会

12月　「賦の小品化をめぐって（上）——賦的表現論（I）」，『中国文学研究』第1期，早稲田大学中国文学会

1976年12月　「賦の小品化をめぐって（下）——賦的表現論（I）」，『中国文学研究』第2期，早稲田大学中国文学会

1977 年 12 月 「屈原否定論の系譜」,『中国文学研究』第 3 期，早稲田大学中国文学会

1978 年 12 月 「『歴代賦彙』作者別作品索引稿（唐・五代・南唐篇）」,『中国文学研究』第 4 期，早稲田大学中国文学会　＊⑩

1979 年　6 月 「『歴代賦彙』作者別作品索引稿（宋・金・元・明篇）」,『中国古典研究』第 24 号，早稲田大学中国古典研究会　＊⑩

12 月 「司命神像の展開をめぐって」,『中国文学研究』第 5 期，早稲田大学中国文学会

1980 年　6 月 《賦的小品化初探(上)——賦的表現論之一》(陳植鍔譯),《杭州大學學報》哲學社會科學版第2期

9 月 《賦的小品化初探(下)——賦的表現論之一》(陳植鍔譯),《杭州大學學報》哲學社會科學版第3期

12 月 「顓頊の苗裔に関する伝承についてのノート——離騒首句試解」,『中国文学研究』第 6 期，早稲田大学中国文学会

1981 年 12 月 「宋玉集補説——『宋玉子』から『宋玉集』へ」,『中国文学研究』第 7 期, 早稲田大学中国文学会

1982 年　6 月 「〈嫁與弄潮児〉と〈休嫁弄潮児〉——弄潮の詩とその民俗起源について」,『中国詩文論叢』第 1 集，中国詩文研究会

7 月 「『四庫全書』について——清代学術の光と影」,『承徳：承徳古建築』, 毎日コミュニケーションズ

12 月 「顧禄年譜——『清嘉録』の作者についての伝記ノート」,『中国文学研究』第 8 期（澤田瑞穂博士古稀記念），早稲田大学中国文学会

1983 年　6 月 「顧禄年譜（続）——『清嘉録』の作者についての伝記ノート」,『中国詩文論叢』第 2 集，中国詩文研究会

12 月 《屈原否定論系譜》(韓基國譯),《重慶師院學報》哲學社會科學版, 第4期, 重慶師院學報編集部

「蘆東山と楚辞——『楚辞評園』のことなど」,『中国文学研究』第9期, 早稲田大学中国文学会

1984 年 12 月 「楚文化研究の進展とその成果について」,『中国文学研究』第 10 期, 早稲田大学中国文学会

1985 年 12 月 「郢都寿春城と江淮地区の楚文化について——楚文化研究ノート（2）」,『中国文学研究』第 11 期，早稲田大学中国文学会

1986 年　3 月 《楚辭離騷錯簡獻疑——關于靈氛占辭的範围》（高鵬譯），馬茂元主編《楚辭研究集成〈楚辭資料海外編〉》，湖北人民出版社

7 月 《日本楚辭研究前史述評》,《江漢論壇》第 7 期，湖北省社會科學院

12 月 「清代蘇州の歳時歌謡——『清嘉録』に見える諺語について（上）」,『中国文学研究』第 12 期，早稲田大学中国文学会

1987 年　1 月 「顧禄と『歳華一枝』——『顧禄年譜』三補」,『早稲田大学文学研究科紀要』第 32 輯，早稲田大学大学院文学研究科

9 月 《“弄潮” 民俗源于娯神考》,《中華文史論叢》第 2・3 期，上海古籍出版社

12 月 「清代蘇州の歳時歌謡——『清嘉録』に見える諺語について（下）」,『中国文学研究』第 13 期，早稲田大学中国文学会

1988 年　1 月 《〈宋玉集〉佚存鉤沈》，中國屈原學會編《楚辭研究》，齊魯書社

12 月 「〈沅湘之間〉における巫俗について——湘巫雑識」,『中国文学研究』第 14 期，早稲田大学中国文学会

1989 年 12 月 「長沙の〈賛梁〉をめぐって——上梁文と上梁歌」,『中国文学研究』第 15 期，早稲田大学中国文学会

1990 年　6 月 《屈原否定論系譜》（韓基國譯），黄中模《與日本學者討論屈原問題》，華中理工大學出版社

7 月 《屈原否定論系譜》（韓基國譯），《中日學者屈原問題論争集》（再錄），山東教育出版社

1991 年 12 月 「曾侯乙墓の神話世界——出土文物の図像から」，『中国文学研究』第 17 期，早稲田大学中国文学会

1992 年 2 月 「《楚辞》残簡小考——淮河流域における〈楚辞〉の流伝」，『早稲田大学文学研究科紀要』第 37 輯（文学・芸術学編），早稲田大学大学院文学研究科

3 月 「曾侯乙墓の神話世界」，『曾侯乙墓図録』，日本経済新聞社

1993 年 10 月 《曾侯乙墓的神話——出土文物的圖案談起》（傅根清・胡順銀譯），《中國民間文化》總第 11 集，上海文藝家協會・上海民俗學會

1996 年 12 月 「三星堆出土遺物の文化史的意義について——私的備忘録として」，『中国文学研究』第 22 期，早稲田大学中国文学会

2001 年 8 月 《〈宋玉集〉佚存鉤沈》，呉廣平編注《宋玉集》（再錄），岳麓書社

2003 年 12 月 「四川省における四月八日の習俗：「毛虫を嫁がせる」習俗の分布から見た区域」，『中国古籍文化研究』第 1 号，中国古籍文化研究所

「成都近郊の祀堂に見る〈対聯〉総説・文字の呪力」，『中国古籍文化研究』第 1 号，中国古籍文化研究所

2004 年 5 月 「〈神樹〉から見る三星堆の文化史的意義」，『よみがえる四川文明展——三星堆と金沙遺跡の秘宝展図録』，共同通信社

9 月 《面具原始——祖靈現形》，《儺苑——中國梵淨山儺文化研討會論文集》，中國戲劇出版社

10 月 「採茶山歌初探——その流伝と分布について」，『中国古籍文化研究』第 2 号，中国古籍文化研究所

2005 年 3 月 「朱天目『憐心集』について」，『中国古籍文化研究』第 3 号，中国古籍文化研究所

12 月 「陳夢家の彷徨——キリスト者としての自覚のなかで」，『中国文学研究』第 31 期（杉本達夫教授退職記念），早稲田大学中国文学会

2006 年 1 月 《〈清嘉錄〉著述年代考——兼論著者顧祿生年》，《新世紀圖書館》2006 年第 1 期，江蘇省圖書館學會・南京圖書館

3 月 「陳夢家逸詩考——《一朵野花》前後」，『中国古典文学論集：松浦友久博士追悼記念』，研文出版

「蘇州年画『無底洞老鼠嫁女』の歌辞について—— 補鼠と祈子」，『中国古籍文化研究』第 4 号，中国古籍文化研究所

8 月 「司馬遷『史記』の世界」，『始皇帝と彩色兵馬俑展——司馬遷「史記」の世界』，TBS・博報堂 ＊⑧

《陳夢家早年文學活動與其古史研究的關係》，《漢字文化》第 4 期，北京國際漢字研究會

11 月 「習俗と歌謡から見た中国基層文化の地域性と普遍性」，『アジア地域文化学の発展』，雄山閣

《采茶山歌的流傳和分布》，《中國典籍與文化》2006 年第 4 期，全國高等院校古籍整理研究工作委員會

2007 年 3 月 「総説　中国古籍流通学の確立にむけて」，『中国古籍流通学の確立』，雄山閣

「蜀刻本研究開径——劉咸炘『蜀刻本蜀蔵書攷』と松茂室主人『蜀刻紀略』」，『中国古籍文化研究』第 5 号，中国古籍文化研究所

4 月 《楚辭殘簡小考——漢初楚辭的流傳》（顧歆藝譯），《北京大學中國古文獻研究中心集刊》第 6 輯，北京大學出版社

11 月 《民國早期的蜀刻本研究——劉咸炘『蜀刻書藏書攷』和松茂室主人『蜀刻紀略』》，「再造與衍

義——文獻學國際學術研討會」論文集，國立故宮博物院・中央研究院中國文哲研究所・淡江大學漢語文化暨文獻資源研究所

12月 「歴代地方志における習俗記事の利用価値とその問題点——〈佛誕節〉の習俗を例として」，『中国文学研究』第33期，早稲田大学中国文学会

2008年 9月 《歷代地方志中習俗記載的利用價值及其問題——以佛誕節習俗為例》，《中國典籍與文化》2008年第3期，全國高等院校古籍整理研究工作委員會，鳳凰出版社

11月 《宋蜀刻本〈南華真經〉附載傅增湘手書題詩題跋——臺灣中央研究院傅斯年圖書館藏本》，《中國經典文獻詮釋藝術學術研討會論文集》，シンガポール國立大學中文系、臺灣大學文獻與詮釋研究中心、北京大學中國古文獻研究中心

2009年 2月 「宋蜀刻本『南華真経』所載の傅増湘手書題詩題跋について」，『早稲田大学文学研究科紀要』第54集，早稲田大学文学研究科

4月 《周原膴膴——周公廟發掘與詩篇原始》，《跨學科視野下的詩經研究論文集》，香港浸會大學中文系・中國傳統文化研究中心

6月 《傅增湘的遺稿——致松丸東魚的書信與絕句》，《中國典籍與文化》2009年第2期，全國高等院校古籍整理研究工作委員會

「傅増湘の遺稿——松丸東魚あて書翰と絶句」，『書香』第52号，早稲田大学書道会

7月 「松丸東魚と中国の学者文人たち」，『松丸東魚の全貌—— 捜秦模漢の生涯』，毎日新聞社・財団法人毎日書道会

12月 「『宋元書景』をめぐる二三のこと——黎明期の古籍影印事業の試み」，『中国文学研究』第35期，早稲田大学中国文学会

《羅繼祖佚詩》，《如松斯盛——首屆羅振玉書學書法國際學術研討會論文集》，萬卷出版公司

2010年 2月 「傅増湘と蓬山話舊—— 失われし時を求めて」，『早稲田大学大学院文学研究科紀要』第55輯，早稲田大学大学院文学研究科

3月 《周原膴膴——周公廟発掘與詩篇原始》，《跨學科視野下的詩經研究》，上海古籍出版社

《傅增湘與蓬山話舊——追憶似水年華》，《〈中國典籍與文化〉國際學術研討會議論文集》，北京大學中國語言文學系・中國古文獻研究中心・イエール大學東アジア研究センター

5月 《〈宋元書景〉攷——兼論百年前古籍影印事業》，《淡江大學第13屆〈社会與文化〉國際學術研討會議手冊》，淡江大學中國文學學系

6月 《關於宋蜀刻本〈南華真經〉附載之傅增湘手書題詩題跋——臺灣傅斯年圖書館藏本》，《北京大學中國古文獻研究中心集刊（中國經典文獻詮釋學術研討會論文集）》第9輯，北京大學出版社

10月 《〈宋玉集〉佚存鉤沈・附再錄補記》，《宋玉及其辭賦研究——2010年襄樊宋玉國際學術研討會論文集》，北京學苑出版社

11月 《楊守敬致吳重熹信札中的校勘學思想》（共著），《藝衡》第4輯，國家圖書館出版社

12月 《傅增湘與雅言——傳統詩歌的繼承事業》，《〈中國詩歌傳統與文本研究〉國際學術研討會論文集》，香港浸會大學中國語言文學系・中國傳統文化研究中心

《〈宋元書景〉攷——兼論百年前古籍書影事業》，《中國典籍與文化》2006年第4期，全國高等院校古籍整理研究工作委員會

「ヴァン・グーリックの傅増湘絶句への次韻詩——印人松丸東魚との交遊のなかで」，『中国文学研究』第36期，早稲田大学中国文学会

《傳增湘與蓬山話舊——追憶似水年華》,《版本目錄學研究》第 2 輯, 國家圖書館出版社

2011 年　2 月「傳増湘と『雅言』——伝統詩歌の継承事業」,『早稲田大学文学研究科紀要』第 56 輯，早稲田大学文学研究科

6 月《松丸東魚和中國的學者文人們》(許丁芳・吳惠萍・陳夏珍譯),《西泠印社》總第 30 輯（松丸東魚研究), 西泠印社出版社

12 月《〈宋元書景〉攷——兼論百年前古籍書影事業》, 中國國家圖書館《文津書院》古籍研究電子版

「永青文庫蔵『文心雕龍輯註』の紀昀評について」,『中国文学研究』第 37 期，早稲田大学中国文学会

2012 年　1 月《傳增湘・松丸東魚・高羅佩——高羅佩次韻傳增湘詩》,《中國典籍與文化》2012 年第 1 期, 全國高等院校古籍整理工作委員會

2 月「傳増湘の〈游記〉と〈塞外詠〉について」,『早稲田大学文学研究科紀要』第 57 輯，早稲田大学大学院文学研究科

5 月《關於永青文庫藏〈文心雕龍〉紀昀評註本》,《淡江大學第 14 屆〈社会與文化〉國際學術研討會論文集》，淡江大學

6 月《關於傳增湘的〈游記〉與〈塞外詠〉》,《實證與演變：中國文學史國際學術研討會論文集》, 復旦大學古籍整理研究所・復旦大學中華文明國際研究中心

9 月《陳介祺致吳重熹未刊家書四通》(共著),《藝衡》第 7 輯，中國文聯出版社

《傳增湘詩遺留在日本——關於〈東華〉所載〈燕京唱和集〉》，第 5 回日中共同漢籍國際學術研討會《漢籍與日中文化交流》，北京大學中國古文獻研究中心・復旦大學古籍整理研究所・早稲田大學中國古籍文化研究所

11 月《文字緣同骨肉深——關於〈東華〉所載〈燕京唱和集〉》,《2012 北京論壇：新格局、新挑戰・新思維、新機遇》分論壇「文明的構建：語言的溝通與典籍的傳播」論文集》，北京大學・北京市教育委員會・韓國高等教育財團

12 月「傳増湘の「紀游詩」——『藝林月刊』の『游山専号』に見える作品について」,『中国文学研究』第 38 期，早稲田大学中国文学会

《關於永青文庫藏〈文心雕龍〉紀昀評註本》,《北京大學中國古文獻研究中心集刊》第 12 輯, 北京大學出版社

2013 年　2 月「日本に遺された傳増湘の詩——併せて『東華』と『雅言』の関係に及ぶ」,『早稲田大学文学研究科紀要』第 58 輯，早稲田大学文学大学院研究科

3 月「ヴァン・グーリックの日本語書翰——松丸東魚との交遊のなかで」,『多元文化』第 2 号, 早稲田大学多元文化学会

4 月《傳增湘與〈雅言〉—— 傳統詩歌的繼承事業》,《中國詩歌傳統及文本研究》，中華書局

4 月《〈東華〉與〈燕京唱和集〉—— 近代日中文人漢詩交流的一箇足迹」,《東亞民間交流的歷史與現狀國際學術研討會論集》，浙江大學・韓國高等教育財團

12 月《傳增湘的〈紀遊詩〉——見於〈藝林月刊〉之〈游山專號〉的作品》，復旦大學古籍整理研究所成立三十周年紀念《文本・詮證・傳播：中國典籍與東亞文化交流會議論文集》，復旦大學古籍整理研究所

「傳増湘と避暑山荘—— 残された日記と詩篇と写真からの考察」,『中国文学研究』第 39 期, 早稲田大学中国文学会

2014年　2月　「傅增湘の「居庸雑詠」について——蔵園「詠史詩」拾遺」,『早稲田大学文学研究科紀要』第59輯，早稲田大学文学大学院研究科

「百年前の中国の景観——商務印書館刊行の『中国名勝』二種から見えるもの」,『多元文化』第3号，早稲田大学多元文化学会

3月　《傅增湘與避暑山莊—— 從日記、詩篇及照片進行考察》,《東亞漢籍研究：以日本古鈔本及五山版漢籍為中心國際學術研討會論文集》，北京大學國際漢學家研修基地・北京大學中文系

《傅增湘的〈游記〉與〈塞外詠〉詩》(補訂版),復旦大學古籍整理研究所編《實證與演變（中國文學研究論集)》，上海文藝出版社

《百年前的中國景觀——商務印書館刊行兩種〈中國名勝〉進行考察》,《2014〈社会與文化〉國際學術研討會論文集》淡江大學中文系・早稻田大學中國文學コース・早稻田大學中國古籍文化研究所

8月　《關於東山〈無刑錄〉——日本江戶時代的儒学成果》,《儒学與地域文化：徽學國際學術研討會論文集》，安徽大學徽學研究中心・北京大學中國古文獻研究中心

11月　《翻譯的困難與價值：Traduttore, Traditore》,《國際漢學翻譯家大會會議論文集》，北京大學國際漢學家研修基地

12月　《傅增湘與內藤湖南——從新發見的信札進行考察》,《東亞古籍國際學術研討會予稿集》，北京大學中國古文獻中心・復旦大學古籍整理研究所・早稻田大學中國古籍文化研究所

「傅增湘稀見序文二篇探微——藏園文存之一」,『中国文学研究』第40期，早稲田大学中国文学会

2015年　2月　「傅增湘と内藤湖南——新発見の書翰数通からの考察」,『早稲田大学文学研究科紀要』第60輯，早稲田大学文学研究科

4月　《傅增湘與內藤湖南——以新發現的信札進行考察》,《中國典籍與文化》2015年第2期，全國高等院校古籍整理研究工作委員會

6月　《傅增湘與避暑山莊——以游記、詩篇、照片進行考察》,《日本古鈔本與五山版漢籍研究論叢》，北京大學出版社

7月　《〈農學纂要〉與〈僑工須知〉——傅增湘稀見序文二篇探微》,《古籍：文明的載体國際學術研討會予稿集》，早稻田大學中國古籍文化研究所・北京大學中國古文獻研究中心・復旦大學古籍整理研究所

8月　《〈農學纂要〉與〈僑工須知〉——傅增湘稀見序文二篇考述》,《中國古典文學與東亞文明（第一屆中國古典文學高端論壇）國際學術研討會論文集》，南京大學“中國文學與東亞文明協同創新中心”

12月　「傅增湘の〈論北方農事書〉について——蔵園文存之二」,『中国文学研究』第41期，早稲田大学中国文学会

2016年　6月　《中國古代學領域中的傳世典籍與出土文獻》,《首屆新語文學與早期中國研究國際學術研討會論文集》，マカオ大學

9月　《關於傅增湘〈論北方農事書〉》,《東亞視閾中的中國古典文獻學與文學論文集》，復旦大學

11月　《贊梁歌與贊梁文——建築儀禮與文藝》,《第五屆中國文體學國際學術研討會論文集》，中山大學・《文學遺產》編輯部

「傅增湘の『蔵園老人遺墨』について」,『中国文学研究』第42期，早稲田大学中国文学会

2017年　1月　《潘祖蔭致吳峋未刊手札箋釋》(共著),《國際漢學研究通訊》第13・14期合刊，北京大學出版社

3 月 「傅増湘の古玉研究――『尊古齋古玉図録序』考」,『早稲田大学文学研究科紀要』第 62 輯, 早稲田大学文学研究科

《在日本的中國古典文化資源之保存及其利用――以“近世日本的教育遺產群”為例》,《首屆漢文化產學國際學術研討會論文集》, 北京大學文化資源中心・世界漢學中心

"Ashi Tozan's '*Mukeiroku*' and '*Sojihyouen*' : A Confucianist's Life and Works at Sendai-han in Edo period", Reconsidering the Sino Cultural Sphere: A Critical Examination of the Use of Literary Chinese by East Asian Cultures, Rice University

7 月 《地理學家志賀重昂的漢詩――兼論美國德克薩斯州的漢文“阿拉莫之戰紀念碑”》,《第二屆南京大學域外漢籍國際學術研討會論文集》, 南京大學域外漢籍研究所・南京大學“中國文學與東亞文明協同創新中心”

9 月 《地理學家志賀重昂的漢詩――兼論日本漢詩的去向》, 北京大學中國古文獻研究中心・復旦大學古籍整理研究所・早稲田大學中國古籍文化研究所共催第 10 回「中日漢籍研究」國際學術研討會予稿集

11 月 《“漢詩”創作在日本的興衰及其文明史上的意義》,《2017 北京論壇:「變化中的價值與秩序」分論壇「中華文明的國際傳播」論文集》, 北京大學・北京市教育委員會・韓國高等教育財團

《傅增湘與古玉研究――〈尊古齋古玉圖錄序〉考》,《北京大學第一回古典學國際學術研討會〈中國古代語言、文學和文獻研究的古典學視野〉論文集》, 北京大學人文學部

12 月 《蘆東山的〈無刑錄〉與〈楚辭評苑〉》,《經學文獻國際學術研討會論文集》, 北京大學中國古文獻中心

2018 年 3 月 「地理学者志賀重昂の漢詩――アラモ遺跡に立つ〈漢詩碑〉に触れて」,『早稲田大学文学研究科紀要』第 63 輯(電子版), 早稲田大学文学研究科

II-2. 論文等翻訳類

1982 年 7 月 蔡義江「清代文学の展望――詩詞・小説・戯曲を中心として」,『承徳:承徳古建築』, 毎日コミュニケーションズ

1978 年 10 月 アキリーズ・ファン(Achilles Fang 方志彤)「中国語文の翻訳――その困難さについての二、三の考察("Some Reflections on the Difficulty of Translation")」, A・F・ライト(Arthur Frederick Wright)編著『中国の思考様式』(原題“*Studies in Chinese Thought: Comparative Studies of Cultures and Civililizations*, No.1”), 金花舎

1979 年 10 月 老舎「北京を想う」,『太陽』11 月号, 平凡社

1984 年 3 月 范曾「美術館会館によせて」,『范曾美術館会館記念文化講演会冊子』, 岡山大学国際文化交流会

1989 年 1 月 櫟斎主人「長楽花譜序」,『続・雪割草の仲間たち』, 流出版

1990 年 9 月 兪偉超「中国大陸における〈王朝〉形成の力学――早期中国の四大連盟集団」,『史観』第 123 冊, 早稲田大学史学会

1992 年 9 月 兪偉超「龍山文化と良渚文化の突然の衰退と変化の原因について」,『日本中国考古学会報』第 2 号, 日本中国考古学会

厳文明「中国の金石併用時代の考古学――その新発見からの初歩的な考察」,『日本中国考古学会報』第 2 号, 日本中国考古学会

1994 年 3 月 兪偉超「中国における考古学研究の思潮の変化」,『史観』第 130 冊, 早稲田大学史学会

5月　単国霖「宋元山水画略論」,『中国書画名品展――筆と墨のメッセージ』, 中国書画名品展実行委員会　＊④

鍾銀蘭「中国花鳥画小史」,『中国書画名品展――筆と墨のメッセージ』, 中国書画名品展実行委員会　＊④

9月　袁仲一「秦始皇帝陵兵馬俑の発見･発掘とその意義」,『秦の始皇帝とその時代』, 日本放送協会･NHKプロモーション　＊⑤

雷従雲「始皇帝と秦の文化、およびその後世への影響について」,『秦の始皇帝とその時代』, 日本放送協会・NHKプロモーション　＊⑤

1997年　1月　孫平化「中日友好の花園の庭師――山代昌希」,『大学国際交流事始――パイオニア達から次世代へのメッセージ』, 山代昌希氏定年退職記念集刊行委員会

3月　張忠培「中国古代文明の形成に関するノート」,『史観』第136冊, 早稲田大学史学会

1998年12月　裘錫圭「漢簡に見える韓朋故事の新資料」,『中国文学研究』第24期, 早稲田大学中国文学会

2003年12月　黄尚軍「四月八日、毛虫を嫁がせる」,『中国古籍文化研究』第1号, 中国古籍文化研究所

2004年　9月　孫機「中国の古玉――霊玉・礼玉・世俗玉」,『中国国宝展図録』, 朝日新聞社

10月　安平秋「古典文献研究の分野における二つの機構」,『中国古籍文化研究』第2号, 中国古籍文化研究所

2005年　3月　劉玉才「早稲田大学図書館蔵の『後村居士集』の版本について」,『中国古籍文化研究』第3号, 中国古籍文化研究所

2006年　4月「秦始皇帝陵園考古發掘報告書（2000）日文概要」, 陝西省考古研究所・秦始皇兵馬俑博物館《秦始皇帝陵園考古発掘報告書（2000）》, 文物出版社

8月　安平秋「『史記』のテキスト――宮内庁所蔵の彭寅翁本『史記』を中心として」,『始皇帝と彩色兵馬俑展――司馬遷「史記」の世界』, TBS・博報堂　＊⑧

2007年　3月　安平秋・盧偉「アメリカの図書館に所蔵される宋元版漢籍について」,『中国古籍流通学の確立』, 雄山閣

安平秋「北京大学中国古文献研究センターと早稲田大学中国古籍文化研究所との近年の交流と共同研究について」,『中国古籍文化研究』第5号, 中国古籍文化研究所

裘錫圭「文字学概要〈日本語版序文〉」,『文字学概要――［後編］漢字の性質とその展開』, 中国古籍文化研究所　＊㉕

6月「秦始皇帝陵園考古報告2001～2003日文提要」, 陝西省考古研究所・秦始皇兵馬俑博物館編著《秦始皇帝陵園考古報告2001～2003》, 文物出版社

III. 評論・解説・随筆類

1974年　5月「唐詩の語彙的研究が意味するもの――『李商隠詩索引』の編集と刊行について」,『龍渓』第9号, 龍渓書舎

1976年　3月「靡け　この山」,『早稲田大学中国文学会』第1輯, 早稲田大学中国文学会

1997年　6月「いざ言問はむ――早熟老成の価値について」,『早稲田ウィークリー』286号, 早稲田大学広報課

1978年　7月「終焉、そして復活」,『中国の春――日本青壮年中国研究者訪中団の記録』, 同訪中団編, 自印

8月「何天行の屈原否定論」,『中国語』8月号, 大修館書店

1980 年 10 月 「春節前夜――寧波の旅から」,『節令』第 1 期，節令社　＊①

1981 年　1 月 《“祝福”時節遊寧波（上・中・下）》（吳南山譯),《寧波報》, 寧波報社

3 月 「武林訪学記―― 杭州大学中文系における古典学について」,『比較文学年誌』第 17 号，早大比較文学研究室

4 月 「孫旭升〈橋〉――『西湖』抄読（上)」,『中国語』255 号，大修館書店

5 月 「孫旭升〈塔〉――『西湖』抄読（中)」,『中国語』256 号，大修館書店

《春節前後――記寧波之旅》（李蔭・朱錫三譯),《西湖》5 月号，西湖編輯部

6 月 「于之〈蓮〉――『西湖』抄読（下)」,『中国語』257 号，大修館書店

「文淵閣と天一閣――浙江蔵書閣見聞」,『古代研究』第 13 号，早稲田古代研究会

10 月 「南京の辛亥革命七十周年記念事業について――孫文の臨時大統領府改修なる」, 共同通信社配信，中国新聞他

「限りなく草は雲に連なる――李白の墓」, 共同通信社配信，信濃毎日新聞他　＊①

12 月 「西湖のほとり――杭州雑記」,『水滸伝の旅』, 講談社

《春節前後――從寧波歸來》（嚴紹璗譯),《中國烹飪》總 10 期，中國商業出版社

1982 年　3 月 「夫子廟の評話」,『節令』第 2 期，節令社　＊①

「定本詩経訳注（上）解説」（共同執筆),『目加田誠著作集』第 2 巻，龍渓書舎

1983 年　3 月 「顧禄と菊――『顧禄年譜』補」,『節令』第 3 期，節令社

7 月 「漢籍目録の編纂を――図書館（本館）に望むこと」,『蔦―― 図書館ニュース』第 47 号，早稲田大学図書館

9 月 「荻窪――『世説新語』を読んでいたころ」,『目加田誠著作集』第 3 巻「月報」, 龍渓書舎

10 月 「檳榔子のこと」,『節令』第 4 期，節令社　＊①

「顧禄の画像――『顧禄年譜』再補」,『節令』第 4 期，節令社

《空谷足音――傅益瑤山水畫在日本展覽記事》,《南風》第 67 期，広州《南風》編輯部

1984 年　6 月 「嫉妬と喫醋」,『節令』第 5 期，節令社　＊①

1985 年　1 月 「塔里木往還（上）――勺園清閑録（一)」,『東方』46 号，東方書店　＊①

2 月 「塔里木往還（中）――勺園清閑録（二)」,『東方』47 号，東方書店　＊①

「汗血馬、シルクロードを往く」,『中国の戦争』, 講談社

「権謀の人――曹操」,『中国の群像――曹操・劉備・孫権』, 旺文社

3 月 「“観摩”ということ――中国考古学手習い始め」,『中国文学会集報』第 10 輯，早稲田大学中国文学会　＊①

「塔里木往還（下）――勺園清閑録（三)」,『東方』48 号，東方書店　＊①

4 月 「塔里木往還（尾）――勺園清閑録（四)」,『東方』49 号，東方書店　＊①

5 月 「諸多不便――勺園清閑録（五)」,『東方』50 号，東方書店　＊①

《“觀”與“摩”――中國考古初學記》,《北京大學外國留学生（進修生）赴山東省考古教學實習習作彙編》, 北京大學歷史系留学生辦公室

6 月 「黄金時代――勺園清閑録（六)」,『東方』51 号，東方書店　＊①

7 月 「都の西北――勺園清閑録（七)」,『東方』52 号，東方書店　＊①

8 月 「梁上の君子たち――勺園清閑録（八)」,『東方』53 号，東方書店　＊①

9 月 「楚韻千秋――勺園清閑録（九)」,『東方』54 号，東方書店　＊①

10月「八里台通信」,『中国文学研究叢書通信』,凱風社
「海の見えない港町—— 勺園清閑録(十)」,『東方』55号,東方書店 *①
12月「天葬のことなど」,『節令』第6期,節令社 *①
1986年 6月《嫉妬與喫醋》(曹旭譯),《藝譚》第3期,安徽藝術研究所
7月「異人館と小洋楼—— 陳舜論序説」,『小説十八史略〈陳舜臣全集3〉』,講談社 *①・*②
9月「乱世へのまなざし」,『秘本三国志〈陳舜臣全集5〉』,講談社 *②
「都市の物語」,『長安日記・曼荼羅の人〈陳舜臣全集6〉』,講談社 *②
11月「文物の旅——二つの故宮博物院」,『悠久の山河・古都の春秋——中国〈世界・知の旅3〉』,小学館
「物語の解釈学」,『新西遊記・ものがたり水滸伝〈陳舜臣全集7〉』,講談社 *②
12月「淮陽のハウス」,『文学部報』16号,早稲田大学文学部
「野の神々」,『節令』第7期,節令社 *①
「異国に久しく客となりて」,『小説マルコ・ポーロ、珊瑚の枕〈陳舜臣全集8〉』,講談社 *②
1987年 2月「戦争と平和」,『旋風に告げよ〈陳舜臣全集10〉』,講談社 *②
4月「春泥」,『阿片戦争〈陳舜臣全集12〉』,講談社 *①・*②
6月「失楽園」,『太平天国・北京悠々館〈陳舜臣全集14〉』,講談社 *②
7月「海嘯」,『江は流れず——小説日清戦争〈陳舜臣全集15〉』,講談社 *②
9月「心の軌跡」,『桃花流水〈陳舜臣全集17〉』,講談社 *②
10月「野の文学」,『中国任侠伝他〈陳舜臣全集18〉』,講談社 *②
11月「荊門包山二号墓の楚簡」,『東方』80号,東方書店
1988年 1月「人生有情」,『枯草の根・三色の家〈陳舜臣全集21〉』,講談社 *②
3月「美の証言」,『青玉獅子香炉〈陳舜臣全集23〉』,講談社 *②
5月「沸き立つ——故宮博物院『全国重要考古発現展覧』目睹略記」,『けんぶん』第9号,研文出版
「はてなむ国ぞ」,『敦煌の旅・シルクロードの旅〈陳舜臣全集24〉』,講談社 *②
7月「大地の讃歌」,『中国画人伝・中国発掘物語〈陳舜臣全集25〉』,講談社 *②
9月「還珠楼主のことなど」,『節令』第8期,節令社
「沈従文先生訪問記」,『節令』第8期,節令社
「語りつくせぬこと」,『山河太平記・人物日本史記〈陳舜臣全集27〉』,講談社 *②
1989年 1月「春節小景—迎春の北京—」,『早稲田学報』1月号,早稲田大学校友会
「陳舜臣『漢古印縁起』解説」,『漢古印縁起』(中公文庫),中央公論社 *②
8月「〈文明の悲劇〉——訳後雑記」,『万暦十五年—— 一五八七・「文明」の悲劇』,東方書店 *⑪
1990年 1月「行き行きて重ねて行き行く——中文専修の理念と将来展望」,『早稲田フォーラム:大学問題論叢』第60号,『早稲田フォーラム』編集委員会
3月《〈文明〉的悲劇——日本學者筆下的黃仁宇〈萬曆十五年〉》(王瑞来譯),《思與言》第28巻第1期,《思與言》雜誌社
9月「大地の神舞劇—— 〈中国儺戯学国際シンポジウム〉参加記」,『東方』114号,東方書店
11月「佚書の発見」,『ふみくら(早稲田大学図書館報)』第26号,早稲田大学図書館
1991年 6月「考古所の〈成果展〉——天荒地老抄(一)」,『出版ダイジェスト』第1383号,出版ダイジェスト社
9月「歴博の新しい展示——天荒地老抄(二)」,『出版ダイジェスト』第1393号,出版ダイジェスト社

12月 「北京大学の考古学――天荒地老抄（三）」,『出版ダイジェスト』第1405号, 出版ダイジェスト社
1992年 3月 「余白に語る――逸梅考人のこと」,『中国文学会集報』第17輯, 早稲田大学中国文学会
4月 「曲村と石河――天荒地老抄（四）」,『出版ダイジェスト』第1417号, 出版ダイジェスト社
6月 「〈曾侯乙墓〉展余録――天荒地老抄（五）」,『出版ダイジェスト』第1428号, 出版ダイジェスト社
7月 「11月歳時記・12月歳時記・1月歳時記」,『歳時饗宴〔冬〕』, 同朋舎
9月 「2月歳時記・3月歳時記・4月歳時記」,『歳時饗宴〔春〕』, 同朋舎
「中国文学専修の歴史」,『早稲田大学文学部百年史』, 早稲田大学第一・第二文学部
「今年の〈文物精華展〉から――天荒地老抄（六）」,『出版ダイジェスト』第1437号, 出版ダイジェスト社
1993年 3月 「盗掘の市場経済」,『中国文学会集報』第18輯, 早稲田大学中国文学会
10月 「其れ万年永く宝として用いん――館長室を飾る啓功先生の書について」,『ふみくら（早稲田大学図書館報）』第42号, 早稲田大学図書館
11月 「陳舜臣『諸葛孔明』解説」,『諸葛孔明』（中公文庫）, 中央公論社　＊②
1994年 9月 「伝説の中の始皇帝」,『秦の始皇帝とその時代』, 日本放送協会・NHKプロモーション　＊⑤
1995年 3月 「芸としての学問――『詩経訳注』から『残燈』へ」,『中国文学会集報』第20輯, 早稲田大学中国文学会
1996年 2月 「志はなお千里にあり」, 陳舜臣『含笑花の木』（朝日文庫）, 朝日新聞出版　＊②
7月 「詩は志のゆくところ」, 陳舜臣『麒麟の志』（朝日文庫）, 朝日新聞出版　＊②
「中国古代文明観を変える――三星堆遺跡の出土品」,『朝日新聞』7月1日夕刊
9月 「柴田錬三郎『柴錬三国志　英雄・生きるべきか死すべきか（下）』解説」（講談社文庫）, 講談社
11月 「秦の始皇帝――その事跡と評価」,『人間と文化』, 三愛会
1997年 5月 「民族と文化を越えて」, 陳舜臣『耶律楚材』（集英社文庫）, 集英社　＊②
8月 「〈青林黒塞の間に在る〉ものたちに」, 陳舜臣『聊斎志異考』（中公文庫）, 中央公論社　＊②
1998年 1月 「陳舜臣におけるインド」, 陳舜臣『インド三国志』（講談社文庫）, 講談社　＊②
3月 「古代は常に新しい――序に代えて」,『中国古代文明の原像――発掘が語る大地の至宝（上）』, アジア文化交流協会　＊⑫
4月 「三星堆――驚異の仮面王国」（共著）,『三星堆・中国五〇〇〇年の謎・驚異の仮面王国』, 朝日新聞社・テレビ朝日　＊⑥
5月 「人類の輝かしい遺産――『中国古代文明の原像』を監修して」,『図書新聞』第2389号（5月9日）, 図書新聞社
「魯迅という存在」, 駒田信二訳『阿Q正伝・藤野先生』（講談社文芸文庫）, 講談社
8月 「中国古代文明と三星堆」,『トム・プラス』8月号, 潮出版社
「野の学問」, 澤田瑞穂『鬼趣談義』（中公文庫）, 中央公論社
「統一のなかの多様」,『中国古代文明の原像――発掘が語る大地の至宝（下）』, アジア文化交流協会　＊⑬
9月 「諸葛氏の三国志」, 横山光輝『三国志』12, 潮出版社
11月 「『三星堆展』を監修して」,『早稲田学報』11月号, 早稲田大学校友会
12月 「殷の王都――黄河文明の中核都市として」,『トム・プラス』12月号, 潮出版社
1999年 1月 「鳥取燕趙園のこと――中国庭園を歩く」,『トム・プラス』1月号, 潮出版社

4月「紅粧は汗青を照らす」,『紫禁城の女性たち——中国宮廷文化』,西日本新聞社　＊⑦
7月「日本の中の"赤壁"と"白帝城"——見立ての美学」,『トム・プラス』7月号,潮出版社
「歴史小説を通して知る中国という"国"」,『ダ・ヴィンチ』7月号,メディア・ファクトリー
8月「紫禁城の美」,『産経新聞』8月5日夕刊
11月「貴婦人たちを飾ったもの」,『西日本新聞』11月11日朝刊
2000年 2月「紀元前二〇〇〇年の〈中国〉」,『東亜』392号,霞山会
6月「〈中国〉が一つであるということ（監修者あとがき）」アン・パールダン『中国皇帝歴代誌』,創元社　＊⑭
2001年 1月「20世紀考古学発掘の成果」,『日本と中国』第1760号,日本中国友好協会
「中国古代文明と黄河」,『しにか』131号,大修館書店
3月「原点としての心象風景」,陳舜臣『青春の烙印——神田希望館史話』(徳間文庫),徳間書店　＊②
「漢の長安城」,横山光輝『項羽と劉邦』5,潮出版社
4月「分外の縁」,陳舜臣『茶事遍路』（陳舜臣中国ライブラリー 27,月報）,集英社　＊②
6月「IT時代の〈儒家〉と〈道家〉」,『書香』第44号,早稲田大学書道会
8月「三星堆出土物の意味するもの」,『世界の文学』101号,朝日新聞社
10月「我等イズクノ民ニモ非ズ」,『青春と読書』300号,集英社　＊②
2002年 3月「ベンチャーの舞台としての〈中国〉」,『書香』第45号,早稲田大学書道会
「この人なかりせば——追悼　澤田瑞穂先生」,『中国文学会集報』第27輯,早稲田大学中国文学会
5月「水滸伝の中の酒豪」,横山光輝『水滸伝』3,潮出版社
11月「手で読む人——追想　澤田瑞穂先生」,『東方宗教』第100号,日本道教学会
12月「学問の根—— 松浦先生を偲ぶ」,『中国詩文論叢』第21輯,中国詩文研究会
2003年 3月「中流の砥柱として——追悼　松浦先生」,『中国文学会集報』第28輯,早稲田大学中国文学会
5月「職業としての学者・教師——追想　松浦友久先生」,『国文学ニュース』,早稲田大学国文学会
6月「「偉大なる壁」という名の長城」,『書香』第46号,早稲田大学書道会
「更に上らん一層の楼」,『乾墨』第5号,稲門書道会
「耶律楚材」,『陳舜臣読本 Who is 陳舜臣』（再録）,集英社
12月「四川年画の世界／口絵解説」,『中国古籍文化研究』第1号,中国古籍文化研究所
2004年 1月「訳者後叙——文明の継続性を支えるものとしての文字」,『文字学概要——［前編］漢字の誕生とその発展』,中国古籍文化研究所　＊⑮
3月「『模範』との格闘」,『中国文学会集報』第29輯,早稲田大学中国文学会
2005年 1月「最新の考古学発掘から見た中国古代」,『交詢雑誌』復刊第480,交詢社
6月「愛知万博の中国文物展示について」,『書香』第48号,早稲田大学書道会
9月「雄偉なる文明〈秦〉」,『図説・中国文明史（4）秦』,創元社　＊⑯
11月「「井真成」の墓誌のことなど」,『津高同窓会誌』第43号,津高等学校同窓会
「融合する文明〈魏晋南北朝〉」,『図説・中国文明史（5）魏晋南北朝』,創元社　＊⑰
2006年 1月「文明の極地〈清〉」,『図説・中国文明史（10）清』,創元社　＊⑱
2月「次の世代へ、次の世界へ」,『岡崎財団15年のあゆみ——岡崎嘉平太国際奨学財団15周年記念文集』,岡崎嘉平太国際奨学財団

3 月 「〈文明〉の国、〈文化〉の国」,『書香』第 49 号, 早稲田大学書道会
「成熟する文明〈宋〉」,『図説・中国文明史(7)宋』, 創元社 ＊⑲
5 月 「草原の文明〈遼西夏金元〉」,『図説・中国文明史(8)遼西夏金元』, 創元社 ＊⑳
7 月 「開かれた文明〈唐〉」,『図説・中国文明史(6)唐』, 創元社 ＊㉑
9 月 「在野の文明〈明〉」,『図説・中国文明史(9)明』, 創元社 ＊㉒
11 月 「文明への胎動〈先史〉」,『図説・中国文明史(1)先史』, 創元社 ＊㉓
2007 年 2 月 「文明の原点〈殷周〉」,『図説・中国文明史(2)殷周』, 創元社 ＊㉔
5 月 「争覇する文明〈春秋戦国〉」,『図説・中国文明史(3)春秋戦国』, 創元社 ＊㉖
6 月 「旅をしぞ思ふ」,『出版ダイジェスト』第 2085 号, 出版梓会
7 月 「関羽画伝『関帝聖蹟図』について――「尚武」と「尚文」の社会の中で」, 横山光輝『三国志』5, 潮出版社
「陳舜臣論説」(『境域を越えて』「はじめに」再録),『書香』第 50 号, 早稲田大学書道会 ＊②
2008 年 6 月 「筆の夢と夢の筆」,『書香』第 51 号, 早稲田大学書道会
11 月 「陳舜臣『諸葛孔明』(大活字本シリーズ)解説」(再録), 埼玉福祉会
2009 年 9 月 「京劇の花――梅蘭芳略伝」,『京劇の花――梅蘭芳』, 日中友好会館 ＊⑨
10 月 「隋の楊堅」,『歴史読本』10 月号, 新人物往来社
12 月 《十年磨一劍――朱玖輝「早稻田之約」序文》,《早稻田之約》, 聯経出版公司
2010 年 9 月 「書道会創立六十周年を同に慶び祝す」,『乾墨(早稲田大学書道会創立六十周年記念特別号)』, 稲門書道会
「文明史から見た『皇帝たちの中国』」,『乾墨(早稲田大学書道会創立六十周年記念特別号)』, 稲門書道会
“수호지의 주호(酒豪)들”,『水滸誌』3(李吉鎭訳), AK communications(韓国)
11 月 「梅蘭芳を作った人たち――『京劇の花――梅蘭芳』展余話」,『書香』第 53 号, 早稲田大学書道会
2011 年 2 月 「中国における菊・梅・蓮の愛好」,『蓮華――仏教文化講座たより』第 80 号, 妙法院門跡
2012 年 3 月 「書を祭る」,『中国文学会集報』第 37 輯, 早稲田大学中国文学会
6 月 「書が芸術であるということの核心――二つの展覧会を見て考えたこと」,『書香』第 54 号, 早稲田大学書道会
10 月 「文明継承示す漢字の力――特別展「中国王朝の至宝」に思う」,『毎日新聞』10 月 22 日東京夕刊
2013 年 6 月 「「筆談」と「手談」」,『書香』第 55 号, 早稲田大学書道会
2014 年 1 月 《超越民族、超越文化》(趙晴譯), 陳舜臣《世界帝國的往事:大元王朝與耶律楚材》, 廣西師範大學出版社
3 月 「「国学」、それとも「漢学」――長沙講学の旅から」,『書香』第 56 号, 早稲田大学書道会
4 月 《耶律楚材:在異文化中掌舵帝國》(譯者不明),『齊魯周刊』2014 年第 15 期, 齊魯周刊社
9 月 《古今兼學與語文雙修――為了更瞭解中國》,《國際漢學研究回顧與前瞻――我的漢學之路國際學術研討會論文集》, 北京大學國際漢學家研修基地
2015 年 2 月 「監修にあたって――文明史から見た中国」(抄録),『中国の文明』パンフレット, 潮出版社
3 月 《古今兼學、語文雙修――為了更瞭解中國》,《國際漢學研究通訊》第 10 期, 北京大學國際漢學家研修基地, 北京大學出版社

「習俗の異同と人情の共通性―― 一関大原「水かけ祭り」を見て考えたこと」，『書香』第57号，早稲田大学書道会

7月「日本語版の監修・監修にあたって――文明史から見た中国」，『中国の文明（3）文明の確立と変容・上』，潮出版社　＊㉗

9月「秦始皇帝兵馬俑（出土遺物から見た中国①）」，『潮』9月号，潮出版社　＊③

10月「三星堆（出土遺物から見た中国②）」，『潮』10月号，潮出版社　＊③

11月「法門寺地宮（出土遺物から見た中国③）」，『潮』11月号，潮出版社　＊③

12月「良渚文化遺跡（出土遺物から見た中国④）」，『潮』12月号，潮出版社　＊③

2016年 1月「殷墟婦好墓（出土遺物から見た中国⑤）」，『潮』1月号，潮出版社　＊③

2月「曾侯乙墓（出土遺物から見た中国⑥）」，『潮』2月号，潮出版社　＊③

「暦を作る――時を管理するものが人をも支配すること」，『書香』第58号，早稲田大学書道会

3月「宣化遼代壁画墓（出土遺物から見た中国⑦）」，『潮』3月号，潮出版社　＊③

4月「遂寧窖蔵宋磁（出土遺物から見た中国⑧）」，『潮』4月号，潮出版社　＊③

5月「馬王堆帛書帛画（出土遺物から見た中国⑨）」，『潮』5月号，潮出版社　＊③

「全土制覇を生んだリアリズムの精神――「無文の時代」を覆した兵馬俑（「始皇帝と大兵馬俑」展に寄せて）」，『西日本新聞』5月26日朝刊

6月「賀蘭山岩画（出土遺物から見た中国⑩）」，『潮』6月号，潮出版社　＊③

7月「長沙窯題詩壷（出土遺物から見た中国⑪）」，『潮』7月号，潮出版社　＊③

8月「牛河梁遺跡（出土遺物から見た中国⑫）」，『潮』8月号，潮出版社　＊③

9月「雲南滇国青銅器（出土遺物から見た中国⑬）」，『潮』9月号，潮出版社　＊③

10月「羊子山漢画像磚（出土遺物から見た中国⑭）」，『潮』10月号，潮出版社　＊③

11月「周原青銅器（出土遺物から見た中国⑮）」，『潮』11月号，潮出版社　＊③

「『中国の文明』日本語訳を監修して思うこと」，『週間読書人』11月25日，読書人

2017年 1月《何以中國――〈中華文明史〉日譯本主編工作有感》，《國際漢學研究通訊》第13・14期合刊，北京大學出版社

「仙台藩儒芦東山の再発見・再評価から」，『潮』1月号，潮出版社

2月「孔子『詩』を語る」，『書香』第59号，早稲田大学書道会

4月「囚われのない世界への憧憬――なぜ陳舜臣は李白に共感を持ち続けたのか」（陳舜臣『天空の李白』）」，『図書新聞』第3298号（4月8日），図書新聞

7月《歴史上的全球化與中國文明的發展》，中國文化部對外文化聯絡局・中外文化交流中心編《漢學與當代中國座談會文集2106》，中國社会科學出版社（英文併載 “Globalization in History and the Development of Chinese Civilization”, “The Collected Works at the Symposium on the China Studies 2016”）

8月「もう一つの『遙かなるアラモ』」，『潮』8月号，潮出版社

12月「自撰学事年譜略」，『中国文学研究』第43期，早稲田大学中国文学会

「自撰著作類別繫年備忘録」，『中国文学研究』第43期，早稲田大学中国文学会

2018年 2月「詩人たちの墓誌銘」，『書香』第60号，早稲田大学書道会

3月「百本マストの船に乗って」，『中国文学会集報』第43輯，早稲田大学中国文学会

IV. 書評類

1992年　5月「加々美光行『知られざる祈り――中国の民族問題』」，共同通信社配信『京都新聞』5月4日他

1993年　8月「矢島利彦『西洋人の見た十六～十八世紀の中国官僚』」，共同通信社配信

1995年　3月「張光直の二つの講義録――『考古学専題六講』『古代中国社会』」，『東方』168号，東方書店

1998年　8月「飯島武次『中国周文化考古学研究』」，『季刊考古学』第64号，雄山閣

2000年　9月「志はまさに高遠に存すべし――陳舜臣『中国雑誌』」，『サンデー毎日』，毎日新聞社

2001年　3月「中島誠『遍歴と興亡』」，『週刊エコノミスト』3月6日号，毎日新聞社

5月「小倉和夫『中国の威信　日本の矜持』」，『週刊エコノミスト』5月15日号，毎日新聞社

6月「キース・トマス『歴史と文学』」，『週刊エコノミスト』6月26日号，毎日新聞社

7月「橋本万太郎『漢民族と中国社会（民族の世界史5)』」，『週刊エコノミスト』7月24日号，毎日新聞社

8月「澤田瑞穂『鬼趣談義』」，『週刊エコノミスト』8月28日号，毎日新聞社

9月「増井経夫『中国の歴史書』『アジアの歴史と歴史家』」，『週刊エコノミスト』9月25日号，毎日新聞社

10月「西嶋定生『中国史を学ぶということ』」，『週刊エコノミスト』10月23日号，毎日新聞社

11月「陳舜臣『茶事遍路』」，『週刊エコノミスト』11月20日号，毎日新聞社

12月「荘厳『遺老が語る故宮博物院』」，『週刊エコノミスト』12月18日号，毎日新聞社

2002年　1月「金関丈夫『木馬と石牛』」，『週刊エコノミスト』1月22日号，毎日新聞社

2月「原田淑人『漢六朝の服飾』『唐代の服飾』」，『週刊エコノミスト』2月19日号，毎日新聞社

3月「石田幹之助『長安の春』」，『週刊エコノミスト』3月19日号，毎日新聞社

4月「内田道夫『北京風俗図譜』」，『週刊エコノミスト』4月16日号，毎日新聞社

5月「篠田統『中国食物史』『中国食物史の研究』」，『週刊エコノミスト』5月21日号，毎日新聞社

6月「宮崎市定『宮崎市定全集』『九品官人法の研究―― 科挙前史』『アジア史概説』『アジア史論』」，『週刊エコノミスト』6月18日号，毎日新聞社

7月「星斌夫『大運河―― 中国の漕運』『大運河発展史―― 長江から黄河へ』」，『週刊エコノミスト』7月16日号，毎日新聞社

8月「レイモンド・ドーソン『ヨーロッパの中国文明観』」，『週刊エコノミスト』8月20日号，毎日新聞社

9月「永積昭『オランダ東インド会社』・浅田實『東インド会社』」，『週刊エコノミスト』9月17日号，毎日新聞社

10月「鳥居龍蔵『中国の少数民族地帯をゆく』『鳥居龍蔵全集』」，『週刊エコノミスト』10月15日号，毎日新聞社

11月「ジョセフ・ニーダム『中国の科学と文明』」，『週刊エコノミスト』11月12日号，毎日新聞社

12月「江上波夫『東洋学の系譜』・高田時雄『東洋学の系譜（欧米篇)』」，『週刊エコノミスト』12月10日号，毎日新聞社

2003年　1月「藤堂明保『漢語と日本』」，『週刊エコノミスト』1月14日号，毎日新聞社

2月「武田泰淳・竹内実『毛沢東――その詩と人生』」，『週刊エコノミスト』2月11日号，毎日新聞社

3月「瀧遼一『中国音楽再発見』楽器篇・思想篇」，『週刊エコノミスト』3月11日号，毎日新聞社

4月「黄仁宇『万暦十五年』」，『週刊エコノミスト』4月8日号，毎日新聞社

5月「アン・パールダン『中国皇帝歴代誌』」,『週刊エコノミスト』5月13日号，毎日新聞社
6月「奥野信太郎『随筆北京』」,『週刊エコノミスト』6月10日号，毎日新聞社
7月「張紫晨『中国の巫術』」,『週刊エコノミスト』7月8日号，毎日新聞社
8月「駒田信二『中国書人伝』」,『週刊エコノミスト』8月5日号，毎日新聞社
9月「溝口雄二・丸山松幸・池田知久編『中国思想文化事典』」,『週刊エコノミスト』9月9日号，毎日新聞社
10月「張光直『中国青銅時代』」,『週刊エコノミスト』10月7日号，毎日新聞社
11月「薮内清『中国の科学と日本』」,『週刊エコノミスト』11月4日号，毎日新聞社
12月「桑原隲蔵『東洋文明史論叢』」,『週刊エコノミスト』12月2日号，毎日新聞社

2004年 1月「エドウィン・O・ライシャワー『円仁　唐代中国への旅』」,『週刊エコノミスト』1月6日，毎日新聞社
2月「龔学孺『「三国志」歴史紀行』」,『週刊エコノミスト』2月3日号，毎日新聞社
3月「藤枝晃『文字の文化史』」,『週刊エコノミスト』3月2日号，毎日新聞社
4月「本田済『易学』」,『週刊エコノミスト』3月30日号，毎日新聞社
5月「護雅夫『李陵』」,『週刊エコノミスト』4月27日号，毎日新聞社
6月「内藤湖南『東洋文化史』」,『週刊エコノミスト』6月1日号，毎日新聞社
7月「益井康一『漢奸裁判史』、劉傑『漢奸裁判』」,『週刊エコノミスト』6月29日号，毎日新聞社
8月「松田隆智『図説　中国武術史』」,『週刊エコノミスト』7月27日号，毎日新聞社
9月「河口慧海『チベット旅行記』」,『週刊エコノミスト』8月31日号，毎日新聞社
10月「小野沢精一・福永光司・山井湧編『気の思想』」,『週刊エコノミスト』9月28日号，毎日新聞社
「遊佐昇・野崎充彦・増尾伸一郎編『アジア諸地域と道教』(「講座道教」第6巻)」,『週刊エコノミスト』10月26日号，毎日新聞社
11月「仁井田陞『中国の社会とギルド』」,『週刊エコノミスト』11月23日号，毎日新聞社
12月「溥儀『わが半生』、R･F･ジョンストン『紫禁城の黄昏』」,『週刊エコノミスト』12月21日号，毎日新聞社

2005年 1月「蓮実重彦ほか『こよみ』」,『毎日エコノミスト』1月25日号，毎日新聞社
2月「松田寿男『アジアの歴史――東西交渉からみた前近代の歴史』」,『毎日エコノミスト』2月22日号，毎日新聞社
3月「張承志『回教から見た中国』」,『毎日エコノミスト』3月22日号，毎日新聞社

V. 目録事典類

1975年 1月「唐代文学関係研究文献目録稿」(共編),『中国古典研究』第20号，早稲田大学中国古典研究会
1984年 11月「印綬」「魁星」「竈神」「烏・鴉」「郊祭」「牛頭馬頭」「春節」「仙人掌」「竹」「端午」「地壇」「投壺」「洞天福地」「馬蹄銀」「風神」「六博」,『世界大百科事典』，平凡社
1994年 3月「司命」「八仙」,『道教事典』，平河出版社
1997年 1月「宋玉」,『世界文学大辞典』No.2，集英社
「唐勒・景差」,『世界文学大辞典』No.3，集英社
2013年 4月「尸」「巫祝」,『中国文化史大事典』，大修館書店

VI. 談録・対談録・採訪録・講演録類

1986年 7月「陳舜臣文学の構想力、推理力」(対談：陳舜臣),『新刊展望』7月号, 日本出版販売

1987年 6月「中国絵画の伝統と創造」(対談：陳舜臣),『出版ダイジェスト』第1212号, 出版ダイジェスト社

1997年 6月「『耶律楚材』の魅力」(対談：陳舜臣),『青春と読書』6月号, 集英社

1998年 5月「『三国志』の肉声と魅力」(対談：陳舜臣),『中央公論』5月号, 中央公論社

1999年 3月「陳舜臣さんに訊く (1)『阿片戦争』前夜」,『青春と読書』3月号, 集英社

4月「陳舜臣さんに訊く (2) 作家デビュー前夜」,『青春と読書』4月号, 集英社

5月「陳舜臣さんに訊く (3)『中国ライブラリー』を編むまで」,『青春と読書』5月号, 集英社

「私の三国志物語」(対談：陳舜臣),『秘本三国志(前)』(陳舜臣中国ライブラリー 13), 集英社

「虚と実の中の三国志」(対談：陳舜臣),『秘本三国志 (後)』, 陳舜臣中国ライブラリー 14), 集英社

7月「諸葛孔明の三国志」(対談：陳舜臣),『諸葛孔明』(陳舜臣中国ライブラリー 15), 集英社

8月「千山万水のなかに」(対談：陳舜臣),『中国歴史の旅』(陳舜臣中国ライブラリー 24), 集英社

9月「琉球の心、沖縄の心」(対談：陳舜臣),『琉球の風』(陳舜臣中国ライブラリー 21), 集英社

10月「野にある人たちの志」(対談：陳舜臣),『中国任侠伝』(陳舜臣中国ライブラリー 29), 集英社

11月「交流と衝突の中に育まれる文化」(対談：陳舜臣),『紙の道』(陳舜臣中国ライブラリー 23), 集英社

12月「歴史を学ぶということ」(対談：陳舜臣),『中国五千年』(陳舜臣中国ライブラリー 22), 集英社

2000年 1月「求法の旅の跡を訪ねて」(対談：陳舜臣),『新西遊記』(陳舜臣中国ライブラリー 25), 集英社

2月「恋愛小説と連載小説」(対談：陳舜臣),『相思青花』(陳舜臣中国ライブラリー 8), 集英社

3月「〈歴史〉は〈物語〉の中で伝えられる」(対談：陳舜臣),『小説十八史略 (上)』(陳舜臣中国ライブラリー 10), 集英社

4月「歴史は明日への糧となるか」(対談：陳舜臣),『小説十八史略 (中)』(陳舜臣中国ライブラリー 11), 集英社

5月「略史のよさと限界」(対談：陳舜臣),『小説十八史略 (下)』(陳舜臣中国ライブラリー 12), 集英社

6月「東と西の衝突から」(対談：陳舜臣),『阿片戦争(前)』(陳舜臣中国ライブラリー 1), 集英社

7月「小説化が最も難しい中国近代史」(対談：陳舜臣),『阿片戦争 (後)、実録アヘン戦争』(陳舜臣中国ライブラリー 2), 集英社

8月「千年王国の夢と現実」(対談：陳舜臣),『太平天国』(陳舜臣中国ライブラリー 3), 集英社

9月「皇帝と宰相の相関と相克」(対談：陳舜臣),『耶律楚材』(陳舜臣中国ライブラリー 19), 集英社

10月「元へのこだわり」(対談：陳舜臣),『チンギス・ハーンの一族 (前)』(陳舜臣中国ライブラリー 17), 集英社

11月「西から見た〈中国〉世界」(対談：陳舜臣),『チンギス・ハーンの一族 (後)』(陳舜臣中国ライブラリー 18), 集英社

12月「物語に托する思い」(対談：陳舜臣),『ものがたり水滸伝』(陳舜臣中国ライブラリー 16), 集英社

2001年 1月「慟哭の時代に生きる」(対談:陳舜臣),『中国の歴史　近現代篇1·2』(陳舜臣中国ライブラリー 4), 集英社

2月「動乱の中の希望」(対談:陳舜臣),『中国の歴史　近現代篇3・4』(陳舜臣中国ライブラリー5),集英社

3月「東と西のかけ橋となって」(対談:陳舜臣),『イスタンブール』(陳舜臣中国ライブラリー26),集英社

4月「文明の華としての詩と茶の思想」(対談:陳舜臣),『茶事遍路』(陳舜臣中国ライブラリー27),集英社

5月「アジアの忘れられぬ原点」(対談:陳舜臣),『江は流れず』(陳舜臣中国ライブラリー6),集英社

6月「同時進行した時代と自分」(対談:陳舜臣),『桃花流水』(陳舜臣中国ライブラリー7),集英社

7月「権力外の世界の物語」(対談:陳舜臣),『戦国海商伝』(陳舜臣中国ライブラリー20),集英社

8月「歴史を人物から見るおもしろさ」(対談:陳舜臣),『中国傑物伝』(陳舜臣中国ライブラリー28),集英社

9月「運命への自覚」(対談:陳舜臣),『夢ざめの坂』(陳舜臣中国ライブラリー9),集英社

10月「“大同”の世界をめざす人びと」(対談:陳舜臣),『桃源郷』(陳舜臣中国ライブラリー30),集英社

2002年 5月「著者に聞く『中国五千年歴史地図』」,『東京新聞』5月5日

2007年 2月「中国はワンダーランド―― 中国を十倍楽しく過ごすコツ」,『WHENEVER広東』2月号,漫歩創媒

8月「時代の語り部としての情熱をペンに込めて」(対談:陳舜臣),『東京新聞』8月8日

「戦争の時代生きた語り部、文学を通して歴史を伝える」(対談:陳舜臣　再録),『神戸新聞』8月27日

「『論語』と孔子の世界」,『メンバーズ倶楽部』41号,NHK文化センター

2009年 2月「中国の今を理解するために――『皇帝たちの中国史』」(著者インタビュー),『サンデー毎日』2月15日,毎日新聞社

2012年 11月「いつも新しい発見が――こう見る中国文明」,『毎日新聞』11月9日東京版夕刊

《文字緣同骨肉深》(北京論壇2012采訪談錄),北京大學新聞網

2013年 3月《〈国學與漢學〉國際論壇發言摘錄》,《國學新視野》2013年春季号,中華出版社

2015年 7月「現在と未来にわたる視点」(談録),『聖教新聞』7月29日,聖教新聞社

2017年 12月《彷徨古今而求索,但開風氣不為師――專訪日本漢學家稻畑耕一郎教授》(王小林採訪),《國學新視野》2017年冬季号,中華出版社

第Ⅰ部

朱印本『滂喜斎蔵書記』について——中国目録学研究資料

髙橋 智

【はじめに】

私は、『斯道文庫論集』第45輯（平成23年2月）に、「顧廷龍批注『涵芬楼燼余書録』—中国版本学研究資料—」と題して、民国時期の商務印書館図書館（涵芬楼）が所蔵していた、張元済（1867-1959）の蒐集になる蔵書目録について、その1951年5月に鉛印出版されたものに、版本目録学者・顧廷龍（1904-1998）が批注を加えたものについて、その批注を紹介し、その意義と伝来を述べた。

ここに紹介するのは、その顧氏とも縁の深い、同じく近代中国目録学の重要な資料とされる、江蘇省蘇州呉県の名家、潘氏の蔵書家系の大きな一翼を担う潘氏32世の孫・潘祖蔭（1830-1890）の蔵書目録で極めて流伝の少ない朱印本『滂喜斎蔵書記』についてである（図1）。本書の成立とその後の出版に際しての曲折は、今後の蔵書文化研究に、少しく参考になるものと思われる。

【潘祖蔭の蔵書家系】

潘祖蔭の蔵書と言えば、『続古逸叢書』（張元済編　1919　商務印書館）の第42に収められる有名な宋人文集の宋刊本『謝幼槃文集』10巻（宋謝薖）（孤本）が想起される。この原本は現在、上海博物館に収蔵されるもので、楊守敬（1839-1915）が日本から持ち帰って潘氏に譲ったものであった。しかし、この本は『滂喜斎蔵書記』にも『滂喜斎宋元本書目』（沈宗畸『晨風閣叢書』〈1909　沈氏刊〉所収）にも収載されていない。そもそも、前者の目録は潘氏の蘇州府邸にあったもので、後者は北京府邸にあったものとも言われている。無論、潘氏ととともに南北を移動した宋元本もあったであろうが、潘祖蔭の旧蔵書目録は、今見ることができるものはこの2種類しか遺されていない（もう一点、南京図書館にあるようだが、未見である）。こうしたことから、潘氏の旧蔵書の全体状況を把握することは極めて困難であることは想像に難くない。

呉県の潘氏の蔵書活動は、29世の孫、奕雋（1740-1830、『三松堂書目』を伝える）を祖とする。清中期の蔵書の雄・黄丕烈（1763-1825）とは莫逆の友であり、黄氏百宋一廛の蔵書は潘氏に大きな影響を与え、後に潘祖蔭も分廛百宋と名乗って黄氏にあやかったほどである。百宋一廛

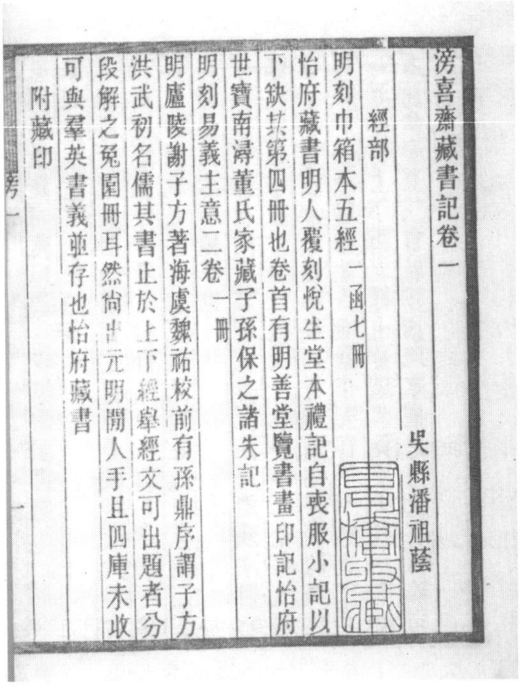

図1　朱印本『滂喜斎蔵書記』巻頭

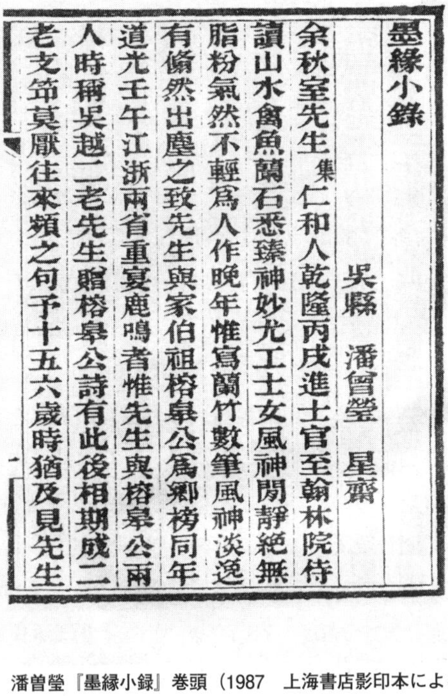

図2　潘曽瑩『墨縁小録』巻頭（1987　上海書店影印本による）

は、黄丕烈没後、汪士鐘に渡るが、汪氏もまた潘祖蔭の血縁にあたったことも縁浅からぬものを感じる。

潘奕雋は、乾隆34年（1769）の進士であるが、その孫の遵祁（1808-1892）、希甫（1811-1858）が家の蔵書を守り、更に康保（1834-81）、介祉（1840-91）、介繁（1828-93）等に受け継がれ、後に四当斎・章鈺（1865-1937）に帰したものが多い（『章氏四当斎蔵書目』1938　燕京大学図書館を参照）。現在では章氏のものも散っているが、そのうち上海図書館に伝わっているものがかなりあると思われる。

更に一脈、奕雋の弟に奕基があって、その子に潘世恩（1769-1854）が出て、乾隆58年（1793）の状元となった。そしてその次子曽瑩（1808-1878　小鷗波館『墨縁小録』がある　図2）、三子曽綬が出て、次代の祖字輩に、曽瑩の長子・潘祖同（竹山堂）、曽綬の長子・潘祖蔭が出たのである。また、祖蔭の弟に祖年（1870-1925　字仲午）があり、祖年の次女静淑は呉大澂（1835-1902）の孫にして画家の呉湖帆（1894-1968）に嫁した。有名な宋・宋伯仁の宋刊『梅花喜神譜』（上海博物館蔵　図3）は静淑が呉家に持参したものであった。祖蔭には子がなかったため、その蔵書は没後、祖年によって受け継がれたが、蘇州・北京と両所に分蔵されたこともあって保存には困難を極め、とりわけ咸豊10年（1860）の太平天国の擾乱によって散逸したものが多いという。祖同の蔵書は同輩の祖疇の孫、宝山楼・承厚（1904-1943）承弼（1907-2003）に引き継がれた。

承厚の子に家多（1925- ？）があり、多く北京図書館に蔵書を寄贈している。承弼（景鄭）の蔵書も上海図書館に寄贈されている。しかし、明清の尺牘など特色ある宝山楼の旧儲は、かなりの部分が散逸しているということだ。

潘祖蔭は、字伯寅、諡文勤、咸豊2年（1852）の探花。礼部尚書、軍機大臣となった。黄丕烈の旧蔵書はもとより、怡府・楽善堂（雍正帝の弟允祥の七子・弘暁の蔵書）のものや、成府・永理の蔵書など王府から受け継いだものも多い。

【滂喜斎蔵書記】

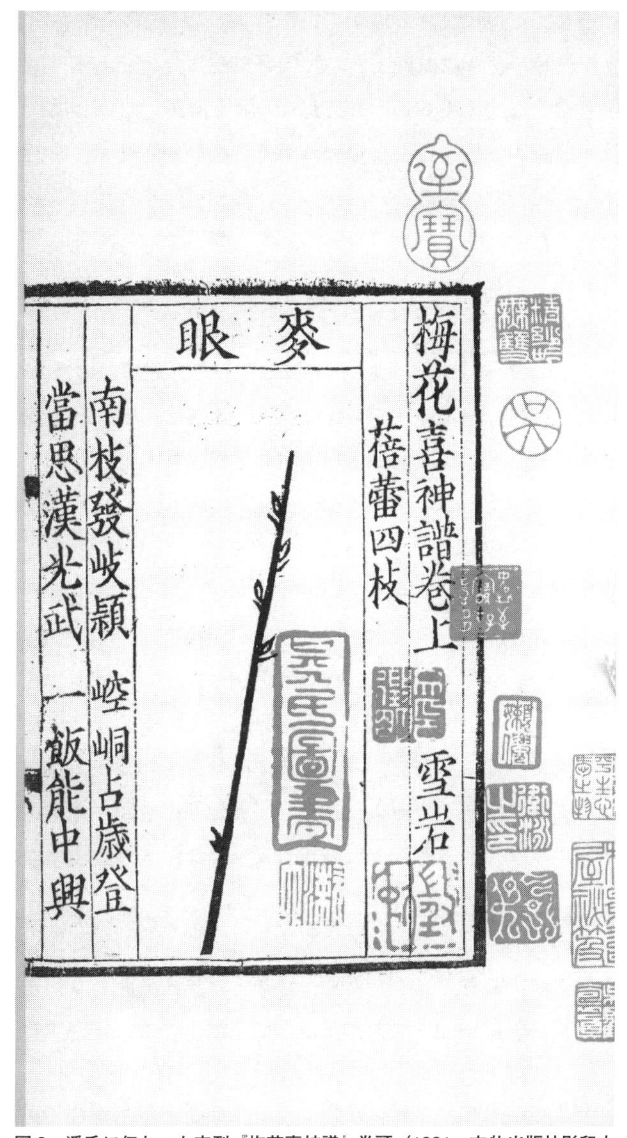
梅花喜神譜卷上
蓓蕾四枝　雪岩
麥眼
南枝發岐頴　崆峒占歳登
當思漢光武　一飯能中興

図3　潘氏に伝わった宋刊『梅花喜神譜』巻頭（1981　文物出版社影印本による）

潘祖蔭は、光緒10年（1884）、『蔵書紀事詩』の著者で有名な葉昌熾（1849-1917）に家蔵書の目録の編纂を委ねた（葉昌熾『縁督廬日記抄』王季烈編　1933　石印本　巻3、9月29日の項）。翌年には完成したが、祖蔭の没後、祖年が更に修訂を葉氏に請い、書名を『滂喜斎蔵書記』と定めた。その内容は、巻1に経部・史部、巻2に子部、巻3に集部を配し、目録の著録に従えば、経部の宋刻9種、金刻1種、元刻3種、明刻2種、日本刻3種、史部の宋刻10種、元刻5種、明刻1種、朝鮮刻1種、子部の宋刻23種、元刻12種、明刻3種、高麗刻1種、日本刻1種、集部の宋刻15種、元刻10種、明刻14種、旧刻1種、高麗刻4種、鈔本4種、日本刻1種、その他4種を収載している。『天禄琳琅書目』（10巻　1775　清于敏中等奉勅撰）の体裁に倣って、各項目には識語、冊数や蔵書印まで詳細に解説している。

そして、民国3年（1914）に、この稿本『滂喜斎蔵書記』を版木に彫り、祖年が印に付すことを決め、極少数試印本として同好に配ったのであった。その後、この試印本を目にした書誌学者繆荃孫（1854-1919）が収載の宋版を借閲したいと潘氏に願い出てきたため、潘祖年は、祖蔭の旧儲が分散することを恐れ、その請いに応ぜず、また目録を印に付すことを中止して、版木を厳封したのであった。従って、この試印本の後にこの目録が流通することはなかったわけである。

しかしその後、民国13年（1924）、陳乃乾（1896-1971　版本学者で出版家）がその試印本を鈔写したものを手に入れ、それをもとに鉛活字を用いて自ら出版したのであった。祖年はその年から病に冒され、民国14年1月に没した。それと前後して流布していたのが、この陳乃乾刻『滂喜斎蔵書記』（1924　陳氏慎初堂刊）である。現在最も使われるテキストである。潘氏家刻本と比するに大差はないが、やや字句を異にするところがある。ただ、陳乃乾はその序文で、潘祖年が版木を厳封、目録の流通を拒んだことに非難を加え、「愚莫甚焉」と記した。その後、族孫の潘承厚は祖年の遺志を十全に擁護して経緯を跋文に記し、民国17年（1928）の4月に版木を開いて朱印本を少数作製した。それがここに紹介する朱印本（図1）なのである。その跋文に言う、

「……甲子秋、公（潘祖年）患腹疾、及冬彌甚、……乙丑正月十二日卒、曾不数月、海上有售『滂喜斎蔵書記』者、蓋海寧陳乃乾所印行也、巻首一序於文勤後人謳譏殊甚、呉中士大夫閲之、多不平紛来、詰責曰、文勤兄弟後嗣、雖稚然汝族固多、人独無能辨白之乎、族人以承厚知此書源委、属請板於従祖母祁淑人述其厓略而印行之……」（図4）

この朱印本は筆者が前述の版本学者顧廷龍からいただいたものであるが、顧氏令婦人・潘承圭は潘博山の妹であったため、潘氏とは族縁にあたり、本書を所蔵されていたのである。巻末に顧氏が手跋を加えておられるのでそれをここに紹介する。

「潘喜斎蔵書記成于甲寅（1914）、試印本流出後即有索借者、仲午先生祖年遂将板片封存、未曾印伝、甲子（1924）冬陳乃乾得伝鈔本付之排印跋語謳譏、潘氏後人掃兄博山承厚始将家刻加撰序跋印行、時為戊辰（1928）初夏、余適仮館王栩縁先生同愈家、先生為文勤門生、因乞其署端忽忽一周甲矣、今原版毀于兵燹、此家刻朱印本已甚難得、（略）1988年8月18日匋誃老人顧廷龍于上海寓廬。時年八十有五。［匋誃／題記］（白文印記）」（図5）

ここに言う「王栩縁先生同愈」とは王同愈（1856-1941）のことで、光緒15年（1889）の進士、呉大澂の弟子である。国史館纂修、江西提学使等を経て、晩年は上海近郊の南翔に隠居したが、抗戦期に蔵書を焼失した。今、台湾に現存する孤本宋刊『施註蘇詩』（宋施元之等注蘇軾詩）『五臣註文選』（唐李善注本とは別系統の30巻本）本など蔵書の精はもって察することができる。

『王同愈集』（顧廷龍編　1998　上海古籍出版社）がある。葉昌熾・江標（1860-1899）等とは北京にあって訪書の友であった。当時、若い顧氏は南翔の王宅に家庭教師として居を借りていたのである。（図6）

なお、この朱印本『滂喜斎蔵書記』は、縦25.5cm×横15.0cm、匡郭は半葉縦13.2cm×横10.2cm、毎半葉13行20字で、上象鼻のみ粗黒口に作る。中縫には「滂一」等と刻す。序目6丁、巻1・2・3それぞれ33丁24丁39丁、跋2丁である。首には出版にあずかった王季烈（1873-1952　昆曲の研究家）の1928年の序を冠する。

【滂喜斎の現蔵】

滂喜斎の旧蔵書、とりわけ『滂喜斎蔵書記』記載のものが現在どのように所蔵されているかの詳細な研究は無いが、主な目録や図録で明かしうるものを挙げると以下の通りである。そのなかで、上海は上海図書館、台北故宮博物院現蔵の沈氏というのは沈氏研易楼を指す。蔵書印による旧蔵書の研究は、目録の著録だけではわからぬことが多い。今後、原本調査による研究が進めば、更に詳細な原状も明らかになるであろう。

沈氏については、阿部隆一著『増訂中国訪書志』（1983　汲古書院）に詳しいが、沈仲濤、浙江山陰の人、乾隆時代の蔵書家・鳴野山房主・沈復粲（1779-1850）の子孫に当たる。台湾に渡る際に相当に散逸したらしいが、遺愛の善本宋元版50種を含む一千冊余を1980年に台北故宮博物院に寄贈し、翌年89歳の寿を終えた。その蔵書の精は名家・瞿氏鉄琴銅剣楼や楊氏海源

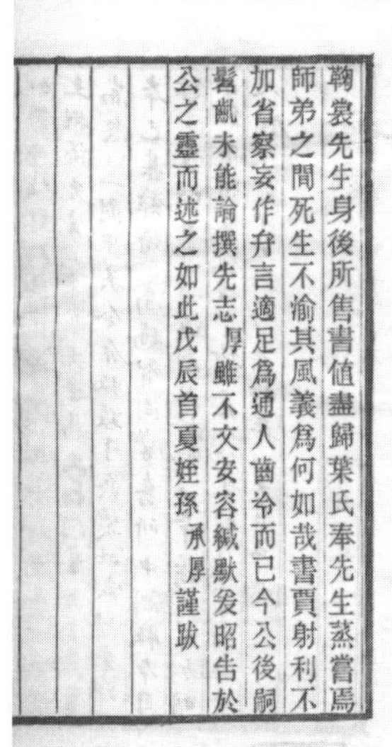
甚東南戰起力疾赴滬就醫乙丑正月十二日卒曾
不數月海上有售滂喜齋藏書記者葢海寧陳乃乾
所印行也卷首一序於文勤後人誣衊殊甚吳中士
大夫聞之多不平紛來詰責曰文勤兄弟後嗣雖稚
然伮族固多人獨無能辨白之乎族人以承厚知此
書源委屬請板於從祖母邢淑人述其厓略而印行
之王君九表丈深悉公生平行誼因乞爲一序嗚呼
仲午公秉心沖淡不求聞達抱經世之學而不欲以
著述自顯獨於文勤手澤尤加愛護雖權貴嗔責宵
小誹謗有所弗避其克繼兄志爲何如哉又許鶴巢
葉鞠裳兩先生皆公之業師也公節衣縮食爲刊其
書許氏詩契齋集已先刊矣葉氏奇觚廎文集成於
鞠裳先生身後所售書値盡歸葉氏奉先生蒸嘗焉
師弟之間死生不愉其風義爲何如哉書賈射利不
加省察妄作弁言適足爲通人齒冷而已今公後嗣
髫齓未能論撰先志厚雖不文安容緘默爰昭告於
公之靈而述之如此戊辰首夏姪孫承厚謹跋

図4　朱印本『滂喜斎蔵書記』潘承厚の跋

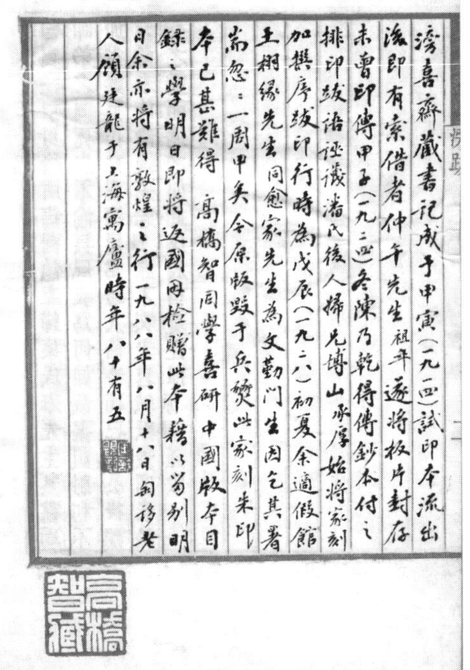

滂喜齋藏書記歳于甲寅(一九一四)試印本流出
滬即有索借者仲午先生祖年遂將板片封存
未曾印傳甲子(一九二四)冬陳乃乾得傳鈔本付之
排印跋語詆譏潘氏後人掃兄博山承厚始將家刻
加撰序跋印行時為戊辰(一九二八)初夏余適假館
王栩緣先生同愈家先生為文勤門生因乞其署
耑忽忽一周甲矣今原版毀于兵燹此家刻朱印
本已甚難得　高橋智同學喜研中國版本目
錄之學明日即將返國爰檢贈此本藉以為別明
日余亦將有敦煌之行　一九八八年八月十八日匋簃老
人顧廷龍于上海寓廬時年八十有五

図5　朱印本『滂喜斎蔵書記』顧廷龍の手跋

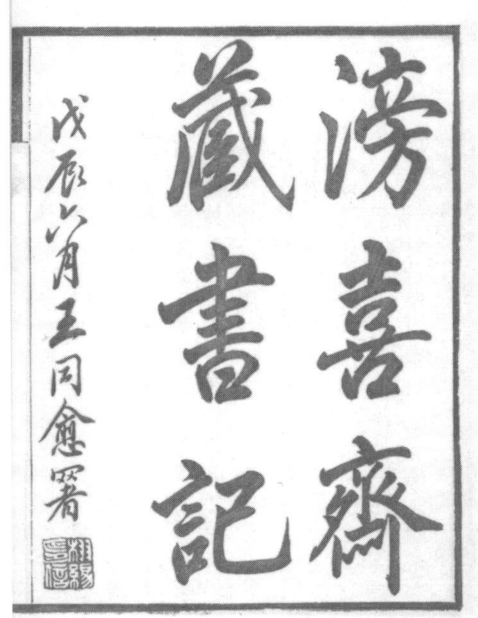

滂喜齋藏書記
戊辰六月王同愈署

図6　朱印本『滂喜斎蔵書記』扉の王同愈題

閣の旧蔵にかかるものも見られるが、潘氏滂喜斎の旧蔵書を多数含むことは大きな特色である。

【滂喜斎蔵書記著録本現蔵】

巻1
明刻易義主意2巻　上海
宋刻詩本義15巻　台北故宮沈氏
宋刻京本点校附音重言重意互注周礼残本4巻　北京大　上海
宋刻周礼攷工記解2巻　上海
宋刻校正詳増音訓周礼句解12巻　台北故宮沈氏
北宋刻広韻5巻　上海
宋刻紀事本末42巻　上海
宋刻通志略残本17巻　上海
宋刻国語補音3巻　台北故宮沈氏
元刻金陀粋編28巻続編30巻　上海
宋刻名臣秘伝琬琰集107巻　上海
宋刻名臣秘伝琬琰集残本27巻　台北故宮沈氏
宋刻漢雋10巻　上海
元刻聖朝混一方輿勝覧3巻　上海
宋刻残本西漢会要17巻　上海
元刻文献通考348巻　上海
宋刻唐律疏義30巻　上海
宋刻金石録10巻　上海
巻2
元刻孔叢子7巻　上海
明刻賈誼新書10巻　上海
宋刻説苑20巻　台北故宮沈氏
宋刻監本音注文中子10巻　台北故宮沈氏

宋刻真文忠公読書記 22 巻　台北故宮沈氏

宋刻諸儒鳴道集 72 巻　上海

明刻司馬法直解　上海

元刻医学啓源序 3 巻　上海

宋刻周髀算経　上海

宋刻孫子算経 3 巻 張邱建算経 3 巻 残本九章算経 5 巻　上海

明刻書史会要 9 巻補遺 1 巻　上海

宋刻東観余論 2 巻　上海

宋刻残本翻訳名義 2 巻　台北故宮沈氏

宋刻宝峰雲庵真浄禅師語録 3 巻　台北故宮沈氏

宋刻残本妙湛和尚偈頌　台北故宮沈氏

巻 3

明刻蔡中郎集　上海

北宋刻杜工部集 20 巻　上海

宋刻昌黎先生集 40 巻外集 10 巻　台北故宮沈氏

元刻范文正公集 20 巻別集 4 巻　上海

旧刻残本鐔津集 2 巻　台北故宮沈氏

明刻道園学古録 50 巻　上海

明刻古文苑 21 巻　上海

北宋刻残本王荊公唐百家詩選 9 巻　上海

宋刻残本万宝詩山 2 巻　上海

元刻国朝文類 70 巻　上海

＜参考文献＞

『滂喜斎蔵書記 3 巻附滂喜斎宋元書目』（1924 年陳乃乾刊本）　揚州古籍書店影印　2 冊　1985

『滂喜斎蔵書記』余彦焱　柳向春標点　上海古籍出版社　中国歴代書目題跋叢書　2007

『近代江蘇蔵書研究』　江慶柏　安徽文芸出版社　2000

『収蔵十三家』鄭重　百花文芸出版社　2008

『近代蔵書三十家』増訂本　蘇精　中華書局　2009

『王同愈集』顧廷龍編　上海古籍出版社　1998

『支那書籍解題　書目書誌之部』長澤規矩也　文求堂書店　1940

關於今傳《易緯稽覽圖》的文本構成
——兼論兩種易占、易圖類著作的時代

張學謙

《稽覽圖》是漢代《易緯》之一種，將易卦與曆法結合，以卦氣說災異，保存了漢易卦氣說的主要內容，自有其重要價值。今傳《稽覽圖》是清乾隆間四庫館臣從《永樂大典》中輯出，已非漢代舊貌，而是包含了不少後代增益的內容，文本面貌十分複雜。《四庫全書總目》即指出其中雜有南北朝及唐代年號，認為此類內容“蓋皆六朝迄唐術士先後所附益，非《稽覽圖》本文”[(1)]。此外，其中尚有不少內容，雖無後代年號，亦非漢代舊文。此類內容，雖有殿本《稽覽圖》按語及張惠言《易緯略義》稍加提示，可惜未能引起大多數研究者的重視，故仍有重新檢討之必要。

一、《易緯稽覽圖》的流傳及今傳本的文本來源

隋唐時代，《易緯》是作為一個整體流傳，根據《後漢書·樊英傳》李賢注的記載，共包括《稽覽圖》、《乾鑿度》、《坤靈圖》、《通卦驗》、《是類謀》、《辨終備》六篇[(2)]，而不同傳本各篇分卷又有不同，故《易緯》有六卷、八卷、九卷、十卷之別。北宋仁宗間成書的《崇文總目》著錄《易緯》九卷[(3)]，同時代的李淑《邯鄲書目》亦作九卷，並說明了各篇的分卷：“凡《乾鑿度》、《稽覽圖》、《通卦驗》各二，《辨終備》、《是類謀》、《坤靈圖》各一。”[(4)]徽宗時編成的《祕書省續編到四庫闕書目》則出現了單行的“《周易緯稽覽圖》一卷”[(5)]。到了南宋紹興年間，九卷本《易緯》已經散佚，孝宗時編成的《中興館閣書目》著錄的是一種混入了《乾元序制記》的七卷本《易緯》，此外還有單行的“《稽覽圖》一卷”。七卷本《易緯》包括“《稽覽圖》第一，《辨終備》第四，《是類謀》第五，《乾元序制記》第六，《坤靈圖》第七，二卷、三卷無標目”[(6)]。陳振孫《直齋書錄解題》也著錄了這種七卷本《易緯》，此外還有單行本《易稽覽圖》三卷，“與上《易緯》前三卷相出入，而詳略不同”[(7)]，可見七卷本《易緯》中“無標目”的二卷、三卷亦是《稽覽圖》。因此，南宋時期流傳的《稽覽圖》既有七卷本《易緯》中的前三卷，也有一卷和三卷的單行本。

南宋館閣所藏七卷本《易緯》至明初尚存（內容較南宋時當有殘損），被收入《永樂大典》卷一五二九七“緯”字目中。據《永樂大典目錄》所載，卷一五二九七“緯”字下為《易緯稽覽圖》[(8)]，這是因為首篇是《稽覽圖》，並非《大典》此卷僅收有《稽覽圖》一篇。清乾隆間修《四庫全書》，館臣閔思誠將《稽覽圖》從《大典》中抄出，經過整理校正，添附案語，作為《易緯》八種之一，由武英殿於乾隆三十八年刊行，後收入《武英殿聚珍版書》及《四庫全書》、《四庫全書薈要》中，這就是我們今天看到的《稽覽圖》文本[(9)]。

《四庫總目》謂“今《永樂大典》載有《稽覽圖》一卷”，今傳本分為二卷，乃是館臣“依馬氏舊錄，析為上下二卷”[(10)]。所謂“馬氏舊錄”即元馬端臨《文獻通考・經籍考》，提要上文云：“馬氏《經籍考》載《易緯》七種，亦首列鄭注《稽覽圖》二卷。”實際上，馬氏此條乃是鈔錄晁公武《郡齋讀書志》，晁目作“《周易緯稽覽圖》二卷、《周易緯是類謀》一卷、《周易緯辨終備》一卷、《周易緯乾元敘制記》一卷、《周易緯坤靈圖》一卷、《易通卦驗》二卷”[(11)]，凡六種，而非提要所云七種。除“《易通卦驗》二卷”外，五篇皆冠“周易緯”三字，篇次亦同七卷本，當是一個整體，惟其中《稽覽圖》作二卷，與七卷本有異。《易通卦驗》二卷則當是某人將單行本合附於後，與前五篇原非一書。《永樂大典》所收《稽覽圖》文本源自南宋館閣所藏七卷本《易緯》，館臣據馬氏《經籍考》（實晁目）分為二卷，並不恰當。且從何處分卷並無任何依據，實際仍是館臣以己意為之。

二、今傳本中的非《易緯稽覽圖》文本

(1)《易三備》

今本《稽覽圖》卷上首有“推天元甲子之術”、“推易天地人之元術”二段：

> 推天元甲子之術
>
> 置天元已來年數，以六十去之，不滿六十者，以甲子始數，算盡之上，所得之日，即生歲之卦，諸變皆如卦。十所年歲月朔日辰直子日者，即主今月之卦。今日辰直五子之日，即是今日之卦也。諸改變異，並與歲同占。至歲之卦，當隨太歲而移之，行一子，終則反始，無有窮也。
>
> 推易天地人之元術
>
> 先置天元，太初癸巳元年。一百九十萬八千八百五十三歲，乃始太初元年已來載數，至所求年歲上，以六十除之。不滿六十者，以從甲子所數，算盡者之上，即今歲用事。

其下有注云：

> 已上寫出一紙，本經《易緯》無之，此於《三備》上錄出，以廣本耳。其所寫《三備》，並從前立卦者皆不寫，以緣此本有，更不能再出，故此本兩存耳。從後即是《易緯》本經，非《三備》所有也。

已明確說明這兩段文字並非《稽覽圖》原文，而是從“《三備》上”錄出。此二術乃求主歲卦之法，與《稽覽圖》六十四卦主歲說相合，故有人將其抄錄於此，以為參考，即注文所謂“以廣本耳”。南宋黃震（1213-1280）所見《易緯稽覽圖》已有此二術[(12)]，可見迻錄《三備》此文入

《稽覽圖》在黃氏前。馮椅《厚齋易學》云："按《中興館閣書》,《易緯》七卷, 又有李淳風等續注。其一推天元甲子之術, 其二推易天地人之元術。[13]" 上文已經指出, 今傳《稽覽圖》乃從《永樂大典》中抄出, 而《大典》所收即南宋館閣所藏七卷本《易緯》。《稽覽圖》在南宋七卷本《易緯》中居首,《中興館閣書目》(1178) 所載二術正與今本《稽覽圖》一致。對於何人迻錄此文, 殿本《稽覽圖》案語謂"乃後世術士所加", 孫詒讓則云"此唐人校書所注補[14]"。據馮椅所引《中興館閣書目》,《易緯》有李淳風等續注, 則迻錄《三備》之文似出李淳風等人之手。

《三備》即《易三備》, 所謂"三備"乃天、地、人三才兼備之義, 運用八宮六十四卦, 以世、應的定和動來預測事物之吉凶禍福[15]。故分《上備》、《中備》、《下備》三卷。《隋書 · 經籍志》、《舊唐書 · 經籍志》、《新唐書 · 藝文志》子部 · 五行類皆著錄《易三備》三卷, 另有一卷本[16]。《崇文總目》卜筮類、《通志 · 藝文略》五行 · 易占類有《周易三備》三卷, 又《周易中備雜機要》一卷。《宋史 · 藝文志》子部 · 蓍龜類作"《周易三備》三卷, 題孔子師徒所述, 蓋依託也", 子部 · 五行類又有《周易三備雜機要》一卷[17],"三備雜機要"似是"中備雜機要"之誤, 或即隋唐《志》著錄之一卷本。

此書尚存五個敦煌寫本殘卷 (S.6015、S.6349、S.12136、P.4924、P5031), 但只有《中備》和《下備》二卷的內容。S.6349 包括《中備》、《下備》二卷, 但可能是由兩個不同寫本拼合而成[18]。其中《中備》不避"世"字。P.4924 則可與 S.6349 中的《下備》寫本綴合, 原為一件[19],"世"、"身"混用。《下備》卷終後附有《占候驗吉凶法》, 卷末有題記"于時歲次甲申六月丙辰十九日甲戌申時寫訖", 故《下備》當為唐懿宗咸通五年抄寫[20]。S.6015 為《下備》寫本, 文字較 S.6349 簡略, 避"世"字作"身"。P5031 包括 46 件小殘片, 並非一書, 其中第 11 片文字為:

> □八月卦, 世在四, 應在初。顏□
> □南有伏尸。大河在下。去卜處□

經與 S.6349 對比, 屬於《中備》需卦, 文字基本一致,"大河在下"後脫"有玉石"三字。S.12136 僅存頁面下端兩殘行:"□土井, 應 / □子云:有伏屍。" 難以確認屬於何卦文字[22]。

四個殘卷中, S.6349 保存內容最多, 首有類似序言之文, 介紹了《易三備》的主要內容:"《三備》者, 經云:《上備》, 天也;《中備》, 筮人中宅舍吉凶也;《下備》, 筮[地]下磐石[湧]泉深淺吉凶安葬地也[23]。" 如序言所云,《易三備》分為三部分:《上備》筮天 (天上),《中備》筮人中,《下備》筮地下, 天上、人中、地下皆備。《通志 · 藝文略》云:"《上備》言天文,《中備》卜筮,《下備》地理。""卜筮"當為"筮人"之誤[24]。

關於《易三備》的成書時代, 此書既引及郭璞 (景純) 之名, 又見於《隋書 · 經籍志》著錄, 故當為六朝之書[25]。唐初不少佛書記載, 北魏明帝正光元年 (520), 道士姜斌與僧人曇謨最 (曇無最) 在殿前對論, 曇謨最云:"孔子有《三備》卜經, 謂天、地、人,'佛'之文言, 出在《中備》[26]。" 此項記載, 史實多誤, 應當出於北朝後期佛道論爭時的偽造文獻, 雖非信史, 仍可視為北朝後期史料[27]。由此可知，《易三備》在當時已經頗為流行，故為釋氏所知，並視為孔子之書。敦煌殘卷中，僅 S.6349 有《中備》內容，但殘損嚴重，現存文本無“佛”字。不過，隋杜臺卿《玉燭寶典》引孔子《內備經》云：“震爻動，則知有佛[28]。”宋羅泌《路史》卷三四《發揮三》“佛之名”條則引孔子《中備經》曰：“觀夫震爻之動，則知有佛矣。”可知《玉燭寶典》“內”為“中”字之誤，此條引文即“‘佛’之文言，出在《中備》”所指。又唐釋湛然（711—782）《止觀輔行傳弘決》卷六之二云：“《易》測陰陽等者，如孔子《三備》卜經，上知天文，中知人事，下知地理。”日本具平親王（964-1009）《弘決外典鈔》卷三云：“孔子《易林》有《上備》、《中備》、《下備》[29]。”敦煌殘卷無題名，但文中屢稱“孔子云”、“子夏云”、“顏淵曰”等，《宋史·藝文志》謂“題孔子師徒所述”，佛書亦徑以孔子書視之。

S.6349 序言後直接抄寫《中備》而略去《上備》，應該是由於《上備》筮天，所占皆國運興衰，在普通百姓日常生活中缺乏實用性，所以略而不抄[30]。《中備》和《下備》的文本形式是，先列一段類似於篇序的文字，講解占筮的理論依據與方法，然後以八宮乾、坤、震、巽、坎、離、艮、兌分統六十四卦的順序排列各卦，《上備》的形式應當與此類似。今本《稽覽圖》所載“推天元甲子之術”、“推易天地人之元術”是從《三備》錄出，講解如何求得各歲、月、日主事之卦。既云“易天地人之元術”，則此法之用統括《上備》天、《中備》人、《下備》地三卷，原本應位於《三備》卷首。但“推天元甲子之術”與“推易天地人之元術”二段中關於如何推算主歲卦的內容實際是重複的，不知為何並立二術。逐錄者注云：“其所寫《三備》，並從前立卦者皆不寫，以緣此本有，更不能再出，故此本兩存耳。”也就是說，《三備》中根據以上二術立卦的文字不再抄寫，原因是《稽覽圖》中已有類似的內容，為了避免重複，故在《三備》中略去，僅在《稽覽圖》中保存二術文字。

總之，《易三備》是南北朝之書，唐代李淳風等續注《易緯》，逐錄《易三備》所載“推天元甲子之術”、“推易天地人之元術”入《稽覽圖》中，以為補充參考之用，非《稽覽圖》本文。

（2）《易通統軌圖》

《稽覽圖》卷下有一種分卦值日的卦氣圖，將四正卦外的六十卦分為兩組，三十卦配陽月，三十卦配陰月，六十卦三百六十爻，爻主一日，凡三百六十日。其說如下（爻畫從略[31]）：

八百諸侯正月　侯三月　侯五月　侯七月　侯九月　侯十一月
小過立春　豫清明　大有芒種　恒立秋　歸妹寒露　未濟大雪
初六一日　六二六日　九三十一日　九四十六日　六五二十一日　上六二十六日
二十七大夫蒙正月　大夫訟三月　大夫家人五月　大夫節七月　大夫无妄九月　大夫蹇十一月
初六二日　九二七日　六三十二日　六四十七日　六五二十二日　上九二十七日
九卿益正月　九卿蠱三月　九卿井五月　九卿同人七月　九卿明夷九月　九卿頤十一月

初九三日　六二八日　六三十三日　六四十八日　九五二十三日　上九二十八日

三公漸正月　三公革三月　三公咸五月　三公損七月　三公困九月　三公中孚十一月

初六四日　六二九日　九三十四日　六四十九日　九五二十四日　上九二十九日

天子泰正月　夫子夬三月　天子姤五月　天子否七月　天子剥九月　天子復十一月

初九五日　九二十日　九三十五日　六四二十日　六五二十五日　上六三十日

右是六陽月三十卦，直事日依氣定，日主一爻。

八百諸侯二月　侯四月　侯六月　侯八月　侯十月　侯十二月

需驚蟄　旅立夏　鼎小暑　巽白露　艮立冬　屯小寒

初九一日　九二六日　九三十一日　六四十六日　九五二十一日　上六二十六日

二十七大夫隨二月　大夫師四月　大夫豐六月　大夫萃八月　大夫既濟十月　大夫謙十二月

初九二日　九二七日　九三十二日　六四十七日　九五二十二日　上六二十七日

九卿晉二月　九卿比四月　九卿渙六月　九卿大寒八月　九卿噬嗑十月　九卿睽十二月

初六三日　六二八日　六三十三日　九四十八日　六五二十三日　上九二十八日

三公解二月　三公小寒四月　三公履六月　三公賁八月　三公大過十月　三公升十二月

初六四日　九二九日　六三十四日　九四十九日　六五二十四日　上六二十九日

天子大壯二月　天子乾四月　天子遯六月　天子觀八月　天子坤十月　大子臨十二月

初九五日　九二十日　九三十五日　九四二十日　六五二十五日　上六三十日

應已上盡卦爻日，並上一同。

右是六陰月三十卦，直事日依氣定，日主一爻。

張惠言曰："右二圖陰陽月六十卦直事，題云'日主一爻'，而圖列六爻，每爻中間五日，六爻則盡一月矣。"此圖將三十卦分為八百諸侯、二十七大夫、九卿、三公、天子五組，每組六卦，分別與六陽月、六陰月對應。如此則每月有五卦三十爻，爻主一日，正盡一月日數。以正月為例，小過、蒙、益、漸、泰五卦，橫看則每卦之爻間隔五日，豎看則五卦初爻分主一日至五日，次爻分主六日至十日，以此類推，上爻分主二十五日至三十日。其餘各月均同此例。此二圖文字較為簡省，未將各卦爻所主之日一一列出，現以正月為例，繪製一副較為直觀的圖表：

小過	蒙	益	漸	泰
- -初六 1	- -初六 2	—初九 3	- -初六 4	—初九 5
- -六二 6	—九二 7	- -六二 8	- -六二 9	—九二 10
—九三 11	- -六三 12	- -六三 13	—九三 14	—九三 15
—九四 16	- -六四 17	- -六四 18	- -六四 19	- -六四 20
- -六五 21	- -六五 22	—九五 23	—九五 24	- -六五 25
- -上六 26	—上九 27	—上九 28	—上九 29	- -上六 30

圖一《易通統軌圖》正月"日主一爻"圖

此卦氣圖中，每卦各值六日，顯然與孟喜、京房及《稽覽圖》的六日七分說不同。唐一行在《曆議 · 卦議》中討論了孟氏、京氏及《易通統軌圖》三家卦氣說的區別，指出《易通統軌圖》的特點是“自入十有二節，五卦初爻相次用事，及上爻而與中氣偕終”[32]。雖仍為每月五卦，但與孟氏、京氏五卦依次用事不同，改為五卦初爻依次用事，正與上圖一致。故張惠言云：“案此圖初爻一日，而二當六，則立春一日小過，初二日蒙，初三日益，初四日漸，初五日泰，初六日小過二，正是‘相次用事’之法，則此圖即《易統軌》[33]。”此圖各月均從節氣（初氣）起，如正月起自立春，小過初六為一日，蒙初六為二日，益初九為三日，漸初六為四日，泰初九為五日，小過六二為六日，蒙九二為七日，至泰九三為十五日，立春節終。小過九四為十六日，雨水氣始，至泰上六為三十日，雨水氣終，即一行所謂“及上爻而與中氣偕終”（立春為節氣，雨水為中氣）。其他各月皆準此例。可見《稽覽圖》卷下所載此圖即《易通統軌圖》之說，與《稽覽圖》卦氣說不同，張惠言云：“蓋此圖後世雜家所附益，非《中孚傳》（謙按：即《稽覽圖》）本文[34]。”

《隋書 · 經籍志》子部五行家、日本藤原通憲（信西）《通憲入道書目錄》皆有《易通統卦驗玄圖》一卷，不著撰人[35]。《顏氏家訓 · 書證篇》引《易統通卦驗玄圖》曰：“苦菜生於寒秋，更冬歷春，得夏乃成。”又曰：“荔挺不出，則國多火災[36]。”《易通統卦驗玄圖》、《易統通卦驗玄圖》當即一書。此外，《隋志》五行家尚有《易通統圖》二卷，又《易通統圖》一卷，同样不著撰人。經部易家謂“梁又有《周易大演通統》一卷，梁氏撰”，也屬於圖譜一類[37]。所謂“通統圖”，即以易圖的形式通貫、綜括《易》之綱領、系統。《易通統卦驗玄圖》、《易通統圖》當是形式相近的易圖，從《顏氏家訓》引文看，這類易圖應是將曆法、物候（“荔挺生”是七十二候之一）、災異等與《易》結合，將各類內容一一納入易圖，並確定一定的對應關係，以便尋檢[38]。一行所謂《易通統軌圖》當即《易通統卦驗玄圖》或《易通統圖》，抑或是同類易圖。唐李鼎祚《周易集解》云：“案《易軌》，一歲十二月，三百六十五日四分日之一。以坎、離、震、兌四方正卦，卦別六爻，爻主一氣。其餘六十卦，三百六十爻，爻主一日，當周天之數。餘五日四分日之一，以通閏餘者也[39]。”李道平《纂疏》謂“易軌者，易策也[40]”，並未將其理解為書名。但就李鼎祚所言，亦是一爻主一日之說，與《易通統軌圖》一致，惟不知是否為初爻相次用事，《易軌》或為《易通統軌圖》之簡稱。

《易通統卦驗玄圖》見於《隋書 · 經籍志》及顏之推《顏氏家訓》，則成書不晚於隋代[41]。又一行《卦議》謂“惟《天保曆》依《易通統軌圖》”，《天保曆》為北齊文宣帝受禪後命宋景業所造，成於天保元年[42]（550），則《易通統軌圖》時代又在此前。

根據《易通統圖》的殘存佚文，可以考證出此書的時代。《李嶠雜詠 · 乾象十首 · 日》唐張庭芳注引《易通統圖》云：“（春日），日行東方青道曰東陸。夏日，日行南方赤道曰南陸。秋日，日行西方白道曰西陸。冬日，日行北方黑道曰北陸也[43]。”敘述了四時、四方與日行四道的配合。《左傳》昭公四年載申豐曰：“古者日在北陸而藏冰，西陸朝覿而出之。”也就是說，古時候人們在太陽運行到“北陸”時鑿取冰塊，儲藏於冰室，這時自然是冬季[44]。到了“西陸”早晨出現在東方的時候，則開始取用冰塊，這時是春季[45]。《爾雅 · 釋天》：“北陸，虛也。”“西陸，昴也。”則將北陸特指為北方七宿之一的虛宿，將西陸特指為西方七宿之一的昴宿。以此推之，南陸即南方七宿的星宿，東陸即東方七宿的房宿。[46] 實際上，四陸之名通該東、南、西、北四象。[47] 服虔、杜預注皆謂“陸，道也”，四陸即太陽所行之四道：

東陸即東方蒼龍七宿，角、亢、氐、房、心、尾、箕。

北陸即北方玄武七宿，斗、牛、女、虛、危、室、壁。

西陸即西方白虎七宿，奎、婁、胃、昴、畢、觜、參。

南陸即南方朱雀七宿，井、鬼、柳、星、張、翼、軫。

太陽在黃道運行，四象二十八宿分佈於黃道，日行黃道即日行四陸。在古人眼中，太陽圍繞地球旋轉，每年一周，每月到達一個位置。對於一年之中太陽在星空中的視運動，《呂氏春秋》和《禮記・月令》有相同的記載：

孟春之月，日在營室。仲春之月，日在奎。季春之月，日在胃。

孟夏之月，日在畢。仲夏之月，日在東井。季夏之月，日在柳。

孟秋之月，日在翼。仲秋之月，日在角。季秋之月，日在房。

孟冬之月，日在尾。仲冬之月，日在斗。季冬之月，日在婺女。

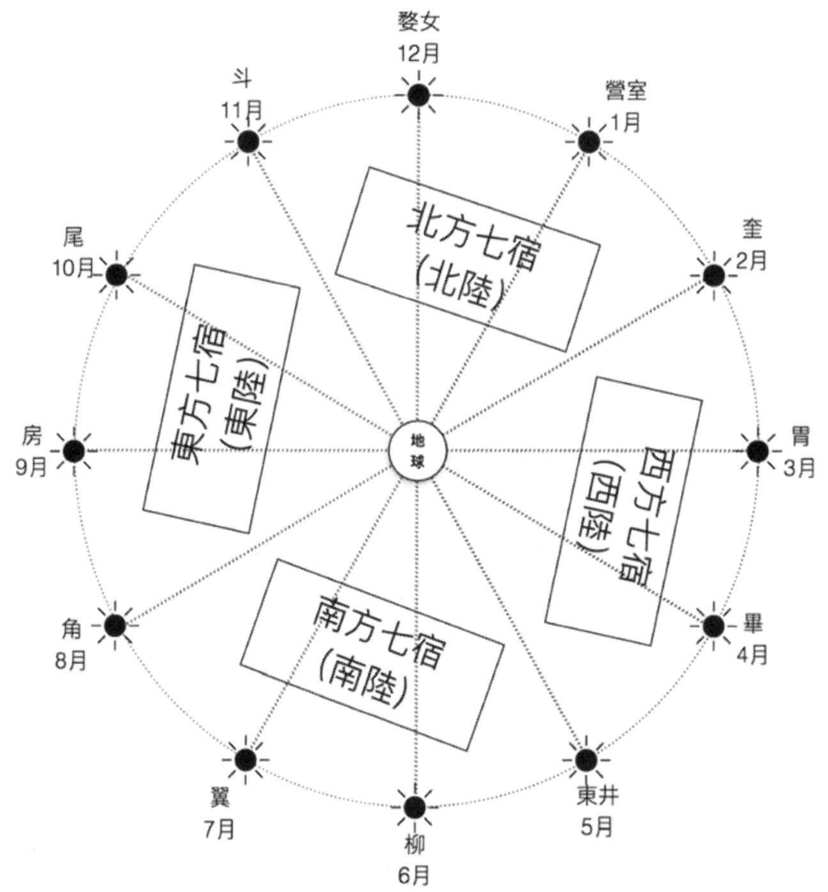

圖二 太陽在星空中的視運動圖

由上圖可知，太陽在北陸（北方七宿）運行的月份是仲冬至孟春（11月至1月），在西陸（西方七宿）運行的月份是仲春至孟夏（2月至4月），在南陸（南方七宿）運行的月份是仲夏至孟秋（5月至7月），在東陸（東方七宿）運行的月份是仲秋至孟冬（8月至10月），所以當時的四陸（四象）並不完全與四季對應，而是有交叉。由於歲差，春分點大約每71年9月西移1°，而《呂氏春秋》記錄的時代，四陸與四季有一個月的偏差，如果要讓二者完全對應，春分點需要東移約30°，即時間上推約2150年，已在夏代之前。

戰國、秦、漢間，並無文獻以四陸與四季一一對應。至西晉司馬彪《續漢書・律曆志下》云："是故日行北陸謂之冬，西陸謂之春，南陸謂之夏，東陸謂之秋。"方以北陸對冬，西陸對春，南陸對夏，東陸對秋。但這種"西陸－春"、"東陸－秋"的對應關係，與五行學說中"東方－春"、"西方－秋"的配合恰恰相反。後人昧於"四陸"本義，將對應關係妄改為"東陸－春"、"西陸－秋"，以合於五行。如《文選》載晉郭璞《遊仙詩》云："蓐收清西陸，朱羲將由白。"[(48)]據《禮記・月令》孟秋之月"其神蓐收"，蓐收既為司秋之神，則郭璞以西陸為秋也。循郭詩之意，呂延濟注亦云："西陸，秋也。"李善注引司馬彪《續漢書》，更是改"西陸謂之春"為"西陸謂之秋"，可見皆已不知"西陸"原意。[(49)]較郭璞略早的張協（景陽）有《雜詩》云："大火流坤維，白日馳西陸。"[(50)]所言亦為秋日，誤同郭璞，李善注引《續漢書》亦妄改。可見與司馬彪同時之人即已有以西陸配秋，以東陸配春者。

此外，漢代緯書中還有"日行九道"的說法。[(51)]《尚書考靈曜》云："萬世不失九道謀。"鄭注引《河圖帝覽嬉》云："黃道一。青道二，出黃道東；赤道二，出黃道南；白道二，出黃道西；黑道二，出黃道北。日春東從青道，夏南從赤道，秋西從白道，冬北從黑道。"[(52)]鄭玄《禮記・月令》注亦有"日之行，春東從青道，發生萬物，月為之佐"云云。孔疏云：

> 云"月為之佐"者，以日月皆經天而行，月亦從青道，陰佐于陽，故云"月為之佐"。知月亦從青道者，以緯云"月行九道，九道者並与日同，而青道二，黃道東；赤道二，黃道南；白道二，黃道西；黑道二，黃道北；并黃道而為九道也"，並與日同也。

可見緯書中日月皆行九道。王充《論衡・說日》亦云"日月有九道"。但"日有九道"的概念並不常見，更為人熟知的是"月有九道"。[(53)]劉向《洪範五行傳》："日有中道，月有九行。"（一行《大衍曆議》引）《漢書・天文志》云："月有九行者：黑道二，出黃道北；赤道二，出黃道南；白道二，出黃道西；青道二，出黃道東。立春、春分，月東從青道；立秋、秋分，西從白道；立冬、冬至，北從黑道；立夏、夏至，南從赤道。然用之，一決房中道。"[(54)]

<table>
<tr><th></th><th>"日行四陸"說／"日行九道"說</th><th>《易通統圖》</th></tr>
<tr><td rowspan="2">春</td><td>日行西陸→日行東陸</td><td rowspan="2">日行東方青道曰東陸</td></tr>
<tr><td>日東從青道</td></tr>
<tr><td rowspan="2">夏</td><td>日行南陸</td><td rowspan="2">日行南方赤道曰南陸</td></tr>
<tr><td>日南從赤道</td></tr>
</table>

<table>
<tr><td rowspan="2">秋</td><td>日行東陸→日行西陸</td><td rowspan="2">日行西方白道曰西陸</td></tr>
<tr><td>日西從白道</td></tr>
<tr><td rowspan="2">冬</td><td>日行北陸</td><td rowspan="2">日行北方黑道曰北陸</td></tr>
<tr><td>日北從黑道</td></tr>
</table>

圖三 《易通統圖》雜糅"日行四陸"與"日行九道"說

所謂九道，從顏色上區分，實際只有青、赤、白、黑四道。按照"日行九道"的說法，日道與四季的對應關係為：春－東從青道，夏－南從赤道，秋－西從白道，冬－北從黑道。這種春－東－青、夏－南－赤、秋－西－白、冬－北－黑的配合正與五行說一致。但漢代緯書中雖有此說，卻並未以之牽合四陸，可見《易通統圖》並非漢代緯書。從時間上看，先是晉人將"日行四陸"說中的"西陸謂之春，東陸謂之秋"誤改為"東陸謂之春，西陸謂之秋"，然後《易通統圖》又將這種誤改過的"日行四陸"說與"日行九道"說雜糅合一。此書既見於《隋書· 經籍志》，蓋成書於南北朝時期。

要之，《稽覽圖》中"初爻相次用事"的卦氣圖出自《易通統軌圖》，此書當即《易通統卦驗玄圖》或《易通統圖》，抑或是同類易圖。這類易圖將曆法、物候、災異等與《易》結合，是對《易緯》的發展，但皆屬南北朝時代的產物，不可以漢代緯書視之。

(3) 李淳風等續注

上文已經指出，《中興館閣書目》著錄有李淳風等續注《易緯》，《易三備》和《易通統軌圖》之文蓋即續注之內容，唐人將其抄入《稽覽圖》中，以為參考。《稽覽圖》卷下載四十二世軌，下有識語："已上勾者，是勘《銘軌》加之，本經並無，只有單數不勾耳。"殿本按語云："按此條乃後人標識之辭，原本混入正文，今姑存其舊，而用細字夾注以別之。"從稱《易緯》為"本經"看，與"推天元甲子之術"、"推易天地人之元術"下注語相同，當亦李淳風等續注時添入。"勘銘軌加之"何意，前人無說，今檢《宋史 · 藝文志》子部五行類有《銘軌》五卷[(55)]，則《銘軌》中當亦有世軌之說，李淳風等比勘二者，根據《銘軌》對《稽覽圖》內容略加增益。《銘軌》或亦南北朝易占之書。此外，卷下所載推世卦術、推厄法有前後重複之處，又有舉例推算之文，頗為繁複，顯然並非全為《稽覽圖》原文，而是多有後人續注內容，但已經很難一一準確分別。

既云李淳風等，則所謂續注並非出於李氏一人。今傳《稽覽圖》文本中有一些李淳風之後的唐代年號，也說明尚有李氏之後唐人附益的內容。如卷上唐人附注之語云："易天地人道元，至宋元嘉元年，一百九十萬六千三百八十算外。從元年至今大唐上元二年乙亥，又積三百三十八年。"此語在"推天元甲子之術"、"推易天地人之元術"注文與《稽覽圖》正文"甲子卦氣起中孚"之間，殿本雖作大字（圖四），但顯然並非二術文字。二術注文既云"從後即是《易緯》本經，非《三備》所有也"，則當時並無此附注之文，而是直接《稽覽圖》本文，故附注文字時間較二術注文為後。唐代有兩"上元"年號，一為高宗，一為肅宗。唐高宗上元二年（675）正當乙亥，然自宋元嘉元年（424）積三百三十八年當為唐肅宗"上元二年辛丑"（761），"乙亥"蓋後人誤改。

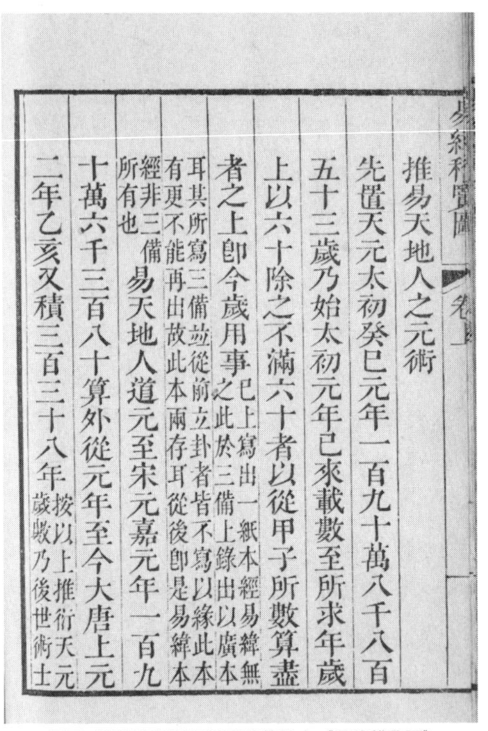
易緯稽覽圖　卷上

推易天地人之元術

先置天元太初癸巳元年一百九十萬八千八百五十三歲乃始太初元年已來載數至所求年歲上以六十除之不滿六十者以從甲子所數算盡者之上卽今歲用事已上寫出一紙本經易緯無之此於三備上錄出以廣本耳其所寫三備並從前立卦者皆不寫以緣此本有更不能再出故此本兩存耳從後卽是易緯本經非三備所有也易天地人道元至宋元嘉元年一百九十萬六千三百八十算外從元年至今大唐上元二年乙亥又積三百三十八年按以上推衍天元歲數乃後世術士

圖四　清乾隆間浙江重刊武英殿本《易緯稽覽圖》

又宋元嘉元年為甲子年，積年一百九十萬六千三百八十恰可整除六十，則“易天地人道元”為甲子元。又如卷下推爻術後亦有唐人附注之文：“從伏羲天元甲寅已來，至大唐貞元年乙亥，積二百七十六萬一千二百二十算。至元和年三月，二百七十六萬一千二百三十一算。”“貞元年乙亥”指唐貞元十一年乙亥（759），下“元和年”當為元和元年（806），正差十一年。此外，最晚的年份已至元和十五年（820）。

三、結語

通過上文的考察可以看出，今傳《易緯稽覽圖》的文本十分複雜，既有南北朝時代的易占、易圖類著作的內容，又有不同時期的唐人附注之文。不同時代的文本錯雜而處，影響了我們對漢代《稽覽圖》文本的認識與利用。

經過考證，可以確認今傳《稽覽圖》中的“推天元甲子之術”、“推易天地人之元術”是南北朝易占書《易三備》的內容。此書取天、地、人三才兼備之義，運用八宮六十四卦，以世、應的定和動來預測事物之吉凶禍福，在中古時代頗為流行，今尚存敦煌殘卷。至於《稽覽圖》中所載“日主一爻”的卦氣圖，則屬於一行《曆議・卦議》提及的《易通統軌圖》。據一行說，此書為北齊《天保曆》所依，則成書必在天保元年（550）之前。見於書目著錄的類似易圖著作有《易通統卦驗玄圖》和《易通統圖》二種,《易通統軌圖》當即二者之一,抑或是同類易圖。通過對《易通統圖》殘存佚文的考察,也證明此書晚出,非漢代文獻。總之,這類易圖將曆法、物候、災異等與《易》結合,是對《易緯》的發展,但皆屬南北朝時代的產物,不可以漢代緯書視之。

今傳《稽覽圖》中的《易三備》、《易通統軌圖》內容當是唐代李淳風等續注《易緯》時添入,以為補充參考之用。續注工作亦非李淳風一人之力,而是唐代不同時期之人陸續增益,故有晚至元和之年號。

【注】

(1)〔清〕永瑢等《四庫全書總目》,北京:中華書局,1965 年,第 46 頁。

(2)〔南朝·宋〕范曄撰,〔唐〕李賢等注《後漢書·方術列傳·樊英》,北京:中華書局,1965 年,第 2721 頁。

(3)〔宋〕王堯臣等編《崇文總目》卷一易類,明天一閣鈔本,寧波天一閣博物館藏。

(4)〔宋〕王應麟撰,武秀成、趙庶洋校證《玉海藝文校證》,南京:鳳凰出版社,2013 年,卷一易"易緯"條,第 53 頁。

(5)〔宋〕佚名編,〔清〕葉德輝考證《祕書省續編到四庫闕書目》卷一易類,《宋史藝文志附編》,上海:商務印書館,1957 年,第 301 頁。

(6)〔宋〕王應麟撰,武秀成、趙庶洋校證《玉海藝文校證》,卷一易"易緯"條引,第 53 頁。

(7)〔宋〕陳振孫撰,徐小蠻、顧美華點校《直齋書錄解題》,上海:上海古籍出版社,2015 年,卷三讖緯類,第 79 頁。

(8)《永樂大典目錄》,影印道光間靈石楊氏刊《連筠簃叢書》本,《永樂大典》,第十冊,北京:中華書局,1986 年,卷四十,第 477 頁。

(9)以上詳參拙文《〈易緯〉篇目、流傳與輯佚的目錄學考察》,《古典文獻研究》,第 20 輯上卷。

(10)〔清〕永瑢等《四庫全書總目》,第 46 頁。

(11)〔宋〕晁公武撰,孫猛校證《郡齋讀書志校證》,上海:上海古籍出版社,2011 年,第 9 頁。

(12)〔宋〕黃震《黃氏日抄》卷五七《讀諸子》,元後至元刻本。

(13)〔宋〕馮椅《厚齋易學》附錄一《先儒著述上》,影印《文淵閣四庫全書》本。

(14)〔清〕孫詒讓撰,梁運華點校《札迻》,北京:中華書局,1989 年,第 6 頁。

(15)張志清、林世田《S.6015〈易三備〉綴合與校錄——敦煌本〈易三備〉研究之一》,《敦煌吐魯番研究》第九卷,2006 年,第 389 頁。

(16)〔唐〕魏徵、令狐德棻《隋書》,北京:中華書局,1973 年,第 1034 頁。〔後晉〕劉昫《舊唐書》,北京:中華書局,1975 年,第 2042 頁。〔宋〕歐陽修、宋祁《新唐書》,北京:中華書局,1975 年,第 1553 頁。按:《新唐書·藝文志》作"《易三備》三卷,又三卷",據《舊唐志》可知,"又三卷"當為"又一卷"之誤。

(17)〔元〕脫脫《宋史》,北京:中華書局,1985 年,第 5238、5265 頁。

(18)張志清、林世田《S.6015〈易三備〉綴合與校錄——敦煌本〈易三備〉研究之一》,第 389 頁。鄭炳林、陳于柱則認為,二卷出自不同底本,但為一人所抄,屬於歸義軍時期產物,見二氏《敦煌占卜文獻敘錄》,蘭州:蘭州大學出版社,2014 年,第 12 頁。

(19)張志清、林世田《S.6349 與 P.4924〈易三備〉寫卷綴合整理研究》,《文獻》2006 年第 1 期,未附錄文。又收入《國家圖書館同人文選》第 4 輯(北京:國家圖書館出版社,2009 年),附有錄文。

(20)陳槃《敦煌鈔本〈三備〉殘卷附校勘記》,《古讖緯研討及其書錄解題》,上海:上海古籍出版社,

2010 年，第 569 頁。

（21）圖片見國際敦煌項目（IDP）網站及《法國國家圖書館藏敦煌西域文獻》34，上海：上海古籍出版社，2005 年，第 84-101 頁。黃正建《敦煌占卜文書與唐五代占卜研究》（增訂版）已經指出 P.5031 可能屬於《易三備》（北京：中國社會科學出版社，2014 年，第 10 頁）。但黃氏似乎將 P.5031 所有殘片視為一書，可能是由於當時所據圖片不夠清晰，未能一一分辨。

（22）鄭炳林、陳于柱《敦煌占卜文獻敘錄》（第 14 頁）認為此二殘行屬於《下備》革卦，但僅“井應”、“子云”四字相合，難以信從。

（23）《英藏敦煌文獻（漢文佛經以外部份）》第 11 卷，成都：四川人民出版社，1994 年，第 28 頁。陳槃錄文“磐石”上脫“下”字。又“地”字原為闕文，“湧”字中部殘損，陳槃錄文未補，而引岑仲勉云：“以所引郭景純《占》例之，則‘筮’下蓋脫‘占’字，‘石’下蓋脫‘湧’字。”謙按：岑氏補“湧”字甚是，然《中備》下文載“郭景純《占宅地下磐石湧泉伏尸法》”云云，“地下磐石湧泉”六字與上文正合，闕文當補“地”字為是。

（24）陳槃《敦煌唐咸通鈔本〈三備〉殘卷（增訂本）》，《古讖緯研討及其書錄解題》，第 543 頁。

（25）陳槃《敦煌唐咸通鈔本〈三備〉殘卷（增訂本）》，《古讖緯研討及其書錄解題》，第 545 頁。

（26）〔唐〕釋法琳《破邪論》卷上。此書撰於唐武德五年（622）。亦見唐釋道宣《續高僧傳》卷二三《曇無最傳》、《廣弘明集》卷一、《集古今佛道論衡》卷一及唐釋道世《法苑珠林》卷五三等書。

（27）此承山東大學《文史哲》編輯部孫齊博士教示，謹致謝忱。

（28）〔隋〕杜臺卿《玉燭寶典》，清光緒間影刊日本舊鈔卷子本（《古逸叢書》之十四）。

（29）〔日〕具平親王《弘決外典鈔》，《續天台宗全書·顯教 3》，春秋社，1989 年，第 75 頁。

（30）張志清、林世田《S.6349 與 P.4924〈易三備〉寫卷綴合整理研究》，第 52 頁。

（31）殿本按語云：“按上文各卦圖，俱取五德，首一卦六爻，依日配之，以例其餘。原本多有脫落錯誤，今各依本卦補入。至策數亦有脫者，未敢妄補，姑仍其舊。”可見《永樂大典》所載文字原有脫訛，已經館臣校正。

（32）〔宋〕歐陽修、宋祁《新唐書·曆志三上》，第 599 頁。

（33）〔清〕張惠言《易緯略義》，清光緒中廣雅書局刊民國九年番禺徐紹棨彙編重印《廣雅書局叢書》本，第 15a 頁。

（34）〔清〕張惠言《易緯略義》，第 15a 頁。

（35）〔日〕藤原通憲《通憲入道書目錄》第一櫃，鎌倉初期寫本，日本宮內廳書陵部藏。

（36）王利器《顏氏家訓集解》（增補本），北京：中華書局，1993 年，第 410、418 頁。

（37）〔清〕姚振宗撰，劉克東、董建國、尹承整理《隋書經籍志考證》，北京：清華大學出版社，2014 年，第 88 頁。

（38）北魏《正光曆》是最早引入七十二候的曆法，其次序與《逸周書·時則解》頗有不同，當是進行過調整。唐代一行《大衍曆》之前的曆法均以《正光曆》的七十二候系統為準（陳美東《中國科學技術史·天文學卷》，北京：科學出版社，2003 年，第 290-292 頁），則南北朝間流行的此類易圖大概也是採用這種排列方式。

（39）〔清〕李道平撰，潘雨廷點校《周易集解纂疏》，北京：中華書局，1994 年，第 261 頁。標點有改動。

（40）〔清〕李道平撰，潘雨廷點校《周易集解纂疏》，第 262 頁。

（41）《顏氏家訓》成書在入隋後，見王利器《顏氏家訓集解·敘錄》，第 1-2 頁。

（42）〔唐〕魏徵、令狐德棻《隋書·律曆志中》，北京：中華書局，1973 年，第 417 頁。

（43）〔日〕山崎明、ブライアン・スタイニンガ《百二十詠詩注校本——本邦伝存李嶠雜詠注》，《斯道文庫論集》第五十輯，2015 年，第 248 頁。《太平御覽》卷一八時序部三、卷二一時序部六、卷二四時序部九、卷二六時序部十一亦分別引用，但有訛脫。

(44) 關於藏氷的時間，經注皆以為在夏正十二月。《詩經·豳風·七月》:“二之日鑿氷沖沖，三之日納于凌陰。”毛傳:“氷盛水複，則命取氷於山林。”“凌陰，氷室。”又《周禮·天官·凌人》:“凌人掌氷正，歲十有二月，令斬氷。”又《禮記·月令》:“季冬之月，氷方盛，水澤腹堅，命取氷。”鄭注:“此月日在北陸，氷堅厚之時也。”

(45) 關於開氷的時間，諸注家略有歧異，服虔、賈公彥以為在夏正二月，杜預以為在三月，孫詒讓從前說。參見孫詒讓撰，王文錦、陳玉霞點校《周禮正義》，北京：中華書局，2013年，卷十，第377-378頁。

(46) 曾運乾撰，黃曙輝點校《尚書正讀》，上海：華東師範大學出版社，2011年，第10頁。

(47) 服虔注云:“北陸言在，謂十二月日在危一度。西陸朝覿不言在，則不在昴，謂二月在婁四度，謂春分時，奎、婁晨見東方而出氷，是公始用之。”則知奎、婁亦可稱“西陸”，故孫詒讓亦云:“審文校義，西陸之名，通晐白虎七宿。”(孫詒讓撰，王文錦、陳玉霞點校《周禮正義》，第377-378頁)

(48)〔梁〕蕭統編，〔唐〕呂延濟等注《六臣注文選》，影印日本足利學校藏宋刊明州本，北京：人民文學出版社，2008年，卷二一，第330頁。

(49) 姚鼐在《惜抱軒筆記》中認為郭璞所用不誤，“按天之西陸，西方七宿也，主肅殺之氣。景純言蓐收之氣應之，此本不誤，非謂日之所行也。當秋，日之所行自在東陸。……今李善既不達郭旨，遽改《續志》之文曰‘西陸謂之秋’，何其謬耶。”若按姚氏說，西陸為西方七宿，故可主肅殺之氣，而肅殺之氣在秋，然則西陸可謂秋乎？關鍵在於不可據五行說層層推導。故今不從姚氏說。

(50)〔梁〕蕭統編，〔唐〕呂延濟等注《六臣注文選》，卷二九，第457頁。

(51) 九道是由於星辰四遊產生的，參見李天飛《緯書〈尚書考靈曜〉中的宇宙結構》，《揚州大學學報》(人文社會科學版)，第17卷第6期，2013年11月。

(52)〔唐〕孔穎達《禮記正義》，影印南宋越刊八行本，北京大學出版社，2015年，卷二一月令第六解題引，第458-459頁。

(53) 漢代的“月行九道”是用來解釋近點月問題的，參見陳久金《九道術解》，《自然科學史研究》1982年第2期。

(54)〔漢〕班固撰，〔唐〕顏師古注《漢書·天文志》，北京：中華書局，1962年，第1295頁。

(55)〔元〕脫脫等《宋史》，第5262頁。

敦煌殘卷綴合與寫卷敘錄
——以《金剛般若波羅蜜經》寫本為中心

張涌泉　羅慕君

定名、斷代以及紙張、字體的判斷等等是敦煌寫卷整理研究的第一步。但由於粘縫脫落、老化破損、人為撕裂等原因，不少原本相對完整的敦煌寫卷四分五裂，歷經劫難，以殘卷或殘片的形式分散收藏於世界各地公私收藏機構，給敘錄的撰寫以及進一步的整理研究造成了極大的困擾。上個世紀八十年代以來，隨著各家所藏敦煌文獻圖版的陸續刊布，敦煌殘卷綴合的條件逐漸成熟。通過綴合，不但可以完善寫本信息、糾正敘錄疏誤，在一定程度上恢復寫本的原貌，而且可以通過統計各部分殘卷綴合的比例，對敦煌文獻的性質作出更客觀的判斷。本文試以敦煌《金剛般若波羅蜜經》(以下簡稱《金剛經》)寫本為中心，從明晰寫本信息、糾正敘錄疏誤兩個方面，談談敦煌殘卷綴合對準確撰寫寫卷敘錄的意義。

一、明晰寫本信息

絕大部分敦煌文獻有不同程度的殘損，首尾殘缺者比比皆是，大量殘片甚至僅存幾行或幾字，其本身所能提供的信息極為有限。而當把若干個殘卷或殘片綴合後，原本模糊的信息就逐漸清晰起來。如以下方面：

(一) 定名

例 1、S.7042 號 +BD10553 號[(1)]

(1) S.7042 號，見《寶藏》[(2)] 54/335B[(3)]。卷軸裝殘片。後部如圖 1 右部所示，首缺尾殘，存 14 行 (末行僅存下部 4 字右側殘形)，行約 17 字。楷書。有烏絲欄。原卷無題，《寶藏》擬題“金剛般若波羅蜜經”。《方錄》稱原卷紙高 25.3 釐米，為唐寫本《方錄》/24。

(2) BD10553 號 (L682)，見《國圖》108/22B。卷軸裝殘片。如圖 1 左部所示，存 2 殘行，行存下部 7 字。楷書。有烏絲欄。原卷無題，《國圖》擬題“金剛般若波羅蜜經”。《國圖》條記目錄稱原卷為 7—8 世紀唐寫本。

按：《金剛經》既有羅什譯本，又有留支譯本，上揭二號殘片所屬的譯本，未見各家交代。據殘存文字比勘，前號可以明確為《金剛經》羅什譯本。後號文字既見於《金剛經》羅什譯本 (參見《大正藏》T8/750B8—750B9[(4)])，也見於《金剛經》留支譯本 (參見《大正藏》T8/754B23

—754B24），僅據此號殘存字句難以確定所屬。考此二號內容前後相承，當可綴合。綴合後如圖1所示，後號係從前號左下角脫落的殘片，接縫處邊緣吻合，原本分屬二號的“是非相人”四字皆得復合為一，橫向烏絲欄亦可對接。又二號行款格式相同（皆有烏絲欄，滿行皆約17字，行距、字距、字體大小相近），書風字迹似同（比較二號共有的“以”“故”“是”等字），可資參證。二號綴合後，所存內容參見《大正藏》T8/750A22—750B9。

上揭二號既屬同卷，而前號已據存文考定為羅什譯本，則後號亦必為羅什譯本無疑。

圖1 S.7042號（局部）+BD10553號綴合圖[5]

例2、Дx.4867號+Дx.339號+Дx.3873號+Дx.1569號…BD8847號…BD7982號+Дx.4834號+Дx.1006號+Дx.10954號（2-2）+Дx.5126號

Дx.339號、Дx.1006號、Дx.1569號、Дx.3873號、Дx.4834號、Дx.4867號，《俄藏》以前一號為主目，以後五號依次附列其下，見《俄藏》6/236A—239B。冊葉裝，首尾皆殘，存11葉22個半葉，每半葉約7行，行約13字。楷書。原卷有分題，低正文約3字。《俄藏》擬題“金剛般若波羅蜜經”。按：多號合一時，《俄藏》是按卷號數字大小排列的，故號數與其下所附圖版的先後并不對應。《孟錄》已考定此六號皆為《金剛經》羅什譯本，原屬同冊，其中Дx.4867號+Дx.339號+Дx.3873號+Дx.1569號、Дx.4834號+Дx.1006號可分別綴合，并稱原件每葉紙高14釐米，寬10.5釐米，為9—11世紀寫本。《孟錄》上/88—89。茲據《孟錄》所敘，將此六號對應圖版按經文順序重排如下：

（1）Дx.4867號，見《俄藏》6/236A。如圖2第1欄右部所示，1葉2個半葉。有科分標題，從“大乘正宗分弟三”至“妙行無住分弟四”。

（2）Дx.339 號，見《俄藏》6/236B。如圖 2 第 1 欄左部所示，1 葉 2 個半葉。有科分標題，從“如理實見分弟五”至“正信希有分弟六”。

（3）Дx.3873 號，見《俄藏》6/237A。如圖 2 第 2 欄右部所示，1 葉 2 個半葉。原卷無題。

（4）Дx.1569 號，見《俄藏》6/237B。如圖 2 第 2 欄左部所示，1 葉 2 個半葉。有科分標題“无得无說分弟七”。

（5）Дx.4834 號，見《俄藏》6/239B 右片、6/238A 右片。如圖 2 第 5 欄所示，1 葉 2 個半葉。有科分標題“法身非我分弟二十六”。

（6）Дx.1006 號，見《俄藏》6/238B—239A、6/238A 左片、6/239B 左片。如圖 2 第 6 欄所示，6 葉 12 個半葉。有科分標題，從“无斷无滅分弟二十七”至“知見不生分弟三十一”。

如上所述，前四號、後二號可以分別綴合，但（4）（5）間有大段殘缺，（6）後亦有殘缺。後來我們又發現了以下四號：

（7）BD8847 號（國 68），見《國圖》104/155B—158A。冊葉裝，5 葉 10 個半葉。所存前 3 個半葉及末半葉如圖 2 第 3 欄所示。首尾皆缺，每半葉約 7 行，行约 13 字。有科分標題，從“尊重正教分弟十二”至“離相寂滅分弟十四”。楷書。分題低正文約 4 字。《國圖》擬題“金剛般若波羅蜜經（三十二分本）”。《國圖》條記目錄稱原件每葉紙高 14.5 釐米、寬 11 釐米，為 9—10 世紀歸義軍時期寫本。

（8）BD7982 號（北 4150；文 82），見《國圖》100/60A—65A。冊葉裝，11 葉 20 個半葉。所存前 3 個半葉及末半葉如圖 2 第 4 欄所示。首尾皆殘，每半葉約 7 行，行约 13 字。有科分標題，從“能浄業障分弟十六”至“化无所化分弟二十五”。楷書。分題低正文約 3 字。《國圖》擬題“金剛般若波羅蜜經（三十二分本）”。《國圖》條記目錄稱原件每葉紙高 14.2 釐米、寬 11 釐米，為 9—10 世紀歸義軍時期寫本。

（9）Дx.10954（2-2）號[6]，見《俄藏》15/109A。冊葉裝，2 葉 4 個半葉。如圖 2 第 7 欄右 2 葉所示，首尾皆缺，每半葉約 7 行，行約 13 字。有科分標題“應化非真分弟三十二”，尾題“金剛般若波羅蜜經”，換行署“西川過家真印本”，後有“大身真言”及“隨心真言”前半部。所存文本順序為 A—a—B—b。

（10）Дx.5126 號，見《俄藏》12/25A。冊葉裝，1 葉 2 個半葉（《俄藏》僅刊布了正面圖版）。如圖 2 第 7 欄左片所示，首缺尾全，存 7 行，行字不定。存“隨心真言”後半部及“心中心真言”，後有題記“天祐三年丙▨（寅）（906）六月十二日，八十三▨（老）人奉為金剛蜜迹菩薩寫此經，乞早過世，信心人受持”。楷書。原件缺題，《俄藏》未定名。

按：上揭十號內容皆前後相接或相近，應係同一寫本所撕裂，可以綴合。其中（7）（8）二號係從（4）（5）號間脫落，（9）（10）號則係（6）號之後脫落的部分，綴合後如圖 2 所示，其先後順序為 Дx.4867+Дx.339+Дx.3873+Дx.1569…BD8847…BD7982+Дx.4834+Дx.1006+Дx.10954（2-2）+Дx.5126。其中僅 BD8847 號與前後二號難以直接綴合（據完整文本推算，Дx.1569 號與 BD8847 號間缺約 4 葉，BD8847 號與 BD7982 號間缺 1 葉），其餘相鄰各號內容均前後相承，依次為“應如／是布施[7]”、“正信希有分弟六／須菩提白佛言”、“即為著我人／衆生壽者”、

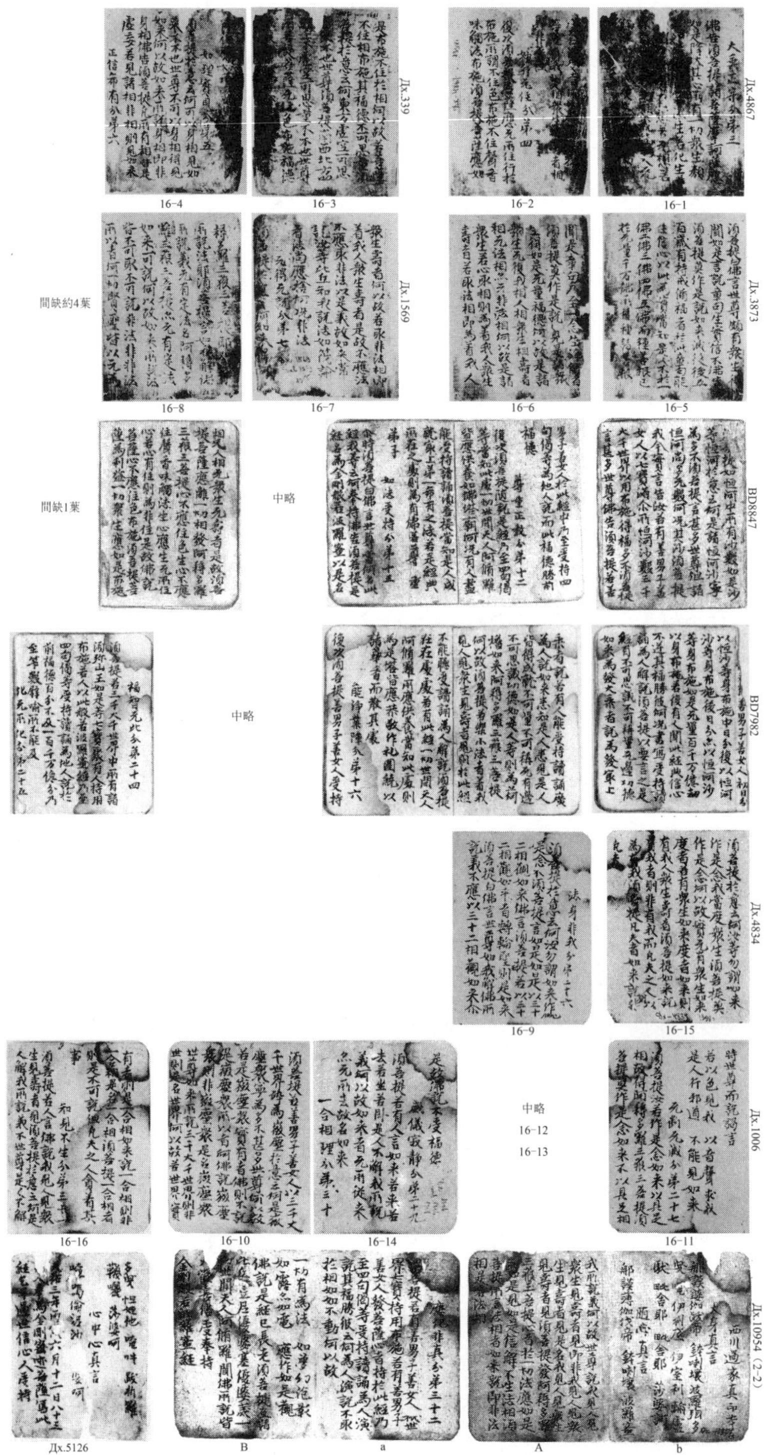

圖 2 Д x .4867 號 + Д x .339 號 + Д x .3873 號 + Д x .1569 號…BD8847 號…BD7982 號 + Д x .4834 號 + Д x .1006 號 + Д x .10954 號（2-2）+ Д x .5126 號綴合圖

“化无所化分弟二十五 / 須菩提，於意云何”、“尒 / 時，世尊而說偈言”、“世人不解 / 我所說義”、“波羅蜜 / 多曳”，中無缺字。又上揭各號紙高、紙寬略同，紙面漬痕輪廓、紋理相似，抄寫行款格式相同（楷書，每半葉皆約 7 行，行約 13 字，分題低正文 3、4 字，天頭、地脚、書口處留白相近，書口上下角皆剪為弧形，字體大小相近、字間距相近），書風相似，書迹似同（比較各號間交互出現的“須”“菩”“提”“弟”“分”“人”“經”“不”“是”“有”等字），可資佐證。十號綴合後，所存內容參見《大正藏》T8/749A5—752C7。

上揭十號既屬同卷，而（1）至（2）、（4）至（9）八號都存有三十二分科分標題，則可推知上述八號及未見三十二分科分標題的 Дx.3873 號與 Дx.5126 號皆可統一擬題為“金剛般若波羅蜜經（鳩摩羅什譯三十二分本）”。

（二）斷代

例 3、S.5443 號 +S.5534 號

（1）S.5443 號，見 IDP。冊葉裝，7 葉 14 個半葉。末半葉如圖 3-1 右部所示，首全尾缺，經文部分每半葉約 11 行，行約 13 字。經前有啓請文，首題“金剛般若波羅蜜經”，中有科分標題，從“法會因由分第一”至“无為福勝分第十一”。楷書。分題低正文約 3 字。《翟錄》已考定為《金剛經》羅什譯本三十二分本，稱原件每葉紙高 11 釐米，寬 16 釐米《翟錄》/31。

（2）S.5534 號，見 IDP。冊葉裝，15 葉 30 個半葉。首半葉如圖 3-1 左部所示，末 2 半葉如圖 3-2 所示，首缺尾全，經文部分每半葉約 11 行，行約 13 字。有科分標題，從“尊重正教分第十二”至“應化非真分第三十二”，尾題“金剛般若波羅蜜經”，換行署“西川過家印真本”，後附“大身真言”“隨心真言”“心中心真言”，末題“時天復五年歲次乙丑（905）三月一日寫竟，信心受持，老人八十有二”。楷書。分題低正文約 3 字。《翟錄》已考定為《金剛經》羅什譯本三十二分本，稱原件每葉紙高 11 釐米（IDP 稱紙高 11.3 釐米），寬 16 釐米《翟錄》/32。

按：上揭二號皆為《金剛經》羅什譯本三十二分本，內容於“以七寶滿尒所恒河沙數 / 三千大千世界以用布施”句前後相連，有綴合的可能性。敦煌冊葉裝多高長於寬，以高 15 釐米、寬 10 釐米左右最為常見。而上揭二號紙高 11 釐米，寬 16 釐米，寬長於高，規格甚為特殊。又二號行款格式相近（楷書，經文部分每半葉約 11 行，行約 13 字，分題皆低正文約 3 字，天頭、地脚、書口處留白相近，書口上下角皆剪為弧形，行距、字距、字體大小相近），書風字迹似同（比較二者共有的“人”“言”“甚”“分”“第”“十”“須”“菩”“提”“多”等字）。由此判定，二者確可綴合，綴合後如圖 3-1 所示，全卷完整無缺。[8]

上揭二號既屬同卷，而 S.5534 號有明確的抄寫紀年“天復五年歲次乙丑（905）三月一日”，則可推知 S.5443 號亦必抄寫於同一年。

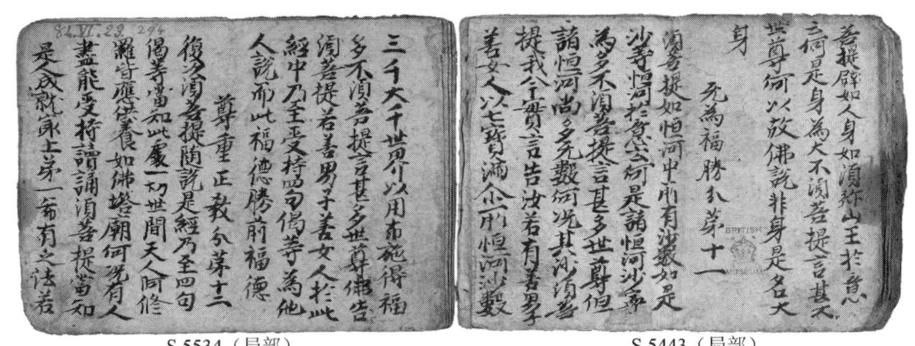

S.5534（局部）　　　　S.5443（局部）

圖 3-1 S.5443 號（首半葉）+S.5534 號（末半葉）綴合圖

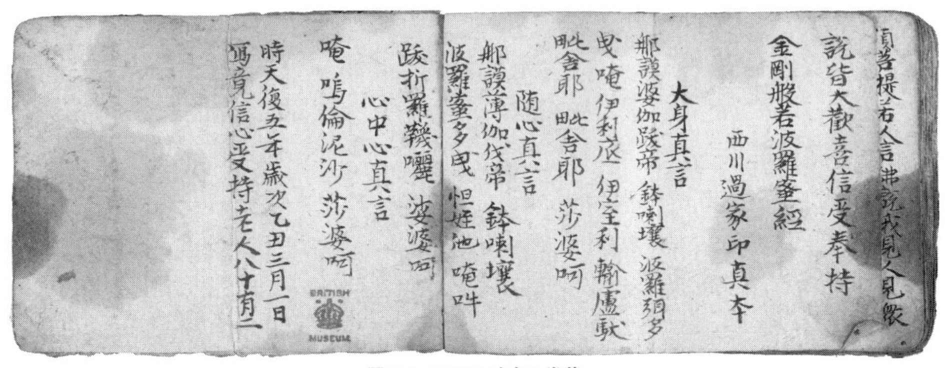

圖 3-2 S.5534 號末 2 半葉

例 4、BD2655 號 +BD2602 號

（1）BD2655 號（北 4292；律 55），見《國圖》36/254B—255B。卷軸裝，2 紙。首尾皆缺，存 56 行（每紙各 28 行），後部如圖 4-1 右部所示。行約 17 字。楷書。有烏絲欄。卷面下邊緣有規則污漬。原卷無題，《國圖》擬題“金剛般若波羅蜜經”。《國圖》條記目錄稱原卷紙高 25.4 釐米，為 7—8 世紀唐寫本。

（2）BD2602 號（北 4387；律 2），見《國圖》36/8A—8B。卷軸裝，2 紙。首缺尾全，存 39 行（首紙 28 行，末紙 11 行），前部如圖 4-1 左部所示，卷尾如圖 4-2 所示。行約 17 字。尾題“金剛般若波羅蜜經”，後有題記“景龍二年（708）九月廿日，昭武校尉前行蘭州金城鎮副陰嗣瑗受持讀誦”。楷書。有烏絲欄。卷面下邊緣有規則污漬。《國圖》條記目錄稱原卷紙高 25.3 釐米，為 708 年唐寫本。

按：據殘存文字推斷，上揭二號皆為《金剛經》羅什譯本。二號內容於“發阿 / 耨多羅三藐三菩提者”句前後相承，中無缺字，存有綴合的可能性。二號接縫處皆為失粘所致脫落，邊緣整齊，横向烏絲欄可以對接；二號卷面下邊緣皆有水滴狀污漬，這些污漬形狀雷同，循環往復出現，大小、間隔漸次縮小；比較二號共有的“須”“菩”“提”“以”“阿”“耨”“不”“云”“何”等字，書風字迹似同；二號中完整諸紙每紙皆 28 行，用紙規格相合；又二號紙高皆約 25.4 釐米，行款格式相同（天頭地脚等高，皆有烏絲欄，滿行皆約 17 字，行距、字距、字體大小相近）。由此判定，二號確可綴合。綴合後如圖 4-1 所示，所存內容參見《大正藏》T8/751B16—752C3。

上揭二號既屬同卷，而 BD2602 號有明確的抄寫紀年“景龍二年（708）九月廿日”，則可推知 BD2655 號亦應抄寫於唐中宗景龍二年，即公元 708 年；《國圖》條記目錄定作 7—8 世紀唐寫本，近是而不確。

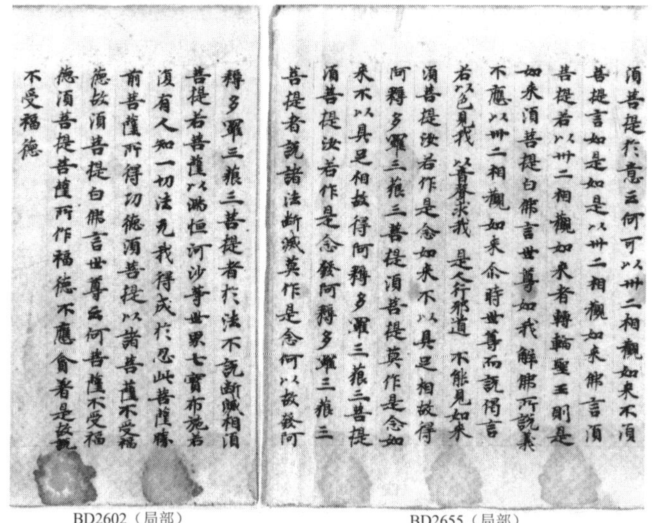

BD2602（局部） BD2655（局部）

圖 4-1 BD2655 號（局部）+BD2602 號（局部）綴合圖

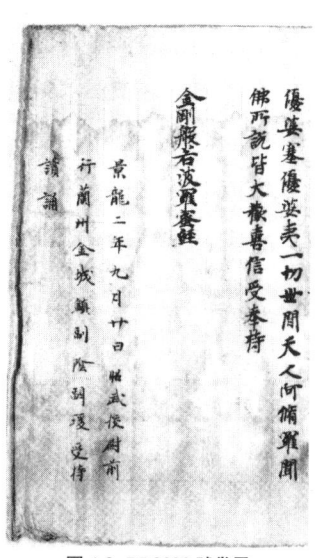

圖 4-2 BD2602 號卷尾

（三）相關責任人

例 5、BD11565 號 +BD1296 號

（1）BD11565 號（L1694），見《國圖》109/275A。卷軸裝殘片。如圖 5-1 右部所示，首尾皆殘，存 15 行（首 5 行上殘，末 6 行下殘），行約 17 字。楷書。有烏絲欄。原卷無題，《國圖》擬題“金剛般若波羅蜜經”。《國圖》條記目錄稱原卷經黄紙，紙高 24.5 釐米，為 7—8 世紀唐寫本。

（2）BD1296 號（北 4210；列 96），見《國圖》19/287B—290A。卷軸裝，6 紙。前部如圖 5-1 左部所示，卷尾如圖 5-2 所示，首殘尾全，存 135 行（首紙 25 行，首 3 行下殘；第 2—4 紙各 28 行，第 5 紙 26 行，末紙為拖尾），行約 17 字。尾題“金剛般若波羅蜜經”，後有題記“惠海勘”。楷書。有烏絲欄。《國圖》條記目錄稱原卷紙高 24.5 釐米，為 7—8 世紀唐寫本。

按：據殘存文字推斷，上揭二號皆為《金剛經》羅什譯本，且內容前後相承，可以綴合。綴合後如圖 5-1 所示，二號左右相接，接縫處邊緣吻合，原本分屬二號的“多羅三藐三菩提”七字皆得復合為一，橫縱烏絲欄亦可對接。又二號紙高皆為 24.5 釐米，行款格式相同（天頭地脚等高，皆有烏絲欄，滿行皆約 17 字，行距、字距、字體大小相近），書風字迹似同（比較二號共有的“受”“讀”“誦”“供”“養”“諸”“人”“世”等字），可資參證。二號綴合後，所存內容參見《大正藏》T8/750C12—752C3。

上揭二號既原屬同卷，而後號有題記“惠海勘”，則可推定前號亦應係惠海勘定本。

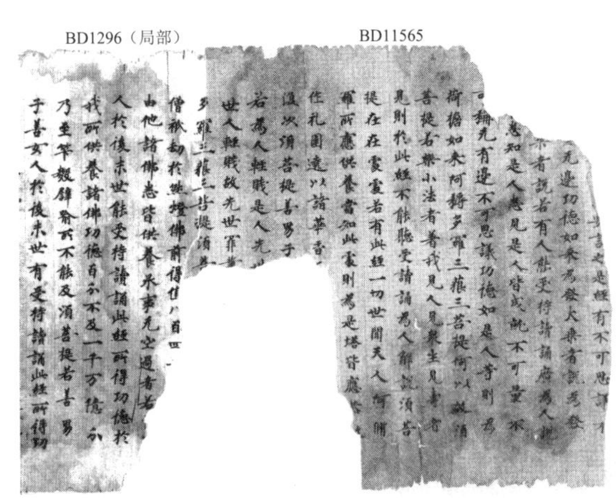

圖 5-1　BD11565 號 +BD1296 號（局部）綴合圖

圖 5-2　BD1296 號卷尾

例 6、Дx.10996 號 + 羽 12 號

（1）Дx.10996 號，見《俄藏》15/118B。卷軸裝殘片。如圖 6-1 右部所示，存 20 行（首 3 行上下殘、第 4—18 行下殘），行約 17 字。楷書。有烏絲欄。卷面上邊緣呈現有規則漬痕。原卷無題，《俄藏》未定名。

（2）羽 12 號，見《秘笈》1/124—127。卷軸裝，7 紙。首部如圖 6-1 左部所示，卷尾如圖 6-2 所示，首缺尾全，存 199 行，經文部分行約 17 字。尾題“金剛般若波羅蜜經”，後有題記“咸亨三年五月十三日左春坊楷書吳禮寫　用小麻紙一十二張　裝潢手解善集　初校群書手敬誨　再校群書手敬誨　三校群書手敬誨　詳閱太原寺大德神符　詳閱太原寺大德嘉尚　詳閱太原寺主慧立　詳閱太原寺上座道成　判官少府監掌冶署令向義感、使太中大夫守工部侍郎永興縣開國公虞昶監”，末尾印二顆“敦煌石室秘笈”“李盛鐸合家眷屬供養”。楷書。有烏絲欄。天頭呈現有規則漬痕。《秘笈》條記目錄稱原卷麻紙，紙高 26.4 釐米，紙色薄褐色，有染《秘笈》目錄冊 /6、《秘笈》影片冊 1/123。

按：據殘存文字推斷，前號亦應為《金剛經》殘片，且與後號皆為羅什譯本。二號內容於“此人无我相人相 / 衆生相壽者相”句前後相承，中無缺字，存有綴合的可能性。二號接縫處邊緣吻合，橫向烏絲欄亦可對接；卷面上邊緣皆有污漬，這些污漬形狀雷同，循環往復出現，大小、間隔漸次縮小，接縫處污漬邊緣銜接自然；二號共有的“衆”“生”“相”“是”“人”“如”“不”

等字，書風字迹似同。又二號行款格式相同（楷書，皆有烏絲欄，天頭等高，行約 17 字，行距、字距、字體大小相近）。由此判定，此二號確可綴合。綴合後如圖 6-1 所示，所存內容參見《大正藏》T8/750A15—752C3。

上揭二號既原屬同卷，而後號有明確的抄寫紀年“咸亨三年（672）五月十三日”，則可推知前號亦抄寫於唐高宗咸亨三年，即公元 672 年。又題記詳列抄經時間、機構、書手、用紙、裝潢手、初校、再校、三校、詳閱、判官、監使等信息，是典型的唐代官方寫經樣式，則前號亦必係由相同人員校閱審定。

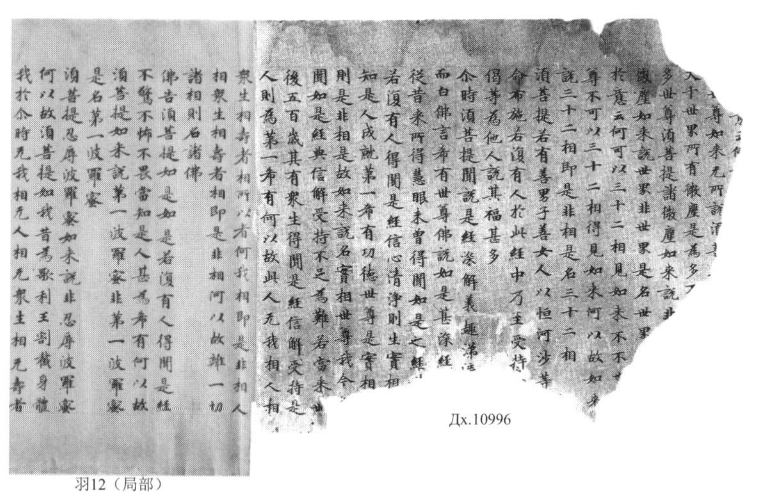

圖 6-1　Дх.10996 號 + 羽 12 號綴合圖

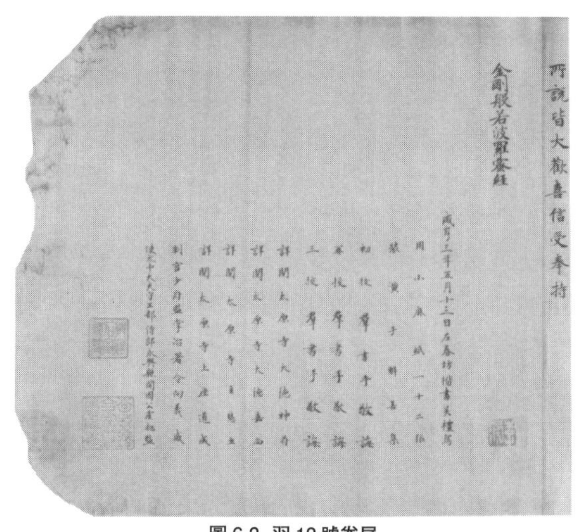

圖 6-2　羽 12 號卷尾

雖然上文只列舉了補充定名、斷代、責任人這三種信息，但通過綴合所能補充的信息絕不僅限於此。只要是原屬同件寫本，那麼可綴卷號中任意一號所提供的信息往往可以推及其餘諸號。需要強調的是，此謂“原屬同件寫本”，是指最初寫定的本子，古人補充或修復過的則另當別論。如：

例 7、S.936 號 +S.87 號

（1）S.936 號（翟 938；蔣 81d），見《英圖》16/74A—75A。卷軸裝，3 紙。後部如圖 7 右部所示，首尾皆殘，存 48 行（首紙 18 行，中紙 29 行，末紙 1 行，末行僅存中上部 15 字右側殘筆），行約 17 字。楷書。有烏絲欄。原卷無題，《翟錄》已考定為《金剛經》羅什譯本《翟錄》/21。《英圖》條記目錄稱原卷經黃打紙，紙高 24.6 釐米，有水漬，為 7—8 世紀唐寫本。

（2）S.87 號（翟 1076；蔣 79），見《英圖》2/125A—131。卷軸裝，11 紙。前部如圖 7 左部所示，首殘尾全，存 261 行（首紙 26 行，第 2 紙 8 行，第 3—10 紙各 28 行，末紙 3 行，首行僅存左側殘筆），行約 17 字。尾題“金剛般若波羅蜜經”，後題“𨲢（聖）曆三𠡦（年）五𠥱（月）廿三𡆠（日），大斗拔谷副使上柱圀（國）南陽縣開圀（國）公陰仁協寫經。為金輪𨲢（聖）神皇帝及七世父母、合家大小。得六品，發願𠥱（月）别許寫一卷；得五品，𠥱（月）别寫經兩卷。久為征行，未辦紙墨，不從本願。今辦寫得，普為一切轉讀。”題記中“聖”“年”“月”“日”“國”用武周新字，正文中不用。楷書。有烏絲欄。《翟錄》已考定為《金剛經》羅什譯本，并稱第一紙筆迹不同《翟錄》/24。《英圖》條記目錄稱原卷經黃打紙，紙高 25.3 釐米，下部有水漬，為 700 年唐寫本。

按：據殘存文字推斷，上揭二號皆為《金剛經》羅什譯本。且二號內容前後相承，可以綴合。綴合後如圖 7 所示，接縫處邊緣吻合，原本分屬二者的“提言甚多世尊何以故是福德即非福”十五字皆得復合為一，烏絲欄亦可對接。又二者皆用經黃打紙，紙高皆約 25 釐米，卷面有水漬，行款格式相同（皆有烏絲欄，滿行行約 17 字，行距、字距、字體大小相近），書風字迹似同（比較二者共有的“須”“菩”“提”“於”“意”“云”“何”“如”“來”等字），可以參證。二號綴合後，所存內容參見《大正藏》T8/748C27—752C3。

雖然上揭二號可以綴合，但後號首紙與其後 10 紙筆迹不同，而與前一號之 3 紙筆迹完全相同，且前號末紙與後號首紙拼合為一紙。由此推斷，二號所屬“原卷”本身就是由兩件出自不同抄手的殘卷粘連而成的，前一件始於前號首行，止於後號首紙末行，另一件始於後號第 2 紙首行，止於後號末行。而這兩件出自不同抄手的殘卷抄寫時間未必同一，因此不能根據後號所存紀年，推測前號抄寫時間。

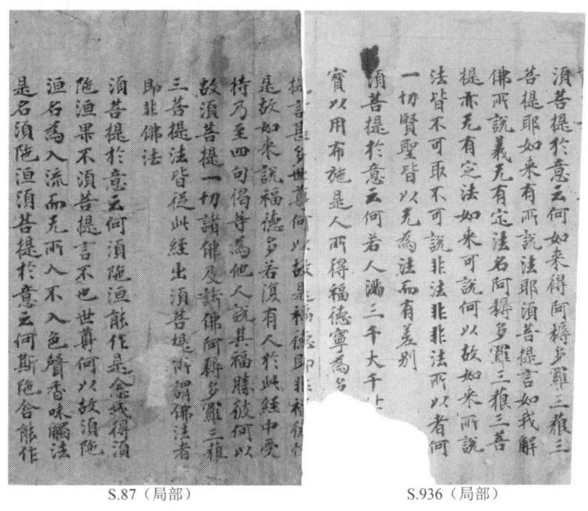
S.87（局部）　S.936（局部）
圖7 S.936號+S.87號綴合圖

二、糾正敘錄疏誤

敦煌文獻目前已有很多著錄成果，如《國家圖書館藏敦煌遺書》條記目錄、《英國博物館藏敦煌漢文寫本注記目錄》、《英國國家圖書館藏敦煌遺書》條記目錄、《英國圖書館藏敦煌遺書目錄（斯6981號~斯8400號）》、《俄藏敦煌漢文寫卷敘錄》等。這些目錄在定名、綴合、斷代、字體、紙高、烏絲欄、紙色、紙質等方面對具體寫卷作了著錄或判定，為讀者了解原卷的相關信息提供了極大的便利。但敦煌文獻殘損嚴重，所能提供的卷面信息非常有限，而且往往霉污老化卷面模糊，導致著錄信息難免訛誤。絕大多數讀者無法近距離接觸原卷，不易發現這些錯誤。但一旦發現二號或數號可以綴合，將前賢的著錄信息相互比較核驗，便易於發現其中的歧互矛盾之處。如：

（一）斷代不一

例8、BD8409號+BD7840號

（1）BD8409號（北3978；裳9），見《國圖》102/307B—308A。卷軸裝，2紙。後部如圖8右上部所示，首尾皆殘，存32行（前紙19行，後紙13行，末行僅存上部3字右側殘筆），行約17字。楷書。有烏絲欄。卷面上部與下邊緣各呈現有規則污漬。原卷無題，《國圖》擬題“金剛般若波羅蜜經”。《國圖》條記目錄稱原卷紙高27.5釐米，為9—10世紀歸義軍時期寫本。

（2）BD7840號（北4070；制40），見《國圖》99/94B—98B。卷軸裝，7紙。前部如圖8左下部所示，首殘尾全，存182行（首紙21行，第2—6紙各29行，末紙16行），行約17字。尾題“金剛般若波羅蜜經”。楷書。有烏絲欄。卷面上部與下邊緣各呈現有規則污漬。《國圖》條記目錄稱原卷紙高 28 釐米，為 8 世紀唐寫本。

按：據殘存文字推斷，上揭二號皆為《金剛經》羅什譯本，且內容前後相承，可以綴合。綴合後如圖 8 所示，接縫處邊緣吻合，原本分屬二號的“人”“即是”“非相”“諸佛”“佛告須”十字皆得復合為一，橫縱烏絲欄亦可對接。前號後紙 13 行，後號首紙 21 行，二號拼接，合成一紙凡 29 行，正與後號第 2—6 紙每紙 29 行的用紙規格相合。二號卷面上部與下邊緣皆有污漬，這些污漬形狀雷同，循環往復出現，大小、間隔漸次縮小，接縫處污漬邊緣銜接自然。又二號紙高皆約 27.5 釐米，行款格式相同（天頭地脚等高，皆有烏絲欄，滿行皆約 17 字，行距、字距、字體大小相近），書風字迹似同（比較二號共有的“得”“聞”“是”“經”“何”“以”“故”“人”等字），可資參證。二號綴合後，所存內容參見《大正藏》T8/750A6—752C3。

上揭二號既屬同卷之撕裂，且前號後紙與後號首紙可拼合為一紙，而《國圖》條記目錄稱前號為 9—10 世紀歸義軍時期寫本，後號為 8 世紀唐寫本，斷代不一，宜再斟酌。

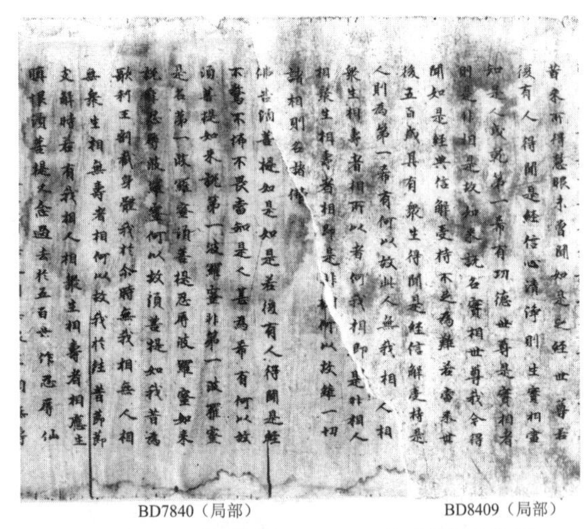

圖 8 BD8409 號（局部）+BD7840 號（局部）綴合圖

（二）字體判斷不一

例 9、BD15894 號 +BD15968 號 +BD15791 號

（1）BD15894 號（簡 71483），見《國圖》145/25B。卷軸裝殘片。如圖 9 右部所示，存 16 殘行（首行僅存中部 5 字左側殘筆，末行僅存中部 1 字右側殘筆），行存中上部 1—14 字。有烏絲欄。原卷無題，《國圖》擬題“金剛般若波羅蜜經”。《國圖》條記目錄稱原卷為 6 世紀南北朝隸楷寫本。

（2）BD15968 號（簡 71483），見《國圖》145/63A。卷軸裝殘片。如圖 9 左上部所示，存 12 行殘行（前後紙各存 6 行，首行僅存上部 3 字左側殘筆），行存中上部 3—8 字殘。楷書。有烏絲欄。原卷無題，《國圖》擬題“金剛般若波羅蜜經”。《國圖》條記目錄稱原卷為 7—8 世紀唐楷書寫本。

（3）BD15791 號，見《國圖》144/233A。卷軸裝殘片。如圖 9 左下部所示，存 6 殘行（前紙 4 殘行，後紙 2 殘行），行存中下部 2—9 字。有烏絲欄。原卷無題，《國圖》擬題“金剛般若波羅蜜經”。《國圖》條記目録稱原卷為 6 世紀南北朝隸楷寫本。

按：據殘存文字推斷，上揭三號皆為《金剛經》羅什譯本，且內容前後相承，可以綴合。綴合後如圖 9 所示，BD15894 號與 BD15968 號左右相接，接縫處原本分屬二號的“悲泣而”“我從”“尊”“實”七字皆得復合為一；BD15791 號右接 BD15894 號，接縫處原本分屬二號的“聞”“實”二字皆可拼合，上接 BD15791 號，接縫處原本分屬二號的“解”“其”二字亦得復合為一。諸相鄰二號接縫處邊緣吻合，橫縱烏絲欄及紙張粘縫亦可對接。又前二號天頭等高，三號行款格式相同（皆有烏絲欄，滿行皆約 17 字，行距、字距、字體大小相近），書風字迹似同（比較三號間交互出現的“人”“是”“相”“世”等字），可資參證。三號綴合後，所存內容參見《大正藏》T8/750A16—750B5。

三號既屬同卷，且接縫處可拼合為一紙，而《國圖》條記目録稱 BD15894 號、BD15791 號為 6 世紀南北朝隸楷寫本，BD15968 號為 7—8 世紀唐楷書寫本，字體判斷及斷代不一（字體是斷代的重要依據，字體判斷往往影響斷代），顯然有誤。總體而言，此三號似皆以定作楷書為近真。

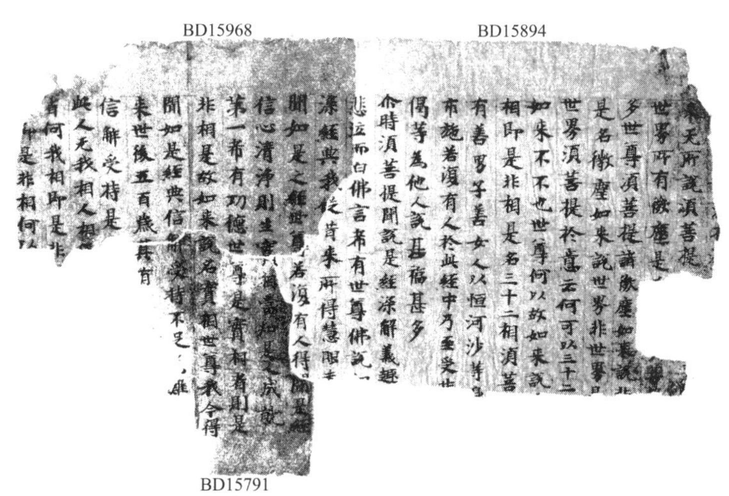

圖 9 BD15894 號 +BD15968 號 +BD15791 號綴合圖

（三）紙高測録相差較大

例 10、BD8863 號 +BD7806 號

（1）BD8863 號（國 84），見《國圖》104/172B。卷軸裝殘片。如圖 10 右部所示，首尾皆

殘，存 11 行（末行僅存中部 2 字右部殘筆），行約 17 字。首題“金剛般若波羅蜜經”右側略有殘泐。楷書。有烏絲欄。《國圖》條記目録稱原卷紙高 24.5 釐米，為 8—9 世紀吐蕃統治時期寫本。

（2）BD7806 號（北 3576；制 6），見《國圖》99/18A—21。卷軸裝，7 紙。前部如圖 10 左部所示，首尾皆殘，存 144 行，行約 17 字。楷書。有烏絲欄。原卷無題，《國圖》擬題“金剛般若波羅蜜經”。《國圖》條記目録稱原卷紙高 26 釐米，為 7—8 世紀唐寫本。

按：據殘存文字推斷，上揭二號皆為《金剛經》羅什譯本。二號內容前後相承，可以綴合。綴合後如圖 10 所示，接縫處邊緣吻合，原本分屬二號的“其心佛言善哉善”“所説”九字皆得復合為一，橫縱烏絲欄亦可對接。又二號行款格式相同（天頭地脚等高，皆有烏絲欄，滿行皆約 17 字，行距、字距、字體大小相近），書風字迹似同（比較二號共有的“善”“女”“人”“諸”“菩”“薩”“阿”“耨”“羅”等字），可資參證。二號綴合後，所存內容參見《大正藏》T8/748C17—750C9。

二號原屬同卷，且接縫處可拼合為一紙，據綴合效果看，二號紙高亦相近，而《國圖》條記目録稱前號紙高 24.5 釐米，為 8—9 世紀吐蕃統治時期寫本，後號紙高 26 釐米，為 7—8 世紀唐寫本，紙高及斷代皆不一，或有舛誤（紙高的測定，大概是根據該卷的平均高度確定的，前一號可能天頭地脚殘泐略多，故數字偏小），當再測定和斟酌。

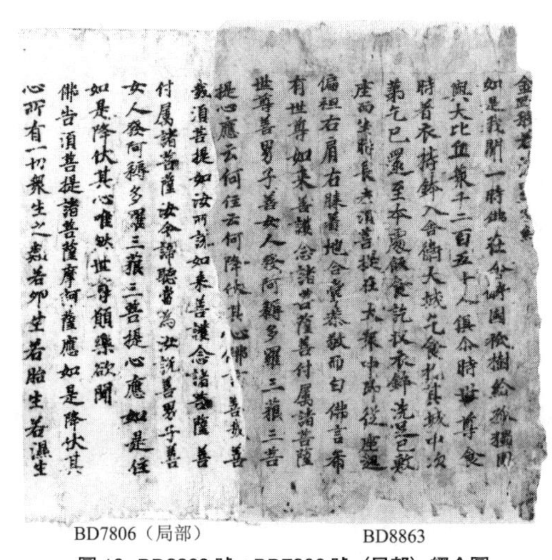

圖 10　BD8863 號 +BD7806 號（局部）綴合圖

（四）烏絲欄有無著録不一

例 11、BD8881 號 + 敦研 89 號

（1）BD8881 號（有 2），見《國圖》104/187A—188A。卷軸裝，2 紙。後部如圖 11 右下部所示，首尾皆殘，存 41 殘行（前紙 18 行，後紙 23 行），行存中上部 2—16 字。原卷無題，《國圖》擬題“金剛般若波羅蜜經”。《國圖》條記目録稱原卷有烏絲欄，為 6 世紀南北朝隸楷寫本。

（2）敦研 89 號，見《甘藏》1/95A—95B。卷軸裝，2 紙。前部如圖 11 左上部所示，首尾皆殘，存 36 殘行（前紙 12 行，後紙 24 行），行存中上部 0—13 字。隸楷。原卷無題，《甘藏》擬題“金剛般若波羅蜜經”。《甘藏》敘錄稱原卷黃麻紙，無界欄。

按：據殘存文字推斷，上揭二號皆為《金剛經》羅什譯本，且二號內容前後相承，可以綴合。綴合後如圖 11 所示，接縫處邊緣吻合，第 34、38—41 行接縫處原本分屬二號的“提譬如”“▨（一）”“菩”“以”“提”七字皆得復合為一，第 35—37 行接縫處內容前後相接，依次為“□（如）來說人身長大／則為非大身”、“菩薩亦如是／若作是言”、“則不名菩薩／何以故”，中無缺字。又二號行款格式相同（天頭等高，皆有烏絲欄，滿行皆約 17 字，行距、字距、字體大小相近），書風字迹似同（比較二號共有的“須”“菩”“提”“人”“身”“長”“大”“何”“如”“來”等字），可資參證。二號綴合後，所存內容參見《大正藏》T8/750C26—751C11。

上揭二號既屬同卷，而《國圖》條記目錄稱前號有烏絲欄，《甘藏》敘錄稱後號無界欄，標注不一，當有一誤，需要核驗圖版確定對錯。

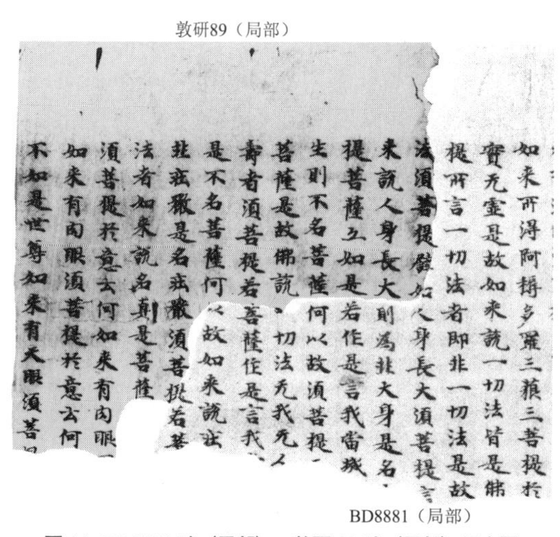

圖 11　BD8881 號（局部）+ 敦研 89 號（局部）綴合圖

（五）紙色記錄有偏差

例 12、Дx.777 號 +Дx.2687 號

（1）Дx.777 號（孟 266），見《俄藏》7/101B—102A。卷軸裝，2 紙。後部如圖 12 右部所示，存 28 行（首紙 25 行，後紙 3 殘行；首行僅存上部 1 字左側殘筆，末 3 行下殘，末行僅存上部 8 字右側殘筆），行約 17 字。楷書。有烏絲欄。原卷無題，《孟錄》已考定為《金剛經》羅什譯本，并稱原卷紙高 25 釐米，紙色褐，紙質厚，畫行細，為 8—9 世紀寫本《孟錄》上 /102。

（2）Дx.2687 號（孟 1933），見《俄藏》9/334A。卷軸裝殘片。如圖 12 左部所示，存 10 行（首 3 行上殘，第 3 行上部 8 字右殘），行約 17 字。楷書。有烏絲欄。原卷無題，《孟錄》已考定為《金剛經》羅什譯本，并稱原卷紙高 25.5 釐米，天頭 3 釐米，地脚 2.5 釐米，紙色黃，紙質厚，畫行細，為8—10世紀寫本《孟錄》下/102。

按：上揭二號皆為《金剛經》羅什譯本，且內容前後相承，可以綴合。綴合後如圖12所示，接縫處邊緣吻合，原本分屬二號的“見”“讀”“在在處處若有此經”十字皆得復合為一，橫縱烏絲欄亦可對接。又二號紙高皆約25釐米，行款格式相同（天頭地脚等高，皆有烏絲欄，滿行皆約17字，行距、字距、字體大小相近），書風字迹似同（比較二號共有的“人”“此”“經”“受”“阿”“耨”“多”“羅”等字），可資參證。二號綴合後，所存內容參見《大正藏》T8/750B23—750C21。

二號接縫處既可拼合為一紙，而《孟錄》稱前號紙色褐，後號紙色黃，紙色描述不一，或有不妥，宜當再核原卷以求其是。

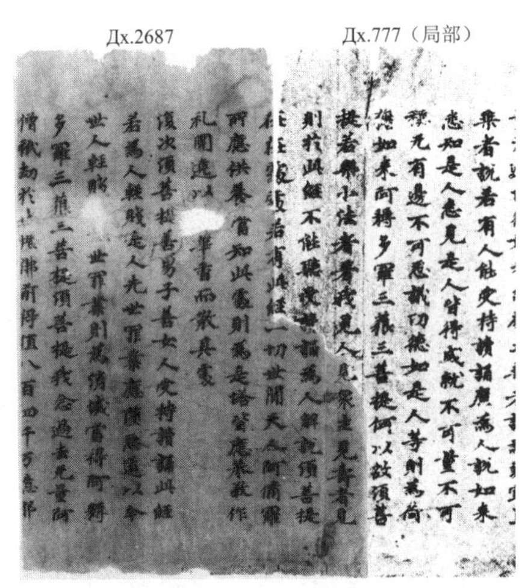

圖12 Дx.777號（局部）+Дx.2687號綴合圖

（六）紙質判斷有所偏差

例13、BD2161號+BD2170號

（1）BD2161號（北3553；藏61），見《國圖》30/186B—193A。卷軸裝,10紙。後部如圖13右部所示，首尾皆缺，存275行（首紙存23行，第2—10紙各28行，末行下殘），行約17字。楷書。有烏絲欄。原卷無題，《國圖》擬題“金剛般若波羅蜜經”。《國圖》條記目錄稱原卷未入潢麻紙，紙高26釐米，為7—8世紀唐寫本。

（2）BD2170號（北4392；藏70），見《國圖》30/256B—257B。卷軸裝，3紙。前部如圖13左部所示，首殘尾全，存30行（首紙1行，僅存下部4字左側殘筆；中紙28行，末紙1行），行約17字。尾題“金剛般▨□□▨（若波羅蜜）經”。楷書。有烏絲欄。《國圖》條記目錄稱原卷經黃紙，紙高26.2釐米，為7—8世紀唐寫本。

按：據殘存文字推斷，上揭二號皆為《金剛經》羅什譯本，且內容前後相承，可以綴合。綴合後如圖13所示，接縫處邊緣吻合，原本分屬二號的“德”“不”“應”“貪”四字皆得復合為一，橫縱烏絲欄亦可對接。BD2161號末紙28行，BD2170號首紙1行，二號拼接，合成一紙凡28行，正與前號第2—10紙、後號中紙每紙28行的用紙規格相合。又二號紙高接近，行款格式相同（天頭地脚等高，皆有烏絲欄，滿行皆約17字，行距、字距、字體大小相近），書風字迹似同（比較二號共有的"不""受""福""須""菩""提""何"等字），可資參證。二號綴合後，所存內容參見《大正藏》T8/748C22—752C3。

上揭二號既屬同卷，而《國圖》條記目錄稱前號所用為未入潢紙，後號所用為經黃紙，判斷有異，恐有一誤。

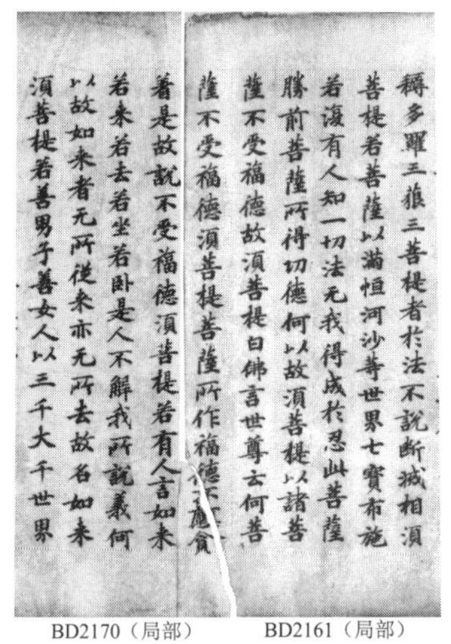

BD2170（局部）　　BD2161（局部）

圖13　BD2161號（局部）+BD2170號（局部）綴合圖

以上6組綴合揭示了已有著錄成果在寫卷斷代、字體判斷、紙高測錄、烏絲欄著錄、紙色記錄、紙質判斷等方面存在的問題，類似的例子多非孤例，而頗具普遍性。通過相關寫卷的綴合，一方面可據以校驗敘錄信息、修訂錯誤著錄項；另一方面也提示我們，現有著錄成果的著錄信息還存在不少問題，應謹慎擇用，不可一味盲從。

上文我們從明晰寫本信息、糾正敘錄疏誤的角度，討論了敦煌殘卷綴合的意義。其實，敦煌殘卷的綴合，對恢復寫本原貌以及後續的整理研究都是最基礎的一環，對此，我們將另行撰文詳述。

【注】

（1）卷號間用"+"連接表示二號可以直接綴合，用"…"連接表示二號不直接相連。

（2）文中《寶藏》指《敦煌寶藏》（臺北：新文豐出版公司，1981-1986年），《國圖》指《國家圖書館藏敦煌遺書》（北京：北京圖書館出版社，2005-2013年），《俄藏》指《俄藏敦煌文獻》（上海：上海古籍出版社，1992-2001年），IDP指國際敦煌項目網站（idp.bl.uk），《秘笈》指《敦煌秘笈》（大阪：武田科學振興財團，2009-2014年），《英圖》指《英國國家圖書館藏敦煌遺書》（桂林：廣西師範大學出版社，2011-2014年），《甘藏》指《甘肅藏敦煌文獻》（蘭州：甘肅人民出版社，1999年），《方錄》指方廣錩《英國圖書館藏敦煌遺書目錄（斯6981號~斯8400號）》（北京：宗教文化出版社，2000年），《翟錄》指翟理斯（Lionel Giles）*Descriptive Catalogue of the Chinese Manuscripts from Tunhuang in the British Museum*（London: The Trustees of the British Museum, 1957），《大正藏》指《大正新修大藏經》（東京：大正一切經刊行會，1924-1932年）。

（3）"《寶藏》54/335B"指圖版出自《寶藏》第54冊第335頁下欄。其中A、B分別代表上、下欄。下同。

（4）"T8/750B8—750B9"指存文對應《大正藏》第8卷750頁中欄第8行至750頁中欄第9行。"A、B、C"分別表示"上、中、下"欄。下同。

（5）本文綴合圖版在綴接處保留縫隙以示殘卷邊緣，或通過設置顏色深淺來區分不同的殘片。綴合後按存文先後排序，除特殊說明外，閱覽順序自上向下、自右向左。所有圖版上、下方除卷號外的數字皆係所據圖版原標號，大小寫字母則係筆者標注，相同字母大小寫所標的兩個半葉為同一葉的正反面，如A、α兩半葉為同一葉的正反面。

（6）Дx.10954（2-2）與Дx.10954（2-1）不屬於同一寫本。詳見羅慕君、張涌泉《敦煌文獻影印圖版正誤》，《東亞文獻研究》2016年第17輯，第4-5頁。

（7）本文引文以"/"表示兩號邊緣，"▨"表示原卷殘字，"□"表示原卷缺字，殘缺幾字用幾個，"▨"、"□"後跟"（）"表示補入殘字或缺字。

（8）參見張涌泉、羅慕君《敦煌佛經殘卷綴合釋例》，《浙江大學學報（人文社會科學版）》2016年第3期，第18-19頁。

明代文淵閣藏《唐六十家詩》版本考

李明霞

明代宮廷藏書處文淵閣中，曾收藏有兩套《唐六十家詩》，明初官修國家藏書目錄《文淵閣書目》有著錄，曰：

唐六十家詩，一部四十八冊，闕；一部三十七冊，闕。[(1)]

《書目》著錄信息簡單，這兩個殘套《唐六十家詩》究竟是唐人詩文選集，還是唐人詩集叢書，版本情況如何，其與宋代四川地區刊刻的六十種唐人詩文集關係又如何，都無從得知。

時至明代中期，文淵閣收藏的兩套殘書只剩一套，在反映明代中期宮廷藏書情況的《秘閣書目》中，著錄曰：

唐六十家詩，四十八。[(2)]

自《秘閣書目》以後，傳世文獻中再無相關記載。這使《唐六十家詩》版本身份變成巨大的謎團，其收藏流傳之軌跡亦撲朔迷離。

一、追本溯源——《唐六十家詩》、《唐六十家詩集》、《唐六十家集》

目前所知，《唐六十家詩》這一名稱在明以前文獻中出現過三次，一次全同，兩次稍異。全同者為宋人周紫芝之長詩《曹度堅待制罷帥成都歸江南以川中〈唐六十家詩〉見遺作長句為謝》，曰：

三月瞿塘峻江水，萬裏歸來蜀都帥。盡收五十四州書，畫舸連檣當歌吹。有唐文士幾千人，文不逮漢詩則異。開元天寶光焰長，長慶元和殿唐季。化入寶奩脂澤中，亦有風滿有能事。六十餘家三百年，天遣遺風未全墜。青衫昔日同舍郎，老傍人間百無意。將焚筆硯技輒癢，未說風騷心複醉。公堂許我能篇章，遺以斯文慰憔悴。徒令後學羞捧心，誰與前賢共聯轡。為公隱幾抱殘編，聊伴青奴問朝霽。[(3)]

這首長詩的資料價值，目前還不曾被研究者注意。從詩歌分析，周紫芝友人“曹度堅”[(4)]贈予其“川中《唐六十家詩》”，周氏明確指出，這套書收有六十餘家。

稍異者有二，一處為陳振孫《直齋書錄解題》，稱《唐六十家集》：

> 建昌本與蜀本次序皆不同，大抵蜀刻《唐六十家集》多異於他處本。[5]

一處為王楙《野客叢書》，稱《唐六十家詩集》：

> 僕嘗取《唐六十家詩集》觀之，其為牡丹作者幾半，僕不暇縷數，且以《劉禹錫集》觀之，有數篇。[6]

宋人所稱之書即為衆所周知的宋代四川地區坊刻機構大規模刊刻出版的六十種唐人詩文集叢書，目前尚有二十四種存世。

那麼文淵閣收藏的《唐六十家詩》與宋代的這套蜀刻唐人集叢書是什麼關係呢？

二、以點及面——《孫可之文集》、《鄭守愚文集》與《唐六十家詩》

《文淵閣書目》雖對《唐六十家詩》著錄十分簡略，但對單個唐人詩文集的著錄卻很詳細。如陸宣公詩文集，著錄了六種：

> 陸宣公文集一部六冊完全、陸宣公文集一部六冊完全、陸宣公文集一部六冊殘缺、陸宣公文集一部六冊殘缺、陸宣公文集一部三冊完全、陸宣公文集精華一部一冊完全。[7]

李白詩文集，著錄了十種之多：

> 李白選詩一部六冊闕、李白選詩一部一冊闕、李翰林集一部六冊完全、李太白集一部四冊闕、李太白集一部二冊闕、李太白集一部七冊闕、李太白集一部三冊闕、李太白集一部三冊闕、李太白集一部四冊闕。[8]

可見《書目》是將文淵閣收藏的所有唐人詩文集都著錄在內，不厭重複敘述之煩。統計《書目》著錄的唐人詩文集共有二十餘家，分別為有駱賓王、王維、陸贄、元稹、權德輿、韓愈、柳宗元、劉禹錫、皇甫湜、歐陽詹、司空圖、李白、孟浩然、劉長卿、張藉、孟郊、姚合、李賀、杜荀鶴、許渾、張祜等。

那麼，是否文淵閣收藏的唐人詩文集僅有以上二十餘家呢？其實不然。明人王鏊[9]就從閣中抄出了《書目》不曾著錄的兩種唐人集——《孫可之文集》、《鄭守愚文集》。

王鏊在《震澤集》中記載抄錄《孫可之文集》事曰：

少讀《唐文粹》，得（皇甫）持正、可之文，則往返三複，惜不得其全觀之，後得內閣秘本，手錄以歸……梓刻以傳，庶昌黎公不傳之秘，或有因而得者。[(10)]

王鏊將抄錄的《孫可之集》付梓流傳，是為正德十二年刻本，現藏國家圖書館。

王鏊抄錄《鄭守愚文集》記載在嚴嵩刻本序言中，曰：

此集得之吳中故少傅王文恪公，錄自秘閣，假歸正其偽缺刻之。[(11)]

嚴嵩以王鏊內閣抄本為底本，刊刻了鄭氏文集，是為嚴嵩刻本，現藏國家圖書館。

那麼王鏊如何能在文淵閣中抄出兩種《文淵閣書目》未著錄的唐人集，其版本又如何呢？考證以探究竟。

（1）文淵閣藏《孫可之文集》版本考

王鏊抄本現已不傳，通過校勘正德刻本、吳馡刻本、汲古閣刻本、現傳宋蜀刻本《孫可之文集》，得出以下校勘證據[(12)]：

其一，避諱字。現存宋蜀刻本《孫可之文集》存在回改未淨的唐諱字和宋諱字。如避李虎、李世民、李治、李純等人的名諱，多處以“武”代“虎”、以“代”代“世”、以“理”代“治”、以“崇”代“淳”。宋諱字有“貞”、“朗”、“玄”、“舷”、“慜”、“泓”、“弘”、“煦”、“稱”等。這些避諱字，悉數保留在正德本中。以王鏊的學識，必知這些都是前代避諱字，作為明人，他是沒有必要再恪守前代避諱的，但他依據宋本抄錄，保留原貌，也為研究提供了可靠的證據——正德本中存在與宋本相同的唐宋避諱字。

其二，正德本延續宋本之誤。宋本有一些明顯的訛誤，在明代的兩個根據正德本刊刻的主要版本——吳馡刻本、汲古閣刻本中已糾正，但正德本卻延續了宋本的錯誤。這點，對正德本源自宋本將是不可辯駁的證據。如《大明宮賦》中，宋本“中簡盈庭”之“中”字，吳馡本、汲古閣本皆作“忠”，宋本音近而訛，正德本仍作“中”，此類情況共十二處。

其三，異文。正德本與宋本間的異文大約有一百二十餘字，可分為兩種情況，一種為正德本校宋本之誤，如《露臺遺基賦》中，宋本作“驪横奏原”，正德本作“驪横秦原”，宋本形近而訛。此種異文占總量之二分之一強。另一種為宋本與正德本可兩存者，如《出蜀賦》宋本作“涷不燠謀”，正德本作“涷不暖謀”，“燠”、“暖”同義。此種異文占總數之二分之一弱。第一種異文可忽略不計，因後世刊刻多有對底本訛誤改正之舉。第二種情況，對於一部將近三萬字的文集來說，存在不到五十字的異文實在是微不足道，更何況，正德本乃是根據抄本刊刻，在刊刻過程中亦難免出現以通用字代替底本文字的情況。

據以上校勘證據分析，正德本不僅在文字上與宋蜀刻本保持高度一致，而且延續了宋本幾處明顯誤字。據以推論，正德刻本源自宋本，以此上溯，王鏊抄錄的內閣本《孫可之文集》正是現傳宋蜀刻本，即文淵閣藏《孫可之文集》版本為宋蜀刻本。

（2）文淵閣藏《鄭守愚文集》版本考

王鏊抄本已佚，現存與王鏊抄本最為接近的是嚴嵩刻本，但嚴氏在刊刻時做了大量修改，因此，還需參校明代另外兩個重要抄本——洪武抄本、何焯跋明抄本。為醒目起見，列表以示校勘結果：

版本	序文	卷一	卷二	卷三	文字異同
宋本	鄭谷自序	102 首	76 首	98 首	
洪武抄本	不存	不存	96 首	75 首	此本文字與宋本絕似
嚴嵩刻本	嚴嵩《雲臺編序》、《書後》；祖無擇《墓表》；童宗說《雲臺編後序》。	101 首。較宋本失收 1 首	96 首。較宋本失收 4 首；溢出 24 首。	93 首。起訖篇目與宋本同，卷中篇目次序稍異；較宋本失收 6 首。	校正宋本中明顯訛脫文字，並作補足。
何焯跋明抄本	鄭谷自序。	102 首。起訖篇目、卷中篇目與宋本同，次序稍異。	100 首。起訖篇目與宋本同，次序稍異；較宋本溢出 24 首。	98 首。起訖篇目、卷中篇目與宋本同，唯次序稍異。	文字去取在宋本嚴本之間，同嚴本者居多，亦有少量二本之外的異文。

據上表分析，嚴嵩本與宋本差異最大，與嚴嵩序言所述“正其僞闕三之一”合，但仍延續了宋本諸多痕跡，例如三卷的排布方式、卷一較宋本僅失收一首詩、卷三篇目起訖與宋本相同。洪武抄本文字上與宋本有極高的相似度。何焯跋明抄本是根據宋本抄錄，並加入嚴嵩本增補之詩。

根據以上校勘結果推論：現存的兩個明代抄本，一個在王鏊抄本之前，一個在嚴嵩本之後，它們都是以宋本為底本抄錄的，產生在這兩個抄本之間的王鏊抄本，很難擺脫與宋本的關係，而以王鏊抄本為底本刊刻的嚴嵩本，雖經改易，但仍與宋本有許多相似之處，更為王鏊抄本源自宋本的推測增加了可信度。

另有旁證，據王鏊《震澤集》記載，他還從內閣抄錄了《皇甫持正文集》[(13)]，已有的研究證明此集也是宋蜀刻本[(14)]。也就是說，王鏊從文淵閣抄錄了三種唐人集，其中《孫可之文集》和《皇甫持正文集》都是根據宋本抄錄，這也為《鄭守愚文集》抄自宋本提供了有力的旁證，無怪乎清代學者何義門判斷說：“公本錄自秘閣，蓋出宋刻也[(15)]。”

據上考證，王鏊從文淵閣抄錄的《孫可之文集》、《鄭守愚文集》都是宋蜀刻本。這兩種宋蜀刻本唐人集不曾著錄在《文淵閣書目》中，那它們就只能存在以叢書形式存在的《唐六十家詩》之中了。

綜上所述，文淵閣收藏的《唐六十家詩》當為叢書，此套叢書中至少目前可斷定有兩種的版本為宋蜀刻本，那麼此套叢書是否均為宋蜀刻本？即宋人所稱的六十種蜀刻唐人集本？

三、宋蜀刻本唐人集“十二行本”與文淵閣藏《唐六十家詩》

《唐六十家詩》明代僅在《文淵閣書目》和《秘閣書目》中有著錄，明以後再無記載，就像憑空消失一般。史料記載的稀見導致其版本身份的難辨，收藏流傳軌跡的模糊更增添身份之神秘。幸而目前尚有宋蜀刻唐人集數種存世，其收藏流傳之軌跡梳理，對考證《唐六十家詩》之版本與收藏流傳頗有裨益。

目前存世的宋蜀刻唐人集，經過歷代藏書家、版本學家的鑑定，有二十四種，分為三個版本系統，為十行本二種，十一行本三種，十二行本十九種（上述《孫可之文集》、《鄭守愚文集》都屬十二行本系統）。三個版本系統中，唯十二行本的收藏流傳軌跡頗具意味，與文淵閣藏本《唐六十家詩》存在微妙而強韌的關係。

其一，元代宮廷藏書的皇家身份。在十八種十二行本唐人集上（《杜荀鶴文集》例外）都鈐有元代宮廷藏書印章“翰林國史院官書”之朱文長印。這說明在元代，他們曾被集體收藏在宮廷中，至於當時被冠以何種名目，因元代目錄書籍著錄不甚完善，無法考究。

其二，身涉清代劉體仁竊書公案。十二行本十二種上還被鈐上“潁川劉考功”印章，說明他們又被劉體仁[16]集體收藏過。據傳言，劉氏家藏宋蜀刻唐人集有三十餘種[17]，可惜未能全部傳世。巧合的是，明初《文淵閣書目》著錄了兩個殘套的《唐六十家詩》，一部四十八冊，一部三十七冊，而到明中期《秘閣書目》，只剩下一部四十八冊的了，難道是明代宮廷收藏的三十七冊《唐六十家詩》又被集體流傳到了劉體仁家收藏了，這又是一段劉體仁竊書的公案，有待詳加考證。

從十二行本元清兩代頗具意味的收藏流傳線索，再綜合文淵閣藏《孫可之文集》、《鄭守愚文集》版本考證結論，可以對宋蜀刻唐人集十二行本與文淵閣藏本《唐六十家詩》之關係做如此推論：

十二行本宋蜀刻唐人集在元代為宮廷藏書，元明易代，明朝接收了元代的宮廷藏書，身為十二行本的《孫可之文集》、《鄭守愚文集》收藏在文淵閣，可見這套元代宮廷系統收藏的十二行本唐人集也在接收之列。然孫、鄭二集在《文淵閣書目》中並未以單人集著錄，而存在於《唐六十家詩》叢書中，那麼《書目》著錄的《唐六十家詩》大概並非空穴來風，亂加名目，而是對元代宮廷收藏的十二行本宋蜀刻唐人集的承續。

根據以上考證，明代文淵閣收藏的《唐六十家詩》版本為宋蜀刻本，版本形式為十二行，現傳宋蜀刻本唐人集之十二行本十八種（除《杜荀鶴集》）正是明代宮廷藏書之本。

【注】

(1)〔明〕楊士奇《文淵閣書目》，書目文獻出版社，1994年，第102頁。

(2)〔明〕錢溥《秘閣書目》，書目文獻出版社，1994年，第245頁。

(3)〔宋〕周紫芝《太倉稊米集》，影印文淵閣四庫全書本，上海古籍出版社，1989年。

(4) 曹筠，《宋史》無傳。據地方誌等資料考證生平大略情況：安徽當塗人，宋高宗紹興五年進士及第，曾任監察禦史、殿中侍禦史、四川安撫制置使兼知成都府等職。

(5)〔宋〕陳振孫《直齋書錄解題》，中華書局，2006 年，第 65 頁。

(6)〔宋〕王楙《野客叢書》，中華書局，1987 年。

(7)〔明〕楊士奇《文淵閣書目》，書目文獻出版社，1994 年，第 81 頁。

(8)〔明〕楊士奇《文淵閣書目》，書目文獻出版社，1994 年，第 99 頁。

(9) 王鏊（1450-1524），字濟之，號守溪，卒謚文恪，人稱震澤先生，吳（今蘇州）人。成化十一年（1475）中探花，曆官侍講學士、少詹事，正德元年擢吏部右侍郎，官至戶部尚書，文淵閣大學士、武英殿大學士，加少傅兼太子太傅。生平著有地理類著作《姑蘇志》、《震澤編》，筆記小說類《震澤長語》、《震澤紀聞》，以及文集《震澤集》等。

(10)〔明〕王鏊《震澤集》，卷三五，《文淵閣四庫全書》本，第一二五六冊。

(11) 嚴嵩刻本《鄭守愚文集》序言。現藏國家圖書館。

(12) 校勘記詳見筆者博士學位論文《宋蜀刻〈唐六十家集〉版本新探》第二章第二節《宋蜀刻本〈孫可之文集〉版本源流考》、第三章第二節《宋蜀刻本〈孫可之文集〉與正德本校勘記》。

(13)〔明〕王鏊《震澤集》，卷一四，《文淵閣四庫全書》本，第一二五六冊。

(14) 李天明《〈皇甫持正文集〉版本源流考》[D]，河南大學，2003 年 5 月。

(15)〔清〕何焯，何焯跋，載於何焯跋明鈔本，現藏國家圖書館。

(16) 劉體仁（1624-1684），字公勇，號蒲庵，潁州人，清代詩人。清順治十二年（1655）進士，授刑部主事。著作有《七頌堂詩集》十卷。《七頌堂文集》二卷，《識小錄》一卷。見《清史稿 · 文苑傳》、《安徽通志稿 · 人物傳》。

(17) 傅增湘《藏園群書題記》，卷十二，上海古籍出版社，1989 年。

「関帝文献」の構成から見る編纂の目的

伊藤 晋太郎

はじめに

三国蜀の関羽に対する崇拝は、遅くとも唐代に始まり、明清にいたって隆盛を極める[(1)]。また、北宋以降、関羽に対する爵位の追贈も続いた。北宋の徽宗が忠恵公に追贈したのをはじめ、明の万暦年間には帝位に登り、清代になっても加封は続けられた[(2)]。さらに、神となった関羽を祀る関帝廟も各地に建立されていった。

関帝信仰[(3)]の高まりと共に、元代以降、関羽／関帝の伝記や伝説、関羽／関帝に関する評論や詩詞などを収録した文献が数多く出版された。これらの文献を「関帝文献」と総称することにする。「関帝文献」の内容は多岐に渉り、文献によって、また時代によってそれぞれ異なっている[(4)]。

「関帝文献」編纂の目的については、それぞれの文献の序や跋において語られることはいうまでもないが[(5)]、本稿では違った角度からそれを探ってみたい。具体的には、各「関帝文献」の構成に着目する。いま述べたように、一口に「関帝文献」といっても、その内容は様々であるから、その違いから見える文献ごとの特色や傾向、通時的な構成の変遷等を探り、それらの分析や考察を通して、「関帝文献」編纂の目的の一端をあぶり出そうという試みである。

まず、本稿で対象とする「関帝文献」の目録（目次）を掲げて各文献の構成を確認する。そして、それら目録から文献間に共通する内容（篇）をピックアップし、「関帝文献」の核となる要素を浮き彫りにする。次いで、これら核となる要素に後発の文献がどのような内容を加えていったのかを見ていき、その構成の変遷を跡付けると共に、各文献の特色や傾向を探っていく。最後に「関帝文献」の構成から見る編纂の目的について述べる。

「関帝文献」は元代から民国期にいたるまで、おびただしい点数が世に出ており、その全てを対象とするのは難しい。そこで本稿では代表的な「関帝文献」を集めた叢書である魯愚等編『関帝文献匯編』（国際文化出版公司、1995年）に収められた文献を対象とする。『関帝文献匯編』所収の「関帝文献」は、『漢前将軍関公祠志』『関聖帝君聖蹟図誌全集』『関聖陵廟紀略』『聖蹟図誌』『関帝志』『関帝事蹟徴信編』『関帝全書』『関壮繆侯事迹』の８種であるが、『関壮繆侯事迹』は近代に入ってからの出版であり、それ以前の「関帝文献」とは趣旨や形式を異にする。よって、今回はその検討対象から除外する。以下に本稿で扱う７種の文献の書誌情報を示す[(6)]。文献は古い順に並べ、便宜上書名の前にアルファベットを付した。

A『漢前将軍関公祠志』

9巻。趙欽湯撰、焦竑訂。万暦31年（1603）序重刊本影印。

B『関聖帝君聖蹟図誌全集』

5巻、首1巻。盧湛輯。康熙32年（1693）初刊、光緒2年（1876）上海翼化堂重刊本影印。

C『関聖陵廟紀略』

4巻、後続1巻。王禹書輯。康熙40年（1701）初刊[(7)]、清代重刊本影印。

D『聖蹟図誌』

14巻。葛崙輯。雍正11年（1733）序劉茂生刊本影印。

E『関帝志』

4巻。張鎮輯。乾隆21年（1756）序刊本影印。

F『関帝事蹟徴信編』

30巻、首1巻、末1巻。周広業・崔応榴輯。乾隆40年（1775）初刊、光緒8年（1882）序重刊本影印。

G『関帝全書』

40巻。黄啓曙輯。咸豊8年（1858）初刊、光緒15年（1889）序王家瑞重刊本影印。

一、7種の「関帝文献」の構成

まず、本稿で対象とする7種の「関帝文献」の構成を把握するため、それぞれの目録を掲げておく。

A『漢前将軍関公祠志』

第一冊　一巻　本伝志、二巻　祠墓志、三巻　褒典志（封爵・制命）、四巻　譜系志（年譜・世系）、五巻　遺蹟志（遺像・印図・画法）、

第二冊　六巻　外紀志（諸霊応事）、七巻　芸文志上（序・論・弁・考）、

第三冊　八巻　芸文志中（碑記）、

第四冊　九巻　芸文志下（讃・頌・歌・賦・詩・附祭文）

B『関聖帝君聖蹟図誌全集』

巻首　疏義　発祥考、

巻之一仁部　全図考、

巻之二義部　本伝考　列伝附　譜系考　翰墨考　聖経考　経註附　遺印考　遺迹考　故事考、

巻之三礼部　墳廟考　封爵考　祭文考　霊感考　聖籖考、

巻之四智部　芸文考上（序類・論類・記類・銘類）、

巻之五信部　芸文考下（詩類・賦類・賛類・聯類・頌類・文類・歌類・書附・詩余・跋類）

C『関聖陵廟紀略』

一巻　神銜　神像　本伝　譜系（関侯年譜・関氏世系）、

二巻　翰墨　遺印　故蹟　褒典　壟祠　扁聯　祭文　祀田　論評　博議　序文、

三巻　碑記、

四巻　賛　頌　詩　詞　歌　賦

D『聖蹟図誌』

巻一　蒐采群書　聖帝遺像　帝君本伝、

巻二　聖帝遺訓　篆書、

巻三　聖帝翰墨、

巻四　聖帝文辞、

巻五　序図説　帝祖墓記　玉泉帝塚図　解梁帝宮図　帝侯遺印図、

巻六　封爵諡号考　聖帝世系考、

巻七　霊応考、

巻八　遺迹考、

巻九－巻十四　芸文考（序・記・説・歌・題・評・頌・解・詩・賛・論・弁・詞・聯・銘・跋）

E『関帝志』

巻一　像図　本伝　年表　世系（子孫伝・部将伝）　封号　廟制　祀典　襲蔭(8)　古蹟　霊異、

巻二　考弁、

巻三　芸文上、

巻四　芸文下

F『関帝事蹟徴信編』

巻首　御製、

巻一之巻二　伝　紀事本末、

巻三之巻四　爵諡　追封、

巻五之巻六　嗣蔭　将吏、

巻七之巻十一　墓寝　祠廟　祀典、

巻十二之巻十三　軼聞　名蹟、

巻十四之巻二十　霊異　雑綴、

巻二十一之三十　考弁　評論　碑記　疏引祭文附　賛頌　銘附　詩詞　書略、

巻末　補遺

G『関帝全書』

巻一　帝像　本伝　祖墓碑記　世系図並考　翰墨考　封爵考　遺印図並考　墳廟図並考、

巻二　聖蹟図誌、

巻三　楽章　祭文　頌彙　銘彙　記彙　論彙　賛彙、

巻四　霊験事蹟、
巻五　桃園明聖経序解註釈、
巻六　桃園明聖経註釈上、
巻七　桃園明聖経註釈下、
巻八　三字孝経註釈、
巻九　反本報恩経註釈、
巻十　明聖経、
巻十一　忠孝節義真経、
巻十二　忠義経註釈、
巻十三　儒学正経、
巻十四　醒世経、
巻十五　覚世真経註証上、
巻十六　覚世真経註証中、
巻十七　覚世真経註証下、
巻十八　覚世真経補註証　功過格、
巻十九　再降覚世真経、
巻二十　救世経、
巻二十一　如願至宝経註、
巻二十二　聖訓之一、
巻二十三　聖訓之二、
巻二十四　聖訓之三、
巻二十五　聖訓之四、
巻二十六　勅諭文註証、
巻二十七　戒士子文註証、
巻二十八　奉祖先文註釈、
巻二十九　和隣里文註釈、
巻三十　回頭岸、
巻三十一　悟源録、
巻三十二　詩歌類、
巻三十三　救劫経懺、
巻三十四　夢授籤、
巻三十五　降筆籤、
巻三十六　覚世懺、
巻三十七　酬恩法懺、
巻三十八　昭烈皇帝像・本紀　張桓侯像・本伝・文　諸葛武侯像・本伝・文・詩　趙順平

侯像・本伝、
巻三十九　武威将軍像・文・詩　龍驤将軍像・文・詩　周将軍像・文　廖将軍像・文　轄管大神奉命降鸞文、
巻四十　二将軍霊験記

二、「関帝文献」の核となる要素

それでは、前節で見た7種の「関帝文献」の構成内容の分析に入ろう。本節では、全種ないし比較的多くの「関帝文献」に共通する内容をピックアップし、「関帝文献」の核となる要素を探っていく。

まず、7種全てに見えるのが、「本伝志」「本伝考」「本伝」「帝君本伝」「伝」と題された関羽／関帝の伝記（以下、「本伝」篇）、関羽／関帝や関帝廟にまつわる歴代の文人たちの詩文が収録され、「芸文志」「芸文考」「芸文」と題されることもある篇（以下、「芸文」篇）、後世の文人たちによる関羽／関帝論で、「論評」「博議」「考弁」「評論」「論彙」と題されることもある篇（文献によっては「芸文」篇の一部となっている。以下、「考弁」篇）、そして「褒典志」「封爵考」「封爵諡号考」「封号」「爵謚」「追封」などと題された関羽／関帝およびその家族に加えられた封号について記した篇（以下、「封爵」篇）である。

また、7種のうち6種に見えるのが、関羽／関帝が竹を描き、その葉の重なりの中に自らの志を詠んだ詩を隠したという「風竹詩」と「雨竹詩」[9]（多くは後述の「翰墨」篇に収められる。「風竹詩」のみの場合もある。以下、「風雨竹詩」）、「遺像」「神像」「聖帝遺像」「帝像」と題された関帝の肖像（以下、「肖像」[10]）、「祠墓志」「墳廟考」「壟祠」「墳廟図並考」などと題された関羽／関帝の祠廟や墳墓の図と説明（以下、「墳廟」篇）、「世系」「関氏世系」「聖帝世系考」「世系図並考」などと題された関氏の家系（以下、「世系」篇）、「印図」「遺印考」「遺印」「帝侯遺印図」「遺印図並考」などと題された「司馬印」「寿亭侯印」などの印影等を収録した篇（以下、「遺印」篇）、「霊感考」「霊応考」「霊異」「霊験事蹟」などと題された関帝の顕霊伝説（以下、「霊異」篇）である。

7種中5種に見えるのが、「関侯年譜」「年表」「紀事本末」などと題された関羽／関帝の事蹟の年表（以下、「年譜」篇）、「遺迹考」「故蹟」「古蹟」「名蹟」と題された関羽／関帝にまつわる古跡の紹介（以下、「遺迹」篇）、「祭文考」「祭文」などと題された関帝の祭祀に用いられた祭文を収録した篇（A『漢前将軍関公祠志』では「芸文」篇に含まれる。以下、「祭文」篇）である。

以上を整理すると、

⑴　7種全てに見える内容……「本伝」篇・「芸文」篇・「考弁」篇・「封爵」篇

⑵　6種に見える内容……「風雨竹詩」・「肖像」・「墳廟」篇・「世系」篇・「遺印」篇・「霊異」篇

(3) 5種に見える内容……「年譜」篇・「遺迹」篇・「祭文」篇

となる。

「関帝文献」の嚆矢は元・胡琦の『関王事蹟』であるが、この文献の目録は次のようになっている。[11]

關王事迹（ママ）目錄

卷第一　實錄上

卷第二　實錄下　　論説

卷第三　神像圖　　世系圖

　　　　年譜圖　　司馬印圖

　　　　亭侯印圖　大王塚圖

　　　　顯烈廟圖　追封爵號圖

卷第四　靈異　　　制命

卷第五　碑記　　　題詠

「実録」は本稿でいうところの「本伝」篇、「論説」は「考弁」篇、「神像図」は「肖像」、「世系図」は「世系」篇、「年譜図」は「年譜」篇、「司馬印図」「亭侯印図」は「遺印」篇、「大王塚図」「顕烈廟図」は「墳廟」篇、「追封爵号図」「制命」は「封爵」篇、「霊異」は「霊異」篇、「碑記」「題詠」は「芸文」篇にそれぞれ相当する。上記の(1)から(3)に掲げた内容のほとんどが最初の「関帝文献」にすでに備わっていたことが分かる。つまり、これらの内容が「関帝文献」の構成の基本であり、以後の「関帝文献」はこの基本構成に他の要素がつけ加えられていくことで成立したものであることが確認できる。

これらの基本構成、すなわち「関帝文献」の核となる要素に含まれるのは、生前の関羽と神格化された関帝にまつわる様々な資料である。「本伝」篇・「年譜」篇・「世系」篇によって関羽／関帝の生前の事蹟とその先祖から子孫までの家系を知ることができ、「考弁」篇によってその理解が助けられる。「肖像」でその姿を拝し、「風雨竹詩」でその言葉を聞く。「遺印」篇に掲載する伝世の遺物や「遺迹」篇に挙げられたゆかりの古跡により関羽の生きた時代とつながり、「霊異」篇から歴代の数々の関帝顕聖を知る。そして「封爵」篇・「墳廟」篇・「祭文」篇によって関帝への信仰は深まり、「芸文」篇に収められる歴代の文人が関帝を称賛する詩文によってそれは強化されていく。このように関羽／関帝本人とその周辺の情報を多角的に博捜集成し、関帝という神や関帝信仰というものを時間的・空間的に把握できるように構成された「関帝文献」は、まさに関羽／関帝の百科全書といっていい。

実は孔子にもかかる構成を持つ文献があり、「関帝文献」に先行する。[12]つまり、同じような構成を持つ「関帝文献」を編纂することには、関帝を孔子になぞらえる意図があったことは明白である。関帝の儒家化、これが「関帝文献」編纂の当初の目的であろう。[13]

以上がその核となる要素から浮き彫りになる「関帝文献」の本質である。

三、「関帝文献」の構成の変遷と各文献の特色

先に見た7種の「関帝文献」の目録一覧から分かるように、時代が下るにつれて、「関帝文献」には前節で見た核となる要素に様々な内容がつけ加えられていくようになる。明の万暦31年（1603）刊行のA『漢前将軍関公祠志』がほぼ核となる要素のみで構成されるのに対して、清代に刊行されたBからGの文献にはいずれもそれ以外の要素が見える。本節では「関帝文献」の構成を通時的に眺めることを通して、構成上の変遷を跡付けると共に、各文献の特色についても探っていく。

まず、康熙32年（1693）初刊のB『関聖帝君聖蹟図誌全集』に付加されている主な内容は、関羽／関帝が認めたとされる手紙や書跡等（もちろん後人の偽作）を収める「翰墨考」（同様の篇は以後の文献にも見られるため「翰墨」篇と総称する）、「全図考」に収められる「関帝聖蹟図」、「発祥考」に収められる「関帝聖蹟図」が基づいた清・王朱旦「漢前将軍壮繆侯関聖帝君祖墓碑記」（以下、「祖墓碑記」）、劉備・張飛等関羽にまつわる蜀の人物の伝記（「列伝附」）、そして「聖経考」「経註附」に収められた関帝に仮託した善書『忠義経』とその注釈、「聖籤考」に収められた関帝のおみくじである。

「関帝聖蹟図」と「祖墓碑記」について少し説明を加えておく。「関帝聖蹟図」とは、関帝の生涯を数十枚の絵で表し、説明の文字を加えたものである。孔子にも同様の「孔子聖蹟図」があり、明代に多くの種類が出ていた。「関帝聖蹟図」はこの「孔子聖蹟図」を模倣したものである。そしてこの「関帝聖蹟図」の内容は王朱旦「祖墓碑記」に基づく。「祖墓碑記」には関帝の生涯が記されているが、そこにはそれ以前の文献には見えない関帝の祖父や父の名が見える(14)。王朱旦は彼らの名を、関帝の父の旧居の井戸から康熙17年（1678）に夢のお告げによって発見された巨甎（大きなレンガ）に記された文字から知ったという。しかし、これが書かれた直後から、この説の荒唐無稽を非難する論説は多く、巨甎は贋作である疑いが強い(15)。

康熙40年（1701）初刊のC『関聖陵廟紀略』は文献Bと同様に「翰墨」篇を持つ。それ以外は基本的に「関帝文献」の核となる要素によって構成されているといってよい。

雍正11年（1733）刊のD『聖蹟図誌』も「翰墨」篇を持つ。「聖帝翰墨」と題されている篇は「風雨竹詩」のみを収めるが、「聖帝遺訓」「聖帝文辞」の両篇に関羽／関帝の書跡（「篆書」）と手紙がそれぞれ収録され、これら全てが「翰墨」篇に相当する。また、文献Dには文献Bに見えた「関帝聖蹟図」が「序図説」として、「祖墓碑記」が「帝祖墓記」として受け継がれている。

乾隆21年（1756）刊のE『関帝志』には「翰墨」篇や「関帝聖蹟図」「祖墓碑記」等は見えない。代わりに核となる要素につけ加えられているのは、「世系」篇に附され「子孫伝」と題

された関平等の子や関統等の孫、および関朗等子孫とされる人物の略伝と、「部将伝」と題された周倉等配下の部将の略伝、そして関羽／関帝の祠廟や陵墓の一覧である「廟制」や関帝祭祀の制度について記した「祀典」である。

洪淑苓氏にはE『関帝志』について全面的に検討を加えた専論があり、文人の価値観が鮮明に反映されていることを指摘する。それは、「本伝」篇が史書の記載によって構成されており小説や伝説の内容を含まない点、伝説を収める「遺迹」篇や「霊異」篇の全書に占める割合が比較的少ない点、「考弁」篇や「芸文」篇といった文人による議論や詩文を多く収める点に現れているという。よって、E『関帝志』には民衆道教の善書とは異なり、聖人や英雄としての関帝像が濃厚であると指摘する[(16)]。巻二全てが「考弁」篇に占められていることに象徴されるように、確かにE『関帝志』は関羽や関帝信仰に対する考証に重きを置き、史的記載に努めていることがその構成から見て取れる。他の文献では「翰墨」篇に収められる関羽／関帝の手紙も、「翰墨」篇を置かない文献Eでは「考弁」篇において考証の対象となっている。

この文献Eの姿勢をさらに強化しているのが乾隆40年（1775）初刊のF『関帝事蹟徴信編』である。文献Eと同様に「翰墨」篇は設けられず、関羽／関帝の手紙は関羽／関帝に関する逸聞を集めた「軼聞」篇に掲載される。「軼聞」篇には関羽／関帝の手紙について偽作と断じる按語もあり、文献Fにおいて関羽／関帝の手紙は考証の対象として引用されていることが分かる。また、「関帝文献」の核となる要素になっていた「遺印」篇もなく、「司馬印」「寿亭侯印」については関羽／関帝に関する様々な記事を集めた「雑綴」篇において考証対象となっている。「関帝文献」の基本となる形式を崩してでも客観性を出そうとする姿勢が見える。巻三十の「書略」も特筆に値する。「書略」は文献F以前に世に出た「関帝文献」の一覧であり、各文献の特徴や編纂者、文献同士の継承関係などについて仔細に考証している。「関帝文献」研究には欠かせない資料である。「嗣蔭」と題された子・孫・子孫の略伝、「将吏」と題された配下等の略伝、「墓寝」「祠廟」と題された関羽／関帝の祠廟や陵墓等の一覧、そして「祀典」が設けられているのは文献Eと同じである。

さらに、文献C・Eと同様に「関帝聖蹟図」を収録しない。巻三十「書略」ではB『関聖帝君聖蹟図誌全集』について述べる中で、

> 優れているとして巻頭に置かれた「全図考」（「関帝聖蹟図」）と「発祥考」（「祖墓碑記」）だけは、いずれも『三国志演義』、および王朱旦「祖墓碑記」を用いており、さらに神の諱を避けて改めることがはなはだしいため、時の賢人からそしられることを免れなかった[(17)]。

と記す。「関帝聖蹟図」の評判が悪かったことが見て取れる。「関帝聖蹟図」が依拠した「祖墓碑記」は贋作の疑いの濃い巨甎に基づくのだから、「関帝聖蹟図」を収録することは文献Fのスタンスに反するだろう[(18)]。ただし、「祖墓碑記」については考証の対象として「考弁」篇に引用されている。

咸豊8年（1858）初刊のG『関帝全書』は逆に「関帝聖蹟図」（「聖蹟図誌」）や「祖墓碑記」を収録する。「翰墨」篇も見える。劉備・張飛等関羽にまつわる蜀の人物、関羽の子や配下の伝記も収めるが、文献Bにも見えた関帝のおみくじ（「夢授籤」「降筆籤」「覚世懺」「酬恩法懺」）も収録する。そして善書にいたっては、文献Bに見えた「忠義経」のみならず、「桃園明聖経註釈」「忠孝節義真経」「覚世真経註証」「功過格」「戒士子文註証」なども収録され、その分量は文献G全40巻のうち33巻を占めるほどである。本稿で扱う他の「関帝文献」に比べて道教的色彩が濃いといわざるを得ない。

以上に見てきたように、「関帝文献」には時代が下るほどに新しい内容（篇）が増えている。しかし、後発の文献が先行する文献の内容を無条件に踏襲しているわけではないことも明らかであろう。例えば、B『関聖帝君聖蹟図誌全集』に初めて収録された「関帝聖蹟図」の後発の文献における有無は各文献の性格を浮き上がらせる。「関帝聖蹟図」を収録した文献のうち、D『聖蹟図誌』には後人が偽作した関羽／関帝の手紙等を収める「翰墨」篇もあり、G『関帝全書』にいたっては道教善書まで幅広く収める。まさに関帝に関する資料をできるかぎり取り込もうとしているかのようである。一方、「関帝聖蹟図」を取り込まなかったE『関帝志』とF『関帝事蹟徴信編』は考証を重視する立場に立つ。そこには関羽／関帝に関して根拠のある史的記載に努める姿勢が見える。

筆者は以前、各「関帝文献」の「本伝」篇の分析を通じて、「関帝文献」の「本伝」篇は2つのグループに大別できることを指摘した。その2つのグループとは、関帝信仰に対して冷静な態度で編纂された史実に比較的忠実なものと、関帝に対する熱烈な信仰心をもって編纂され、関帝に関する言説をできるかぎり取り込んだものとである。そして前者を〔グループⅠ〕、後者を〔グループⅡ〕とした。〔グループⅠ〕に属するのは文献A・C・E・Fであり、〔グループⅡ〕に属するのは文献B・D・Gであった[(19)]。

本節における「関帝文献」の構成に対する検討の結果は、この分類が、「関帝文献」全体にも当てはまることを示していよう。素姓の怪しい巨甎を淵源に持つ「関帝聖蹟図」や偽作された関帝の手紙等を収める「翰墨」篇、各種の道教善書等を収める文献B・D・Gは、関帝に関するあらゆる言説・資料を取り込んでいるといえるし、史的根拠のある記載や考証に重きを置く文献E・Fは歴史学に近い立場にあるから史実に寄り添っているといえよう。

文献Cは「翰墨」篇を持つので、構成上は〔グループⅡ〕に入るように見える。ただ、文献Cの編纂事情に鑑みれば、必ずしもそうとはいえない。文献Cの編纂者である王禹書の自序によれば、当陽の関帝廟（今の関陵）には沿革等を記した書物がないことから荊州知府の魏勷が彼に編纂を命じたという。当陽関帝廟に関する初めての「関帝文献」を編纂するにあたり、王禹書には参考とするための先行する文献が必要だったはずである。それがたまたま「翰墨」篇を持つ「関帝文献」だった可能性は高い。少なくとも文献Bが積極的に「関帝聖蹟図」を取り込もうとしたような態度とは異なる[(20)]。よって、文献Cを構成の面から〔グループⅡ〕に入れることは留保せざるを得ない。また、文献Aもほぼ「関帝文献」の核となる要素のみ

で構成されるので、構成の上からはどちらのグループに分類すべきかを断じることはできない。(21)

おわりに

最後に本稿で述べてきたことを踏まえた上で、「関帝文献」の構成とその変遷から見えてくる「関帝文献」編纂の目的について考える。

まず、ほぼ「関帝文献」の核となる要素のみによって構成される文献Ａは、関帝を孔子になぞらえるという「関帝文献」の当初の編纂目的を踏襲しているといっていいだろう。元代以来の関帝儒家化の流れを継承し、関帝の地位を高めるのが目的である。「翰墨」篇以外はほぼ同内容の文献Ｃも同様といっていいだろう。

核となる構成から浮き彫りになるのは、関羽／関帝の百科全書という「関帝文献」の本質であった。この百科全書という本質を研究的視点で発展させたのが、文献Ｅ・Ｆの如く史的記載に努める文献である。巷に広まる関羽／関帝のイメージや関帝信仰史について考証することを通して、史実に寄り添った関羽／関帝の姿を伝え、関帝信仰史を総括することがこれらの文献の編纂目的と考えられる。

一方、百科全書として道教善書も含めた多種多様な関帝に関する言説・資料を取り込んだのが文献Ｂ・Ｄ・Ｇである。それらの言説・資料を通して編纂者たちが考える、あるべき関帝像を示すのがこれらの文献の編纂目的であっただろう。特に文献Ｇに道教善書やおみくじが大量に収録される点からは、関帝を道教神に引き戻す意図がうかがえる。「関帝文献」は当初から儒神としての関帝像を打ち出しているが、周知の通り、関帝は道教の神として一般に認識されることが多い。(22)文献Ｇはその序文からして「文昌帝君奉玉旨降筆序」となっていて、他の文献に比べて道教的色彩が濃いが、これはあるべき関帝像を道教神とする立場からの揺り戻しであったのだろう。

【注】

（1）関帝信仰については様々な論考が発表されている。ここでは主なものを挙げるにとどむ。井上以智為「関羽祠廟の由来並に変遷」（『史林』26-1・2、1941年）、原田正巳「関羽信仰の二三の要素について」（『東方宗教』第8・9合集号、1955年）、黄華節『関公的人格与神格』（人人文庫、台湾商務印書館、1967年）、金文京『三国志演義の世界』（東方選書、東方書店、1993年、149-155頁。増補版〔2010年〕では154-160頁。さらに増補版では267-270頁において朝鮮半島における関帝信仰にも言及）、梅錚錚『忠義春秋——関公崇拝与民族文化心理』（四川人民出版社、1994年）、洪淑苓『関公民間造型之研究——以関公伝説為重心的考察』（国立台湾大学出版委員会、1995年）、蔡東洲・文廷海『関羽崇拝研究』（巴蜀書社、2001年）、二階堂善弘『中国の神さま　神仙人気者列伝』（平凡社新書、平凡社、2002年、21-40頁）、顔清洋『関公全伝』（台湾学生書局、2002年）、劉海燕『従民間到経典——関羽形象与関羽崇拝的生成演変史論』（上海三聯書店、2004年）、胡小偉『関公崇拝溯源』上下冊（北岳文芸出版社、

2009年)、渡邉義浩『関羽　神になった「三国志」の英雄』(筑摩選書、筑摩書房、2011年)。

(2) 爵位追贈の状況を一部示しておく。

北宋崇寧元年(1102)　忠恵公
　　大観2年(1108)　武安王
南宋淳熙14年(1187)　義勇武安英済王
元天暦元年(1328)　　顕霊義勇武安英済王
明万暦42年(1614)　　三界伏魔大帝神威遠震天尊関聖帝君

清代では順治9年(1652)に「忠義神武関聖大帝」に封じられたのを皮切りに、光緒5年(1879)まで加封が続き、最終的にその封号は「忠義神武霊佑仁勇威顕護国保民精誠綏靖翊賛宣徳関聖大帝」と長いものになった。

(3) 本稿では、歴史上の人物や『三国志演義』等文学の登場人物としての関羽を「関羽」、崇拝の対象となった神としての関羽を帝号追贈の前後を問わず「関帝」と呼称する。

(4)「関帝文献」に関する主な論考としては以下のものがある。注(1)所掲顔氏著書306—310、350—353、412—414、525—532頁、拙稿「関羽文献の本伝について」(『芸文研究』93、2007年)、拙稿「関羽の手紙と単刀会——関羽文献の本伝についての補説——」(『狩野直禎先生傘寿記念　三国志論集』三国志学会、2008年)、拙稿「関於“関羽文献”中的関羽書信」(『明清小説研究』2011年第1期)。

(5) 本稿で対象とする「関帝文献」の序文等に見える編纂者たちのスタンスについては、注(4)所掲拙稿「関羽文献の本伝について」を参照されたい。

(6) 各文献の書誌情報については、大塚秀高編「関羽関係文献目録兼所蔵目録」(『中国における「物語」文学の盛衰とそのモチーフについて——俗文学、とりわけ俗曲と宝巻を中心に——』、平成7年度科学研究費補助金〔一般研究〈C〉〕研究成果報告書、1996年)、および「東洋文化研究所所蔵漢籍目録」(http://www3.ioc.u-tokyo.ac.jp/kandb.html、最終アクセス日2017年6月28日)も参照した。

(7) F『関帝事蹟徴信編』巻三十「書略」に拠る。

(8) 目録に見えるのみで、本文にはない。

(9)「風竹詩」と「雨竹詩」の全文は以下の通り。

風竹詩(A『漢前将軍関公祠志』に拠る)
　不謝東君意　丹青獨立名　莫嫌孤葉淡　終久不凋零
雨竹詩(B『関聖帝君聖蹟図誌全集』に拠る)
　大業修不然　鼎足勢如許　英雄涙難禁　點點枝頭雨

(10) B『関聖帝君聖蹟図誌全集』では後述の「関帝聖蹟図」の第1図となっている。

(11) 本稿では、明・張寧による成化7年(1471)重刊本『関王事迹(ママ)』(北京大学図書館蔵)に拠った。

(12) 南宋・孔伝『東家雑記』や金・孔元措『孔氏祖庭広記』は、孔子の略伝・世系・封号、祠廟やその碑文、ゆかりの古跡等について記している。

(13)『関王事蹟』編纂の意図が関帝の儒家化にあることは注(1)所掲蔡氏・文氏著書70頁においてつとに指摘されている。ただし、『関王事蹟』の載せる関帝の肖像は、雲の上の神として描かれていて孔子になぞらえられてはいない。拙稿「関帝の肖像について」(『狩野直禎先生米寿記念 三国志論集』三国志学会、2016年)参照。

(14) 祖父は名を審、字を問之、号を石磐といい、父は名を毅、字を道遠というと記す。

(15) このあたりの事情については、大塚秀高「関羽の物語について」(『埼玉大学紀要』30、1994年)に詳しい考証がある。また、「関帝聖蹟図」やそれが依拠した「祖墓碑記」との関係等については、拙稿「『関帝聖蹟図』と『孔子聖蹟図』」(『林田愼之助博士傘寿記念　三国志論集』三国志学会、2012年)、拙稿「『関帝聖蹟図』の構成要素について」(『二松学舎大学東アジア学術総合研究所集刊』第43集、2013年)、拙稿「『関帝聖蹟図』と『三国志演義』」(『三国志研究』第9号、2014年)を参照されたい。

(16) 洪淑苓「文人視野下的関公信仰——以清代張鎮《関帝志》為例」(『漢学研究集刊』第5期、2007年)。

(17) 獨歷卷全圖發祥二考、純用『演義』、及王氏「祖墓碑」、又避改神諱太甚、不免爲時賢所譏。

(18) もっとも、F『関帝事蹟徵信編』にはそもそも図が一つもない。よって、関帝の肖像や関羽／関帝の陵廟の図もない。「関帝聖蹟図」や「遺印」篇が見えないのもあるいは図を用いない事情もしくは方針と関係していよう。

(19) 注（4）所掲拙稿「関羽文献の本伝について」参照。

(20) F『関帝事蹟徵信編』巻三十「書略」によれば、B『関聖帝君聖蹟図誌全集』の編纂者である盧湛は、淮陰で「関帝聖蹟図」を制作した孫百齢と出会い、一緒にこれを校訂して文献Bに収める形で公刊した。

(21) 文献AとCをどちらのグループに含めるか断じ切れないのは、あくまでもその構成のみを見た場合のことであって、「本伝」篇等の中身から考えれば、やはり〔グループⅠ〕に含めるのが妥当である。

(22) 例えば、胡孚琛主編『中華道教大辞典』（中国社会科学出版社、1995年）には「関帝」（1499頁）・「関帝覚世真経」（291頁）・「関帝霊籤」（1552頁）などの項目が立てられており、野口鐵郎・田中文雄編『道教の神々と祭り』（あじあブックス、大修館書店、2004年）には二階堂善弘「関帝　英雄、万能の神となる」を収める（62-72頁）。

《清史列傳》汪憲、朱文藻傳訂誤

陳鴻森

一、引言

乾隆中，杭州藏書家繼趙氏小山堂、吳氏瓶花齋而起者，以汪憲振綺堂為最著，厲鶚、杭世駿輩著作頗賴之以傳。清高宗開四庫館，采訪天下遺書，汪憲之子汝瑮進呈振綺堂所藏珍本秘籍多達三百餘種，高宗發還《曲洧舊聞》、《書苑菁華》兩書，御筆題詩，並賜內府初印本《佩文韻府》一部以嘉之。汪氏藏書緜延百餘年，丁申《武林藏書錄》言：

> 汪氏代衍甲科，門承通德，牙籤縹軸，歷百數十年而始散於庚辛之劫，至今一鱗片甲猶有存者，積厚流光，書其一端云。[1]

清季振綺堂後人汪康年（1860-1911），雖從事報業，倡言變法自強，然濡染家學，亦喜鈔藏罕秘珍本，曾輯刻《振綺堂叢書》，力振前人遺緒，誠可謂世德綿永矣。

而朱文藻館於振綺堂前後二、三十年[2]，賓主相得，曾為編《振綺堂書錄》十冊[3]。朱氏日夕校讀其中，淹貫略盡。阮元編《山左金石志》、《兩浙輶軒錄》，多藉其力，始克厎成；晚年復為王昶代纂《金石萃編》、《大藏聖教解題》兩書。惜久躓棘場，終生挾筆研謀衣食，日孜孜以撰述為事，顧所著書多他人主名，致今聲聞不彰。《清史列傳》卷七十二以汪、朱合傳[4]，兩家事跡略存梗概。惟史臣粗疏，失於考覈，兩傳頗多譌舛；今人徵文考獻，多沿其誤，習焉而不察，故今特為此文以正之。為討論方便起見，謹節錄兩傳之文，隨附考證於後。

二、《汪憲傳》訂誤

> 汪憲，字千波，浙江錢塘人。乾隆十年進士，官刑部主事，遷員外郎，以父母老，乞養歸。憲博雅好古，於經尤長於《易》，……著《易說存悔》二卷。性好蓄書，丹鉛多善本，求售者雖浮其值，不與較。家有靜寄東軒，具花木水石之勝。朱文藻嘗介嚴可均見憲，憲即館之東軒。偕同志數人，日夕討論經史疑義，又悉發所藏秘籍，相與校讐；稍暇則投壺賦詩為娛樂。
>
> 嘗以徐鍇《說文繫傳》四十卷，世罕傳本，好事者秘相傳寫，魚魯滋多，或至不可句讀。憲

所得雖屬宋影鈔本，然已譌不勝乙，因參以今本《說文》，旁考所引諸書，證其同異，著《說文繫傳考異》四卷。又屬朱文藻採諸家評論《繫傳》之辭及鍇兄弟軼事，為《附錄》二卷。其書縷析舊文，徹首徹末，論者謂其有功小學。……著有《振綺堂稿》，又《苔譜》六卷。

按此傳可商者凡數事：（一）言“朱文藻嘗介嚴可均見憲，憲即館之東軒”云云，此說有誤。據錢陳群《刑部陝西司員外郎魚亭汪君傳略》，汪憲乾隆三十六年（1771）八月卒，年五十一，[5] 則生於康熙六十年（1721）。另據梁同書《文學朗齋朱君傳》，朱文藻生於雍正十三年（1735），嘉慶十一年（1806）卒，年七十二。[6] 而《清史列傳》卷六十九《嚴可均傳》載：“道光二十三年（1843）卒，年八十二”，[7] 則生於乾隆二十七年（1762），與汪憲輩行不相及，汪憲卒時，嚴可均才十齡耳，自不得有傳文所言“朱文藻嘗介嚴可均見憲，憲即館之東軒”云云之事。

考阮元《兩浙輶軒錄》卷二十三“汪憲”條，引朱文藻《跋》：

往歲甲申（乾隆二十九年）滯留靖江，吾友嚴鐵橋取予所製文，達之比部汪魚亭先生。先生賞予文，遂屬鐵橋為介，明年館余於靜寄東軒，日夕校讐經籍，悉發所藏，俾研究其中。軒有花木水石之勝，主客同遊十數人常以投壺賦詩為娛樂。[8]

此即史傳所本。據此跋，朱文藻初館汪氏在乾隆三十年（1765）；汪璐《藏書題識》卷一“厲鶚《遼史拾遺》”條引朱文藻之說，亦言：“文藻乙酉歲初館振綺堂，首抄是書”，[9] 可為旁證。然則朱文藻館於汪氏振綺堂時，嚴可均年方四歲，朱《跋》所云“吾友嚴鐵橋取予所製文，達之比部汪魚亭”者，必非嚴可均，而係另一嚴鐵橋，史臣粗疏，誤混為一人耳。考乾隆《杭州府志》卷九十四《文苑·嚴誠傳》云：

嚴誠，字力闇，號鐵橋，仁和人。毛髫就學，手不釋卷，乾隆己巳（十四年）列府庠。六書諧聲，洞悉源流，篆楷則遠宗漢、魏、晉，藻繪則近法倪、黃，詠歌所出，一本性靈。賦稟直方，與人和易，臨事則守正不阿。乙酉（三十年），登鄉薦。歿年三十有六，兄果為編定遺集。果字敏中，庚寅（三十五年）舉人，亦以文學著聲。[10]

朱文藻與嚴果、嚴誠兄弟所居相近，少為襟契之好，以文行相切劘。《兩浙輶軒錄》卷三十三“嚴果”條引朱文藻《碧谿詩話》云：

古緣（按嚴果之號）與弟鐵橋並篤學有盛名，賓朋往來，門庭接踵，茗盃酒盞，羅列無虛日。……予廬距古緣居最近，故相見尤數。[11]

又朱文藻《西溪吟友詩鈔序》云：

> 鐵橋蚤歲為諸生，頗不喜作制藝，然才氣浩瀚，偶然得意，蘸筆疾書，無不痛快。……性介而和，與人無爭，故人多樂與游，與余交最親厚。歲己卯（乾隆廿四年），同齋中讀書，講學論古語皆合，至飢飽涼燠悉體之。庚辰（廿五年）秋，余病暴下，而鐵橋亦患脾創，時於枕上作書，或歌詩倡和，各遣子姪往來，日數過。[(12)]

由此兩文，可見朱文藻與嚴氏兄弟蹤跡之密。乾隆三十二年正月，嚴氏兄弟客遊福建。其秋，嚴誠病瘧；十月既望，病篤還里，兩旬而歿，年僅三十六。[(13)] 嚴誠卒後，朱文藻為輯錄詩文遺稿、題畫詩及朋儕哀挽之作，編為《鐵橋全集》八卷。[(14)] 此稿未刻，中國並無傳本；而嚴誠因與朝鮮北學派先驅洪大容（1731-1783）交契，故韓國反有鈔本流傳。

乾隆三十一年，嚴誠偕浙江乙酉鄉試解元陸飛、舉人潘庭筠計偕入京，適洪大容以朝鮮特使團隨員身份入燕，邂逅相識，言談極為投契，一月之中，七次往復，相與訂僑札之分。嚴誠卒後，翌年正月，朱文藻寓書洪大容，告以鐵橋病歿及身後諸事；三十四年冬，洪大容萬里來書，索觀《鐵橋全集》，朱文藻因手錄一帙以貽之。朱氏原鈔本現藏韓國檀國大學退溪紀念館，存三冊，缺第三、第五兩冊；首爾大學中央圖書館有傳錄本，八卷俱全。[(15)]

朱文藻因嚴誠之薦，館於振綺堂前後近三十年，卒成其學；而嚴誠身後，朱文藻為編纂遺集，並手自錄副，遠寄嚴氏朝鮮友人，賴此海外孤帙一線僅存，嚴誠因得以“續命”，此實乾隆時中、朝學界交流一段佳話。

據上文所考，史傳“朱文藻嘗介嚴可均見憲”，“嚴可均”為“嚴誠”之誤，斷可知矣，其文當作“朱文藻嘗因嚴誠之介見憲”為是。吳晗《江浙藏書家史略》，顧志興《浙江藏書家藏書樓》、《浙江藏書史》，鄭偉章《文獻家通考》俱沿《清史列傳》之誤。[(16)]

（二）史傳言汪憲“著《說文繫傳考異》四卷；又囑朱文藻採諸家評論《繫傳》之辭及〔徐〕鍇兄弟軼事，為《附錄》二卷”，此說亦未盡得實。

按《說文繫傳考異》四卷，乾隆時採訪天下遺書，曾由振綺堂經進，收入《四庫全書》，署名汪憲撰。[(17)] 然此書實朱文藻所著也，朱氏《說文繫傳考異・跋》言之甚詳：

> 南唐徐鍇《說文解字繫傳》四十卷，今世流傳蓋尠，吾杭惟城東郁君陛宣購藏鈔本。昨歲因吳江潘君瑩中，獲謁吳下宗丈文游，從其插架借得此書，歸而錄之。復取郁本對勘，譌闕之處，二本多同；其不同者，十數而已，正譌補闕；無可疑者，不復致說。其有與今《說文》互易〔異〕，及《傳》中引用諸書，隨案頭所見，有與今本異者，並為錄出，作《考異》二十八篇。又采諸書中論列《繫傳》及徐氏事蹟者，別為《附錄》，分上下二篇，隨見隨錄，故先後無次，並附于後。[(18)]

據此，則《繫傳考異》為朱文藻所著甚明。朱氏遺稿道光時展轉歸瞿世瑛清吟閣所有，《清吟閣書目》卷一著錄：“《說文繫傳考異》，朱朗齋手稿，四本”，[(19)] 斯其確證也。至此書署名汪憲之原委，朱文藻《重校說文繫傳考異跋》固有明文：

憶昔己丑歲（乾隆三十四年），余館振綺堂汪氏者五年矣。……迨十月杪，……余乃至南濠，訪朱丈文游，徧閱其藏書之所。……惜晷短寓遙，不能流連，匆匆攜所借《繫傳》歸寓。……翼日，買舟偕逸樵歸武林，遂手自影鈔，歲周而畢。其隨時考證諸書，勘其異同，錄為《考異》四卷、《附錄》二卷，末署姓名，質之比部（按指汪憲）。比部深加寶惜，藏之秘笈，不輕示人。

越歲辛卯（三十六年），比部歸道山。又越歲壬辰，值朝廷開四庫館，採訪遺書。於是武林諸藏書家各踴躍進書，而比部之子名汝瑮字坤伯者，先以儲藏善本，經大吏遣官精選得二百餘種，彙進於朝；最後中丞以振綺藏書選賸者尚堪增採，命重選百種，以畢購訪之局。蓋其時浙省進書已約五千餘種，此百種者當在五千餘種之外，蒐羅極難。坤伯乃搜啟秘笈，得《繫傳考異》一編，信為先人所貽，不虞重複，乃取《考異》四卷署比部姓名；其《附錄》二卷，間有文藻案語，因署文藻姓名，並呈局中。此《考異》、《附錄》之所以得錄入《四庫全書》者，本末蓋如此也。[20]

據此，則《說文繫傳考異》及《附錄》俱朱文藻所撰，較然甚明。《考異》、《附錄》撰成後，附於朱文藻影鈔《說文繫傳》之末，歸振綺堂收藏。朱氏另錄一副本，附於朱奐（文游）藏本之後，由滋蘭堂收藏。[21]

由於徐鍇《說文繫傳》元明以來久無刊本，即鈔本流傳亦甚罕見，故《考異》成書之後，各方競相傳寫，都中學者頗多傳鈔其書者，陸心源《皕宋樓藏書志》卷十三載錄丁杰手跋：

初見此跋（按指上引《說文繫傳考異跋》），心疑即朱君所撰書也。今詢朱君，果如余所料，抃喜者累日。輦下諸公傳抄者並署朱君名，不復知有嫁名汪主政事，乃據吳門副本耳。戊戌六月十八日記於吳蘇泉庶常寓齋。[22]

蓋當時都中傳鈔者有兩本，一署汪憲名，即由四庫館傳錄於外者，丁杰借鈔者即此，故“心疑即朱君所撰書”也。另則“據吳門副本”，即據朱奐滋蘭堂本傳寫，故署朱文藻原名，此本由吳中展轉流布京師，故“輦下諸公鈔者並署朱君名”，然則《繫傳考異》為朱文藻著，當時學者固已知之矣。惟史臣因據《四庫總目》立說，故誤以此書為汪憲著耳。

（三）此傳言汪憲另著《苔譜》六卷，此書《四庫全書總目》列於存目，[23]北京大學圖書館藏一鈔本，卷首有乾隆乙酉（三十年）夏五汪憲《序》，《四庫全書存目叢書》有影印本。

按梁同書《文學朗齋朱君傳》，載朱文藻所著書，有《苔譜》、《萍譜》二種；《清史列傳》朱氏本傳同（詳下）。余意《苔譜》與《說文繫傳考異》兩書皆朱文藻撰，四庫採訪遺書時，此二書由振綺堂經進，故作者俱署名汪憲。史臣依《四庫總目》著錄，前後復失於檢照，故汪、朱兩傳並載之。王棻等纂《杭州府志》，《苔譜》一書亦汪憲、朱文藻兩見，[24]亦緣《四庫總目》而誤也。

三、《朱文藻傳》訂誤

朱文藻，字暎漘，浙江仁和人。諸生。少嗜學，漁獵百家，精六書，自《說文》以下及鍾鼎款識，無不貫串源流。又通史學，凡紀傳、編年、紀事、《通典》諸書，輒能考其缺略，審其是非。王杰督學浙江，延訪之至京師，佐校《四庫全書》，復奉敕在南書房考校。嘗游山左，阮元、孫星衍與之商訂金石，成《山左金石志》。後復為王昶修《西湖志》，纂輯《金石萃編》、《大藏聖教解題》等書。詩在劉夢得、張文昌之間。嘉慶十一年卒，年七十一。著有《續禮記集說》、《說文繫傳考異》、《碧谿草堂詩文集》、《碧谿詩話》、……《苔譜》、《萍譜》。

按此傳亦有數誤：（一）傳云朱氏“嘉慶十一年（1806）卒，年七十一”，則生於乾隆元年（1736）。惟梁同書《文學朗齋朱君傳》則云：“主少寇（按指王昶）家，疾時作。今年夏，病轉劇，亟歸，抵家一月，遂不起，時嘉慶十一年丙寅八月二十四日也。生於雍正十三年乙卯五月十五日，壽七十有二。”另檢南京圖書館藏朱文藻《碑錄二種》瞿氏清吟閣鈔本，《自序》末繫“嘉慶丙寅暮春，碧谿居士朱文藻識於三泖漁莊，時年七十有二”[25]；又朱文藻《重校說文繫傳考異跋》，末云：“嘉慶十有一年歲在丙寅立秋前五日，碧谿居士朱文藻錄畢，因再識卷末，時年七十有二”[26]，此跋為朱文藻卒前兩月所撰，足證史傳“卒年七十一”之誤也。學者罕見梁同書撰《傳》，故多沿仍史傳之譌[27]。

（二）傳言“王杰督學浙江，延訪之至京師，佐校《四庫全書》，復奉敕在南書房考校”云云，此亦未盡得實。按王杰於乾隆三十六年九月至三十九年八月、四十一年正月至四十二年八月、四十五年三月至四十七年四月，前後三任浙江學政[28]。史傳不載朱文藻入京之年，據梁同書撰《傳》云：“戊戌，入都，應王文端公之聘。文端適視學浙中，君偕之歸。”文端乃王杰謚號，則朱文藻入都佐校四庫書在乾隆四十三年戊戌。復據《朗齋先生遺集》卷二《戊戌元夕發北關》詩云：

夢隔江湖十四年，辭家又上木蘭船。多情最是元宵月，照見離人一例圓[29]。

又《哭黃春帆》詩：“水驛山程結伴行，感君意氣篤交情。六人分散傷今日，一第艱難累此生。……”元注：“上元日同舟北上者六人，今毛熙臺赴江左，王六四旋里，戴根香館津門，許笠人館內城[30]。”則朱文藻四十三年上元日辭家，時黃國鈞（春帆）等五人計偕入都，因附舟北上。上引梁《傳》言“文端適視學浙中，君偕之歸”，則四十五年三月王杰奉命再督浙學，朱文藻即隨之南歸，《朗齋先生遺集》有《庚子四月十五日出都，良鄉道中作》一詩[31]，則朱氏四十五年四月十五日出都，前後在京兩年餘。史傳所言“佐校《四庫全書》，復奉敕在南書房考校”者，必此兩年間事也。時王杰任《四庫全書》館暨《三通》館副總裁，渠前提督浙江學政時，素稔朱文藻績學博識，因延之入都，以佐校讐。南京圖書館藏朱文藻《校訂存疑》鈔本，冊二為《續三通校語》，篇首識語云：

> 乾隆戊戌（四十三年），應韓城王少宰惺園先生之招入都，館于虎坊橋，校閱三通館續纂《三通》。凡所引正史，有原文可疑者皆簽出，加按以志疑。

《續三通校語》卷一至卷四為《續通典》，計五十一葉；卷五至卷七為《續通志》，計五十四葉；《續文獻通考》未見校語。據此，則朱文藻乾隆四十三年應王杰（惺園）之招入都，除佐校《四庫全書》外，復為之校訂《續三通》也。

至史傳所云“奉敕在南書房考校”，此事梁同書《文學朗齋朱君傳》不載。按朱文藻半生困躓棘場，歷十二次鄉試[32]，卒無所遇，以一衿終老。倘渠果曾“奉敕在南書房考校”，斯則寒士莫大之殊榮，梁氏撰《傳》所宜大書特書者，今乃無一語及之，殊為可疑。

復考朱文藻嘉慶六年嘗應王昶之託，為編訂《金石萃編》，歷時五年，至嘉慶十年秋全書告成，為書一百六十卷[33]。是書為朱氏晚年心力之所萃，嘉慶十年仲秋，朱文藻長《跋》述《萃編》纂輯始末，文中頗自欣幸平生經眼金石之富：

> 竊幸文藻畢生能窺金石之美富，殆有天焉。先是，客京師，寓大學士韓城王文端公邸第，值文端充《續西清古鑑》館總裁，得見內府儲藏尊彝古器摹本三百餘種。後客任城小松司馬署，得見濟寧一州古今碑拓數百種，遂手自摹錄，成《濟寧金石志》。繼客濟南，赴阮中丞芸臺先生之招，時視學山左，徧蒐碑碣，得見全省拓本千數百種，贊成《山左金石志》，刻以行世。今又得見先生所藏寰宇碑摹，幾一千餘種，刻成《金石萃編》一百六十卷。夫拘墟寒士，雖有金石之好，欲購藏則無貲，欲遠訪則無事。茲文藻前後所見，多至四千餘種，自幸以為海內嗜古之士企及此者亦難矣[34]。

此《跋》亦無一言語及“奉敕在南書房考校”事，則史傳此說殆非其實矣。余意“奉敕在南書房考校”，與此《跋》所言“值文端充《續西清古鑑》館總裁，得見內府儲藏尊彝古器摹本”云云，當同一事，則“奉敕在南書房考校”者乃王杰，而非朱文藻。

歷檢《高宗實錄》、臺北故宮博物院編《宮中檔乾隆朝奏摺》，朱文藻客游京師期間（乾隆四十三年二月至四十五年四月），並未見王杰充派《西清續鑑》總裁相關之記載，其年月無明文可據。惟按《西清續鑑甲編》書後乾隆五十八年王杰等《跋》云：

> 《西清古鑑》書成，越三十年，諭纂內府續得諸器為《西清續鑑》，未蕆事。載越十三年，命臣等校補繕續，全帙既具，謹綴言於後[35]。

據此文，知《西清續鑑》曾前後兩次修纂。今由乾隆五十八年（1793）《續鑑》書成，上推十三年，則《續鑑》初纂應在四十五年（1780）；復據梁詩正等《西清古鑑·跋》云：“臣等於乾隆己巳（十四年）冬，奉敕纂輯《西清古鑑》。……閱二歲，歲在辛未（十六年）夏五月，是編告竣[36]。”而王杰《跋》言“《西清古鑑》書成，越三十年，諭纂《續鑑》”，由乾隆十六年（1751）下計三十年，則亦乾隆四十五年。蓋四十五年春，王杰奉命修纂《西清續鑑》，朱文藻緣是“得見內府儲藏尊彝古器摹本三百餘種”；然是年三月十四日，王氏旋奉命再督浙學[37]，《續鑑》修纂之事即告中輟，朱氏亦隨之南歸。朱文藻“屢赴鄉舉，無所遇，唯食餼以終其身”[38]，渠一介諸生，自不得有“奉敕在南書房考校”之事，史臣粗疏，誤以王杰之事為朱文藻，獨不思朱氏果曾“奉敕在南書房考校”，豈至“食餼以終其身”？渠果“奉敕在南書房考校”矣，即不得任意隨從王杰南歸也。

（三）此傳言朱文藻“嘗游山左，阮元、孫星衍與之商訂金石，成《山左金石志》”云云，語甚含混，《山左金石志》究為何人所撰，似欠明晰。此說蓋本梁同書撰《傳》：

> 癸丑（乾隆五十八年）春，舊友黃小松司馬招游山左，雅好金石。時儀徵阮芸臺督學、陽湖孫淵如觀察皆莅任青齊，俱有金石文字緣，聞君至，各傾篋商考，且命工將各摩崖穹碑橅拓。不兩年間，芸臺先生得拓本數千種，將謀纂輯，適調任浙江，延君歸杭州。明年，以各碑拓本錄為《山左金石志》。時揚州江文叔重君名，延館於其家。君遂偕張椿年攜各搨本應之，寓康山草堂。……一年，《金石志》成。次年丁巳（嘉慶二年），更為芸臺先生輯《兩浙輶軒錄》。

史傳刪略其文，僅存數語，致語焉而不詳。據梁同書此《傳》，可知阮元《山左金石志》、《兩浙輶軒錄》兩書，其實俱由朱文藻編訂成書，此為清代學術史長期湮薶之故實。有關《兩浙輶軒錄》成書始末，擬別為專文論之，此但就史傳譌誤辨正之。

乾隆五十八年三月，朱文藻應黃易之聘，赴山東濟寧，課讀其子，並為撰《濟寧金石錄》，翌年書成[39]。六十年五月，復應山東學政阮元之聘，赴濟南佐修《山左金石志》[40]，阮氏《序》云：

> 元在山左，卷牘之暇，即事考覽，引仁和朱朗齋文藻、錢塘何夢華元錫、偃師武虛谷億、益都段赤亭松苓為助[41]。

則當時同預修書者，另有武億、段松苓、何元錫三人。時孫星衍在京，官刑部廣東司郎中；五月，授山東兗沂曹濟兵備道[42]。阮元聞訊，賦詩促渠速之官東來共聚，阮氏《小滄浪筆談》卷四云：

> 乙卯（乾隆六十年）夏，錢塘馬秋藥比部（履泰），曲阜桂未谷（馥）、顏運生（崇槼）兩學博，同在濼源書院。偃師武虛谷進士（億），寓小滄浪；仁和朱朗齋明經（文藻），寓四照樓。嘗與余集小滄浪，極文讌之樂。適孫淵如比部（星衍）觀察兗沂曹道，余以詩促其速之官，云：“泲南池館傍湖開，湖上西風且漫催。萬朵荷花五名士，一時齊望使君來。”淵如報詩云：“扶容池館報花開，驛騎傳詩一路催。不為時需訪碑使（元注：元時有此官），也應天與聚星來。”……適觀察又以足疾，遲至秋半始由天津汎舟來濟南[43]。

據《孫淵如年譜》，孫氏因“墜車折足”，“八月，奉大母許太夫人、母金夫人暨兩弟眷屬由水程往山東，至德州，足始能行，先至歷下。……九月，至兗州道任。[44]”而阮元則於八月廿四日奉調浙江學政[45]，朱文藻亦於九月望後返浙[46]，為阮元續纂《山左金石志》。由上述時程度之，孫星衍初抵山左，行李未卸，孫、朱二人縱山左相晤，亦不過數日萍踪偶聚耳，梁同書《朗齋朱君傳》言：孫氏聞朱文藻至，“傾篋商考”；史傳言朱文藻與阮、孫“商訂金石”，成《山左金石志》，皆非紀實之言。推原梁同書所以為此說者，殆因阮元《山左金石志・序》言：

> 金之為物，遷移無定，皆就乾隆五十八年至六十年在山左者為斷，故孫淵如觀察蒞兗沂曹濟，其所藏鐘鼎即以入錄。[47]

蓋山左吉金著錄者無多，雖孫星衍履任時，阮元已奉調浙江學政，然《山左金石志》仍將孫氏所藏諸器入錄。今檢《山左金石志》述及孫星衍者計七事：

1. 《魯公鼎》：“器為錢塘馬比部秋藥（履泰）得於東昌，攜至濟南濼源書院，兗沂曹濟道孫淵如（星衍）來，見而拓之，釋其文。[48]”
2. 《伯休彝》：“右周彝為乾隆乙卯十月廿四日孫觀察淵如所藏，拓此銘詞并作釋文以寄。……元謂‘戈’上似‘矢’字，‘弗’下似‘敢’字。[49]”
3. 《養鬲》：“右鬲……黃司馬易見于濟寧，拓本以寄。孫觀察云：《說文》‘養’字，古文作‘羚’，此省‘攴’為‘又’耳。[50]”
4. 《楚良臣余義鐘》：“右鐘為孫淵如觀察所藏，拓銘文并釋文寄元。[51]”
5. 《析子觚》：“右觚亦孫淵如觀察所藏。[52]”
6. 《小鐵山摩崖殘字八種》：“孫觀察星衍云：‘薩’即‘薛’字異文，故《一切經音義》作‘扶薛’（森按：指‘菩薩’二字），蓋聲之轉耳。[53]”
7. 《棲霞寺造象鍾經碑》：“右碑孫淵如觀察於嘉慶丙辰（元年）訪得拓寄，文二十九行，行四十九字，徑七分。[54]”

由《伯休彝》、《楚良臣余義鐘》、《棲霞寺造象鍾經碑》三跋繹之，此皆阮元赴任浙江學政後，孫星衍由山左寄阮氏者；《析子觚》當亦然。然則梁同書《朗齋傳》言：孫氏聞朱君至，“傾篋商考”，史傳言孫氏“與之商定金石”，斯皆文家虛飾之語耳。張紹南編《孫淵如年譜》，載孫氏交游事跡極為詳悉，乃無一語言及朱文藻，則二人交誼非密，從可知矣。

《山左金石志》創稿於乾隆六十年五月；其秋，阮元改調浙江學政，修書諸君未及終局，遂各散去[55]，則在山左修書前後僅四、五月耳。阮元《山左金石志・序》云：

> 六十年冬，草稿斯定。元復奉命視學兩浙，舟車校試餘閒，重為釐訂。更屬仁和趙晉齋（魏）校勘，凡二十四卷。[56]

然據段松苓《山左碑目・序》所述,《山左金石志》當日並未完成[57],此序所云“元……舟車校試餘閒,重為釐訂”者,此阮氏飾詞耳,非紀實之言。前引梁同書《朗齋朱君傳》云:阮元調任浙江後,“延君歸杭州,明年(嘉慶元年),以各碑拓本錄為《山左金石志》。時揚州江文叔重君名,延館於其家。君遂偕張椿年攜各搨本應之,寓康山草堂。”蓋此實由揚州鹽商江振鴻提供生活、筆墨之資,俾朱氏得於康山草堂專意修書[58]。朱文藻因攜張椿年為助[59],以佐校錄;閱“一年,《金石志》成。”南京圖書館藏張椿年《荊華仙館初稿》,嘉慶丙辰編年詩目錄云:“歲丙辰(嘉慶元年),余與朱丈朗齋為阮雲臺閣學纂輯《山左金石志》於維揚江氏康山草堂,積詩五十餘首,目之為《邗上吟》[60]。”可為佐證。又王昶《春融堂集》嘉慶二年正月《訪主雲上人於淨慈,宿聽松軒,與朱映漘及僧慧照夜話》詩,元注:“時伯元延映漘纂《山左金石志》[61]。”蓋《山左金石志》一書實由朱文藻總其成,今觀書內所載碑刻,屢見“此碑朱朗齋自他處借錄”云云之語[62],此皆朱氏返浙後為之增訂補錄者,斯其內證也。《山左金石志》嘉慶二年正月稿成,阮元復屬趙魏覆校,朱文藻則應西湖淨慈寺住持際祥(主雲上人)之聘,為纂《淨慈寺志》。阮元《山左金石志・序》撰於嘉慶二年十月,則此書至嘉慶二年秋、冬間始刻成,張鑑等編《雷塘庵主弟子記》嘉慶元年條云:“五月,刻《山左金石志》成[63]。”此說未確,蓋未經核實也。嘉慶二年秋,《淨慈寺志》書稿竣事後,朱文藻旋應阮元之屬,為之編訂《兩浙輶軒錄》,阮氏《定香亭筆談》卷二言:

> 仁和朱朗齋能詩,留心文獻,好金石。老而貧,居艮山門外清溪前。丁巳、戊午(嘉慶二、三年)間,助余編錄兩浙詩數千家[64]。

所言即指《兩浙輶軒錄》。張椿年《荊華仙館初稿》嘉慶二年編年詩目錄云:“是年,與朱丈朗齋為阮閣學纂輯《兩浙輶軒錄》,因得憩息家園。……得詩五十首,目之《郇居集》[65]。”可為旁證。嘉慶三年八月,阮元調補禮部右侍郎;九月十二日,返京任職[66];朱文藻則續為增補校訂。嘉慶四年十一月,阮元奉命署理浙江巡撫事務;五年正月,實授浙江巡撫。《輶軒錄》則於嘉慶六年刻成[67]。

朱休度《辛酉春家朗齋自杭來禾,招同曹種梅花下小飲,朗齋有詩見貽次答》詩:“胸握珍珠能記事,手編鐵網竟成書”,元注:“朗齋撰《山左金石錄》,稿成八十巨冊[68]。”又周春《耄餘詩話》卷四云:

> 〔朗齋〕客儀徵阮公學使幕中,助撰《山左金石志》。公調任浙江,助選定《兩浙輶軒錄》。余以詩寄懷云:“三年不見朱遵度,腹笥包羅萬卷書。杭厲一燈還未墜,西泠十子果相如。著述等身盡足傳,篁村《詩話》賴增編。武林此日徵文獻,能不思君一悵然[69]。”

又朱文藻弟子胡敬《葑唐府君年譜》,乾隆庚辰條載胡敬《先友記》云:

> 朱朗齋師……與府君為垂髫交,工詩古文,博覽群書,勤於手錄,竟晨夕筆不停綴,無倦容。……晚年,阮芸臺中丞屬輯《兩浙輶軒錄》,王蘭泉侍郎屬纂《藏經提要》,卷帙動以百

計，等身著作，無愧前人矣。[70]

此俱可證阮元《山左金石志》、《兩浙輶軒錄》兩書，實由朱文藻總纂編訂成書，阮氏兩書《序》文雖及朱氏之名，然故含混其辭，而朱文藻友人詩文中則屢屢及之，可與梁同書《朗齋朱君傳》互證也。

四、結論

《清史列傳》中《儒林》、《文苑》兩傳，為吾人研究清代文人學士之基礎史料，顧傳稿雜出眾手，精粗不一，館臣失於考覈，紀事譌錯，往往而有。[71] 學者各即所見，舉而訂之，庶免後人襲譌踵謬，所謂"訂其偶誤，成其百是"也。

據上文所考，汪憲、朱文藻兩傳譌誤者凡若干事：

（一）《汪憲傳》言"朱文藻嘗介嚴可均見憲，憲即館之東軒"，"嚴可均"當為"嚴誠"之誤，此因兩人同姓嚴，俱號鐵橋，史臣混淆，誤為一人也。其文當作"朱文藻嘗因嚴誠之介見憲，憲即館之東軒"，乃為得實。

（二）汪、朱兩傳載二人著作，並有《說文繫傳考異》、《苔譜》兩書。今考此二書實朱文藻所著，乾隆時搜訪天下遺書，兩書由汪憲之子汝瑮經進於朝，作者署乃父之名，《繫傳考異》為《四庫總目》著錄，《苔譜》則列於存目。史臣撰傳，依《四庫總目》載入《汪憲傳》；復據梁同書《文學朗齋朱君傳》，載錄兩書於《朱文藻傳》，前後失於檢照，遂致兩家傳記俱有其書。

（三）《朱文藻傳》謂朱氏曾"奉敕在南書房考校"，此由史臣粗疏，誤以王杰奉敕編纂《西清續鑑》事為朱文藻也。至朱氏曾為阮元編訂《山左金石志》、《兩浙輶軒錄》，傳或語焉不詳，或闕而不載，今為考明其事，以補史傳之闕略。

（四）朱文藻生於雍正元年，嘉慶十一年卒，享年七十二，史傳誤作"卒年七十一"，致今學者記述朱氏事跡，往往沿襲其誤。

附注：本文為作者臺灣科技部專題計畫"書札史料與清代學術研究"（編號：MOST 105-2410-H-001-097）之部分研究成果。

【注】

（1）丁申《武林藏書錄》，丁氏《武林掌故叢編》本，卷下，第16頁。

（2）吳壽暘《拜經樓藏書題跋記》卷二"《前漢書》"條，載乾隆五十八年正月朱文藻《跋》，中云："余館武林汪氏者垂三十年，汪氏有振綺堂，為藏書之所，與同郡諸藏書家，若小山堂趙氏、飛鴻堂汪氏、知不足齋鮑氏、瓶花齋吳氏、壽松堂孫氏、欣託山房汪氏，皆相往來，彼此互易，借鈔借校，因得見宋槧元鈔不下數百十種。"（《續修四庫全書》本，卷二，第2-3頁）。

（3）汪曾唯《振綺堂書目・後序》云："余家自明季遷杭，代有藏書。高大父魚亭公（按指汪憲）嗜之尤篤，點注丹黃，插架甚富。朱朗齋茂才文藻為輯《振綺堂書錄》，摭其要旨，載明某某撰述，何時刊本，某某鈔藏，校讀評跋於後，手編十冊。"（汪誠《振綺堂書目》，民國十六年東方學會鉛印本，卷末，第 1 頁）按《書錄》並未付梓，1937 年，《文瀾學報》第二卷《浙江文獻展覽會專號》著錄朱文藻《振綺堂書錄》原稿本六冊，杭縣葉葵初（景葵）藏："書凡十冊，〔庚辛〕亂後佚去，僅存此數。起地志，至集部止。稿中有塗改，為振綺堂主人手批，末亦有光緒十二年振綺堂後人汪曾唯跋。"（第 65 頁）此稿葉景葵《卷盦書跋》不載，今不知歸於何所？

（4）《清史列傳》，北京：中華書局點校本，1987 年，第 5890-5891 頁。按《汪憲傳》末另附《吳騫傳》，此因吳氏同為杭郡藏書家，連類而及；實則汪憲、吳騫二人並無往來，今不具論。

（5）錢陳群《香樹齋文集續鈔》，《清代詩文集彙編》本，卷四，第 23-25 頁。

（6）梁同書《文學朗齋朱君傳》，載胡敬輯《東里兩先生詩》，道光二十五年，崇雅堂刊本，《朗齋先生遺集》卷首，第 2 頁。下引此文，不復出注。

（7）《清史列傳》，第 5585 頁。陸心源《三續疑年錄》同，光緒五年刊本，卷九，第 18 頁。

（8）阮元《兩浙輶軒錄》，《續修四庫全書》本，卷二十三，第 48 頁。

（9）汪璐《藏書題識》，上海古籍出版社點校本，2009 年，第 19 頁。

（10）鄭澐修，邵晉涵纂乾隆《杭州府志》，《續修四庫全書》本，卷九十四，第 35-36 頁。

（11）阮元《兩浙輶軒錄》，卷三十三，第 6 頁。

（12）嚴誠《鐵橋全集》，韓國首爾大學中央圖書館藏鈔本，冊三《外集》，第 4 頁。

（13）朱文藻《日下題襟合集序》，上海圖書館藏朱文藻編《日下題襟合集》鈔本，卷首，第 1-2 頁；另參拙稿《朱文藻年譜》乾隆三十二年條，南京大學《古典文獻研究》第 19 輯下卷，2017 年，第 175-178 頁。

（14）參朱文藻《嚴鐵橋全集序》，《鐵橋全集》，卷首，第 1 頁；又拙稿《朱文藻碧谿草堂遺文輯存》，南昌大學國學院《正學》第 4 輯，2016 年，第 370 頁。上引乾隆《杭州府志》嚴誠本傳，謂鐵橋卒後，"兄果為編定遺集"，其說未盡確。

（15）此段所述，參拙稿《朱文藻年譜》乾隆三十一年至三十五年條。

（16）吳晗《江浙藏書家史略》，北京：中華書局，1981 年，第 35 頁；顧志興《浙江藏書家藏書樓》，杭州：浙江人民出版社，1987 年，第 180 頁；又《浙江藏書史》，杭州出版社，2006 年，第 326 頁；鄭偉章《文獻家通考》，北京：中華書局，1999 年，第 285 頁。

（17）《四庫全書總目》，乾隆間武英殿刊本，卷四十一，第 10-11 頁。

（18）陸心源《皕宋樓藏書志》，《續修四庫全書》本，卷十三，第 10 頁。

（19）瞿世瑛《清吟閣書目》，民國七年，吳氏雙照樓刊本，卷一，第 25 頁。

（20）朱文藻《說文繫傳考異》，徐氏八杉齋校本，卷末，第 2-3 頁。

（21）朱文藻《與朱丈文游書》云："承假《說文繫傳》，本擬速為鈔竣，適入夏後猝遭魚亭先生尊人大故，未免間以他務停止。……鈔畢之日，正欲造堂面繳，快聆清誨，恰值潘先生有還吳之便，原書附順奉上。外有《考異》二十八篇、《附錄》二篇，合為一冊，並呈教政。"（錄自東京靜嘉堂文庫藏《說文繫傳考異》鈔本卷首；又陸心源《皕宋樓藏書志》，卷十三，第 11 頁。）

（22）陸心源《皕宋樓藏書志》，卷十三，第 12 頁。

（23）《四庫全書總目》，卷一百十六，第 37 頁。

（24）王棻等纂《杭州府志》，上海書店出版社《中國地方志集成》影印民國十一年鉛印本，卷八十八，1993 年，第 29 頁；又第 30 頁。

（25）朱文藻《碑錄二種》，南京圖書館藏道光九年瞿氏清吟閣鈔本，卷首，第 2 頁。

（26）朱文藻《說文繫傳考異》，徐氏八杉齋校本，卷末，第 4 頁。

（27）鄭偉章《文獻家通考》，第 419 頁；江慶柏《清代人物生卒年表》，北京：人民文學出版社，2005 年，第146頁。

（28）錢實甫編《清代職官年表》，北京：中華書局，1980年，第2671-2677頁。

（29）朱文藻《朗齋先生遺集》，卷二，第1頁。

（30）同上註，卷二，第2頁。

（31）同上註，卷二，第11頁。

（32）按乾隆五十三年朱文藻《孫丈羨門自碭山書來勸應秋試，并惠卷資感賦》詩，元注："予應鄉闈者已十一舉，今秋無意於此，適丈書來敦勸，不可負也，因努力再應之。"（《朗齋先生遺集》，卷二，第24頁）

（33）朱文藻《金石萃編・跋》云："嘉慶辛酉歲，〔述庵先生〕主講武林敷文書院，文藻候問，出示所定初稿百餘鉅冊，尚須刪汰訂定，招文藻襄其役。是夏，即攜具山齋，與嘉定錢君同人共晨夕。明年春，先生辭講席，歸漁莊，仍令文藻與錢君供其事，旋付梓人校寫校刊，迄于今始竣。蓋文藻之常得親炙先生言論丰采者，五年于茲矣。"（王昶《金石萃編》，《續修四庫全書》本，卷首，第1-2頁。）

（34）同上註，第2頁。

（35）王杰等輯《西清續鑑甲編》，《續修四庫全書》本，卷末，第1頁。

（36）梁詩正等編《西清古鑑》，乾隆十六年內府刊本，卷末，第1頁。

（37）《高宗實錄》，1986年，北京：中華書局，卷一一〇三，第22頁。

（38）梁同書《文學朗齋朱君傳》語，《朗齋先生遺集》，卷首，第1頁。

（39）拙稿《朱文藻碧谿草堂遺文輯存》，有乾隆五十八年冬《與邵二雲書》，中言："今歲應兗州運河司馬黃小松之聘，就館濟寧，課讀其子。司馬富於金石，屬纂《濟寧金石錄》，響拓其文，摹繪其畫，備采諸家題跋，附以管見考證，創稿於夏，已成十之七八，開春可以脫稿。"又同年四月十一日《與吳兔牀書》云："三月十九始到泲寧，寄函俱已轉致，相與健羨稽古之勤，近時罕匹。小松司馬既以金石為性命，摹搨之富，多人間所未見之本。"（南昌大學國學院《正學》第4輯，2016年，第395-396頁）則朱文藻就館黃易濟寧運河署在五十八年三月。

（40）朱文藻《益都金石記・序》云："乙卯（乾隆六十年）仲夏，余與益都段赤亭先生同受山東學使阮宮詹芸臺先生之聘，輯《山左金石志》於濟南試院之四照樓下，聯榻於積古齋中，共晨夕者凡四閱月。迨九月初，宮詹膺視學浙江之命，相與移榻於大明湖北渚小滄浪亭者又二十日。"（段松苓《益都金石記》，光緒九年刊本，卷首，第2頁）

（41）阮元《山左金石志》，《續修四庫全書》本，卷首阮《序》，第1頁。

（42）張紹南編《孫淵如年譜》，北京圖書館出版社影印海虞顧氏鈔本，卷上，2006年，第12頁。

（43）阮元《小滄浪筆談》，上海：商務印書館《叢書集成初編》本，1936年，第128頁。

（44）張紹南編《孫淵如年譜》，卷上，第11-12頁。

（45）張鑑等編《雷塘庵主弟子記》，咸豐間阮氏琅嬛僊館刊本，卷一，第15頁。

（46）朱文藻《益都金石記・序》云：乙卯九月，"余隨宮詹將南行，赤亭（按段松苓）假裝東歸。瀕行，以所著《益都金石記》四卷，乞識一言於簡端。……今且將歸矣，人世間聚者散，合者離，理有常然，無足異；然不可無以識之，因即書於卷首。"序末署乾隆六十年九月望後。

（47）阮元《山左金石志》，卷首，第2頁。

（48）同上註，卷一，第8頁。

（49）同上註，卷一，第14頁。

（50）同上註，卷一，第15頁。

（51）同上註，卷二，第3頁。

（52）同上註，卷二，第4頁。

（53）同上註，卷十，第26頁。

（54）同上註，卷十一，第 30 頁。

（55）武億《授堂文鈔》有乙卯年《致孫伯淵五》云："某今歲代阮學使編錄此方金石，未及終局，遂各散去。中間為謬人更張，冗舛龐雜，慮為他日笑柄，閣下有少便，須以字致學使，書成亦勿遽刻也。"（《續修四庫全書》本，卷十，第 4 頁）此信墨跡收於陳烈主編《小莽蒼蒼齋藏清代學者書札》，信末署"十月十一日"（北京：人民文學出版社，2013 年，第 267-268 頁），則乾隆六十年十月撰也，年月正合。信中所云"謬人"，即指何元錫，拙作《武億與孫星衍書十五通考證》有考，待刊。

（56）阮元《山左金石志》，卷首，第 2 頁。

（57）段松苓《山左碑目・序》述及《山左金石志》具體分工情形，言："余編次山左吉金，而二先生（按指朱文藻、武億）分錄列代碑版，宮詹（阮元）總其成而裁定之，已有成緒。八月終，宮詹膺簡命擢閣學，調任兩浙。此時余所著錄者僅云蕆事，而二先生所輯，未能告竣。"（光緒三十四年，李氏《聖譯樓叢書》本，卷首，第 1-2 頁）可知此書在濟南時並未完稿。而段《序》所云"宮詹總其成而裁定之"者，實由何元錫任其事，故前引武億與孫星衍書，斥其稿"為謬人更張"也。

（58）按張椿年《荊華仙館初稿》有《季廉夫（爾慶）徵詩來邗，同宿康山寓齋，詩以紀事》一首，云："乍晤不相識，相看是故人。幾年成別況，一夕話酸辛。祖宅衣冠舊（元注：先生話里門事甚詳），編詩歲月新（時阮芸臺閣學修纂《淮海英靈集》，先生為之採訪）。願交來恐後，聯榻話頻頻。"（南京圖書館藏嘉慶間刊本，卷一，第 4 頁）則同時季爾慶為阮元《淮海英靈集》徵訪揚人詩稿，亦同寓康山草堂也。

（59）梁同書《文學朗齋朱君傳》云："張椿年者，君次子之妻弟也，少孤，君飲食教誨，相依二十餘年，俾昆弟各成立。"據《兩浙輶軒錄》卷三十七"陳琪"條，張椿年按語云："歲甲辰（乾隆四十九年），先君子下世，余移家東郊，依姊婿居。"（第 45 頁）即依朱文藻而居也。朱氏飲食教誨之，俾其兄弟各自成立。其後，朱文藻為阮元編訂《山左金石志》、《兩浙輶軒錄》，皆攜張椿年為助也。

（60）張椿年《荊華仙館初稿》，卷首，第 1 頁。

（61）王昶《春融堂集》，《續修四庫全書》本，卷二十二，第 25-26 頁。

（62）如《山左金石志》卷十一《長安造像殘碑》（第 33 頁），又卷十二天寶九載《薛待伊造石浮圖頌》（第 41-42 頁），又《鄒縣天寶造象記》（第 50 頁），又卷十三開成三年《樊忠義功德碑》（第 13-15 頁），又咸通十年《張珂尊勝經石幢》（第 21-23 頁），又咸通十二年《高憲神道功德碑》（第 26-27 頁），又乾符三年《趙琮墓誌銘》（第 40-41 頁），又卷十五咸平五年《寶相寺創修佛殿碑》（第 16 頁），又大中祥符元年《大雲寺心經幢》（第 18 頁），又同年《御製謝天書述功德碑》（第 19-22 頁），又卷十六慶曆八年富弼等《雲門山題名》（第 9-10 頁），又嘉祐二年《靈岩寺辟支塔題名》、嘉祐三年《山僧守忠立願齋僧記》、嘉祐三年《寶相寺石幡竿題字》（並第 12 頁），又熙寧五年《龍興寺佛經石刻》（第 23 頁）等，此類碑刻，皆朱文藻後來為之增訂補錄者。

（63）張鑑等編《雷塘庵主弟子記》，卷一，第 16 頁。

（64）阮元《定香亭筆談》，《續修四庫全書》本，卷二，第 10 頁。

（65）張椿年《荊華仙館初稿》，卷首，第 1 頁。

（66）張鑑等編《雷塘庵主弟子記》，卷一，第 20 頁。

（67）按朱文藻總纂《兩浙輶軒錄》事，參拙稿《朱文藻年譜》嘉慶二年至六年條。

（68）朱休度《俟寧居偶詠》，《續修四庫全書》本，卷上，第 17 頁。

（69）周春《耄餘詩話》，《續修四庫全書》本，卷四，第 1 頁。

（70）胡敬《葑唐府君年譜》，南京圖書館藏道光間胡氏家刻本，第 9-10 頁。

（71）余嘗撰《〈清史列傳・儒林傳〉考證》，上海社會科學院《傳統中國研究集刊》第 3 輯，2007 年，第 552-566 頁；《〈清史列傳・儒林傳〉續考》，《中國典籍與文化》，2012 年第 1 期，第 73-85 頁。

邁宋書館銅版『西清古鑑』の出版について

陳　捷

一、『西清古鑑』およびその近代印本

『西清古鑑』は清・乾隆帝の敕令によって編纂された、清朝の宮廷内に所蔵されていた古代青銅器を記録した大部な譜録であり、商・周より唐代までの銅器を1500点あまり収録したものである。巻前の「奉旨開列辦理西清古鑑諸臣職名」によれば、吏部尚書梁詩正、戸部尚書蔣溥、工部尚書汪由敦などが編修にあたり、摹篆は挙人の陳孝泳・楊瑞蓮、絵図は画院供奉の梁観、李慧林、丁観鶴、党応時、羅福旼、陳士俊および程梁などが担当し、繕書（文字の書写）は、館閣体を得意とした励宗万、盧明楷、陳大化および沈維基などが担当した。編纂作業は乾隆14年（1749）から始まり、乾隆20年（1755）に完成し、同年に、梁詩正などにより編撰された『銭録』十六巻とともに紫禁城内の武英殿において木版印刷で刊行された。巻前に乾隆十四年十一月初七日の「上諭」「奉旨開列辦理西清古鑑諸臣職名」および総目が附されており、本文の内容としては、器物ごとに図像、銘文を描き、それぞれの寸法、重量、形状、模様、釈文、年代、銘文なども記されている。本書は一部の偽器をも収録しており、考釈も必ずしも精密ではないし、銘文の誤りや図像が比例に合わないなどの欠点はある。しかしながら、清朝の宮廷内に所蔵されていた古代青銅器を研究する上における重要な著作であり、また、その刻印は極めて精緻で、内府刊刻の古器物図譜として、中国版画史・中国書籍史上の重要な書籍でもある。

『西清古鑑』の原本は刊刻が精密かつ美しく、巻数も多く、刊行作業の規模はかなり大きなものであり、民間の書坊あるいは個人的な財力と技術によって追いつくことは相当困難である。その為であろうか、乾隆20年に刊刻の後、『西清古鑑』は長期にわたり翻刻されなかった。しかしながら、19世紀後半、西洋の銅版・石印などの印刷技術がそれぞれ日本・中国で普及することによって、図像のある書籍の複製は以前より簡易になり、『西清古鑑』のような翻刻が困難な書物でさえも、日本や中国においてそれぞれ一連の翻印本が現れるようになり、現代の影印本を計算に入れずとも、筆者の管見の限りにおいてさえも、銅版あるいは石印で印刷した『西清古鑑』は、下記の7種を確認することができるのである。

1，西清古鑑巻一巻二十一　日本明治十七年（1884）七月東京知新堂銅版本　二冊

2，西清古鑑四十巻銭録十六巻　清梁詩正等奉勅撰　清梁観等絵　清光緒十四年（1888）邁

宋書館在日本銅版摹刻乾隆中武英殿刊本

3, 西清古鑑四十巻銭録十六巻　清梁詩正等奉勅撰　清梁観等絵　清光緒十四年（1888）上海鴻文書局用乾隆中武英殿本石印

4, 新鈔西清古鑑二巻坿古器用考一巻　清梁詩正等奉敕撰　日本吾妻健三郎新鈔　大槻修〔二〕補『古器用考』　明治二十五年（1892）東京東陽堂吾妻健銅版刻印本

5, 西清古鑑四十巻銭録十六巻　清梁詩正等奉勅撰　清梁観等絵　光緒三十四年（1908）集成図書公司用乾隆中武英殿本石印

6, 新鈔西清古鑑二巻　清梁詩正等奉敕撰　日本吾妻健三郎新鈔　大正四年（1915）東京東陽堂重印銅版本

7, 欽定西清古鑑四十巻　清梁詩正等奉敕撰　民国十五年（1926）上海雲華居廬用乾隆中武英殿本石印

そのうちもっとも精密で、後世の研究にも影響を与えたものとしては、清･光緒 14 年（1888）に邁宋書館という書肆の名義によって、乾隆 20 年武英殿刊本を底本にして日本で出版された銅版印本を挙げることができる。しかしながら、従来、邁宋書館および本書の出版経緯に関しては不明なままであった。本稿においては、日中両国の関係資料を探り、邁宋書館本『西清古鑑』の出版の経緯、販売の状況および銅版の行方などについて考証を行い、それによって近代日中両国間の書籍流通における中国書籍商の活動の実相を具体的に見ていくこととしたい。

二、邁宋書館の銅版『西清古鑑』およびその出版過程

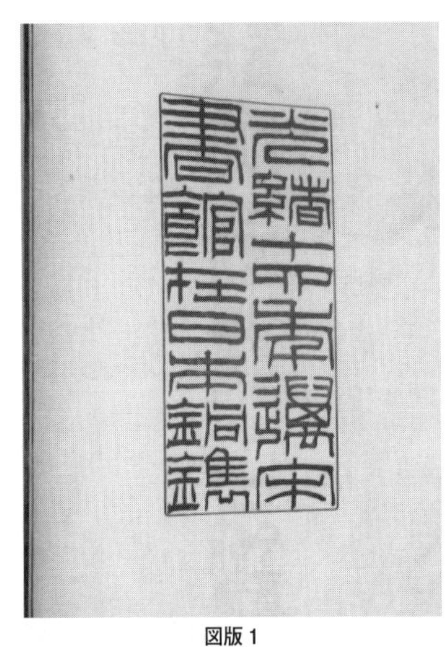

図版 1

先述のように、近代の日中両国において出版された数種類の『西清古鑑』のうち、邁宋書館銅版の『西清古鑑』はもっとも精緻で美しいものである。本書は乾隆 20 年の武英殿刊本を底本としており、版式と寸法も武英殿本にそっくりに作られている。封面には「欽定西清古鑑」と題されており、計 24 冊である。巻前と巻後には原書の序跋をそのまま収録し、銅版摹刻の際に新たな序跋文を付け加えることはしていない。ただ封面の見返しに「光緒十四年邁宋 / 書館在日本銅鐫」との牌記があり、それによって、本書は清・光緒 14 年に日本において刊行されたことが窺われる（図版 1）。牌記に記されている「邁宋書館」に関する情報は、日中両国の近代出版史の関係資料と研究論著などを博捜しても、見ることが

できない。「光緒」の年号を使用していることから、出版者は中国人であることが窺えるが、では彼は、どのように、またなぜ日本においてこの書物を刊行、出版したのであろうか。

筆者は近代における日中文化交流に関する史料を収集・整理する際に、「邁宋書館」に関するいくつかの手かがりを見つけることができた。まずは、上海の『申報』においては、光緒十四年二月初三日（1888.3.15）から光緒十四年三月十一日（1888.4.27）の間に邁宋書館の名義で頻繁に「恪依殿本翻刻銅版西清古鑑預定刷印啟」と題する広告を出しており、本書の内容紹介と予約注文の方法について次のように詳しく説明している[(1)]。

> 国朝『西清古鑑』一書、洵為彝器之宗。博古家苟得此書、可謂観止矣。祇因　殿本流伝日罕、購求不易。本館向蔵有是書、久欲恪依翻刻、苦無好手。若倣照相石印、則大既失実、小又不称，且於鐘鼎細紋之処、不免模糊不清。後見東洋銅版、精妙実駕各版之上。因携東渡、不惜工本、延名手、以原本貼于銅版刊刻。精細如旧、絲毫不爽。目下刻已過半、自宜先行刷印，海内博古家欲得此書賜顧預訂者、価当従廉。毎部実洋三十元。此時先交定洋十元、収執予定単、並附已印書様。俟四月間憑単取成書半部、再交洋十元。六月間続取成書半部、找洋十元。至于紙墨装訂、極其精工。毎部連『銭録』仍訂廿四本、外用精緻木箱。如欲自己装訂配箱、請預定時注明単上。末後取書、除還洋三元。此書係恪依　殿版翻刻、如有大小以及図式、字体与原本不符、紙張不潔、天地脳頭窄小等弊、則成書儘可不取、定洋交還。非此時下股票、一経購定、取書時好歹莫可如何也。預定単售至三月底截止、嗣後全書出售、定価実洋五十元、不折不扣。售単処：上海四馬路東口文報局内謝簡翁処、後馬路扶綏里汪永亨綢荘、乾記衖蔣同泰緞荘、棋盤街北福瀛書局、京都煤市街恒遠店内蔣同泰緞荘、全泰店内徳林祥号、蘇城皮市街蔣同泰荘、京荘、杭州聯橋直街小福清［巷］（港）口蔣恒記綢荘、香港蘇杭街復泰号、広東省城電報総局沈君小園経售。此佈。（標点は筆者による）

すなわち、『西清古鑑』は青銅器に関する集大成の書物であり、博古家はもしこの本を入手できれば、これ以上の喜びはないであろう。ただし殿本（武英殿で刊行された本）がすでに少なく、購求することは簡単ではない。本館は本書を所蔵しており、翻刻したいと思っていたが、木版印刷の名人がなかなか見つからない。石印技術にすることも考えたが、原本の様子とズレたり、細部の模様が再現できない恐れがある。その後、日本の銅版技術の精妙さを見て、銅版で印刷することに決めて、原本をもって日本に渡航した。本書の翻刻に当たって、コストを惜しまずにいい職人をやとい、また、原本を模写するのではなく、直接原本を銅版にかぶせて版下にしたという。販売方法については、予約出版という方法をつかい、印刷が完成する前にまず一部の資金を集め、印刷が完成してから書物を渡し、残金を払ってもらうという方法のようである。広告の最後に上海をはじめとして、北京、蘇州、杭州、香港、広州といった各地の予約代理店を挙げている。これらの代理店は、福瀛書局を除けば、いずれも書店ではなく、文報

西清古鑑豫約廣告

東京築地新港町四丁目一番地　大清西清古鑑刷印本館　華商邁宋書館啓

図版２

局、綢緞荘など、各地の知人を通しての既有の商業ネットワークを利用していることが窺える。

これらの広告より少し遅れて、日本の新聞紙にも内容がよく似通っている広告が掲載された。明治21年（1888）5月26日『東京日日新聞』（東京朝刊）に掲載されている「東京築地新港町四丁目一番地　大清西清古鑑刷印本館　華商邁宋書館啓」の署名入りの予約出版広告である（図版２）。

西清古鑑予約広告

大清西清古鑑一書ハ百年前我乾隆皇帝大学士梁詩正等ニ命ジ、内府所蔵ノ鐘鼎彝器千五百餘種ヲ以テ撫勒シ、書ヲナシ、図柄精妙、考証詳明、博古家苟モ此書ヲ得バ、観止ト云ヘシ。祇ダ殿本ニ係ルヲ以テ、流伝已ニ罕ニシテ、購求シ易スカラズ。本館向ニ是書ヲ蔵有シ、日本銅鐫ノ精ヲ見ルニヨリ、特ニ此ニ携ヘ来リ、工本ヲ惜マズ、名手ヲ延キ、銅板ニ翻刻シ。業ハ已ニ半ニ過グ、宜シク此地ニアリ先ヅ制印ヲ行フヘシ。貴国考古家ニ乏シカラス、若シ此書ヲ得ント欲シ予約セラルヽレハ、本館当ニ格外廉ニ従ヒ。毎部価三十円ト定メ、先ヅ十五円ヲ交附セバ、即チ全部書籍ヲ交呈スヘシ。此書ハ大小悉ク原本ニ照シ、印刷製本ハ務メテ精巧ニシテ、訂シテ二十四冊トシ精綴、木箱ニ装納ス。望ム四方君子速ニ予定ヲ賜へ、若シ刻版竣工シ中国ニ携帰スル後、再タビ刷印シテ日本に運販セバ、価ヒ必ラズ倍増スルナリ。予約ノ諸君ハ請フ東京ハ本館ニ至リ、見本ヲ閲覧セラレ、申込ヲ賜フナリ。地方ハ横浜本町七十二番万泰両替屋、神戸栄町鼎泰号、箱館大町徳新号ニヨリ代理售出シ、予約申込相受候。（標点は筆者による）

広告の大意は次のようである。清朝の『西清古鑑』という書物は百年前に、乾隆皇帝が大学士の梁詩正などに命じて、内府所蔵の鐘鼎彝器千五百餘種を模写して編集したものである。図柄が精妙で、考証も詳しく、博古家はもしこの書を得られるならば、これ以上の喜びはないであろう。しかしながら、本書は殿本であるため、世に流布しているものは極めて少なく、購入することも困難である。本館は以前から本書を所蔵しており、日本の銅版技術の精密さを見て、わざわざ当地にそれを携え、コストのことを顧みず、著名な職人をやとい、銅板をつかって翻刻したものである。その作業はすでに半ばを過ぎており、よろしくまずここにおいて印刷発行すべきなのである。貴国には考古家が少なからず存在しており、もし本書を予約して得たい方がいらっしゃるなら、本館は格別に廉価で提供したい。毎部定価30円のところ、もし先に15円を支払っていただければ、全書をすべて交呈することができる。本書の寸法は悉く原本と同じように印刷し、製本もできるだけきれいにし、きちんと24冊に綴じあげて、木箱に収納する予定である。四方の君子は速やかに予約していただきたい。もし刻版作業が完了して中国に持ち帰られた後のことならば、ふたたび印刷して日本にまで販売するなら、その価格は必ずや

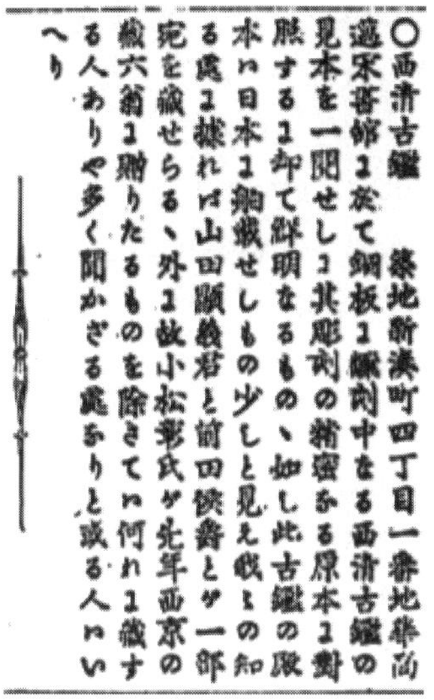

図版3

倍増してしまうであろう。予約したい方は東京本館において見本を閲覧し、お申し込みいただきたい。地方においては、横浜本町72番の万泰両替屋、神戸栄町の鼎泰号、箱館大町の徳新号が代わりに販売・予約の事務を処理するものである。広告の内容は先に引用した『申報』のものとよく似通っているが、彫版作業が完了になって銅板を中国に持ち帰られてから再び日本まで販売すると、値段は倍増するだろう、という日本人を勧誘する内容が周到に加えられている。

この広告からは、次のようなことを窺うことができる。まず、銅版『西清古鑑』は確かに中国の商人が日本において刊刻、出版したものであり、そのために、わざわざ「邁宋書館」という名義で東京築地新港町4丁目1番地において「大清西清古鑑刷印本館」を設置して本書の出版にかかったのである。また、底本の乾隆刊本は翻刻のために中国から持ち込まれたもので、銅版の製作および印刷はいずれも中国商人が日本の職人を雇って行われたものである。さらに注目すべきこととしては、中国と同じように、「予約出版」という方法を採用して資金を集めていたことが挙げられる。東京築地新港町の「本館」のほかに、横浜本町72番の万泰両替屋、神戸栄町にある鼎泰号、箱館大町の徳新号に、それぞれ販売と予約注文の事務を処理する代理店を設けていたのである。横浜の万泰両替屋、神戸の鼎泰号、箱館の徳新号は、いずれも当時においては、それぞれの地域における重要な中国商人の店であり、彼らが代理を務めるということは、邁宋書館は日本での書籍販売の際においても、中国国内での販売と同じように、本来すでに確立した中国商人の商業ルートとネットワークを利用したことを窺うことができるのである。

このほか、明治21年（1888）6月13日付けの『東京日日新聞』（東京朝刊第5面）にも、以下のような文章が掲載されている（図版3）。

> ○西清古鑑　　築地新湊町四丁目一番地華商邁宋書館に于て銅版に翻刻中なる『西清古鑑』の見本を一閲せしに、其彫刻の精密なる原本に対照するに却て鮮明なるものゝ如し。此『古鑑』の殿本ハ日本に舶載せしもの少しと見え、我々の知る処に拠れバ山田顕義君と前田侯爵とが一部宛を蔵せらるゝ外に、故小松彰氏が先年西京の蔵六翁に贈りたるものを除きてハ、何れに蔵する人ありや多く聞かざる処なりと或る人ハいへり。（標点は筆者による）

この記事の大意は以下のようなものである。築地新湊町4丁目1番地にある中国商人の邁宋書館において、銅版で『西清古鑑』を翻刻しているのを見ることができた。その彫刻は精密であり、原本と比べてより鮮明になったようである。この『西清古鑑』の殿本は日本まで舶載されてきたものが極めて少なく、ある人の言うことによれば、山田顕義君と前田侯爵とがそれぞれ一部を所蔵しており、またすでに故人となった小松彰氏が先年において西京の蔵六翁に一部を贈ったこと以外に、ほかの収蔵者がいることを、寡聞にして聞いたことがない。

邁宋書館主人の名前に関しては、銅版『西清古鑑』および『申報』『東京日日新聞』の広告のどちらにも出ていない。しかしながら幸いなことに当時、清国駐日公使館の随員として日本滞在中のある人物が銅版『西清古鑑』の出版に関する記録を残している。この人こそ、安徽来安出身の孫点なのである。

孫点（1855—1891）は字は君異、号が頑石であり、光緒13年（1887）の1月末より5月まで日本に遊歴したことがあり、同年の11月には駐日公使黎庶昌の随員として再び日本を訪れ、東京でおよそ3年半の時を過ごしている。光緒17年（1891）5月に勤務期間が満了して帰国することになったが、帰国の船が遠州灘の附近を通った時に、海に飛び込み、自己の生命を絶ったのである。孫点の日記稿本『夢梅華館日記』には彼の日本滞在中の経歴がかなり詳細に記録されているが、その中においては、書籍を刊行するために上海から日本に度々渡ってきていた中国人のことに言及している(2)。以下において関係記事を抄録しておく（本稿における『夢梅華館日記』の原文はすべて注2の翻刻より引用）。

記録1、光緒十三年十一月十六日

午後検装、六時抵神戸泊。喆父、星垣、水三、静臣、宝森、子銘均来、惕斎亦来。登陸、入理署一転。同喆父到鼎泰訪孫震声、並晤馬君晩農、自滬来刻書、近寓喆家。（午後荷物を点検し、六時に神戸に到着し、そこで泊まる。喆父、星垣、水三、静臣、宝森、子銘みな来る。惕斎もきた。上陸して、理事館に行ってきた。喆父といっしょに鼎泰号にいき、孫震声を訪ね、また馬君晩農に会った。彼は書籍を刊行するために上海からきており、最近喆父の家に泊まっている。）

記録2、光緒十四年正月二十九日（十一日）

晩農開邁宋書館于築地、用銅板印書。已成者為『鏡影簫声』、『金陵四十八景』及小題文等件。開刻者為殿本『西清古鑑』、大小皆照原式、約夏季可成。振甫辞喆館、為之校対、可謂相得益彰矣。（晩農が築地において邁宋書館を開き、銅板を用いて書籍を印刷している。すでに完成したものには『鏡影簫声』『金陵四十八景』および小題文などがあり、現在製版中のものは殿本『西清古鑑』である。寸法はみな原本の形式に従い、おおよそ夏季に完成させることができる。振甫は喆父のうちの家庭教師を辞めて、彼のために校正をやっている。いわゆる相得益彰というものである。）

記録3、光緒十四年十月六日九日

撰『惜字説』、擬登『会餘録』。振甫来。封固訊筒各件、附寄都門。因『西清古鑑』成、将装箱由滬達京也。（『惜字説』を書いて、『会餘録』に掲載するつもりである。振甫がきた。書簡などを封印し、荷物といっしょに京師へ送る。『西清古鑑』はすでに完成しているので、箱詰めして上海経由で京師へ送るためである。）

記録４、光緒十五年正月二十六日（二十五日）

出送晩農、因明日回国、与震声同舟、并伴送喆父五弟回里応童子試也。共振甫計行止，薄暮返。（出かけて晩農を送る。明日は震声と同じ船で帰国され、また喆父の五弟が郷里に帰り童子試に応じるのに同伴するとのことである。振甫とともに今後の行動について相談し、夕方に戻った。）

記録５、光緒十五年正月二十九日（二十八日小建）

邁宋書館将遷至万利、藉省房費、甚是。然招股至今無応之者、勢必折耗。未知主其事者将何以為情也。（邁宋書館はまもなく万利に移す。家賃を節約するためのことであり、非常に正しいことである。しかし、今日になっても予約に応じるものがおらず、必ずや赤字になってしまうであろう。責任者はどのように対応するであろうか。）

記録６、光緒十五年五月二十四日（二十二日）

喆、儆公餞振甫、邀陪。同儆去、先過万利観印銅板。（喆、儆公は振甫に餞別をし、私を陪席者として誘った。儆といっしょに行く。その前にまず万利に寄って銅板で印刷するのを観た。）

記録１によれば、孫点は光緒13年11月16日に神戸に上陸する際に上海から来日していた馬晩農に会っているが、翌年正月29日の記録２からみて、馬晩農はそれ以前において、すでに日本に滞在し、東京の築地で邁宋書館を設け、銅版印刷技術で書籍出版を行っていたことが分かる。この時点においては、『鏡影簫声』『金陵四十八景』および「小題文」などに関する科挙試験の受験書（明清時代の科挙試験の際における『四書』の文句を使っての出題は小題と言われる）の製作はすでに完成し、殿本『西清古鑑』を底本とする銅版の製作を行っており、同年の夏に完成する予定でいた。また王振甫という人物が家庭教師の仕事を辞めて校正係になっていたことも窺える。記録３のみを見るならば、『西清古鑑』はこの時すでに完成していたように思われるが、あとの記録と合わせて考えるならば、実のところ、それが部分的なものしかないことが分かる。記録４、記録５および記録６によれば、光緒15年正月26日に馬晩農が横浜で商売をやっている中国人商人孫震声、王振甫が家庭教師を勤めていた陳喆父の五弟とともに同じ船で帰国し、邁宋書館も予約出版の集金方法がうまくいかなかったため、資金を節約するために引越しを行い、『西清古鑑』の完成は予定よりも大幅に遅れていたようである。実のところ、光緒14年夏に（1888年8月15、17、19、22、23、24日）上海の『申報』に連日「催取銅版西清古鑑毛胚」という題で広告を出しており、第二次配本も終わったはずのこの時期に、半分のみ出来上がった製本していない「毛胚」本を取りにくるよう知らせたものである。(3)

本館恪依殿本精刻銅版『西清古鑑』一書、早経登報、予定者先取半部。是書精益求精、校対刷印格外詳慎。現已漸次竣工、所有定出毛胚、在上海者可先向福瀛書局持単取書。各外埠有預定毛胚諸君、亦望向経售処先取。其餘応需本館装訂者、稍為展緩、即将出售、届時再行登報奉聞。此佈。　邁宋書館啟

時期としては、予約の時の約束よりも明らかに遅くなっており、また、製本したものならさらに遅れるとのことである。なお、『申報』光緒十四年十一月九日（1888.12.11）第4面に掲載されている「異書東来」と題する短い文章においては、次のように記されている。

異書東来

邁宋書館主人近有『西清古鑑』之刻。（中略）乃取是書善本付之東洋銅板、与原書大小一無或殊、而刻鏤之工精緻無匹、花紋刻画雖細若牛毛、而朗同犀照。計書二十四本、近已装［訂］（町）第一批所出之書十本、昨自東洋郵寄見示。披閲一過、直令人愛不釈手、覚従前一切石印諸書実無能出其右。即銅板各書亦推此為巨擘也。窃以為考古諸家得此書以為指南、則金石之真偽、不難立辨。現在先出十冊、其後批十四本亦将次告成。当必有争先快覩者矣。（下略）

文章の作者は銅版『西清古鑑』を称賛するために書いているが、すでに冬になっているのに、出来上がったのはまだ10冊しかないことを窺うことができる。

三、『西清古鑑』銅版の行方

上記に述べたように、『西清古鑑』の出版は予約者が少なかったため、一時期資金難の状況にあったが、各地に現存している24冊の大型本銅版『西清古鑑』を見れば、この出版作業はようやく難局を打破して最後まで完成したのである。『申報』光緒十七年七月二十三日（1891.8.27、6591号）においては第10面に小さい版面を使って、「請定日本紙銅版西清古鑑」と題する下記の広告が掲載されている。

啓者本公司前在日本翻刻乾隆殿本銅版『西清古鑑』一書、鐫刻之工、中外共賞。近蒙前署南洋沈大臣咨送総理事務衙門、□呈中国　大皇帝御覧。因将銅版全副装運来滬、現擬用日本上白美濃紙刷印一千部後，将該版磨去、另刻他書。此書售価毎部銀五十両、中外士商如欲預定此書、毎部現収定価銀三十両、先付一半、掣単為凭、半年取書不誤。此布。　日商邁宋公司書館啓

これによれば、銅版『西清古鑑』の完成後、国内外において好評を得て、南洋大臣により総

理事務衙門までに届けられ、皇帝の御覧に備えた。また、出版後しばらく時間が経ったためか、上等の日本産の白い美濃紙でさらなる1000部印刷することを企画し、もう一度販売に取り組もうとしている。面白いことに、広告では、今回の印刷の後、銅版の内容を削ってほかの書籍を刊行する予定と述べている。また注目すべきこととして、広告の最後の署名は「日商邁宋公司書館」となっており、「邁宋書館」は「邁宋公司書館」と改名し、『東京日日新聞』において「華商」と自称しているのとは対照的に、ここでは「日商」と名乗っている。

果たして『西清古鑑』銅版の内容は本当にこの広告に書かれているように削られたのであろうか。偶然にも『清内府刻書檔案史料彙編』光緒十九年（1893）三月二十二日の項に、以下のような記録が残されている。

> 兵部侍郎・都察院右副都御史・安徽巡撫兼提督銜臣沈慕咨呈事。窃照本部院前在署両江総督任内有出使日本国参賛、広東後補道陳明遠差回来見、拠称在日本時、見該処書商製造銅板彷刻『西清古鑑』一書、鈎摹鐫刻頗属精良。該商将板求售、商請購回刷印、以広流伝等情，当以無款可撥、未経置議。茲拠該道陳明遠呈送広東紳士三品銜選用道劉学詢禀称、素習詩書、窃叨科第、慕学好古、志切訪求。勉力措籌款項、向日本商人購取此項銅版全副共計九十六箱、試行刷印伝播、刻工洵属精良。自願将書板報効、恭備進呈。先送黄綾装訂様書一部、禀請具奏呈進前来。『西清古鑑』一書為高宗純皇帝欽定之本、声教四訖、伝至外洋日本、僻在東経、摹刊銅板、弥彰聖代同文之聖、亦見異邦向学之徴。該紳劉学詢不惜重資購帰中土、拠称自願報効、実属急公好学、志行可嘉。除拠情奏聞、先将『西清古鑑』様書一部恭呈御覧、惟賞収此項書板、推広印行。如蒙兪允、即飭将銅板全副解来安徽、由本部院派員齎解至京、摺奏明辦理外、所有先呈様書、現委差弁宋開勝、湯大興管解進京相応咨呈，為此咨呈貴処、謹請査収転進施行、咨呈軍機処。
>
> （翁連渓編『清内府刻書檔案史料彙編』（下）p598，広陵書社，2007.11）

この資料の内容は兵部侍郎・都察院右副都御史・安徽巡撫兼提督の沈慕の軍機処に対する咨呈であるが、その大意は次のようなものである。出使日本国参賛、広東後補道陳明遠より、日本に滞在した際に日本の書籍商人が銅版で翻刻した『西清古鑑』を見たが、その鈎摹・刊刻は非常に精密であるので、その商人が該書の銅版を売ろうとしているのを聞き、それを買って帰り、中国で印刷して流布させたいと、相談してきた。そのときは購入する資金がないため断ったが、今度は陳明遠が広東紳士、三品銜選用道の劉学詢よりの申請を伝えてきた。劉学詢は普段詩書を学び、科挙試験にも合格し、学問や古代のことを慕い、切に求めている人物であるが、今回はいろいろ努力して資金を工夫し、日本の商人から本書の銅版1セットで合計96箱を購入した。試しに印刷してみると、彫刻の技術は確かに精良である。劉氏は自らの願いとして、謹んでこの書板を朝廷に進呈したいと考え、まず黄綾装訂の見本一部を届けてきた。『西清古鑑』は高宗純皇帝による欽定の本であり、その名声は外国である日本にまで届き、辺僻の日本までも本書を銅板に翻刻し、聖代同文の聖をますます彰らかにしようとすることは、異邦でさえも学問に向いている徴である。劉学詢氏は重資を惜しまずに購入して中国に持ち帰り、彼自身は朝廷への恩返しとしての行為と称しているが、実に切実に学を好むものであり、その志は嘉すべきである。以上を奏上するとともに、まず『西清古鑑』の見本一部をご覧にいれますので、どうかこの書版をお納めになり、広く印刷されたい。もしご許可をいただければ、すぐにすべての銅板を安徽に運び、本部院から人員を派遣して京師まで届ける予定である。また、あらかじめ進呈した見本について、いま差弁の宋開勝、湯大興を派遣し、京師までに届けるので、謹んで御査収のほどよろしくお願いしたい。

この咨呈の日付は光緒19年3月22日、すなわち「請定日本紙銅版西清古鑑」という広告が掲載されてから一年半以後のことであり、銅版の内容は削られることもなく、銅版そのものも朝廷に進呈するまで進んでいたようである。もしもこの咨呈だけを見るならばいかにもそれらしく思われるが、前文においてすでに述べてきたことを知っているならば、いくつかの点において怪しく思える。まずは、この話を沈慕のところに持ってきた出使日本国参賛、広東後補道陳明遠のことであるが、他でもない、前文に引用した孫点の日記に度々出てくる喆、喆父の本名である。記録1によれば、孫点らが神戸に上陸した際には、馬晩農は陳明遠の家に泊まっていた。また、記録2に記されているように、本来陳明遠の家に勤めていた王振甫はまさに『西清古鑑』の校正のために家庭教師の仕事を辞めて邁宋書館に移っていたのである。日本の書籍商人が銅版『西清古鑑』を製造した云々の話には、明らかに嘘が含まれており、また、日本人が『西清古鑑』を出版したことは聖代同文の聖をますます彰らかにすることであり、異邦でさえも学問に向いている徴であるという書き方も、銅版『西清古鑑』の政治的な意義を強調して、その価値をアピールするためのものと思われるのである。なお、銅版の購入資金を準備した広東紳士三品銜選用道劉学詢は、字は問芻、号が耦耕、広東香山の人である。光緒12年に進士になった後、官位にはつかず、広東に戻って「闈姓」という、科挙試験の合格者の苗字を当てる賭博業の経営者となり、巨万の富を築いた。のちに、孫文の活動を支援したり、李鴻章の顧問になるなど、清末の政局に深くかかわっていくこととなるが、この咨呈が書かれた年においては、劉学詢はちょうど広州で医者を開業した孫文と知り合ったばかりで、この頃は彼にとっては、まだ実力を蓄える時期であったようである(4)。以上のことを合わせて考えるならば、沈慕の咨呈の裏にはおそらく以下のような経緯があったのであろう。まず、陳明遠は銅版を処分しようとしていた知人の馬晩農を手助けするために地方官僚の力で『西清古鑑』の銅版を購入してもらうことを図っていたが、予算がないとして断われてしまった。ちょうど富豪となって朝廷に認めてもらいたい劉学詢は、これを自身をアピールする好機とみて銅版を購入し、印刷した豪華本と銅版とをともに朝廷に進呈したのである。

本来日本の銅版印刷技術を利用して商業的な利益を図ろうとしていた商人の出版企画はこのように、商人・官僚による一連の操作によって、辺僻な日本で刊行された乾隆帝欽定の書籍ということで「異邦向学之徴」として政治的な意味合いが付され、あらたなる大きな政治と富と

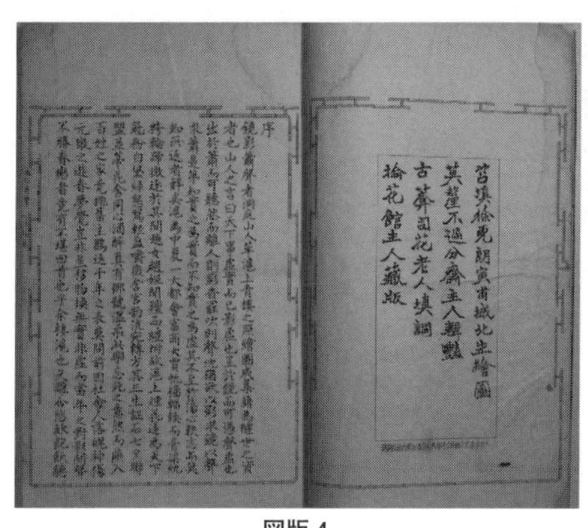

図版 4

図版 5

の世界につながるドアを叩くための道具と化したのである。

四、中国商人が日本で製作したほかの銅版書について

前文に引用した孫点『夢梅華館日記』の記事においては、馬晩農が邁宋書館において『西清古鑑』を翻刻する前に、すでに銅版を用いて『鏡影簫声』『金陵四十八景』および小題文などの書物を出版していたと述べられている。そのうちの『鏡影簫声』とは『鏡影簫声初集』のことで、馬晩農が莫釐不過分斎主人の名前によって上海遊廓の名花50人の写真を集めて、浙江出身の画家徐虎（字は朗寅、号は痩生）に依頼して、写真に基づいて描いてもらった画像を収録したものである（図版4）[5]。また、『金陵四十八景』は同じ画家の徐虎が描いた南京の風景画を銅版で印刷したものである（図版5）。これらの書物はいずれも図像の精巧さのために評判がよく、文人の間で称賛されていた。19世紀半ば以後、日本で出版された銅版印刷の書物は様々なルートによって中国に持ち込まれ、小さいながらも点画がはっきりしていることや、図像が細かく精巧であることで、中国の読者に大いに評価されていた。実際、この時期において銅版印刷技術のメリットを見込んで日本で銅版書籍の出版を行っていたのは馬晩農のみではなく、たとえば、遊歴と書画販売とのために来日していた画家の王寅（王冶梅）なども銅版の書物を出版することを企画していた[6]。

孫点の『夢梅華館日記』によれば、馬晩農とほぼ同時期に、方芝升（また芝深とも書く）という人も、銅版で科挙試験の際のカンニング用の書物を作っていたという。

光緒十四年九月十六日（二十日）

為芝升校試帖十三頁。約詩七十餘首、分月詠詩、附刻『四書備旨』之後、縮刻銅板、為懐挾計。余堅勧其勿刻、未聴。不得已為之校閲、縁訛謬甚多、行世必大貽害也。（芝升のために試帖十三葉を校正した。おおよそ詩七十餘首があり、月ごとに詩を詠っているもので、『四書備旨』

の後に附刻し、縮小して銅板に刻み、懐中に携帯するためのものである。余は堅く彼に刊行しないように勧めたが、聞き入れてもらえなかった。やむ得ず彼のために校閲した。その訛謬は甚しく多く、もし世に行われるならば必ずや大きな弊害を起こすであろう。）

孫点は止めようとしたが、聞き入れてもらえず、その訛謬によって受験生がかえって害を被らないために、いやいやながらも校閲を行ったのである。また、中国国内においても、銅版印刷が開始されていたようで、孫点は国内の友人たちから銅版用のインクを購入するように依頼され、大蔵省印刷局、三井会社や町中の店などに行って、探していたようである。

光緒十五年八月十四日（八日）
修寄少芝、並附子堅信、即発。惕斎来、同至印刷局、三井会社、以日曜日例不交易。詢銅版油墨、亦無此物。折至京橋市之中屋、並未有之。（少芝への手紙を書き、子堅あての手紙に附して、すぐに出した。惕斎がきて、ともに印刷局、三井会社に行ったが、日曜日なので営業していなかった。銅版油墨のことを尋ねたが、やはりなかった。そこから帰って京橋の中屋まで行ったが、そこにもなかった。）

なお、陳明遠の家の家庭教師を辞めて邁宋書館で校正作業を行っていた王振甫の本名は王肇鋐で、実は大きな志を有する人物であった。彼の名前が『夢梅華館日記』に137回も現れていることからも窺えるように、孫点との関係は非常に親密である。日本滞在中に輿地学を研究し、『日本環海険要図志』を撰した。折から著書のなかの地図を印刷することについて悩んでいたときに邁宋書館において仕事をするようになり、『日本環海険要図志』の総図を日本人の職人に依頼して銅版で鐫刻した。分図の内容は日本沿海の険要など、日本人に頼みにくい部分があるため、校正をやりながら銅版印刷の技術も身につけた。彼は馬晩農より半年遅れて、光緒15年5月26日に帰国したが、同年の10月に『銅刻小記』と題する銅版印刷技術の書籍を完成し、銅版印刷の材料と道具、製版のステップと印刷方法などの具体的な方法を図示しながら詳しく紹介している(7)。

五、むすび

以上において、日中両国の資料により、19世紀80年代に、中国商人が邁宋書館の名義で東京において銅版印刷技術によって刊行した『西清古鑑』の出版の経緯、販売の状況および銅版の行方などについて考察してきた。筆者は以前、岸田吟香の楽善堂の中国における書籍出版と販売活動を考察する際に、楽善堂の銅版書の出版と販売について言及したが(8)、当時の日中両国の銅版印刷および両国間の銅版書流通の全貌を把握するためには、日本における中国人による銅版印刷活動の実相についても明らかにする必要があると思われる。本稿は時間と紙幅との関係で邁宋書館銅版『西清古鑑』に限定して探索を行ったが、『西清古鑑』の他の印本の出版情況や、本稿の最後において言及したような、同時期において中国人が日本で製作した他の銅版書に関しては、別稿で検討することとしたい。

【注】

(1)『申報』光緒十四年二月初三日（1888.3.15）第 4 面、

(2) 孫点の日本滞在中の日記について、下記の筆者の解題と翻刻を参照されたい。陳捷「『夢梅華館日記』翻刻」（第十九―二十二巻）（『調査研究報告』第 32 号、pp.71-144、国文学研究資料館、2012.3)、「『夢梅華館日記』翻刻（第二十三―二十五巻）」（『調査研究報告』第 33 号、pp.171-218、国文学研究資料館、2013.3)、「『夢梅華館日記』翻刻（第二十六―二十七巻）」（『調査研究報告』第 34 号、pp.158（1）-108（51)、国文学研究資料館、2014.3)、「『夢梅華館日記』翻刻（第二十八―二十九巻）」（『調査研究報告』第 35 号、pp.117（1）-48（45)、国文学研究資料館、2015.3)、「『夢梅華館日記』翻刻（第三十―三十一巻）」（『調査研究報告』第 36 号、pp.307（1）-278（45)、国文学研究資料館、2016.3)。

(3)『申報』光緒十四年七月八日（1888.8.15）第 6 面「催取銅版西清古鑑毛胚」（同年 8.17、8.19、8.22、8.23、8.24 の紙面も同じ広告を掲載れている)。

(4) 劉学詢および彼と孫文・康有為・梁啓超などとの関係や晩清の諸事件との関わりについては、馮自由「劉学詢与革命党之関係」（『革命逸史』（初集)、中華書局、1981.6)、陳肇棋『総理史実訪問記』（『国父年譜』上、中央文物供応社、1985 年第三次増訂本)、孔祥吉・村田雄二郎『罕為人知的中日結盟及其他』（成都：巴蜀書社、2004)、李吉奎「孫中山与劉学詢」（『孫中山研究論叢』5、広州：中山大学出版社、1987)、狭間直樹「劉学詢と孫文の関係についての一解釈」（『孫文研究』38、pp.8-19、2005.9）などを参照されたい。なお、劉学詢は 1899 年に西太后・光緒帝の特使として日本を訪れ、50 日間滞在したことがあり、その時の記録として『遊歴日本考察商務日記』を出版している。

(5)『鏡影簫声初集』不分巻、題「苕溪甫城北生絵図、莫釐不過分斎主人輯艶、古莽司花老人填詞、掄花館主蔵版」。掄花館主も馬晩農の別号である。また、徐朗寅について、呉心穀『歴代画史彙伝補編』に「徐虎字朗寅、号痩生、浙人。善工細山水、有『金陵四十八景』行世」と述べている。

(6) 王寅の日本遊歴について、鶴田武良「王寅について――来舶画人研究」（『美術研究』319 号、pp.75-85、1982.3、東京国立文化財研究所)、陳捷「一八七〇－八〇年代における中国書画家の日本遊歴について」（『中国―社会と文化』第 24 号、pp.161-178、2009.7）を参照されたい。

(7) 王肇鋐『銅刻小記』と当時の日本の銅版印刷業との関係については、中国近代印刷史上の重要なことであるが、それに関しては、別の機会に譲りたい。

(8) 陳捷『明治前期日中学術交流の研究――清国駐日公使館の文化活動』第三部第一章の関係部分（汲古叢書、東京：汲古書院、2003.2)、陳捷「岸田吟香的楽善堂在中国的図書出版和販売活動」（『中国典籍与文化』第 3 号（総 54 期)、pp.46-59、2005)。

《武林覽勝記》初探

朱大星

《武林覽勝記》四十二卷[1]，清杭世駿（1696-1772）輯。杭世駿，字大宗，號堇浦，仁和（今浙江杭州）人。雍正二年（1724）鄉試中舉，雍正十年以舉人充福建鄉試同考官。乾隆元年（1736）舉博學鴻詞，授翰林院編修。乾隆八年因言事罷官，歸田後，與厲鶚、丁敬等結南屏詩社，唱和往返。後主講廣東粵秀書院及揚州安定書院。著述甚豐，有《道古堂集》《石經考異》《續禮記集說》《史記考異》《諸史然疑》《訂訛類編》《詞科掌錄》《榕城詩話》《禮例》《兩浙經籍志》《漢書疏證》等著作四十餘種。

一

《武林覽勝記》為杭世駿未刊著作之一，傳本稀見，現僅見浙江省博物館收藏。浙江省博物館藏《武林覽勝記》（以下簡稱"浙博本《武林覽勝記》"），題"仁和杭世駿大宗輯，東里盧文弨召弓校"，四十二卷，每卷首頁鈐有"元偉私印"朱白相間方印及"春船氏""何元錫印"白文方印。線裝，有襯紙。白口，四周雙邊，每半頁九行，行約二十字，小字雙行，楷書。"弘""寧""旻"等如字。卷前有睿安識語，其文云：

> 道光二十有四季（年）春二月望，湲等日檢前廳書樓舊藏卷軸，將盡攜之北上，因剔去重複之書，或至三部四部。細審其中，或經先世動筆，或為段氏經韻樓物，則仍竝留之，其餘則分遺好友，又以卅餘部付賈人矣。因思藏書匪易，藏書而不能讀與克能讀書者，不必家盡有藏書也。後之得我書者，其矜此意，則書之在吾家與在人家，書亦可以勿思其主已。睿安識于牽牛華館。

識語尾部鈐有"睿安私印"及"牽牛花館"白文方印。而在識語後與正文之前另頁有元偉錄自《兩浙經籍志》一則文字，其文云：

> 賜書堂孫氏進呈《武林覽勝記》四十二卷，國朝仁和杭世駿大宗所輯，盧文弨學士所審定，乃攟拾浙中舊志，增益舊聞，而補採蒐討之功，獨為詳備権證，使故都之舊蹟、邑中之文獻編纂咸宜，而稿本流傳絕少。今存此一書，猶見當時典章文物也。
>
> 右錄《兩浙經籍志》一則。

文末鈐有“元偉私印”朱白相間方印及“春船氏”白文方印。

浙博本《武林覽勝記》內容較為完整，少量文字略有殘損，有多處殘損曾經修補。全書四十八冊，凡四十二卷，分水利、隄塘、橋梁、園亭、寺觀、祠宇、古蹟、名賢、方外、物產、塚墓、碑碣、卷帙、書畫、藝文、志餘、外紀凡十七門，門下或分小類。其中“藝文”門篇帙最富，約為全書四分之一。每門正文前皆有序文，序文有提綱挈領之意，行十九字，字跡墨色較正文文字為淡。如卷一“水利”門序文云：

> 西湖源出武林泉，匯南北諸山之水，而注於上下兩塘之河。其流甚長，其利斯溥。唐宋以來，屢經濬治，而興廢不常。盛朝特重水利，首及東南，疏鑿之功，為前古未有。恭紀聖恩垂利萬世，而歷代開濬始末，悉詳著於篇。志水利。

此序文簡明扼要地說明了西湖概況及首列“水利”門源由。《武林覽勝記》在徵引眾說之後，或間加按語。如“外紀”門卷末云：“謹按：《夢粱錄》二十卷，錢塘吳自牧著，乃云無名氏周密，字公謹，號四水潛夫。今分為二人，俱誤。”《武林覽勝記》記載了大量武林舊蹟，其中以西湖周邊舊蹟為多，而部分記載為他《志》所無，具有很高的價值，是研究杭州歷史文化的重要資料。同時，《武林覽勝記》搜羅詳備，徵引了大量清以前文獻，多達數百種，其中常見者如《宋史》《元史》《咸淳臨安志》《武林舊事》《太平寰宇記》《西湖遊覽志》《七修類稿》等，然亦有大量不易檢尋之文獻，多為以前舊《志》所未載，此於志餘、外紀兩門中尤為明顯，殊可珍貴。

二

《武林覽勝記》傳本稀見，亦鮮見著錄，世人獲睹其真容不易，目前所知最早著錄此書當為《兩浙經籍志》。《兩浙經籍志》為杭世駿未刊稿之一，未見傳本。《兩浙經籍志序》曰：

> 雍正辛亥春，制府禮聘名碩，修浙省全志。予以譾劣，謬從諸老先生後，得與於編削之役。《經籍》一志，所創稾也……閱月凡九，迺克成編，為卷五，為目五十有九，為書一萬五千有奇，方之前志，訂訛補闕，其亦畧備也已……嗚呼！余生孱踧，閧堂闞穴，本所不闞，因次舊稾，別本單行，聊述其顛末若此。(2)

據此可略知《兩浙經籍志》一書梗概及成書始末。浙博本《武林覽勝記》卷前有元偉錄自《兩浙經籍志》的一段文字，據此可略窺《兩浙經籍志》面貌，吉光片羽，亦可寶貴。

此後二百餘年間，《武林覽勝記》鮮見著錄。清代吳慶坻《蕉廊脞錄》卷五“武林覽勝記”條云：

> 堇浦先生著《武林覽勝記》四十二卷，無刻本，友石山房高氏藏鈔本，題“仁和杭世駿大宗輯，東里盧文弨召弓校”。其目為水利、隄塘、橋梁、園亭、寺觀、祠宇、古蹟、名賢、方外、物產、塚墓、碑碣、卷帙、書畫、藝文、志餘、外紀，體例與《西湖志》相近。志餘、外紀各卷，采摭尤備。舊為何春船元偉藏，又有“何夢華元錫”印。春船錄《兩浙經籍志》一則于卷前，云：“賜書堂孫氏嘗以此書進呈，外間稿本流傳絕少。”[(3)]

根據上述文字，可以了解《武林覽勝記》一書的內容梗概及流傳情況。而吳慶坻云《武林覽勝記》為何春船元偉舊藏，未詳其所是。考清代有范元偉，字春船，錢塘（今浙江杭州）人，嘉慶戊寅（1818）舉人，官太平教諭，曾繼其舅氏仇養正典守文瀾閣書籍，洞悉目錄之學，著有《皋亭山館詩草》等[(4)]。范元偉距杭世駿謝世之年不遠，又為同里，《武林覽勝記》或曾為其所藏之物，亦未可知。

又《中國古籍善本書目》卷十一《史部 · 地理類》著錄《武林覽勝記》四十二卷，清杭世駿撰，清抄本[(5)]。《中國古籍總目》第七冊《史部 · 地理類》著錄《武林覽勝記》同《中國古籍善本書目》[(6)]。

2005 年，浙江省博物館完成了除未裝訂的民國稿本《杭州府志》及殘損無法著錄的書以外的全部館藏古籍的著錄工作，裘樟松先生並對館藏 118 種古籍善本書目作了校對，其中即有《武林覽勝記》。裘先生云“16442《武林覽勝記》四十二卷，清杭世駿輯，盧文弨校，係清乾隆年間待梓行之鈔稿本，半頁九行，行十九字，小字雙行，白口，四周雙邊，宋體精寫，保存完整。清錢塘藏書家何元錫舊藏，考各家書目未見記載，似未刊”，並錄《兩浙經籍志》載《武林覽勝記》一段文字[(7)]。

2007 年，陳琬婷先生完成其碩士論文《杭世駿年譜》，該論文蒐羅宏富，對杭世駿生平、著作、交遊及年譜作了較為全面與系統的探討。陳先生在其論文第五章《杭世駿著述考》論及《武林覽勝記》，云此書未見傳本，又云“舊為何元錫藏，有‘何夢華元錫印’。元錫錄《兩浙經籍志》一則於卷前，云‘賜書堂孫氏嘗以此書進呈，外間稿本流傳絕少’。”[(8)]陳先生所論欠妥。據浙博本《武林覽勝記》所錄《兩浙經籍志》一段文字後“元偉私印”及“春船氏”兩方印，此段文字應為元偉所錄，而非何元錫所錄。

《武林覽勝記》在杭世駿生前並未刊行，據元偉所錄《兩浙經籍志》文字及其後所鈐印章，《武林覽勝記》在杭世駿生前或稍後，似僅有稿本流傳，且流傳絕少，最先應為元偉所藏之物。而浙博本《武林覽勝記》卷前元偉印後又有何元錫印，則《武林覽勝記》又曾歸於何元錫之手。據吳慶坻《蕉廊脞錄》所言，可知《武林覽勝記》後又藏於友石山房高氏。而據浙博本所載睿安識語，《武林覽勝記》道光年間又經睿安之手。

而浙博本《武林覽勝記》的版本問題，看似沒有多大爭議。浙博本《武林覽勝記》，《中國古籍善本書目》及《中國古籍總目》皆著錄為“清抄本”。裘樟松先生《浙江省博物館善本著錄校對札記》則著錄為“清乾隆年間待梓行之鈔稿本”。“鈔稿本”，未詳其義。鈔本與稿本，自有區別。但是，也有稿本與抄本不易區分的情況。如經謄清的稿本，若無編著者的標記（鈐印、專用稿紙）或手跡，容易與抄本混淆。稿本是詩文等的原始文字記錄。2006 年頒佈的《古籍定級標準》中，將稿本定義為："指作者親筆書寫的自己著作的底本。分手稿本、清稿本和修改稿本。"陳先行先生認為這混淆了稿本形態與內容的區別，也未將清稿本的面貌講清楚。他指出：全文皆為作者親筆書寫者稱"手稿本"；由他人謄錄復經作者親筆修改者稱"稿本"；全文為他人謄錄者則稱"清稿本"或"謄清稿本"[(9)]。這是很有道理的。另就形成過程而言，稿本約可分為初稿、修改稿與定稿三種。而定稿本，是指最終修改完成的稿本。有的定稿本為了付刻，直接用楷體或宋體寫在雕版格式的紙上，以便給手民粘貼在木板上雕刻付印，因其功用，專稱為寫樣本或寫樣待刻本。一般來講，如經雕刻，寫樣本當不存在，現在之所以有寫樣本流傳，大致有三種原因：一是寫樣不符要求而廢棄；二是寫樣後仍有修改；三是刻書因故失刻或未及刊刻[(10)]。

杭世駿著述甚夥，然因身後子孫凋零，遺書多半未及刊行。杭世駿雖有十子，然僅存其一，其子賓仁曾奉遺稿謁諸父執許宗彥，為刊《道古堂集》於廣東[(11)]。又許宗彥云："（乾隆）丙辰鴻博諸公，才皆出太史下，諸公多至顯仕，太史獨淪落以終，而著撰之富，卒亦無逾太史者。太史遺書未刻者尚夥，賓仁既沒，往往散落人間云[(12)]。"是知杭世駿子賓仁卒後，其遺書則流散四處。又同里後學龔自珍《杭大宗逸事狀》云："大宗原疏留禁中，當日不發抄，又不自存集中，今世無見者。越七十年，大宗外孫之孫丁大，抱大宗手墨三十餘紙，留鬻於京師，市有繭紙淡墨一紙半，乃此疏也。大略引孟軻齊宣王問答語，用己意反復說之，此稿流落琉璃廠肆間[(13)]。"由此可知，杭世駿著作生前多未刊行，身後又多流散。《武林覽勝記》在杭氏卒後數十年間已絕少稿本流傳，後人也鮮有提及，疑《武林覽勝記》經盧文弨校定後，因故未能刊行，是以流傳不廣。浙博本《武林覽勝記》無杭世駿手跡，也無其印章，不能遽定為稿本。但浙博本《武林覽勝記》經稍晚於杭世駿的校勘名家盧文弨校定，用楷體寫定，再揆諸紙張、行款及各家記載等，頗疑浙博本《武林覽勝記》為寫樣待刻本。

【注】

（1）管見所及，迄今僅有裘樟松《浙江省博物館善本著錄校對札記》（浙江省博物館編《東方博物》第 25 輯，杭州：浙江大學出版社，2007 年）、陳琬婷《杭世駿年譜》（中山大學 2007 年碩士論文）等著錄《武林覽勝記》，皆寥寥數筆，此外未見專論。

（2）〔清〕杭世駿著，蔡錦芳、唐宸點校《杭世駿集 · 道古堂文集》卷六，杭州：浙江古籍出版社，2014 年，第 86-87 頁。

（3）〔清〕吳慶坻撰，張文其、劉德麟點校《蕉廊脞錄》，北京：中華書局，1990 年，第 151 頁。

（4）浙江省地方志編纂委員會、浙江省通志館編《重修浙江通志稿 · 著述考》，北京：方志出版社，2010 年，第 4672 頁；柯愈春《清人詩文集總目提要》（中冊），北京：北京古籍出版社，2001 年，第 1336-1337 頁。

（5）中國古籍善本書目編輯委員會編《中國古籍善本書目》，上海：上海古籍出版社，1993 年，第 977 頁。

（6）中國古籍總目編纂委員會編《中國古籍總目》，上海：上海古籍出版社，2009 年，第 3839 頁。

（7）裘樟松《浙江省博物館善本著錄校對札記》，浙江省博物館編《東方博物》第 25 輯，杭州：浙江大學出版社，2007 年，第 122 頁。

（8）陳琬婷《杭世駿年譜》，中山大學 2007 年碩士論文，第 172 頁。

(9) 陳先行、石菲《明清稿抄校本鑑定》，上海：上海古籍出版社，2009 年，第 8 頁。
(10) 陳先行、石菲《明清稿抄校本鑑定》，上海：上海古籍出版社，2009 年，第 1-8 頁、第 20 頁。
(11) 夏孫桐《觀所尚齋文存》卷四，1939 年鉛印本。
(12)〔清〕許宗彥《鑑止水齋集・杭太史別傳》，《續修四庫全書》影印清嘉慶二十四年德清許氏家刻本，卷十七，第 6 頁。
(13)〔清〕龔自珍《龔定盦全集・定盦文集補編》，《續修四庫全書》第 1520 冊，上海：上海古籍出版社，2002 年，第 191 頁。

《秦淮廣紀》三考

程章燦

《秦淮廣紀》是繆荃孫圍繞秦淮歌妓文化這一主題而輯撰的文獻彙編，也可以説是一部關於秦淮畫舫的“前朝舊聞”集。繆荃孫《藝風堂文漫存·辛壬稿》卷一有《金陵懷古》四首，其中第四首云：

長板橋荒剩夕曛，回光寺古接晴雲。
舊遊尚覓烏衣巷，院本難尋白練裙。
畫舫何人聽夜雨，荒郊有鬼唱秋墳。
滄桑兩度須臾過，莫向前朝話舊聞。(1)

對於文獻學家繆荃孫來説，這首詩中對長板橋、畫舫等秦淮舊跡的感慨，不是一時的心血來潮，也不是無的放矢，徒然發思古之幽情，它最終落實為一個具體的行為，就是《秦淮廣紀》這樣一部“前朝舊聞”的編撰。

一、編撰考

繆荃孫（1844-1919），字筱珊，晚號藝風老人，江蘇江陰人，近代著名圖書館學家、文獻學家、金石學家、歷史學家和教育家。光緒二年（1876），繆荃孫考中進士，授翰林院編修，但此後的他並沒有奔走經營於仕途，而是將自己的精力獻給學術、文化和教育事業。繆荃孫的一生，與文獻、與南京都結下了不解之緣。他對文獻情有獨鍾，對書籍文獻和金石文獻都有濃厚的興趣。無論是擔任書院山長、學堂監督，還是擔任圖書館館長等職，莫不以教書、藏書、編書、校書、寫書為已任，為中國文獻傳承作出了巨大貢獻。與此同時，繆荃孫也與南京結緣甚深。光緒二十年（1894），他出任南京著名書院鐘山書院的山長。光緒二十八年（1902），鐘山書院改為江南高等學堂，他出任學堂監督，繼又出任學堂總稽查，並負責籌建江南最高學府三江師範學堂，校址擇定於南京國子監舊址，雞鳴山南成賢街一帶，亦即今日東南大學四牌樓校區之所在。後來，三江師範學堂更名兩江師範學堂，1914 年，兩江師範學堂復建為南京高師，三江、兩江和南高一脈相承，成為中央大學和後來南京大學的主要源頭。其間，繆荃孫的歷史貢獻是不可低估的。光緒三十三年（1907），繆荃孫又受聘籌建江南圖書館（今南京圖書館前身之一），出任總辦。

他籌建江南圖書館過程中的經歷，無疑為其兩年後受聘創辦北京京師圖書館（今國家圖書館），積累了經驗。

從光緒二十年（1894）到宣統元年（1909），從 51 歲到 66 歲，繆荃孫都生活在南京，前後凡 16 年。這個時期的繆荃孫，學問越來越成熟，人脈越來越拓廣，無論在圖書文獻還是金石收藏方面，無論是在編書校書還是學術研究方面，都取得了令人矚目的成就。他對南京這座城市，尤其是對於這座城市的歷史文化，興趣也越來越濃厚。編撰一部秦淮舊聞集的念頭，他早已蘊蓄於心，不過，正式著手編輯《秦淮廣紀》一書，卻是在他離開南京以後的 1912 年。那時，繆荃孫已經 69 歲，正寓居上海，從西風彌漫的滬上，回望飽經滄桑的古都南京，老人心中當別有一種感懷。

《秦淮廣紀》前有繆氏自序，末尾署："壬子十二月東坡生日，老蟫自書於海上寄廬。"[(2)]宋代大文豪蘇東坡的生日在農曆十二月十九日，可見此序撰成於壬子年（1912）十二月十九日。檢《藝風老人日記》壬子年十二月十九日，正有"晴，飛雪"、"寫《秦淮廣記》"的記錄。[(3)]"老蟫"就是老蠹魚（書蟲）的意思，是繆氏所用別號之一。這項工作持續了三年時間，到 1915 年完成。現存《藝風老人日記》相當完整，為我們還原《秦淮廣紀》的編撰過程，提供了極大方便。

根據《藝風老人日記》，此書編撰始於壬子年三月廿五日。是日日記中有"輯《秦淮名妓考》"一條，[(4)]《秦淮名妓考》當即《秦淮廣紀》的初擬書名。此前十一天，亦即三月十四日，繆氏曾到《國粹報》報館晤見鄧實（秋枚），在交給鄧實的諸種書目中，有《續板橋雜記》《秦淮聞見錄》等書，似乎已經開始為輯撰此書準備材料。[(5)]三月二十五日的日記所透露的最重要的資訊，就是繆氏為《秦淮廣紀》所擬的第一個書名是《秦淮名妓考》。

但這個書名很快就被否定了，至遲四月四日，繆氏已改變主意，將書名改擬為《丁簾話舊》。在那一天的日記中，有"撰《丁簾話舊》"的記錄。[(6)]所謂"丁簾"，就是"丁字簾"的簡稱。清初詩人錢謙益《丙申春就醫秦淮寓丁家水閣浹兩月臨行作絕句三十首留別留題不復論次》之四有句云："夕陽凝望春如水，丁字簾前是六朝。"[(7)]後來，"丁字簾"遂被用以指明末妓女聚居的秦淮河房之地。清初孔尚任名著《桃花扇》的《寄扇》一出中，亦有"桃根桃葉無人問，丁字簾前是斷橋"的句子。[(8)]可見，《丁簾話舊》實際上就是《秦淮話舊》之意。四月十二日、十三日兩天的《藝風老人日記》中，都有"寫《丁簾話舊》四葉"的記載。[(9)]

在隨後兩個月的日記中，繆荃孫有時稱此書為"舊話"，有時稱此書為"話舊錄"，這應該都是《丁簾話舊》的別稱。為此，繆荃孫大量借閱相關書籍，包括《玉光劍氣集》《客座新聞》《金陵瑣事》《本事詩》等。從四月廿五日、廿六日兩天日記中可以看出，全書由"紀藻""紀盛"（此二部分後來合成"紀盛"）"紀麗""紀瑣"四大部分構成的框架已經初步成型，《紀麗》《紀瑣》兩部分的小序，也在廿六日撰成。相關文字交由一位名叫崇質堂的抄手謄錄，可惜崇氏五月廿五日就暴病而卒，繆荃孫只好另覓抄手。[(10)]

七月七日，繆荃孫在日記中寫道："改《淮青話舊》二卷，傳十二篇。"[(11)]此時，他似乎有意改題書名為《淮青話舊》。所謂"淮青"，指秦淮河和青溪交匯之處的淮青橋，其周邊即秦淮歌妓彙聚之處。本年七、八兩個月的日記中，也有借入《秦淮事蹟》《白門新柳記》《青樓集》等書的記載，以及補《卞玉京傳》、錄《寇湄傳》的編撰進程記錄。[12]

到了九月，繆荃孫對書名又有了新的提法。他先是稱之為《秦淮話舊錄》，繼而又稱為《秦淮談故》。九月五日日記中載："寫《秦淮話舊錄》明末一卷"，次日亦記有："校《秦淮話舊錄·紀麗》一卷。"[13] 本月十三日日記則記："輯《秦淮談故》'談瑣'一門。"[14]"談瑣"應當就是後來的《秦淮廣紀》中的《紀瑣》。十五日日記則記："校《秦淮談故》'紀鑑'之第三卷。"[15]《紀鑑》之名後來不見於《秦淮廣紀》。但在緊接的十月、十一月的日記中，關於書名，又出現"淮青談故""淮青故事"的不同稱法，[16] 可見在繆荃孫心目中，"淮青""秦淮"二詞形異義同。直到十二月十七日，《秦淮廣記》（"記""紀"二字通用）的書名才第一次出現。[17] 兩天之後，繆荃孫撰成《秦淮廣記》自序，標誌著這一書名正式啟用。此後，他提到此書時，雖然偶而也會用到其他書名，例如次年十一月七日日記中又提到其"取《秦淮話舊》三冊回"，[18] 但總體來看，《秦淮廣記》這個書名基本上確定下來了。

從次年亦即癸丑年（1913）的日記來看，此書的編撰進程時斷時續。正月裏，繆荃孫主要在輯《秦淮廣記》康熙朝事，日記中有時候稱為"輯康熙朝筆記。"[19] 但二月以後，由於其他事務的牽扯，此書編撰中斷了很長一段時間，直到次年亦即甲寅年（1914）四月二十一日，[20] 才重新拾起，賡續舊編。

甲寅年（1914），從四月二十一日到五月四日，五月十一日、十六日、二十日至二十三日、二十五日至二十六日，閏五月三日，繆荃孫集中精力編校《秦淮廣記》。[21] 但閏五月三日以後，又中斷了很長一段時間，直到次年即乙卯年（1915）正月廿三日才又開始"續修《秦淮廣記》。"[22]

乙卯年（1915），從正月廿三日至三月十日，繆荃孫一邊補撰，一邊勘校，基本完成了《秦淮廣記》的編撰。[23] 此後有待解決的，基本上只是書稿的校勘和刊刻問題了。

二、體制內容考

民國十三年（1924），《秦淮廣紀》由上海商務印書館排印出版。全書分為三部分，即卷一《紀盛》、卷二《紀麗》和卷三《紀瑣》。其中，《紀盛》一卷又分一、二兩部分，而《紀麗》一卷篇幅最大，故再分為八個部分，《紀瑣》只有一卷，不再細分。從篇幅體制來看，也可以說，這部書表面上只有三卷，而實際上卻有十一卷。

唐代詩人白居易作新樂府詩，"首章標其目，卒章顯其志"，[24] 以求通俗易懂，達到較好的傳播效果。繆荃孫編撰《秦淮廣紀》時，不僅選擇"紀盛""紀麗""紀瑣"為三卷的標目，而且為這三卷分別撰寫了卷首題詞，以"顯其志。"這三篇題詞都採用四言韻文體，文句雅麗，不僅貼合本書的內容及其風格特點，也精要地概括了各卷的宗旨。《紀盛》卷首題詞如下：

> 峨峨帝京，人物豐昌。詔起重樓，雅樂名倡。來賓招賢，重譯歸王。南巡法曲，我思武皇。鐙火遊船，鼓吹名場。秦淮一水，閱盡興亡。紀盛第一。[25]

可見,《紀盛》是從秦淮妓家的歷史沿革入手，突出當日秦淮燈火之繁、歌舞之盛，其中輯錄各種文獻中的有關材料，基本上按照時代先後編排。這一部分所輯錄的文獻，主要有劉辰《國初事蹟》、《大明會典》、周暉《金陵瑣事》、朱彝尊《明詩綜》、余懷《板橋雜記》以及潘之恒《亙史》，等等。這些文獻分別屬於史部、子部和集部，種類龐雜，涉及面相當廣。顯而易見，盛衰是相對而言的，不寫盛，就體現不出衰，不寫衰，也難以凸顯盛況。所以，這一卷的重點固然在於“紀盛”，但也附帶記錄衰敗之況，通過盛衰的對比，突出“秦淮一水，閱盡興亡”的主題。

《紀麗》卷首題詞如下：

> 籍著教坊，名喧舊院。邂逅昌期，往來時彥。貰酒徵歌，弦詩捧硯。濡染翰墨，旗亭傳遍。滄桑屢經，世風遞變。女也棘心，士也牆面。罕見才鳴，聊以色選。紀麗第一。[26]

與《紀盛》以時間為經不同,《紀麗》是以人（妓女）為綱目。不同時代的妓女之間，仍然大致以時代先後為序。如果以紀傳體正史相比擬，那麼,《紀盛》大約相當於正史中的“本紀”，而《紀麗》大概相當於各篇人物傳記。《紀麗》一卷是全書的重點與重心，其下又分為八個分卷。其結構基本上以人（妓女）為綱，每人一條，偶而也有二人或三人同一條（一人為主，其他附見）。據粗略統計,《紀麗》著錄佳麗共計 404 條。與純粹人物傳記不同的是，書中將有關此人的軼事和詩詞，亦彙聚於本條之下。嚴格說來，每一條與其說是人物傳記，不如說相關人物的資料彙編。

《紀麗》中有關明末諸妓的材料，大多取之清初余懷所著《板橋雜記》。余懷（1616-1696），字澹心，號廣霞，又號壺山外史、寒鐵道人等，晚年自號鬘持老人。他原籍福建莆田，但少小生長金陵，因而每自稱“江寧余懷”、“白下余懷”。明亡之後，諳熟秦淮舊事的余懷撫今追今，撰寫《板橋雜記》一書，藉以抒發自己作為明朝遺民的感懷。值得注意的是,《板橋雜記》中未收入陳圓圓、柳如是二人，儘管二人名列“秦淮八豔”。《秦淮廣紀》雖然沿用《板橋雜記》中的很多記錄，但在這一點上，卻反其例而行之。繆荃孫對此有如下說明：

> 世有人以柳是、陳圓，廣霞君未收，是吳妓而未至秦淮者，然廣霞君撰此書時，尚書婆娑里門，平西坐鎮邊徼，聲勢赫然，殊有未便。近人“秦淮八豔”均已列入。即使借材異地，亦不同名臣仕籍，齗齗辨論也。有人又曰：“龔尚書之善持君，何亦列入而不諱乎？”予應之曰：“龔尚書與善持君，方在秦淮大會，召姊妹行與舊賓客，鎮日宴樂，未嘗自諱，不比河東以匹嫡爭禮，延陵以千金改詩，幾幾欲自諱也。”國初尚存舊人，於《雜記》之外，掇拾叢殘，即以附後。[27]

這段文字見於《秦淮廣紀》卷二之四末。文中提到的“廣霞君”就是余懷，“尚書”指的是娶了柳如是的錢謙益，“平西”指的是納寵陳圓圓的吳三桂。陳圓圓、柳如是、顧橫波三人同樣列名“秦淮八豔”，余懷《板橋雜記》只載錄顧橫波，而不錄陳、柳二人。繆荃孫認為，這是因為錢謙益和吳三桂不欲彰顯柳、陳昔日的身份，而余懷當日懾於錢謙益、吳三桂的權勢，故不載錄。相比之下，顧橫波所依傍的龔鼎孳，雖然也有尚書之權位，但龔、顧二人自身並不諱言顧的妓籍身份，余懷自然可以無所顧忌了。

《紀瑣》卷首題詞如下：

> 姚冶怡情，燕僻溺志。頹廢盛年，消磨才氣。朝局屢更，情天不醉。銷金有窟，避債無地。夢華夢粱，感慨一致，酒後鐙前，藉以破睡，紀瑣第三。(28)

所謂“紀瑣”，字面上看是載錄瑣事，實際上，這些瑣事多與史事、掌故有關，有很高的歷史文獻價值。例如《紀瑣》中輯錄自《板橋雜記》的一段文字，詳細解釋明末秦淮妓戶間流行的幾種稱呼：“妓家，僕婢稱之曰‘娘’，外人呼之曰‘小娘’，假母稱之曰‘娘兒’。有客，稱客曰‘姊夫’，客稱假母曰‘外婆’。(29)”如果沒有余懷這樣的好事者或者有心人載筆，後代讀者驟然遇到這類名詞，恐怕如墜五里雲霧之中。

又如，《紀瑣》據《秦淮畫舫錄》輯錄的一條，有如下內容：“諸姬家所用男僕曰‘撈貓’，曰‘鑲幫’。女僕曰‘端水’，曰‘八老’。均不得其解，亦不知各是此二字否。然是皆外人呼之，其主人則深以為諱。(30)”與前幾種稱呼相比，這幾種稱呼更俚俗，更有私密性，不是經常與妓家打交道的人，恐怕無從得知。此條與上一條所記之事都很瑣細，卻是十分重要的掌故材料。

再如，《紀瑣》又據《青溪夢影》輯有如下一條，記錄當日妓家辦酒席之過程，委曲詳細，既有史料價值，又可備掌故之談資，頗為珍貴：

> 酒筵之豐者曰“八大八”，席費幣十有六，下腳幣十有二，下腳者，備賞需也。主人入座，先置下腳於席，酒半，呈炙鴨炙肉，謂之雙烤，各置幣一於盤中。曲師二，席終，各犒銀幣一，皆半跪以謝。餘則男女班及諸侍席者均分之。次曰“六大六”，席費幣十有二，下腳幣七，烤一，曲師一。再次曰“麼二三”，無烤，席費幣六，下腳三。最儉曰“例菜加帽”，席費四，下腳二。客初至者，獻桌盒，盒如梅花式，中實果餌，臨去例置一幣於盒，再至則無之。新年至，則燃爆竹，曰“迎財神”，大夥計禮服半跪以賀，客必解囊以為利市。四月進櫻桃，五月進枇杷，六月進西瓜，八月進月餅，冬月無時新物，則進橄欖。薦一新，必犒一幣，應時而至，無或爽者。當時視為尋常，初不經意，至於今日，時移世異，境往情遷，片影微塵，都足增人悵觸。《東京夢華》、《錢塘遺事》，後之讀者，皆知其為點點淚痕也。(31)

在這一段文字中，《青溪夢影》原作者將自已的書比為南宋孟元老的《東京夢華錄》和元代劉一清的《錢塘遺事》。《東京夢華錄》撰作之時，東京——也就是北宋首都開封——早已陷落，孟元老回首往昔，不勝悵惘。錢塘是指南宋首都臨安，《錢塘遺事》記載的是南宋一代歷史掌故。無論是東京繁華，還是錢塘遺事，它們之所以成為後代回憶所凝聚的對象，同樣都是因為故國已亡，故都已毀。無獨有偶，繆荃孫在《秦淮廣紀》自序中也這樣寫道：“秦淮一隅，風流藪澤，自明弘正迄今同光，無不倚文人為主持，藉題詠為標榜，……”“廣明離亂之後，《教坊》之記乃成；靖康傾覆之餘，《夢華》之錄斯出。[32]”在繆荃孫心目中，《秦淮廣紀》堪比唐末廣明離亂之後寫成的《教坊記》和北宋靖康覆亡之後的《東京夢華錄》。他在這裏提到《教坊記》，當然是著眼此書題材與《秦淮廣紀》有相近之處。他在這裏強調“廣明離亂之後”和“靖康傾覆之餘”，則是要突出《秦淮廣紀》編撰之時，亦是在大清王朝覆亡之後。在這些地方，他情不自禁地流露出些許大清遺民的意識。

三、文獻價值考

《秦淮廣紀》是一部分類編排的專題文獻匯輯。其編撰成書距今已有一百年了，但迄今為止，它仍然是彙聚秦淮文化材料最多、最全的一部文獻彙編，在某種程度上，也可以說它就是一種關於秦淮歌妓文化的類書。

《秦淮廣紀》的歷史文獻價值，具體表現在如下三個方面：

第一，廣搜博取，後出轉精。

作為文獻學家，繆荃孫對於各類書籍的知見視野，是一般人難以企及的。同時，他在找書、借書以及抄書等方面所擁有的人脈資源，也是一般人難以比擬的。另一方面，作為一位對南京歷史掌故尤其是秦淮掌故情有獨鍾的文獻學家，他很早就留意搜輯與秦淮歌妓文化相關的文獻。長期生活在南京，負責書院、學校以及圖書館建設，也為他搜尋這一方面的文獻提供了地利之便。從《藝風老人日記》中可以看出，在輯撰《秦淮廣紀》的時候，大多數書是他已準備好的，還有一些書則是向友人同好借閱的。《秦淮廣紀》所抄輯的，既有諸如《板橋雜記》《續板橋雜記》《秦淮畫舫錄》《陶庵夢憶》等比較常見、或者一般人耳熟能詳的書，也有《亙史》《玉光劍氣集》《白門新柳記》《畫舫餘譚》等較為稀見的文獻。例如，《亙史》又名《亙史鈔》，明人潘之恒撰，其中“金陵豔”部分，載錄許多金陵妓女傳記資料，有不少是作者親歷或親身見聞，頗為難得。此書在《四庫全書》中列為“存目”，至民國初年，仍不易得。又如，《玉光劍氣集》出自明遺民張怡之手，史料價值甚高，但在繆荃孫當時，此書只有稿本，流行不廣，不太容易見到。繆荃孫通過各種渠道，搜羅到了這些材料，彙聚一處，使《秦淮廣紀》在同類著作中後出轉精。從這一點來看，書名中用“廣”字，確是名符其實的。

為了體現《秦淮廣紀》輯錄徵引之廣，現將此書輯錄所用書目抄錄如下（按書名音序排列），以見一斑：

B：《八仙圖》《白門殘柳記》《白門新柳記》《白下紀聞》《白下瑣言》《板橋雜記》《本事詩》《碧香詞》《卞玉京傳》

C：《彩筆清辭》《池北偶談》《詞苑叢談》

D：《大明會典》《達觀堂詩話》《道聽錄》《定山堂集》《冬青樹館集》《賭棋山莊詞話》《讀書日錄》《遁窟讕言》《多暇錄》

G：《感舊集》《亙史》《宮詞》《廣陽雜記》《國朝典故》《國初事蹟》

F：《芬陀利室詩話》《婦人集》

H：《海天餘話》《河東君尺牘》《呼桓日記》《湖上草》《觚剩》《壺天錄》《畫舫餘譚》《花國劇談》《花箋錄》《畫錄》

J：《甲乙剩言》《見聞錄》《教坊錄》《鮚琦亭集》《金陵瑣事》《靜志居詩話》

K：《客座新聞》《快園詩話》

L：《列朝詩小傳》《列朝詩選》《靈芬館詩話》《留都見聞錄》《六才子評》《柳南隨筆》《露書》《論印絕句》

M：《妙香室叢話》《明季北略》《明詩綜》《牧翁事略》《牧翁事蹟》

N：《南京法司記》《女張儀傳》

P：《曝書亭集》

Q：《秦淮八豔圖詠》《秦淮八豔小傳》《秦淮感舊錄》《秦淮畫舫錄》《秦淮聞見錄》《秦淮豔品》《青泥蓮花記》《青溪風雨錄》《青溪夢影》《青溪閑筆》《曲中志》

R：《然脂集》

S：《三借廬贅譚》《三十六春小譜》《三垣筆記》《珊瑚網》《士女品目》《識小錄》《史雲村日記》《石齋黃公逸事》《四友齋叢說》《書史會要》《書影》

T：《覃溪詩草》《陶庵夢憶》《天香閣隨筆》《圖繪寶鑑》

W：《萬曆野獲編》《聞見錄》《臥遊樓史》《吳觚》《吳門畫舫錄》《五石瓠》《五石脂》

X：《閑處光陰》《香畹樓憶語》《湘煙小錄》《香祖軒記》《小匏庵詩集》《諧鐸》《擷芳集》《繡江集》《續板橋雜記》《續本事詩》《續金陵瑣事》

Y：《弇州史料》《野語秘匯》《翼駉稗編》《倚聲初集》《憶雲詞》《影梅庵憶語》《有學集》《遇變紀略》《虞初新志》《玉光劍氣集》《魚計亭詩話》《俞琬綸集》《雲鴻小記》《雲間雜志》《雲堪小記》《雲龍筆記》

Z：《在園雜誌》《眾香集》《罪惟錄》

從這一書目中可以看出，很多文獻是十分罕見的，繆荃孫在文獻搜集上眼界之廣，用力之勤，也由此可見。

第二，類聚整理，體例嚴謹。

《秦淮廣紀》將有關秦淮歌妓文化的文獻史料，分門別類，分條輯錄。如前所述，全書只分“紀盛”“紀麗”“紀瑣”三類，三類標目中各帶一個“紀”字，恰可配合書名《秦淮廣紀》中的“廣紀”二字。三“紀”是綱，眾條是目，綱目配合，綱舉目張。“紀盛”重點在串聯歷史發展的線索，“紀麗”以眾多的散點組合成秦淮歌妓文化的諸橫斷面，二者縱橫交錯，如同經緯；“紀瑣”則如同一條纖維，將散點串聯起來。在類聚輯錄時，繆荃孫尊重原文，基本上不作刪改，在條目開頭偶見有少量的文字調整，那也是為了照顧前後行文的連續性，或者維護全書體例的統一性。

此外，應該指出的是，《秦淮廣紀》的類目設計，也參考了前此同類書目。例如，《板橋雜記》和《續板橋雜記》都是三卷結構，分為上卷《雅遊》、中卷《麗品》、下卷《軼事》，其中，《麗品》《軼事》，與《秦淮廣紀》的《紀麗》《紀瑣》名異實同，殊途同歸。而《秦淮畫舫錄》則分為紀麗、徵題二卷，"紀麗"之目徑為《秦淮廣紀》沿用。

第三，視角獨特，內容豐富。

確定《秦淮廣紀》這樣一個選題並且輯撰成功，已經足以顯示繆荃孫獨特的文獻眼光與開闊的歷史視野。在很多人眼中，秦淮河畔這些歌姬倡女、鶯鶯燕燕，河房裏那些選妓徵歌、燈紅酒綠，文字中那些司空見慣的風塵旖旎，士女之間各種形色的悲歡離合，最多提供詩人詞家感歎吟詠之資，甚至只夠作為茶餘飯後的消遣，難以登大雅之堂，甚至不能進入嚴肅史學的史料範疇。繆荃孫卻獨具隻眼，通過深細的文獻挖掘，發現了其中蘊藏的豐富的歷史意義。這些貌似雜亂瑣細的記錄，正如從秦淮河深深的河床上挖出來的斷瓦瓷片，向我們揭示了流逝的時光在秦淮河中埋藏的諸多秘密。

總之，《秦淮廣紀》中所輯錄的材料，五花八門，相當龐雜，但都有各自的歷史文獻價值。前一節特別是其中論《紀瑣》一段，對此已有若干舉證。以妓女名字為例，只要綜合《紀麗》卷中諸條，便可以看出，當時妓女最喜歡取什麼樣的名字。喜齡、寶齡、寶珠、五福等名都很常見，僅據《紀麗》中所輯，名叫"寶珠"的妓女就有四個：楊寶珠、王寶珠、胡寶珠、安寶珠。可見寶珠之名在當時妓女中頗為通用。以"香"和"仙"命名的也相當多，以"香"而論，就有襲香、藕香、姿香、雪香、玉香、李香等。

秦淮歌妓文化的昌盛，與明清兩代到江南貢院參加科舉考試的秦淮士子大有關係。秦淮河房匾額，亦多出於名家之手，如今，梓澤丘墟，那些屋宇早已不存，但《畫舫餘譚》中有頗為詳盡的記載，不僅記錄了匾額內容，還記錄了書家和書體，使我們得以想見當年：

> 秦淮簷扁，莫久於"丁字簾前。"屋常易主，而扁終仍舊。今所懸者，乃蘭川太守玉箸篆文也。嗣後名士往來，亦多題志，然興廢不常，存佚各半，偶將經見而現在者，錄以備考。題者、居者，一併綴入，其不知者，概付闕如。"冶花陶月之軒"（吳山尊行書，清音陳鳳臯所居）。"蘭雲仙館"（蘖庵行書，小伶朱雙壽居之）。"彤雲閣"（朱姬贈香家，不知誰氏書）。"足以極視聽之娛"（吳山尊行書，在清音趙廷桂家）。"邀月榭"（孫淵如分書，亦在趙廷桂家）。"月映淮流"、"伴竹軒"（二扁俱在馬姬又蘭家）。"東城吟墅"（在東水關，為鹺商遊息處，鐵線篆，佚其名）。"憶青"（教師浦大椿行書，佚其名）。"緺綠"（伊墨卿分書，亦在清音陳鳳臯家）。"駐春館"（萬廉山鐘鼎文，宮姬雨香家）。"聽春樓"（方子固楷書，亦在雨香家）。"秋禊亭"（本月波榭故址，余今年七月邀同人修禊事於此，因易此額）。"先得月"畫舫（小伶王百順居之，書者佚其名）。"媚香居"（汪玉才行書，單姬芳蘭家）。"月波榭"（馬月川行書，陳老人居之，每值水漲時，憑人租賃以宴客，在文星閣東首）。"雲構"（顧姬雙鳳家，行書，遺其名）。"夕陽簫鼓"（毛氏別墅有此扁，似是劉生楷書）。"春波樓"（即今之興寓，已故陸姬綺琴舊宅也，方玉川行書）。"雲水光中"（清音左士隆家，行書，佚其名）。"畫橋碧陰"（楊姬月仙家，羅抑山行書）。"水流雲在"（清音孟元寶家，羅抑山行書）。"煙波畫船"（石執如分書，亦在清音孟元寶家）。"倚雲閣"（余所題，金陵校書袖珠家）。

“瑤臺清影”（方子山以余品倚雲為花中水仙，乃題此贈之，行書[(33)]）。

秦淮歌妓大多好文，喜歡以楹聯妝點自己的閨閣，這也是她們吸引士子的一個手段。這些楹聯中不乏佳作。《秦淮廣紀》自《秦淮聞見錄》輯錄如下一段：

> 近過諸姬妝閣中，見其楹聯頗多佳句，如馬翠娘妝次云：“嬌如新月真宜拜，瘦似秋英轉耐看。”高秀英閣中句云：“綠雨紅雲春一片，秾香淺夢月三更。”贈吳蔻香聯云：“並命鳥銜紅豆蔻，同心瓶插紫丁香。”余蘗園贈王翹雲聯云：“終日校讎排悶錄，他生報答有情仙。”某司馬贈茗玉聯云：“化為蝴蝶魂猶瘦，修到鴛鴦劫更多[(34)]。”

實際上，從《秦淮廣紀》中可以看出，當時士子中有一批好事之徒，他們熱衷於“品花”，也就是對妓女進行品評。在品頭論足之餘，他們還喜歡給妓女改名、取字，贈詩題字。因此，這些楹聯有的是士子題贈，有的則是由士子代撰。有些妓女的書畫詩作，也有這些好事的士子在幕後捉刀。這些聯語詩畫既有文藝價值，又可以反映一時的風俗。至於那些有關妓女經歷的故事，大多曲折生動，或悲劇，或喜劇，不僅可以作為社會史研究的重要史料，也可以作為文學創作的重要素材。

毋庸諱言，《秦淮廣紀》也存在一些不足。最明顯的一點就是，有些史料價值不低、本來應當收錄的文獻資料，卻出人意料地被遺漏了。例如《板橋雜記》中卷《麗品》中有《李香君小傳》，其中寫道：

> 李香，身軀短小，膚理玉色，慧俊宛轉，調笑無雙，人題之為“香扇墜。”余有詩贈之云：“生小傾城是李香，懷中婀娜袖中藏。何緣十二巫峰女，夢裏偏來見楚王。”武塘魏子一為書於粉壁，貴陽楊龍友寫崇蘭詭石於左偏，時人稱為三絕。由是，香之名盛於南曲，四方才士爭一識面以為榮[(35)]。

這段文字提供了關於李香君身材及與其相關的詩書畫的一段掌故，與其他各條並不重複，奇怪的是，《秦淮廣記》竟然未予收錄。照理說，《秦淮廣紀》采輯文獻中已經包括《板橋雜記》一書，繆荃孫不應該遺漏此條。再仔細核對，還可以發現，《板橋雜記》中還有一些段落文字，也未見採錄。不知道這是出於繆荃孫有意的剪裁，出於某種我們未知的體例考慮，還僅僅是抄手偷懶或者漏抄所致？我個人認為，後一種可能性比較大一些。

儘管繆荃孫是文獻大家，但受當時各種條件的限制，仍然有一些文獻是他無法看到並利用的。例如，“秦淮八豔”之一的董小宛的史料，多見於與冒辟疆相關的文獻之中。今人整理的《冒辟疆全集》，其中所收《同人集》中，就有不少為董小宛而撰的悼亡詩。該書上冊第615-620頁錄有冒氏所撰《亡妾秦淮董氏小宛哀辭》，下冊第919頁有周積賢《悼亡賦》，均可收錄[(36)]。可惜的是，當時繆荃孫可能沒有看到，乃至有遺珠之憾。

此外，《秦淮廣紀》的編撰是在繆荃孫晚年，其刊印則是在繆荃孫身後。在完稿之後、刊印之前，繆荃孫大概沒有更多時間精力細細校閱訂補全書，這也是造成此書白璧微瑕的一個原因。

【注】

（1）繆荃孫著、張廷銀、朱玉麒主編《繆荃孫全集・詩文一》，鳳凰出版社，2014年，第469頁。

（2）本文引《秦淮廣紀》，據上海商務印書館1924年排印本。2010年，臺灣文昕閣圖書有限公司出版林慶彰主編《晚清四部叢刊》第三編中，收錄《秦淮廣紀》，即據商務印書館印本原樣影印，惜有脫頁。二本皆繁體直排，無標點。2013年，鳳凰出版社出版《繆荃孫全集・筆記》中收錄《秦淮廣紀》，繁體橫排，有新式標點，惜有訛誤。

（3）繆荃孫著、張廷銀、朱玉麒主編《繆全孫全集・日記三》，鳳凰出版社，2014年，第232頁。

（4）同上，第192頁。

（5）同上，第190頁。

（6）同上，第193頁。

（7）清錢謙益著、錢曾箋注《牧齋有學集》，上海古籍出版社，1996年，卷六，第281頁。

（8）清孔尚任《桃花扇》，人民文學出版社，1982年，第151頁。

（9）《繆全孫全集・日記三》，第195頁。按：同頁四月十四日日記有“寫《舊話》四葉”，《舊話》當即《丁簾話舊》。

（10）同上，第197頁，第201頁。

（11）同上，第205頁。

（12）同上，第207頁，第209-211頁。

（13）同上，第215頁。

（14）同上，第217頁。

（15）同上，第217頁。

（16）同上，第219頁，第221頁，第228頁。

（17）同上，第232頁。

（18）同上，第286頁。

（19）同上，第238頁。

（20）同上，第318頁。

（21）同上，第318-324頁。

（22）同上，第369頁。

（23）同上，第369-376頁。

（24）唐白居易《白居易集》，中華書局，1979年，卷三，第52頁。

（25）繆荃孫《秦淮廣紀》，商務印書館，民國十三年（1924），卷一《紀盛》之一。

（26）同上，卷二《紀麗》之一。

（27）同上，卷二《紀麗》之四。

（28）同上，卷三《紀瑣》。

（29）同上，卷三《紀瑣》。

（30）同上，卷三《紀瑣》。

（31）同上，卷三《紀瑣》。

（32）同上，卷首。

（33）《秦淮廣紀》卷一《紀盛》之二。

(34) 同上，卷三《紀瑣》。
(35) 清余懷著、苗懷明注評《板橋雜記》，中州古籍出版社，2016 年，第 97 頁。
(36) 萬久富、丁富生主編《冒辟疆全集》，鳳凰出版社，2014 年。

任銘善致鍾泰札（三十七件）

任銘善 撰　　吳　格 整理

一（P.359）

訒齋夫子尊前　手諭奉悉。子琨昨日亦有信來，大約一時未必來杭。此間人皆遷止無定。衣箱寄伍家為妥（或寄才甫處）。朱菊人家補書人許姓，即前城站文藝書店主人。此時無可為業，寄住朱家補書，而亦無書可補。上次抱《攝山志》去，云新紙襯補需四萬，舊書襯則可省去紙價一萬。《上江志》不必全襯而卷帙多，亦非四五萬不可。朱菊人以為《上江志》不難覓，亦不過五六千元可得。《攝山志》付補否，則須候示。《張江陵集》、《蜀中名勝記》，宋經樓可受，而似不易得價，即無蛀蝕，亦衹能出數千元，見書後恐更難就也。家兄幸已獲脫，以屋材為贖。遷徙之計，諒甚難謀，生暑中當到南通問消息耳。此間又有罷教風潮，生處此極難且苦。上無道揆，下無法守，無可說耳。猶不能挈然於後之人也，而司文教者亦如此，又何可說。此上，敬請

道安　　　　　生銘善叩　六月十一日

（格按，素紙信箋一。未見信封）

二（P.360）

訒齋夫子　九月三十日所寄書，今日忽見退回，豈以師大在滬西已遷居邪？仍依原址附郵。昨日謁鐲丈湖上，談十力丈《論六經》，深不以其論《周官》主社會主義為然。生以為批判必有其具言，馬克思主義者必不能謂彼時之中國社會而可以有社會主義思想也。鐲丈與左文丈近皆出席浙省人民代表大會。王敬老亦以與會來杭，會後即返海寧，已習於處鄉，不甚飲酒，每飯猶能三盂也。草上，敬請

福履　　　　　生銘善拜言　十月八夕

十力丈湖上寓處大難覓，廣化寺跛僧與十力丈有舊，姑託之，但似無可謀者。賃屋亦不易，且須得十力丈之可乃能遵辦。

（格按，紅色箋紙二。信封作：上海山陰路東照里 68　鍾訒齋先生　浙江大學任緘〈如地址有誤請轉梵王渡大夏大學〉）

三（P.362）

訒齋夫子座前　諭悉。十力丈南來度歲，擬到城中商量一兩處房屋，小萬柳堂不便談，廣化寺舊居停當可商。若之江，知十力丈者少，又今年宿舍大窘偪，尚向城中賃屋二十間為宿舍，自難可談此。浙大亦不便，十力丈所識或早已離去，而瞿師及曾相過從之薛、張諸君，即將參加土改工作，三數日便行，無可與商者。休日入城談後，即當奉稟也。十力丈深然批判接受舊文化之語，生以批判當有批判之具，若一己取捨，未足謂之。批判則要當切於今日行事之實，所謂理論與實際聯系者，決有此理。生亦方謀所以為批判者，故今日究以其根本方法，是為挈領之要。實用文字學，揆其旨趣，與舊日所講究者自異。大抵文字學有二事，一者攷證古史，索求古義；一者切於實用，為校一字體及改革發展之資。今之事此者，重在調查研究，觀其趨向，於簡化、拼音化；兩途，皆所論及。一則求其合理，防其苟簡；一則觀其影響，祛躁祛蔽。其尤要者，則在於語言求其合，在適應工農識字、教育之情狀。往年吳君契寧有《實用文字學》一書（商務版），雖仍有可資取者，而趣向自異。唐蘭有《中國文字學》一書（開明版），其末卷言及文字，稍有暖姝之見，今唐君亦不能自信其然矣。去年九月間《文匯報》有研究簡字問題之文，連刊兩三日，未有定說。教育部曾刊簡字資料，廣求意見（曾寄出徵求意見仍收回），所採至為紊亂。近中國文字改革協會（會址北京乾麵胡同三十二號）有《簡字表》（尚未定稿，但可时取參攷），較有條理可尋。其餘參攷書籍尚未多見。呂叔湘有一小冊子《中國字》（開明版），乃少年讀物，見解卻好。錢子厚主貴大中文系，曾見其系刊有子厚、汝舟諸君文字。此上，敬請

道祉　　　　　生銘善拜上　九月廿九日

（格按，“之江大學用牋”紅格信箋四。未見信封）

四（P.364）

夫子座前　廿七日手諭奉悉。李君之事，恐未易為主其事者進言。今日之制，厄才多矣，惟私祝其或不見摒也。自歸杭以後適大暑，而困於於閱卷。績咸抵渝州即有來書，頃方脩答，即引諭旨，相互取益。石公今日赴滬，當得相見。昨日領得八月份暫致薪金，仍以六十三萬倍計。其時新令未達，以後先補七月份餘數，再次第補足八月份也。即購銀元八枚，仍餘二二四一萬元匯奉（共領五四八一萬銀元（四〇五萬託陸微昭夫人代辦），三二四〇萬餘得二二四一萬）。性即理也，亦謂理即性也，仍難無疑。熊丈嚴固，不易就質。又疑《中庸》“語大”、“語小”，大、小亦非是二物。朱子說恐失之實。分煞未知當否？此敬

道祉　　　　　生銘善拜上　八月一日

（格按，素紙信箋一。未見信封）

五（P.365）

訒齋夫子座右　晨間違別甚匆遽，意午後二時車赴滬，即於一時許攜《莊子疏》並建德寄來二函到站候奉，未見。二函寄上，《莊子疏》當託便帶滬送東照里。在校晤曉、石二公。石公以未及一拜為恨，又謂昨日躊躇未來，實苦於無以為詞，並研究所事亦已灰心。曉峰則以為事在必行，仍當有一段水磨工夫。生以誠意果至，則必於四五月間奉聘約，若稽遲牽延，不如其已。寓次定在何所，請示及。草上，敬請

道祉　　　　生銘善拜上　二月廿五日

（格按，紅格信箋一。未見信封）

六（P.366）

夫子大人座前　銘以五月初得此間函趣行。時皋東敵僞方有所謀，家人商播遷之計，鄉間赤軍盤踞，春來已數相誘逼，嘗深夜以使者至，不從，則未三日而得間劫之去，行未三里又釋歸。次日又以使者來謝。以此，銘居鄉尤不便，遂決然一行。八日離家，到滬留半月。月梢乃赴蘇州，渡太湖入浙，所經自孝豐越千秋關，至於潛，緣桐溪、富陽至壽昌，皆有山水之勝。六月廿五日抵龍泉，途中歷月餘日，徒步者五百餘里，殊無風塵之色也。之江亦曾數相招，而瞿師以太夫命不得遠行，銘即去無益，此間相尼之意又至殷，即去書辭之矣。乃聞夫子有東返之志，又傳將到邵武，未知其實耳。此間幸有書可讀，且日夕不乏談藝之樂，青山水田亦得日涉之趣。銘居鄉一年，雖孤陋少所取益，然靜中亦自有理會較實處，嘗舉二語以自勵曰：為學以立志無忝為主；講文以考信折衷為主。雖往日瑣碎撏撦之功，未能一旦棄除，然嚴去取而省是非，六藝之文俱在，無取辨難得失，其事自趨簡易。方欲守此旨以觀自得，恨離群索居之日久，不自知所以裁之耳。去年所為《禮記》稿中，其論《王制》篇及宗法者二則，將抄出別函奉教。其論明堂者，屢改而未就，未能遽請益耳。銘之來，妻兒仍居鄉間侍家母，不能相隨遠行，此間家書往還，蓋兩月乃可也。雲從人川後，所謀不知如何？亂世不望其亟亟家室之計耳。此上，敬請

鐸安　　　　學生銘善拜上　七月六日

（格按，“國立浙江大學龍泉分校用箋”信箋二。未見信封）

七（P.367）

夫子大人座前　廿八日趨謁未值，遂未得更往。朱菊人家有補書人，索資日工兩千。生一二日內再挾書去，問襯補每冊工價。似此恐但能補《攝山》、《上江》兩志，其餘且緩也。家兄為共軍所執，其名曰頑固仕紳，須科巨數罰款。此見之南通報紙者，其詳遂不復得知。報上所舉尚有多人，皆鄉里親串，皆以金為贖。雙甸家宅則已遭強拆。亂世此等事皆非意外，惟人子之事種

種未了，生將無以為養，死將無以為葬，眼前仰事俯畜，便不知何以為計，生又絕不能以一字通消息，戚戚之懷，總不能已耳。此間課務，二十日後可了，便赴滬問渡江之路，到南通便易於問訊也。此上，敬敂

大安　　　　　生銘善拜　六月二日

寓址盼示

（格按，紅格信箋二。信封作：〈掛〉〈探〉上海四川路救濟總署　蕭一之先生轉　鍾鍾山先生大啓　國立浙江大學任心叔緘）

八（P.368）

夫子大人函丈　十日離家，曾有書託鳴春轉呈。十二日到上海，翼日訪博物苑路之江新址，除五教室、二辦公室外，無方寸隙地。前日上課，學生報到者百五十。胡魯聲先生、黃識今先生皆轉道來。黃先生為東吳教。蔣雲從以已就溫州師範事未續學。國文系唯生及馮蔭祺、劉永，又新生二人。課程，各體文選、文學概論、文字學，皆教務處所定。來此後迄未得定居所，上海戰後，遠地來避者益多，居大不易，暫住國華銀行朱寶許。市聲擾人，絕不能安坐，往往於夜深屋內人盡臥，乃能作書札，而次晨又須到校上課。如此三四月，恐遂荒廢，不當有寸進也。生在家得校中函，時如皋甚安謐，而往來渡江者甚多，請于家大人，諭可即往，遂首途。既至，聞通州、如皋有亂，甚悔恨。後又悉仍平靜無事，而家鄉來人云，家大人入春體力漸健，乃大慰。惟通、如當江淮之委，其勢亦時時可虞也。比來不讀書，甚慚。此間不知春來，惟覺天氣可以卸衣耳。山間宜猶寒，祈珍衛為幸。此上，敬問

大安　　　　　學生銘善叩　二月廿三日

南通塗次，拜謁逸休夫子起坐，諸甚佳適，恰以送天倪入學回城也。

（格按，紅格信箋二。未見信封）

九（P.369）

訒齋夫子座右　今日謁子真丈，方部署赴粵，明日到滬即上南船，匆匆寫數行字，命代致函丈及宰平先生。丈近在此間開講“新唯識論”，生未與席間，而方讀其《名相通釋》一書，翻檢思繹，未即卒業，輒恨行李倉猝，世亂難料也。滬上人心，近日當已稍安。此間尚幸如常時，建德亦平善無它。從者年內當來浙小住否？嚴州書物，一時亦難為他計。大抵此際紛紛，恐是茫然自擾者多，且人各一見，又加之溢惡溢美，淆然莫從。其間有人事之所不可施者，則亦委之於天而已。生寓儲米二石，便可卒歲，十年以來，劫難飽經，此顛彼蹶，皆不聞問矣。近反復二曲《反身錄》一書，覺切實有味，其言《孟子》“以堯舜望其君”，正其以唐虞人物自處。此真善體聖賢氣象者。《二曲全集》出之門人私輯，甚覺斑駁，然亦見得二曲門下篤實之意多也。復性書院所刻劉氏《明本釋》，近頗多買贈人勸讀，取其明白易入，但恐讀之者亦少耳。此上，

敬請

道祉　　　　　生銘善拜上　十一月廿五日

（格按，素紙信箋二。信封作：上海其美路四〇一號　鍾鍾山先生大啓　杭州任寄）

十（P.370）

訒齋夫子座右　兩奉手諭。舍親事甚勞神，既機緣未值，其子又來滬，必迎歸南通侍奉，遂於三日前渡江。舍甥女仍來書，求生為於夫子前道謝。前次書稟，實以石翁之命，在校中作就，躊躇未即寄出，返寓後乃付郵人耳。王敬老已移居清華中學。在羅苑日，抽架上書，得管東溟《粹言》讀之。生嫌此書迷離華嚴境中，因勸其讀吳康齋語，檢《明儒學案》以進。遂不釋手，往往午夜不寐，起就燭光抄敬齋、白沙語。年七十，往來湖上，未嘗假舟車。近來飲酒頗自節，每休日才一沾脣也。王鳶飛，疑是舒凫之字。 未來此，或不得便，則生當於中秋後送去。如需杭州物，便望垂示。肅上。敬請

道祉　　　　　生銘善拜　九月十二日

前者初得上一諭，心中起伏，亟欲一辨。乃用力自制，亦便不即稟覆。此時覺前日之念確已稍平，乃敢及一二語。又於每日閽者送信來時，便亟亟欲開看。近日則自習，稍置然後啓函。生往日甚於此等處僨事受病，然克之亦良不易耳。

（格按，素紙信箋一。信封作：上海山陰路東照里八十六　鍾鍾山先生大啓　杭州外西湖十六號任寄）

十一（P.371）

夫子座前　前日自越州歸，得讀手諭。家兄嚴州事大約仍可蟬聯，不更煩才甫矣。《莊義》與《天籟集》以未得妥便，仍留生處。新歲初三四，繆氏女甥返上海，當囑送山陰路蕭家。林事已得蟄存來書，云方為謀附中兼課。剛伯遂居山陰路，定得時見，未知如何為生事耳。頃寓中兄弟親戚咸集，得四五日歡聚，此樂亦十年所未有。老母日率家人安排飲食，家園烽火亦得暫忘。滬車比日擁擠特甚，開春或稍定，從者當得來湖上小住。湛翁履止安隱。子真丈已自石牌移居黃浦，聞仍不適意，或更返石牌。南中卑濕，非丈所宜，北歸之計，則此際暫輟矣。生近日不出門，二老近況乃得之伯尹。伯尹文行，實為可欽，惟一水之間，亦不得常相過耳。此上，敬請

道祉　　　　　生銘善拜上　一月廿八日

家兄囑筆請安

《說壽》一首呈遂安王翁

受於命之謂考，全於性之謂壽。子曰“仁者壽”，壽非永年之謂，充其心之德以施於人，傳於後

之效也。黄帝之壽三百年，其有生百年耳。使黄帝生不百年，而民之畏而用其教者猶二百載，亦既足以曰壽。其有生之命不可知，其二百載之壽，固有非生年所能限之者矣。記曰“大德必得其壽”。全性之謂大德，故秉之厚、養之有方，見於身者，則至於耄耋期頤之考。考者，老也。德業文章之富，教澤之廣，子孫之賢，及於後者，則至於有斐不諠之壽。壽者，久也。久而勿替，是以先民所畏威用教者，更三百年乃至千萬年稱之。且夫年與德相資也，其德充者其體泰而享年永，享年永則蓄愈多，而得壽愈必。既備於一身而驗諸其子孫，而人之被其教澤者，將皆熙熙然各求其所以得壽者焉。雖謂之天下歸仁，可也。銘善歸湖上之次年，獲覯王子伯尹，饜飫其言行，久而醰然。《孟子有言：“事之云乎，豈曰友之云乎。”意其必有承於積善之慶。已知其夙遊於會稽、黄岡二先生門，又讀黄岡先生所為尊甫誠齋翁六十壽文，信翁之受於命者既厚，其德業文章尤有引年之道於伯尹，則又有驗乎古之所謂壽者。遂說其義以就正於伯尹，且因以進於翁前。翁其亦哂而教之。

（格按，素紙信箋二。信封作：上海其美路 401 弄 14　鍾鍾山先生大啓　杭州任寄）

十二（P.372）

訒齋夫子尊前　前者奉手諭，垂問住屋情形。以生所知，則彼時欲得三間屋，尚不為難。目前則與校中商量，無益也。興悌兄暑後或將離睦否？俟夫子行止可決，便當為謀詢杭校教職也。聘約不必寄還，應聘書亦不必即填。張先雯兩弟來杭皆有事，近又決意休學，謀薪水養親。生初未之聞。今日來云，已得諸暨某中學聘書，即往就矣。此上，敬請

道祉　　　　　生銘善叩　三月十五日

牙患當已平復，念念。

前日徐一帆返滬，初意欲托將《莊子》帶奉，恐頹病善忘，仍存此，俟妥便。

（格按，紅格信箋一。信封作：上海山陰路東照里八十六號　鍾鍾山先生大啓　杭州外西湖任寄）

十三（P.372）

訒齋夫子尊前　前者因周君奉上一書，計達左右。葉左文丈已就書院聘，古貌沖抱，相對默爾，如千年松。《詩緝》校文已寫成一卷，不徒為讎對點竄之役也。江北情勢日非，雖不以白老母，而時虞其聞及增慮，遂要家兄嫂來杭。家姊則已先來。雖妻兒仍苦阻限，未能脫出，而違亂之際，幸得一室共侍，亦可以暫慰。目前生月入尚足為柴米計，無所憂也（友人方謀為家兄求館穀，此時未必即成耳）。近思量“慎獨”字無對待，朱子加一“知”字，便非獨體，而與“人所不知”為對，恐又失之。陽明亦用“獨知”字，卻識得“無聲無臭之 體”。但一“獨”字，渾然熒然，尤覺有味耳。未知當否何如？草上，敬問

道祉　　　　　生銘善拜上　四月十四日

（格按，紅格信箋一。信封作：上海山陰路東照里八十六號 鍾鍾山先生大啓 杭州外西湖十六號任心叔）

十四（P.373）

訒齋夫子座右　前日奉手諭，即以轉眎石君先生。昨夕石君見過，堅囑代上書，必請仍從舊約，且深自責悔前者寄書之鹵莽。又謂若從者不果來，則將赴滬面邀。此事前後經過，石君先生確有為難之處，若竟敗於垂成，則其困難愈甚，此亦自是實情。生嫌涉私門，不能有所置語，而陸、徐諸公交責備至，校方尤為難處。夫子當能垂鑑成全也。生十年以來，憂苦已至，幸以儒先之力，能稍稍自保。二年來目接身受，亦復可震駭者多，因思恐懼修省之道，端在“思不出其位”。近日所持，只是如此。敬五丈仍居杭，改就清華中學聘，近日仍住羅苑。此上。敬叩

道祉　　　　　　生銘善拜上　八月卅日

（格按，紅格“國立浙江大學用牋”信箋二。信封作：上海山陰路東照里八十六號　鍾鍾山先生大啓　杭州外西湖十六號任心叔）

十五（P.374）

夫子座前　頃奉手諭，以方講唐宋詩，欲得一好本子。即以問聲越。謂時下未見有選本，所選一冊則亦不能用，且只選唐宋詩，與宋詞合為一冊，當時不過應書局之托，不便講授。彼意《十八家詩鈔》而外，仍是《唐詩三百首》，佐以陳石遺《宋時三百首》（商務刊），為精當適宜，不然，惟自選油印為便。浙省易人後，未見新政，惟民事益緩，而財政大困蹶，將見伏莽日恣，彼昏臥於已然之薪，而近日之所措施尤有悖常者，亦異已哉，生數日前以抄書日課八千字，坐久不勝，致腰背酸痛，臥三四日，用胡慶餘膏藥治之甚效，已行動上課如常矣。之江事已辭不赴，而彼間人事不甚安洽。雲從諸人尤時時有所命使，不問則不堪迫促，問則既無名，又不願受其錢，乃安排兼課二小時，每星期三下午一往，講《楚辭》，課畢即歸，亦不多留也。經年來生有家計之累，得錢則買米買炭，日常腥蔬便不難度支，常不使有餘，則亦常無不足。姪輩入學皆能及早籌計，故未有所負責。然大小皆必生躬自料簡，家人但見生之寬裕，而不見補苴之跡。是以年來事上為多，書上為少。尋常即不足慮，惟方持本子講授教人，則不能不惶懼耳。所幸眠食勉力自勝，益少出門。躅叟處至今未一往拜也。此上，敬請

道祉　　　　　　生銘善拜上　三月十日

（格按，素紙信箋一。未見信封）

十六（P.374）

訒齋夫子函丈　六日手諭祗奉。躅叟體溫高逾三十九度，十餘日不退，又血壓過低，已為輸血八百 cc，以高年不耐痛苦，不能再輸血。目下幸尚無變化，趨視者皆不得見，惟由湯淑芳應接，或以電話問詢而已。杭州春寒多雨，寓中小大平善。草上，敬請

大祉　　　　　　生銘善拜上　十四日

（格按，明信片作：上海山陰路東照里 86　鍾鍾山老先生　杭州大學）

十七（P.375）

訒齋夫子座右　前日上一片。數日間，鬫丈病况又有變化，血壓下降，色素減低，大約如旬日前之狀，復少量出血，日進湯汁及燕窩羹一小盅。吁，殆難為矣。所遇種種，須日後面陳。湯淑芳自得書，即有復札，而但記東照里門號，或有參差，或以此未達耳。即上，敬敏

大祺　　　　　　弟子銘善肅　四月廿五日

（格按，素紙信箋一。信封作：上海山陰路東照里六十八號　鍾鍾山老先生　杭州道古橋任寄）

十八（P.376）

訒齋夫子座前　奉諭皇悚，而所敢進者，乃非片紙所能盡。生二十年前初知有拉丁化新文字，曾極力反對，所持理由，"遽數之不能終其物"。十年前在上海稍稍治之，且見其效驗，而玩文已久，覺窮必有變，變有多途，以拉丁化為上。今日之主拉丁化者，無一人主廢漢字而代之，蓋拉丁化所以記語言，其體用與舊文字初非相代，至聖哲之道著在方策者，新文字固不能損其毫末。非惟無損，且必因而益昌，不假一二人之抱守。大覺法旨，不必託於吠陀，而今日北歐人研求古梵語者，於佛經多有新譯，足以訂往者中土轉翻之失，我國人近亦有治之者矣（此與清末新派諸人治梵文者異途）。基督《約書》，希伯來文已廢，而世人究之以治舊經者，其數必浮於我人之以漢字讀五經者矣。生自致力此事，亦曾親證其可行，然仍持商榷討論之意，非旦夕可以用世。國人絕文字緣者什八，固是制度為罪，而點畫横直之難、正假語讀之歧，其為苦於衆人者，有非日居其間者所能想見。生措意於此稍久，心實閔之。至其所欲致力者，與所學實無所抵牾，是以敢百一為夫子陳之耳（往者當國之人禁言拉丁化，以為有罪。今日黨與政府亦未遽主拉丁化，不助其事，惟不禁人研求推行耳）。雲從秋後仍在之江，其夫人則不續聘。昨日來談，即為介至弘道女中教書。內子已定在城中天長小學任事。生蘇州之行，或有尼之者，尚未即決。草上，敬敏

道祉　　　　　　生銘善拜上　八月十五日

（格按，素紙信箋二。信封作：上海其美路新緑邨 14　鍾鍾山先生大啓　杭州任寄）

十九（P.378）

夫子座前　敬老返杭，藉奉手諭，並擲還《大學》稿，此稿後來刪除訓詁繁文，僅餘其半。近年未能用功，更無心得。《論語》詩別卷寄奉，並去冬所草《大戴記斠補後記》一冊。此書往日事校讐，其後欲從減汰，不願更為瑣瑣，而栗彔生計，未能刻意遂其夙志，舊業益荒，思之惶恨。惟所嘗經眼，亦稍能言其得失。此文為孫仲容紀念刊而作，同時所作二篇，又一篇則論其

《周禮正義》者，（則）益平冗無取。別有《古制考》二篇，乃生之童子師姚先生遺著，下邑孤學，不易表揚，又殘稿僅存，不忍湮沒，遂為之跋而布之，今並撿奉。昨日煦侯先生來杭見過，有竹簾一事，囑得便帶上，計月內不易得可託之人，下月初或當有人來往耳。程頭雖亦紛擾，煦侯家幸未有所遭，下涯埠則唐、徐二家皆不得安居矣。張鈞才近亦在滬，曾奉謁否？生處未得其來書，不知其寓址也。此上，敬請

道祉

生銘善拜上　四月十日

（格按，素紙信箋三。信封作：上海其美路新綠邨十四號　鍾鍾山先生大啓　杭州任寄）

二十 (P.380)

訒齋夫子座右　前日奉手諭，適痁作，未即上報。湖上濕暑中人，夜間又苦喧囂，子後人散，則風挾涼意，一不慎便易感疾，幸已服藥就痊，飲食如常矣。子真丈仍在杭，未赴滬。前謂石君赴滬，恐因以相誤。“性即理也”一語，當俟面請。一則恐勞筆札，二則生得從容思量，恐是歧入小徑，須索回頭路也。敬五丈近日住羅苑，每夕坐廊上說其先德佚事，甚足感奮，諸童圍坐靜聽，輒至初更也。此老漸厭城市，方計議赴嚴州，俟彼間聘約來，即辭此處事。七十老人，江行三百里，亦非所宜，幸二女刻在杭州市中讀書者，亦轉學隨往，可得奉侍也。此上，敬請

道安　　　　　生銘善叩　八月十日

（格按，素紙信箋一。未見信封）

二十一 (P.380)

夫子大人座右　頃得衡叔書，決以所住刀茅巷屋待從者。同時奉諭，遲半年來杭。此間諸人聞及，咸大憾慊。亟命生稟陳願望之忱，務仍從初約為禱。草草，敬敂

道祉　　　　　生銘善拜上　八月廿五日

（格按，“國立浙江大學試卷”藍格稿紙一。信封作：上海山陰路東照里 86　鍾鍾山先生　杭州外西湖十六號任心叔）

二十二 (P.381)

訒齋夫子座前　奉諭將于下月中來杭，當在寓中下榻。世局艱危待變，杭州市上光景，亦一日一換。湖上尚安謐，寓中不缺米鹽，無所擾耳。上海近況可以想見，此是意料中事，故亦不足慮。昨在書院買書，聞屋將易主矣。此上，敬請

道祉　　　　　生銘善拜上　八日

（格按，素紙信箋一。信封作：上海其美路四〇一衖一四號　鍾鍾山先生道啓　杭州任寄）

二十三（P.382）

夫子座右　校中今發致八月薪九十七萬倍（前已發六十三萬倍，並今為百六十萬倍，其餘俟八月指數公布後再補），即托人購銀幣十二枚（內二枚（七百萬）一千四百萬，十枚六千八百萬），合八千二百萬元。按數仍餘二百卅九萬元，即購郵票寄奉。其銀幣連前次共二十枚，即存生處。未知來杭定在何日？八月份薪餘數及九月份薪（九月一日起可領），如何處理？《理學宗傳》目下浙館無書，曾與館人談及，云一時不能刷印，又書板未經檢看，存闕如何未可知。將來講授，或摘錄要語一冊油印，未知可行否？湛翁門下王紫東問湛翁云，“先儒以靜為見天地之心”，在《爾雅臺答問續》二，此“先儒”未知是何人？然以“復見天地之心”，及程子“善觀者在已發之際”語按之，則“見”字疑衍，如何？此上，敬請

道祉　生銘善拜上　八月十八日

（格按，素紙信箋二。未見信封）

二十四（P.383）

夫子座前　頃家兄自嚴州歸，攜鈔本《天籟集》一函、《莊子注義要刪》二帙，乃興悌兄囑代委便寄奉者。目下恨無的當人赴滬，年杪沈君幼徵或北返，即當托之。否則，舍甥女來杭度歲回滬時，命送到蕭家，亦無不妥。草上，奉敂

道祉　　　　生銘善拜上　一月十五日

（格按，素紙信箋一。未見信封）

二十五（P.384）

訒齋夫子座右　奉諭秋暑不豫，定已康復。所命即以轉石君先生，又曾有書致衡叔商住屋，尚未得覆書。教以王輔嗣所云“靜則天心見”，當是馬門所本。王氏說“動息反本”，莫與宋儒不盡合否？惟劉原父別“知靜”、“性靜”為二，則若可貫通王氏“有對”、“無對”之說，及宋儒“動靜互根”、“人生而靜以上不容說”之義。此是就文義妄揣，生實未體得其境耳。然年來每夕就就寢，必稍稍收拾，便覺應事之際，忿氣殊甚，未能強克（悔則著實悔，改即未能改，甚恨）。近日既不出門，稍省接應，而尤悔不見減少。日常瞞不過自家，真可懼耳。王伯尹前日來云，湛翁日內遷錢王祠新居停，所居名曰玄亭，有《玄亭記》。顧雍如先生已去國，胡魯聲先生重返之江。雲從夫婦諸人，皆久不相覿矣。此上，即請

道安　　　　生銘善拜上　八月廿四日

（格按，素紙信箋二。信封作：上海山陰路東照里八十六　鍾鍾山先生大啓　杭州任寄。又此函與 3877 頁函

同日）

二十六（P.385）

夫子大人座前　奉諭，知有珂里之行，此日當已抵滬。生初意今日可以赴滬，乃近者滬杭間商客來往特繁，購火車票竟不得，便須移期半月後也。學友林孟辛君往年曾在羅苑得謁，頃方任京滬中學教職，來書請見。孟辛住溧陽路，生嘗經過其地，而其美路則未識，恐費尋索。異日到滬，或即住孟辛處為便耳。此上，敬敂

道祉　　　　　生銘善拜上　十月九日

（格按，素紙信箋一。信封作：乞林孟辛學兄代呈　鍾鍾山夫子　銘善　十月十日）

二十七（P.386）

訒齋夫子尊前　滬上拜謁，未盡一一。子真丈近移居校中，生尚未通名請見。昨者周君見過，生適以休日避喧暫出，未值為悵。湖上今春囂攘，直是空前，竟日之遊，一舟六百萬，一車千萬，人惟恐後而失之。羅苑休日便難安居。昨者與敬老、聲越赴留下，覓一小舟，三人坐臥其間者半日，西溪靜寂無人到，而桑竹菽麥，恍見太平也。草上，敬請

道祉　　　　　生銘善拜上　四月五日

（格按，紅格信箋一。信封作：敬煩　周仁行兄代上　鍾山夫子　銘善拜□）

二十八（P.387）

訒齋夫子座右　今日因觀《上蔡語錄》“天，理也，人亦理也。我非我也，理也；理非理也，天也”說，觸記《中庸》“至誠盡其性，盡人之性，盡物之性，贊化育與天地參”之旨，於“性理”二字互說並通，便脫然無疑，前者所請多是辭費，空糾纏也。卻未知便是如此否？草上，敬敂

道祉　　　　　生銘善拜　八月廿四日

晨間上書，諒同時到，干瀆為罪。

（格按，素紙信箋一。未見信封）

二十九（P.388）

訒齋夫子座前　兩值休日，欲送衣箱赴滬，輒以購票不得而罷。數日雨風，寒氣已肅，不可更遲矣。乃昨日到中國旅行社購票，又不得。今日侵晨攜衣箱到城站，覓票房一鄉戚，云上午票絕不可謀，必欲往者，則以一月臺票，不佔座，當可為力（月臺票亦已不賣）。惟明後日返杭，

則滬上購票視杭州尤不易。生星期二有課，明日必求得歸，乃不意此時遊人之多竟復如此，殊非常情所料。鄉戚又復為謀，將衣箱交行李房帶滬，蓋近時行李來往皆必檢查，至為苛煩，若不得其力，便無法交運也。茶葉一包，則無法帶奉，將交蕭先生親戚在之江讀者，假歸時攜上。時局如此，已是剝牀以膚，貫魚之利，豈可恃邪。杭州亦大蕭條，寓中幸尚有聚糧，未即憂也。此上，敬請

道祉　　　　生銘善拜上　十月卅一日

敬老命致語云：秉燭夜遊，幸有導之者，必不負耳。

（格按，素紙信箋一。信封作：外衣箱一隻　敬懇　孟辛兄　代上　鍾老夫子　銘善拜□）

三十（P.389）

訒齋夫子座右　前日手諭，即轉眎石翁，此事諒不須再談矣。近年大學已成大牙門。往者生初入浙大，見校中通知領薪水，貼子有“發放”字，心甚訝之，即拒不肯領取。逾月，校中疑不應聘，屢相趣請，乃具告以故，自是遂改為“致送”。彼時人習不為怪，反怪生之迂傲也。今既徒以俸給為養，又一唱百嗤，雖有不當意，亦捫舌而已，而有時仍不免以多口為罪也。駕吾昨返湖上，書存彼處。連日風雨不得便，明後日倘能出城，即造黻老錢王祠新寓也。子真丈昨晨赴滬，住復旦大學，或三數日即返，或七八日未定。此間初開課，甚紛紜不得停當。家姊中秋後忽興歸思，生或將送至上海，便可將衣箱諸物賷奉也。此上，敬敏

道祉　　　　生銘善拜上　九月廿日

南京刊《冬飲先生遺集》，在《南京文獻》二十一期，惜謬誤太多，又題識多複見，且鈔入他人文字為憾。

（格按，素紙信箋一。信封作：上海山陰路東照里八十六　鍾鍾山先生大啓　杭州任寄）

三十一（P.390）

夫子大人座右　奉手諭，甚悵悵。三日來遇李，竟未言及此事，質之胡、廖諸公，亦不知究竟，惟聞之張乃彪，云此款頗擬籌遠。明後日當逕一詢其詳也。江北來人，頗云家鄉平安，稍慰。今日客中，得一言而憂，得一言而喜，至可憐笑耳。沈茂彰前日以宗教課月考有作弊嫌疑，為顧琢人舉發，昨日乃公然以斥退處分。小人得志使權，固無足論，院務會議諸公，胡亦不知時，妄施嚴罰，絕人至此。生初得悉，以顧、李輩未可語，乃謀之胡、廖諸先生，請於會議時得一言為濟。惟既欲圖陷害，遂亦無可如何。生今日頗欲力爭，孤掌徒拍，不能成聲，卒亦無益也。幸李尚稍知事理，彼譖人者，雖欲更有加於我，而終未得間，所蓄未逞，益見小人悻悻之色，見之者咸以為可笑也。之江醜類成群，生久不安于其間，往者屢欲去，則以夫子及逸休夫子、臞禪夫子皆在校，猶得相從叩質，終未果。今既承決將離去。生更無所戀戀於此，縱欲噉飯，亦當稍擇地，何為與雞鶩爭區區也。前日奉諭而生意已決，今以沈君事，益愧且恥。今

欲遂去，則同學問課者百餘人，棄之則心不能安，且生方無家，即去無所歸也。家大人年七十，衰矣，使小子有職而不赴，非老人所安。使無事居家服侍，亦其所願，往日以亂歸家，得日侍側，家大人輒曰，今日以亂，使爾得在我側，亦佳耳。生他日願克致此也。鳴岐自蘭谿來信，幸其不來此。友漁家稟，已代交郵。重照自四川來信，云課卷甚忙。蘇州家人，已有平安消息。上海情況，未可具言，兵勢未可測，今日但求一日安便得，但不知能得幾日安耳。余再稟。此請

道安　　　　學生任銘善叩　廿一日

江北無碻息。友漁處不另作書，鳴岐料已到嚴，統此問好。

茂彰暫仍居滬。生懼其為此事所激，致生愚想，每日必一過，相與暢談，勸其讀書，時時作詩詞自遣，有牢騷便暢快一吐，此時亦無從別作計劃也。茂彰亦誠有作弊意。生間引昔賢語戒之，亦以自勉勵，使立身為人，不以苟倖為事也。

（格按，“涵芬樓製”紅格信箋三。未見信封）

三十二（P.392）

訒齋夫子座前　刻奉手諭，適以今晨未得附車赴滬，遂將衣箱交運，又以童子或不任提領之役，即以託之林君孟辛，必能妥貼也。諭及鑰匙乃當時未與衣箱俱來，今晨站中檢查留難，竟無法可解，即以無鑰匙之故，終不得不覓站中鄉戚緩說也。提取之時，能脫免乃幸。袁氏物則姑置之，不以託人也。前者謁湛翁，還書承謂即有寄札。此老近者衰頹特甚，或遲遲未辦。書院刻《詩緝》，附葉左翁校記，已刷成。聞有續刻《伊洛淵源錄》意，《淵源錄》亦經左翁手，而用力尤勤，此書向無善本，甚望其果能刻行也。此上，敬請

道祉　　　　生銘善拜上　十月卅一夕

（格按，素紙信箋一。信封作：上海其美路四〇一弄新綠邨十四號　鍾鍾山先生大啓　杭州外西湖十六號任心叔）

三十三（P.393）

訒齋夫子座前　手諭奉悉。生暑中不他往。從者戾止，即駐湖寓。遊南山，主魯聲先生。此間人聞夫子欲來，皆喜甚。內子不能乳兒，育小女時不易得乳母，以乳粉為食。今乳粉價昂，才得一乳母，當能安貼。浙大已放假，方籌措下學期課程。草上，敬敂

道祉　　　　生銘善拜上　七月十二日

（格按，五行彩印信箋一。信封作：上海山陰路東照里 86 就　鍾訒齋先生　浙江大學（任）緘）

三十四（P.394）

夫子大人尊前　前於王銘彝先生許，得家楝兄赴湘訊，即去函問行止。旋又奉瞿禪夫子書，云方甫函告，彼與夫子不日皆有湘中之行。沈茂彰自廣東來校，亦云子慧先生有取道粵漢路遠氾訊，遂意府上諸人必已不在建德。昨奉手諭，仍自建德來，始知其詳也。湘中米貴，倘能得職位固佳，否則亦不易居也。甚念甚念。附書奉到後，即呈李院長。彼云十二月份之薪，經院務會議在屯溪議定，凡來屯預備上課者，發給八成，其餘概至十一月份為止。范教務長雖嘗至屯，僅頻頻往來杭屯間，旋又即來滬赴漢，十二月份薪亦未能領得也。十一月份二成，則以上學期帳冊仍留杭州，滬校不負清算之責，遂亦不肯付出。李院長聞嘗語生，謂人一至上海，便但思如何攫取，如何使用，宜其斤斤若是也。昨晚於魯聲先生座晤式金先生，皆以為鄉居非長久策，欲勸夫子暫來滬為下學期作計。但恐久居山水間，益不耐於塵囂耳。廖復生先生近始自福州來。徐先生仍留長沙，張乃彪、余迪非前月自杭州來。張仍在校會計，余居滬十餘日返廣東。殷太素、明思德皆在杭校，明來信云，校舍仍完好，惟經濟學館時為江南鎗彈所中，自慎思堂以前皆無人居。杭郡茶田縱橫，皆荒蕪不治，雞豚牛羊，宰食無餘，劫後情景，殆不能想象得之也。重熙自赴漢後無消息，輾轉託人探問始至，已隨金中入川，校址為四川萬縣裏頭街三馬路小學內。曾託人自漢寫一書，又自滬寫一快信，皆未得覆也。南通如皋於十八日後相繼失陷，舍間去城遠，或尚平安，惟郵路既絕，廿餘日無信息。家大人春後體氣稍強，驚惶中將疎于調攝。又家人本散處，遠者六七十里，亂後遂不知能相聚否，憂念不已。近滬如聞交通仍暢，思欲一歸，輒為此間親友所阻，恐既歸便不能再外出也。自居滬西後，以去市稍遠，每日晨起赴校，午間即返，閉戶獨坐，亦能閑靜。惟時節已近清明，舉頭不能見鵝黃淺綠，又斗室不能得日光，殊覺無憀，令人益思往日錢唐山水間師友相從之樂耳。胡、黃諸公及何亞謀、陳世振、張乃彪聞夫子有信來皆喜，囑致候。蔣雲從時時來信，瞿禪夫子曾避居鄉間，近仍返永嘉。逸休夫子自生來滬過通拜謁後無信息，近必仍去餘西，餘西地僻，甚安全也。在滬訪知雲從家人仍居嘉興，城中甚安。蘇州消息甚隔閡，欲探詢彭子振老伯消息無從也。此上，敬問

大安　　　　　生銘善叩　三月廿九日

興梯兄即此問好，不次。

（格按，紅格“涵芬樓製”信箋四。未見信封）

三十五（P.396）

銘啓：孔子於杏壇睹物思人，命琹而歌云云，見《東家雜記》。錢遵王《讀書敏求記》載宋本具有其語，《四庫目提要》已辨其妄。今本《東家雜記》“杏壇”條文異，而卷首仍刻“杏壇琴歌之圖”，題所謂“暑往寒來春復秋”之詩也。《日知錄》有“杏壇”一則，大意以為莊子寓言，杏壇不必有其地，猶漁父不必有其人，建壇杏乃宋時事（未明徵所出，孔氏《祖庭廣記》有之）。此論殆為可信耳。此上

訒齋夫子函丈　　　　　銘拜啓　五月八日

（格按，素紙信箋一。未見信封 / 明信片）

三十六 (P.397)

夫子座前　承諭書物已由舍甥送奉，甚慰。紹興之行，乃省教廳所委，協助彼間小學教師語言教育講習班事，因得稍遊近治諸勝。剛伯前者之江之事，在意外，亦在意中。培公往年蹭蹬閩中，剛伯厚禮甚至，今日乃遂刻薄至此，雖性然，亦背於人情遠矣。生年來助之江課務，欲勉承舊緒，而事已難為。知此公好貨，故取與惟慎。今年則謝不更赴。浙大課事甚簡，靜居之日為多也。家兄不赴嚴州，亦不他就。生側隘之性，不欲以自家事累人。前者李君季谷從他人處聞之，為一說及，而彼間部署已遂，難以更改。家兄得之，甚是偶然，則亦偶然失之耳。時勢如此，他處即有可謀，遠行乖違，亦為非計。不若齏鹽相共，靜覘世變耳。此間已開課，尚能安靜。杭州往日苟能平適，近以新守來，惟以防禦為事，人心轉咸惶惶不安。即如此時，已過初更，而遙聞湖東，車走雷聲，南行渡江，隆隆然歷時久絕。陳氏主政時，徭役大減，民得蘇喘息，今則又以急切聞矣。一二日間而人情驟變，何其速也。江北聞將通郵，恐一時未易得消息。 此上，敬請

道祉

生銘善拜上　二月二十日

（格按，素紙信箋一。未見信封）

三十七 (P.398)

訒齋夫子座右　今日接到師專寄來薪款，知夫子必不能來，如飢渴之人得飲食而又奪之，其觖望之情，固甚於未得之矣。嚴州所帶來衣箱茶葉，秋間若不得妥便，則當俟天涼後送奉，順問杖履。聞師專佔地甚廣，將來遷往，抑仍住蕭寓。光華、震旦想仍有課也。前所購銀元二十枚，須易錢寄奉否？舍親繆鯉賢，為生三姊之婿。姊殁，遺一女靜宜。繼室尤，生一男慰萱，亦病终。慰萱已有室，居南通外氏，靜宜在滬任中紡公司職工。姊弟既篤於友于，又事父極孝，爭相迎養。鯉賢介守，不願依其子而累其親家，在滬則寄居友人處，亦臬兀不便。女日以無以安其親為憂，又無力賃一椽居。鯉賢文行確有異於流俗，其有佳子弟固宜。今日靜宜來書，云有市立復興中學方求一初中國學教師，主其事者為黃丹臒，為之介者云，倘得夫子一語，則其事可遂。生既不知其實，惟以靜宜之情甚切，敢為夫子陳之。靜宜以生故，得寄居徐一帆寓。一帆住醫院，寓中惟夫人偕一稚子，晨夕得相伴也。已寄書靜宜，命叩謁左右，亦幸推情教誨之也。肅上，敬請

道祉　　　　　生銘善拜　九月二日

（格按，素紙信箋一。未見信封）

整理者按，《任銘善致鍾泰信札》三十七通，前浙江大學（杭州大學）任銘善先生致其座師鍾泰先生之函件，載於 2015 年末上海朵雲軒影印之《鍾泰友朋信札》（署“繆可嘉責任編輯，承載、繆可嘉審讀）。鍾泰先生此批友朋信札，據介紹共三百三十餘件，其時間跨度則自民國初至於建國後，通信師友，人數逾百，本事紛紜，多關史實。其中任銘善致鍾泰信札存三十六通（凡五十六頁，存二十三信封，又明信片一），佔此批信札十分之一強，實屬《鍾泰友朋信札》中之重要內容。

任銘善（1912-1967），字心叔，室號無受室，江蘇如東人。1935 年畢業于之江大學國文系。曾任之江大學講師、浙江大學教授。建國後歷任浙江師範學院教授、副教務長，杭州大學教授，兼任民進浙江省委第一屆副主任委員。先生長期從事古代文獻、漢語音韻研究及教學，著有《禮記目錄後案》、《漢語語音史概要》、《無受室文存》等。1960 年代參加《辭海》修訂，多著勞績，為《辭海》語詞部分主要撰稿者。

鍾泰（1888-1979），字訒齋，號鍾山，別號待庵。江蘇南京人。清末就讀於江南格致書院，曾從太谷學派傳人黃葆年問學。後留學日本，返國受李瑞清邀，出任兩江師範日文譯教。民國初曾入皖督柏文蔚幕，一度出任廣東博羅縣長。1924 年起，歷任之江大學國學系教授、系主任，湖南藍田國立師範學院教授，大夏大學文學院長兼中文系主任。抗戰中曾入蜀，與熊十力並任復性書院主講兼協纂。1948 年至滬，任光華大學教授。建國後轉任華東師大教授，受聘為上海文史館館員。1962 年應東北文史研究所禮聘，曾往長春講學兩年。1979 年逝於南京，壽九十。先生平生著作，有《中國哲學史》、《國學概論》、《荀注訂補》、《莊子發微》等。

任銘善致鍾泰信札，始於上世紀三十年代，迄於五十年代。諸札弟子情深，執禮甚恭，內容豐贍，多關學術，所涉人事，史料珍貴，而吐屬醇雅，書法精妙，尤令人讀之忘倦，美不勝收。所惜出版匆忙，編次紊亂，人物本事，稽考有待。《鍾泰友朋信札》經朵雲軒拍賣，風流雲散，合併無期，而雪泥鴻爪，幸賴朵雲軒影印本略窺面貌。筆者幼年曾隨先君拜謁鍾、任兩先生，道貌尊嚴，至今懷敬，玆不揣譾陋，拜誦遺翰之餘，釋讀過錄，以饗同好，箋注研討，且俟來日。

清家文庫藏大永八年本《孝經抄》考識
——兼談劉炫《孝經述議》的復原問題

程蘇東

在日本室町時代的儒學文獻中，抄物（しょうもの）是一種重要的解經體裁，這當中尤以清原宣賢及其後裔清原枝賢、清原業賢等的一系列經抄影響最大。以宣賢為例，據今存寫本可知，他先後撰有《周易抄》、《易啓蒙通釋抄》、《尚書抄》、《毛詩抄》、《曲禮抄》、《月令抄》、《左傳抄》、《孝經抄》、《中庸抄》、《孟子抄》等數種經抄，此外，還有《漢書抄》、《長恨歌抄》等史部、集部的"抄物"，可以說，"抄物"構成其最為重要的著述方式。日本學界對於"抄物"的研究一般分為兩個路向，其一，是從"國語"研究的角度，利用抄物中所見大量口語資料，研究中世語言的演進過程。其二，則是從經學史的角度，討論"抄物"所見室町時代的儒學思想，特別關注其所反映的漢唐注疏與宋元新注之間的進退關係。就後者而言，清原宣賢的《毛詩抄》似乎最受關注，相關研究成果已頗為豐碩。(1)

至於就保存中土亡佚文獻的價值而論，則在清原家所撰諸種經抄中，似以《孝經抄》系列最值得學者關注。從清原宣賢的《孝經抄》、《孝經祕抄》到清原業賢、清原枝賢先後所撰《孝經抄》，以《古文孝經孔傳》為基礎的《孝經》"抄物"似乎已經成為清原家重要的家學傳統之一，其內部解經體式、語體和知識資源使用方式的變化，頗可見出室町時期日本儒學的內在演變，而特別值得注意的是，在這批經抄中，清原家諸賢大量輯錄了隋人劉炫所撰《孝經述議》，而後者作為劉炫群經"述議"的系列之一，為我們瞭解"述議"之具體體例、解經方法，進而辨清劉炫"述議"與唐人"正義"之間的沿革關係提供了重要的參照。(2)由於劉炫"述議"至晚到晚唐五代時期已經全部亡佚於中土，而日傳劉炫《孝經述議》也僅有卷一、卷四藏於清家文庫，因此，這批《孝經》"抄物"所存《孝經述議》佚文無論對於《孝經》學史的研究，還是對於中古經學史的整體研究，都具有重要的價值。

上世紀三十年代開始，日本學者林秀一先生即利用清原宣賢、清原枝賢的數種《孝經》"抄物"來進行《孝經述議》卷二、三、五的輯佚、復原工作，所成《孝經述議復原研究》（下文簡稱《復原》）已經成為學界研究《孝經述議》最基礎的文本資料。(3)後來，林先生又注意到清原業賢於大永八年（1528）所撰的一部《孝經抄》，對其輯佚學價值十分看重，遂據其編成《孝經述議復原補遺》（下文簡稱《補遺》），進一步發掘了"抄物"對於保存中土佚籍的價值。不過，由於《孝經抄》的本旨以講疏《孝經》為意，並非有意存錄《孝經述議》之佚文，因此，基於其訓解的實際需要，對《述議》的原有體例常有改易、割裂，這在清原業賢的《孝經抄》中體現得尤為明顯，而這也就為林秀一先生《孝經述議》的復原工作帶來了一定的挑戰。筆者在研讀林氏《復原》、《補遺》的過程中，常服膺於他對《述議》原有體例與《孝經抄》自有體例之間差異的會心，只是林先生未肯著文將此中精義點出，故其用心之處似未為學界所盡知。此外，由於林先生以一人之力完成這項繁難的工作，其《復原》、《補遺》自然也難免存在漏輯、文句次序誤置、部分異文未加校勘等現象。林先生的工作已經過去了半個多世紀，我們在享受他復原工作所帶來便利的同時，一方面應對其工作中曾經遇到的困難有所認識，體會他審慎的用心，另一方面也有必要繼續清理《孝經抄》的各種抄本，對其輯佚、校勘學價值加以進一步的發掘，從而為劉炫《孝經述議》的復原和研究提供越來越完足可信的文本。本文即以京都大學清家文庫所藏清原業賢大永八年本（1528）《孝經抄》為據，初步討論其編纂背景、體例，以及對於《孝經述議》的復原所具有的文獻價值，希望引起學界對於這類經抄文本的關注。

一、《孝經抄》所見清原家《孝經》學的佛教背景

京都大學圖書館清家文庫所藏這種《孝經抄》，書末落款為：

大永八年八月十日遂寫切訖
外史清原朝臣（花押）

而書尾又有清原尚賢所書"右《孝經抄》墨付四拾四枚，業賢卿真跡也。表紙付口半枚者，國賢卿真筆也"[(4)]，可以進一步確認此本係清原宣賢之子清原業賢親筆所錄，書衣貼紙題簽"孝經抄"三字則為業賢之堂叔清原國賢所書，其下有"國賢"章一枚，書衣左下又有"青松"二字，係國賢之號，可知此書后為國賢所藏。此本錄於大永八年（1528），其時清原宣賢尚在家中。將此本與京都古梓堂藏清原宣賢《孝經抄》（今藏東京五島美術館大東急記念文庫）相比，二者體例基本一致，且書寫時間大抵相近，早於宣賢所傳《孝經祕抄》[(5)]，屬於今日所見諸本《孝經抄》中較早的一種，被列為日本"重要文化財"。此本與同藏於清家文庫的元龜四年本（1573）、天正九年（1581）本《孝經抄》之間也有較明顯的差別，對我們認識清原家《孝經抄》的演進過程具有重要的參考價值。

關於清原家諸經抄物的編纂背景，日本學界已經有深入的研究，此不贅述。僅就此本《孝經抄》而言，有兩個問題值得關注，首先是《孝經》與清原家佛學背景之間的關係。《孝經》自西漢以來即與《論語》並稱，成為士人誦習的基本經典。至六朝時期，義疏之學大興，其中《孝經》疏義尤為豐富，有學者認為即與六朝佛教的興起關係密切[(6)]。佛教主四大皆空，而《孝經》主敬親孝養，這兩種思想之間原本存在極大的分歧，但孝養思想既已在中國根深蒂固，則沙門立教，便不得不重視如何處理"出家"與"孝養"之間的矛盾問題。在這種背景之下，《孝經》引起儒門、沙門學者的共同關注，可以說是勢所必然。梁武帝三次捨身奉佛，同時又集議《孝經》，且自撰《孝經義》，專立國子助教掌其師授[(7)]；皇侃"常日限誦《孝經》二十徧，以擬《觀世音經》"[(8)]，凡此都可見出六朝《孝經》學與佛教之間的密切關係。而從大永本《孝經抄》的抄撰看

來,《孝經》學與佛教之間的關係,在日本也同樣有所體現。大永本有兩處充分顯示了這一背景:其一是錄於書末的《孝經論議》,這篇小文交待了清原家《孝經》學的家法淵源,十分重要,今錄之如下:

昔天山相公治世之餘暇,引菅原秀長、藤俊任、明經清原良賢以《孝經》為論議,座有二條攝桐義堂和尚,不記問者講師誰某,問《孝經》誰人所作哉?答:劉炫《述議》云,"孔子身手所作也。"難云:"說宣之旨,其疑未散,曾子行孝既有重名,適陪大聖閑居暇,得悉孝之終始,遂集而錄之。經初章云,仲尼閑居,若孔子自作,則何得自稱字耶?故安國處此句為曾子所錄,何其今為孔子作耶?"答:"被難之旨,尤為淺近,案《春秋緯》云,吾志在《春秋》,行在《孝經》,加之鄭玄《六藝論》云,孔子既敘六經,題目不同,指意殊別,恐斯道離散,後世莫知其根源所生,故作《孝經》,以惣會之。然則大聖自作說,豈出乎曾子筆耶?曾子於弟子之中得孝名,故假曾子問說之故,《述議》亦云,莊子之斥鷃笑鵬、罔兩問影,屈原之《漁父》太卜拂龜,馬卿之烏有亡是,揚雄之翰林子墨,皆假設客主應答,與此何所異!而前賢莫之覺也。由是言之,仲尼自作明矣。"

這段辯難主要圍繞《孝經》的作者是孔子還是曾子的問題展開,而我們這裡關注的,主要是這次《孝經》講論的參與者,除了明經清原良賢以外,還有高僧義堂和尚,清原良賢是清原家早期名儒,其與義堂和尚講論《孝經》,可見早在清原良賢時期,《孝經》已成為包括僧人在內的日本知識人普遍關注的經典讀物。

另一處依據則見於大永本《孝經抄》的扉頁,其節鈔《佛祖通載》之文:

《佛祖通載》第五問曰:《孝經》言身體髮膚,受之父母,不敢毀傷。曾子臨沒,啓予手,啓予足,今沙門剃頭,何其違聖人之語,不合孝子之道也?吾子常論是非平曲,而反善之乎?牟子曰:夫訕聖賢,不仁平,不中不智也。不仁不智,何以樹德?德將不樹,頑嚚之儔也,論何容易乎?昔齊人乘船渡江,其父墮水,其子攘臂捽頭,顛倒使水從口出,而父命得穌。夫捽頭顛倒,不孝莫大,然以全父之身,若拱手修孝子之常,父命絕於水矣。孔子曰:可與適道,未可與權。所謂時宜施者也。且《孝經》曰:先王有至德要道,而泰伯短髮文身,自從吳越之俗,違於身體髮膚之義,然孔子稱之,其可謂至德矣。仲尼不以其短髮毀之也。由是而觀,苟有大德,不拘於小。沙門捐家財,棄妻子,不聽音,不視色,可謂讓之至也,何違聖語,不合孝乎?豫讓吞炭漆身,聶政皮面自刑,伯姬蹈火高行,截容君子,為勇而有義,不聞譏其自毀沒也。沙門剃除鬚髮而比之於四人,不已遠乎?

此段論沙門剃頭與"身體髮膚,受之父母,不敢毀傷"的傳統孝道之間的矛盾。大永本將之錄於《孝經抄》之扉頁,雖然從其筆跡來看,與正文不同,恐非業賢本人之意,但此本經清原國賢、尚賢累世家傳,仍當為清原氏後人所錄。我們知道,清原宣賢本人即於享祿二年(1529)出家，法號宗尤，清家文庫所藏天正九年本（1581）《孝經抄》書尾即有“清三位入道宗尤判”之語，今證以清原良賢與義堂和尚講論《孝經》及大永本扉頁鈔錄《佛祖通載》二事，可見清原家對於《孝經》的關注，或與其儒、佛並重的家族傳統有關。

此外，清原家《孝經抄》的持續編撰，自然還與《古文孝經孔傳》在日本的廣泛流傳有關。《古文孝經孔傳》在唐初即受到質疑，而隨著玄宗《孝經御注》的頒定，《古文孝經孔傳》在中土已成絕學，不久便遭亡佚，而日本儒林始終堅持傳習《古文孝經孔傳》，在《孔傳》傳習的過程中，《孝經述議》曾經發揮了重要的作用[(9)]。上舉《孝經論議》中，清原良賢認為《孝經》為孔子自作，這便是劉炫《述議》的代表性觀點。良賢在論議中兩次徵引《述議》，足見其《孝經》學深受劉炫《述議》的影響。至於今存最古的《古文孝經孔傳》抄本，則為仁治二年（1241）清原教隆之點校本，而其校勘之依據則有《孝經述議》。這樣看來，自清原教隆、清原良賢以來，清原家世習《古文孝經孔傳》，且均援據劉炫《孝經述議》以為輔翼，無怪乎今存《孝經述議》之殘卷得出自清原家中。總之，清原家具有尊習《古文孝經孔傳》而倚重劉炫《述議》的傳統，因此，在其系列經抄中，亦僅涉《古文孝經》而未見今文，其訓解經文則援引《述議》而偶引《正義》，這都與當時的中土學風表現出鮮明的差異。

二、大永八年本《孝經抄》的基本體例

大永本《孝經抄》的基本體例延續了清原宣賢《孝經抄》的結構，包括三個部分：首先是錄章名，繼而對章名及章旨、章次加以解釋；其次是解釋經文，先將經文分為數節，每節皆錄經文起首數字而以“——”省略下文，然後或引《述議》，或自行用假名加以解釋，各節皆單獨提行，其內部不同字詞的解釋則以空格加以區隔；最後是解釋“孔傳”，不過，《孝經抄》對於孔傳的解釋並非如《述議》般整體附於經文解釋之後，而是根據經文之分節繫於經文解釋之下，並以“注”加以標示，其具體解釋則仿經文訓解之體例，將傳文分為數節，每節舉起首數字，而以“——”省略下文，然後引《述議》之文，或自行以假名加以解釋。在訓解中偶有以夾行小字補書者，多為假名，而偶有據《百川學海》等補充解釋者（如《諸侯章第三》下：《百川學海・獨斷》：三公者，天子之相，相助也。助理天下，其第封百里。侯者，候也，候逆順也。其地方百里。伯者，白也，明白於德，其地方七十里。子者，滋也。舉天王之恩德，其地方五十里。男者，任也，立功業以化民，其地方五十里。又如卷一《古文孝經序》中“魯三老孔子”條末，亦錄《百川學海》之言），顯示出業賢《孝經抄》在寫成后又曾據《百川學海》等進一步補充《述議》未及的若干知識。

關於《孝經抄》的具體書寫、訓解體例，有幾點涉及日藏《古文孝經孔傳》的文本流傳及其訓解風氣的變化，頗值得注意：

第一，大永本《孝經抄》頗看重對於《古文孝經孔傳》之章名的訓解，顯示出至晚到大永年間，章名作為《古文孝經》文本之必要組成部分的觀念已相當普及。關於《孝經》章名出現的過程，邢昺《孝經疏》前有具體介紹：“及魯恭王壞孔子宅，得古文二十二章，孔安國作傳。劉向

校經籍，比量二本，除其煩惑，以十八章為定而不列名。又有荀昶集其錄及諸家疏，並無章名，而《援神契》自'天子'至'庶人'五章，唯皇侃標其目而冠於章首。今鄭注見章名，豈先有改除，近人追遠而為之也？御注依古今，集詳議，儒官連狀題其章名，重加商量，遂依所請。[10]"由此可知，《孝經》原無章名，自南朝梁人皇侃作《孝經疏》，始加章名于各章之端，至御注《孝經》，乃以皇侃章名為基礎重加正定，於是今文《孝經》皆有章名。我們看劉向《別錄》、《漢書·藝文志》對於《孝經》各章的稱引方式，或參看寫於北朝時期的《孝經》鄭注殘卷敦研 0366《孝經（感應——喪親）》和吐魯番文書、阿斯坦納古寫本 72 TAM169：26（a），都可以印證《孝經疏》所言早期《孝經》並無章名的論述。

至於《古文孝經》，從劉炫《孝經述議》卷四的體例看來，其所見本仍無章名，而日本所傳《古文孝經孔傳》之早期寫本，如膽澤城所出奈良時代《古文孝經》漆書本殘卷，正文亦無章名，唯以墨點標示分章，與敦煌卷子中兩種北朝寫本《孝經》鄭注的分章方式相同，可知早期日傳本《古文孝經孔傳》亦無章名。至仁治二年（1241）本《古文孝經孔傳》，則章名、正文已然合抄，是知至晚在仁治時代，已有日本學者仿照今文《孝經》之例，為《古文孝經》補配章名。比較有趣的是寫於建治三年（1277）年的大原三千院本《古文孝經孔傳》，此本正文部分亦不書章名，然於各章天頭部分用小字淺墨書寫章名及字數，從筆跡上看與正文似出於一人之手，顯示出《古文孝經》章名在最初出現時仍受到不少學者的質疑，因此在書寫時將其與正文加以區別。不過，在慶長十一年（1606）足利本《孝經直解》中，章名已完全與正文同列於行格之中，且各章章名之下有書本章要旨、兼釋章名者，如《廣要道章第十五》下云："此章者，申說孝為德本，以表要道之以也。"顯示出《直解》作者已完全將章名納入其解釋體系之中，除各章所書字數一仍其舊，不數章名外，章名與正文之別已完全湮滅。

今觀大永八年本《孝經抄》，可知章名之完全融入《古文孝經孔傳》，更可提早至十六世紀初。此本不僅於各章之前先列章名，而且各章均對章名加以解釋，顯示出業賢已完全將章名視為文本之一部分，而值得注意的是，此本《孝經抄》有割取《孝經述議》解釋經、傳之文以訓章名之例，如《卿大夫章第四》下：

> 《援神契》云："卿之為言章也。"《白虎通》云："大夫者，大扶進者也。"以其章明臣道，故謂之卿；扶進賢能，故稱大夫。《王制》云："上大夫，卿也。"卿是大夫之別，故兼言之。此經不分明。

這裡《孝經抄》援引《孝經援神契》、《白虎通》、《禮記·王制》諸事以訓解"卿大夫"一詞。據林秀一《復原》可知，這段材料實為《述議》中解釋此章孔傳"此卿大夫之所以為孝也"句之文，而《孝經抄》將其割取以為章名之訓解，類似的文例還見於《紀孝行第十三》、《廣要道第十五》、《廣揚名第十八》、《事君章帝二十一》、《喪親章第二十二》中。而除了章名部分的訓解以外，《孝經抄》中還存在不少移取《述議》解傳之文以解經的用例，由於《孝經抄》是我們復原、校定《孝經述議》佚文的重要依據，因此，《孝經抄》對《述議》原文體例的破壞與割取，自然對我們利用其輯、校《述議》帶來一定的挑戰，關於這一點，我們在下文還將涉及。

第二，則是《孝經抄》對《古文孝經孔傳》中古文字形的處理。日傳本《古文孝經孔傳》的早期寫本在對於古文字形的處理方面已存在明顯分化。前文所言仁治二年清原教隆點校本除將章名與正文合抄以外，經文均使用正字，而建治三年大原三千院本則除章名以小字淺筆書于天頭以外，經文均保留隸古定字形，但值得注意的是，兩種寫本之間存在一些重要的互見關係，如“古文孝經”下均有“《述議》唯云《孝經》，元‘古文’二字不讀”之辭，顯示出兩種寫本的微妙關係。就筆者推測，三千院本當有早期寫本為據，然曾據清原教隆點校本有所增益，故其章名及關於“古文孝經”之“古文”二字的說明，似是受到清原教隆本的影響。今比對業賢《孝經抄》，其出文均作正字，不見隸古定者，結合其對於章名的處理方式，可知其所據本《古文孝經孔傳》，當為清原氏家傳之清原教隆點校本。這也符合清原家學累世相傳的傳統。

第三，關於清原業賢《孝經抄》所體現得學風傾向，值得注意的是，此本雖為解釋《古文孝經孔傳》，然間雜取《孝經正義》之說。例如《開宗明義章第一》下抄文：

> 開ハヒラク也。宗ハ本也。孝ハ百行ノ源ナレハ本ヲ開クト云也。明ハアカス也義ハ義理也孝道ノ義理ヲアカスト□也。章ハ明也其事ヲ辭ニアラハ〆明ナラシムルト云義也。第ハ次ナリ。一ハ數ノ始メ也。章ヲ次ツル始メト□也。

而邢昺《孝經疏》云：

> 開，張也。宗，本也。明，顯也。義，理也。言此章開張一經之宗本，顯明五孝之義理，故曰“開宗明義章”也。第，次也。一，數之始也。以此章總標，諸章以次結之，故為第一，冠諸章之首焉。(11)

比較這兩段文字，《孝經抄》顯然是依據邢昺疏文而進行說解。日本學者已經指出，在室町時代經抄中，漢唐舊疏與宋元新注常常錯處並見，體現出當時尚通學風的轉移。《孝經抄》從整體上循孔傳、《述議》解經，但亦不避御注、邢疏，甚至在元龜本、天正本等後期抄本中，有明確徵引“正曰”（筆者注：即“正義曰”）者，不求嚴守今古文家法，與室町時代的整體學風基本一致。

第四，清原業賢《孝經抄》在訓解方面最顯著的特徵，則是漢文與假名錯出而呈現出比較明顯的功能差異，其漢文部分多為援據經典，假名部分則多為講說之言，或據孔傳、述議立說，或自解經注，非必皆出自《述議》。就此本而言，其漢文部份包括兩類內容，其一為徵引漢文故籍以見出處者，這樣的例子非常多，而從卷一、四的情況來看，所有的引文大都見於劉炫《孝經述議》，但值得注意的是，從卷四的情況來看，也有少數例外，如《孝優劣章》“注不義——《論語》文也”句，“某某文也”是《述議》常用的一種標示出處的體例，但京大所藏《孝經述議》卷四在解釋“不義而富貴，於我如浮雲”一句時，並未言其出處，可知《孝經抄》此語非錄自

《述議》，而頗有模仿《述議》語氣之意。又如同章“溫良”下抄文：

敦美潤澤謂之溫，行不犯物謂之良。

據《孝經抄》基本體例推測，此文似亦當出於《述議》，但查京大所藏《述議》卷四，此處並無此文，而兩句話實出於皇侃《論語義疏》。從《孝經抄·孝優劣章》“雖得志——”條的訓解可知，“皇侃疏”確實是清原業賢曾直接參考的資料。事實上，包括清原宣賢《孝經抄》、《孝經秘抄》在內，清原家《孝經抄》在節錄《述議》之文時，常常不言其出處，唯據京大所藏《述議》卷一、卷四可知，《孝經抄》所錄漢文確實多錄自《孝經述議》，故林秀一先生復原《述議》卷二、三、五，亦大抵假設諸本《孝經》“抄物”所錄漢文資料均為《述議》之佚文，但從上舉卷四部分的比對可知，《孝經抄》中也確實存在少數《述議》以外的漢文資料，我們在據《孝經抄》輯錄《述議》佚文時，仍需存有審慎的辨識意識。

除了徵引經典故籍以外，《孝經抄》還有少量漢文，係解釋經、傳之言，從卷一、四的部份來看，也都出自劉炫《孝經述議》，因此可以推知全書體例，大抵有直錄劉炫《述議》說解之文者。

至於其假名的部份，從卷一、四的情況看來，同樣分為兩類，一類是清原氏自己的說解，與《述議》無關，另一類則是依據劉炫《述議》而以假名複述，例如《紀孝行章》釋傳文“既葬后，反虞袝練祥之祭及四時吉祀”句，其下抄文即據劉炫《述議》而以假名改寫者。林秀一先生在復原《孝經述議》卷二、三、五時，也偶爾嘗試據假名轉譯為漢文。這種復原方式的風險不容諱言，但從《孝經抄》自身的訓解體例來說，也不是完全沒有依據的。

三、劉炫《孝經述議》的復原問題

前文已言，《孝經抄》至少在兩個方面具有重要的學術價值，作為日本中世儒學史的著作之一，業賢《孝經抄》體現了十六世紀前期日本古文《孝經》學的發展情況；而對於中國經學史的研究者而言，業賢《孝經抄》則以其保存了劉炫《孝經述議》的部分佚文而具有輯佚學的價值。儘管與同出於清家文庫的清原宣賢《孝經抄》、《孝經秘抄》，以及在其之後的元龜本、天正本《孝經抄》相比，此本對於《述議》的徵引在數量上相對較少，但其引文亦可補它本之不足者，故林秀一先生在完成《孝經述議復原研究》之後，又專門根據這部《孝經抄》作《孝經述議復原補遺》，並稱其為“僅次於清原宣賢《孝經抄》、《孝經秘抄》、靜嘉堂文庫所藏《孝經孔傳》舊鈔本的重要資料。”[(12)] 經筆者比對，除了林秀一先生《補遺》中已經舉出的文例以外，尚有一處可補其《復原》之不足者，見於《三才章第八》，此章有“導之以禮樂，而民和睦”句，其下孔傳云：“於是乎導之斯行，綏之斯來，動之斯和，感之斯睦也。”林氏據清原宣賢、清原枝賢《孝經抄》復原如下：

以禮樂道誘之、斯則行之矣、以文德安慰之、斯則來服矣、以政教發動之、斯則和協矣、抄本、文本、

今查業賢《孝經抄》，知“以文德安慰之”前當有“綏，安也”三字，解釋《孔傳》中“綏之斯來”的“綏”字，當據以補足。

此外，大永本《孝經抄》又可校正它本《孝經》“抄物”徵引《述議》之訛字，如《諸侯章第三》有“制節謹度，滿而不溢”句，其下孔傳：“有制有節，謹其法度，是守足之道也。知守其足，則雖滿而不盈溢矣。”林氏據宣賢《孝經祕抄》復原《述議》如下：

制節者、謹度謂自謹其心、心守法度、則靜本、○靜本作述曰、制節當謂自制己身、以從禮節、祕本、靜本、而傳言有制有節、分為二者、自制己身、即是有制、雖復文小不類，理亦不異也、祕本[13]

據其佚文出處標識可知，“而傳言”以下數句係據《孝經祕抄》輯獲。但這段話頗令人費解，所謂“傳言有制有節、分為二者”，即指《孔傳》將經文中“制節”二字解釋為“有制有節”，似乎制、節是二物，這看起來與《述議》前文“自制己身，以從禮節”的同一化解釋似乎有所出入，故劉炫補充說明到：《孔傳》雖然分言制、節，兩者文辭略有不同，但其理則並無實質差異，而這裡關鍵的一句話就是“自制己身，即是有制”，劉炫顯然希望通過這句話將“制”與“節”二字作同一化的處理，但從《孝經祕抄》的引文看來，這句話並不能達到融會“制”“節”二字的目的，《祕抄》引文顯然有誤。而核對大永本《孝經抄》，其於“制節謹——”條之下亦徵引《述議》，文字如下：

自制己身，即是有節。雖復文小不類，理亦不異也。

顯然，這裡的“即是有節”正實現了“制”與“節”的整合，顯示《孔傳》所言“有節”與“有制”並非二物，《述議》之說與《孔傳》無違。林氏據《祕抄》所成之《復原》當據大永本《孝經抄》校改。

大永本《孝經抄》還可據以校正林氏《復原》中部分文句次序的誤置，例如《諸侯章》“高而不危，所以長守貴也；滿而不溢，所以長守富也。”其下孔傳：“皆自然也。先王疾驕，天道毀盈。不驕不滿，用能長守富貴也。是故自高者必有下之，自多者必有損之，故古之聖賢不上其高，以求下人，不溢其滿，以謙授人，所以自終也。”林氏《復原》如下：

［傳皆自至自終也］［議曰、］不驕而守貴，知足而守富，皆自然之理也、抄本、文本」天道毀盈、靜本、○靜本作述曰《易》謙卦彖也、《尚書》曰、驕盈矜夸、將由惡終、是疾驕也、抄本、祕本、靜本、《易》曰：日中則□、月盈則蝕、是毀盈也、抄本、靜本、文本[14]

從林氏《復原》對於文本來源的標示可知，這段《述議》在抄本、文本、靜本、祕本中均比較零散，前後斷續而不相接，故林氏據其文意而加以連綴。其作“□”處，校勘記言靜本有“昃”字，唯抄本、文本均無此字，故林氏仍作闕文處理。顧遷所編《孝經孔傳述議讀本卷二》補作“昃”，似據林氏校勘記增補。不過，大永本《孝經抄》此處訓解如下：

先王——《尚書》曰“驕盈矜夸，將由惡終”，是“疾驕”也。天道——《易・謙卦》彖也。《易》曰：“日中則興，月盈則蝕”，是“毀盈”也。

比對這段訓解，顯然與抄本、文本、靜本、祕本同引自《孝經述議》，但其前後連綴，首尾完整，顯然較抄本、文本等更便於輯佚。將此文與林氏輯文比對，可知“《尚書》曰、驕盈矜夸、將由惡終、是疾驕也”一句林氏放置有誤，由於此句是解釋孔傳“先王疾驕”，而自“天道毀盈、《易・謙卦》彖也”一下則解釋孔傳“天道毀盈”句，先明其出處，再具體解釋“毀盈”之意。值得注意的是，大永本引《易・豐卦》作“日中則興”，與今本《周易》及各書所引之文皆異，從墨色上看，此“興”字似係後來補入，結合抄本、文本等此處皆闕文，筆者頗疑清原家所藏《孝經述議》此處原即作闕文，林秀一先生處理方式非常審慎。《易・豐卦》“日中則昃”之文頗為常見，大永本《孝經抄》反作“興”字，恐有其依據，不可完全忽視。

從京都大學所藏《孝經述議》卷四已經將章名完全納入正文行格中可知，此本與最初傳入日本的《孝經述議》在面貌上已經有一定的差異，其顯然經過多次轉抄，故其中難免存在脫訛衍奪的現象，故林秀一先生頗據《古文孝經孔傳》之舊鈔本與數種“抄物”校勘殘卷之用字，所成卷一、卷四校勘記頗改正殘卷之誤字。而大永本《孝經抄》所引卷一、卷四之文雖然不多，但仍有一處可勘正殘卷之誤。《聖治章第十》有“孝莫大於嚴父，嚴父莫大於配天，則周公其人也”之句，其下《孔傳》言：“嚴，尊也。言為孝之道，無大於尊嚴其父以配祭天帝者。周公親行此莫大之義，故曰則其人也。”京大藏《述議》卷四“傳嚴尊至其人也”下云：

止言嚴父而不言嚴父（母）者，礼法以父配天而母不配也。聖人作則，神無二主，母雖不配，為嚴亦同。下章云“嚴親嚴兄”，親父可以兼母，於兄尚嚴，況其母乎？

這裡解釋經文何以謹言“莫大於嚴父”而不言“嚴母”。劉炫認為，由於經文需要將“嚴父”進一步與“配天”結合起來，而按照禮法，郊祀以父配天，無以母配天之禮，故為了遷就下文之“莫大於配天”，前文亦僅言“孝莫大於嚴父”。不過，劉炫進一步指出，這種論述並不意味著經文不含有“嚴母”之意。他舉出《閨門章第十九》之文：“閨門之內，具禮矣乎！嚴親嚴兄。妻子臣妾，猶百姓徒役也。”指出這裡既然連“兄”都獲“嚴”，則其“親”顯然是兼指父、母雙親而言，故知《孝經》自有“嚴母”之意，《聖治章》僅言“嚴父”，是基於本章特殊的論述邏輯而作出的權宜安排。這樣看來，京大藏《述議》卷四中“親父可以兼母”一句就顯得有點費解了。如果劉炫已將經文中“嚴親”之“親”解釋為“親父”，則“親父”又如何“兼母”呢？這個“父”

字顯然應是衍文。而大永本《孝經抄》所錄《述議》此處正作“親可以兼母”，並無“父”字，足證在《孝經述議》的早期日傳本中此處尚無衍文，京大本《述議》卷四此處當為後世轉抄過程中誤衍所致。

當然，重讀《孝經抄》及林秀一先生《補遺》，我們更可看出林先生對於《孝經述議》與《孝經抄》兩者體例差異的準確把握，如前文所言，《孝經抄》常割取解傳之文以解經，因此，即便我們可以默認這些並未標示出處的漢文資料均錄自劉炫《孝經述議》，在理論上我們也無法確定地將其“復原”到《述議》中其原本所處的位置中。不過，從林秀一先生《補遺》的處理方式來看，他把握住了《述議》在解經體式方面的一個基本特徵，那就是根據京大藏《述議》卷四的情況看來，其經文解釋的部分均僅作串講訓解，從不援引典籍，而只有在對傳文的述、議中，劉炫才廣引典籍，或本其出處，或輔翼傳文，或申成己說。我們看林秀一對《孝經抄 · 喪親章第二十二》中大量《述議》佚文的“復原”，便可體會林氏在這方面所付出的心力。當然，從今日輯佚學的學術規範來看，這種帶有“創造性”的“復原”方式是否需要重新評估，這也是我們在半個世紀之後重讀林氏《復原》、《補遺》時需要思考的問題。

【注】

（1）代表性成果可參土井洋一《毛詩抄について》，《抄物資料集成》第 7 卷，大阪：清文堂出版株式會社 1976 年版；小川環樹《清原宣賢の毛詩抄について》，《文化》第 10 卷第 11 號，1943 年 11 月；張寶三《清原宣賢〈毛詩抄〉研究：以和〈毛詩注疏〉之關係為中心》，臺大出版中心 2009 年版。

（2）可參拙文《〈毛詩正義〉“刪定”考》，《文學遺產》，2016 年第 5 期，第 83-94 頁。

（3）林秀一撰、喬秀岩、葉純芳、顧遷編譯《孝經述議復原研究》，崇文書局 2016 年版。原書於 1953 年出版於東京文求堂書店。

（4）本文所據大永八年本《孝經抄》，均據京都大學圖書館網站“舊電子圖書館畫像”數據庫提供的照片，網址為 http://kuline.kulib.kyoto-u.ac.jp/?action=pages_view_main&active_action=v3search_view_main_init&block_id=251&direct_target=catdbl&direct_key=%2552%2542%2530%2530%2530%2530%2537%2539%2532%2531&lang=japanese#catdbl-RB00007921

（5）關於《孝經祕抄》的寫成時間，林秀一考訂為“享祿二年至天文十九年前後二十二年間”，見氏著《孝經述議復原研究 · 解說》，崇文書局 2016 年版，第 22 頁。

（6）可參林飛飛《六朝之孝經研究與佛教》，《求索》，2011 年第 11 期。又，小林正美《六朝佛教思想研究》，齊魯書社 2013 年版。

（7）《梁書 · 武帝紀》載：“三月庚午，侍中、領國子博士蕭子顯上表置制旨《孝經》助教一人，生十人，專通高祖所釋《孝經義》。”中華書局 1973 年版，第 76 頁。

（8）《梁書》卷 48《皇侃傳》，第 680 頁。

（9）相關論述可參拙文《京都大學所藏劉炫〈孝經述議〉殘卷考論》，《中華文史論叢》，2013 年第 1 期，第 167-204 頁。

（10）《孝經注疏 · 卷第一》，上海古籍出版社 2009 年版，第 1 頁。

（11）《孝經注疏 · 卷第一》，上海古籍出版社 2009 年版，第 1 頁。

（12）林秀一《孝經述議復原研究》，崇文書局 2016 年版，第 312 頁。

（13）林秀一《孝經述議復原研究》，崇文書局 2016 年版，第 133 頁。

（14）林秀一《孝經述議復原研究》，崇文書局 2016 年版，第 134 頁。

日本五山板《春秋經傳集解》考論[1]

傅　剛

一、五山板《春秋經傳集解》的祖本

五山板是指日本鎌倉、室町時期由五山十刹神僧所刊刻的典籍，是日本仿照漢籍刊刻的早期刻本，多是佛典，也有不少外典。其底本部分源自日本古鈔，部分源于宋、元刊本，故其文獻價值甚大[2]。五山板《春秋經傳集解》，就是其中一種。日本雖稱文物保藏精善，但五山板亦因時代緬遠，流傳至於今世亦甚稀見。我所見到數種，分別是日本斯道文庫藏本、米澤文庫藏本（據金澄宇《和刻日本古逸書叢刊》本）、北京大學藏本和臺灣故宮博物院所藏兩種。據日本學者川瀨一馬《五山版研究》介紹，日本藏五山版《春秋經傳集解》的共有上杉家藏本（二十九冊）、米澤圖書館藏本（三十冊）、東洋文庫藏本（初印，三十冊）、成簣堂文庫藏本（二十九冊）、兩足院藏本（十五冊）、石井氏積翠軒文庫藏本（缺第一冊，今藏天理圖書館）、安田文庫（足利學校三要書入本，今藏慶應義塾圖書館）、靜嘉堂文庫藏本、書陵部藏本（十冊）、內藤虎次郎藏本（四冊）和大東急紀念文庫藏本（十四冊）。其中北京大學藏本和臺灣故宮博物院藏本三種均為楊守敬自日本所得。米澤文庫藏本已由金澄宇編入《和刻日本古逸書叢刊》，斯道文庫藏本亦將由北京大學出版社影印出版。

五山板《春秋經傳集解》底本是宋版，但由於五山板沒有牌記和序跋，所以其覆刻的是哪一種宋版，起初並不清楚。森立之《經籍訪古志》稱其覆北宋蜀本[3]，楊守敬驗其書避“慎”字，因證絕非北宋本。後得見楓山官庫藏宋嘉定九年興國軍學本，遂判其為覆興國軍學本。楊守敬對五山板《春秋經傳集解》的意見，見其《日本訪書志》及其所得五山板《跋》。楊守敬所得五山板《春秋經傳集解》，不止一種，今見藏於北京大學圖書館和臺灣故宮博物院圖書館就有三種。比較詳細的《跋》見書於北京大學藏本，此本得自日本學者森立之，有“森氏開萬冊府之記”、“江戶市野光彥藏書記”長朱印、“光彥”、“廓軒”、“廫嘉館印”、“迷菴”、“林下一人”、“弘前毉官澀江氏藏書記”長朱印，及“楊守敬印”、“星吾海外訪得祕笈”朱印。書末附日本藏書家市野光彥、國人楊守敬、吳慈銘諸跋，又附楊守敬手錄興國軍本校勘人名及聞人模跋。

楊守敬跋文稱：

右日本古時覆宋刻《左傳集解》，不附釋音，余從森立之得之。立之自有跋，在篋蓋之裏，稱此為市野光彥舊藏，後歸澀江道純，是二人皆日本收藏家。今書每冊首有二人印記，又稱此亦唯狩谷望之藏一本云云，其珍重甚至。又立之《訪古志》亦載此書，云是蜀大字本重刊者，與李鶚本《爾雅》同種，其刻當在應永以前。然則此本雖非宋刻原書，而覆板時亦在宋代，故傳本絕希也。唯立之堅稱是覆北宋蜀本，余親問之何據云然，則以字體類《爾雅》，又不附《釋音》故。余後細校之，則“慎”字皆缺末筆，其非北宋本無疑。又以山井鼎《考文》核之，則彼所稱足利宋板者，一一與之合，然究不能定為何地何年所刊。又其後借得楓山官庫所藏宋本（此本森立之《訪古志》失載），其行款匡廓字體皆與此本同，而末有《經傳識異》四葉，又有葉凱、趙師夏、鄭緝、聞人模、沈景淵諸人御名，皆興國軍官師也。又有教授聞人模一跋，稱嘉定丙子，乃知宋寧宗嘉定九年興國軍刊本，隨以毛居正《六經正誤》所引興國本十三條對勘，則一一相合。是此本即翻興國本，特所據祖本失載《考異》、聞《跋》耳。足利藏宋本亦是無跋，故山井鼎不能指為興國本，余乃影摹《識異》及《跋》文於此本後，庶使後之覽者得所指名。按，岳氏又稱于氏本每數葉後附釋音，此本不附釋音。又稱于氏本有圈點句讀，併點注文，此本無句讀，則非于氏本無疑。蓋興國軍舊板始于紹興鄭仲熊，只有五經（詳聞人模跋語），聞人模重刊《左傳》，並脩他板，亦只五經，至于氏始增刻九經，其五經經注文字雖仍舊本，而增刻釋文句讀（大抵南宋之初所刊經傳，尚不附釋音，至南宋末無不附釋音者），故同為興國本而實非一本也。岳氏又言哀十六年石乞曰：“此事也克則為卿”，諸本多無“也”字，興國本有“也”字。今按此本無“也”字，而“此事克”三字占四格，此明為聞人校刻時去之。後來于氏重刊又依鄭氏舊本增入“也”字耳。又岳氏云僖三十年“若不闕秦將焉取之”，諸本多無“若”字與“將”字，建上諸本則有之，而不言興國本，知興國本無此二字。今此本有此二字，而八字只占六格，足知此亦非紹興鄭氏之舊，亦與末附《識異》不相應，恐是日本覆此書時補之也。岳氏既稱前輩，以興國于、建余氏本為最善，而又譏于氏經注有遺脫，余嘗通校此本，則經注並無遺脫，或於重刊此書，失於檢照而遺脫耶？（于氏增釋音句讀，已非以原書覆板，重寫時係無改其行款，故有遺脫之弊。）且嘗以岳本互勘，皆此本為勝，不特岳本，凡阮氏校刊記所載宋本，亦均不及之。然則今世所存宋本《左傳》無有善於此者（別詳《札記》）。余在日本曾星使黎君刻之，辭以費不足而止。其實《古逸叢書》中，不甚精要之書，不惜費至數千金者，而乃刻彼置此，解人難得如斯。竊羨聞人以校官慫恿當事者，既刻此書，又脩五經板，余亦校官，攜此書歸來數年，口焦唇乾，卒無應之者，古今人不相及，讀聞人跋，彌增愧已！光緒丁亥正月廿九日宜都楊守敬記。

又按，《困學紀聞》：衞侯賜北宮喜謚曰貞子，賜析朱鉏謚曰成子，是人生而謚也。然則王伯厚所見昭二十年衞賜北宮喜事，杜注作“皆未死而賜謚”，故云然。今按，岳刻本及注疏本皆與王氏所見同，唯何義門云得宋本《左傳》作“皆死而賜謚”，無“未”字，閻百詩擊節曰，若果未死而賜謚，是豫凶事，非禮也。一字之增，何啻天壤！宋槧真寶也！今此本亦無“未”字，即此一事，已足千金。守敬再記。

楊守敬詳考了此本在日本的流傳，以及日本學者對此本底本的意見。由于五山板覆刻之底本無任何刊印信息，故日本學者亦多不能明。森立之以其字體近李鶚本《爾雅》，故判斷為北宋蜀大字本。又謂山井鼎《七經孟子考文》引用足利學校藏宋本，亦未能明是何時刊本。按，山井鼎所引足利學校藏宋本，島田翰說是山井鼎誤，其實即此五山板。[(4)]楊守敬後借得楓山官庫藏宋本（即今宮內廳藏興國軍學本）對校，認為五山板的祖本應該是宋嘉定九年興國軍學所刻本。楊氏并影摹原本的《經傳識異》和刊刻人名及聞人模《跋》於此本後，以圖恢復興國軍學本原貌。

興國軍學本傳世甚稀，據張麗娟《宋代經書注疏刊刻研究》，目前中國大陸沒有一部完整的傳本，國家圖書館僅藏有一殘卷，清末陸心源皕宋樓曾收得殘本十五卷，後由其子售於日本岩崎財團，今藏日本靜嘉堂文庫。目前僅日本宮內廳藏有一部完帙，但也經補配，如卷三、四及卷二十、二十一、二十六、二十七、二十八，皆為抄配。島田翰《古文舊書考》說卷三、四是元和以後補鈔，其餘五卷是慶長以前補鈔。[(5)]因此，據五山板研究興國軍學本，其價值就非常高了。

宮內廳藏本載有完整的刊印信息，其所載興國軍官師和聞人模的《跋》，對我們研究興國軍學本非常有用。楊守敬認為五山板之所以沒有刊載這些信息，是其底本脫失的原因。當然，楊氏是以興國軍學本為其祖本而作的判斷。聞人模的跋曰：

> 本學五經舊板乃僉樞鄭公仲熊分教之日所刊，實紹興壬申歲也。歷時浸久，字畫漫滅，且缺《春秋》一經。嘉定甲戌夏有孫緝來貳郡，嘗商略及此，但為費浩翰，未易遽就。越明年，司直趙公師夏易符是邦，模因有請，慨然領略，即相與捐金出粟，模亦樽節廩士之餘，督公鋟木。書將成，奏院、葉公凱下車觀此，且惜五經舊板之不稱，模於是併請於守貳，復得工費，更帥主學糧幕掾沈景淵同計置而更新之。乃按監本及參諸路本，而校勘其一二舛誤，併考諸家字說，而訂正其偏旁點畫，粗得大概，庶或有補於觀者云。嘉定丙子年正月望日聞人模敬書。

要明了楊氏此跋討論的問題，先要對興國軍學本有所了解。據此跋，興國軍學原有五經舊板，刻於紹興壬申，亦即紹興二十二年（1152），至嘉定八年（1215），宣教郎趙師夏權發遣興國軍兼管內勸農營田事，聞人模因請印五經，原板闕《春秋》，後又得葉凱及沈景淵相助，《五經》遂備。至嘉定年間，原板歷時浸久，字畫漫滅，聞人氏修板，復按監本及諸路本校勘，正其舛誤，訂正偏旁字畫，因知今所見之興國軍本，亦不復紹興鄭仲熊舊板原貌。聞人模于興國軍學修刻五經以後，興國又有于氏刻《九經》，岳珂《九經三傳沿革例》提到宋刻《九經》善本者有興國于氏和建安余氏，後人因謂岳珂所論之興國本即指興國軍學本，并以岳珂所引興國本與今藏日本宮內廳的興國軍學本相校，發現二本往往不同，主要是興國軍學本是經注本，無《釋音》，岳珂所引興國本則有《釋音》，于是楊守敬、島田翰皆以為于氏亦是就興國軍學本再加四經而成《九經》。對此，張麗娟認為于氏本與興國軍學本并不相同，不應混淆而論。[(6)]不過，顯然興國軍學本在前人的舊識里，以為存有三種不同的刻本，一是鄭仲熊所刻《五經》本，一是聞人模修板之《五經》本，另一是誤以于氏本據興國軍學本所刻。岳珂《九經三傳沿革例》所引興國本，即于氏本，此本與我們今天所見宮內廳藏本往往不致，所以不能以岳珂所引作為興國軍學本來看。同樣，宮內廳藏本是聞人模修板的印本，與鄭仲熊刻本又不同。楊守敬舉哀十六年和僖三十年兩例說：

哀十六年石乞曰："此事也克則為卿"，諸本多無"也"字，興國本有"也"字。今按此本無"也"字，而"此事克"三字占四格，此明為聞人校刻時去之。後來於氏重刊又依鄭氏舊本增入"也"字耳。又岳氏云僖三十年"若不闕秦將焉取之"，諸本多無"若"字與"將"字，建上諸本則有之，而不言興國本，知興國本無此二字。今此本有此二字，而八字只占六格，足知此亦非紹興鄭氏之舊，亦與末附《識異》不相應，恐是日本覆此書時補之也。

楊守敬的意思是說，岳珂所見之興國本，此兩例，一有"也"字，一無"若"、"將"二字，今檢宮內廳本，發現這兩個地方一無"也"字，一有"若"、"將"二字，這說明是聞人模修板時所致。這個解釋自然是有道理的，但是，楊氏明明說岳珂所引興國本是于氏本，并非興國軍學本，則岳珂所舉例實指于氏本而言，楊守敬卻將其作為興國軍學本來考察，則又是疏忽了。不過，我們又查驗了另外兩種宋刻本：撫州公使庫本和日本抄宋臨川江公亮跋本，發現二本的特徵與宮內廳藏興國軍學本一致：無"也"字，也是三字占四格，又，"若"、"將"二字亦有，這個情況也許說明，這兩例在南宋後期的刻本中都作過修改，即此特徵為宋本所共有。

北京大學圖書館藏五山板末，還附有吳慈培的《跋》，其跋曰：

癸丑秋，保山吳慈培借校一過，此本佳處，星吾先生所稱昭二十年注之外，如僖十年傳"君其圖之"下補杜注："乏祀為無主祭也"（阮氏《校勘記》：盧抱經云為"疑謂"）一句，襄二十七年傳"夫能致死"下補"與宋致死"一句；昭三年傳"寡君願事君""寡君"下補"使嬰曰寡人"五字；定元年傳注"使三國代宋受役也"下補"郳小朱"一句，而尤以昭三年一條可為叫絕。蓋"寡君使嬰曰"，是晏嬰之語，"寡人願事君"云云，是嬰致齊侯之語。若如岳本，則沒嬰致辭之節文，且始稱寡君，下文又稱寡人，晏平仲有如乖繆辭令，左邱明有如此乖繆文字，豈不可歎！此五字斷為岳本脫所不當脫也。餘如成六年傳注"前年從晉盟"，岳本誤"從"為"楚"，殿本知"楚"字之非，而不知是"從"字，因改作"與"。昭十六年經"葬晉昭公"，岳本脫"晉"字，是使魯之昭公代晉之昭公死也。宣九年傳注"言周徵也"，岳本誤"徵"為"徵"，夫傳明言王使來徵聘，注必解之曰周徵，杜氏詞費，何至於此？此數者，雖單文只義，亦有功古人不淺。星吾先生《札記》未見刊佈，余略舉校勘所得，還以獻之李丈，以當一瓻。黃堯圃《百宋一廛書錄》（近人刻）大字《春秋經集解》三十卷，存者十八卷，昭二十年傳注"皆死而賜謚"、後序末有"經凡一十九萬八千四百四十八言，注凡一十四萬六千七百八十八言，分兩行刻（《錢竹汀日記鈔》見此本十六行、二十七字）。"按之此本悉符。聞人氏原本，中土尚有其書也。慈培又識。

據此跋，吳慈培所舉諸例，皆出于楊守敬《札記》，可惜楊氏《札記》未刊，從吳氏所引諸例看，楊氏應該校勘較為細致。不過，楊、吳二《跋》其實主旨并不同，楊氏意在說明五山板底本出于興國軍學本，吳氏則在強調興國軍學本較岳本為佳。現在看來，岳珂本較宋本確有許多不足的地方，吳《跋》所舉例很能說明問題，這已不需討論了，我們仍然關心楊守敬關于五山板祖本的認定。吳慈培《跋》所舉例都在說明興國軍學本的長處，但也有例字有助于考定五山板底本者。如僖公十年傳："君其圖之"一句，興國軍學本有杜注："乏祀为无主祭也。"此注諸本（包括撫州公使庫本、臨川本）皆無。又如宣九年傳注："言周微也。""微"字，宋臨川本、陽明文庫本、種德堂本，以及日本金澤文庫卷子本、東洋文庫藏清原賴于保延五年（1139）所抄之訓点本均作"徵"字，是只有興國軍學本與撫州公使庫本作"微"字。結合上例看，似乎只有興國軍學本與五山板相合，楊守敬的判斷應該是有道理的。

楊守敬之後，日本學者島田翰在《古文舊書考》中則提出五山板底本是宋臨川江公亮跋本的意見，《古文舊書考》卷三"春秋經傳集解三十卷 明德以前刻本"條說："舊刻覆江公亮本者，即明德以前，就宋嘉定六年三衢江公亮本所翻雕。"島田翰的理由是文公十一年傳注，江公亮本云"其兄弟仲季"，興國軍學本"仲"作"伯"，五山板此字作"仲"，合于江公亮本，而不合于臨川本。島田翰又卷哀公十四年《傳》注"愍賢者失所"條及"病謂民貧困"條，謂江公亮本"愍"、"民"字並因北宋闕"民"字本作"愍"、"𫝀"，謂興國軍本改作"愍"和"民"，意思是五山板此二字從臨川本，與興國本不合。不過，驗諸五山板，此二字並不闕末筆，島田翰所言，不知何據。島田翰所舉"仲"字例，確是五山板和臨川本相合，而與其他各本不合者，但是有利于楊氏結論的字例也有不少。

島田翰所說的臨川本是指宋嘉定六年臨川江公亮跋刊本，此本中國本土已經沒有記載，但森立之《經籍訪古志》卷二有著錄：

> 又，宋嘉定癸酉刊本　足利學藏
>
> 卷末有嘉定六年閏月上澣三衢江公亮跋，首有足利學校正傳院常住記。求古樓藏鈔本，乃依此本重鈔者。

據此跋，江公亮跋刊本原為足利學校藏，狩谷掖齋求古樓則藏有一部鈔本。島田翰《古文舊書考》卷二亦著錄，并稱竹添井井《左氏會箋》曾引為校本。竹添光鴻《左氏會箋序》稱其對校宋本有四種，其一種便是江公亮跋刊本。此本日本今已下落不明，日本公文圖書館藏有享祿二年（1530）鈔本，至於森立之所說的鈔本，後為楊守敬所得，今藏臺灣故宮博物院。三十卷，十冊，缺卷一、二，起莊公元年。首頁附楊守敬小像，題："星吾七十歲小像"。鈐有"楊守敬印"朱白小印、"宜都楊氏藏書記"朱方白印、"星吾海外訪收祕笈"朱方印。九行，大字 20 字，小字雙行，行 20 字。卷末標經注字数。"巠"、"傳"均在欄上。

卷末有江公亮跋：

> 臨川舊有板行五經三傳，比他郡者為精好，歲久浸紙磨滅，幾不可讀。公亮來守是邦，一見為之慨然。雖承凋弊之餘，獨念聖經有此善本，豈可使之至是？故於倥偬不暇給之中，首治斯事。選痒序生員，重加校讎，樽節用度，銖積寸累，供其費，蓋閱歲始辨，凡更新七百七十板，為字三十八万五千有奇，剔墁七百三十八板，為字四万九千有奇，総用錢百万有

奇。自今更永其傳，俾學者覽觀，无亥豕魯魚之謬，殆非小補。嘉定六禩閏月上澣，三衢江公亮謹記。

又此跋亦見附錄于日本斯道文庫藏五山板，鈐有島田翰藏印，初以為島田翰所錄，但島田翰《古文舊書考》稱是前人鈔補，并稱此五山板，山井鼎《七經孟子考文》和《經籍訪古志》均誤以為宋本，所以誤者，皆因所附江公亮此跋的原因。此本原為足利學校藏本，後流出，書末附足利學校松齡跋語：

此本為我學舊藏無疑，嶺師之時，山井璞輔來遊，以其先人《考文》中載是，搜索庫中已不得，因檢寬政九年新樂閑叟所作藏書目錄，尚有之，知其佚在近矣。今冬上乞改築詩，命幕下璞輔攜是本來，云近為其友村山月汀所獲，以有我學圖書記，使璞輔來質，且云月汀甚愛重是本，以為傳之子孫，未必永存，行將校讎諸本，既畢之後，復之學中，斯善志也。吾安得遽奪來之？因書數語以記之，且使告月汀，善始終之。嘉永二年十月既望，足利學校松齡執筆于江戶金地院碧雲菴中。

據跋，知此本為村山月汀所獲。島田翰稱是嘉永中以村山月汀之介，歸于山井璞輔，書內有島田翰藏印，但島田翰《古文舊書考》卻說自己另收有二通，而非此本。此本卷二十二末有島田翰跋曰：

賴青山田中公借得內府御本德川氏紅葉山收舊鈔卷子金澤文庫足本，及宋嘉定殘興國軍學本、淳熙種德堂本，點勘一過。明治己亥初春，島田翰記。時年二十一。

是島田翰校勘過此本，而他對五山板的意見也是受到了此本所附江公亮跋的影響。事實上，臨川江公亮本與五山板行格完全不同。從行格看，臨川本是九行，行 20 字，與五山板 8 行 17 字不同。此外，臨川本"經"寫作"巠"，且"巠"、"傳"均在欄外，顯然是唐寫本舊式。這都與五山板不同。相反，興國軍學本行格與五山板一致，所以從版式看，五山板覆興國軍學本應該是有道理的。這個意見為當代的日本學者所接受，如川瀨一馬《五山版研究》，直接著錄為覆刻興國軍學本。(7)

不過，五山板覆興國軍學本，并非完全一致，有不少不同的地方。茲以文公為例，列五山板與興國軍學本的差異如下：

出處	今本	宮內廳本	五山板	備注
1、文公五年傳："秋楚成大心、仲歸帥師滅六。"	杜注"仲歸"句"仲"字	傳、注皆誤作"伸"。	仲	
2、文公六年傳"樹之風聲"	杜注"因土地風俗"句"土"字	"土"誤作"王"	土	

3、文公六年傳："宣子使臾駢送其帑。"	杜注"宣子以賈季中軍之佐同官故"句"官"字	"官"誤作"百"。	官	案，陽明文庫本作"官"。
4、文公七年傳："宣子說之。"	杜注"為明年晉歸鄭衛田張本"句"田"字	田	誤作"由"	
5、文公十一年傳："獲其弟榮如。"	杜注"欲其兄弟伯季相次"句"伯"字	伯	仲	案，陽明文庫本作"伯"。
6、文公十八年傳	對曰："先大夫臧文仲。"	衍一"大"字	亦衍一"大"字	

從此列表看，五山板應該是覆的興國軍學本，尤其是文公十八年傳衍"大"字例，但五山板在覆刻時，也作了一些校改，改正了興國軍學本的一些訛謬。

二、五山板《春秋經傳集解》價值略說

五山板是覆興國軍學本，因此其版本價值也代表了興國軍學本。不過由于五山板刊刻時對興國軍學本作過校改，其價值又有超過興國軍學本的地方。

先談第一點，興國軍學本的版本價值。興國軍學本據聞人模跋，最先為鄭仲熊在紹興年間在興國刊刻《五經》，但指的哪《五經》，聞人模沒有細說。南宋黃震《黃氏日抄》有"六經官板，舊惟江西撫州興國軍稱善本"的話，則謂興國當年所刊是《六經》，而非《五經》，聞人模時興國軍學舊板或僅知有《五經》，故聞人模跋稱《五經》歟？鄭仲熊所刊《春秋左傳》，至嘉定九年聞人模修《五經》時，板已磨滅，故今所見興國軍學本已非鄭氏本舊貌。鄭仲熊刊刻《五經》在紹興壬申，亦即紹興二十二年（1152），按今所傳宋刊本《春秋經傳集解》經注本，除興國軍學本外，尚有臨川江公亮跋本、日本陽明文庫藏本以及撫州公使庫本，皆稱精善。撫州公使庫本當刻于淳熙年間[(8)]，臨川本江公亮跋本，是嘉定六年據舊跋重修本，江公亮跋稱："臨川舊有板行五經三傳，比他郡者為精好，歲久浸紙磨滅，幾不可讀。"是臨川郡《五經》、《三傳》舊板刻在江公亮跋的嘉定六年之前。陽明文庫藏本，日本學者著錄為紹興刊，乾道七年、淳熙十三年至宋後期修本，嚴紹璗《日藏漢籍善本書錄》從之，但據該本末趙不違跋，此本實為趙不違新刻書，而非據舊板重修者。趙不違跋曰：

紹興初，江陰被佛關借秘閣正本，依其字樣大小，嘗刊是書。更歲浸久，點畫漫缺，中間雖稍葺治，旋復磨滅。不違到官之明年，郡事稍暇，迺屬僚友與夫里居之彥互相參考，分帙校讎，重鋟諸梓，自春徂秋，始以迄事告斯。

趙不違說得很明確是"重鋟諸梓"，而非據舊板重修，故陽明文庫本不能作為紹興刊本看待。這樣看來，南宋幾種刻本，以興國軍學本和臨川江公亮跋本刊刻略早，撫州本、陽明文庫本稍晚。當然，興國軍本和臨川本雖然刊刻略早，但現在流傳的皆為修板重刻本，楊守敬已稱興國軍本不盡為紹興鄭仲熊舊貌。

興國軍學本在南宋時已遭毀板，黃震《黃氏日抄》《修撫州六經跋》說："已未，金人偷渡，興國板已燬於火。"是以興國軍學本在宋時流傳已稀，今見宋人如毛居正《六經正誤》以及岳珂《九經三傳沿革例》，皆稱引興國本，然毛居正時已在嘉定年間，興國舊板似其時已毀于火，故毛居正所引之興國本，恐亦非鄭氏舊板。至于岳珂，所稱之興國本，亦指興國于氏本，是經注附釋音本，既非鄭氏舊板，亦非聞人模重修本。 因此，鄭氏舊板，雖宋人亦未能用，這樣，聞人模重修本的價值，自不可低估。毛居正《六經正誤》論到興國軍學本地方，楊守敬說共十三處，實際有助于校勘者是十二處，我們對校發現，有十一例是興國軍學本與五山板完全一致，有一處不同。校勘如下：

1、莊公十九年傳："生子頹"、"秋，五大夫奉子穨以伐王"，皆作"穨"。下"子頹有寵"、"蘇子奉子頹以奔衛"、"冬，立子頹"、"二十年，王子頹享五大夫"、"今王子頹歌舞不倦"，皆作"頹"，"僖二十四年，穨叔作'穨'"。案臨川、興國本並作"穨"，當從之。

剛案，宮內廳本皆作"穨"，但宮內廳本此卷為鈔配。五山板亦皆作"穨"。唐石經[(9)]皆作"穨"，與興國軍學本同。陽明文庫本合于毛居正所說，前二處作"穨"，餘皆作"頹"。

2、僖公五年傳："江黃道柏方睦於齊。""柏"作"栢"，誤。興國本作"柏"，經、傳後多作"柏"，此作"栢"者，傳寫誤也。

案，宮內廳本作"柏"，五山板同。唐石經及陽明文庫本作"栢"。

3、文公八年傳杜注："大夫出竟，有可以安社稷、利國家者，專之可也。"欠"也"字，注疏本有"也"字，建本同。興國本無"也"字。

案，宮內廳本無，五山板同。陽明文庫本無。

4、宣公三年傳："遂至於雒。"注："雒水出上洛山。"注疏及興國本皆作"上洛"，建本作"上雒"，監本作"上格"，誤。

案，宮內廳本作"上洛"，五山板同。陽明文庫亦作"上洛"，劉叔剛刻本作"上雒"，合于毛居正所說建本。

5、成公元年經，注："茅戎，戎別種也。"作"戎，別也"，欠"種"字，誤。注疏及臨川本皆作"別"也。興國本"戎，別種也"。建本"茅戎，別種也。"《釋文》："別種，音章勇反。"無"種"字者誤也。

按，興國本作"別種也"，五山板同。陽明文庫作"戎別也"，無"種"字。

6、襄公三十一年傳："盜賊公行而天癘不戒。"注疏及臨川本作天地之"天"，興國及建本作夭閼之"夭"。

案，興國本作"夭"，五山板同。唐石經作"夭"。陳樹華《春秋經傳集解考正》謂唐石經本作"天"，不知何據？陽明文庫本作"天"，劉叔剛本作"夭"。毛居正曰："案，杜氏注云：'癘，猶災也，言水潦無時。'據此義，則當作天地之'天'。然經中有言疫癘夭札，則夭癘亦不為非，姑俟達者。"陳樹華引陸粲附注云："天厲者，天之厲氣，猶《周官・司救》所謂天患。彼疏云：'水旱之烖，疾病之害'是也。不戒，言不戒備。"陳樹華又說："愚謂毛氏未見石經，故不能遽定。陸說確切，足以證明杜注。今依石經、宋本定作'天厲'。又案，哀元年傳曰：'天有菑癘。'注：

‘癘，疾疫也。’更是一證。”

7、昭公三年傳：“請更諸爽塏者。”注：“爽，明也；塏，燥也。”“燥”作“槮”，誤。又欠“也”字。興國、建本皆作“燥”，潭本、《釋文》作“燥”也。當作“燥”，亦當有“也”字 。

案，興國本作“燥”，無“也”。然此葉為抄配。五山板同。

8、昭公十二年傳：“昔我先王熊繹與呂級。”興國本作“伋”。《尚書》作“伋”，姑兩存之。

案，興國軍學本作“伋”，五山板同。唐石經作“級”。陳樹華稱石經及淳化本、岳本、葛本竝作“伋”，不知何據？

9、昭公二十年傳：“照臨敝邑。”“照”作“昭”，誤。注疏及興國本皆作“照”。

案，興國本作“照”，五山板同。唐石經作“昭”。案，此字避則天之諱，非誤字。

10、昭公二十年傳，注：“還，猶顧也。”“顧”作“故”，誤。注疏興國建本皆作“顧”。

案，興國本作“顧”，五山板同。

11、哀公十一年經：“滕子虞母卒。”“母”作“毋”，誤。興國本作“母”。

案，興國本作“母”，五山板同。唐石經作“母”。

12、哀公十一年傳：“樊遲為右。”注：“樊遲，魯人，孔子弟子樊須。”注疏、興國本皆作“遲”。

案，興國本注作“樊須”，五山板同，與毛居正所引不合，此毛居正所引12條，唯一與今興國本不同者。

就以上12條毛居正所引興國軍學本看，有11條與今本相合，就宮內廳藏興國軍學本看，此“須”字不像修板所致，不知是否毛居正誤引？以興國軍學本與臨川本（毛居正所引者）和陽明文庫本相校，興國軍學本勝處顯然多于二本。即使唐石經，也多有誤字，而興國軍學本則作校改。又如楊守敬所舉昭公二十年傳杜注“皆死而賜謚”一句，臨川本、陽明文庫本、撫州公使庫本皆有“未”字，據此益可知興國軍學本版本價值高于他本了。

以上論述了興國軍學本的版本價值，五山板覆興國軍學本，但作了諸多校改，改正了興國軍學本的一些訛謬，因此，五山板又自具有不同于興國軍學本的價值了。前舉莊公經、傳之例，已經明見了。我們以五山板與興國軍學本作了校勘，約得50餘條，可以看出五山板對興國軍學本作了不少校改。校改的文字，大致有這樣幾種情況：

1、興國軍本誤刻，五山板校改。如僖公二十八年傳“楚子伏己而鹽其腦”“鹽”字，興國軍本誤作“墮”，此字注文不誤，可見是興國軍本誤描。又如襄公十一年經“公會晉侯……伐鄭”句杜注：“故晉悼亦進之”，“進之”二字，興國本誤作“道之”，各本均不誤，五山板校改。

2、興國軍本底板闕字，留有空白，五山板補足。如襄公二十三年傳“季孫怒而命攻臧氏”句“而”字，興國軍本闕，留一空格，五山板補足。又襄公二十九年經“閽弑吳子餘祭”杜注“下賤非士故不言盜”，興國軍本闕“盜”字，留空，五山板補“盜”字。又莊公十六年傳“周公忌父出奔虢”杜注：“周公忌父王卿士”句“周公”二字，興國軍本闕，留二空格，五山板補足。

3、興國軍學本底板磨損，閩人模修板時據字形描錯之字，五山板校改。如宣公八年經“夏六月公子遂如齊至黃乃復”杜注“受命而出”句“出”字，興國軍學本描為“土”，五山板校改為

“出”。又文公五年傳“秋楚成大心、仲歸帥師滅六”句及杜注“仲歸”，傳及注“仲”字興國軍本皆誤為“伸”，當是刻工誤描，五山板校改。

4、五山板校改字，在日本古鈔卷子本和陽明文庫藏淳熙本、臨川江公亮本、撫州公使庫本往往能夠找到依據。如興國軍學本“刑丘”、“刑”字皆作“邢”，其從卷子本也。又，成公三年經“叔孫僑如帥師圍棘”杜注“在濟北蛇丘縣”句“蛇”字，興國軍本作“鮀”字，卷子本及各本均作“蛇”（陽明文庫本作“虵”），五山板據改為“蛇”。

五山板也有改錯的地方，如僖公十五年傳“其悔山也”也句“山”字，興國軍學本不誤，但其字應該經過描改，似原板作“出”，聞人模修板時描改為“山”，但五山板又改回為“出”，誤。又如閔公二年經“夏五月吉禘于莊公”杜注“是大祭”句“大”字，五山板誤作“夫”。此外，興國軍學本原有誤字，或五山板不能定而依照興國本原貌覆刻。如文公十八年傳“先大夫臧文仲”句，興國軍本衍一“大”字，作“先大大夫臧文仲”，五山板一仍原貌，這正可說明是五山板祖本為興國軍學本。

附註：本文五山板與興國軍學本的校勘工作由北京大學中文系博士研究生孫玲玲完成，特此致謝。

【注】

（1）本文得到國家社科基金重大招標項目“《春秋左傳》校注及研究”（項目批準號 15ZDB071）資金支持。

（2）參見劉玉才《日本古鈔本及五山版漢籍對於中國文獻學研究的意義》，載《日本古鈔本與五山版漢籍研究論叢》，北京大學出版社 2015 年版。

（3）參《經籍訪古志》卷二，日本《解題叢書》本，大正十四年十月版。

（4）島田翰《古文舊書考》卷三，上海古籍出版社 2014 年版，第 243 頁。

（5）上揭書第 177 頁。

（6）參張麗娟《宋代經書注疏刊刻》第二章第一節，北京大學出版社 2013 年版，第 124-132 頁。

（7）The Antiquarian Booksellers Association of Japan. 昭和 45 年 3 月 1 日發行。

（8）參見《宋代經書注疏刊刻》，第 63-70 頁。

（9）中華書局影印皕忍堂拓唐開成石經本，1997 年版。

五山版《山谷詩注》考辨

王　嵐

一、問題的提出

2007年至2008年，筆者在日本早稻田大學做交換研究員期間，第一次看到了圖書館特別資料室所藏的“五山版（覆宋本）”《山谷詩集注》二十卷，宋黃庭堅撰，宋任淵集注，十冊。

該本卷首為《黃陳詩集注序》，半頁8行行14字，署“紹興乙亥冬十二月鄱陽許尹謹敘[1]。”天頭、邊欄外有墨筆批註，文中有朱墨筆點畫及和式訓點。（見圖一）

正文半頁9行行16字，小字雙行同，左右雙邊，大黑口。書口題字“山谷一”，多為陽文，偶有變成陰文的，如頁32。

卷二〇末有《後跋》，半頁5行行12字，題“紹定壬辰[2]日南至，諸孫朝散郎行軍器監主簿、兼權知南劍州軍州、兼管內勸農事、節制本州屯戍軍馬、借緋垺拜手敬識。”知黃庭堅後人黃垺以家藏蜀刻《黃陳詩集注》中的任注黃詩部分，重刊于延平（今福建南平）。

卷首、卷中鈐有“玉林院”、“玉林院文庫”諸印。

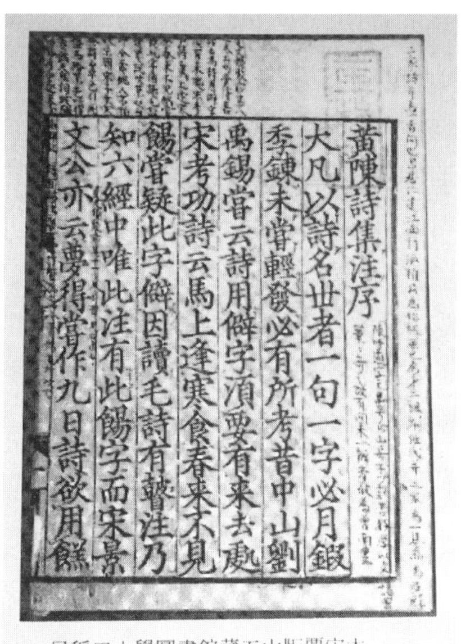
黃陳詩集注序
大凡以詩名世者一句一字必月鍛
季鍊未甞輕發必有所考昔中山劉
禹錫甞云詩用餳字須要有来去處
宋考功詩云馬上逢寒食春来不見
餳甞疑此字僻因讀毛詩有䩉注乃
知六經中唯此注有此餳字而宋景
文公亦云夢得甞作九日詩欲用餻

早稲田大學圖書館藏五山版覆宋本
『山谷詩集注』

圖一

我們所瞭解的五山版，一般來說是指鐮倉末期（十四世紀前半）至室町末期（十六世紀後半），相當於中國的元明時期，主要集中在京都、鐮倉五山禪院刊刻出來的書籍。其中的漢籍多據宋元明版以及朝鮮版覆刻，其刻工主要是流徙日本的中國工匠，著名的有元末明初莆田俞良甫、天台陳孟榮等。[(3)]

不過據嚴紹璗老師《日本藏宋人文集善本鉤沉》，謂日本和刻《山谷詩注》之祖是南北朝時覆刻宋紹定本的9行行16字本；後有五山版，為半頁11行行20字，等等。[(4)]

臺灣藏有明朝鮮覆刊宋紹定壬辰（五年，1232）延平本《山谷詩集注》二十卷，據臺灣"國家圖書館"網站"古籍與特藏文獻資源"提供的原文影像，我們看到其行款亦為半頁9行行16字，左右雙邊，黑口。第一冊扉頁，正面有楊守敬"星吾七十歲小像"，反面為其1913年手書題記，稱"此蜀大字本山谷內集，末有其子黃埒跋，自來無著錄者，余得自日本。義甯陳君伯嚴欲重價購之，余不忍割，乃議借刻……癸丑五月，守敬記。"楊守敬大概認為該本是宋代蜀刻本，但朴現圭《臺灣公藏韓國古書籍聯合目錄》考訂此書為朝鮮成宗十三年（當明成化十八年，1482）星州刊本，原當有同一年俞好仁序，唯此本闕。[(5)]且楊守敬小像前一扉頁尚有手書"希逸記"，亦謂"此高麗覆宋蜀本。"書末扉頁有"吳興張氏韞輝齋藏"一行，知為當代浙江吳興收藏家張珩（字蔥玉）所題，"希逸"乃其號。

清光緒二十一年（1895）至二十五年義甯陳三立（字伯嚴）影刊《山谷內集詩注》二十卷，據稱底本是"日本覆宋本"，後上海中華書局亦據以排印收入《四部備要》中。陳三立影刻的即是楊守敬從日本獲得的本子，而今天我們已經知道，它既非"蜀大字本"，亦非"日本覆宋本"，而是朝鮮覆宋閩本。

那麼稱為"五山版"的《山谷詩注》有9行行16字本（早稻田大學）、有11行行20字本（《日本藏宋人文集善本鉤沉》）；而9行行16字本有"五山版（覆宋本）"（早稻田大學）、有明朝鮮覆刊宋紹定延平本（臺灣"國家圖書館"）。它們之間是否交叉？有無淵源？

此前筆者曾撰《日本早稻田大學圖書館所藏宋人別集概述》一文，[(6)]傾向于《日本藏宋人文集善本鉤沉》所指的半頁11行行20字刻本是五山版，從而認為早稻田大學所藏9行行16字本很可能不是五山版，而是日本南北朝時期（1336-1392）覆刻宋紹定本，或者是明代（1368-1644）朝鮮覆刊宋紹定本，並希望方家有以教之。

幾年來，此疑惑一直未解。2014年3月，我有機會去日本大學文理學部擔任外國人教授一年。講授漢語之餘，便去靜嘉堂文庫、御茶之水圖書館成簣堂文庫訪書，又看到了幾種和刻本《山谷詩注》。勾連比較，各種模糊之處逐漸清晰起來。

二、靜嘉堂文庫本

嚴紹璗老師《日藏漢籍善本書錄》著錄：

山谷黃先生大全詩注二十卷

（宋）黃庭堅撰，任淵注釋

宋閩中刊本，共十冊

靜嘉堂文庫藏本，原陸心源皕宋樓等舊藏

【按】：每半頁有界十一行，行二十字。注文小字雙行，行二十四字。

此本係宋末閩中覆刻紹興本。前有許尹《序》。

卷末有“永樂二年七月二十五日蘇叔敬買到”墨書一行。

傅增湘《藏園群書經眼錄》卷十三著錄此本，並斷為“元刊本”。

【附錄】《倭板書籍考》卷七著錄“《山谷詩集注》二十卷，附《年譜》一卷。三江任淵作注，五山名僧和訓古點。”

日本古代覆刻《山谷黃先生大全詩注》者甚多。南北朝時（1331-1392）所刻九行本，以宋紹定本為底本，此為日本和刻《山谷詩集》之祖。此本每半頁九行，每行十六字。注文雙行，黑口，左右雙邊。前有宋政和辛卯任淵《序》，宋紹興乙亥許尹《序》。末有宋紹定壬辰黃㶿《跋》。

又有[7]五山版《山谷黃先生大全詩注》，每半頁十一行，每行二十字，小字雙行[8]。

不過，查《靜嘉堂文庫漢籍分類目錄》，著錄有“《山谷黃先生大全詩注》二十卷，宋任淵撰，古刊（五山版），冊一〇，函五，架二五，皕[9]”，此乃清陸心源皕宋樓舊物。但並未著錄有十冊的“宋閩中刊本”。

2014 年，筆者利用在日本大學教學的機會，提前一個月預約，於 11 月 10 日前往靜嘉堂文庫。因無“宋閩中刊本”可覽，遂仔細查閱了“古刊（五山版）”《山谷黃先生大全詩注》二十卷。

該本十冊，分別以甲、乙、丙、丁、戊、己、庚、辛、壬、癸標冊，比如第一冊書簽題為“宋槧山谷黃先生大全詩注　甲”。

首為許尹所撰《豫章後山詩解序》，行書，半頁 7 行，行 14、13、12 字不等，旁邊注記和式訓點。天頭鈐蓋“歸安陸樹聲藏書之記”。可證是皕宋樓舊物。（見圖二）

正文題“山谷黃先生大全詩注卷第一”，署“天社任淵”（僅卷一有），半頁 11 行行 20 字，小字雙行，低一格書寫（頂格 24 字），左右雙邊，細黑口。（見圖三）

該本間有刻工姓名，刻在書頁左右角邊框外或壓在邊框上：

如卷一頁 13 正面右下角邊框外刻有“宗陳”二字；頁 14 正面，右下角邊框外有圓形陰文“宗”字；頁 15 反面，則為邊框左下角，圓形陰文“宗”字壓在邊欄上。

卷四頁 8 反面，左下角邊框斷開，中間刻一“伯”字。等等。

全書多墨筆批註，天頭地腳有朱筆塗抹。

卷二〇末，鈐有“歸安陸樹聲叔桐父印”陰文印等。

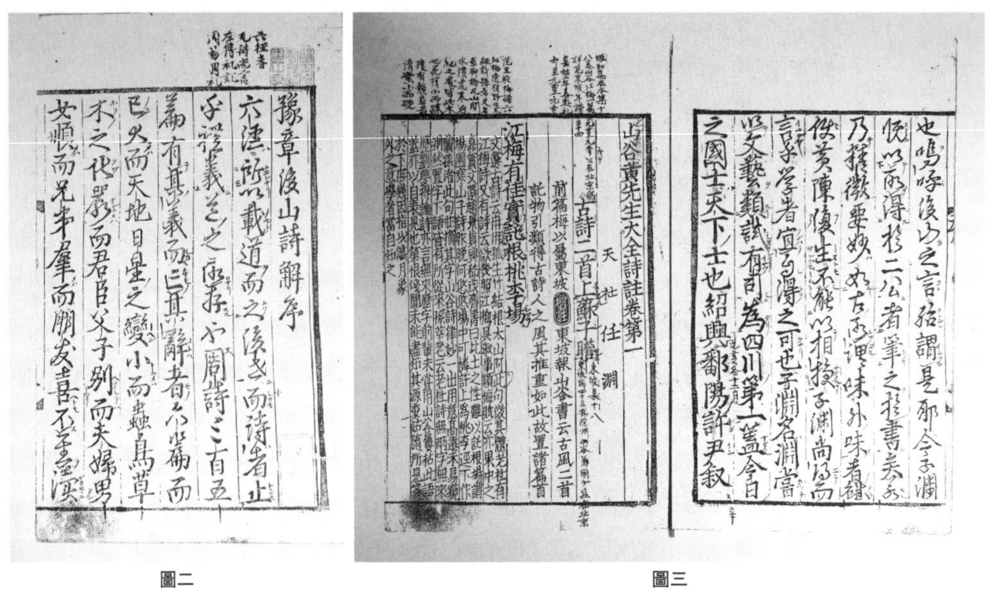

圖二　　圖三

顯然，此書原被認為是“宋槧”，後經靜嘉堂文庫審定為日本“古刊（五山版）”，當是源于宋紹興刻本，但非《日藏漢籍善本書錄》所稱“宋末閩中覆刻紹興本”，其卷末亦無“永樂二年七月二十五日蘇叔敬買到”墨書一行。

再查傅增湘《藏園群書經眼錄》卷一三，確實著錄了《山谷詩集注》等 3 個本子：

《山谷詩集注》二十卷。

日本古刻本，九行十六字，注同，黑口，左右雙闌。前有紹興乙亥冬十二月鄱陽許尹序，稱《黃陳詩集序》，乃抄補者。後紹定壬辰日南至，諸孫朝散郎行軍器監主簿、兼權知南劍州軍州、兼管內勸農事、節制本州屯戍軍馬、借緋垺拜手敬識。

《山谷黃先生大全詩注》二十卷。

存卷一至四、六至十一、十四至十八，計十五卷。

宋刊本，半頁十一行，行十九字，注雙行低一格二十三字，細黑口，左右雙闌。

有“永樂二年七月二十五日蘇叔敬買到”墨書一行。又有黃丕烈手跋。鈐有汪士鐘藏印。

按：此書建本，然雕工字體圓美，無宋刊峭麗之態，當是元刊本。書潛。（余藏。）

《山谷黃先生大全詩注》二十卷。

元刊本，半頁十一行，每行十九字，注雙行二十四字，低一格，實二十三字。

按：此本余亦藏一帙，為黃丕烈故物，有手跋，只十八卷，且每卷缺葉亦多。末有“永樂二年七月二十五日蘇叔敬買到”墨書識語一行。（日本靜嘉堂文庫藏書，己巳十一月十三日閱。）[10]

筆者按：傅增湘（1872-1950），號書潛，“己巳”為1929年，時年58。

傅增湘看到的九行十六字“日本古刻本”《山谷詩集注》二十卷，與早稻田大學所藏“五山版（覆宋本）”特徵一致，當屬同一種版本。

他又曾經眼了兩個元刊《山谷黃先生大全詩注》二十卷本，行款相同，皆為半頁11行行19字：

一本原作宋刊本，存十五卷，有“永樂二年七月二十五日蘇叔敬買到”墨書一行、黃丕烈手跋、鈐汪士鐘藏印。傅增湘判斷為建本、元刊，是他自家收藏的。

另一本是日本靜嘉堂文庫藏書，當是1929年十一月十三日在靜嘉堂所閱。記錄此本時，他聯想到了自己收藏的黃丕烈舊藏元刊殘本。

由此可見，《日藏漢籍善本書錄》記錄的靜嘉堂文庫藏本《山谷黃先生大全詩注》二十卷，“卷末有‘永樂二年七月二十五日蘇叔敬買到’墨書一行。傅增湘《藏園群書經眼錄》卷十三著錄此本，並斷為‘元刊本’”，當系誤讀。因為《藏園群書經眼錄》提到卷末有“永樂二年七月二十五日蘇叔敬買到”墨書一行的，不是靜嘉堂藏本，而是“余藏”——傅增湘自己收藏之本。

靜嘉堂藏本，傅增湘載為元刊本，而《靜嘉堂文庫漢籍分類目錄》著錄為古刊（五山版），但都未將其視為“宋閩中刊本”或“宋末閩中覆刻紹興本”，故《日藏漢籍善本書錄》因誤讀《藏園群書經眼錄》而誤記。

其實傅增湘當年收藏的元刊本《山谷黃先生大全詩注》二十卷本殘本，今天尚存，但不在日本靜嘉堂文庫，而在中國國家圖書館。

該本殘存卷一至五，七、八、一二至二〇，凡16卷（按：實際尚有卷六、九等卷殘頁，凡18卷）[11]。第一卷全，題為“山谷黃先生大全詩注卷第一，天社任淵”，正文半頁11行20字，小字雙行低一格23字，黑口，書口中間題寫書名簡稱、卷數、頁碼。其注文中有標作“增注”者，但實際內容同《四部備要》本《山谷詩集注》任淵注。該本卷末有題記一行“一本永樂二年（1404）七月二十五日蘇叔敬買到”以及“丁卯（按：當為清嘉慶十二年，1807）白露後一日”黃丕烈跋。黃氏謂此本猶是明初官書，“數年以來僅見一本”，故亦很稀罕。

不過令人感到疑惑的是現存卷數（卷一至九、十二至二十，計十八卷）與《藏園群書經眼錄》所記“存卷一至四、六至十一、十四至十八，計十五卷”有較大出入，但《藏園群書經眼錄》又云“只十八卷，且每卷缺葉亦多”。或許傅增湘起初草草翻閱所記不確，後又重新翻閱計數？但卷末有“永樂二年七月二十五日蘇叔敬買到”墨書一行以及黃丕烈手跋是相吻合的，應該就是藏園舊藏之本，行款則為半頁11行行20字。

這樣就很清楚了，日本靜嘉堂所收不是宋刊本，也不是元刊本，更不是傅增湘所提到的有蘇叔敬墨書和黃丕烈題跋的元刊本；《靜嘉堂文庫漢籍分類目錄》將其著錄為日本“古刊（五山版）”，當是後來編目之時加以更正的鑑定判斷。

三、成簣堂文庫本

日本“お茶の水”圖書館的“成簣堂文庫”，所收乃德富蘇峰（1863-1957）舊藏。據川瀨一馬所編《新修成簣堂文庫善本書目》著錄，內有數種《山谷詩集注》，且均附書影。

第一種《山谷詩集注》二十卷，首一卷，十一册。

南北朝刊，覆宋大字本。左右雙邊，半頁9行行16字，小注雙行，小黑口。首為紹興乙亥鄱陽許尹《黃陳詩集注序》，次目錄、附年譜，末為紹定壬辰黃埒（按：當為黃垺）跋。卷三末、卷七末、卷一九首都有島田翰識語。卷九末有島田翰手識“明治庚子[12]季冬獲之于新井政毅”墨書。全書標有室町時期的訓點、注記等。（見圖四）

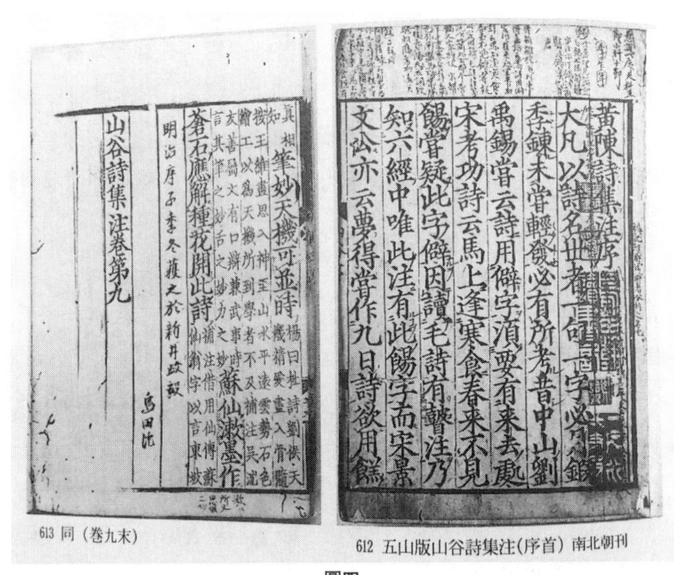
山谷詩集注卷第九

明治庚子季冬獲之於新井政毅

島田瀚

黃陳詩集注序

大凡以詩名世者一句一字必有鍛
季鍊未嘗輕發必有所考昔中山劉
禹錫嘗云詩用僻字須要有来處
宋考功詩云馬上逢寒食春来不見
餳嘗疑此字僻因讀毛詩有鄭注乃
知六經中唯此注有此餳字而宋景
文公亦云夢得嘗作九日詩欲用餻

613 同（卷九末）

612 五山版山谷詩集注（序首）南北朝刊

圖四

第二種，十一册。

南北朝刊，與前本同版，初印本。有室町時代的注記、訓點。第一册書衣及扉頁有蘇峰手識。各册卷首鈐“歸源藏書”朱印，末有慶長七年（1602，當明萬曆三十年）幻桃修補墨書題記。

如第一册末：“慶長七祀壬寅月之八澣之上幻桃拙緇修補焉”，下鈐鼎形朱印，左鈐“天下之公寶須愛護”、“德富所有”等朱印及花押。（見圖五）

第十册末：“慶寅之秋八月於鐮府之五嶽第三刹龜山之桂陰草廬，幻桃”，下有花押。

615 同（卷一末）

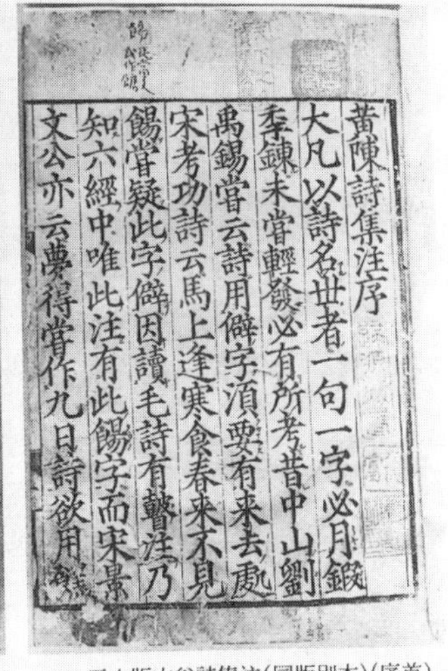

黄陳詩集注序
大凡以詩名世者一句一字必月鍛
季鍊未嘗輕發必有所考昔中山劉
禹錫嘗云詩用餳字須要有来去處
宋考功詩云馬上逢寒食春来不見
餳嘗疑此字僻因讀毛詩有簫注乃
知六經中唯此注有此餳字而宋景
文公亦云夢得嘗作九日詩欲用餻

614 五山版山谷詩集注（同版別本）（序首）
南北朝刊

圖五

第三種名《山谷黃先生大全詩注》。

二十卷，七冊。

南北朝刊，覆宋刻。

第一冊書衣背面有德富蘇峰明治三十八年（1905）手識。

卷首有許尹序。左右雙邊、半頁 11 行行 19 字（按：靜嘉堂本、國圖本為半頁 11 行行 20 字）。小字雙行，低一格 23 字。

有刻工姓名：卷一第十七葉表[13]"宗陳"，同十八、十九葉裏[14]"宗"（陰刻），卷四第五至八葉"伯"（按：據書影 618，為第八頁反面），卷十二第九葉裏至第十五葉裏"宗"（陰刻）。（見圖六）

全書有室町時期朱、墨二色訓點以及墨筆注記。為島田翰舊藏[15]。

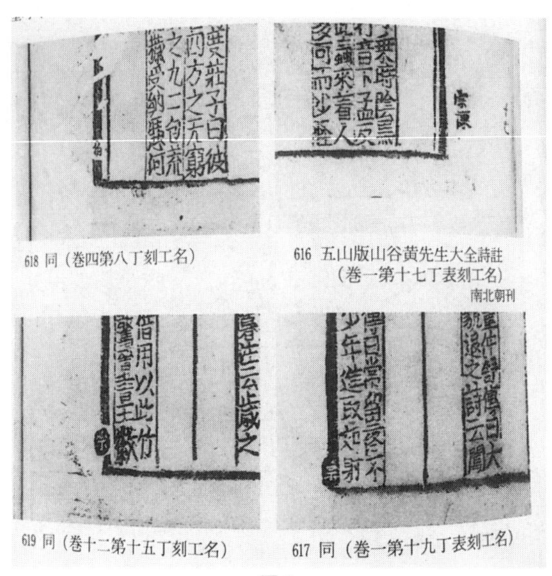

圖六

按：御茶之水圖書館成簣堂文庫所藏第一、二種《山谷詩集注》為同版，俱為南北朝刊覆宋大字本，半頁 9 行行 16 字，筆劃清晰，且第二本為初印，更為清湛。從版本特徵上看，與早稻田大學所藏“五山版（覆宋本）”完全相同。則這三個本子應當是同版，均為覆刻宋紹定本，且二十卷首尾完整，僅次宋本一等，彌足珍貴。

只不過在著錄上稍異，早稻田大學本作“五山版（覆宋本）”，御茶之水圖書館成簣堂文庫本作“南北朝刊，覆宋大字本”。我們留意到，《新修成簣堂文庫善本書目》著錄兩種“南北朝刊，覆宋大字本”《山谷詩集注》時，所附書影 612 注曰；“五山版山谷詩集注（序首），南北朝刊”，614 注曰：“五山版山谷詩集注（同版別本）（序首），南北朝刊”。也就是說，把這些本子稱為“五山版”、“南北朝刊”、“五山版，南北朝刊”，都是可以的。

再看成簣堂文庫所藏第三種“南北朝刊，覆宋刻”《山谷黃先生大全詩注》，其版式行款特徵與靜嘉堂文庫所藏“古刊（五山版）”《山谷黃先生大全詩注》基本相同，尤其是保留的刻工姓名完全相同。

不過靜嘉堂本實為半頁 11 行行 20 字，國圖本同，而《新修成簣堂文庫善本書目》作“十一行十九字”，當是著錄之誤。《新修成簣堂文庫善本書目》所附書影 616“五山版山谷黃先生大全詩注（卷一第十七丁表[16]刻工名），南北朝刊”之“宗陳”，靜嘉堂本實在頁 13 正面；書影 617“同（卷一第十九丁表刻工名）”之“宗”（陰文），靜嘉堂本實在頁 15 反面。亦當是書目著錄有誤。而書影 618“同（卷四第八丁[17]刻工名）”、619“同（卷十二第十五丁刻工名）”，則與靜嘉堂本相合。

同樣，在指稱此《山谷黃先生大全詩注》時，有“古刊（五山版）”（《靜嘉堂文庫漢籍分類目錄》）、“南北朝刊，覆宋刻”（《新修成簣堂文庫善本書目》）、“五山版，南北朝刊”（《新修成簣堂文庫善本書目》附書影注）幾種說法，它們同樣也沒有矛盾。

四、結論

通過以上分析，我們可以瞭解，五山版是指日本鐮倉時期（1185-1333）後期、室町（1336-1573）[18]後期，相當於宋末至元明，在鐮倉五山和京都五山的禪宗寺院，以東渡日本的中國刻工為主刊刻的書籍。而南北朝（1336-1392），正好處於鐮倉時代之後，與室町前期重合，一些五山版被判斷刊刻於這一時期。

這些五山版多以宋元版為底本，故其風格特點與在中國覆刻的宋元版無異。但遇到作為底本的宋元版原本在中國存留不多、或失傳、或殘缺時，五山版便成了保存宋元版原貌的珍貴版本，理應得到重視。

如何指稱這些五山版古籍，公私藏書目錄並不統一。

同樣的版本，在不同的藏家手裏、不同的藏書目錄中著錄成不同的名稱，如上面討論分析的兩種《山谷詩集注》：

第一種《山谷詩集注》二十卷，半頁 9 行行 16 字，我們可稱之為“大字本”，在早稻田大學圖書館著錄為“五山版（覆宋本）”；《新修成簣堂文庫善本書目》著錄為“南北朝刊，覆宋大字本”，所附書影又稱“五山版……南北朝刊”。

第二種《山谷黃先生大全詩注》二十卷，半頁 11 行行 20 字，我們可稱之為“小字本”，在靜嘉堂文庫被著錄為“古刊（五山版）”；《新修成簣堂文庫善本書目》著錄為“南北朝刊，覆宋刻”，所附書影又稱“五山版……南北朝刊”。

由此造成混淆不清的狀況，容易使人誤判。

比如，前面提到《日本藏宋人文集善本鉤沉》以及《日藏漢籍善本書錄》著錄《山谷黃先生大全詩注》二十卷（宋閩中刊本，靜嘉堂文庫藏）時，謂：“日本古代覆刻《山谷黃先生大全詩注》者甚多。南北朝時[19]所刻九行本，以宋紹定本為底本，此為日本和刻《山谷詩注》之祖。此本每半頁九行，每行十六字。注文雙行，黑口，左右雙邊……”“其後[20]，五山版《山谷黃先生大全詩注》，每半頁十一行，每行二十字，小字雙行[21]。”

即把南北朝刊本與五山版分開介紹，容易讓人以為先有南北朝刊本，後有五山版，它們是兩個不同的版本概念。由此才引發筆者最初的疑問：

《山谷詩集注》的“五山版”到底是兩種還是一種？如果只有一種，那麼是半頁 9 行行 16 字的大字本，還是半頁 11 行行 20 字的小字本才屬於“五山版”？

而現在我們調查比較了不同館藏的本子，已基本可以厘清一個事實，就是有關黃庭堅詩注，有“大字本”和“小字本”兩種五山版：

一為《山谷詩集注》二十卷，半頁 9 行行 16 字，南北朝時期據宋紹定五年（1232）黃埒延平刊本覆刻。早稻田大學所藏本、御茶之水圖書館成簣堂文庫所藏二本即是。

二為《山谷黃先生大全詩注》二十卷，半頁 11 行行 20 字，南北朝時期據宋建本覆刻。靜嘉堂文庫、御茶之水圖書館成簣堂文庫各藏一本。

而它們既可被稱之為“五山版”，亦可稱之為“南北朝刊”、“古刊（五山版）”、“五山版……南北朝刊”。名稱雖異，但並不代表不同時期的刻本，只是不同館藏目錄未加統一而已。

且諸本之間的關係可圖示如下：

南宋紹興二十五年（1155）任淵蜀刻本《黃陳詩集注》（已佚）

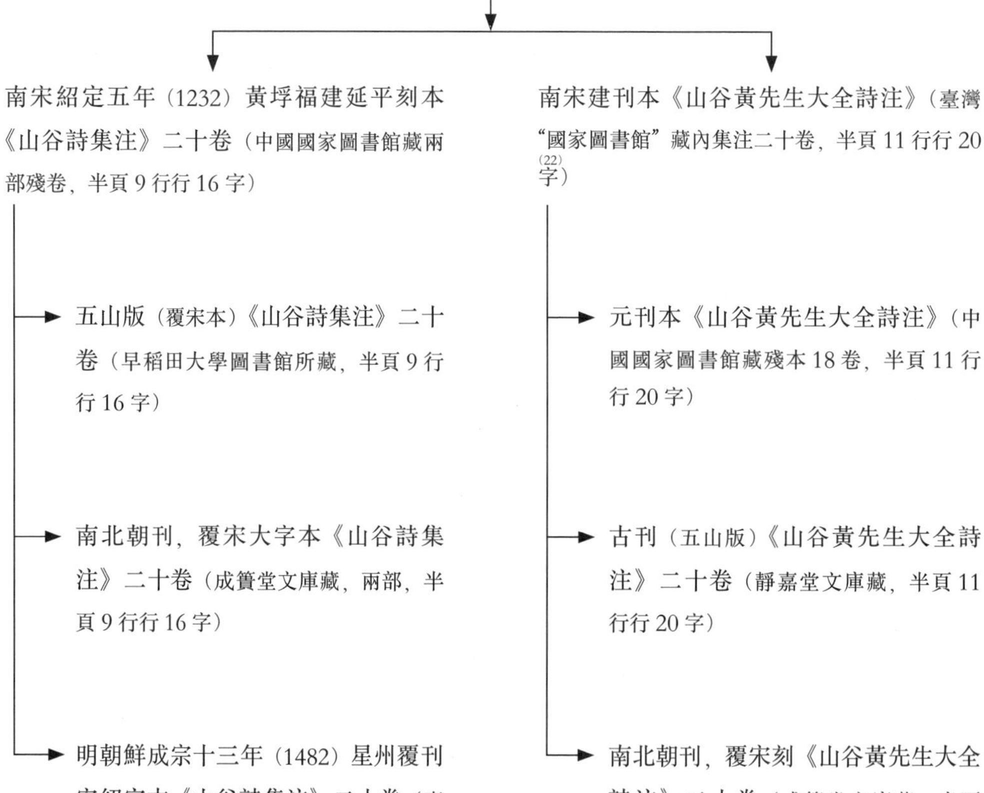

【注】

（1）按：宋徽宗政和間，任淵曾取黃庭堅、陳師道二家之詩注之，初藏於家幾十年，至紹興乙亥二十五年（1155）方請許尹作序，後板行於蜀。

（2）紹定五年（1232）。

（3）此處請日本早稻田大學內山精也教授代查資料。

（4）嚴紹璗《日本藏宋人文集善本鉤沉》，杭州大學出版社，1996年，第88頁。

（5）臺灣“國家圖書館”特藏組編《“國家圖書館”善本書志初稿・集部》，臺灣“國家圖書館”出版，1996年6月，第287頁。

（6）見《北京大學中國古文獻研究中心集刊》第十三輯，北京大學出版社，2013年，第208-219頁。

（7）《日本藏宋人文集善本鉤沉》頁 88 作“其後”。

（8）嚴紹璗《日藏漢籍善本書錄》，中華書局，2007 年 3 月，第 1542 頁。

（9）静嘉堂文庫編《静嘉堂文庫漢籍分類目錄》，臺北，進學書局，1969 年 6 月，第 651 頁。

（10）傅增湘《藏園群書經眼錄》，中華書局，1983 年 9 月，第 4 冊第 1179-1180 頁。

（11）以下簡稱國圖本。

（12）明治三十三年（1900）。

（13）表：書頁正面。

（14）裏：書頁反面。

（15）以上御茶之水圖書館藏、川瀨一馬編《新修成簣堂文庫善本書目》，日本石川文化財團御茶之水圖書館發行，1992 年 10 月，第 519-521 頁。

（16）丁表：書頁正面。

（17）丁：書頁反面。

（18）鎌倉時期、室町時期的起始，有多種說法，此處請教內山精也教授及慶應義塾大學高橋智教授。

（19）《日藏漢籍善本書錄》頁 1542 增注“（1331-1391 年）”。

（20）同上書作“又有”。

（21）以上《日本藏宋人文集善本鉤沉》，第 88 頁。

（22）臺灣《“國家圖書館”善本書志初稿·集部》，第 284 頁。

和刻本漢籍鑑定識小

陳正宏

在前現代時期的東亞，各國之間的漢籍交流不是單線的，不只是從中國往其他國家流動，還有其他國家之間的流動，以及後來的從其他國家往中國回流。有的書從中國傳到朝鮮，再從朝鮮傳到日本；也有中國的書先傳到朝鮮，再傳到琉球，最後傳到日本。清代後期，許多原本是從中國傳出去的漢籍，又從日本回流到中國。非單線的交流與回流，賦予了東亞漢籍多姿多彩的樣態。

就和刻本而言，如所周知，江戶時代的日本，翻刻了大量中國明清的刻本。據中國北京大學的嚴紹璗教授研究，中國古籍的百分之七十都被日本翻刻過。而中國本的日本翻刻本中，現存的絕大部分都是江戶時期尤其是江戶中後期翻刻的。和刻本漢籍中翻中國本的大量存在，使得鑑定一部書是中國刻本還是日本刻本時，會遇到各種出乎意料的情形，因此需要非常小心。

一、影刻逼真而頗似中國覆刻本

和刻本中，有一部分以中國本為底本的刻本，刊刻的方式是影刻，因為實在刻得太逼真，而會被誤認為是中國出版的同時期覆刻本，有時甚至會被誤認為是中國原刻。安政四年（1857）覆明刻本的《柳文》就是如此（圖 1）。

中國寧波著名的藏書樓——天一閣，即今日之天一閣博物館，保存了明嘉靖十六年（1537）游居敬刻本《柳文》以及它的兩個覆刻本：一個是明嘉靖三十五年（1556）莫如士刻本，另一個就是這部日本安政四年（1857）的覆刻本。（圖 2）而檢長澤規矩也先生《和刻本漢籍分類目錄》，安政四年覆刻本的前面，還有一個天保十年（1839）的覆刻明游居敬本。也就是說，這個安政本其實可能并不是直接覆刻明游居敬本，而是對早於它十八年的一個日本覆明刻本的再覆刻。但今日我們比較明嘉靖間莫如士刻本和日本安政四年刻本，發現這兩個覆刻本與原本都頗為相似，尤其令人驚歎的是，距中國原刻三百多年的日本覆刻本（而且很可能還是覆刻本的覆刻本），品質竟不下於距原刻僅十九年的中國覆刻本，可見日本漢籍對中國漢籍在實物形態上的模仿，到了怎樣逼真的程度。

也正是因為這個日本覆刻本實在太像中國本了，以至於其殘本曾被書坊題作“皮紙初印”的中國本出售。（圖 3）當然，這類殘本的鑑定，如果沒有最關鍵的牌記刊語證據，就只有看紙張了。如果看不出日本皮紙和中國皮紙在顏色、纖維等方面的區別，結論自然會有偏差。

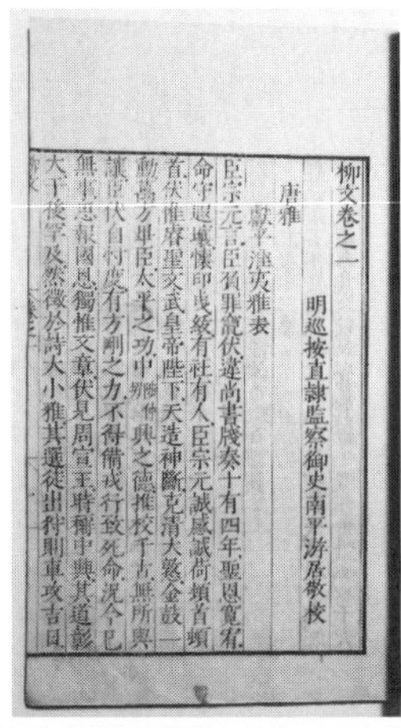
柳文卷之一　明巡按直隸監察御史南平游居敬校
唐雅
獻平淮夷雅表
臣宗元言臣負罪竄伏違尚書殿奏十有四年聖恩寬宥
命守遐壤懷印曳綬有社有人臣宗元誠感誠荷頓首頓
首伏惟睿聖文武皇帝陛下天造神斷克清大憝金鼓一
動萬方畢臣太平之功中興之德推校千古無所與
讓臣伏自忖度有方剛之力不得備戎行致死命況今已
無事思報國恩獨惟文章伏見周宣王時稱中興其道彰
大于後序及然微於詩大小雅其選徒出狩則車攻吉日

圖 1　安政四年覆刻明嘉靖十六年（1537）游居敬本

文公鄭相公其臣稱之則
爲縣者若葉公白公年之長
臣罕能以姓配公者雖近有
姓配公最著者曰房公房公
柳文　卷之九

圖 2　左　日本安政四年（1857）覆刻游居敬本，中　明嘉靖三十五年（1556）莫如士覆刻游居敬本，右　明嘉靖十六年（1537）游居敬刻本

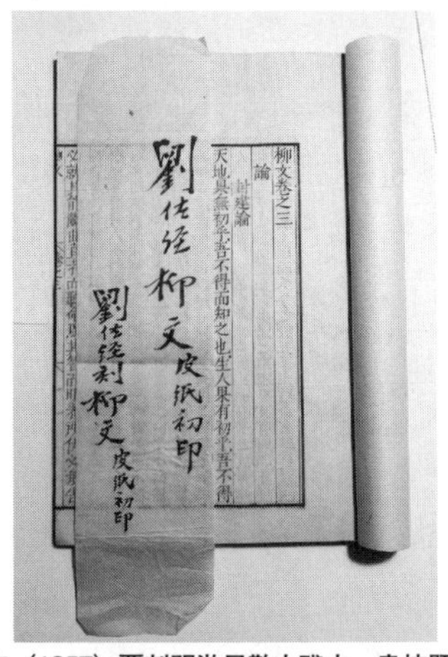
柳文卷之三
論
封建論
天地果無初乎吾不得而知之也生人果有初乎吾不得

圖 3　安政四年（1857）覆刻明游居敬本殘本，書坊題“皮紙初印”。

二、節選中國底本翻刻而保留行款、板式與字樣

和刻漢籍的翻刻本中，還有一類選本，並非是依據某個中國選本忠實翻刻的，而是做了很多挪移簡省的功夫，其製作方式是中國本中很少見到的，明曆三年（1657）刻本《赤水玄珠醫案》，即其典型的例證。

此書是以中國明萬曆（1573-1620）刻本《醫案》為底本翻刻的（圖 4），但卻不是忠實地翻刻明萬曆刻本，而是在內容方面進行了選編，刪去了很多篇目（圖 5），連卷端的書名都改了——之所以題名在“醫案”上多出“赤水玄珠”四字，是因為《醫案》一書，原本是作者個人著述的叢書名，明刻《赤水玄珠》叢書內，即收有《醫案》一卷。

不過從明曆三年（1657）刻本《赤水玄珠醫案》書名的關鍵字，還有行款、板式、字形，可以很明顯地看出，它仍然是對那部萬曆本《醫案》的高度模仿，它的寫樣，應該是通過對中國本原書文字的裁切拼接實現的，否則相關部分很難做到如此逼真（圖 6）。這是一種特殊的重新加工過的翻刻，如果不仔細比對分析，很容易誤認為是一部佚失的中國漢籍。

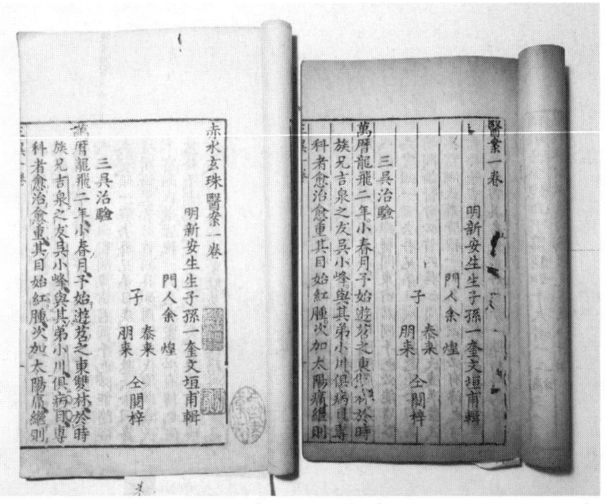

赤水玄珠醫案一卷
明新安生生子孫一奎文垣甫輯
門人余　煌
子　泰來　全閲梓
朋來
三吳治驗
萬曆龍飛二年小春月予始遊苕之東雙林於時
族兄吉泉之友吳小峰與其弟小川俱病目專
科者愈治愈重其目始紅腫次加太陽痛繼則

醫案一卷
明新安生生子孫一奎文垣甫輯
門人余　煌
子　泰來　全閲梓
朋來
三吳治驗
萬曆龍飛二年小春月予始遊苕之東雙林於時
族兄吉泉之友吳小峰與其弟小川俱病目專
科者愈治愈重其目始紅腫次加太陽痛繼則

圖 4 左 明曆三年（1657）刻本《赤水玄珠醫案》　右 明萬曆間刻本《醫案》

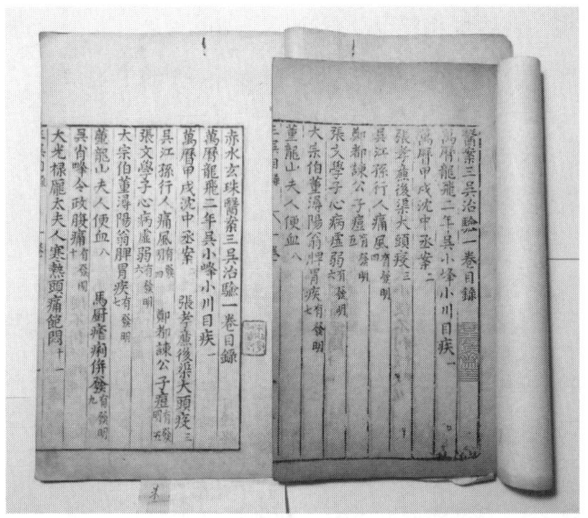

赤水玄珠醫案三吳治驗一卷目錄
萬曆龍飛二年吳小峰小川目疾一
萬曆甲戌沈中丞案二　張孝廉後渠大頭疫三
吳江孫行人痛風有發明四　鄭都諫公子瘧有發明五
張文學子心病虛弱有發明六
大宗伯董潯陽翁脾胃疾有發明七
董龍山夫人便血八　馬厨瘧痢併發有發明九
吳肖峰令政腹痛有發明十
大光祿龐太夫人寒熱頭痛飽悶十一

醫案三吳治驗一卷目錄
萬曆龍飛二年吳小峰小川目疾一
萬曆甲戌沈中丞案二
張孝廉後渠大頭疫三
吳江孫行人痛風有發明四
鄭都諫公子瘧有發明五
張文學子心病虛弱有發明六
大宗伯董潯陽翁脾胃疾有發明七
董龍山夫人便血八

圖 5 明曆本《赤水玄珠醫案》卷一將萬曆本《醫案》同卷原有條目刪減，卷前目錄壓縮刻印至一葉內。

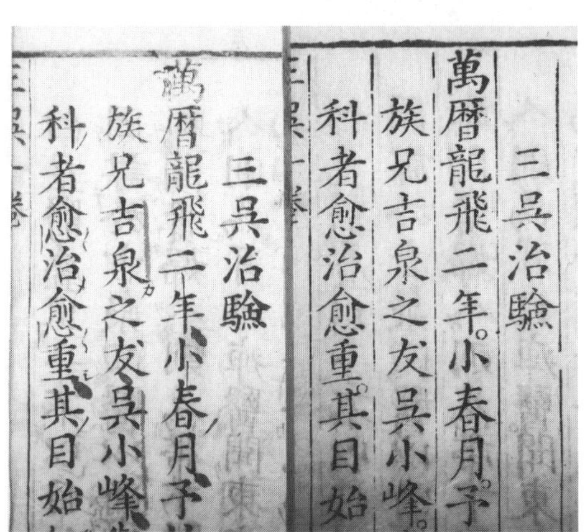

三吳治驗
萬曆龍飛二年小春月予
族兄吉泉之友吳小峰
科者愈治愈重其目始

三吳治驗
萬曆龍飛二年。小春月。予
族兄吉泉之友吳小峰。
科者愈治愈重。其目始

圖 6 左 明曆本《赤水玄珠醫案》卷一首葉前半葉局部　右 萬曆本《醫案》卷一首葉前半葉局部

三、和刻漢籍書版流入中國且在中國補版後印

和刻漢籍書版流入中國且在中國補版後印，這方面最著名的例子，是晚清楊守敬從日本購歸的和刻漢籍醫書書版，有關研究已經頗多，茲不贅述。不過醫書之外的和刻漢籍，則易被忽視。茲舉一例略作說明，即天保九年（1838）覆清刻本《集韻》。

此和刻本的底本，是在中國十分有名的清康熙四十五年（1706）曹寅主持揚州使院刻《楝亭十二種》本（圖 7 A、B）。而此天保九年和刻本的日本印本，則相對罕見，據長澤規矩也先生所編《和刻本漢籍分類目錄》，它是《集韻》唯一的一個日本覆刻本。

不過此和刻本的中國印本卻十分常見，且多被誤認為中國本著錄：一般誤認為是康熙曹寅刻本的晚清覆刻本，粗疏的圖書館則徑著錄為康熙刻本。而其實，這些本子都是版片在晚清年間被中國人從日本購歸後，由寧波簡香齋補刻已經損壞的雕版，再用中國白色普通宣紙刷印的。

此書的中國印本也不止一種，其中較早的印本，內封以老黃紙刷印，正面刻有大字"集韻"，背面的牌記則著明"甲戌年冬補刊／浙寧簡香齋藏版"（圖 8A、B）——此甲戌據考當在清同治十三年（1874）——儘管如此，由於全書最末葉的下方，保留了"天保九年刊"的原版小字刊記（圖 9 A、B），而作為年號的"天保"，雖然中國也有，卻遠在北齊（550-559）和後梁（562-585），彼時印刷術尚未發明，則此處只可能是日本江戶時期的年號（1830-1844），故若非太過疏忽，其和刻本的本身還是能夠分辨的。

不過至少自寧波簡香齋的某一印本起，原刻外封"官板／集韻　第幾冊"書籤的書版，即與本書的其他書版一起流通，致此和刻本的中國印本，又莫名地有了"官板"的頭銜。（圖 10）這之後書版易主，"簡香齋"的補版刊記被移除，同時本書正文末葉書版，由於多次重印而印面蝕損，有"天保九年刊"小字原刻刊記的全書最末葉書版，則完全不見蹤影（圖 11），倒是"官板"書籤的書版依舊留存，書坊亦照樣刷印黏貼於外封，無意之中，此書也就作為中國地方官刻本出售了。（圖 12）

如果沒有留有刊記的較早印本並置於書案仔細對比，這部貼著"官板／集韻"書籤的《集韻》的版本，要判斷準確，的確是很難的；相反地，它被誤認為是清代康熙間揚州使院的"官板"原刻，倒是順理成章的。

【作者附記】2008 年 3 月至 2009 年 3 月，我受所在單位中國復旦大學的派遣，以慶應義塾大學斯道文庫訪問教授的名義，在日本訪學一年。其間為學習日本書志學專業用語，曾有數月專程去早稻田大學文學部，旁聽當時在斯道文庫任職的老友高橋智教授為該校中文科研究生講授的版本目錄學課程，因此也有機會經常向早大中文科著名教授稻畑耕一郎先生請益，并承稻畑先生不棄，在早大做過一次有關漢籍文本版本的講座。早大文學部所在的戶山校區離神保町古書街不遠，我也偶有得書後手提幾包和刻本赴早大"顯寶"的經歷。以此追溯，我的和刻本知識，其實部分是與早稻田大學文學部和稻畑先生有關的。茲聞稻畑耕一郎教授榮休在即，特呈此學習和刻本鑑定的小文為賀，并以此紀念八年前那段令人難忘的研習和刻本的溫馨時光。

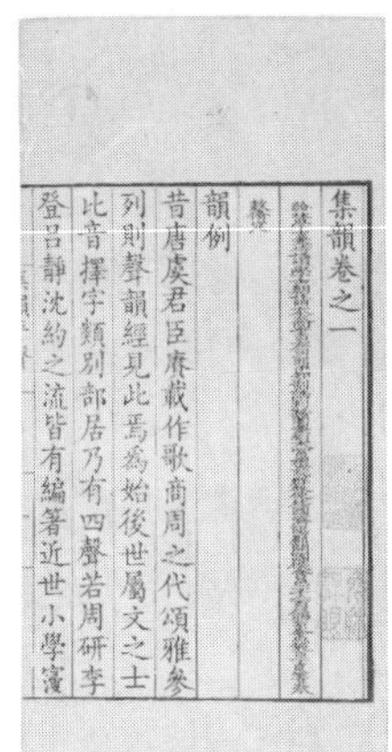
集韻卷之一
韻例
昔唐虞君臣賡載作歌商周之代頌雅參
列則聲韻經見此焉爲始後世屬文之士
比音擇字類別部居乃有四聲若周研李
登呂靜沈約之流皆有編著近世小學寖

圖 7A　清康熙四十五年（1706）
曹寅主持揚州使院刻《楝亭十二種》本

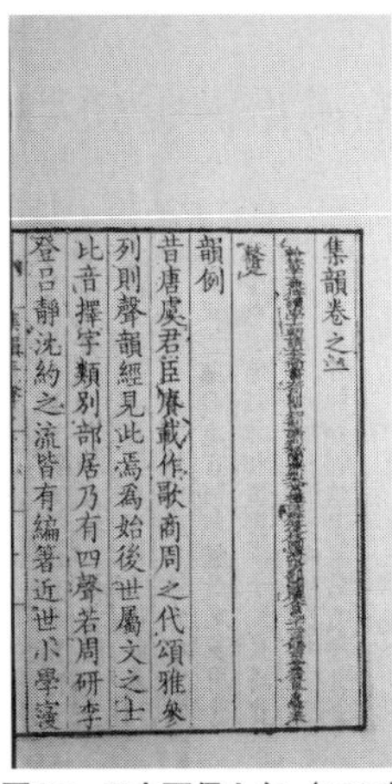
集韻卷之一
韻例
昔唐虞君臣賡載作歌商周之代頌雅參
列則聲韻經見此焉爲始後世屬文之士
比音擇字類別部居乃有四聲若周研李
登呂靜沈約之流皆有編著近世小學寖

圖 7B　日本天保九年（1838）
覆清康熙四十五年（1706）刻本

圖 8A　日本天保九年刻寧波簡香齋得版後補版印本內封

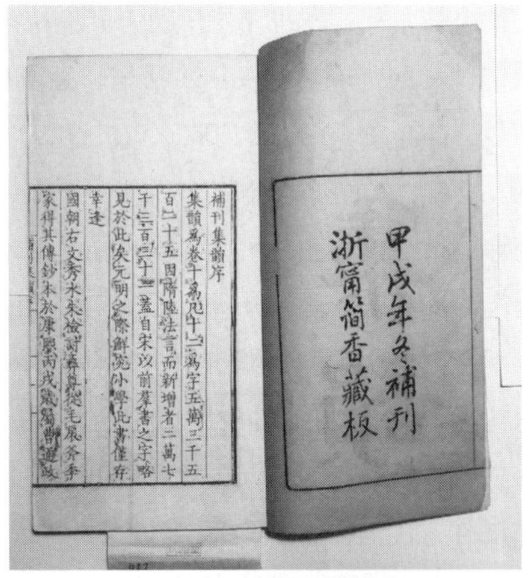
補刊集韻序
集韻爲卷十爲凡五萬字五萬三千五
百二十五因隋陸法言而新增者二萬七
千三百三十一蓋自宋以前羣書之字略
見於此矣元明之際鮮究小學此書僅存
幸逵
國朝右文秀水朱檢討彝尊從毛展斧季
家得其傳鈔本於康熙丙戌歲曹通政

甲戌年冬補刊
浙甯簡香藏板

圖 8B　日本天保九年刻寧波簡香齋得版後補版印本牌記

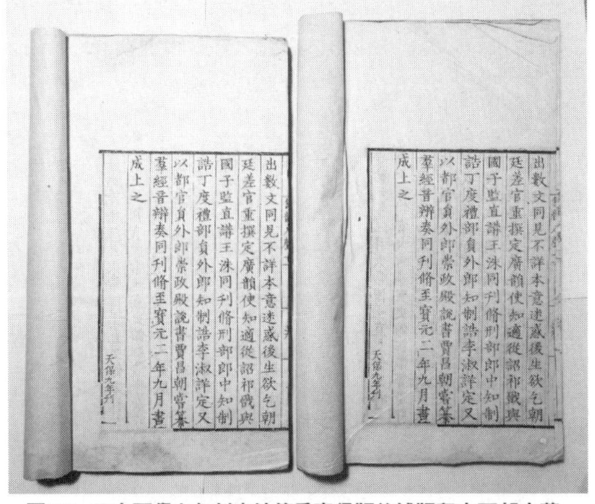
出數文同見不詳本意速歲後生欲乞朝
廷差官重撰定廣韻使知適從詔祁戩與
國子監直講王洙同刊脩刑部郎中知制
誥丁度禮部員外郎知制誥李淑詳定又
以都官員外郎崇政殿說書賈昌朝嘗纂
羣經音辨奏同刊脩至寶元二年九月書
成上之
天保九年刊

圖 9A　日本天保九年刻寧波簡香齋得版後補版印本兩部末葉，
右下方均有原刻刊記“天保九年刊”。

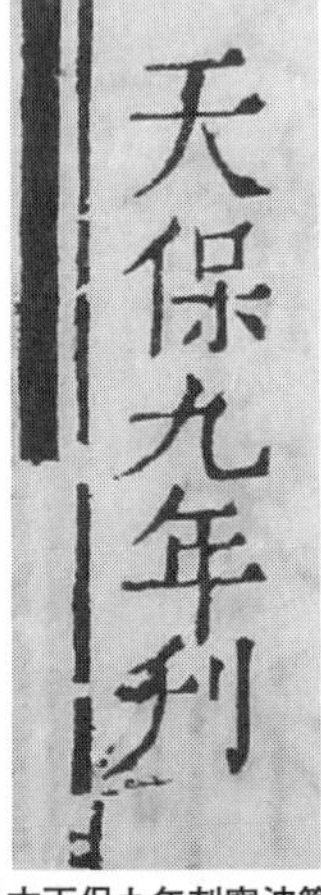

圖 9B　日本天保九年刻寧波簡香齋得版
後補版印本末葉原刻刊記

圖 10　寧波簡香齋印本末附印的尚未裁切黏貼的原刻外封“官板 / 集韻　第幾冊”書籤。

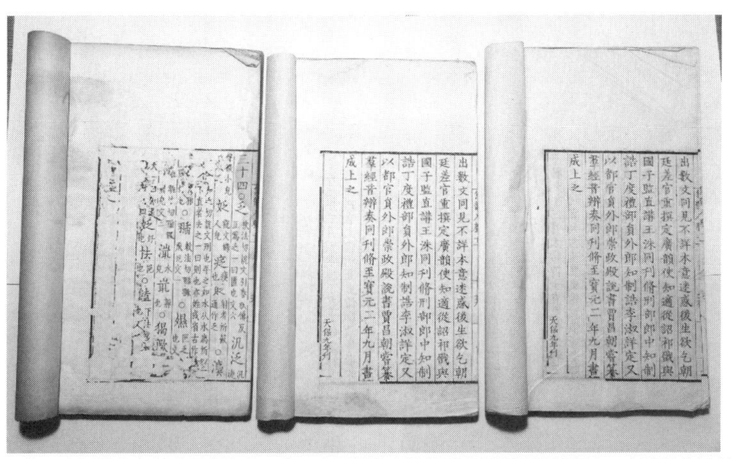

圖 11　三部日本天保九年刻中國紙印本，右、中兩部為寧波簡香齋得版後補版印本，末葉尚有原刻刊記，最左一部為某書坊自簡香齋再得版後印本，有原刻刊記之末葉已不見蹤影。

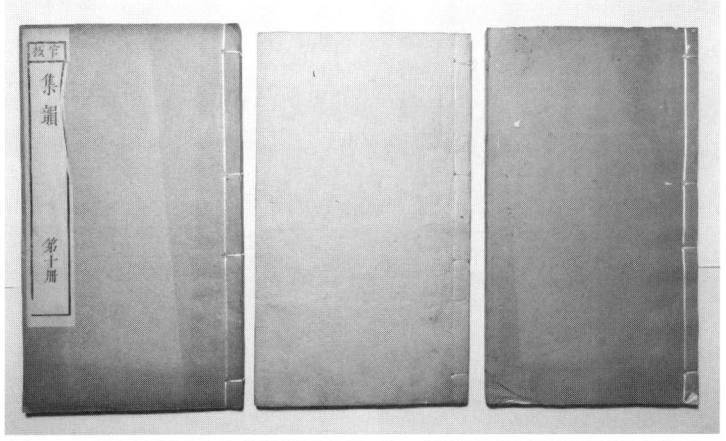

圖 12　三部日本天保九年刻中國紙印本外封，右、中兩部為寧波簡香齋得版後補版印本，最左一部為某書坊自簡香齋再得版後印本，外封有“官板 / 集韻”書籤。

新井白石『詩経図』について――その編纂経緯と名物考証

原田 信

はじめに

『詩経』に詠み込まれた諸々の事物は、各詩篇を解釈し理解する上で重要な手がかりである。このため、歴代の『詩経』注釈や『詩経』の名物考証書では諸事物に関する様々な解釈が示され、ひいては文字説明よりも容易に理解できる参考資料として図解が編纂された。

中国の『詩経』図解には一つの特徴がある。それは、『詩経』の事物のなかでも特に多く見られる動植物の図が殆ど編纂されなかったことである。専ら『詩経』の名物を取り上げた書物には、三国の陸璣『毛詩草木鳥獣虫魚疏』を始めとして、北宋の蔡卞『毛詩名物解』、明代の林兆珂『毛詩多識編』、馮応京『六家詩名物疏』、毛晋『毛詩草木鳥獣虫魚疏広要』、清代の徐士俊『三百篇鳥獣草木記』、陳大章『詩経名物集覧』など、動植物を主としたものが少なくない。しかし、現存する早期の『詩経』図解である南宋の「毛詩正変指南図」（楊甲『六経図』の一巻）以降、中華民国までに中国で編纂された70種ほどの図解を通覧しても、動植物を図示したのは清の徐鼎『毛詩名物図説』のみである。

これに対して、日本の『詩経』図解のなかで動植物を図示したものは、管見するだけでも新井白石『詩経図』、岡元凰『毛詩品物図攷』（1784年）、淵在寛『陸氏鳥獣草木虫魚疏図』（1778年）、細井東陽『毛詩名物図解』（1865年、国会図書館蔵）、著者・年代不明の『詩経図説』と『詩経虫図説』（ともに岩瀬文庫蔵）の6種が確認される。数量を比較するだけでも、江戸時代の人々が『詩経』の動植物の姿形や特徴に強い関心を抱いていたことは明らかだろう。

日本において多くの動植物図が編纂された背景を考える上で、まず注目されるのは早くに編纂された新井白石の『詩経図』である。これまでの研究のなかで、同書はその概要が幾らか言及されてきたに過ぎない[(1)]。そこで、本論では『詩経図』編纂の契機と経緯、編纂方法を考察し、日本における『詩経』図解の特色を解明する手がかりとしたい。

一、『詩経図』編纂の契機

宮内庁書陵部所蔵の『詩経図』は紅葉山文庫の旧蔵書である。全6冊、『詩経図』5冊に『詩経図総目』1冊が附されている。図は『詩経』篇章の順に衣冠や器物、動植物といった諸々の名物が肉筆で描かれ、すべて彩色が施されている。『詩経図』や『詩経図総目』、そしてこれらを収めた桐製の書筺に編纂者の姓名は記されていない。しかし、紅葉山文庫の蔵書目録には「新井君美編、狩野春湖畫」とあり、書陵部の蔵書目録もこれを踏襲している[(2)]。

新井白石の日記や書簡等には、『詩経図』の編纂経緯に関する記載がある[(3)]。白石は元禄6年(1693) 12月、師の木下順庵の推薦により甲府藩主徳川綱豊（後の六代将軍徳川家宣、以下では綱豊とする）に侍講として仕えた。何を学ぶべきかという綱豊の問いに対して、白石は聖人の道を明らかにするために経書を学ぶべきこと、そして孔子の学が『詩』より始まることを進言した。そこで綱豊は白石に『詩経』の進講を命じた[(4)]。

『詩経』の進講は元禄7年2月13日より始まり、同16日にも行われた。この二度の進講を経た2月20日、綱豊は『詩経』の名物図を編纂するよう白石に命じた。この間の経緯は、白石が晩年、仙台の儒者佐久間洞巌へ宛てた書簡に見える。

> 前世に詩經圖老朽撰呈の事御たづねに候……さて詩には鳥獸草木の名は申すに及ばず、器物のごときおびたゞしき事に候。これも又一方の學に候へども、大人君子はそれらの末々の事を經生などの如くになされ候は先務を急にするの道になく候。たとひそれらの事共講じ候とも、半日ほどづゝの日を費し候事にて、事により志かたはなしのやうの事になり候てはいやしき事に候。故に望申候て繪圖を仕りたて、講日の前に段々に差上、とくと御内見の上にて講日には字面ばかりあらくと申候て、專らに詩意を講じ候やうに仕りたるに候[(5)]。

白石は名物探究も一つの学問と認めつつ、人の上に立つ綱豊にとって重要事ではないと考えていた。しかし、綱豊の命を受けた上、名物を講じるだけでも時間を費やすため、やむを得ず絵図を作成した。白石の考えに反して『詩経図』が編纂された背景には綱豊の強い意向があったことは疑いない。綱豊の没後、白石は『折たく柴の記』の中で綱豊を次のように評している。

> はじめ某仰を奉りて、詩を講ぜしめられれしより此かた、年ごとに四書ならびに孝經、周禮、儀禮等の書を兼講せしめられし事、御代しろしめされし後に、御使を奉りて上洛し、また朝鮮の聘事を奉りしほどを除くの外、十九年の間、某講筵に侍る事、凡一千二百九十九日なり、某が外、日講侍讀等の事を奉りしもの三人、おのく講筵に侍る事も、またかくぞ有るべき、されば經史諸子の書等、大かたは殘所なくぞ通曉せさせ給ひたりける。倭漢古今の間、かく迄に學の道好ませ給ひし御事をば、いまだ聞及びにし所にあらず。

綱豊は19年の間、殆ど欠かすことなく白石の講義を受け、「倭漢古今」の学を分け隔てなく好んだ。また、白石の日記には綱豊が様々な書物を白石に吟味させたほか、白石が献上した「朝鮮、世界、琉球之図」の書付を求めたこと等が記されている。綱豊は好学かつ好奇心旺盛な人物だったのだろう[(6)]。『詩経図』の編纂者は確かに新井白石だが、彼は積極的に『詩経図』

編纂を企図したのではない。むしろ、徳川綱豊の好学や好奇心こそ『詩経図』編纂の大きな契機であったと言えよう。

二、『詩経図』編纂の経緯

白石の日記によると、『詩経図』の編纂は元禄7年2月20日より始められ、『詩経』の進講を終える1ヶ月程前の同年11月1日に完成した[(7)]。しかし、元禄8年（1695）8月14日、甲府藩の美濃部如円が白石に『詩経図』を届けており[(8)]、その後、元禄12年10月28日、同13年9月朔日、宝永2年（1705）正月13日にそれぞれ記された「御預り書物の書付」のなかに『詩経図』が見える。また、享保元年（1716）頃に完成した『折たく柴の記』の自注には「其圖（『詩經圖』）は猶今我家にあるもの也」とある。

白石が『詩経図』を手元に留めたのは、徳川綱豊に校訂を命じられたからである。日記の宝永3年10月10日には「…又詩經之圖も追〻可被仰付候」とあり、佐久間洞巌宛の書簡には「凡そ圖出來たち候所三百七八十品、猶々老朽隙次第に今一往再校し候て淨寫し候やうにとの御事のうちに、（徳川綱豊）御他界にてそれも夢になり候事に候き」とある。元禄8年に『詩経図』を受け取った際、白石は校訂を命じられたのだろう。それから10年余りを経た宝永3年には校訂を終えるよう命じられたが、結局、綱豊が亡くなるまで果たせなかった。綱豊は宝永元年に徳川綱吉の世子となり、同6年に将軍宣下を受けた。これより、白石は綱豊を支え正徳の治を推進した。白石は次第に政治の中枢を担う立場となり、『詩経図』を校訂する暇がなかったのだろう。

それでは、白石はどのように『詩経図』を編纂したのか。『詩経図』編纂の命を受けた当日、白石は綱豊より附けられた甲府藩邸の絵師岡沢（狩野）春湖に相談しており、1ヶ月後には幕府奥絵師の狩野常信にも相談した[(9)]。その後は、主に白石が図の原案を作成し、それを狩野春湖に渡して描かせるという手順で作業が進められた[(10)]。しかし、図の原案は白石一人がすべてを作成したのではない。白石が佐久間洞巌や安積澹泊に宛てた書簡は協力者として木下順庵や稲生若水の名を挙げており、同時に動植物と器物の図の作成経緯も記している。

> さて鳥獸草木之類は本邦に有之候だけは、其比には先師いまだ現在も候。殊に加賀へ出候て千巻の書を撰したて候稲若水舊識に候故、これへ相談し候て、草木の根葉そのままにもとめ出し候て生うつしにうつしたて、鳥獸またこれに同じく、本邦になきものは長崎へたのみこし、唐山よりとりよせられ候ものはとりよせ、とりよせられ候はぬは生うつしに仕らせとりよせうつしたて、器物は博古圖よりはじめて、ふるきものを其まゝにうつしたて、周禮圖など殊に其料にたて候き。
>
> 「與佐久間洞巖書・十一日之御答」

稲若水名義の事御尋に候。三十四年前、西丸へいまだ入らせられず候内の事に候き。詩經進講の時に子細候て草木鳥獸等の圖なり候などは圖し候て懸御目候事有之。時に平之丞も存生にて助力に預り候。就夫知れ候はぬ事共、平之丞媒にて若水へ尋に越候。在洛の人に候て、毎々平之丞かたより取次給り候き、此方にも候ものは枝葉根迄も取候て一々給り候、間に又こなたになきものは唐物を才覚し候て差下られ候。數々の事にて考などをも差添こされ候事よりして、年々に互に心安く成り候……。

「與安積澹泊書・九月三日」

両書簡によると、『詩経図』原案の作成方法は動植物と器物で異なっていた。動植物について、白石は師の木下順庵（平之丞）に助力を求め、それでも不明なものは順庵を通じて稲生若水の助力を得た。若水は日本で採集したり、唐山（中国）から取り寄せたりした動植物の標本や写生図、さらに自身の考証を白石に提供し、白石はそれによって原案を作成した。一方、器物については「与佐久間洞巌書」に「博古図」を手始めとして古い書物を書き写し、特に「周礼図」を用いたとある。こちらは特に協力者の名を挙げておらず、白石自ら諸書を参照して作成したのだろう。

しかし、先の書簡に見える経緯だけでは不明な点がある。例えば、若水は『詩経』中の古代の動植物をどのように考証したのか。また、「博古図」や「周礼図」には収録されていない天文や生活器物の図をどのように作成したのか。以下では新井白石や稲生若水に関わる諸資料と『詩経図』の内容から、より具体的な編纂方法を考察する。

三、『詩経図』の原案作成と考証

『詩経図』に描かれた事物の名称を、動植物とそれ以外に分類すると次表のようになる。

『詩経図』収録の図は計381図、このうち動植物は249図、その他の図は132図ある。まず新井白石が主体となっただろう動植物以外の図の作成方法について、次に稲生若水が深く関与した動植物図の作成と考証方法について考察する。

①動植物以外の図

白石が動植物以外の図の作成資料として明示するのは「博古図」と「周礼図」のみである。「博古図」は『宣和博古図』のこと、宋の徽宗の時に宣和殿所蔵の古器物の形状や銘文を写し取り、寸法や重量を記録した書物である。白石の『日記』には元禄12年6月12日に「唐本の博古図」を拝領したとあり、これより前に甲府藩は『宣和博古図』を所蔵していたらしい。

『宣和博古図』は元、明に刊刻された複数の版本がある。白石がどの版を参照したのか不明だが、試みに内閣文庫所蔵の万暦16年『泊如斎重修宣和博古図録』（林大学頭旧蔵本）と『詩

<table>
<tr><th colspan="2">動植物（249）</th></tr>
<tr><th>植物（122）</th><th>動物（127）</th></tr>
<tr><td>荇菜、葛、卷耳、藟、桃、芣苢、楚、蔞（蔄蒿・茵陳）、蘩、蕨、薇、蘋、藻、甘棠、梅、白茅、唐棣、李、葭、蓬、柏（側柏・圓柏）、棘、匏、葑、菲、荼、薺、榛、苓、荑、茨、唐、麥、栗、椅、桐、梓、漆、桑、蝱、竹、木賊、瓠、荍、檜、松、芄蘭、諼草、木瓜、稷、黍、蒲、蓷、蕭、艾、麻、杞（1）、檀、舜、荷華、龍、茹藘、蕳、勺藥、柳、莠、蕡、棘、樞、榆、栲、杻、椒、栩、稻、粱、蘞、條、枏、駁、檖、莜、萱、紵、苕（1）、鷊、蒲、萇楚、蓍、薁、葵、菽、棗、瓜、韭、果臝、苹、蒿、芩、杞（1）、臺、萊、杞（2）、枸、楰、莪、穀、蓫、葍、桑扈、蔚、芹、綠、藍、苕（2）、堇、棫、樫、柘、梧桐、筍</td><td>雎鳩、黃鳥、螽斯、兔、魴、麟、鵲、鳩、草蟲、阜螽、雀、鼠、羔羊、麕、鹿、尨、豝、騶虞、燕、雉、雁、虎、狐、烏、鴻、象、鶉、旄牛、螓、蛾、蠶、蝤蠐、鮪、鱣、雞、牛、黃、鴇、鳧、蒼蠅、狼、盧、鰥、鱮、驪、狟、蟋蟀、鴇、白顛、驖、馵、鸛、鷺、鯉、鴞、蜉蝣、鵜、鳲鳩、蠶、鵙、蜩、狸、莎雞、鴟鴞、蛜蝛、蠨蛸、熠燿、鸛、皇、駁、鱒、駱、騅、駰、鶺鴒、鱨、鯊、鱧、鰋、嘉魚、鼈、隼、鶴、熊、羆、虺、蛇、蜴、龜、鳴鳩、螟蛉、蜾臝、蜮、貝、豺、鶉、鳶、鴛鴦、蔦、鷮、猱、蠆、鶖、兕、騵、鷹、鼉、鮎、鷺、鳳凰、豹、鰷、蜂、桃蟲、茶、騅、驕、駓、騂、驒、雒、騢、驔、魚、駽、茆</td></tr>
</table>

<table>
<tr><th>動植物以外（132）</th></tr>
<tr><td>琴、瑟、鐘、鼓、罍、兕觥、方、筐、筥、錡、釜、衾、舟、鑒、席、梁、狐裘、籥、翟（1）、爵、笄、珈、瑱、揥、翟（2）、旟、弁、圭、璧、槃、翟車、觴、韘（沓・決（1）・決（2）・拾）、殳、笙、大車、弓矢、駟介、矛（夷矛・酋矛）、羔裘、佩、葛屨、斧、侯、囷、役車、升、枕、小戎、戈、戟、大輅、簠、簋、缶、甓、鬵、芾、耜、枚、繘、籩、豆、衮、裳、赤舃、魚服、旐、旂、罩、彤弓、元戎、鉦、璋、蕢、笠、壎、篪、缾、匕、砥、杼柚、大東總星、磬、倉、庾、俎、廬、土鼓、琫珌、邪幅、緇撮、臺笠、金輅、尋、造舟、應門皐門（應門・皐門・廟・冢土）、瓚、鉤援、臨、衝、臺、鏞、辟雍、登、畢、几、大斗、橐、囊、戚、揚、壺、卣、筦、錢鎛、銍艾、虡、懸鼓、鞉、柷、敔、簫、櫛（篦・梳・枇）、鼎、介（頓項・身甲）、冑（頭鍪・披搏）、泮水、楅衡、犧尊、釧</td></tr>
</table>

※「應門皐門」は原図に題が記されていないため、他の『詩経』図解に見える同様の図の名称を借用した。

経図』とを比べると、『詩経図』中の「罍」「兕觥」「鑒」「爵」「簠」「簋」「鉦」「缾」「鏞」「畢」「大斗」「壺」「卣」「鼎」「犧尊」15図は『宣和博古図』と全く同じ図であり、白石は確かに『宣和博古図』の一部を書き写していた（次頁「罍」図参照）。

ただし、『詩経図』の「鐘」「槃」「豆」「戚」4図は『宣和博古図』にも見えるが全く異なる。白石は必ずしもすべてを『宣和博古図』に依拠したわけではなかった。

一方、「周礼図」については複数の書物が推測される。新井白石の生前に刊刻され、参照した可能性のある「周礼図」は3種、明代嘉靖37年の王応電『周礼図説』、万暦43年の呉継仕『周礼文物大全図』、同44年の章達『周礼図』である。このうち、『周礼図説』は収録する約130図のなかに『詩経図』と同じ図はなく、さらに日本での流伝も少なかったようで、白石が参照した可能性は低い[(11)]。

『周礼文物大全図』は『七経図』中の一巻、南宋『六経図』の翻刻であり、章達『周礼図』は『五経図』の一巻、元代『六経図碑』の翻刻である[(12)]。前者は208図、後者は241図を収録している。両書ともによく似た図を多く収録しており、これらと『詩経図』とを比較すると「圭」

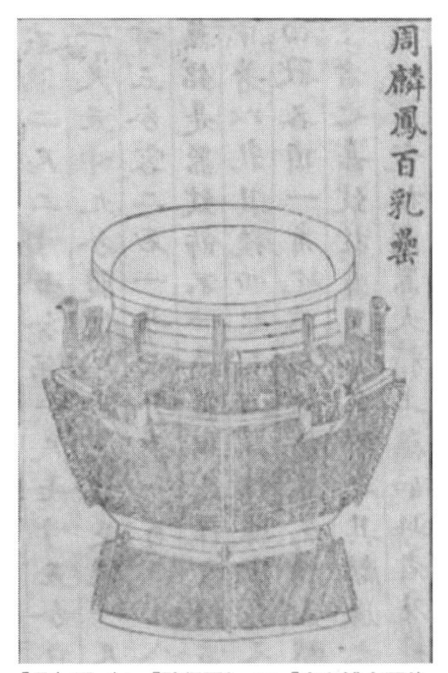

「罍」図（上『詩経図』、下『宣和博古図』）

「璋」「管」「篪」「籥」の5図は『詩経図』と全く同じ図であり、「琴」「瑟」「冕」「弁」「鐘」「鞉」「笙」「旗」「旐」「旂」「瓚」「大輅」の12図は類似している。

これだけでは、白石がどちらを参照したか明らかにしがたい。しかし「磬」図を見ると、『周礼文物大全図』は左右に房の装飾が垂れ、台座が鳥になっており、『詩経図』とよく似ている。一方、章達『周礼図』は房の装飾がなく、台座は獣の形状である。「磬」の台座を鳥にする根拠は経書に見えず、現存する最古の経図である北宋の『三礼図』や音楽の専著である明代の『詩楽図譜』でも、台座は獣になっている。このように台座を鳥とする図は他に殆ど見られず、『周礼文物大全図』の底本である南宋の『六経図』が何らかの理由でそのように描いたのだろう。「磬」図の違いからすれば、白石が参照したのは『周礼文物大全図』だろう。

『宣和博古図』や『周礼文物大全図』によって作成されたと考えられる図は132ある動植物以外の図の一部に過ぎず、他にも参照した資料があったと推測される。この可能性がある資料は、白石の日記に見える『三才図会』、『農政全書』、『訓蒙図彙』の3書である。

『三才図会』は明の万暦年間、王圻、王思義の父子が天文地理から人物、時令、儀礼、文学、諸器物、動植物など森羅万象を図示することを目的に編纂した図解本である[(13)]。白石の『日記』によると『詩経図』編纂中の元禄7年6月12日、白石は甲府藩買い上げの『三才図会』を検収して買上手形に判を加えている。『三才図会』と『詩経図』とを対照すると、61種の事物は全く同じ図である。また、『詩経図』と類似し、白石が参照したらしい図は29図ある。これら90図のうち、『宣和博古図』と重複する「罍」「兕觥」「鑒」「爵」「簠」「簋」「鉼」「斝」「鼎」9図、および『周礼文物大全図』を参照した可能性のある「旗」「旐」「旂」「尋」「瓚」「篪」「笙」「管」「磬」9図を除いても、『詩経図』の動植物以外の図解132図のうちの72図、すなわち半数余りの図は『三才図会』を参照して作成されたと考えられる。

『農政全書』は全60巻、徐光啓が万暦年間より編纂を始め、崇禎12年に刊刻された[(14)]。同書には、農桑に関する思想や制度、技術等が記されており、その間に農業設備や器具の図がある。白石の日記には、徳川綱豊が没した翌年の正徳3年正月23日『農政全書』を拝領したとである。これは綱豊が生前、白石に賜るため『三才図会』、『古印譜』とともに長崎から取り寄せた書物であった。

『農政全書』と『詩経図』では、「筐」「筥」「缶」「粔」「錢鎛」「銍艾」6図が全く同じ図である。このうち、「筐」「筥」「錢鎛」「銍艾」は『三才図会』にも同じ図が見えるが、「缶」「粔」は『農政全書』独自の図である。

琴、瑟、罍、兕觥、方、筐、筥、錡、釜、舟、鑒、爵、笄、揥、弁、圭、璧、槃、觿、駟介、矛（夷矛／酋矛）、葛屨、囷、簠、簋、鷺、裳、赤舄、罩、璋、蓑笠、缾、匕、砥、大東總星、庾、土鼓、琫珌、邪幅、臺笠、金輅、造舟、應門皋門（應門／皋門／廟／冢土）、鉤援、臨、衝、臺、辟雍、登、斝、几、錢鎛、銍艾、廩、懸鼓、鞉、櫛（梳／篦）、鼎、介（頓項／身甲）、冑（頭鍪／披搏）、泮水、

『三才図会』と共通する図

旟、韘（決（2）、拾）、殳、弓矢、斧、役車、佩、籧、衮、魚服、旐、旂、彤弓、倉、緇撮、尋、瓚、戚、揚、筦、柷、敔、侯、元戎、小戎、箎、杼柚、鑪、笙、管、磬、大輅

『三才図会』と類似する図

『訓蒙図彙』は寛文6年（1666）、中村惕斎が編纂した絵入りの幼学書である[15]。天文地理、自然現象から生活器物、動植物に至るまで図示し、図の傍らに漢字名称と和訓、漢文の解説を附している。白石の『日記』には正徳元年11月16日、将軍が朝鮮通信使に与えた餞別のなかに『訓蒙図彙』が見える。この記載は白石と直接関係ないが、同書が外国使節への贈物とされるほど、当時よく知られた書物であることを示している。『訓蒙図彙』には『詩経図』と同じ図があり、白石は参照したと考えられる。

『訓蒙図彙』の凡例によると、同書は主に『三才図会』や『農政全書』、「諸家本草之図」を収録したという。確かに、同書には『三才図会』や『農政全書』と同じ図が見える。一方、中村惕斎が改めたり、独自に作成したらしき図もあり、このなかに『詩経図』と合致する図も見える。例えば『訓蒙図彙』の「狐裘（毛裘）」図は『三才図会」と異なりその名称通り毛皮の衣を描いており、「戚（鈇）」「揚」は『三才図会』にはない装飾を加えている。また、「枇」「囊」「橐」は『三才図会』や『農政全書』に見えない図である。これら6図は『詩経図』に全く同じ図がある。このほか、『詩経図』の「壎」は雲紋が描かれ、「羔裘」は毛皮の衣として描かれている。これらの特徴も『三才図会』や『周礼文物大全図』には見えないが、『訓蒙図彙』に類似した図があり、同書によったのかもしれない（次頁「壎」図を参照）。

以上のように、『詩経図』の動植物以外の図は『三才図会』を主とし、『宣和博古図』、『周礼文物大全図』、『農政全書』、『訓蒙図彙』の図をそのまま写すか改編して作成されたようで、その数は115図に及ぶ。これらの図の採録、改編からは、白石による工夫や考証の痕跡が垣間見える。

例えば、白石はある事物を描いた図が複数の書物に見える場合、経書の解釈と符合する図を選択している。「缶」を例にとると、『三才図会』では雷紋、雲紋を施した長方形の青銅器が描かれており、『農政全書』では装飾のない甕状の土器が描かれている。『詩経』「陳風・宛丘」の孔疏は『爾雅』釈器の孫炎注「缶、瓦器」を引き、朱熹もこれに従っている[16]。「瓦器」は土器であり、白石は『詩経』の注釈によって『農政全書』の図を選択したと推測される。また、

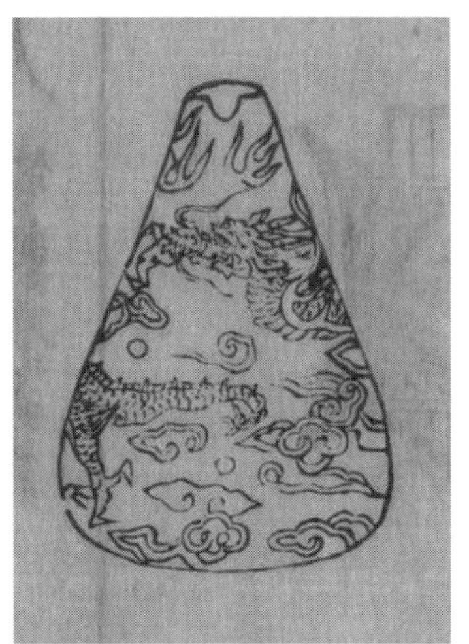

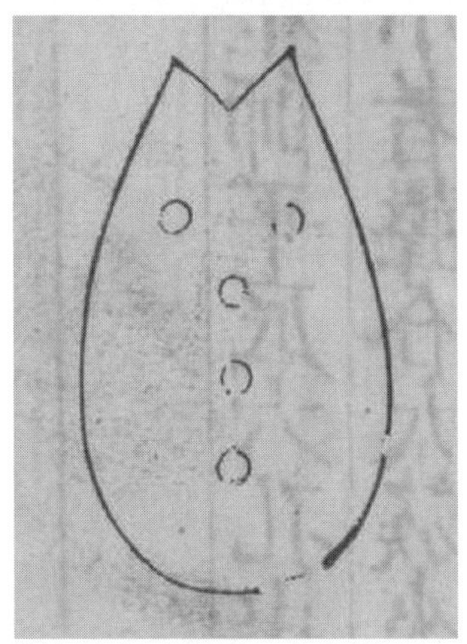

「壎」図（上『詩経図』、中『訓蒙図彙』、下『三才図会』）

白石は経書の解釈にあわせて既成の図を改編したようである。例えば「廬」図は、『三才図会』では草廬の前に鶏に餌をやる女性、馬を引く子供、繋がれた馬が描かれているのに対して、『詩経図』では草廬以外すべて削除されている。「廬」は『詩経』の「谷風之什・信南山」鄭箋に「農人作廬焉、以便其田事」とあり、孔疏に「古者宅在都邑、田於外野、農時則出而就田、須有廬舍」とある。『詩経』の「廬」は農事の際、臨時に使用する小屋であるため、『三才図会』に描かれた日常生活の光景は『詩経』の内容にそぐわなかったのだろう。

② 動植物の図

動植物図の一部には「蛇」や「象」など、その構図から見て『三才図会』や『訓蒙図彙』を藍本としたらしい図がある。一般に広く知られた動植物の図は他者の助力を得てまで考証する必要があったとは考え難く、白石自身がこれらの書物によって作成したのだろう。他にも白石自身が作成した動植物図はあるかもしれないが、これを明らかにする手がかりに乏しい(17)。そこで、以下では動植物図の作成に大きく寄与した稲生若水の考証について考えてみたい。

稲生若水は淀藩医稲生恒軒の子として江戸で生まれた。初め父に医学を、さらに京で伊藤仁斎に儒学を学び、木下順庵や貝原益軒にも師事した。そして主家永井家嗣子の侍講や、藩校教授を務めたが、主家が改易されると大坂に移り経書を講じた。この時期、福山徳潤に本草学を学び、本草の研究に専念した。白石が甲府藩に出仕した元禄６年、若水は加賀藩主前田綱紀に仕え、古今名物の記載を集成し、その誤りを正すことを企図した『庶物類纂』の編纂を申し出て許された。こうして若水は京と金沢の両地を往復しながら著述に専念したが、正徳３年、『庶物類纂』の完成を見ること無く没した(18)。その生涯から明らかなように、稲生若水は儒学のみならず、本草学や名物学に長じた学者であった。室鳩巣は若水の学問を「嘗

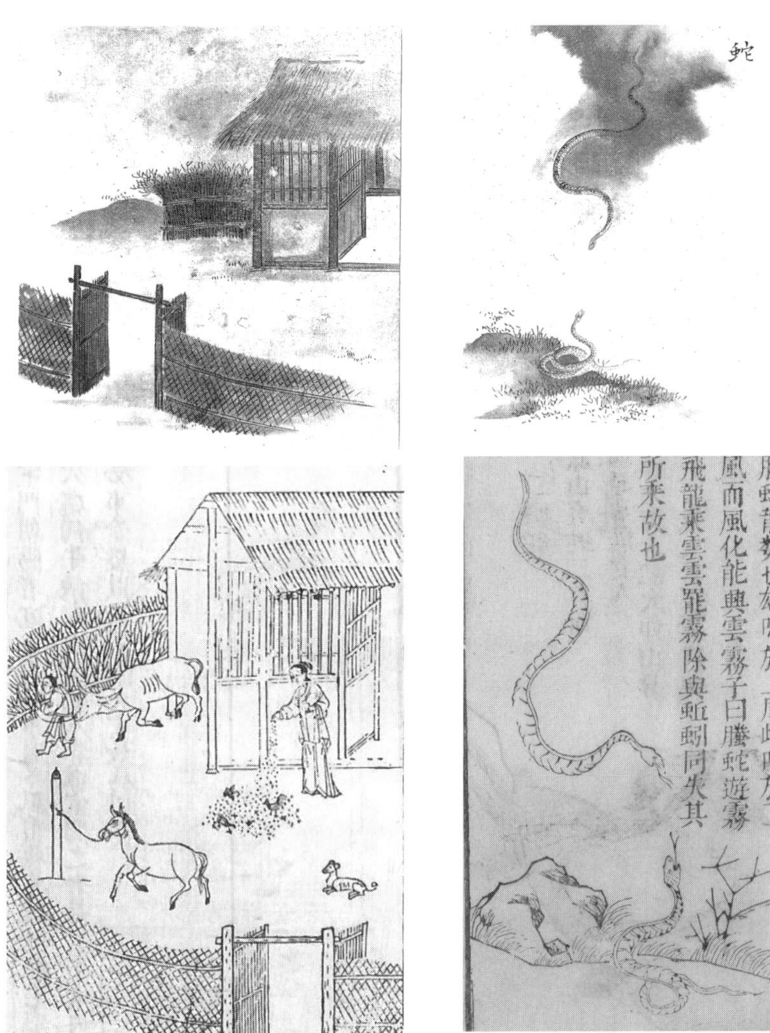

「廬」図（上『詩経図』、下『三才図会』）　「蛇」図（上『詩経図』、下『三才図会』）

以治経餘暇、輒取古今名物之書而讀之、莫不研究探索以求其精、而其於本草最致意焉」と概括している。(19)

本草、名物の学に精通した稲生若水に対して白石が助力を求めたのは、『詩経』に見える古代の動植物の名称と特徴から、実際の動植物をどのように同定するかであった。白石が若水に宛てた書簡には、植物31種の和名と特徴、そして形状の写生図を求めたことが記されている。(20)『詩経図』編纂の間、白石と若水はこのように書簡を交して質疑応答を繰り返したようだが、その詳細を伝える書簡の所在は殆ど確認されていない。しかし、稲生若水の著書の一つ『詩経小識』には、『詩経』の動植物に対する若水の考証態度と方法がよく示されている。

『詩経小識』の自序によると、稲生若水は『詩経』の鳥獣草木に関する考察を求める白石の書簡を受け取り、その翌年、宝永6年（1709）夏に同書を著した。宝永6年は元禄7年の『詩経図』編纂から10年以上後である。『詩経図』が完成した後、白石はその校訂を進める上で改めて稲生若水の見解を要望し、その結果が『詩経小識』にまとめられたのである。[21]

『詩経小識』は全8巻、動植物290種余りについて、和名と諸書の記載、按語を附している。同書に引用される書物は中国歴代の『詩経』注釈、字書、地方志、草木譜、本草書、筆記など多岐に及ぶ。また、自序には自身が不明なことを記さなかったとあり、和名の不明な箇所は「不聞俗名」、その動植物自体が明らかでない場合は「未詳」と記している。

この著作の特色は、按語の中で諸書の記載を比較するだけではなく、若水が自身の見聞や動植物の観察結果を記し、ひいてはそれによって諸書の正誤を断じていることである。一例として、白石が「詩人の比興の體が明らかになった」と賞賛した「鶺鴒」に対する若水の按語を以下に示す。[22]

> 按、脊令喜在水際沙磧上、插細魚食之、非水鳥也。嘗遊貴船山、見有脊令飛廻於溪流、造巢乳子。土人曰、脊令爲巢處、他禽必來營巣其旁脊令不獨護其巣、亦爲他禽之巣伉扞、鷹鸇不能敢犯也。厥後偶讀草本子、鷹鸇能搏鴐雁、而及受逐於脊令、非其力不及也、知不及也。於世知土人言亦爲益可信也。以細微羽蟲一作能走急難、其天性乃有如此。詩人博物比興、所以有取於脊令也。
>
> (『詩經小識』巻四「脊令」)

「脊令(鶺鴒)」は『詩経』の「小雅・鹿鳴之什・常棣」に見える。この詩は兄弟が仲睦まじくすることを説いた詩とされ、その一句に「脊令在原、兄弟急難」とある。[23]この句について鄭玄や孔穎達は脊令が水鳥であり、原(高原)にいるのは棲家を失ったためであること、そして脊令は天性として鳴いたり、尾を振ったりして仲間を求めるので、このように兄弟は危急の時に助け合うべきことを述べていると解釈した。[24]これに対して、南宋の厳粲は「今見られる雪姑(脊令)は水鳥ではなく、鳥類は大体鳴いて仲間を求めるので脊令に限らない」とし、鄭玄の説を否定した。

稲生若水は厳粲の見解を手がかりにしたのだろう。『詩経小識』ではまず厳粲『詩緝』からこの説を引き、それから按語に自身の観察や見聞から脊令は水鳥ではないこと、そして他鳥の巣も守り鷹鸇(猛禽類)を追い返す習性があることを記して、厳粲の説を補足したのである。[25]

『詩経小識』に見える実証的な考証方法の前提として、稲生若水は数多くの書物を調査し、関連する記載を整理していた。若水の遺稿のなかで、『庶物類纂』の編纂に用いた書物の一覧と推測される『涉獵志稿』には、加賀藩主に書付を献上した書物46種、既読の書物152種、既読の医書・本草書47種、抜書、閲覧した藩主所蔵の地方志18種が記録されている。また、若水の『炮炙全書』『食物伝信纂』『結髦居別集』『経正居雑抄』といった著書は、いずれも経史書、類書、字書、地方志、画譜、筆記、別集などにある薬草や動植物の記載を博引、集成したものである。

このように若水は名物に関する知識を集積し、これに実際の経験や見聞を兼ね合わせることで実証的に事物を考証した。この若水の実証的な考証があったらからこそ、白石は動植物の標本や写生図に基づき、日中ともにそれまで殆ど存在しなかった『詩経』の動植物図を完成させることができたのである。

おわりに

『詩経図』は新井白石の著作の一つである。しかし、その編纂は白石一人の意思や学問によって成し遂げられたものでなかった。編纂契機では、編纂に消極的であった白石を後押ししたのは徳川綱豊の旺盛な好奇心であった。編纂経緯では、『詩経図』の6割以上を占める動植物図の作成と校訂は、稲生若水の資料提供と考証によるところが大きかった。『詩経図』は徳川綱豊と稲生若水の存在なくして成立し得なかったと言えよう。

徳川綱豊の存在は、『詩経図』の特色を考える上でも重要である。本論冒頭で述べたように、中国では『詩経図』のように『詩経』の動植物図を収録する書物は殆ど編纂されなかった。ほぼ唯一ともいえる動植物図は、白石が没してから40年以上を経た乾隆36年（1771）に完成した徐鼎の『毛詩名物図説』である。つまり白石の在世時、『詩経』の器物や動植物を総合的に図示した『詩経図』の編纂は実に画期的なことであり、その発想は儒者ではない徳川綱豊の学問に対する態度と好奇心から生まれたものであった。

『詩経図』の編纂と校訂、考証方法について、本論ではその一側面を取り上げるにとどまった。新井白石について言えば、『詩経図』の編纂だけを見ると白石は諸書の図を書き写しただけである。しかし、これは編纂の当初、『詩経』を進講すると同時にわずかな期間で『詩経図』を編纂しなければならなかったからだろう。白石は文字、歴史、地理、武具、西学など多様な分野の考察を著しており、むしろ諸事の考証に長けた学者であった。『詩経図』の校訂において白石が果たした役割は、『詩経図』以外の著述に見られる白石の考証を手がかりとして、改めて検討する必要がある。

また、稲生若水は名物考証や物産に関する多くの著作を残した。『詩経小識』と合わせてこれらの著作を読み解くことで、若水の実証的な考証と『詩経』解釈学の関係をより明確に明らかにすることができよう。

『詩経図』は後に将軍となる徳川綱豊のために編纂された書物であり、広く閲覧されることは殆どなかっただろうから、この書物自体が後世の学問に大きな影響を与えたとは考えがたい。しかし、『詩経図』の編纂と校訂に見られる白石と若水の考証は、日本の『詩経』名物学の形成とその後のあり方を考える上で看過できないものである。本論の考察結果をもとに、改めて両者の考証の実態に迫ってみたい。

【注】

(1)『詩経図』を取り上げた著作や研究には多賀義憲『晩年の新井白石』（北光書房、1943年）、村山吉廣「詩経関係書目解題（二）――新井白石校、狩野春湖筆『詩経図』について」（日本詩経学会『詩経研究』6号、1981年）、王暁平『日本詩経学文献考釈』（中華書局、2012年）等があり、本論でも参照した。

(2) 慶応2年『元治増補御書物目録』影印（書誌書目シリーズ16収録の小川武彦・金井康編『徳川幕府蔵書目』第7巻、ゆまに書房、1985年）、宮内庁書陵部『和漢籍分類目録』による。

(3) 本論では東京大学史料編纂所編『新井白石日記』（上下巻、岩波書店、1952年、以下『日記』）および国書刊行会編『新井白石全集』（全6冊、国書刊行会、1977年、以下『全集』）によった。両書に収録されていない書簡などは、別途注記した。

(4)『詩経』を進講するに至る経緯は『折たく柴の記』や「与佐久間洞巌書・十一日之御答」（『全集』巻五）に見える。

(5) 注釈4を参照。句読点は筆者による。

(6)『日記』には甲府藩へ仕官後、「御書物目録うけ取」「御書物之御用有」「御書物上ル」というように白石が書物を吟味した記載が度々見え、なかには和漢諸書の書名が記された箇所もある。地図は『日記』の元禄7年5月25日に「朝鮮、世界、琉之圖を上ル」、元禄8年正月15日に「此日横山宗知ゟ、四郎左ヱ門殿、宮内殿仰之由とて、朝鮮ト地球と琉球之圖來り、書付可仕之由申來ル」とある。

(7)『日記』には「此日御繪皆濟」とある。

(8)『日記』には「美濃部如圓ゟ詩經圖來ル」とある。美濃部如円は甲府藩の茶道頭、上司である用人鈴木四郎左衛門の使いとして白石に『詩経図』を届けたのだろう。元禄8年「甲府様御人衆中分限帳」（甲府市市史編纂委員会『甲府市史』史料編第二巻近世Ⅰ、ぎょうせい、1987年）を参照。

(9)『日記』には「岡澤春湖相談可仕之由、宮内殿（間部詮房）、鈴木殿（鈴木四郎左衛門）へ傳達、鈴木殿被仰付」としか記されていないが、「与佐久間洞巌書・十一日之御答」には「藩邸の畫師狩野春湖を老朽へ御附」とある。

(10)『日記』元禄7年4月28日には「出仕、御繪三十六枚上ル、此日春湖へ書なをし二三枚遣ス、あとゟ牛と艾（王風）と二枚上ル」とあり、白石が狩野春湖に原案を送ったらしい記述がある。

(11)『周礼図説』の「琴」「瑟」「管」「笙」「敔」「圭」6図は『詩経図』とやや似ているがいずれも単純な構図の図である上、他書にも同様の図が見え、これだけで白石が同書を参照したとは言い難い。また、筆者が調査した限り、『周礼図説』の所蔵は尊経閣文庫以外に見られない。本稿では『四庫全書珍本』（商務印書館）収録の『周礼図説』を参照した。

(12)『七経図』と『五経図』は共に内閣文庫所蔵の明刊本を参照した。南宋『六経図』は呉継仕本とほぼ同時期の万暦45年に郭若維も翻刻しており内閣文庫に所蔵されている。白石は郭若維本を参照した可能性もある。

(13)『三才図会』は明刊影印本（上海古籍出版社、1985年）を参照した。

(14)『農政全書』は内閣文庫所蔵の明崇禎12年刊本を参照した。

(15)『訓蒙図彙』は内閣文庫所蔵の山形屋刊本を参照した。

(16) 朱傑人、李慧玲整理『毛詩注疏』（上海古籍出版社、2013年）及び趙長征点校『詩集伝』（中華書局、2017年）によった。以下、『詩経』の注疏、朱熹注はすべて両書を参照した。

(17) 木下順庵についても『錦里文集』（国会図書館所蔵）には『詩経図』に関する記載が一切見えない。

(18) 稲生若水の伝は富士川游「本朝医人伝（其二十二）稲生若水」（日本医史学会『中外医事新報』868号、1916年）、石田誠太郎『大坂人物誌』巻一（石田文庫、1926年）等を参照した。

(19) 稲生若水が加賀藩に仕えた経緯は白石の「与安積澹泊書」に「（若水）天性鳥獸草木の類を見候事に奇材のことにて、いつとなく本草の名譽を施され加賀へ二百石の京着の御約束にて御呼出し」とある。室鳩巣の言葉は『庶物類纂』の室鳩巣序に見える。

(20) 早稲田大学中央図書館所蔵書簡（請求記号：チ06 03890 0062 0010）による。

(21) 自序には「白石先生以德望博學日侍經闈、輔聖化、士無賢不肖所共慶快……去年秋遠枉手教、存問甚厚。因命以撰次毛詩鳥獸草木……及今年夏得少閒暇、於是略記飛潛動植、耳目之所親究者。至於其所不識之品、與此間不有之類、則存而不論也」とある。

(22) この賞賛は白石が稲生若水に宛てた書簡に見える。書簡は精好子「反具拾ひ（一）新井白石が稲生若水に送りたる書」(『国学院雑誌』1900年）に活字化され収録されているが、原本の所在は不明。原文には「御垂示之一冊、數通熟誦、病床之上既に卒業候、多年御精研之程、不及申事なから、敬服此事に候、就中、鶺鴒、並に卷耳対思■且は又、草葉送被下候御精詳なる事、鶺鴒之事は、千載之一奇事を承り、詩人比興之体、分明に罷成候、尤以不堪感嘆候」とある（■は著者未解読の文字)。著者の精好子は書簡に京の大火が記されていることから宝永5年頃の書簡という。この書簡は先の文に続けて、かつて編纂した『詩経図』に疎漏が多く、稲生若水にさらなる助力を願う旨を記している。「御垂示之一冊」は『詩経小識』か、そのもとになる若水の考証を記した書物かと推測される。

(23) 詩序には「常棣、燕兄弟也。閔管蔡之失道、故作常棣焉」とあり、孔疏は「言兄弟不可不親、以敦天下之俗焉」と解する。朱熹は管蔡の乱に言及せず兄弟の相親しむことのみを取り上げている。

(24) 毛伝には「脊令、雝渠也」とあり、鄭箋は「雝渠、水鳥、而今在原、失其常處、則飛則鳴、求其類、天性也。猶兄弟之於急難」、孔疏は「以喻兄弟既在急難而相救、亦不能自舍、亦天之性」と解する。

(25)『詩経小識』に引用された厳粲の説は「脊令、鄭氏以爲水鳥、宜在水中、在原則失其常處、故飛鳴求其類、非也。今雪姑非水中之鳥。若失其常處而飛鳴以求其類、凡鳥皆然、何獨脊令哉」である。これは『詩緝』巻十七に見える。

※本稿は平成29年度科研費若手研究（B)「日本の『詩経』図解における特色の形成に関する研究」の成果の一部である。

《七經孟子考文》正、副本及《考文補遺》初刻本比較研究

顧永新

日本江戶時代享保三年（1718），古學派學者山井鼎受聘於紀州藩支藩伊予（愛媛縣）西條藩主松平賴渡（西條侯），為記室。五年秋[(1)]，請命於侯，並得到其師荻生徂徠的具體指導[(2)]，與同門根本遜志（伯脩）前往下野國足利郡之足利學校，校勘那裡存藏的古寫本、活字本及諸多宋、元、明刻本，積勤三年，精心結撰《七經孟子考文》（以下簡稱《考文》）一書[(3)]，十一年謄寫完畢，獻之西條侯，這個進獻本今藏京都大學附屬圖書館（以下簡稱京大本[(4)]）。西條侯十分重視是書的學術價值，命製副本二，一通存紀州藩，一通進呈幕府，這兩個副本今分別藏於天理大學圖書館（以下簡稱天理本[(5)]）和宮內廳書陵部。十三年七月，幕府將軍吉宗命徂徠之弟、東都講官物觀等再為《考文》作《補遺》，與其事者有石川之清[(6)]、三浦義質[(7)]、木村晟[(8)]及宇佐美灊水[(9)]。十五年十二月十七日寫定進呈[(10)]，這個進呈本就是宮內廳書陵部所藏寫本《考文補遺》。書後有物觀識語，作於十六年四月，其文有曰：

> 西條書記山鼎，嘗搜足利學書以撰前書也。茲者臣觀與諸生等復校足利學書，敢掇其所闕失，為之《補遺》。平直清以校正監焉云爾。享保十有六年歲次辛亥孟夏之日物觀謹識

這條識語為他本所無，非常重要，一來可以推知十五年十二月《考文補遺》雖已進呈，參與其事者也都受到賞賜，但校訂、謄錄工作全部完成恐已到翌歲四月；二來可以知悉《補遺》之與《考文》的關係，物觀等所做的工作是“復校足利學書”，不僅拾遺補闕，還要糾謬正譌；三來可以說明幕府出資刊行是書[(11)]，當與寫定進呈同時進行，因為初刻本《考文補遺》在物觀題識僅兩月之後六月即告竣事，如果不是同時進行，兩月之間絕對無法完成卷帙浩繁的《考文補遺》的刊刻。此即享保十六年六月初刻本，一百九十九卷，32 冊（昌平坂學問所舊藏，今藏內閣文庫，1-3 冊《周易》十卷，4-6 冊《尚書古文考》一卷、《尚書》二十卷，7-12 冊《毛詩》二十卷，13-18 冊《左傳》六十卷，19-28 冊《禮記》六十三卷，29-30 冊《論語》十卷、《古文孝經》一卷，31-32 冊《孟子》十四卷）。

作為《四庫全書》中僅有的兩部由外國人纂集的經學著作之一，《考文補遺》在日中兩國學界都产生了相當大的影響，也是中日學術交流史上的珍貴文獻[(12)]。而作為其主體部分，山井鼎獨立完成的《考文》迄無刻本，傳世者僅有上述正、副本三通。《考文》和《考文補遺》之間到底有多大差異，補遺所佔份額幾何，乃至《考文》正、副本之間是否也有異同，這些都是相關研究中亟須解決的問題。我們選取《考文》正、副本（京大本和天理本）以及《考文補遺》初刻本進行比較研究，希望能夠解開這些謎題。

一

京大本《考文》一百九十九卷，32冊，包括《周易》十卷3冊、《尚書》二十卷3冊(附《古文考》一卷)、《毛詩》二十卷6冊、《左傳》六十卷6冊、《禮記》六十三卷10冊、《論語》十卷、《古文孝經》一卷2冊、《孟子》十四卷2冊。每冊前襯頁鈐"西條邸圖書記"朱印，知其原藏西條藩主設在江戶的府邸；首葉鈐"京都帝國大學圖書"印記，另有入藏標記"311484/大正14.10.13"，知其入藏時間為大正十四年（1925）10月13日。有關其書購進及入藏經過，蘇枕書先生已有研究，恕不贅述，擇要簡記如下：

京大圖書館書目卡片明確記載了是書的購入時間、版本類型、開本大小及內容構成、購買價錢等信息：

> 文學部購入，大正14年10月13日，酒井宇吉。寫，和，大。《周易》三卷、《尚書》三卷、《毛詩》六卷、《左傳》六卷、《禮記》十卷、《論語》二卷、《孝經》一卷、《孟子》二卷。1000,000。

不難看出，此處所記卷數實即冊數，只是《(古文）孝經》次《論語》後，合為一冊，並未獨立成冊。酒井宇吉乃東京一誠堂第一代主人，《一誠堂古書籍目錄》第十一"漢文、和漢詩文、詩作書類之部"著錄"山井鼎稿本《七經孟子考文》，全三十二冊"，標價"壹千三百圓"，運費三圓。

此外，狩野先生在《半農書屋日記》中也記載了他促成購入《考文》以及展開相關研究的始末：

> （大正十四年八月）八日。東京一誠堂主人攜《七經孟子考文》至，索價千金。命留之於家，擬與同僚議，買入於大學。請內藤教授共覽，君以為書中似有係山井自寫者。
>
> 十四日。午後久保櫓谷翁至，倉石生至，示以原本《七經考文》。
>
> 十六日。午前小川博士琢治攜其二子至，觀《七經孟子考文》。
>
> （九月）十三日。午前訪矢野博士。予數日以來攷《七經孟子考文》入中國事，欲托搜討長崎文獻也。
>
> 十四日。午前上學，仍攷《七經孟子考文》入中國始末。
>
> 廿日。傍晚至大學，見斯文學會研究部諸人，講說《七經孟子考文補遺》入中土始末。
>
> （十二月）十二日。上學。夜至支那學會講演山井鼎《七經孟子考文》入中土始末。[13]

由日記可知，狩野先生十分重視此書，至少和內藤湖南、倉石武四郎、小川琢治、矢野仁一、久保櫓谷等知名學者進行品鑑、研討，最終促成京大圖書館購入。同時，亦可見其相關研究的重點

是《考文補遺》傳入中國始末及其影響，至是歲十二月業已完成。[(14)]

二

西條侯進獻給紀州藩的《考文》副本如何入藏天理圖書館，蘇枕書先生有所推擬，惜其未見原書，揣測路徑尚有缺環。昭和三十六年（1961）天理圖書館報《BIBLIA》第19號“新收書介紹”記載了《考文》副本的書誌學信息：

> 本年四月，本館收入了南葵文庫若干舊藏本。……全三十二冊。龜甲地龍紋樣撒金箔赤朽葉色書衣，縱29.5釐米，橫19釐米。題簽墨書“七經孟子考文”並篇名、冊數。卷首有荻生徂徠序，文末云“享保十有一年丙午正月望／郡山教官物茂卿題”。有“大連苗裔”（陰文）、“物茂卿印”（陽文）朱印。每頁九行，書口印“七經孟子考文”，筆跡經多人之手。有藏書印“南葵文庫”“舊和歌山德川氏藏”。箱書“昭和九年甲戌十月南紀後學多紀仁”。[(15)]

我們目驗天理本，首冊題籤“七經孟子考文　周易上　一冊”，內封有橢圓印記，上、下欄分別是“天理圖書館”和“昭和卅七年二月十日”，中間一欄為編號，全部32冊分別是429388至429419。知其書於昭和三十六年四月購進，翌歲二月編目、鈐印。每冊首葉鈐“南葵文庫”“舊和歌山德川氏藏”“天理圖書館”印記，實際上反映了遞藏源流。享保中其書進獻紀州藩，後來自然轉入由紀州德川家後人創辦的南葵文庫，編於明治四十一年（1908）的《南葵文庫藏書目錄》見於著錄。據說昭和九年（1934）在大阪書林俱樂部拍賣會上，經手鹿田松雲堂為和歌山某書畫商所得。但從書箱上多紀仁之助（1869-1946）是歲題識來看，或為其所得，至少說明他與這次拍賣關係密切。多紀氏即和歌山人，世習漢學，編校過江戶時代學者本居大平和祇園南海的別集。前揭天理圖書館新書介紹漏記一方重要的藏書印記，那就是每冊末襯葉“月明莊”朱印，因為它是昭和時代著名的書誌學者、古書商反町茂雄（1901-1991）的藏書印。這說明天理本曾為反町氏所得，[(16)]後來才歸天理大學圖書館插架。誠如新書介紹所云，天理本筆跡不一，顯係成於眾手。我們發現，《易》《書》各由一人抄寫，《詩》前半部筆跡不同於這二人，後半部又與《易》筆跡相同。又據蘇枕書先生辨識，天理本有與宮內廳本筆跡同出一人者。由此推知，西條侯命製副本時，當有數人分頭抄錄各經，且同時完成兩通副本。[(17)]

三

為了揭示京大本、天理本的文獻價值及其對於認識《考文》和《補遺》關係的重要意義，我們將京大本、天理本與初刻本進行比勘，一則可以確認物觀等所做補遺工作的性質及其權數，二則可以窺見《考文補遺》之於《考文》在總體架構和具體內容上的沿襲或改易，三則可以評騭是非，論定《考文》和《補遺》的學術價值。總體而言，從前揭京大本、天理本和初刻本卷數、冊數及其分佈狀況來看，三者全同，這絕非偶然，說明《考文拾遺》總體架構一仍《考文》之舊，刻意保持原有體系，未嘗改易；也就是說，《補遺》所做的拾遺補闕和糾謬正譌是在《考文》固有框架之內完成的。初刻本卷首《七經孟子攷文補遺敘》，署"享保十有五年歳在庚戌暮春之日東都講官臣物觀謹識"，當時《考文補遺》尚未進呈，其文有曰：

> 茲者西條侯謄寫山鼎《七經孟子考文》以進，戊申（十三年）孟秋政府俾臣觀挍其所撰。臣與講官平直清及諸生等，放鼎目錄，採輯挍讎書若干卷、援引書若干卷以挍，如鼎之舊。……但前書頗有所遺漏，臣愚昧掇拾于挍讎之際，敢補前書之闕，以係各條後，題曰"補遺"，每條各四目：曰經，曰註，曰《釋文》，曰疏，放前書之舊。其句中字或闕，註每句下。"謹按""正誤"條闕本名，註每條下，並嵌以"補遺"別之。

此序可與前揭宮內廳本《考文補遺》書後物觀識語相印證，其中共有兩個關鍵詞，一是《考文》實有闕失，所以才有"補遺"之作的必要性；一是一仍其舊，《考文補遺》力圖保持《考文》的整體架構和编纂體例不變。這兩点實際上反映了物觀等所做"補遺"工作的性質和特點。

京大本、天理本卷首荻生徂徠《七經孟子考文敘》，署"享保十有一年丙午正月望郡山教官物茂卿題"，每半葉五行，行十四字，初刻本行款亦同。徂徠序後收入別集《徂徠集》[(18)]，四者文本雖大略相同，但還是存在著異文（以京大本為底本，下同）：

1、"自衛反魯"，初刻本不誤，京大本、天理本魯誤曾，但在"曾"字声符"⊞"和形符"曰"之間補加四點水，與"魯"字異體"魯"相近，別集本"魯"逕作"魯"，知為形近而譌。

2、"下毛之野有野参議遺址"下，京大本、天理本有"浮屠所守，而學宮之名尚在"十一字，別集本、初刻本闕如。別集本下作上。

3、"而較之明清本"，天理本同，別集本、初刻本清作諸。下文"又獲七經、《孟子》古本，及《論語》皇疏較之""紀藩羽林將公聞而俾錄上其所較"，天理本、初刻本同，別集本較作挍。

4、"生喜如拱璧"下，京大本、天理本有"又慮所托匪人，職乖其業，藐如以际，更十年，而雨漶蠹蝕之弗顧，雖反求之，殆將失也"三十三字，別集本、初刻本闕如。

5、"紀藩羽林將公"，別集本同，天理本、初刻本作"西條侯"；下文"將公之幕"，天理本同，別集本脫"之"字，初刻本作"侯之府"。

6、"而嘉生之體其心"，天理本、別集本同，初刻本嘉作喜。

徂徠序作於享保十一年正月，山井進呈《考文》亦在是歲。分析上述異文，可以推知京大本所反映的當即徂徠序原貌；天理本次之，僅有 No.5 一處異文（係對西條藩主松平賴渡的稱謂不同，京大本是山井進呈西條藩的，對象是藩主本人，所謂“紀藩羽林將公”（下文省稱“將公”）乃近衛中少將的“中國風異稱”；天理本、初刻本分別是西條藩主進呈紀州藩大名和幕府將軍的，對象不同故稱謂有所變更；而且，天理本變更還不夠徹底，下文“將公之幕”尚未如初刻本改作“侯之府”），這說明副本基本上照錄正本。別集本又次之，雖然編定於徂徠身後，但文稿當出自其手訂，如 No.2、4 分別刪省與序文主旨關聯不十分緊密的十數字和三十餘字；訂正明顯誤字，No.1 改曾為魯，No.3 改清為諸。當然，也有編刊過程中造成的文字譌誤，明顯的例證就是“（《考文》）凡三十有二卷”，京大本、天理本、初刻本同，而別集本和宇佐美《雜著》二誤三[20]；他如 No.2 下誤上，徂徠意謂足利學校所在之下野國足利郡小野篁遺址，作下是也。初刻本最晚出，因為徂徠和山井先後於享保十三年正月去世，而西條侯命製副本，奏進紀州藩和幕府，是在他們死後。也就是說，初刻本所呈現的文本改易必非徂徠本人所為，也不會發生在副本製作過程中（因為初刻本異文大多不同於天理本），應當出現在《考文補遺》編纂、寫定、刊刻過程中，主要有三個方面：一是內容有所刪省，如 No.2、4；訂正譌誤，如 No.1、3，皆同於別集本，知初刻本所據當為徂徠後來修訂稿（物觀為徂徠之弟，得之當不無可能）；二是初刻本所據《考文》當為進呈幕府的副本，對象是將軍，故稱西條藩主為“西條侯”（沿襲副本）及“侯之府”（當為《考文補遺》編纂過程中所改）；三是刊刻過程中還是產生了新的誤字，如 No.6 嘉誤喜。

次《七經孟子考文 · 凡例》，九行二十字，天理本、初刻本行款亦同，異文如下：

7、“《爾雅》《孟子》，古不列之經；經之者，自十三經始，輓近之稱也。”京大本夾注：“再按：《文獻通考》云：直齋陳氏《書 / 錄解題》始以《語》《孟》同入經類。”天理本、初刻本夾注：“按：《國史經籍志》云：‘唐定註疏 / 始為十三經。’未詳其所據也。”

8、“今據所校以補之也”，天理本同，初刻本脫“也”字。

9、“又別標補闕目，充其原所闕字，以朱圍別之”，天理本同，初刻本“朱圍”下夾注：“今係 / 重圍。”

10、“又嘗閱唐玄宗八分書墨刻《孝經》亦爾”，天理本同，初刻本夾注：“所謂石 / 臺《孝經》。”

11、“其為宋板無疑”，初刻本同，天理本脫“其”字。

12、“但《論語》《孟子》無疏”，天理本、初刻本“疏”下有“可校”二字。

13、“故今別校《經典釋文》”，天理本、初刻本無“故”字，“今”下有“復”字。

14、京大本《凡例》後提行低二字迻錄山井鼎享保十一年識語十二行，其文有曰：

> 臣鼎伏惟古者右文之代，六十州皆有學，足利 / 學廼亦下野州學，巋然獨存，其所講習皆漢唐 / 古書，蓋歷數百年弗替也。中值喪亂，為浮屠窟 / 宅，守者盲聾相承，古籍異書往往散逸。及乎近 / 世洛閩之學盛行，而人不貴古學，遂令其僅存 / 者束之高閣，多為風雨蟲鼠所蝕壞，誠所謂美 / 玉蘊於碔砆，精鍊藏于鑛樸，庸人視以忽焉者，/ 豈不悲乎？所

幸天之未喪斯文，今搜之於將亡／之間，而海外絕域乃獲中華所無者，錄以傳於／將來，不亦喜乎？此其所以不辭勞苦，矻矻從事／於斯也。／享保十一年丙午月日臣鼎謹識。

天理本同，知製作副本時識語尚存；而初刻本已無，知其被刪除當在《考文補遺》編纂成書過程中。實際上，這條識語記述了足利學庋藏漢唐古書的歷史沿革，以及朱子學盛行，束書不觀的學風所造成的影響，從而揭示了山井所從出之古學派的學術取向，以及孜孜矻矻、遍校群經的學術旨趣。如此重要的識語，倘無《考文》正、副本則湮沒無聞矣，對於認識山井鼎其人、其書皆不無遺憾。至於其他異文，猶有足資考證者。如 No.7 山井本意是想說明“十三經”形成的階段性問題，《孟子》在古典目錄學的分類體系中隸屬於子部儒家類，真正進入經書序列始自宋代，陳振孫《直齋書錄解題》是比較早地把《孟子》著錄為經書的書目（之前尚有尤袤《遂初堂書目》），所以京大本原注是十分確切的（題曰“再按”，似前此還有按語，進獻本從略）。而天理本援引明人焦竑說，殊為不當，且說法本身似是而非，因為唐代頒定的經書是九經（《易》《書》《詩》、三禮、三傳和《孝經》《論語》《爾雅》十二種），並非十三經。初刻本與之相同，知其改易出自製作副本者之手（彼時山井已歿）。No.9、10 乃補充說明，天理本皆與京大本同而不同於初刻本，知係物觀等增補；No.12、13 乃表達方式微異，天理本皆與初刻本同而不同於京大本，再結合 No.7，益發可證《考文補遺》所據《考文》確為副本無疑。

次《校讎經文》，列舉參校諸本，並無異文，知物觀等並未擴大校勘所取材的範圍；次《援引書目》，列舉考訂異文所引諸書，天理本、初刻本於《文獻通考》下有《國史經籍志》；《容齋隨筆》下有《經籍會通》（夾注：“胡元瑞／《筆叢》載。”）；《字彙》下有《續字彙》；天理本還有一處不同於他本的異文，那就是《摭古遺文》下有《康熙字典》。天理本所增補諸書除《康熙字典》外均見於《考文》，知其意在反映引用書目之全貌。事實上，《康熙字典》確為山井考訂文字的主要工具書，這從前揭京都大學人文科學研究所藏山井鼎手校閩本諸經注疏可以清楚地看到。由此推知，製作副本的過程遠比我們想像的複雜，並非單純地照錄原文，而是有所改訂、損益。次《七經孟子考文・總目》，臚列各經冊數、葉數，及全書冊數、葉數。其中，《毛詩》陸冊，貳陌捌拾玖葉，天理本同，初刻本玖作捌；《孟子》貳冊，玖拾陸葉，天理本同，初刻本陸作柒。一增一減，總葉數並無變化。顧名思義，這是指《考文》原本（正本和副本）的葉數，並不包含《補遺》，所以只能理解為山井統計數字稍有差誤，物觀等予以訂正。

次本文，卷端題“七經孟子考文周易”，次行低二字署“紀府分藩京兆家文學　山井　鼎　謹輯”。天理本作者結銜改作“西條掌書記”，當亦出自進呈對象不同之考慮。初刻本卷端則分作兩個層級：首行、次行題《考文・周易》書名並署山井鼎銜名，悉同天理本；三行頂格題“補遺”，四行低八字署“東都　講官　物　觀　纂修”，五、六、七行分別低十四字署“石　之清　校、平　義質、木　晟　同校”。初刻本與京大本、天理本不僅行款全同，皆為九行二十字；版式亦基本相同，四周雙邊，白口，單魚尾，魚尾上方記書名“七經孟子考文（補遺）”，下方記經名、卷次、葉次。“經”“注”“疏”“補遺”以黑地白文出之；“謹按”“考異”“存舊”“正誤”出以墨圍。可見，《考文補遺》之於《考文》確是竭力倣效，因仍舊式。我們選擇第 1 冊《周易》卷首、卷一、卷二部分，以京大本為底本，校以天理本和初刻本，臚列異文如下：

序號	京大本	天理本	初刻本	備註
15	“臣之所校參政本多伊豫守藤原忠統藏也”（卷首“八論”謹按）	“伊豫守藤原忠統”作“豫州藤原忠統家”	與天理本同	當亦根據不同的進呈對象而做的改動。
16	“周易上經乾傳第一（空五字）王弼註”（卷端謹按）	與京大本同	脱“王弼註”三字。	
17	“‘反復道也’，道上有之字，二本、足利本共同”（乾・考異・經）	與京大本同	下出《補遺》：“一本無 / 也字。”	
18	“（《象》曰）‘反復皆道也’，皆下有合字，二本、足利本同”（乾・考異・注）	與京大本同	復作覆。	毛本確作覆，知《考文補遺》所改是也。
19	“‘而下曰乾元亨利貞’下一本有也字”（乾・考異・注）	與京大本同	一作二。	
20	“‘他皆倣此’，六行倣作放”（乾・考異・疏）	與京大本同	倣作俲。	毛本倣誤俲，知《考文補遺》所改是也。
21	“經傳下疏更引經文者，宋板刊去，直云‘正義曰’”（乾・考異・疏）	云作曰	與京大本同	
22	“‘其相終竟空曠’，九行”（乾・考異・疏）	與京大本同	脱其、曠二字，“九行”作“五葉左九”。	
23	“‘躍於在淵’，四行”（乾・考異・疏）	與京大本同	四上有左字。	
24	“‘上九亢陽之至，大而極盛’，七行”（乾・考異・疏）	與京大本同	脱“上九”二字，七上有左字。	
25	“‘而礎柱潤’，二十葉左五行”（乾・考異・疏）	與京大本同	無“二十葉”三字。	
26	“‘感應之事應’，二十一葉左一行”（乾・考異・疏）	與京大本同	無“二十一葉”四字。	
27	“‘貌恭心狠’，‘狠本作佷，細註云：當作狠。今本從之’”（乾・考異・疏）	與京大本同	“本作”無本字，“從之”作“作狠”。	
28	“‘故心或之也’，或作惑。謹按：一行之內多或字，惟此或為然”（乾・考異・疏）	與京大本同	“為然”作“作惑”。 乾卦經、注、疏文［考異］之後出《補遺》，分列經（2 條）、注（7 條）、疏（1 條）異文。	
29	“（《象》曰）‘與剛健為耦’，上有而字，三本同”（坤・考異・注）	與京大本同	上字之上有與字。	
30	“‘求安難矣’下二本有哉字，足利本作難哉”（坤・考異・注）	與京大本同	無“二本”二字，“足利本”上有“一本”二字。	
31	“（初六）‘而後積著者也’，三本、足利本積著上有至字”（坤・考異・注）	與京大本同	“足利本積著”無著字。	
32	“‘則以初為潛’，一本則作故，潛下有也字，三本同”（坤・考異・注）	與京大本同	故下有“二本”二字，字下無“三本同”三字。	
33	“（六五）‘以文在中也’，也上足利本有者字”（坤・考異・注）	與京大本同	“足利本”上有“二本”二字，“者字”下出《補遺》：“中上一本有其字。”	
34	“（上六）‘故戰于野’下三本有也”（坤・考異・注）	與京大本同	三作二。	
35	“（《文言》）‘疑盛乃動，故必戰’下三本有也”（坤・考異・注）	與京大本同	三作二。	

36	"(《文言》)'非陽而戰'下三本、足利本共有也"(坤・考異・注)	與京大本同	也下有字字。	
37	"'乾之所貞，利於萬事'，'貞作利'，謹按：正德、嘉、萬三本利字闕字，崇禎本強補作貞，當以宋板為正也"(坤・考異・疏)	與京大本同	闕下無字字。	
38	"'自此已上，論坤之義也'"(坤・考異・疏)	與京大本同	坤下有元字，"元之"二字擠佔一格，顯係後來修版。坤卦經、注、疏文［考異］之後出《補遺》，分列經(3條)、注(2條)、疏(2條)異文。	
39	"(六四)'往吉，无不利'下三本有也"(屯・考異・注)	與京大本同	下出《補遺》："故曰往吉，一本無曰字。"	
40	"(六五)'大貞之凶'下三本有也"(屯・考異・注)	與京大本同	六五作九五。屯卦經、注、疏文［考異］之後出《補遺》，分列經(2條)、注(2條)、疏(1條)異文。	
41	"'蒙，亨，以亨行，時中也'，時上有得字，三本、足利本同"(蒙・考異・經)	與京大本同	下出《補遺》："一本也作矣。"	
42	"(六四)'故曰吝也'，一本吝作咎。謹按：爻象註合"(蒙・考異・注)	與京大本同	合作同。	
43	"'童蒙悉來歸己'"(蒙・考異・疏)	與京大本同	己誤已。蒙卦經、注、疏文［考異］之後出《補遺》，分列經(1條)、注(4條)、疏(2條)異文。	
44	"周易兼義上經需傳卷第二・需"	與京大本同	需卦經、注、疏文［考異］之後出《補遺》，分列經(1條)、注(1條)、疏(1條)異文。	
45	"'能惕，而後可以獲中吉'，能作皆。但萬曆與崇禎本同，中吉下三本有也字"(訟・考異・注)	與京大本同	出文而作然，校語"能作皆。但萬曆與崇禎本同。中吉下三本有也字"作"三本、宋板能作皆。三本吉下有也字。萬曆與崇禎同"。訟卦經、注、疏文［考異］之後出《補遺》，臚列注(2條)異文。	毛本王注確作然，知初刻本所改是也。
46	"(六三)'輿尸之凶'下三本有也字"(師・考異・注)	與京大本同	下出《補遺》："'宜獲輿尸之凶'，宜下二本有其字。"師卦經、注、疏文［考異］之後出《補遺》，分列注(4條)、疏(1條)異文。	
47	"(六三)'二為五應'，宋板、足利本應作貞"(比・考異・注)	與京大本同	"宋板"上有"二本"二字。	
48	"(九五)'以顯比而居下位'，［正誤］下當作王"(比・考異・注)	與京大本同	下出《補遺》："據二本、宋板、足利本。"	
49	"欲外比也十八葉右八行"(比・考異・疏)	與京大本同	"十八"作"十九"。比卦經、注、疏文［考異］之後出《補遺》，臚列注(2條)異文。	
50	"'故得既雨既處'，一本故下有曰字，三本處下有也字"(小畜・考異・注)	與京大本同	"故下有曰字"作"得作曰"。	
51	"(初九)'得義之吉'下，三本有者也二字"(小畜・考異・注)	與京大本同	下出《補遺》："得下二本有其字。"	

52	“‘畜之極也’，足利本也上有者字”（小畜・考異・注）	與京大本同	“足利本”上有“二本”二字。	
53	“‘三不害己，己故得其血去除’，二十五葉右七行作三不能害，故得云云。[謹按]：有能字無二己字”（小畜・考異・疏）	與京大本同	刪去［謹按］云云，校語“三不能害，故得云云”作“三不能害己，故得其血去除”。	核之足利學舊藏八行本（宋板），知《考文補遺》所改是也。
54	“‘其惕出故’同上”（小畜・考異・疏）	與京大本同	“同上”作“二十五葉右七行”。	
55	“‘非是總為之辭’八行”（小畜・考異・疏）	與京大本同	“八行”上有右字。小畜經、注、疏文［考異］之後出《補遺》，分列注（3 條）、疏（3 條）異文。	
56	“‘反復于隍’同上于作於”（泰・考異・疏）	於誤放	與京大本同 泰卦經、注、疏文［考異］之後出《補遺》，分列經（1 條）、注（2 條）、疏（1 條）異文。	
57	“‘象曰拔茅貞吉’，二本茅下有茹字”（否・考異・經）	二茅字皆作茅	與天理本同 否卦經、注、疏文［考異］之後出《補遺》，分列經（1 條）、注（1 條）異文。	茅作茅，是也。
58	“‘以其當九五之剛’，四十二葉左九行當下有敵字。[謹按]：正、嘉二本當下磨滅，闕一字。萬曆、崇禎本刊去，似非”（同人・考異・疏）	與京大本同	磨作印，“刊去，似非”作“無闕為非”。同人經、注、疏文［考異］之後出《補遺》，分列注（4 條）、疏（2 條）異文。	
59	“‘巽順含容之義也’，四十六葉右三行”（大有・考異・疏）	與京大本同	義作儀。	毛本正作義，《考文》原本不誤，初刻本誤改。
60	“‘火性炎上是照耀之物’，同上作‘火又在上，火是照耀之物’。[謹按]：性炎作又在，是上有火字”（大有・考異・疏）	與京大本同	“同上”作“四十六葉右三行”，刪去［謹按］云云。	
61	“‘初不在二位’，九行”（大有・考異・疏）	與京大本同	九上有右字。大有經、注、疏文［考異］之後出《補遺》，分列經（1 條）、注（1 條）異文。	
62	“周易兼義上經需傳卷第二・豫”	與京大本同	豫卦經、注、疏文［考異］之後出《補遺》，分列經（1 條）、注（1 條）異文。	

對本文部分的異文進行分析，結合上文關於卷首部分異文的探究，我們可以得出以下結論：其一，京大本和天理本之間係正本、副本的關係絕無疑義。正文部分除 No.21、56 天理本顯誤，No.57 天理本訂正京大本誤字，No.15 由於進呈對象不同而改動稱謂外，天理本皆同於京大本，這說明《考文》正文部分的正、副本文本差異極小，基本上是照錄原文，少有增損、改易。相對於正文，卷首部分雖然也有 No.2、4 幾十字的異文，No.9、10 補充注釋，No.14 山井識語，以及參校諸本、《總目》冊數、葉數全同，但畢竟有 No.7 更換注釋，《援引書目》有所增補等不同之處，說明副本卷首較之正本還是略有改訂、損益的。

其二，初刻本《考文補遺》所依據的《考文》文本出自副本，而非正本。前揭卷首部分 No.5、7、12、13，以及《援引書目》、卷端銜名等，正文部分 No.15、57（如上所述，天理本和京大本正文部分絕少異同，故天理本異於京大本而同於初刻本者稀見）皆可證明。而且，從當時進呈情況來判斷，物觀等所據《考文》當出自前揭宮內廳書陵部所藏進呈幕府將軍的副本。

其三，《考文補遺》的主體部分實為《考文》，《補遺》所佔份額極小，而且整體架構也都是《考文》固有的，未嘗改易。這一方面說明《考文》原本校勘質量很高，留給《補遺》的空間有限；另一方面也說明《補遺》編纂宗旨在於因仍其舊，拾遺補闕，糾謬正譌，無意於另起爐竈，喧賓奪主。

其四，通過與《考文》正、副本的比較研究，可以推知物觀等所做的"補遺"工作約有以下數端：一是補闕，即在各卦末尾出以"補遺"，補充《考文》失校之經、注、疏異文；另有附於［考異］相關條目之下的"補遺"，如No.17、33、39、41、46、48、51，補充說明除《考文》所揭示的異文之外的其他異文或版本信息。需要說明的是，補闕類異文在《補遺》中所佔份額最大，數量最多，但所補經、注、疏文的異文大多是虛字損益，無關宏旨，校勘價值並不大，所以我們毋寧理解為山井原本無意出校。二是正譌，包括《考文》錯譌脫衍，如No.31、37、38、57分別衍著字、衍字字、脫元字、茅誤苐（京大本）；誤記底本，如No.18、20、45；誤標出處，如No.22、23、24、40、49、55、61；誤（失）校古本，如No.19、30、34、35、47、50、52；誤（失）校宋板，如No.53；刪省繁冗，如No.60［謹按］內容完全是重複解說宋板異文的，故《考文補遺》刪去，甚得其宜。三是整齊體例，如No.25、26，因上文已分別出現"二十葉""二十一葉"字樣，根據體例，此處可省；No.54、60標示出處曰"同上"，《考文補遺》改為明確注明葉數、行數，以求體例統一。四是變換表達方式，如No.27、28、45、58對《考文》原本的表達方式皆有所改易，力求簡省明確，形式整飭劃一。五是《考文》原本無須改易而初刻本擅作更改者，如No.29，根據體例，整句之上或之下有異文，可以不出單字；No.36根據山井行文規律，也下不必加字字；No.42山井"［謹按］：爻象註合"，意為吝作咎恰與爻辭《小象》王注契合，不當改作同；No.58《考文》原作"磨滅"及"刊去，似非"，意思明確，且能反映版本遞承關係，不必改動。六是山井誤校而《補遺》未嘗更正者，如No.27《考文》記宋板"狠本（初刻本刪本字，實則未必）作佷，細註云：當作狠"，實際上足利學舊藏八行本（宋板）正文確作佷，但夾注："當作很。"王念孫《讀書雜志》："佷讀為很……很，違也……而不知其為很之借字矣。"山井乃至物觀等不明佷通很之義，皆不免以今繩古，誤認作狠。

其五，初刻本儘管刊刻質量上乘，但通過與《考文》正、副本比勘，亦可見其疏漏、譌誤，如No.16初刻本迻錄古本、足利本卷端行款，無"王弼註"三字，由今存宋元刻本和慶長活字本來看，均署王弼注，則古本、足利本當亦如是，知其誤脫。又如No.22"其""曠"二字和No.24"上九"二字當係初刻本有意刪削，知其識見較之山井為下矣。又如No.59"巽順含容之義也"，毛本即作義，初刻本誤改作儀，此乃《考文》原本不誤而初刻本誤改者。又如No.43己、已、巳互譌是初刻本（乃至一般刻本）常見的現象，但京大本書寫極其標準，足見其態度之嚴謹。

附記：1989年，筆者開始關注山井鼎《考文》，並撰寫《〈七經孟子考文補遺〉考述》一文（又經多年反覆修訂、增補，2000年在臺北"海峽兩岸古籍整理學術研討會"上宣讀，後公開發表在《北京大學學報》2002年第1期），多年來一直留意相關研究狀況，未嘗中輟。近些年來，又著手研究

《考文》寫本，先期廣泛蒐集相關資料，並先後於 2016 年 7 月和 2017 年 2 月赴日前往京都大學和天理大學調查、校勘京大本（正本）和天理本（副本）《考文》，並撰寫《〈七經孟子考文〉正、副本及〈考文補遺〉初刻本比較研究》一文，通過對文本遞嬗的考察來推求正本、副本和享保初刻本的淵源關係，3 月 8 日告竣。5 月 14 日，筆者收到由蔡丹君教授轉來的日本京都大學文學研究科東洋史學博士生瞿豔丹女史的論文《〈七經孟子考文〉正副本研究》，擬投稿《中國典籍與文化》。瞿文研究包括京大本和天理本、宮內廳本在內的《考文》全部正、副本，涵蓋抄寫緣起、遞藏源流、體式特徵、異文比勘，論述相當充分。瞿文與拙作在選題、文獻資料、研究路數乃至具體結論每有相近甚至相同之處，筆者深為驚賞。翌日，筆者遂將拙作全文寄贈艷丹，她亦感喟我們多有會心，往往不謀而合。鑑於瞿文有關日本的資料相當翔實，優勝於拙作；拙作雖校勘略有心得，且延伸至享保初刻本，將正本——副本——刻本聯結成綫，但未及宮內廳本。故筆者推薦瞿文在《中國典籍與文化》上發表，拙作則擱置不用。近三百年前，山井鼎篤志窮經，黽勉從事，以一己之力遍校群經；近三百年後，兩個中國人不約而同在中國和日本各自獨立研究《考文》，並分別撰寫了學術論文，且多有暗合之處，可謂中日學術交流史上的佳話。值此稻畑先生榮退之際，謹以此略具中日學術交流史意義之拙作思附驥尾，以為之賀。

本文係 2016 年國家社科基金重大攻關項目“日本《十三經注疏》文獻集成”之階段性成果（項目编號：16ZDA109）。

【注】

（1）京都大學人文科學研究所藏山井鼎手校閩本《禮記注疏》卷五二首題識：“享保庚子秋九月廿四日，與友生伯脩來于足利，以學校所藏‘五經正義’校讎，《中庸》篇補磨滅。學校本，金澤文庫之本也，其後上杉憲實寄附當學云。蓋宋板也，中華所希有之物，而於我邦得見之。恨不離羈絆，終其功也，得再就當學補其闕，斯余之志也。君彝又記于足利學校。”吉川幸次郎先生最早注意到這條識語（《東方文化研究所善本提要 · 經部 · 十三經注疏》，《吉川幸次郎全集》第 17 卷，筑摩書房，1985 年，第 566 頁）。末木恭彥先生全面考察山井鼎手校閩本識語，認為山井和根本的足利之行前後有兩次，第一次是享保五年（庚子，1720）九月，停留時間較短；第二次是七年八月至九年春近三年的時間（《〈七経孟子考文〉攷》，《徂徠と崑崙》，春風社，2016 年，第 92-93 頁）。

（2）宇佐美灊水撰，瀧川龜太郎校注《雜著》，大東文化學院編輯部，1938 年，第 10 頁。

（3）末木恭彥先生認為山井鼎奉西條藩主之命因有足利之行，所以《考文》的性質實為纂集其足利之行前後所進行的校勘工作之大成的調查報告（《〈七経孟子考文〉攷》，第 90 頁）。承廖明飛先生惠賜吉川和末木先生論著書影，並協助預約申請，得以閱覽京大本（膠卷），謹誌謝忱！

（4）據狩野直喜《山井鼎と七經孟子考文補遺》篇首大正丙寅（十五年，1926）題識，“去年夏，購得享保年間西條侯儒臣山井鼎撰之《七經孟子考文》，此書乃侯裔孫某子爵之舊藏，實山井手定獻進本也”（原發表在《內藤博士還曆祝賀支那學論叢》（京都：弘文堂書房，1926 年），翌年編入氏著《支那學文藪》（京都：弘文堂書房，1927 年）。中文譯本見於江俠庵編譯《先秦經籍考》，更名《〈七經孟子考文補遺〉考》（上海：商務印書館，1931 年）。除了狩野先生認定之外，《圖書寮典籍解題 · 漢籍篇》之《考文》解題亦作如是說（大藏省印刷局，1960 年，第 45 頁）。

（5）承松尾肇子教授協助預約申請，得以閱覽天理本，謹誌謝忱！

(6) 石川大凡（?-1741），名之清，江戶中期儒者，師事徂徠。又據《雜著》瀧川校注，石川字叔潭，號嘿齋（第 11 頁）。

(7) 三浦竹溪（1689-1756），名義質，通称平太夫，江戶中期儒者，師事徂徠。又據《雜著》瀧川校注，三浦字子彬，號竹溪（第 11 頁）。

(8) 木村梅軒（1702-1753），江戶中期儒者，名晟，字得臣，師事徂徠。

(9) 據宇佐美《雜著》，當時把《考文》所參校各本全部由足利學運至江戶，在物觀家中進行校勘工作。三浦和宇佐美、石川和木村兩兩一組對校，物觀判定異文之是非，另有室師禮（據瀧川校注，名直清，號鳩巢，官儒。當即物觀《考文補遺》卷首序和書後識語所謂“講官平直清”）奉命監修（第 11 頁）。初刻本《考文補遺》卷端署“東都講官物觀纂修”，“石之清校”“平義質、木晟同校”，未署“平直清”銜名。

(10) 狩野先生援引《德川實記》確切地認定進呈時間（第 268 頁）。

(11) 據宇佐美《雜著》，幕府“命官書肆刊行，頒賜刊刻費用三百金”（第 11 頁）。

(12) 詳參拙作《經學文獻的衍生和通俗化》第四章第四節“《七經孟子考文補遺》考述”，北京大學出版社，2014 年。

(13) 狩野直喜《春秋研究》附錄《半農書屋日記》，みすず書房，1994 年，第 273-276、280 頁。

(14) 以上參考蘇枕書《關於京大附圖所藏〈七經孟子考文〉寫本》（“京都讀書記”之二十六），《南方都市報》2016 年 4 月 10 日第 18 版。

(15) 以上轉引自蘇枕書《有關〈七經孟子考文〉的兩種副本》（“京都讀書記”之二十七），《南方都市報》2016 年 5 月 15 日第 18 版。

(16) 蘇枕書先生文援引反町氏云：“和歌山某書畫商購入之書，約二十年後的昭和二十五、六年，再入大阪市場。其中主要由我所得。”更可印證上述推論。

(17) 同為副本，宮內廳本和天理本由同一批人依據同一底本同時抄寫完成，故本文對於二者之間差異的剖判從略。

(18)《徂徠集》卷九 3b-5b，早稲田大學圖書館柳田文庫藏心齋橋筋唐物町南（大阪）文金堂寬政三年（1791）刊本。

(19) 末木恭彥《〈七経孟子考文〉攷》，第 98 頁。日本學者西田太一郎認為“紀藩羽林將公”是指紀藩藩主德川宗直，說詳氏著《荻生徂徠》（岩波書店“日本思想大系”本，1973 年）。末木先生通過考證松平賴渡和德川宗直的職官，諟正其說。

(20) 松雲堂主野田文之助（《山井崑崙と七経孟子考文の稿本について》，《東京支那學報》第一號，1955 年 6 月，第 206 頁）及末木先生也都認同三十三卷說（《〈七経孟子考文〉攷》，第 91 頁）。從《考文》正、副本來看，均為三十二卷，由是知三當作二。

東亞詩話的文獻與研究

張伯偉

自中國文學批評史學科建立，研究者不斷擴大史料來源，對於“詩話”的重視與日俱增。其初關注者為宋人詩話，如郭紹虞、羅根澤等；上世紀 70 年代以來，關注重點轉移到清詩話，如郭紹虞、吳宏一、張寅彭、蔣寅；90 年代以來，人們又開始關注明詩話，如吳文治、周維德、陳廣宏。由 90 年代後期而進入新世紀以來，人們更將眼光擴展到域外的東亞地區詩話，如由中韓學者共同倡議成立的“東方詩話學會”，以及若干學者在東亞詩話文獻方面的整理與研究，其工作儘管良莠不齊，但體現出的傾向是不容忽視的。詩話的觀念與過去相比，已發生很大改變。與此相關的比如“詩格”、“論詩詩”、“選本”、“評點”等，也都受到越來越多的關注。這與學科觀念的明確、重視是相關聯的。

一、東亞諸國詩話觀念的演變

詩話起源於中國，影響到韓國、日本（越南也有少數詩話，數量太少，姑且不論）。但三國文人的詩話觀念並不一致，略述如下：

（1）中國

最早以“詩話”命名其論著的是歐陽修，卷首云：“居士退居汝陰，而集以資閑談也。”因為是“閑談”，所以態度是輕鬆的，文體是自由的，立論也往往是較為隨意的。這一觀念深入人心，在此觀念指導下的歷代詩話也就具備了這樣的基本特徵。所以清代章學誠在《文史通義 · 詩話》中批評說，詩話“以不能名家之學，入趨風好名之習，挾人盡所能之筆，著惟意所欲之言”。此話雖然在章氏本人有其特定的針對性，但也確實在一定程度上揭示了歷代詩話共有的某些特徵。這種對於詩話的整體否認，在明代就有“詩話作而詩亡”的口頭禪，但恰能形成反諷的是，文人一方面在彈奏這樣的老調，另一方面又在不斷彙編舊詩話、推出新詩話，以至於明清時代的詩話數量遠超前代。後人以“濫”責之，也是有緣故的。

當然，我們也不能說古人沒有對詩話作過“尊體”的努力，但看來效果不大。明人文徵明（璧）說：“詩話必具史筆，宋人之過論也。玄辭冷語，用以博見聞、資談笑而已，奚史哉？所貴是書正在識見耳。”（《南濠居士詩話序》）在現有的文獻中，我們並不能看到宋人有“詩話必具史筆”

的要求或期待，即便有這樣的議論，也未能得到後人的認同。文徵明在給都穆（玄敬）的詩話作序時，已經對此論有所反駁，清人方濬師也附和其說云："此言極當。見聞博則可以熟掌故，識見正則不至謬是非。古人學問，各有所得，但當遵守其長處，若一概抹煞，豈非愚妄。"（《蕉軒隨錄》卷 3）他們既肯定了"博見聞、資談笑"的意義，在駁斥"宋人"論調的同時，也強調了詩話著作貴在"識見"。若無自家眼光，以拾人餘唾為滿足，則不啻矮子觀戲，隨人喝彩而已。

相對於歐陽修，許顗《彥周詩話》中對"詩話"一體作了重新定義："詩話者，辨句法，備古今，紀盛德，錄異事，正訛誤也。"雖有五項，但真正體現文學批評性質的，其實只在"辨句法"一端，"正訛誤"涉及考證，其它三項皆屬於記事。《滄浪詩話》倒是由五節構成："詩辨、詩體、詩法、詩評、考證。"但嚴羽最自我看重的是"詩辨"。他說："僕之《詩辨》，乃斷千百年公案，誠驚世絕俗之談，至當歸一之論。是自家實證實悟者，是自家閉門鑿破此片田地，即非傍人籬壁、拾人涕唾得來者。"（《答出繼叔臨安吳景仙書》）強調的就是"識見"，就是以"自家實證實悟"的觀念撰著詩話，足可為詩話體贏得榮譽、舒一長氣。可惜這樣的觀念，在詩話類中堪稱鳳毛麟角。1990 年冬在南京大學舉辦的首屆唐代文學國際研討會上，我第一次見到時任日本京都大學教授的興膳宏先生，他問了我一個問題："你對詩話的整體評價是什麼？"我回答："借用《世說新語》中孫綽評論陸機的話說（此話在鍾嶸《詩品》中被引作謝混語），就是'排沙簡金，往往見寶'。"承蒙興膳教授頷首稱是。雖然是幾近 30 年前的舊事，但就我而言，這個評價至今未變。

（2）韓國

中國詩話傳入朝鮮半島並發生影響，在高麗時代已見痕跡。高麗僧子山注釋《十抄詩》，就引用到鍾嶸《詩評》、佚名《唐宋詩話》（全稱《唐宋分門名賢詩話》）、張某《漢皋詩話》、阮閱《詩話總龜》等。不僅有單種詩話，也有詩話總集。儘管鍾嶸《詩品》較早已傳入（此書唐宋史志皆著錄為《詩評》，故該書東傳應在元代以前。而據林椿在高宗 4 年，即公元 1217 年寫的《次韻李相國知命見贈長句》詩中有"譏評不問癡鍾嶸"來看，《詩品》至晚在南宋初期之前已傳入），但對於朝鮮半島的詩話撰著卻影響不大。真正起到樣板作用的，是北宋的詩話體。確定為高麗朝的詩話有，李仁老《破閑集》、崔滋《補閑集》和李齊賢的《櫟翁稗說》（又有舊題李奎報《白雲小說》者，乃後人編輯，夾雜了他人議論，不盡可信）。從書名就可以發現，這些詩話受到歐陽修《六一詩話》"以資閑談"的著述觀念影響頗深，內容也不外如是。崔滋《補閑集序》說，李仁老《破閑集》一書，"有一二事可以資於談笑者，其詩雖不嘉，並錄之"；其《補閑集》一書也同樣"欲集瑣言為遣閑耳"。至於《破閑集》中引用自作"飛鳥豈補一字脫"句，其典就出自《六一詩話》。影響到後來，朝鮮時代的詩話著作百餘種，真以"詩話"命名者不到一半，很多著作的書名中都有一"閑"或"瑣"字，如《謏聞瑣錄》、《遣閑雜錄》、《玄湖瑣談》、《閑居漫錄》等。然而在對詩話價值的認識上，他們與中國傳統的看法卻有較大差異。

總體看來，朝鮮半島文人對詩話多有肯定，對創作實踐中讀詩話的意義也多有闡揚。姜希孟《東人詩話序》云："蓋詩不可捨評而祛疵，醫不可棄方而療疾。自雅亡而騷，騷而古風，古風而律，眾體繁興，而評者亦多，如《總龜集》、苕溪《叢話》、菊莊《玉屑》等編，議論精嚴，律格備具，實詩家之良方也。”這裏評論了宋代的三大詩話總集，以為其功能類似“詩家之良方”，這或許還是本於黃昇《詩人玉屑序》對魏慶之的吹捧之語：“友人魏菊莊，詩家之良醫師也。……是書既行，皆得靈方。”但黃昇為了凸顯魏書之優，以“水落石出法”行文云：“詩話之編多矣，《總龜》最為踈駁，其可取者惟《苕溪叢話》，然貪多務得，不汎則冗。”惟有魏慶之及其《詩人玉屑》，“猶倉公、華佗按病處方，雖庸醫得之，猶可藉以已疾，而況醫之善者哉”。但姜希孟將三書相提並論，統稱為“詩家之良方”。又崔淑精《東人詩話後序》云：“所賴大雅君子，世不乏人，而始有詩評，如《總龜》、《叢話》、《玉屑》諸編是已。”這裏又將宋代詩話“三書”的作者褒獎為“大雅君子”。金守溫評論徐居正書云：“雖古之《詩林》、《玉屑》亦無過之，而益知公文章之美。”（《東人詩話序》）把朝鮮人的詩話之作與他們心目中的詩話典範《詩林廣記》、《詩人玉屑》相比，認為後者“亦無過之”，此乃以“水漲船高法”行文，在肯定宋代詩話的同時，更表彰了自身詩話的價值。

再舉一例，李植《學詩準的》云：“余兒時無師友，……四十以後，得胡元瑞《詩藪》，然後方知學詩不必專門先學古詩。唐詩歸宿于杜，乃是《三百篇》、《楚辭》正脈，故始為定論。而老不及學，惟以此訓語後進。大抵欲學詩者，不可不看《詩藪》也。”（《澤堂集》卷 14）此論至朝鮮中期不變。到朝鮮後期，儘管有對清人的個別詩話提出意見，但未有全面否定者。所以，從較為普遍和長期的歷史現象著眼，朝鮮半島對詩話體多抱有肯定，可以成為一項基本判斷。

（3）日本

至少在唐代的時候，就有大量中國詩學著作湧入日本。從《日本國見在書目錄》來看，《文心雕龍》和《詩品》固然在目，但尤為引人矚目的是隋唐人的“詩格類”著作，其中有 20 多種是中國歷代文獻中從未出現者。市河寬齋《半江暇筆》卷一“《秘府論》”條云：“唐人詩論，久無專書，其散見於載籍者，亦僅僅如晨星。獨我大同中，釋空海遊學於唐，獲崔融《新唐詩格》、昌齡《詩格》、元兢《髓腦》，皓（皎）然《詩議》等書而歸，後著作《文鏡秘府論》6 卷，唐人卮言，盡在其中。”而《文鏡秘府論》也就成為日本歷代詩話之祖。

如果說，朝鮮半島的詩話觀念受宋人影響較大，那麼日本的詩話觀念則主要受唐人詩格的影響。在中國文學批評史上，以著述體式而言，詩格在前，詩話在後。但詩話體興盛之後，詩格的內容往往被詩話吸納，所以在後來詩格就漸漸被詩話體所覆蓋。嚴格說來，當然是有區別的。詩格的內容主要是講述詩歌創作的格式、法則，其目的主要是教導初學者。這就決定了其內容難免死板、膚淺，所以常常受到如下批評，或曰“妄立格法”（《蔡寬夫詩話》語），或曰“穿鑿鄙陋”（許學夷《詩源辯體》卷 35），或曰“旁生枝節”、“強作解事”（《四庫提要》語）。在中國詩學體系中，對這類著述的評價，往往還低於一般的詩話，許學夷貶之云“村學盲師所為”，“涉於淺稚”（《詩源辯體》卷 35）；王夫之則斥為“畫地成牢以陷人者”（《薑齋詩話》卷下），其作用不啻“引童蒙入荊棘”。而在日本文人的觀念中，就不完全是這樣。

通觀日本詩話之作，不難發現兩大特點：一是詩格類的內容特別多，於此相聯繫的，就是第二，為指導初學而作的特別多。像這一類書，如《詩律初學鈔》、《初學詩法》、《幼學詩話》，僅僅從標題上就綜合了上述特點。而在諸書的序引中，這樣的提示就更多了。如原尚賢《刻斥非序》謂其書“以示小子輩”，瀧長愷《南郭先生燈下書序》云：“此書之行也，後進之士賴焉。”山田正珍《作詩志彀序》云：“其意在使夫後學不失詩正鵠也。”岩垣明《跋淇園詩話》云：“此書先生特為後進示義方者也。”諸如此類的議論，堪稱不絕於書與耳。不僅此類著述宗旨瀰漫於詩話之著，而且往往予以肯定的評論。江戶時期的雨森芳洲在《橘窻茶話》中說：“或曰：‘學詩者須要多看詩話，熟味而深思之可也。’此則古今人所說，不必覼縷。”因為是自古以來的通說，所以要熟讀詩話的理由就不必詳細羅列，這似乎已經成為一則不證自明的潛在鐵律。

我們不妨就一本書來作個對比，還是在《橘窗茶話》一書中，有這樣兩段記載：“一日告童生曰：《圓機活法》一書，其在幼學，最為要緊之物。凡遇得題，不管作詩與否，須要開卷一閱，熟讀詳味。”又云：“林道榮喜讀《圓機活法》，自少至老，一生不廢。……少有間隙，則必手之不廢。此則大有深意，在日本人則當學之以為法。如楊升庵論《草訣百韻歌》與《詩學大成》，別是一意。後進小子不知其源委，恐有難成材器之患，故絮切至此。”

這裏提到的《詩學大成》和《圓機活法》，分別出於元人林楨和明人，它們也是中國自元明以來的詩學啟蒙讀物，但在中國頗為有識者輕視。雨森芳洲提及楊慎云云，見於《丹鉛總錄 · 續錄》：“《草書百韻歌》乃宋人編成，以示初學者，託名於羲之。近有一庸中書取以刻石，而一鉅公序之，信以為然。有自京師來滇持以問余曰：‘此羲之《草韻》也？’余戲之曰：‘字莫高於羲之，得羲之自作《草書百韻歌》奇矣。又如詩莫高於杜子美，子美有《詩學大成》。經書出於孔子，孔子有《四書講套》。若求得二書，與此為三絕矣。’其人愕然曰：‘孔子豈有《四書活套》乎？’余曰：‘孔子既無《四書活套》，羲之豈有《草書百韻》乎？’其人始悟。”兩相比較，異同立見。

日本人通論如此，但亦有少數具特識者持不同意見，如藤原惺窩、古賀侗庵。林鵝峰《論史通寄函三弟》：“聞惺窩之言，初學者見詩話則卑屈不能作詩。”（《鵞峰林學士文集》卷 39）古賀侗庵《非詩話》歷數詩話十五病云：“一曰說詩失於太深；二曰矜該博以誤解詩意；三曰論詩必指所本；四曰評詩優劣失當；五曰稍工詩則自負太甚；六曰好點竄古人詩；七曰以正理晦詩人之情；八曰妄駁詩句之瑕疵；九曰擅改詩中文字；十曰不能記詩出典；十一曰以僻見錯解詩；十二曰以詩為貢諛之資；十三曰不識詩之正法門；十四曰解詩錯引事實；十五曰好談讖緯鬼怪女色。”又對詩話總評云：“詩話之為書，大抵一份辯證，二分自負，三分諧謔，四分譏評。”批評雖不可謂不嚴厲，但這樣的聲音畢竟只是偶一聞之。

總體看來，由於 19 世紀末漢文化圈的分崩離析，到二戰以後民族文化意識的高漲，從事漢詩寫作的人在韓國和日本急劇減少，漢文學地位也大幅下降，因此，詩話的閱讀圈已經縮小到專門研究的學者。偶有寫作者，如韓國李家源《玉溜山莊詩話》（1972）純以漢文為之，也只是一種自娛自樂，對於當代文學批評並不能起到什麼作用。

二、東亞詩話的文獻整理

對詩話的整理工作，如果從明代人對詩話的彙編工作開始，可謂由來尚矣。有專收一代者，如楊成玉《詩話》輯宋人詩話十種，周子文《藝藪談宗》專輯明人詩論。也有不限於一代者，如稽留山樵《古今詩話》即彙編了唐宋元明的論詩之作數十種。日本明治時期近藤元粹《螢雪軒叢書》，開日本學者整理中國詩話之先河。在朝鮮半島，類似的工作可以追溯到 18 世紀初洪萬宗編纂的《詩話叢林》。這裏主要就上世紀 80 年代以來的詩話文獻整理略作評述。

(1) 中國

近年來對詩話整理極為重視，舉其代表者，關於宋代有程毅中主編，王秀梅、王景侗、徐俊、冀勤輯錄的《宋人詩話外編》（國際文化出版公司，1996 年），吳文治主編的《宋詩話全編》（江蘇古籍出版社，1998 年），張伯偉編校的《稀見本宋人詩話四種》（江蘇古籍出版社，2002 年）。關於遼金元有吳文治主編的《遼金元詩話全編》（鳳凰出版社，2006 年）。關於明代有吳文治主編的《明詩話全編》（江蘇古籍出版社，1997 年），周維德集校的《全明詩話》（齊魯書社，2005 年），張健輯校的《珍本明詩話五種》（北京大學出版社，2008 年），陳廣宏、侯榮川編校的《稀見明人詩話十六種》（上海古籍出版社，2014 年）以及在編的《全明詩話新編》；齊魯書社自上世紀 80 年代開始，陸續出版了程千帆主編的"明清文學理論叢書"，其中也包含了多種明清詩話的箋注本。關於清代的有郭紹虞編選、富壽蓀校點的《清詩話續編》（上海古籍出版社，1983 年），張寅彭選輯、吳忱、楊焄點校的《清詩話三編》（上海古籍出版社，2014 年）以及在編的《清詩話全編》。關於民國的有張寅彭主編的《民國詩話叢編》（上海書店出版社，2002 年），王培軍、莊際虹校輯的《校輯近代詩話九種》（上海古籍出版社，2013 年）。此外，還有校輯一地者，如賈文昭主編的《皖人詩話八種》（黃山書社，1995 年）；有校輯一人者，如張忠綱編注的《杜甫詩話六種校注》（齊魯書社，2002 年）；有校輯一類者，如王英志主編的《清代閨秀詩話叢刊》（鳳凰出版社，2010 年）。至於單本詩話的校注，近年來也頗有成績。如張寅彭和強迪藝《梧門詩話合校》（鳳凰出版社，2005 年）、張健《滄浪詩話校箋》（上海古籍出版社，2012 年）、蔣寅《原詩箋注》（上海古籍出版社，2014 年）等。中國傳統治學以目錄學為津梁，近年亦頗有成績，由於清詩話數量龐大，人們對其總貌如何不得其詳，這種狀況在近年得到很大的改變，如吳宏一主編《清代詩話知見錄》（中研院中國文哲研究所，2002 年），張寅彭著《新訂清人詩學總目》（上海古籍出版社，2003 年），蔣寅著《清詩話考》（中華書局，2005 年），吳宏一主編《清代詩話考述》（中研院中國文哲研究所，2006 年）。從以上舉一漏萬的臚列中，就不難看出詩話整理熱潮的概貌。如果從出版社著眼，人民文學出版社、上海古籍出版社、鳳凰出版社（原江蘇古籍出版社）、齊魯書社的業績尤為突出。

上述所舉諸書中，吳文治先生主編的幾種大型詩話曾經引起一時的注重。該書從各類載籍中輯錄了大量詩論材料，的確可以提供學者的參考。但是以名實相符的要求來看，其所謂的"詩話"，極為廣義。無論其著述形態、文體如何，只要涉及論詩，一律輯入。當然，這樣的看法在古代也有，比如林昌彝《射鷹樓詩話》卷5云："凡涉論詩，即詩話體也。"郭紹虞先生《詩話叢話》也說："由體制言，則韻散分塗；由性質言，則無論何種體裁，固均有論詩及事及辭之處。"又云："我之所以謂論詩韻語，亦是詩話一體者，蓋又就更廣義言之，欲使人於這種形貌之拘泥，亦且一併破除之耳。"但這種意見，我極不贊成。性質上的相通並不等於體制上的相同，如果不從體制上著眼，就無法顯示中國文學批評各種形式的特點，畢竟中國文學批評史不等於中國詩話史。

總之，中國的詩話文獻整理，已經取得不少令人欣喜的成績，在可以看到的若干年內，還將有重大收穫。

(2) 韓國

最重要的工作是由韓國學者趙鍾業教授完成，他奠定了韓國詩話文獻收集整理的基礎，代表者是其編纂的《修正增補韓國詩話叢編》(太學社，1996年)。趙鍾業先生集30年收集之勞，網羅高麗朝至20世紀東人詩話之著129目115種(其中有兩種標為中國資料)，是迄今為止收集相關文獻最多的韓國詩話總集。但趙氏對於詩話取較為廣泛之定義，凡涉論詩，皆可視作詩話，故將論詩詩、選集、文集、筆記中資料儘量收入，若以此為標準，則其書遺漏者便甚多。倘若以較為狹義之詩話定義來看，亦有可補充者。如南公轍《日得錄》、李玄圭《詩話》、李燁《詩林瑣言》、金澤榮《雜言》等。又如東京大學文學部小倉文庫所藏《海東詩話》，與《叢編》所收四種皆不同，靜嘉堂本《大東稗林》所載《詩話彙編》也為趙編本所未收。又東洋文庫所藏《見睫錄》、美國伯克利大學遠東圖書館所藏《海上清雲》等，皆為詩話，實可再作增補。2012年，人民文學出版社出版了蔡美花、趙季的《韓國詩話全編校注》，以趙編本為基礎，增加了一定的篇目，也作了一些注釋，尤其是經過排印出版，擴大了讀者群，也便利了學者的參考。趙編本是照原書影印，有一個簡要的解題，校注本理應在其基礎上，對文獻的真僞、版本的異同、作者的考訂作出應有的貢獻，令人未免遺憾的是，若以上述要求來衡量，此書尚存在較多不足，有待後人繼續努力的空間還很大。

在單本詩話著作的整理(翻譯和注釋)方面，韓國學者有較多成績，茲不一一列舉。中國學者也有少量貢獻，如鄺健行整理的《清脾錄》(上海古籍出版社，2010年)、劉暢、趙季《詩話叢林校注》(人民文學出版社，2015年)。

(3) 日本

日本較為大型的詩話文獻整理，始於大正9年至11年間池田胤編纂的《日本史話叢書》10卷(文會堂書店，1920－1922年)，收書64種，剔除其中朝鮮徐居正的《東人詩話》，實收63種。此後直到今天，再也沒有較為大型的詩話整理本出現。63種日本詩話中，以漢文撰寫者約30種。

韓國趙鍾業教授有《日本詩話叢編》(太學社，1992年)，乃以《日本詩話叢書》為藍本，删去《東人詩話》，增加一種，並按作者的時代先後排列全書。馬歌東編選校點之《日本詩話二十種》（暨南大學出版社，2014 年），同樣以《日本詩話叢書》為範圍，選擇其中 20 種漢文詩話校點出版。池田胤書編纂年代較早，存在一些問題尚可諒解，但經過近 100 年的學術發展，有關日本詩話的整理工作仍然停留在當年的水平，甚至有所倒退，就不能不令人遺憾。本人收集的日本詩話已達 100 種，並且從詩話作者的文集中輯選相關文獻為附錄，將在近年整理出版，希望能夠對日本詩話的整理現狀有所改善。

日本在單本詩話文獻的整理上也取得一些成績，如"新日本古典文學大系"第 65 卷收錄了《讀詩要領》、《日本詩史》、《五山堂詩話》、《孜孜齋詩話》、《夜航餘話》等數種，并加以校注。這些工作，多出於名家之手，固然值得信賴。但也有一些問題存在，比如底本選擇之不理想，《五山堂詩話》選用的是兩卷本，而非完整的 10 卷本加《補遺》5 卷本；有些日本歷史和中國文學方面的典故未能完全注釋；當然，最主要的還是缺乏對日本詩話文獻的整體收集、整理。至於日本詩話中最有影響的《文鏡秘府論》，用力最勤、關注最久的反而是中國學者，盧盛江《文鏡秘府論彙校彙考》（中華書局，2006 年）堪作代表。

三、東亞詩話的研究

詩話研究，如果從"批評之批評"的定義來衡量，《文心雕龍・序志篇》和鍾嶸《詩品序》中對以往批評論著的批評，便堪稱嚆矢。但以較為集中批評者而言，在中國以清人何文煥《歷代詩話考索》為最早，成篇於乾隆 35 年（1770），其基本做法是"考故實，索謬訛"。但在東亞地區最早從事此類工作的，是朝鮮時代的洪萬宗，他編纂的《小華詩評》成書於"崇禎玄黓執徐"，即康熙 51 年（朝鮮肅宗 38 年，1712），其書凡例最末一則云："古人名章傑句，雜出於諸家編錄，而其中有不可不證正者，亦有所可監戒者。故今並博考，略加數款語於卷末云。"這就是其書卷末所附《證正》。而日本的同類工作，則始見於古賀侗庵的《非詩話》，成書於嘉慶 19 年（日本文化 11 年，1814）。但總體看來，這一類的"批評"還是屬於傳統學術的範疇。進入 20 世紀以後，東亞學術在西方的刺激和影響下開始了轉型，文學批評史作為一門學科也因此成立。東亞詩話研究狀況，以國別而言，中國學者取得的成績相對可觀，韓國、日本則較為沉寂。趙鍾業之後，韓國學者集中於詩話研究方面用力者較少，只是在近年開始，安大會教授設計整理計劃，正在逐步實施，希望通過若干年的努力，能夠得到可觀的成果。日本則在船津富彥之後，很少有人關心此類文獻，更不要說研讀此類文獻，進一步作出研究了。雖然在 1996 年成立了"東方詩話學會"，成員包括來自韓國、日本以及中國的兩岸三地，但相較而言，以日本的會員最不活躍。到今年已準備舉行"東方詩話學第 10 屆國際學術研討會"，前 9 屆在中韓多地舉辦，但一次都沒有在日本舉辦，這多少也能透露出寸指消息。

20 多年前（1990），我在南京第一次和韓國車柱環教授見面，他對我說："我認為中國文學批評史是一門高次元的學問。"車柱環教授在鍾嶸《詩品》的校證方面具有國際影響。錢穆 1960

年 6 月 7 日致孫國棟信中說："穆此次去哈佛，晤北（案：當做 '南'）韓車君柱環，並細讀其論文，以新亞研究所諸君相比，車君實無多讓，並有勝過處；如此之例，實大足供吾儕之警惕也。"（《錢穆先生書信集》，香港中文大學新亞書院，2014 年）詩話屬於文學批評史料，因此，在文獻整理之後的研究，如果擁有較高的學術追求的話，便顯出其難度，這在今天尤其如此。大體來說，有以下三端：

1、 需要全面把握基本史料，包括東亞各國。以東亞的全局來看，中國詩話的收集整理成績最為突出，日本詩話資料的收集最為欠缺。本人也會加緊工作進程，爭取以較完美的面目將這批文獻貢獻給學界。韓國詩話文獻也大有增補、考訂的餘地，韓國本土所藏文獻中也有不少遺漏，比如佚名的《詩話彙編》，多達 12 萬字，就沒有能夠收入到詩話叢書之中。另有海外所藏的韓國詩話文獻，也值得關注。

2、 研究工作不能僅僅局限在詩話類文獻，要與創作、思想、宗教以及歷史背景作緊密結合。以日本詩話為例，第一部以"詩話"命名的是五山詩僧虎關師煉，後人為便於區分，在"詩話"前加上了"濟北"。作為臨濟宗的僧人，他的文學觀念與禪宗並非毫無關係，想深入研究，不能不對五山時期的僧侶文化下一番功夫。又如古賀侗庵有《非詩話》，但他同時又和其父古賀精里同為朱子學的學者，而且研修的是日本式的朱子學——山崎闇齋的學問。如果同時關注其《劉子》、《侗庵筆記》、《四書問答》、《詩朱傳質疑》、《讀詩折衷》等相關著作，對《非詩話》的研究也就能達到新的高度和深度。

3、 要在研究的理論和方法上用心。比如以上提及《清脾錄》的不同版本，固然可以從傳統的文獻學角度做異文比勘，但如果將書籍史和文學史相結合，也許可以作出別開生面的新研究，也能夠對於研究方法作出新探索。

上述提綱主要以 10 到 15 年前所讀書為基礎寫出，掛一漏萬及評騭不當處在在有之，有待補充修正者甚多，盼各位多予批評。

日藏宋版《論衡》考辨

顧歆藝

現存東漢王充《論衡》的宋刻本，除收藏於中國大陸的幾種之外，最負盛名的便是現藏於日本宮內廳書陵部的宋刻二十五卷本了。這一版本因其珍稀性，自近代以來在日本和中國都每被研究者所提及，然而對它真正進行目驗或作深入調查研究的學者卻並不多，所論也歧義紛現。特別是中國學者，由於客觀條件所限，難免霧裏看花。筆者因參加北京大學中國古文獻研究中心“日本宮內廳書陵部藏宋元版漢籍影印”項目，並在早稻田大學交流研究一年，因緣際會，有幸實際查看包括宋版《論衡》在內的珍本秘笈，故對此版《論衡》情況有所認識和體會。今將宮內廳藏宋版《論衡》相關問題特別是版本問題略加梳理和考辨，求教于方家，並向提供各種研究條件的諸位先生表達感激之情。

《論衡》作者王充（27-約97），字仲任，會稽上虞（今屬浙江）人，東漢著名思想家。他一生潛心學術，特立獨行，好博覽而不守章句。著述有《論衡》、《譏俗》、《節義》、《政務》、《養性書》等，除《論衡》外，均不傳世。《論衡》為王充代表性著作，按照他在《論衡·自紀篇》中對此書撰寫的表述，“古太公望，近董仲舒，傳作書篇百有餘，吾書亦才出百[(1)]”，可知最初《論衡》的規模不下百篇，但《抱朴子》、《後漢書》的王充本傳均著錄《論衡》為八十五篇。葛洪《抱朴子》曰：“王充好論說，始詭異，終有理。乃閉門潛思，絕慶吊之禮，戶牖牆壁各置筆類，著《論衡》八十五篇。蔡邕入吳，始得之，秘玩以為談助。後王朗得其書，時稱其才進。或曰：‘不見異人，當得異書。’問之，果以《論衡》之益[(2)]。”後人常常提及蔡邕、王朗對《論衡》的傳播推廣之功，即源于葛洪的記述。但也正是自蔡邕開始，由於被人從蔡邕那裏“捉取數卷持去[(3)]”，《論衡》便不再如當初那樣完整，因而葛洪、范曄所見就只有八十五篇而不是百餘篇了。這也是唐宋以來人們所能見到的《論衡》的內容。而傳世《論衡》中，其第四十四篇《招致》一篇實則有目無文，所以《論衡》一書實際存世八十四篇。這八十四篇一般被編排成三十卷，流傳於後世。古典目錄中最早著錄《論衡》的是《隋書經籍志》，列入雜家類，曰“《論衡》二十九卷，後漢徵士王充撰[(4)]”。《舊唐書經籍志》著錄“《論衡》三十卷，王充撰[(5)]”。二者卷數相差一卷，也許是性質不同於其他篇章的《自紀篇》或合或分而造成的。

王充《論衡》三十卷中，日本宮內廳書陵部所藏宋刊本《論衡》今存二十五卷，即卷一至卷二十五，而卷二十六至卷三十的五卷則缺失，所以此本並非完帙，被稱作宋本殘卷。

宮內廳書陵部所藏宋版《論衡》二十五卷，被分裝成十二冊。除第七冊收有三卷外，其餘均為每二卷一冊。其中卷十五有《招致篇》的篇目，下注一“闕”字而無正文。至此版末篇卷二十五的《祭意篇》，共收文七十七篇。可以推知，後面缺五卷八篇。此本書名題為“論衡卷第（幾）”，卷尾亦同。全書沒有總目錄，但每卷卷名之下有該卷目錄，正文緊隨其後。另外，書的前後均無正文之外的文字，如序跋等。

此本每半葉十行，行二十字，間或為十九字、二十一字。偶有雙行小字，或為正文，或為校語。白口，左右雙邊，單魚尾。版框高 22 釐米，寬 15 釐米。版心單魚尾下有“論衡幾”字樣標記卷數，下記本卷葉數，最下方有刻工姓名。刻工有王永、王林、王政、王存中、徐顏、徐亮、徐彥、陳俊、陳明、李憲、李文、趙通、高俊、許中、方佑、楊昌、朱章、宋瑞、張謹、周彥、劉文、卓宥、卓佑、潘亨、毛昌、毛奇、洪新、洪悅、梁濟等，多為浙江紹興地區刻工。

書中避宋代諸帝名諱及嫌名，如“玄、弦、朗、敬、驚 、弘、殷、匡、筐、竟、境、胤、恒、貞、征、樹、豎、讓、桓、完、構、購、慎”等字，皆缺末筆。

此日藏宋版《論衡》書品極佳，雖是殘卷，但保留下來的二十五卷文字相當完整，除卷二十二至卷二十五因書脊磨損而稍有缺字外，整體來看文字齊全，沒有缺失，只是某些地方有裝訂錯誤，計有三處：

1、卷一的第八葉與第九葉，原書顛倒錯亂，以至於第八葉《累害篇》的內容誤入後面的《命祿篇》中。

2、卷十四的第十四葉與第十五葉，即《譴告篇》的末二葉，原書互相顛倒。

3、卷十六的第五葉與第六葉，原書互相顛倒。

至於版本品像，正如森立之《經籍訪古志》所描述的那樣：“文字遒勁，筆畫端正，絕有顏公筆法。加之鐫刻鮮朗，紙質淨緻，墨光煥發，若法帖然，實宋槧之絕佳者。”[(6)]島田翰《古文舊書考》也對此書大加讚揚：“《論衡》一書，以是書為最善。”[(7)]

然而，日本學者及中國學者對於此宋版《論衡》的專門著錄和研究卻是晚至近代以來的事情。較早的是森立之《經籍訪古志》，然後是島田翰《古文舊書考》，後者 1905 年由日本民友社出版。之後，中國學者在此二書的引導下，逐漸獲知此一宋版《論衡》的存在。董康《書舶庸譚》卷三[(8)]、傅增湘《藏園群書經眼錄》卷八均著錄此本。董康《書舶庸譚》前四卷是他於民國十五年（1926）十二月至十六年（1927）五月避居日本時所記；傅增湘著錄此本後注曰“日本帝室圖書寮藏書，己巳十一月十一日見”[(9)]，己巳年是民國十八年（1929）。可見董康、傅增湘都應該是親眼目睹了此宋版《論衡》的。然而也許只是匆匆一閱，他們的著錄均較為簡略，亦有不準確之處。

前人對日本宮內廳書陵部所藏宋本《論衡》的記述不夠詳細，而此書前後也並無序跋等輔助材料可以幫助人們更好地瞭解它，所以要對此版本《論衡》作進一步的探究，我們只能從原書入手，並且考察一下《論衡》一書在宋代的刊刻歷史。

先看避諱字。如前所述，此本對宋代諸帝之名及嫌名多有避諱，避諱方式是缺筆。我們發現此書避諱有如下特點：

1、避諱至“慎”字。我們統計全書，出現“慎”字 33 處，均缺筆。此避諱極其嚴格，無一例外。

2、其他避諱不特別嚴格，如“敬”、“桓”、“溝”字，有時缺筆，有時不缺筆。

南宋孝宗名“眘”，“慎”通“眘”，從避諱字推測，此宋版《論衡》的刊刻年代當為孝宗之時。

然而，島田翰《古文舊書考》卻謂此書為“殘宋光宗時刻本”，可他並沒有給出任何理由。我們核查了原書，並未發現此本避孝宗之後的光宗名諱。光宗名惇，“惇”這個字不常用，《論衡》一書亦無。一般來說，避光宗諱是避其嫌名，如“敦、墩、憝、燉、錞、鶉”等字。在此宋版《論衡》中，出現“敦”的地方都不缺筆避諱（卷二《率性篇》2處、卷十《非韓篇》1處、卷十九《恢國篇》1處），出現“鶉”的地方亦不缺筆（卷二《無形篇》2處、卷七《道虛篇》1處、卷十六《講瑞篇》1處）。如果不避當朝皇帝名諱的話，就很難得出島田翰“蓋光宗時刻本也”的結論。不僅如此，光宗之後的寧宗，名諱“擴”，此本《論衡》卷五《感虛篇》有一處“擴”字，不缺筆避諱。此外如嫌名“郭”、“廓”，出現多次，亦不避諱。因此可以推斷，日藏宋本《論衡》是刊刻于南宋孝宗朝的，而不是其後的光宗朝或寧宗朝。

《論衡》一書在當今中國最通行的整理本是中華書局1990年出版的《論衡校釋》，收入《新編諸子集成》第一輯。它以民國二十四年黃暉《論衡校釋》為主，補入劉盼遂《論衡集解》。在黃暉的《自序》中，他梳理了一個《論衡》版本源流表，其中提到一個早期版本“宋光宗時刻本（二十五卷）”，說是“見存日本，疑是根源慶曆本[(10)]”。顯然黃氏並未見過日藏宋本《論衡》，而所謂“宋光宗刻本”的說法是從島田翰那裏沿襲而來的錯誤。

再看刻工。上文所列日藏宋本《論衡》的刻工，是南宋孝宗、光宗年間浙江紹興地區的刻工。除《論衡》外，他們還刊刻過其他一些書籍，可以作為佐證。其中的一些人參與過兩浙東路茶鹽司主持的著名的越州八行本經書注疏的刊刻工作，如周彥曾刻越州八行注疏本《禮記正義》等，毛昌曾刻越州本《周易注疏》、《尚書正義》、《周禮疏》等。兩浙東路茶鹽司治所在越州，即今浙江紹興。再如，現藏上海圖書館的《諸儒鳴道》七十二卷，為南宋孝宗時刻本，理宗端平二年（1235）閩川黃壯猷修補。刻工中有周彥、許中、毛昌、洪新、陳明、李文、王永、李憲、洪悅等[(11)]，他們多為孝宗、光宗時的浙中刻工名匠，也參與刊刻了日藏宋版《論衡》。此外，從這些宋版書籍的字體刊刻風格來看，也是極其相似的。

那麼，《論衡》在宋代有著怎樣的刊刻歷史呢？是否可以證明南宋孝宗朝在浙江紹興地區真的刊刻過《論衡》？《論衡》明嘉靖時通津草堂刻本附有宋慶曆五年（1045）二月二十六日楊文昌刻本序（此序在《四部叢刊》影印通津草堂本《論衡》時未收），其中說：

> 余幼好聚書，於《論衡》尤多購獲，自一紀中，得俗本七，率二十七卷。其一程氏西齋所貯，蓋今起居舍人彭公乘魯所對正者也。又得史館本二，各三十卷，乃庫部郎中李公秉前所校者也。余嘗廢寢食，討尋眾本。雖略經修改，尚互有闕疑遺意。其謄錄者誤有推移，校勘者妄加刪削，致條綱紊亂，旨趣乖違，儻遂傳行，必差理實。今研覈數本之內，率以少錯者為主，然後互質疑謬，沿造本源，訛者譯之，散者聚之，亡者追之，俾斷者仍續，闕者複補。惟古今字有通用，稍存之。又為改正塗注，凡一萬一千二百五十九字。……即募工刊印，庶傳不泯，有益學者，非矜己功[(12)]。

由此可知，《論衡》在北宋初期仁宗朝的慶曆年間已經流傳著很多本子，而且卷數各不相同，有二十七卷本，也有三十卷本。它們分藏於各處，輾轉傳抄，文字差異很大。楊文昌綜合眾本，詳加校勘，補缺訂正，最後刊印成一個比較精善的版本。楊文昌的《論衡》刊定本是後人所知的最早的宋刻本，也是後來《論衡》刻本的祖本，影響很大，但沒有流傳下來。

南宋孝宗乾道二年（1166），洪适知紹興府。第二年（1167）他主持校刻了《論衡》一書。洪适（1117-1184），字景伯，號盤洲。高宗紹興年間，洪适、洪遵、洪邁三兄弟先後考中博學宏詞科，名聲大噪，人稱“鄱陽三洪”。洪氏三兄弟歷仕中央和地方，頗有政聲。在文學和學術研究上，他們更是卓有建樹，聲名遠揚。洪适官至尚書右僕射、同中書門下平章事兼樞密使。在金石學方面造詣頗深，其《隸釋》二十七卷、《隸續》二十一卷考證精審，很有影響。另有《盤州文集》八十卷傳世。

《盤洲文集》卷六十三有一篇洪适所作《論衡跋》：

> 右王充《論衡》三十卷。王君，是邦人也。帳中異書，漢儒之所爭睹。轉寫既久，舛錯滋甚，殆有不可讀者。以數本俾寮屬參校，猶未能盡善也。刻之木，藏諸蓬萊閣，庸見避堂舍蓋之意。乾道丁亥五月十八日，會稽太守洪适景伯跋。[13]

孝宗乾道丁亥年即乾道三年（1167），此時洪适知紹興府。由於王充是紹興本地先賢，所以洪适公費主持刊刻了王充的著作《論衡》。據《論衡》元至元七年（1270）刻本的韓性跋所言：“諸本繕寫互有同異，宋慶曆中進士楊文昌所定者號稱完善，鄱陽洪公重刻於會稽蓬萊閣下。”按照韓性的說法，洪适的《論衡》似乎是楊文昌所定本的重刻本，其實也並不是那麼簡單。從洪适“以數本俾寮屬參校，猶未能盡善也”的表述來看，他主持刊刻《論衡》是下過一番校勘功夫的，儘管他所依據的底本可能是楊文昌所定本。

至此，我們或許可以說，現存於日本宮內廳書陵部的宋版《論衡》，就是南宋洪适於孝宗乾道三年知紹興府時主持刊刻的那個版本。另外，還有一個旁證也可以證明這一結論。

《盤洲文集》卷六十三有一篇洪适的《跋元微之集》：

> 右《元微之集》六十卷。微之以長慶癸卯鎮越，大和己酉召還，坐嘯是邦，閱六寒暑。……微之留越許久，其書獨缺，可乎？予來踵後塵，蓋相去三百三十七年矣。乃求而刻之，略能讎正脫誤之一二，不暇複為詮次也。書成，置之蓬萊閣。[14]

與洪适主持刊印王充《論衡》的原因相同，由於唐代詩人元稹在紹興這個地方作過官，是與當地相關的先賢，所以洪适也要刊刻他的著作，以光大紹興地方文化。與刊刻《論衡》一樣，洪适刊刻《元微之集》時也是先搜集舊本，加以校勘，書刻成後均置於蓬萊閣。

洪适主持刊刻的元稹文集現藏於日本靜嘉堂文庫，不過已僅存三卷，名曰《元氏長慶集》，殘存卷四十至卷四十二。按照《靜嘉堂文庫宋元版圖錄》的解題著錄和圖版照片，我們可以得知,《元氏長慶集》版框高 21.7 釐米、寬 14.8 釐米,與宮內廳著錄的《論衡》版框高 22 釐米、寬 15 釐米相似。雖然二者每半葉行數不同,但都是版心白口,左右雙邊,單魚尾,偶有雙行小字。版心單魚尾的位置相似,也都是下有“元集幾”(類似“論衡幾”)的字樣標記卷數,再下記本卷葉數,最下方是刻工姓名。二者不僅版式,字體風格也極其相似。另外也都是避宋諱到“慎”字。特別是刻工,《元氏長慶集》殘卷有王存中、周彥、毛昌、李詢的名字,而前三人也同時見於宮內廳宋版《論衡》。因此可以說,日藏宋版《論衡》和《元氏長慶集》二書刊刻於同一地區同一時代,風格相同。正是南宋孝宗乾道年間洪适知紹興府時精加校刻的先賢著作的善本。

《論衡》宋代刻印本現今仍存世的,除日本宮內廳書陵部這部宋代刻本之外,《中國古籍善本書目》顯示,中國國內尚有四處宋本《論衡》收藏。不過,藏于南京博物院的僅存四卷殘卷,上海圖書館的存五卷殘卷,中國國家圖書館存兩部全本。其中除了南京博物院的那種因涉及文物保護而不得閱覽外,其他三種我們與宮內廳宋版《論衡》作了對比,有些初步考察。中國國家圖書館存藏的《論衡》是同一類書的兩部,均著錄為“宋乾道三年紹興府刻宋元明遞修本”,三十卷。其中一部有清錢謙益批點、黃丕烈跋、葉昌熾題款,上有“汲古閣”、“錢謙益印”、“士禮居藏”、“鐵琴銅劍樓”等印記,在中國國內一直被視為《論衡》的最佳版本而受到重視。黃丕烈《士禮居藏書題跋記》曰:“余聚書四十餘年,所見《論衡》無逾此本。……其最佳者,斷推此為第一本矣。”[15]《中華再造善本叢書》據以影印,並收入《第一批國家珍貴古籍名錄》之中。然而此宋元明遞修本《論衡》中真正的宋刻部分所占比例卻甚少,零零散散,且文字漫漶不清,絕大多數都是後代遞修的。我們將此書的宋刻部分與宮內廳書陵部宋版《論衡》相比較,發現二者版式相同,字體各異,顯然是有前後承繼關係的。宮內廳書陵部宋版《論衡》的文字清晰度、墨色飽滿度等書籍品像均大大優於中國國家圖書館的錢謙益批點、黃丕烈題跋本,其刊刻年代似應在先。如此一來,中國國內一般認為的藏於國圖的著錄為“宋乾道三年紹興府刻宋元明遞修本”的著錄就很成問題了,因為這一年份的推斷是基於洪适刊刻《論衡》的史料記載而來的,而宮內廳書陵部的品質好很多的《論衡》宋本,才應該是洪适的《論衡》初刻本。至於乾道三年紹興府是否立即翻刻了當年剛剛刊印的《論衡》,便十分值得懷疑了。

然而,現藏於上海圖書館的著錄為“宋乾道三年紹興府刻元公文紙印本”的宋刻本卻值得我們特別關注。此本亦為殘卷,僅存卷二十六至卷三十,也就是《論衡》一書的後五卷。其實最後一卷(第三十卷)的《自紀篇》是殘缺的,存九頁半。此上圖宋版殘卷《論衡》的版式為每半葉十行,行二十字。白口,左右雙邊,單魚尾,下記刻工姓名。與宮內廳的宋版《論衡》版式相同且刻工姓名同,另外字體也沒有區別。奇妙的是卷數也合得上,宮內廳宋版《論衡》為卷一至卷二十五,上海圖書館宋版《論衡》為卷二十六至卷三十,十分巧合。我們或許有理由認為二者是同一部書的不同部分。事實上,一些學者也是這樣推測的。如傅增湘就認為後者(存卷二十六至卷三十的宋刊本)“與日本所藏同”[16]。另外,上海圖書館宋刻本有曹元忠書于辛亥(宣統三年,1911)的跋語,亦曰:“宣統二年十月,偶遊廠市,見《論衡》殘本,自第二十六至三十都五卷。每半葉十行,行二十字。版心有刻工毛奇、梁濟、卓佑、許中、陳俊、趙通、潘亨、周彥、徐顏、李文等姓名,皆宋刊也。字體方正渾厚,間有元時修補者。……余知為宋洪适會稽蓬萊閣本,元宋文瓚所補刻也。……近時日本島田翰著《古文舊書考》，稱其國秘府有宋本《論衡》二十五卷。其行款格式並刻工姓名與此悉合，而闕卷二十六以下，是彼之所闕即此五卷。倘能璧合，豈非快事。”的確，這種歷史的巧合堪稱中日文化交流史上的一大快事！

最後，我們從日藏宋版《論衡》的流傳過程來看看此版本的可靠程度。此書在最終歸藏於宮內廳書陵部之前，曾輾轉於日本若干藏書家之手。從書上的藏書印看，主要是每冊首葉的“宮內省圖書印”，另有“木村”小圓朱印，別無他印。關於此書的收藏史，島田翰《古文舊書考》之說應比較可信。此宋版《論衡》先是為狩谷望之（棭齋）求古樓所收，後歸於岡本縫殿之助（況齋）。島田翰聽木村正辭說，岡本況齋即將病逝之時，叮囑門人本村正辭“且捺一小印以為左券”，也就是後來人們可以看到的卷首所捺“木村”小圓印。再後來細川潤次郎（十洲）在書肆琳琅閣獲得此書，最終此書入藏宮內廳書陵部。

原書有狩谷棭齋和細川十洲的手識附紙，記述此書的流傳原委及版本面貌。書的天頭地腳有毛筆批註，從字體看，可能出自狩谷棭齋之手。狩谷棭齋手識文（漢文）曰：“是本第二卷第十三葉脫逸，以昌平官本校合之亦複同，蓋揭出之時板失而爾，非後來逸者也。”然而奇怪的是，狩谷所說的第二卷第十三葉今本並未脫逸，也無異樣。細川十洲手識文有二則，寫於明治三十六年（1903）十月，一用日文，一用漢文。日文手識曰：“宋版《論衡》十二卷，本為狩谷棭齋求古樓藏書，其後歸木村正辭所有，終為宮內省所購入。此書見於《經籍訪古志》，止於二十五卷，二十六卷以下全缺。又第一卷之《累害篇》中有錯簡一葉，誤入《命祿篇》中。”另一則手識補充說：“坊本脫此一簡，幸有此書可據以訂正，但當在《累害篇》中耳。明治癸巳。”[(17)]值得注意的是細川十洲日文手識先說“宋版《論衡》十二卷”，後又說“止於二十五卷，二十六卷以下全缺”，似乎矛盾。嚴紹盪認為“十二卷”實為“十二冊”之誤，[(18)]我們贊成這個意見。董康《書舶庸譚》說：“細川潤次郎和文跋，謂前十二卷為狩谷棭齋求古樓藏書，餘為木村正辭藏書，然長短紙色實為一書，蓋佚而復合也。”然而細川潤次郎跋文中並沒有董康所說的內容，“佚而復合”只是他的猜測。傅增湘《藏園群書經眼錄》也沿襲了這樣的誤說。

狩谷望之（1775-1835）是江戶後期著名的文獻學家和考據學家，此宋版《論衡》在日本的傳承記載最早始於他，應該是可靠的。再往上追溯，便很難了。嚴紹盪《日藏漢籍善本書錄》之“論衡（殘本）二十五卷”解題的“附錄”部分列舉了一些《論衡》在日本的著錄情況，以及傳入日本的歷史記載：

> 九世紀末日人藤原佐世《本朝見在書目錄》第三十“雜家”著錄《論衡》三十卷，並題“後漢徵士王充撰”。這是《論衡》傳入日本的最早記載。
>
> 十二世紀藤原通憲《通憲入道藏書目錄》第三十三匱著錄《論衡》一帙十卷，又著錄《論衡》二帙十卷。
>
> 據《商舶載來書目》記載，中御門天皇寶永七年（1710）中國商船“以字號”載《論衡》一部八冊抵日本。中御門天皇正德元年（1711）中國商船“和字型大小”載《論衡》一部八冊抵日本。

嚴格地說，以上文獻材料都不能直接證明宮內廳此宋版《論衡》是何時傳入日本的。《本朝見在書目錄》著錄了《論衡》，說明《論衡》一書早在九世紀就傳入日本了，但那時候的書應該是抄本而不是刻本。此後《論衡》源源不斷地傳入日本，一方面說明日本社會對《論衡》一書的接受，另一方面也說明，像宮內廳典藏的此南宋《論衡》善本，傳入日本並妥善保存，是完全有可能的。

從《論衡》在中國的傳播研究史來看，宮內廳藏宋版《論衡》也有極其重要的地位。宋元以後，《論衡》的通行本是明嘉靖時通津草堂刻本和以此明本為底本的諸多翻刻本，《四部叢刊》就影印了通津草堂本而使之廣為流傳。然而通津草堂本卻有缺頁，丟失不少原文。《論衡》卷一《累害篇》的"矣夫如是……不得名毛"一葉，共四百字，通行的通津草堂本及其翻刻本就脫落無存了。後來有人發現不太通行的元刻本中有此內容而加以補充。宮內廳所藏宋本《論衡》是有這部分內容的，只是在裝訂上有些顛倒。

王充《論衡》是中國思想史上的一部巨著，其特立獨行的思想閃耀著智慧的光芒。然而古代因為有"蔡邕以為談助"的說法，沒有受到人們足夠的重視，一直被列入子部"雜家類"。更因為《論衡》中有《問孔》、《刺孟》之類對傳統儒家思想質疑和挑戰的聲音，所以歷來被"正人君子"所垢病。清代樸學家對先秦兩漢典籍大多有深入系統的整理研究，而於《論衡》的全面深入研究卻闕如，只有零散的劄記和校注之語。近代以來《論衡》的思想價值逐漸得到重視，出現幾部《論衡》全書的校注本或集解本。然而遺憾的是，整理者無一例外地都沒有見到和運用這部藏於日本的《論衡》現存最早最好的版本，令人遺憾。

概而言之，日本宮內廳書陵部所藏宋版《論衡》殘本二十五卷，雖非完璧，但最大限度地保存了宋版原貌，而且刊刻精善，大致可以推斷是南宋孝宗乾道三年洪适知紹興府時的官刻本，實屬難得。也較中國國家圖書館所藏宋刻元明遞修本保存宋版原貌更多，刊刻品質也更好。所缺五卷，可以用上海圖書館的宋本殘卷基本補齊。日藏宋版《論衡》是現存最早最好的版本。

【注】

（1）黃暉撰《論衡校釋》（附劉盼遂集解）卷三十《自紀篇》，北京：中華書局，1990 年，第 1202 頁。

（2）《古今事文類聚》別集二所引《抱朴子》佚文。參見《論衡校釋》附編三。

（3）《太平御覽》卷六〇二所引《抱朴子》佚文。參見《論衡校釋》附編三。

（4）《隋書》卷三十四，北京：中華書局，1973 年。

（5）《舊唐書》卷四十七，北京：中華書局，1975 年。

（6）森立之《經籍訪古志》卷四，《日本藏漢籍善本書志書目集成》（一），北京：北京圖書館出版社，2003 年。

（7）島田翰《古文舊書考》。同上。

（8）董康著 朱慧整理《書舶庸譚》，北京：中華書局，2013 年，第 78 頁。

（9）傅增湘撰《藏園群書經眼錄》卷八，北京：中華書局，1983 年，第 662 頁。

（10）黃暉《論衡校釋》自序，第 8 頁。

（11）參見《上海圖書館藏宋本圖錄》，上海：上海世紀出版股份公司、上海古籍出版社，2010 年，第 11-13 頁。

(12)《論衡》明嘉靖年間通津草堂刻本附有宋慶曆五年二月二十六日楊文昌刻本序，多為後人引用。

(13)《盤洲文集》卷六十三《論衡跋》，文淵閣《四庫全書》本。

(14)《盤洲文集》卷六十三《跋元微之集》，文淵閣《四庫全書》本。

(15)（清）黃丕烈著 潘祖蔭輯 周少川點校《士禮居藏書題跋記》卷四，北京：書目文獻出版社，1989年，第132頁。

(16)《藏園群書經眼錄》卷八，第663頁。

(17) 筆者將日文翻譯成漢文。

(18) 嚴紹璗編著《日藏漢籍善本書錄》之“論衡（殘本）二十五卷”解題，北京：中華書局，2007年，第1109頁。

日藏尊經閣本《玉燭寶典》校勘劄記[1]

朱新林

《玉燭寶典》是以《禮記 · 月令》、蔡邕《月令章句》為綱，採集大量文獻，附以“正說”、“附說”，綴輯而成的歲時民俗類著作。其中所引典籍，或存古籍古本面貌，或今日十不存一二，或存者與今本有諸多異同，故可供校勘、輯佚的資料極為豐富。就筆者目力所及，目前《玉燭寶典》存世五種鈔校本。在這五種鈔校本中，日本1096年至1345年寫本，即所謂“日本舊鈔卷子本”，舊藏於日本舊加賀藩前田侯尊經閣文庫，即尊經閣本。雖然其中訛脫衍誤情況比較嚴重，但由於這是目前所知《玉燭寶典》存世最早的本子，故該本仍具有重要的版本價值和文獻價值。本文便是筆者在校勘尊經閣本《玉燭寶典》過程中形成的部分校勘劄記。

一、《玉燭寶典》版本系統概述

日本寛平三年（西元891年，當唐昭宗大順二年），朝臣藤原佐世奉敕編《本朝見在書目錄》（今通稱《日本國見在書目錄》），雜家類著錄“《玉燭寶典》十二，隋著作郎松臺卿撰”（“松”為“杜”之訛）。據筆者所知，日本現有《玉燭寶典》鈔校本五種[2]，它們分別是：

1. 日本1096年至1345年寫本，十一卷（缺卷九），卷軸裝（六軸），此即所謂“日本舊鈔卷子本”，舊藏於日本舊加賀藩前田侯尊經閣文庫。卷五寫於嘉保三年（1096），卷六、八寫於貞和四、五年（1344-1345）。1943年，東京侯爵前田家育德財團用尊經閣文庫藏舊鈔卷子本影印行世，即《尊經閣叢刊》本，後附吉川幸次郎（1904-1980）撰《玉燭寶典解題》。即本文所謂“尊經閣本”。1970年12月，臺北藝文印書館用日本前田家舊鈔卷子本影印出版，附林文月所譯吉川幸次郎所撰《玉燭寶典解題》，此即《歲時習俗資料彙編》本。
2. 日本圖書寮鈔本，十一卷（缺卷九），冊葉裝，為江戶時代毛利高翰（1795-1852）命工影鈔加賀藩主前田家所藏貞和四年（1344）寫本，又稱毛利高翰影鈔本，現藏於日本國立公文書館。宮內廳書陵部亦藏另一鈔本，為同一版本系統。
3. 森立之、森約之父子鈔校本，此本系據毛利高翰影鈔本傳鈔（據森氏跋文，“唯存其字，不存其體耳”，非影鈔也），十一卷（缺卷九），凡四冊[3]。據森約之題記，自孝明天皇嘉永甲寅（西元1854年）至慶應二年（西元1866年），森氏父子合校完畢。森氏本今藏日本專修大學圖書館，鈐“森氏”、“東京溜池靈南街第六號讀杜草堂寺田盛業印記”、“天下無雙”、

"專修大學圖書館之印"諸印記。"東京溜池靈南街第六號讀杜草堂寺田盛業印記"、"天下無雙"為日本著名藏書家寺田望南藏書印，由是知森氏本曾經著名藏書家寺田望南[4]（1849-1929）收藏，最後歸於專修大學圖書館。

4. 依田利用（1782-1851）《玉燭寶典考證》十一卷（缺卷九），裝訂四冊。此本先鈔寫《玉燭寶典》正文、舊注（大字），次考證（細字分行，或書於眉端，內容屬校讎類）。依田利用初名依田利和，原是江戶時代末期毛利高翰命工影鈔前田家所藏十一至十四世紀寫本《玉燭寶典》的參加者，五名鈔校者之一。此本《例言》稱卷子本"末卷往往用武后制字，其所流傳，唐時本無疑也"，則《考證》所載《玉燭寶典》正文、舊注，當出自前田家藏本（今尊經閣文庫本），且與藤原佐世《本朝見在書目錄》著錄之唐寫本一脈相承。依田氏此本，先後經島田重禮（1838-1895）、島田翰（1877-1915）父子收藏，1909 年 5 月，入日本東京帝國圖書館（即現在的日本國立國會圖書館），今藏於國會圖書館古籍資料室。

5. 《古逸叢書》本，十一卷（缺卷九）。筆者在《日藏〈玉燭寶典〉鈔校本論考——〈古逸叢書〉本〈玉燭寶典〉底本辨析》[5]一文中，已經證明黎庶昌、楊守敬影刻《玉燭寶典》之底本實非其牌記標識的"影舊鈔卷子本玉燭寶典"，乃是森立之父子的傳鈔合校本。此後《叢書集成初編》、《續修四庫全書》、《叢書集成新編》諸版本均源出《古逸叢書》本。

二、《玉燭寶典》文獻價值述要

就《玉燭寶典》之文獻價值而言，至少有三端：

其一，《玉燭寶典》對於校勘傳世本文獻以及輯佚具有重要版本價值和文獻價值。《玉燭寶典》中稱引諸多古籍，其中所引典籍，或今日十不存一二，或存者與今本有諸多異同，或存古籍古本面貌，故其可供校勘、輯佚的資料極為豐富。島田翰在《古文舊書考》指出："是書所引用諸書，如《月令章句》蔡云所輯、馬國翰所集，捃摭詳贍無遺，而猶且不及見也。其他《皇覽》、《孝子傳》、《漢雜事》、緯書、《倉頡》、《字林》之屬，皆佚亡不傳，又有漢魏人遺說，僅藉此以存。所謂吉光片羽，所宜寶重也[6]。"清人李慈銘說："其所引諸緯書，可資補輯者亦多[7]。"

其二，《玉燭寶典》對日本歲時文化的建立具有重要影響，在中日文化交流中佔有重要地位。嚴紹璗先生指出，日本孝謙天皇天平勝寶三年（751）編纂的日本第一部書面漢詩集《懷風藻》，收入的作品中曾引用《玉燭寶典》的典故[8]。據藤原佐世《本朝見在書目錄》（891），《玉燭寶典》至遲在八世紀中葉已經傳入日本。在稍後成書的惟宗公方《本朝月令》一書中，便已有多處稱引（亦稱引了《荊楚歲時記》）。《本朝月令》是日本學者記載當時歲時習俗的專門著作，其稱引《玉燭寶典》，說明當時的日本將《玉燭寶典》亦視作歲時習俗的典範之一，加以學習仿效。此後，日本歲時典籍如《年中行事秘抄》、《年中行事抄》、《師光年中行事》、《明文抄》、《釋日本紀》等書稱引多依傍《玉燭寶典》。

其三，前人在研究魏晉向隋唐時期歲時文化演變軌跡時，往往只重視宗懍《荊楚歲時記》與杜公瞻《荊楚歲時記注》，忽視了《玉燭寶典》的作用。杜公瞻為杜臺卿之侄，《玉燭寶典》是他撰寫《荊楚歲時記注》的主要參考資料。吉川幸次郎便已經指出："蓋中國上世之俗，《禮記·月令篇》書之，宋以後近世之俗可徵之於《歲時廣記》以下諸方志。獨魏晉南北朝之俗，上承秦漢，下啓宋元，舍此書無由求之，此其所以尤為貴。"[(9)]

三、尊經閣本《玉燭寶典》校勘劄記

《玉燭寶典》文本存在著較多的缺陷，訛誤衍脱現象比較嚴重。當年李慈銘既敏鋭地覺察到《玉燭寶典》的不可替代的文獻價值，又不無遺憾地説"當更取它書為悉心校之，精刻以傳"[(10)]。光緒十二年（1886），李慈銘（1830-1895）在日記中寫道："其書先引《月令》，坿以蔡邕《章句》，其後引《逸周書》、《夏小正》、《易緯通卦驗》等，及諸經典，而崔寔《四民月令》蓋全書具在。其所引諸緯書，可資補輯者亦多"[(11)]曾樸（1872-1935）作《補後漢藝文志並考》十卷，其中"劉歆《爾雅注》"條轉引《玉燭寶典》所載文獻，其卷二"蔡邕《月令章句》"條按語云："日本國卷子本《玉燭寶典》於每月之下，《月令》之後，詳載此書，諸搜輯家皆未之見。好古者若能一一輯出，合以《原本玉篇》、慧琳《一切經音義》所引，則中郎此書，雖亡而未亡也。"[(12)]近人向宗魯以《玉燭寶典》校《淮南子》，王叔岷以校《莊子》、《列子》，均取得了很好的校勘成績。

需要指出的是，1840 年，日本學者依田利用（1782-1851）已經完成了《玉燭寶典考證》，內容含《玉燭寶典》正文（大字）、舊注（另行大字）、考證（夾行小字，或書於眉端）。依田利用原名依田利和[(13)]，是江戶時代末期參加楓山官庫本鈔校的五位學者之一，曾目睹前田侯家所藏舊鈔卷子本。他的《考證》主體是校勘，所引"古本"、"足利本"等，多數出自楓山官庫和足利學校所藏古本。依田利用在校勘《玉燭寶典》上取得顯著成績，例如：

卷一引《莊子》"連灰其下，百鬼畏之"，《考證》云："[(14)]舊'百'作'而'，今依《荊楚歲時記》、《初學記》、《白六帖》改。案《莊子》今本無此文，而《御覽》引莊周云亦同，此蓋或佚文也。"

卷二杜臺卿案語"城市尤多鬥雞卵之戲"，《考證》云："舊'卵'上有'鬥'字，《初學記》、《白六帖》、《事類賦》、《荊楚歲時記注》無，今據刪去。《倭名鈔》作'城市多為鬥雞之戲'。"

卷三引《皇后親蠶儀注》"皇后躬桑，始得將一條"，《考證》云："《初學記》、《藝文類聚》無'得'字，案得、將字形相近而誤重。"[(15)]

因此，依田利用《玉燭寶典考證》的校勘成果應該引起研究者的重視。

筆者今以 1970 年臺北藝文印書館影印尊經閣本《玉燭寶典》為底本，校以森立之父子鈔校本、《古逸叢書》本及經史子集諸文獻，形成了部分校勘成果，今擇其犖犖大者，以見該本之版本價值與文獻價值。

（一）保存古籍佚文

蔡邕《月令章句》自北宋亡逸後，後人遞有輯佚。清人在輯佚蔡雍《月令章句》時，多為殘言碎語，忽視了《玉燭寶典》中所引《月令章句》的內容。[16]臺灣淡江大學黃復山先生在《蔡邕月令章句文獻價值考論》[17]一文中較早注意到了《玉燭寶典》中所引《月令章句》。《玉燭寶典》在每月引用《禮記·月令》之文後，引證蔡邕《月令章句》。儘管《玉燭寶典》本身缺卷九，但蔡邕《月令章句》幾乎相當於全篇尚在。這不僅有利於檢驗清人輯佚的蔡邕《月令章句》，且對於研究蔡邕的月令思想及其對後世的影響具有重要的文獻價值。這是《玉燭寶典》保存古籍佚文方面最突出的文獻價值。

下面從該書徵引其他文獻入手，以見其所引文獻保存古籍佚文之概貌。為以清眉目，分條列出，並略加案語。其中小一號字為原書小注。

1. 卷一行冬令，則水淹為敗[18]，雪霜大摯[19]，首種不入。亥之氣乘之也。舊說云，首種謂稷也。高誘曰："雨霜大摯，傷害五穀。"案：此高誘注不見今本《淮南子》高誘注。
2. 卷一引《皇覽·逸禮》曰："天子春則衣倉衣，佩倉玉，乘倉輅，駕倉龍，載青旗，以迎春於東郊。其祭先麥與羊，居明堂左个[20]，廟啓東戶[21]。"案：此條不見諸書徵引，當為《皇覽》佚文。又原脫"个"字，據文意補。
3. 卷一引《風俗通》曰："赤春，俗說赤春從人假貸，家皆自之[22]。時或說當言斥春，春舊穀已[23]，新穀未登，乃指斥此時相從假貸乎？斥與赤音相似耳。"案："已"下當有脫文，該句不見今本《風俗通》。
4. 卷一引《國語·魯語》曰："取名魚，登川禽，而嘗之廟。"案：今本《國語》"廟"上有"寢"字，王引之以有"寢"字者非，《玉燭寶典》所引《國語》與王說正合。
5. 卷一引《爾雅》曰："正月為陬。"音騶。李巡曰："正月，萬物萌牙，陬隅欲出，日陬陬出之也。"案：此條當為李巡《爾雅》注佚文，不見傳世文獻徵引。又，後半句訛脫難讀，姑且存疑。
6. 卷一引《淮南子·時則》高誘注云："楊，春木，先春生。"案：此句今本《淮南子》高誘注作"楊木春光"，於義不辭，此處所引正可補今本之訛脫。
7. 卷一崔寔《四民月令》引《春秋》文六年傳："賈季奔狄宣子，使申駢送其孥。"賈逵注云："子孫曰孥。"鄭眾注："孥，妻子家眷者也。"案：此條為《春秋》鄭眾注佚文。又，"眷"原誤作"舊"，形近而訛。
8. 卷一引《莊子》云："遊鳧問雄黃曰[24]：'今逐疫出魅[25]，擊鼓呼噪，何也？'曰：'昔黔首多疾，黃帝氏立巫鹹[26]，教黔首，使之沐浴齋戒，以通九竅。鳴鼓振鐸，以動其心，勞形趍步，以發陰陽之氣。春月毗巷，飲酒茹蔥，以通五藏。'"案：此處所引為《莊子》佚文，王應麟《困學紀聞》亦引此段，但無"春月毗巷"四字，《玉燭寶典》所引正可補今本《困學紀聞》之缺。
9. 卷一引劉臻妻陳氏《立春獻春書頌》云[27]："玄陸降坎，青逵升震。陰祇送冬，陽靈迎春。熙哉萬類，欣和樂辰。順介福祥，我聖仁[28]。彩蘬春書，便有舊事。"案：案此條不見諸書徵引，當為佚文，可補《全晉文》之缺。

10. 卷二引《傳》曰：'爽鳩氏，司寇也，明春夏無為秋冬用事也。' 案：引文中《傳》指《春秋傳》，引文為杜預注，末句不見於今本《春秋左氏傳》。

11. 卷二杜臺卿案語云：今案《爾雅音》："貸，一音縢。" 李巡曰："食禾葉者，言其假貸無厭，故曰縢。" 孫炎曰："言以假貸為名，因取之。" 案：《隋書·經籍志》著錄江漼撰《爾雅音》八卷，《玉燭寶典》所引《爾雅音》當是此書，該書已亡佚，吉光片羽，彌足珍貴。

12. 卷二注文引《草木疏》："正月始生，其心似麥，欲秀，其中正白，長數寸，食之甘美，幽州人謂之甘滋[(29)]。或謂之茹子。比其秀出，謂之白茗也。" 案：此條不見於今本陸璣《毛詩鳥獸草木蟲魚疏》，可補其闕。

13. 卷二引高誘曰："二月興農播穀，故官倉也。杏有竅在中，象陰在內、陽在外也，是月陽氣布散在上，故樹杏。" 案："象陰" 至 "在上"，今本多有脫誤，作 "象陰布散在上"，可補何寧《淮南子集釋》注之訛脫。

14. 卷二引《淮南子·主術》曰："先王之制[(30)]，四海之雲至而修封壃。" 高誘曰："春分之後，四海出雲。" 許慎曰："海雲至二月也。" 案："許慎曰" 云云為《淮南子》許慎注佚文。

15. 卷二引《異物志》曰："魚高跳躍[(31)]，則蜥蜴從草中下，稍相依近，便共浮水上而相合，事竟，魚還水底，蜥蜴還草中。常以二月共合。食魚昭則煞人[(32)]，稟蜥蜴之氣。" 案：案此條不見今本《異物志》，當為《異物志》佚文。

16. 卷二引《爾雅》郭注："似蛇醫而短[(33)]，身有鱗采，屈尾。" 案：今本《方言》郭璞注無 "屈尾" 二字。

17. 卷二引《史記》："龍漦夏庭，卜藏於櫝，周厲王發而觀之，化為玄黿。" 案："龍漦夏庭" 四字不見於今本《史記》，今本《史記》云："龍亡而漦在櫝而去之，夏亡傳此器殷，殷亡又傳此器周，比三代莫敢發之。至厲王之末，發而觀之，漦流於庭，不可除，厲王使婦人裸而譟之，漦化為玄黿，以入王后宮。"

18. 卷二引《荊楚記》云："婦人以一雙竹著擲之，以為令人有子。" 案：此條當為《荊楚記》佚文。

19. 卷三引《莊子》曰："槐之生也，入季五日而菟目，十日而鼠耳。" 案：此當為《莊子》佚文，依田利用亦云。《初學記》卷二十八亦引作此，《太平御覽》卷九五五引作："《淮南子》曰："槐之生也，入季春五日而兔目，十日而鼠耳。"

20. 卷三引《前漢書·文紀》曰[(34)]："詔賜民酺《周官》："音蒲。" 五日。" 蘇林曰："陳留俗，三月上巳，水上飲食為酺之。" 案：此注不見於今本《漢書》，當為蘇林注佚文。

21. 卷三引崔寔《四民月令》曰："至立夏後，蠶大食[(35)]，牙出[(36)]，可種之。穀雨中，蠶畢生，乃同婦子，以懃其事。無或務他，以亂本業。有不順命，罰之無疑。" 案："穀雨中" 至 "無疑"，不見諸書徵引，當為崔寔《四民月令》佚文。

22. 卷三引陸機《洛陽記》："藥殿，華光殿之西也，流水經其前過，又作積石，瀨禊堂。三月三日，帳幔跨此水御坐處。”案：此條不見諸書徵引，當為陸機《洛陽記》佚文。

23. 卷三引李元《春遊賦》云：“老氏發登臺之詠，曾子敘臨沂之歡。府臨滄浪，則可以流滌靈府。仰望蕭條，則可以興寄神氣。”案：原無上“以”字，以下文“仰望蕭條，則可以興寄神氣”例之，當有“以”字。此條為李元《春遊賦》佚文。

24. 卷三引陸機《洛陽記》程咸平吳事，其文云：“程咸平吳後，三月三日從華林園作詩云：‘皇帝升龍舟，待握十二人。天吳奏安流，水伯衛帝津。’”案：依田利用云：“‘待握’疑當作‘侍幄’。”此條為程咸逸詩。

25. 卷三引杜篤《祓禊賦》[37]云：“巫咸之倫[38]，秉火祈福。浮棗絳水，衍散昌礫。”案：《藝文類聚》卷四引杜篤《祓禊賦》曰：“王侯公主，暨乎富商，用事伊雒，帷幔玄黃，於是旨酒嘉肴，方丈盈前，浮棗絳水，酹酒醲川。若乃窈窕淑女，美媵艷姝，戴翡翠，珥明珠……”《玉燭寶典》所引“衍散昌礫”四字不見諸書徵引，當為杜篤《祓禊賦》佚文。

26. 卷三引《風土記》云：“壽星乘次，元巳首辰，祓醜虞之遐穢，濯東朝之清川。”注云：“漢末，郭虞以三月土辰上巳生三女並亡，時俗迨今，以為大忌。是日皆適東流水上，祈祓潔濯。”案：此條不見諸書徵引，當為《風土記》佚文。

27. 卷四引《爾雅》孫炎注，其文云：“孫炎曰：‘夏天長物，氣體昊大，故曰昊天。’”案：孫炎注文不見諸書徵引，當為佚文。

28. 卷四引《春秋經》莊七年：“夏四月辛卯夜，恒星不見，夜中星隕如雨。”賈逵曰[39]：“恒星，北斗也。一說南方朱鳥星也。”案：此條不見諸書徵引，當為賈逵注《春秋》佚文。

29. 卷五引《孔叢子·明鏡》曰：“國臣諜，反舌鳥入宮也。”案：原無“叢”字，據《玉燭寶典考證》補。此條不見今本《孔叢子》。

30. 卷五引《淮南子·天文》曰：“夏至則斗南中繩，陽氣極，陰氣萌，故曰夏至為刑。陽氣極，則南至南極，上至朱天，故不可以夷丘上屋。”案：《玉燭寶典》所引《淮南子》此文為許慎注本，“陽氣極，則南至南極，上至朱天，故不可以夷丘上屋”何寧《淮南子集釋》作“陰氣極，則北至北極，下至黃泉，故不可以鑿地穿井”。疑許慎與高誘所注本均脫落《玉燭寶典》所引。

31. 卷六引《禮記·月令》王肅注云：“王肅曰：‘蛟大而難制，故曰伐。龜靈而給尊，故曰升。鼉皮可以為鼓，黿肉可食，得之易，故曰取。《周官》“秋獻鼉[40]”，於秋當獻，故於末夏而命。’”案：此引王肅注文不見諸書徵引，當為佚文。

32. 卷十引《爾雅》劉歆注云：“實有角如栗。”李巡、孫炎云：“山有苞櫟[41]，櫟，實橡也，有捄彙自裹也。”《音義》曰：“《小爾雅》：‘子為橡，在彙斗中，自含裹，狀捄叟然。”案：上引劉歆、李巡、孫炎注不見諸書徵引，當為諸人注《爾雅》佚文。

33. 卷十引《周書·周月解》[42]曰：“惟一月，既南至，昏昴、畢見，日短極，基踐長，微陽動於黃泉，隆陰慘於萬物。是月……草木萌蕩，日月俱起於牽牛之初，右回而月行。月一周天起一次，而與日合宿。日行月一次十有一次，而周天歷舍於十有二辰，終則復始，是謂日月權與。”案：今本《逸周書》無“十有一次”四字。

34. 卷十一引《離騷・招魂》云[43]："西方之害，流沙千裏，旋入雷淵。"注云："雷淵，公室也，乃在西方。"案：原無"淵"字，此所引注文不見今本《招魂》王逸注。今本《招魂》王逸注云："旋，轉也。淵，室也。"則"雷"下當有"室"字，今據以補。

35. 卷十二《禮記・月令》注引庾蔚之曰："雞生乳，雖無時，蓋亦言其所宜之盛也。"案：依田利用云："案《隋書・經籍志》'《禮答問》六卷，庾蔚之撰'，此蓋其書中語也。"《玉燭寶典》下又引庾蔚之曰："此月漁始美，故可以始漁。孟春轉勝而多，故獺祭之。孟冬收賦者，謂今將復漁，去年之賦宜收入之。《王制》不同記者，所聞之異也。"亦應是《禮答問》之文。《禮答問》完帙不在，此處所引可補該書之闕。

36. 卷十二引《荊楚記》云："留宿歲飯至新年十二日，則棄於街衢，以為去故納新，除貧取富。又留此飯鬚髮蟄雷鳴，擲之屋扉，令雷聲遠也。"案：今本《荊楚歲時記》無"除貧取富"至"令雷聲遠也"二十二字，可補今本之闕文。

（二）保存古本面貌

1. 卷二引《七諫》云："推割肉而食君，德日忘而怨深。"案：今本《七諫》"割肉"作"自割"，"食"作"飤"。今本王逸注云："一云：推自割而食君兮。"與王說"一云"正合。

2. 卷三引《禮記・月令》"桐始華，田鼠化為駕，虹始見，蓱始生"注云："駕，母無也"。案：今本《禮記正義》"母無"作"鴾母"，山井鼎《七經孟子考文》云古本作"母無"，足利學校藏《禮記正義》正作"母無"。則《玉燭寶典》猶存《禮記》古本面貌。

3. 卷三引《禮記・月令》鄭玄注云："戴勝，趣織紝之鳥也。"案：今本《禮記正義》無"趣"字，山井鼎《七經孟子考文》云古本有，足利學校藏《禮記正義》有"趣"字，則《玉燭寶典》猶存《禮記》鄭玄注古本面貌。

4. 卷三引《禮記・月令》鄭玄注云："幹，器之木也。凡輮幹有當用脂者。"案：今本《禮記正義》無"者"字，山井鼎《七經孟子考文》云古本有，足利學校藏《禮記正義》有"者"字，與此正合。

5. 卷三引《禮記・月令》鄭玄注云："又磔牲以禳於四方之神[44]，所以畢春氣而止其災也。"案：依田利用云："注疏本無'春氣'二字，系脫。《考文》云古本作'所以畢春氣而除止其災也'，足利本同此。"則《玉燭寶典》所引猶存《禮記》鄭玄注古本面貌。

6. 卷三引《禮記・月令》云："兵革並起。"鄭玄注云："金氣勝也"。案："金"《禮記正義》作"陰"，山井鼎《七經孟子考文》云古本作"金"，與此正合。又，"勝"原作"胲"，據《禮記正義》改。

7. 卷三引《淮南子・天文》曰："季春三月，豐隆乃出，以將搤其雨。"許慎曰："豐隆，雷神。"案：何寧《淮南子集釋》無"搤"字，"搤"同"扼"，疑《淮南子》古本如此。又"雷神"今本作"雷也"。

8. 卷四引《禮記・月令》鄭玄注云："祝融[45]，顓頊氏之子，曰藜，為火官者也。"案：依田利用云："注疏本無'者也'二字,《考文》引古本有'者也'二字，與此正合。"則《玉燭寶典》所引鄭玄注猶存古本面貌。

9. 卷四引《禮記·月令》鄭玄注云："迎夏者[46]，祭赤帝熛怒於南郊之兆。不言帥諸侯而云封諸侯，諸侯或時無在京師者[47]，空其文也。"案：今本《禮記正義》"熛"上有"赤"字。依田利用云："《考文》引古本無，與此正合。"則《玉燭寶典》所引鄭玄注猶存古本面貌。

10. 卷四引《禮記·月令》鄭玄注云："舊說云：靡草，薺、亭曆之屬也。"案：依田利用云："注疏本'亭曆'作'葶藶',《考文》云宋板作'亭曆'，足利本同。正與此合。"則《玉燭寶典》所引鄭玄注猶存古本面貌。

11. 卷五引《禮記·月令》鄭玄注云："含桃，今謂之櫻桃。"案：依田利用云："注疏本無'今謂之'三字,《考文》引古本、足利本有，正與此合。"則《玉燭寶典》所引鄭玄注猶存古本面貌。

12. 卷六引《禮記·月令》鄭玄注云："黃鍾之宮，律最長者也。"案：依田利用云："注疏本無'律'、'者'二字,《考文》云古本作'黃鐘之宮，律最長者也'，足利本同。與此正合。"則《玉燭寶典》所引鄭玄注猶存古本面貌。

13. 卷七引《禮記·月令》鄭玄注云："鷹祭鳥者，將食之，示有先也。既祭之後，其煞鳥不必盡食。案：今本《禮記正義》無"其煞鳥"三字，足利本有。則《玉燭寶典》所引鄭玄注猶存古本面貌。

14. 卷七引《禮記·月令》云："命大理瞻傷、察創、視折、審斷。"案：依田利用云："注疏本無'大'字,《考文》云古本有，足利本同。"則《玉燭寶典》所引《禮記》猶存古本面貌。

由上徵引之揭表，我們不難看出,《玉燭寶典》作為中古時期重要的禮俗月令典籍，其中徵引文獻不僅保留了大量古書古本面貌，而且保留了不少已經亡佚的典籍文獻。這對於我們今天的輯佚和校勘仍然具有重要的版本價值和文獻價值。

當然,《玉燭寶典》所徵引文獻并不僅限於上述保存古書面貌與古書佚文，其中所引文獻與傳世文獻也有諸多異文。如：

1. 卷四引《白虎通》曰："火味所以苦何？南方者主長養，苦者所以養育之，猶五味得苦可以養也。其臭焦何？南方者火盛，陽烝動，故其臭焦也。"案：今本《白虎通》"養育之"作"長養也","得"作"須"。

2. 卷四引《白虎通》曰："四月律謂之仲呂何[48]？言陽氣將極，故復中，難之也。"案：今本《白虎通》"將極"作"極將微"。

3. 卷四引《抱朴子》云："劉向博學，則究微極妙，經深涉遠[49]。思理則足以清澄真僞，研覈有無。"案：今本《抱朴子內篇》無"足以"二字。

4. 卷五引《淮南子·天文》曰："日夏至流黃澤，石精出，高誘曰："流黃，土之精也，陰氣作下，故流澤而出。石精，五石之精。"蟬始鳴，半夏生，與《月令》同。蟁蝱不食駒犢，鷙鳥不摶黃口，五月微陰在下，未成駒犢，黃口肌脆弱未成，故蟁蝱、鷙鳥應陰，不食不摶之也。八尺之柱，脩尺五寸。柱脩即陰氣勝，短即陽氣勝。陰氣勝即為水，陽氣勝即為旱。”案：何寧《淮南子集釋》“至”下有“而”字，“未成駒犢”無“未成”二字。“柱”作“景”。下同。“即”作“則”。下同。

5. 卷七引《白虎通》曰：“金味所以辛何？西方者，煞傷成萬物。(50) 辛者，所以煞傷之，猶五味乃萎地死。案：此句七字今本《白虎通》作“猶五味得辛乃委殺也”。

6. 卷十二引《史記·天官書》：“凡候歲前，臈明日，人眾一會飲食，發陽氣，故曰初歲。在官者並朝賀。”案：今本《史記》“前”作“美惡”，“人眾”下有“卒歲”二字。

綜上，作為中古時期重要月令文獻的《玉燭寶典》一書保存了大量古書佚文，且其中所徵引文獻多存古書古本面貌，應該引起相關研究者的重視。限於篇幅，筆者將另行撰文辨析《玉燭寶典》所引文獻與傳世文獻的異文對校。

【注】

(1) 本文為2017年度山東省社科規劃一般項目“《日藏〈玉燭寶典〉寫本整理與研究》”（批准號：17CTQJ05）的階段性成果之一。

(2) 又島田翰稱別有一本，卷子裝，存第九，卻佚卷第七後半。但諸家皆未見。參《古文舊書考》，《日本藏漢籍善本書志書目集成》第三冊，北京圖書館出版社，2003年，第176-177頁。

(3) 案此本卷二與卷三有兩處大段錯簡。第三十二頁至第四十四頁卷二“降山陵不收”至卷末“此言不經，未足可采”為卷三季春之語，當置於第四十七頁卷三“人多疾疫，時雨不”下。卷三“玄鳥至，至之日”至卷末“或當以此受名也”為卷二仲春之語，當置於卷二小注“治獄貴知”下。

(4) 寺田望南（1849-1929），名弘，別名盛業，字士弘，號望南、讀杜草堂。明治時期日本著名藏書家。

(5) 參見《在浙之濱——浙江大學古籍研究所建所三十周年紀念文集》，第557-564頁，中華書局，2016年。

(6) 島田翰《古文舊書考》，《日本藏漢籍善本書志書目集成》第三冊，第175頁，北京圖書館出版社，2003年。

(7) 李慈銘《越縵堂日記·荀學齋日記》，第11139頁，廣陵書社，2004年。

(8) 嚴紹璗《日藏漢籍善本書錄》，第974頁，中華書局，2000年。

(9) 參見《歲時習俗資料彙編》本《玉燭寶典》書後所附《玉燭寶典解題》，臺灣藝文印書館，1970年。

(10)〔清〕李慈銘《越縵堂日記·荀學齋日記》，第11139頁，廣陵書社，2004年。

(11)〔清〕李慈銘《越縵堂日記·荀學齋日記》，第11139頁，廣陵書社，2004年。

(12)〔清〕曾樸《補後漢藝文志並考》十卷，光緒二十一年（1895）家刻本。

(13) 參見福井保《依田利用の履歴》，古典研究會編《汲古》第14號，昭和63年（1988）12月，汲古書院。山本岩《依田利用小伝》，《宇都宮大學教育學部紀要》第1部第42號，平成4年（1992）3月，宇都宮大學教育學部。

(14) 案此“舊本”即舊鈔卷子本。

(15) 以上所引均引自日本國立國會圖書館藏依田利用《玉燭寶典考證》，不一一注出。

(16) 如《拜經堂叢書》本《蔡氏月令》、南菁書院刻《蔡氏月令》、《漢魏遺書鈔》本蔡邕《月令章句》等。

(17) 2011年臺灣中央研究院文哲所《秦漢經學國際研討會》會議論文。

(18)“淹”《禮記正義》作“潦”。

(19)“擊”《禮記正義》、《呂氏春秋》並作“摯”。
(20)原脫“個”字，據文意補。
(21)“廟”原誤作“厝”，據文意補。
(22)“之”下原衍一“之”字，據上下文義刪。
(23)“已”下當有脫文，不見今本《風俗通》。
(24)“凫”原誤作“鳥”，據《四部叢刊三編》本《困學紀聞》（以下簡稱《困學紀聞》）卷十引《莊子》佚文改。
(25)“疫”原誤作“度”，據《困學紀聞》卷十引《莊子》佚文改。下而“疫”字同。
(26)原無“帝”字，據《困學紀聞》卷十引《莊子》佚文補。
(27)原無“氏”字，今補。
(28)“仁”下當有脫文。
(29)“州”原誤作“洲”。
(30)“制”何寧《淮南子集釋》作“政”，古二字互用。
(31)依田利用云：“此句上似有闕文。”
(32)依田利用云：“‘昭’疑‘腸’字之訛。”
(33)原脫“似蛇醫而”四字，“短”又誤作“桓”，據《微波榭叢書》本《方言疏證》補正。
(34)“紀”原作“記”。
(35)原無“蠶大食”三字，據《齊民要術》卷三引《四民月令》補。
(36)《齊民要術》卷三引《四民月令》“出”作“生”。
(37)“杜篤祓”原誤作“社蔦秡”。
(38)《續漢書·禮儀志》注引《祓禊賦》“倫”作“徒”。
(39)“逵”原誤作“達”。
(40)原脫“周”字，今補。
(41)“有”字原為闕文，空一字，今補。
(42)原無此“周”字，今補。
(43)“離騷”當作“楚辭”。
(44)“以”原誤作“之”，據《禮記正義》改。
(45)原脫“祝”字，據《禮記正義》補。
(46)原無“者”字，據《禮記正義》補。
(47)《禮記正義》“或時”作“時或”。
(48)“仲”原作“中”，脫“呂”字，據淮南書局本陳立《白虎通疏證》改補。
(49)“涉”原誤作“妙”，涉上“妙”字而誤，據王明《抱朴子內篇校釋》改。
(50)原無“傷”字，據淮南書局本《白虎通疏證》補。

日本京都大學圖書館藏
明黄用中注《新刻注釋駱丞集》十卷本考

杜曉勤

《駱賓王文集》最早為中宗朝人郗雲卿所編，十卷，然唐宋之際已有多種十卷本駱集行世。明代以降，除十卷本系統外，又產生了三卷本、四卷本、六卷本及二卷詩集本等多個版本系统，更出現了註釋本、評註結合本等各種形態。對《駱賓王文集》如此複雜的版本系統及流傳情況，萬曼的《唐集敘錄·駱賓王文集》[(1)]與葛亞傑的《〈駱賓王文集〉版本研究》[(2)]，先後作了簡明的縷述。從本世紀初起，我開始致力於深入考察駱賓王生平行事和駱集流傳情況。在《駱賓王文集》版本方面，尤其注重梳理現存各本之關係。2015 年 11 月中旬，我赴日本訪書，在京都大學附屬圖書館普通古籍庫中，意外發現了一部被改成和裝的明人黄用中注、詹海鯨刻《新刻注釋駱丞集》十卷本。我印象中此本極為罕見，在歷代公私書目中，我以前只看到清初黄虞稷《千頃堂書目》曾加著錄過[(3)]，國內各大圖書館更無蹤跡可尋。經陪同我參觀訪書的京都大學人文研究所的綠川英樹教授後來調查，即便在日本，也只有京都大學附屬圖書館入藏此一部。雖然當時我已感覺此本甚為珍貴，然因此行主要是查閱核對另一部漢籍，所以也只是將此本粗粗翻閲一過，匆匆記錄下一些版本特徵。數月之後，又承綠川英樹教授熱情襄助，將此本借出，并全部拍成數碼照片寄來，我方得對此本之特點、文獻價值及與其他駱集版本之關係，展開細緻全面的考察。今將研究心得草成小文，不揣譾陋，求教於海內外方家。

一、黄用中注本的版本特徵

日本京都大學附屬圖書館藏詹海鯨刻、黄用中注《新刻注釋駱丞集》，二冊十卷，系明刻和風改裝本。此本題簽作“駱賓王集”，版心為“駱丞集”，每卷卷首標目作“新刻注釋駱丞集”。封面為藍楮皮紙，藍線雙股五眼裝訂（參圖 1）。每冊首頁除鈐有“京都帝國大學圖書館印”（篆書陽文方形大朱印），尚有“百百後太郎寄贈”（長方陽文朱印）和京都大學附屬圖書館接受民間捐贈圖書專用的朱文小圓印各一枚（參圖 2），據之可知此本乃民間人士百百後太郎所寄贈。

此書開本宏朗，半頁高 26.3cm，寬 16.1cm，版框高 18.2cm，寬 13.0cm。白口，以四周單邊為主，亦有不少頁面左右雙邊，有界，單魚尾，半頁 10 行，行 20 字，注文小字雙行，每行亦 20 字。每冊首尾蟲蝕較多，卷四第七頁大半殘缺，卷七第十九頁中間少許殘缺，內頁均用襯紙修復，應為日人改裝時所加。卷一多頁書眉有朱筆補注，所注出處多為《論語》、《左傳》等儒經，整部書行間均有用朱筆、藍筆或墨筆所加圈點句讀。從筆跡和書風看，似為日人所施加。

圖 1

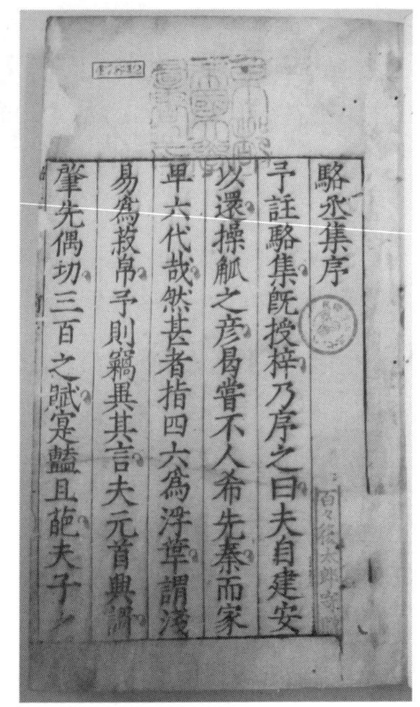
駱丞集序
予註駱集既授梓乃序之曰夫自建安
以還操觚之彥曷嘗不人希先秦而家
卑六代哉然甚者指四六爲浮葉謂淺
易爲菽帛予則竊異其言夫元首興謌
肇先偶切三百之賦寔豔且葩夫子之

圖 2

卷首有黃用中自撰《駱丞集序》，因該序它處未見，遂迻錄全文如下以備考：

予注《駱集》，既授梓，乃序之曰：

夫自建安以還，操觚之彥，曷嘗不人希先秦，而家卑六代哉？然甚者，指四六為浮葉，謂淺易為菽帛。予則竊異其言。夫元首興歌，肇先偶切；《三百》之賦，實艷且葩。夫子之贊《易》，司馬氏之繫《史》，率須韻語，然則華非作者所略也。譬諸蜀機之縝，彩繢爛然；五侯之筵，鮮旨交列，斯可謂之文。若布帛菽粟，直質而已。至於四六者，音調鏘戛，駢比協調，豈非味之極腴，而服之尤綺者哉？魏晉以還，茲製漸盛。迨於唐初，尤尚斯體。自表箋制誥，以迨於誦述簡牘，雖至於今，弗能易也。故謂四六為文之別體，則可；謂之浮華，則不可。蓋用各有當，不容廢耳。

駱公以海濱之雋，蜚聲一時。諸所著撰，率循時格。辭藻之工，既人知之矣。若乃祿養之營，情均捧檄；剴直之疏，志激抱關。至於義從匡復，知足全身，斯弗但沉幾遠識，迥邁時流，而溫溫之襟，挺挺之節，蓋千載希覯者。是則士之器識，孰逾於此。顧後之覽者，徒以其文，并泥裴公之譏也，而概以詞人目焉，誤矣誤矣。

予嘗因文稽素，實深悲之。且集中意義邃淹，遽難諳暢。或曲辭以諧韻，或更字以成章，讀者病焉。因即所聞，漫為注釋，且以此發公之平生也。廼書林詹君，亟請為刻，既辭之不獲，爰申其概，以就正於弘洽之君子。若淺略之譚，已繫集中者，此毋庸複。噫！闡微彰善，固不敢自附於大雅之後。若乃作者之心，庶幾乎識之矣。操觚之彥，或少流矚焉。雖不珍脆互陳，組縠兼製，亦尚逭於菽帛之質也。

萬曆貳年十二月望日，閩晉安黃用中書。

黃氏在此序中，首先表達了自己對四六文華彩風格的喜愛，及對駱賓王作品的讚賞，接著指出駱賓王非惟辭藻至工，蜚聲文壇，而且志節器識，亦超邁古今，加上駱文頗多曲辭，讀者難曉深意，故為之作注。

更為重要的是，此序還表明黃用中注本當為目前可考知的最早的一部駱集注本。

學界以前大多認為明陳魁士注《駱子集注》四卷本是最早的駱集註本。中國國家圖書館藏《新刊駱子集註》四卷本，卷首有葉逢春於萬曆庚辰（萬曆八年，1580）所撰《駱子集敘》，李宷撰於萬曆己卯（萬曆七年，1579）七月的《刻駱子集註序》，還有陳魁士於萬曆七年八月所撰自序，卷末有劉大烈撰於萬曆七年八月的《序駱賓王集後》。據之可知，陳魁士注本當完稿於萬曆七年（1579），刊行於萬曆八年（1580）。

現存的其他幾部明代駱集注本，則又刊於陳魁士注本之後。如：

1.《唐駱先生文集》六卷，明陸宏祚、虞九章、童昌祚訂釋，萬曆十九年（1591）刻本。中國國家圖書館和美國哈佛大學哈佛燕京圖書館均有收藏。

2.《新刻唐駱先生文集注釋評林》六卷，明陸弘祚、虞九章、童昌祚注釋，萬曆二十三年（1595）閩建書林余仙源刻本。中國國家圖書館藏。

3.《重訂駱丞集》六卷，明黃蘭芳評注，明萬曆三十年（1602）刻本。中國國家圖書館藏。

4.《鼎鐫施會元評注選輯唐駱賓王狐白》三卷，明施鳳來評注，明萬曆後期余文傑自新齋刻本。中國國家圖書館藏。

5.《駱丞集注》四卷，明顏文選補注，系對陳魁士注本的補注，萬曆四十三年（1615）顏氏刻本，後被《四庫全書》收錄。浙江省圖書館藏。

而黃用中注本，據其自序，當付梓於萬曆二年（1574），比陳魁士注本要早五年，應系目前可考知的最早的駱集注本。

序後為黃用中所撰《駱丞集凡例》：

一、考《唐書》本傳，所紀甚略。今先列本傳，而凡諸家論議可互見者，皆采錄於傳之後，以備一二，并以知其品第之概。

一、集中引采故實，有屢用者，不復重注，但疏其下曰“見前”。

一、集中闕誤，有參之舊本皆不可考者，不敢妄有增入，輒疏其下曰“舊闕”。

一、集中引采故實，有出於僻書方語，或出山經地誌，非用中淺陋能考者，不敢妄臆，但疏其下曰“未詳”。

一、集中所注，隨文而就。有記憶疑誤，或略而未備者，尚俟別考，至於句義明淺，覽之易通者，不敢贅注。

一、集中文義可置評騭者，謬系膚見之一二，以請正於大方。

一、集以類分為十卷，首頌，次五言古詩，次律詩，次長律，次絕句，次七言古詩，次序，次書，次策文，次檄，次祭文。

一、文集舊直以名稱之，而字無所考。竊謂賢者之名，弗應直斥。今按公官終臨海縣丞，謹改名之，曰《駱丞集》。

從中可見黃用中所加注釋、評語之審慎態度，更能了解此書作品之編次方式。

《駱丞集凡例》後，附有編者所輯的《新唐書》駱賓王本傳、唐郗雲卿駱集序、唐孟啟《本事詩》所紀駱賓王與宋之問於靈隱寺月下吟詩之軼事，及宋劉定之、明楊升庵、徐獻忠諸人議論各一則，頗便讀者知人論世。

此本詩文兼收，按文體分類編次，別為十卷（詳參附表 1）：卷一，頌 1 篇，賦 2 篇；卷二，五言古詩 3 篇；卷三，五言律詩 57 篇；卷四，五言排律 41 篇，五言絕句 6 篇，雜言 1 篇；卷五，七言古詩 4 篇；卷六，序類 14 篇；卷七，表啟類 8 篇；卷八，啟書類 9 篇；卷九，雜著類 4 篇；卷十，檄類 3 篇。共收作品 153 篇。

二、黃用中注本所用駱集底本考

經與宋元時期流傳下來的駱集其他版本進行比較，可以發現，黃用中注本所採用的駱集底本較為優善，具有很高的文獻價值。

南宋陳振孫《直齋書錄解題》卷六十六云：

駱賓王集十卷

唐臨海丞義烏駱賓王撰。賓王後為徐敬業傳檄天下，罪狀武后，所謂“一抔之土未乾，六尺之孤安在”者也。其首卷有魯國郗雲卿序，言賓王光宅中廣陵亂伏誅，莫有收拾其文者，後有敕搜訪，雲卿撰焉。又有蜀本，卷數亦同，而次序先後皆異。序文視前本加詳，而云廣陵起義不捷，因致遁逃，文集散失，中宗朝詔令搜訪。(4)

可知陳振孫當時曾看到過兩部十卷本：一本，唐郗雲卿序較短，且序中言賓王“伏誅”；一為蜀本，作品編次與前本大異，郗雲卿序篇幅較長，序中言賓王“遁逃”。前本，宋人又稱之為“集本”（參下引彭叔夏《文苑英華》校勘記），亦可稱之為“短序本”、“伏誅”本，早已失傳；後本，今亦稱之為“蜀本”，又可稱之為“長序本”、“逃遁”本，今存中國國家圖書館，多次被影印，其中存真度最高者為中國國家圖書館出版社的“中華再造善本叢書”本（參圖 3）。

又，宋人彭叔夏曾用世傳駱集來校勘《文苑英華》。《文苑英華》卷一四一所收《螢火賦》篇末按語云：

凡一作，皆集本及川本、《文粹》。(5)

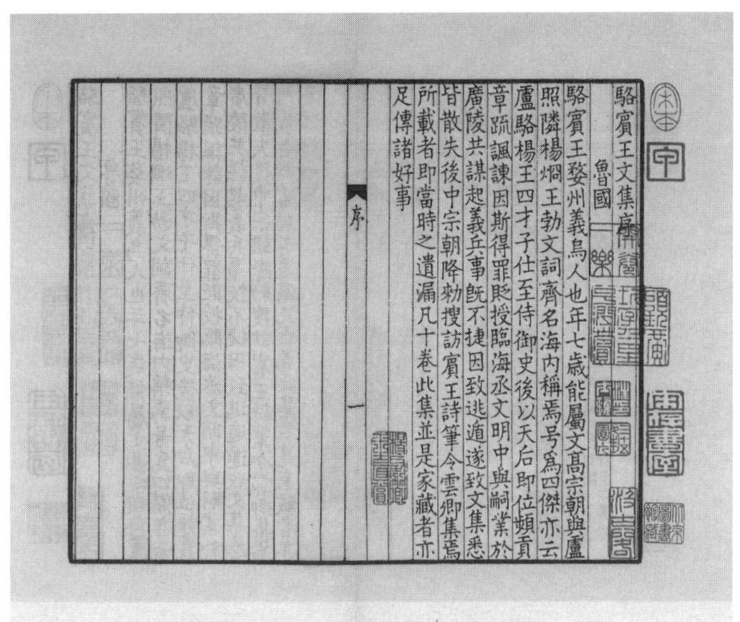
駱賓王文集序

魯國

駱賓王婺州義烏人也年七歲能屬文高宗朝與盧照隣楊烱王勃文詞齊名海内稱焉号爲四傑亦云盧駱楊王四才子仕至侍御史後以天后即位頻貢章疏諷諫因斯得罪貶授臨海丞文明中與嗣業於廣陵共謀起義兵事既不捷因致逃遁遂致文集悉皆散失後中宗朝降勅搜訪賓王詩筆令雲卿集焉所載者即當時之遺漏凡十卷此集並是家藏者亦足傳諸好事

序

圖3

彭叔夏此處所云之“集本及川本”，當即陳振孫《直齋書錄解題》所著錄的“集本”和“蜀本”；其所云“《文粹》”，應指北宋姚鉉編《唐文粹》所用的駱集[(6)]。從《文苑英華》校勘記看，《文苑英華》本與“集本”、“蜀本”文字多有差異，且《文苑英華》尚存“蜀本”失收之作品三篇，即《送劉少府游越州》《從軍行》《上兗州張司馬啟》，故《文苑英華》所據之本，與“集本”、“蜀本”顯然屬於不同的版本系統。

而彭叔夏校勘《文苑英華》時所用的姚鉉《唐文粹》，則與前三本（《文苑英華》本、“集本”、“蜀本”）之間存在更多異文。其中最明顯者有二：

一是，前三本中駱賓王討武瞾檄文“六尺之孤安在”一句，在《唐文粹》本中則為“六尺之孤何託”；

二是，“集本”、“蜀本”中駱賓王討武瞾檄文“合是誰家之天下”一句，《唐文粹》作“竟是誰家之天下”（《舊唐書·李敬業傳》所引與之同）。後人將唐代以來凡作“何託”、“竟是”之本，皆稱為“俗本”，謂其文字已失原本之舊[(7)]。《唐文粹》所據之本，應屬“俗本”系統。

可見，宋時駱集至少有四個版本系統：一為《文苑英華》編者所據之本，一為“集本”（十卷本，後人大多認為系郗雲卿原本），一為“蜀本”（又稱“川本”，十卷本），一為“俗本”。諸本之中，“集本”郗雲卿序文字疏略簡短，不及“蜀本”所收詳細完整，就序文本身而言，“蜀本”文獻價值當大於“集本”。再從彭叔夏《文苑英華》校勘記和《文苑英華辨証》看，“集本”、“蜀本”的文本，多有優於《文苑英華》者；而“集本”、“蜀本”及《文苑英華》本的文獻價值，又要高於“俗本”。

與上述諸本進行比較，可以看出，黄用中注本卷首所收郗雲卿序文本與今傳“蜀本”大同小異，亦云駱賓王“逃遁”，而非“集本”之“伏誅”，屬於序文保存較為完整的“長序本”系統；卷十《代李敬業起兵誅武后檄》作“安在”、“合是”，與“集本”、“蜀本”同，亦非作“何託”、“竟是”之“俗本”。總之，黄用中注本所用駱集版本，亦即其《凡例》中所云參校之“舊本”，顯然不是被後人詬病的“俗本”，而與文本較為優善的“集本”、“蜀本”同屬一大系統，而在“集本”、“蜀本”中，又與郗雲卿序文保存較完整的“蜀本”最為接近。

如果再將黄用中注本與“蜀本”的卷次目錄兩相對照（參表 1:《黄用中注本與“蜀本”關係表》），即可發現，黄用中注本極有可能是以“蜀本”（也可能是宋“蜀本”的元代翻刻本，甚至可能是明翻元刊本[8]）為底本編成的。黄用中注本將駱賓王詩文分為“頌賦”、“五言古詩”、“五言律詩”、“五言排律”、“五言絕句”、“七言古詩”、“序類”、“表啟類”、“啟類”、“雜著類”等十類，每類文體之下，大致按照“蜀本”中的先後順序揀選出作品，加以編排而書。

三、黄用中注本文獻價值高於“蜀本”之處

雖說黄用中注本很可能是以“蜀本”為底本重加編排成書的，但其作品之編次較“蜀本”更為合理，文字校勘和作品分合方面也有優於“蜀本”之處，具有獨特而珍貴的文獻價值。

宋刻“蜀本”是現存最早的駱集刻本，分為十卷：

卷一，“賦頌”，收賦 2 篇、頌 1 篇；

卷二、三、四、五，“雜詩”，收錄詩作 105 篇（此本卷五《送駱四得鐘字》作 1 首，其實應為 2 首，考辨詳後）；

卷六，“表啟”，收表 1 篇、啟 7 篇；

卷七，“書啟”，收啟 4 篇、書 5 篇；

卷八，“雜著”，收序 14 篇、對策文 3 道；

卷九，“雜著”，收七言歌行 2 篇、露布 2 篇；

卷十，“雜著”，收檄文、應詰文、自敘狀、祭文等文 4 篇，輓歌 2 題 8 篇。

李致忠《宋蜀刻本唐人集 · 駱賓王文集跋》曾謂：

> 這種分卷方法，雖與它以前的刻本有異，但大致仍不失唐時舊第。[9]

其實，此本不僅“與它以前的刻本有異”，而且已失“唐時舊第”。正如前文所引，早在南宋時期，陳振孫在《直齋書錄解題》中即已指出，“蜀本”與“集本”在編排次序方面“先後皆異”，“蜀本”已失郗雲卿原本（亦即“集本”）編次之舊。從現存“蜀本”別卷之分類和作品編次看，也確實存在粗疏混亂之處。

首先，此本將駱賓王所有詩作僅用“雜詩”一語概括，太過籠統。唐人在行卷時，多將各體詩作合編，名為“雜詩”，如元稹有《雜詩》十卷，令狐楚有《雜詩》一卷，杜牧有《雜詩》一

卷。但唐人在將詩與文分類別卷時，往往直接承繼蕭統《文選》的方法，或直接稱之為“詩”，或稱之為“歌詩”。到中唐，文人在編撰文集時，則多將“詩”先分為五七言，然後在五七言之下，再各按古近別體[(10)]。

其次，此本對駱賓王文的分類，各卷做法也不一致，卷六、卷七將表、啟、書等文體以“表啟”、“書啟”標目別卷，卷八對數量很多足以編成一卷的“序”，又不以“序”標目別之，而是用“雜著”統括之，甚是隨意。

此本更為明顯的問題，則是詩文混編。如卷九“雜著”一類，先是收錄《帝京篇》《疇昔篇》2首詩歌，接著竟然是《姚州道破逆賊諾波弄楊虔露布》《又破設蒙儉露布》2篇露布；卷十“雜著”下，同樣詩文混編，在《代李敬業檄》《應詰》《自敘狀》《祭趙郎將文》4文之後，又收有《樂大夫輓歌五首》《丹陽刺史輓歌三首》2題8首詩。

正因“蜀本”編次如此紊亂，加上此本各卷卷首目錄中多用簡題，甚至還有詩題遺漏，所以難怪有人懷疑“宋本目錄非由文士編纂而成”，“透露出坊間刻本的痕跡”[(11)]。

而源出於“蜀本”的黃用中注本則後出轉精，不再詩文混編。“詩”類，也不再用“雜詩”統稱之，而是先將五七言分開，然後五七言之下，再先古體後近體；“文”類，則按“序”、“表啟”類、“啟類”、“雜著類”、“檄類”分為五卷，文體分類更為細緻，編次也更為合理。

雖然黃用中注本很可能是以“蜀本”為底本重新編排而成，但是又具有獨特的文獻校勘價值。僅就二本詩題之異文而言，黃用中注本即有優於“蜀本”之處[(12)]。試舉數例：

1、黃用中注本卷三《秋日送侯四》，“蜀本”此詩題作“秋日別侯四”。由此詩首聯“我留安豹隱，君去學鵬摶”詩意可知，此乃駱賓王送別侯四之作。黃用中注本作“送”，是。

2、黃用中注本卷三《別李嶠得勝字》，“蜀本”此詩題作“別李嶠得勝”，闕“字”。《文苑英華》此詩題與黃用中注本同。

3、黃用中注本卷三《北眺春陵》，“蜀本”此詩題作“北眺春陵”。由詩中“既出封泥谷，還過避兩陵”句可知，此詩當系駱賓王自京赴吳越，道出山南，途經春陵後，回首北望而賦。詩題當以黃用中注本為是，“春 ”為“春”之異體字。

4、黃用中注本卷三《送宋五之問得涼字》，“蜀本”此詩題作“宋五之問得涼字”，闕“送”。

5、黃用中注本卷三《餞駱四得鍾字》詩分為二首；“蜀本”詩句連排，作一首。顧廣圻《駱賓王文集考異》在此詩“青山幾萬重”句下校曰：

《餞駱四詩》止此。

在“甲第驅車入”句後校曰：

自此句至末，別為一首。當是脫去詩題一行，遂誤連於《餞駱四詩》也，亦送行之作。但所送之人及得字，今皆無以補之[(13)]。

顧廣圻謂此詩當析為二首，第二首前脫去詩題一行，所言極是。黃用中注本對此詩詩題和正文之處理，較“蜀本”更近原貌。[(14)]

6、黃用中注本卷五《秋晨同淄川毛司馬九詠·秋風》，“蜀本”此詩題作“秋晨同淄川毛司馬秋九詠”，闕“秋風”二字。

7、黃用中注本卷十《姚州道破逆賊諾沒弄楊虔柳露布》，“蜀本”此文題作“姚州道破逆賊諾沒弄楊虔露布”，闕“柳”字。

總之，黃用中注本雖然很可能是以現存最早的駱集刻本“蜀本”為底本重新編次的，但在作品編次方面比後者更合理，文字上也有不少優於後者之處，在部分作品分合的處理上更接近唐人所編駱集原貌。

四、黃用中注本與林紹刻本等明人所編駱集之關係

倘若只檢索海內外各公私藏書單位的書目，黃用中注本確乎僅藏於日本京都大學附屬圖書館，似乎天壤間孤本僅存。然而，經過多方調查，目驗比勘，我又發現，國內實際上也存有此本，不過是以另一面貌流傳著。現藏於北京大學圖書館、上海圖書館、南京圖書館的，三館館藏目錄均注錄為明林紹刻、陳魁士注的《新刻注釋駱丞集》十卷本，實為詹海鯨刻、黃用中注本的剜改重印本。

杜信孚編《明代版刻綜錄》卷三曾詳細著錄過此本：

> 林紹 字文肖，漳浦縣人，嘉靖四十四年進士，丹陽令，徐州兵備副使。
>
> 《新刻注釋駱丞集》十卷 唐駱賓王撰，明陳魁士注。 明萬曆五年林紹刊 該書逐卷首頁一、二行改刻，字體版式不同，系舊版重印。[(15)]

由於以前學界大多不知詹海鯨刻、黃用中注本初刻本尚存，更未有人仔細研究這部所謂的林紹刻本，所以雖然看出其每卷首頁有改刻的痕跡[(16)]，且字體版式明顯不同，但都不知林紹刻本改刻前的舊版為何。

通過將黃用中注本與現藏於上海圖書館著錄為明林紹刻、陳魁士注的《新刻注釋駱丞集》十卷本[(17)]進行比較，即可看出，這部所謂的林紹刻本，實際上是將每卷首頁第二、三行（因二行下半部舊版刻有“閩晉安 黃用中 注”、三行下半部舊版刻有“書林 詹海鯨 鍥”）全部剜去，再分別刻上“徐州兵備副使漳浦碧潭林紹發刊”、“徐州知州容城孫養魁校正”嵌入舊版（這兩行版框的上下邊比原版明顯縮進[(18)]），然後又在每卷首頁第四行原有的文類下空數格，補刻上“學正福清陳 璽同校”的字樣（參圖 4）。另外，舊版書頁以四周單邊為主，亦有部分頁面左右雙邊，林紹刻本則將全書都改刻成四周雙邊了。如此一來，原來的詹海鯨刻、黃用中注本經過改頭換面，就成了所謂的林紹刻本了。

圖 4

更重要的是，這部所謂的林紹刻本還將黃用中注本卷首的黃用中自序抽去了，這就使人無從考知舊版為何人所刻、何人所注了。不過，林紹改刻時還是保留了黃用中所撰《駱丞集凡例》[19]，以及舊版其後所附的《新唐書》駱賓王本傳、唐郗雲卿駱集序、唐孟啟《本事詩》所紀駱賓王與宋之問於靈隱寺月下吟詩之軼事，及宋劉定之、明楊升庵、徐獻忠諸人議論。

至於書中的黃用中注評，林紹刻本也幾乎全部保留，粗粗翻閱之後，只發現有個別注語被剜，如卷七《和道士閨情詩啟》"霜雪之句"下，原有黃用中小字雙行夾注"婕好團扇詩云皎潔如霜雪" 11 字，林紹刻本將之全部剜去，留下明顯的空白（參圖 5）；再如，同卷《上齊州張司馬啟》中"擁端慤以行仁化蛇"句下原有黃用中小字雙行夾注"張純為守蛇食小兒而自伏罪" 12 字，林紹刻本亦將之全部剜去，造成一條狹長的空白，且有明顯的剜改痕跡（參圖 6）。因而，所謂林紹刻本中的注評，實際上都是黃用中的注評，與諸家館藏目錄和《明代版刻綜錄》所稱的陳魁士注完全不同[20]。

雖然所謂的林紹刻本實為詹海鯨刻、黃用中注本的改版重印本，其中注語乃黃用中所加，並非陳魁士注，但是明萬曆七年（1579）劉大烈刻、陳魁士注《新刊駱子集註》四卷本中的駱賓王作品分類和編次順序，則與黃用中注本幾乎相同（參圖 7）。這可能是北京大學圖書館、上海圖書館、南京圖書館和《明代版刻綜錄》誤將所謂的林紹刻本當成陳魁士注本的一個重要因素。

另外，中國國家圖書館與哈佛燕京圖書館均藏有明萬曆十九年（1591）陸弘祚、虞九章、童昌祚注《唐駱先生文集》六卷本[21]，所收作品文本和編排次序，亦幾與黃用中注本全同（參圖 8）。比較明顯的差異，一是此本卷首附錄較黃用中注本增加了一條王世貞評語，二是卷數有異：黃用中注本分為 10 卷，陸弘祚等注本則合為 6 卷。後者蓋以前者為底本編排作品，然後根據各卷篇幅重新調整了卷數，其注釋則在參考黃注的基礎上，刪繁就簡，更為精練。

可見，在明代萬曆中後期，黃用中注本及其特有的作品編次順序、卷首附錄所輯歷代評議，還有書中夾注和評語，受到了人們的首肯，對當時的坊刻本產生了一定的影響，遂在當時主流的“蜀刻本”外，形成了另一個駱集分類編次系統。

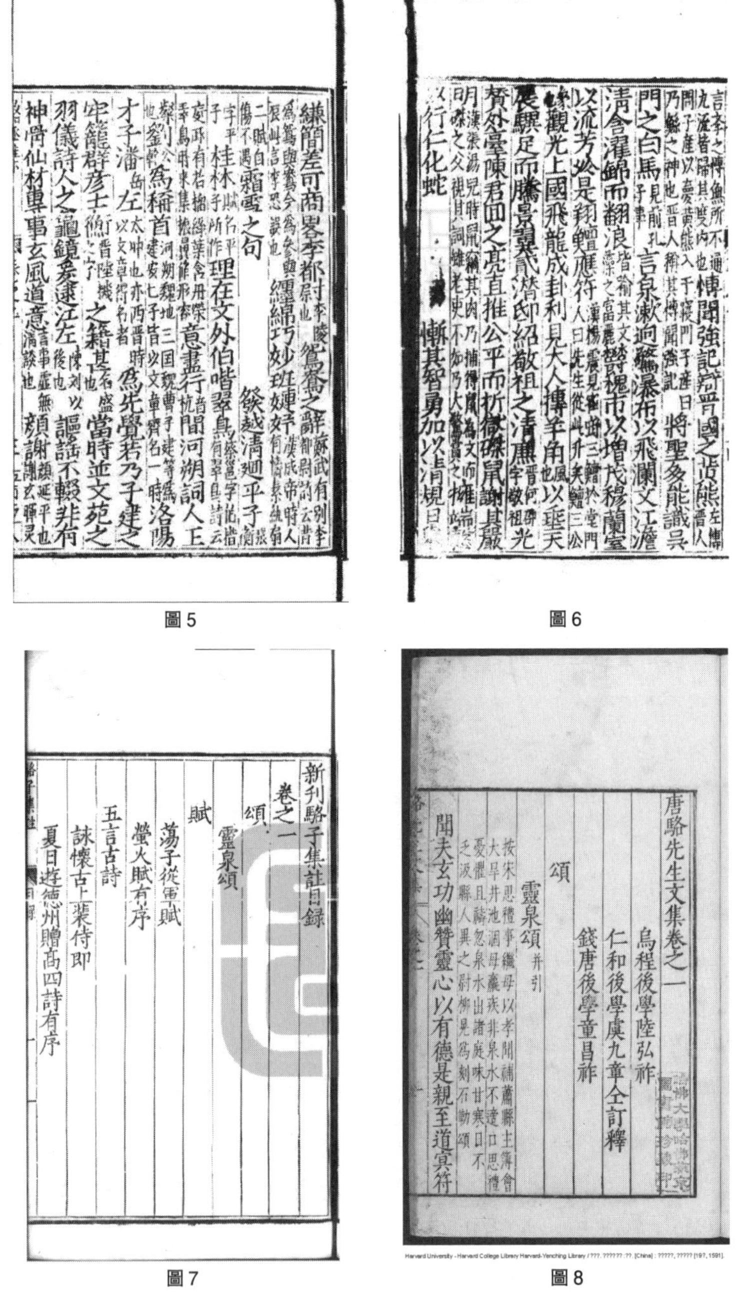

圖 5　　圖 6

新刊駱子集註目録

卷之一

頌

靈泉頌

賦

蕩子從軍賦

螢火賦有序

五言古詩

詠懷古上裴侍郎

夏日遊德州贈高四詩有序

圖 7

唐駱先生文集卷之一

烏程後學陸弘祚

仁和後學虞九章仝訂釋

錢唐後學童昌祚

頌

靈泉頌并引

按宋思禮事繼母以孝聞補蕭縣主簿會大旱井池涸母羸疾非泉水不適口思禮憂懼且禱忽泉水出諸庭味甘寒日不乏汲縣人異之尉柳晃爲刻石勒頌

聞夫玄功幽贊靈心以有德是親至道冥符

圖 8

五、編注者黃用中生平行事略考

對於此本注者黃用中，學界關注甚少。下文擬根據歷代書目、地方志等文獻，考述其生平一二，以期加深對其駱集注評之理解。

1、黃用中，字道行，號古山。明嘉靖、萬曆年間在世，閩縣人。能詩，善書畫，著有《粵遊日記》1卷，注釋《駱丞集》十卷。

黃用中《粵遊日記》一卷。

——清・黃虞稷《千頃堂書目》卷八《地理類下》

黃用中注《駱賓王集》十卷。〔字道行，閩縣人。〕

——清・黃虞稷《千頃堂書目》卷三十二《文史類》

黃用中，字道行，閩縣人。能詩，善書，時寫意作山水石，註釋唐《駱丞集》十卷行世。

——《福建通志》卷五十一

黃用中，字道行，號古山。閩縣人，能詩善書，時作山水竹石，天趣不羣，當入逸品。（《閩畫記》）

——《禦定佩文齋書畫譜》卷五十七

2、黃用中曾在閩縣西鼓山下讀書，編有《鼓山志》。明嘉靖年間，鼓山湧泉寺遭大火，曾作詩序記之。

比壬寅二月之十三日也，予病煩不寐，夜起披衣，覺遠焰燭梁，開櫺駭視，則近峰紅映東南矣。初謂樵兒舉燎遺熾荊棒，未為深念。迨曉，鄉人來告，謂寺已焚。駭歎交生，扶病走視，則簷箱胥泯，煨燼猶噓；唯一二殘僧對予隕涕而已。興悲無極，漫有短章，用敘所由，備紀歲月。

——《鼓山志》卷十二，黃用中《鼓山白雲湧泉寺災感而有作並序》[22]

此書乃記載鼓山前代老宿之事實，及名人文藝等，為鼓山志之權輿。當時黃用中、徐興公等編《鼓山志》即本於此。

———觀本：《湧泉禪寺經版目錄》，"鼓山禪德遺著佚目"[23]

鼓山為閩藩左輔，控大海而表百粵。自梁開平中創置禪林，歷宋元至今七百餘載，即田夫稚子無不能談其勝者，而志故闕焉。……先輩黃用中讀書山下，感勝跡之寥絕，痛文獻之無徵，稍為掇其崖略，欲成一家言，而力弗逮。舅氏徐興公得其遺稿，而次第討論之，日復一日。至戊申歲，余方宅艱多遐，相與遐搜靈秘，博采芻蕘，上溯草昧之初，中沿興廢之跡，而下益以耳目之所聽睹。其匯有八卷，列十二。雖孤僻寡昧，不無漏萬之譏，而薪析鱗比，使後之人有所考焉。或於玆山不無微勞耳，其補遺潤色之功，以俟作者。

——明 · 謝肇淛：《小草齋文集》卷十二，《鼓山志小引》

黃用中似終生未出仕，其他事跡暫未能詳考。

在結束本文之前，竊以為黃用中注本的流傳和影響問題似也值得日後再行探索：

一、前文已述，黃用中注本刊行後不數年，版片即落入其閩籍同鄉漳浦縣碧潭人林紹之手。後者系明嘉靖四十四年（1565）进士，曾任丹陽令，萬曆中為徐州兵備副使。此書之改版，當在其徐州任上。同時，所謂林紹刻本的校正者陳璽，也是閩籍福清人。二人均與黃用中所在的閩縣相鄰，他們與注者黃用中、刊刻者詹海鯨有何關係？黃用中注本的版片，因何原因、又是如何落入林紹之手的？以後如果能夠考出此事經緯，也應頗有趣味。

二、萬曆七年（1579）劉大烈刻、陳魁士注《新刊駱子集註》四卷本，其所依據的底本到底是詹海鯨的原刻本，還是林紹的改刻本？巧合的是，《新刊駱子集註》的注者陳魁士也是福建漳浦人，與林紹同鄉。據此本自序，陳魁士在故鄉漳浦時因"舊有注甚略"（應指黃用中注），思為駱集施加新註，後到廬州府舒城知縣任上，終於成書刊行之。黃用中注本乃書林詹海鯨刻於萬曆二年（1574），林紹刻本倘若確如《明代版刻綜錄》所云是改刻於萬曆五年（1577），說明此書版片不久即轉手。那麼，漳浦人陳魁士在編駱集注本時，到底是據詹海鯨原刻本還是林紹的改刻本呢？另，陳魁士自序云入仕前在故鄉時即已認為"舊有注甚略"，依詹海鯨原刻的可能性為大；但是如果考慮到陳魁士與林紹同縣，也有可能用的是林紹改刻本。以後若將三本之文本詳加比較的話，此問題應該可以得到部分解決。

三、明萬曆十九年（1591）陸弘祚、虞九章、童昌祚注《唐駱先生文集》六卷本的注者，籍貫在湖州、杭州一帶；刻工則是蘇州、南京一帶人氏[(24)]。那麼，此本所用駱集底本，到底是自閩中北傳的詹海鯨原刻本，還是徐州兵備副使林紹改刻本，抑或是廬州舒城知縣陳魁士的新注本呢？也是日後可以考察的問題。

總之，日本京都大學附屬圖書館藏萬曆二年詹海鯨刻、黃用中注本《新刻注釋駱丞集》十卷本，系目前可考知的駱集最早注本。其底本屬於現存最古的宋刻"蜀本"系統，然重新分體別卷，編次更加合理，文本亦具獨特的校勘價值。此本刊後僅兩三年，版片即轉手，被林紹剜版改刻。中國國內流傳的所謂林紹刻本，實際上是詹海鯨刻本的改版，書中的注語為黃用中所加，與陳魁士無涉，收藏此本的幾大圖書館和《明代版刻綜錄》等古籍書目所著錄的信息均因失考而誤。而且，黃用中注本特有的作品分類和編次順序，為明代萬曆中後期好幾部駱集注本所沿用，其影響地域也由閩中逐漸擴大到蘇皖地區。後來此本原版刷印本竟然漂洋過海，流播東瀛，先傳民間，後藏上庠，不亦奇且幸哉！

【注】

（1）北京：中華書局，1980 年 11 月版，第 24 至 29 頁。

（2）浙江大學碩士學位論文，2011 年 5 月。

(3) 回國後，我再細查各種書志，發現此前嚴紹璗編《日藏漢籍善本書錄》也曾著錄過此書：“(新刊注釋) 駱丞集十卷，(唐) 駱賓王撰，(明) 黃用中注，(明) 萬曆二年 (1574年) 書林詹海鯨刊本，共二冊，京都大學文學部中國文學語學哲學研究室藏本。”(中華書局2007年版，第1409頁) 不過，將刊刻者“詹海鯨”之“鯨”誤作“鯨”，形近而訛。至於此處著錄收藏地之異，可能嚴紹璗著錄時，確系京都大學文學部中國文學語學哲學研究室內圖書，或者為師生所借出，放置於文學部中國文學語學哲學研究室，後來又還歸京都大學附屬圖書館普通古籍庫中。

(4)〔宋〕陳振孫著，徐小蠻、顧美華點校：《直齋書錄解題》卷六十六，上海古籍出版社，1987年11月，第467頁。

(5)〔宋〕李昉編：《文苑英華》卷一四一，中華書局1966年5月影印本，第一冊，第651頁。

(6) 清顧廣圻《唐文粹跋》云：“《文苑英華》屢引《川文粹》，而其間每為《文粹》不載之篇，疑不能明久之。頃讀彭叔夏《辨証》第五卷名氏條，有云：‘近世眉山成午編《唐三百家明賢文粹》’，乃知《川文粹》指此。”顧氏此語大誤，彭叔夏《文苑英華》校勘記和《文苑英華辨証》中實無“川《文粹》”一說，其所引“川本”，亦非所謂的“川本《文粹》”(姚鉉所編《唐文粹》，北宋時名《文粹》，書名中的“唐”字為南宋重刻時所加)，應指“蜀本”駱集。而且，《文苑英華》校勘記中“川本”與“《文粹》”分別出校者亦不少。“川本”作某者，多與今傳“蜀本《駱集》”合。“《文粹》”作某者，則多與今傳姚鉉《唐文粹》合。

(7) 參清瞿鏞《鐵琴銅劍樓目錄》卷十九，集部一，“《骆宾王文集》十卷 (明刊本)”條。

(8) 黃用中注本所收作品，較今存“蜀本”少《海曲書情》《行軍軍中行路難》《憶蜀地佳人》(《久客臨海有懷》目錄中未見，詩題亦失，實際上並未漏收，而是作為《望鄉夕泛》其二收入了) 3首，其原因可能是其所據底本與今存“蜀本”並非一個版本，也可能是一個版本，但黃用中漏收了。

(9)《宋蜀刻本唐人集・駱賓王文集》，上海古籍出版社，2012年11月，第4頁。

(10) 參拙文《“白氏文集”前集の編纂体裁と詩体分類について：日本現存の旧鈔本を中心に》，《白居易研究年報》第14輯，白居易研究會編，東京：勉誠出版，2013年12月。

(11) 葛亞傑：《石研齋〈駱賓王文集〉版本價值——兼談宋刻蜀本》，《文獻》2013年第2期。

(12) 當然，較之“蜀本”，黃用中注本在作品題目和正文方面的闕誤也有不少。

(13) 顧廣圻《駱賓王文集考異》一卷，《駱賓王文集》十卷本附，清嘉慶二十一年 (1816) 秦恩復石研齋刻本，中國國家圖書館藏。

(14) 其實，此詩作者和題目尚可進一步考補。按，此詩《全唐詩》卷五八又作李嶠詩，徐定祥注《李嶠詩注》亦收錄此詩，作《餞駱四二首》。細繹詩意，我認為此二首詩當非一人之作，而是李嶠、駱賓王短暫相逢旋即離別時的互贈之作。《新唐書・李嶠傳》云：“時畿尉名文章者，駱賓王、劉光業，嶠最少，與等夷。”李嶠、駱賓王當時不僅文章齊名，而且二人多有交游。李嶠集中有《送駱奉禮從軍》，系咸亨元年 (670) 夏四月駱賓王隨阿史那忠軍遠征西域，途經安定，在此作縣尉的李嶠送別之作。(參拙文《駱賓王從軍西域考辨》，刊《唐代文學研究》第十三輯，廣西師範大學出版社，2010年9月) 駱賓王集中有《別李嶠得勝字》，疑為駱賓王調露二年 (680) 被貶臨海丞，與在京為官的李嶠作別之詩。而二人集中皆收的《餞駱四二首》詩，則是二人另一次離別時的互贈之作。其一：“平生何以樂，鬥酒夜相逢。曲中驚別緒，醉裡失愁容。星月懸秋漢，風霜入曙鐘。明日臨溝水，青山幾萬重。”詩謂主人夜晚設宴款待好友，良宵苦短，其樂未央，凌晨客人又要遠行，故作詩餞別，通篇用“鍾”韻，詩題為《餞駱四得鍾字》，作者是主人李嶠。其二：“甲第驅車入，良宵秉燭遊。人追竹林會，酒獻菊花秋。霜吹飄無已，星河漫不流。重嗟歡賞地，翻召別離憂。”則顯然是一首別詩。詩敘作者剛剛來到主人府第做客，通宵歡宴，翌日凌晨將與主人作別，流露出依依難捨之情。詩用“憂”韻。作者應為行客駱賓王，詩題疑作“別李嶠得憂字”。因系李嶠、駱賓王同時所作酬和之詩，二人集中并收，理所當然。只是後來傳抄轉刻過程中，第二首作者詩題佚失了。

(15) 杜信孚編：《明代版刻綜錄》第三卷，揚州：廣陵古籍刻印社，1983年，第三冊，第6頁。

(16)《明代版刻綜錄》卷三對此本改刻的信息著錄有誤，實際上林紹刻本是將詹海鯨刻、黃用中注本每卷首頁第二、三、四行進行改刻，而非每卷首頁的第一、二行。

(17) 筆者工作單位北京大學圖書館的古籍善本部近兩年因搬遷原因一直處於關閉狀態，故此次只是仔細考察了上海圖書館所藏的林紹刻本。另外，從南京大學文學院童嶺教授幫助拍攝的南京圖書館所藏林紹刻本圖片看，其與上海圖書館所藏應是同一版本。

(18) 葛亞傑也發現，“從版式上看，本書版框高低不一。”參其《〈駱賓王文集〉版本研究》，第25頁。

(19) 上海圖書館藏本此頁下鈐有“秀水莊氏蘭味軒收藏”、“楊湖陶氏涉園所有書籍記”等藏書印。

(20) 葛亞傑也曾將林紹刻本中的注語，與明萬曆七年（1579）劉大烈刻、陳魁士注《新刊駱子集註》四卷本中的注語作過比較，發現“皆與陳魁士注本不同”，認為“此本是否為陳魁士本，還應仔細考量”。（參其《〈駱賓王文集〉版本研究》，第26頁。）所論頗有見地，所疑今已被證實。

(21) 中國國家圖書館另藏明陸弘祚、虞九章、童昌祚注釋《新刻唐駱先生文集注釋評林》六卷本，則是萬曆二十三年（1595）閩建書林余仙源的翻刻本，刻工較《唐駱先生文集》明顯粗劣。

(22)《四庫存目叢書》史部，第235冊，齊魯書社1997年，第854頁。

(23) 福建鼓山湧泉寺民國二十一年（1932）刻本，第48頁。

(24) 葛亞傑《〈駱賓王文集〉研究》云：“版心下方有刻工之名，如《刻義烏駱先生文集敘》版心下標註為‘金陵范子章刻’。其餘標註出的刻工則有陳元、余守等。范子章為明萬曆間刻工，既云金陵，當是南京刻工。陳元為嘉靖、萬曆間蘇州刻工。可知此本應刻於蘇南一帶。”第11頁。

附錄：

表 1：《黃用中注本與"蜀本"關係表》

黃用中注本作品編次			蜀本	
			卷次・排序	作品篇名
卷一	頌	1. 靈泉頌	卷一・3	靈泉頌
	賦	2. 蕩子從軍賦	卷一・2	蕩子從軍賦
		3. 螢火賦	卷一・1	螢火賦
卷二	五言古詩	4. 詠懷古意上裴侍御	卷五・83	詠懷古意上裴侍郎
		5. 游德州贈高四	卷二・4	夏日游德州贈高四並序
		6. 在江南贈宋五之問	卷二・6	在江南贈宋五之問
卷三	五言律詩	7. 春雲處處生	卷三・44	春雲處處生
		8. 秋日送陳文林陸道士	卷四・53	秋日送陳文林陸道士
		9. 送鄭少府入遼	卷四・54	送鄭少府入遼
		10. 送費六還蜀	卷四・55	送費六還蜀
		11. 秋日送侯四	卷四・56	秋日別侯四
		12. 秋日送尹大赴京	卷四・57	秋日送尹大赴京
		13. 秋夜送閻五	卷四・58	秋夜送閻五
		14. 送王明府上京參選	卷四・60	送王明府上京參選
		15. 秋日送別	卷四・61	秋日送別
		16. 別李嶠得勝字	卷四・64	別李嶠得勝
		17. 在兗州餞宋五	卷四・65	在兗州餞宋五
		18. 遊靈公觀	卷四・67	遊靈公觀
		19. 夏日游山家同夏少府	卷四・68	夏日遊山家同夏少府
		20. 夏日遊目聊作	卷四・71	夏日遊目聊作
		21. 同崔駙馬曉初登樓思京	卷四・72	同崔駙馬曉初登樓思親
		22. 初秋登司馬樓宴	卷四・73	初秋登司馬樓宴
		23. 初六日宅宴	卷四・74	初於六宅宴
		24. 春夜韋明府宅宴	卷四・75	春夜韋明府宅宴
		25. 冬日宴	卷四・76	冬日宴
		26. 鏤雞子	卷四・77	鏤雞子
		27. 詠雲酒	卷四・78	詠雲酒
		28. 詠美人在天津橋	卷四・79	詠美人在天津橋
		29. 於紫雲觀贈道士	卷二・5	于紫雲觀贈道士並序
		30. 在獄詠蟬	卷二・8	在獄詠蟬並序
		31. 途中有懷	卷三・22	途中有懷
		32. 出石門	卷三・25	出石門
		33. 至分陝	卷三・26	至分陝
		34. 至汾水戍	卷三・27	至汾水戍
		35. 北眺春陵	卷三・29	北眺春陵
		36. 望鄉夕泛二首	卷三・30	望鄉夕泛
		37. 游兗部逢孔君自衛來欣然相遇若舊	卷三・31	遊兗部逢孔君自衛來欣然相遇若舊
		38. 西京守歲	卷三・33	西京守歲
		39. 白雲抱幽石	卷三・40	白雲抱幽石
		40. 同辛簿簡仰酬思玄上人林泉	卷四・48	同辛簿簡仰酬思玄上人林泉
		41. 憲台出縶寒夜有懷	卷五・89	憲台出縶寒夜有懷
		42. 月夜有懷簡諸同病	卷五・90	月夜有懷簡諸同病
		43. 送郭少府探得幽字	卷五・93	送郭少府探得憂字
		44. 送宋五之問得涼字	卷五・95	宋五之問得涼字
		45. 冬日過故人任處士書齋	卷五・96	冬日過故人任處士書齋
		46. 詠灰塵	卷五・97	塵灰
		47. 秋晨同淄川毛司馬九詠・秋風	卷五・98	秋晨同淄川毛司馬秋九詠

		48. 秋雲	卷五・99	秋雲
		49. 秋蟬	卷五・100	秋蟬
		50. 秋露	卷五・101	秋露
		51. 秋月	卷五・102	秋月
		52. 秋水	卷五・103	秋水
		53. 秋螢	卷五・104	秋螢
		54. 秋菊	卷五・105	秋菊
		55. 秋鴈	卷五・106	秋鴈
		56. 咏鴈	卷五・110	詠鴈
		57. 王昭君	卷五・114	王昭君
		58. 詠雪	卷五・111	詠雪
		59. 詠水	卷五・109	詠水
		60. 樂大夫挽詞	卷十・157	樂大夫挽歌五首
		61. 丹陽刺史挽詞	卷十・158	丹陽刺史挽歌三首
		62. 餞駱四得鍾字	卷五・94	餞駱四得鍾字
		63. 渡瓜步	卷三・18	渡瓜步江
卷四	五言排律	64. 浮槎詩	卷二・7	浮查
		65. 送吳七遊蜀	卷四・59	送吳七遊蜀
		66. 春霽早行	卷三・11	春霽早行
		67. 秋日山行簡梁大官	卷三・12	秋日山行簡梁大官
		68. 晚度天山有懷京邑	卷三・13	晚度天山有懷京邑
		69. 晚泊河曲	卷三・14	晚泊河曲
		70. 晚泊蒲類	卷三・15	晚泊蒲類
		71. 晚渡黃河	卷三・16	晚渡黃河
		72. 早發淮口望盱眙	卷三・17	早發淮口望盱眙
		73. 遠使海曲春夜多懷	卷三・19	遠使海曲春夜多懷
		74. 晚泊江鎮	卷三・20	晚泊江鎮
		75. 早發諸曁	卷三・21	早發諸曁
		76. 晚憩田家	卷三・23	晚憩田家
		77. 宿山莊	卷三・24	宿山莊
		78. 過張平子墓	卷三・28	過張平子墓
		79. 邊城落日	卷三・36	邊城落日
		80. 蓬萊鎮	卷三・37	蓬萊鎮
		81. 宿溫城望軍營	卷三・39	宿溫城望軍營
		82. 和孫長史秋日臥病	卷三・41	和孫長史秋日臥病
		83. 四月八日題七級	卷三・42	四月八日題七級
		84. 早秋出塞寄東台詳政學士	卷三・45	早秋出塞寄東台詳政學士
		85. 鄭安陽入蜀	卷三・46	鄭安陽入蜀
		86. 在軍中贈先還知己	卷四・47	在軍中贈先還知己
		87. 夏夜憶張二	卷四・49	夏日夜憶張二
		88. 和李明府	卷四・50	和李明府
		89. 望月有所思	卷四・51	望月有所思
		90. 寓居洛濱對雪憶謝二	卷四・52	寓居洛濱對雪憶謝二
		91. 西行別東台詳正學士	卷四・62	西行別東台詳正學士
		92. 春晚從李長史游開道林故山	卷四・66	春晚從李長史游開道林故山
		93. 和王記室從趙王春日遊陀山寺	卷四・69	和王記室從趙王春日遊陀山寺
		94. 夕次舊吳	卷四・80	夕次舊吳
		95. 過故宋	卷四・81	過故宋
		96. 傷祝阿王明府	卷五・82	傷祝阿王明府
		97. 詠懷	卷五・84	詠懷
		98. 邊夜有懷	卷五・85	邊夜有懷
		99. 久戍邊城有懷京邑	卷五・86	久戍邊城有懷京邑
		100. 幽縶書情通簡知己	卷五・87	幽縶書情通簡知己

		101. 寒夜獨坐遊子多懷簡知己	卷五・88	寒夜獨坐遊子多懷簡知己
		102. 敘寄員半千	卷五・91	敘寄員半千
		103. 棹歌行	卷五・113	棹歌行
		104. 冬日野望	卷四・70	冬日野望
	五言絕句	105. 在軍登城樓	卷三・38	在軍登城樓
		106. 於易水送人一絕	卷四・62	於易水送人一絕
		107. 詠照	卷五・107	詠照
		108. 挑燈杖	卷五・108	挑燈杖
		109. 詠塵	卷五・112	詠塵
		110. 玩初月	卷五・115	玩初月
	雜言	111. 詠鵝	卷五・116	詠鵝
卷五	七言古詩	112. 豔情代郭氏答盧照鄰	卷二・9	豔情代郭氏答盧照鄰
		113. 代女道士王靈妃贈道士	卷二・10	代女道士王靈妃贈道士李榮
		114. 帝京篇	卷九・149	帝京篇
		115. 疇昔篇	卷九・150	疇昔篇
卷六	序類	116. 李長史宅宴序	卷八・134	秋日於益州李長史宅宴序
		117. 初秋王司馬樓宴序	卷八・135	初秋登王司馬樓宴序
		118. 冒雨尋菊序	卷八・136	冒雨尋菊序
		119. 晦日楚國寺宴序	卷八・137	晦日楚國寺宴序
		120. 餞宋少府之豐城序	卷八・138	餞宋三之豐城詩序
		121. 初秋於竇六宅宴序	卷八・139	初秋於竇六郎宅宴序
		122. 秋夜送閻五還潤洲序	卷八・140	秋夜送閻五還潤州序
		123. 秋日餞尹大往涼序	卷八・141	秋日餞尹大往京序
		124. 秋日餞陸道士陳文林序	卷八・142	秋日餞陸道士陳文林序
		125. 初春邪嶺送益府參軍序	卷八・143	初春邪嶺送益府參軍序
		126. 秋日餞曲錄事使西州序	卷八・144	秋日餞麴錄事使西州序
		127. 餞李八騎曹詩序	卷八・145	餞李八騎曹詩序
		128. 揚州看競渡序	卷八・146	揚州看競渡序
		129. 秋日與群公宴序	卷八・147	秋日與群公宴序
卷七	表啟類	130. 為齊州父老請封禪表	卷六・117	為齊州父老請陪封禪表
		131. 和道士閨情詩啟	卷六・118	和道士閨情詩啟
		132. 上吏部侍郎帝京篇啟	卷六・119	上吏部侍郎帝京篇啟
		133. 上司列太常伯啟	卷六・120	上司列太常伯啟
		134. 上李少常啟	卷六・121	上李少常啟
		135. 上兗州啟	卷六・122	上兗州啟
		136. 上兗州崔長史啟	卷六・123	上兗州崔長史啟
		137. 上齊州張司馬啟	卷六・124	上齊州張司馬啟
卷八	啟類	138. 上廉使啟	卷七・125	上廉使啟
		139. 上瑕丘韋明府啟	卷七・126	上瑕丘韋明府啟
		140. 上郭贊府啟	卷七・127	上郭贊府啟
		141. 上梁明府啟	卷七・128	上梁明府啟
		142. 上吏部裴侍郎書	卷七・129	上吏部裴侍郎書
		143. 與程將軍書	卷七・130	與程將軍書
		144. 答員半千書	卷七・131	答員半千書
		145. 與博昌父老書	卷七・132	與博昌父老書
		146. 與親情書	卷七・133	與親情書
卷九	雜著類	147. 應詰	卷十・154	應詰
		148. 自敘狀	卷十・155	自敘狀
		149. 祭趙郎將文	卷十・156	祭趙郎將文
		150. 對策文	卷八・148	對策文
卷十	檄類	151. 代李敬業起兵誅武后檄	卷十・153	代李敬業檄
		152. 姚州道破逆賊諾沒弄楊虔柳露布	卷九・151	姚州道破逆賊諾波弄楊虔露布
		153. 又破設蒙儉露布	卷九・152	又破設蒙儉露布

日本藏《狐媚抄》版本考

周健強

《狐媚叢談》是明代萬曆年間楊爾曾刊刻的文言小說集，全書包含一百三十餘篇狐狸故事，其中八十六篇抄自《太平廣記》[(1)]，這部小說長期以來未受到學術界的關注。《狐媚抄》是《狐媚叢談》的日文選譯本，收錄後者中的三十五個故事，譯者為林羅山。從 2011 年起，經過陳國軍、龔敏等學者的研究，《狐媚叢談》的刊刻時間、故事來源等已大體清楚，但據筆者所見，目前還沒有學者注意到日本國文學研究資料館鵜飼文庫所藏《狐媚抄》抄本。本文試圖梳理《狐媚叢談》與《狐媚抄》的版本，并探討《狐媚抄》松平文庫本與鵜飼文庫本的關係，以及松平文庫本的來源等問題。

一、現存《狐媚叢談》與《狐媚抄》的版本

《狐媚叢談》現存明補刊本兩部，抄本兩部，日文選譯本《狐媚抄》的抄本兩部，版本信息如下：

(1)《狐媚叢談》的刊本與抄本

（1）上海圖書館藏明補刊本（簡稱上圖刊本），未見。

此本 5 卷 5 冊，金鑲玉裱褙，無牌記。書首為《狐媚藂談小引》，又次為目錄，次《說狐》，又次為正文，有圖 28 幅。《卷一》32 篇，《卷二》32 篇，《卷三》13 篇，《卷四》32 篇，《卷五》23 篇，合計《目錄》後《說狐》一篇，總計 133 篇。此書卷一第 19-21 葉、卷二第 3-4 葉、卷三第 9-10 葉、卷四第 10-16 葉、卷五第 7-8 葉等，版心均無“草玄居”刊字[(2)]。

（2）國立公文書館藏明補刊本（簡稱內閣刊本），五卷二冊。

書首為墨屎子撰《狐媚叢談小引》，次為目錄，又次為《說狐》，再次為正文。每冊首葉有“秘閣圖書之章”大小兩枚朱印。卷一目錄有三十三篇，第三十三篇《劉元鼎逐狐為戲》有目無文，實為三十二篇。卷二有三十二篇，卷三有十三篇。卷四目錄有三十一篇，《狐人立》有文無

目，《王嗣宗殺狐》有目無文。卷五有二十三篇，目錄中《胡媚娘》在《臨江狐》、《穀亭狐》後，正文則在二者之前。半葉八行，行二十字，有圖二十八幅。《元治增補御書籍目錄》子部小說家類有“狐媚叢談五卷二 不著撰人”[(3)]，當為此本。

（3）國立公文書館藏林羅山抄本（簡稱內閣抄本），五卷二冊。

無界，無《狐媚叢談小引》，書首即為目錄，內容與內閣刊本相同。每冊首葉有“林家藏書”、“大學藏書”、“日本政府圖書”、“淺草文庫”四枚朱印，末葉有“昌平坂學問所”墨印。半葉八行，行多為二十字。第一冊有圖一幅，圖上方題“前後處處雖有繪，而皆略之”。第二冊有圖九幅，第一幅右方題“處處圖雖多有，而今少略”。正文後有“《狐媚叢談》全部五卷藏在秘府。余曝御書，就而傚寫之，且加硃句迄。壬申七月十二日羅山子”，壬申即1632年。《昌平學藏書目錄》小說類有“狐媚叢談 寫二本”[(4)]，當指此本。

（4）筑波大學中央圖書館藏抄本（簡稱筑波抄本），五卷五冊。

無界，書首為墨屎子撰《狐媚叢談小引》，次為目錄，又次為《說狐》，再次為正文。每冊首葉有“高等師範學校圖書印”朱印。卷一第十篇目錄作“孝狐帶繒”、正文作“老狐帶絳繒香囊”，第十六篇目錄作“武平媚狐”、正文作“武平狐媚”。卷二第三篇目錄作“羅公遠狐”、正文作“羅公遠縛狐”，第二十三篇目錄作“狐贈衣”、正文作“狐贈紙衣”。卷三最後一篇《三狐相殺》有文無目。無序跋、識語、插圖，訛誤、脫漏較多，抄寫者、抄寫時間不詳。幣旗佐江子比勘過筑波抄本、內閣刊本、內閣抄本與《太平廣記》，認為筑波抄本有可能抄自《太平廣記》或不同於內閣刊本的另一版本[(5)]。

(2)《狐媚叢談》選譯本《狐媚抄》

（1）肥前島原松平文庫藏抄本（簡稱松平本），一冊。

封面題“狐媚抄”，書首題“狐媚倭字抄”，書末有“尚舍源忠房”、“文庫”兩枚印章。無目錄、序跋。半葉十一行，正文共四十九葉，中村幸彥認為是寬文、元祿年間轉寫本[(6)]。它從《狐媚叢談》中選取三十五則故事譯為漢字片假名混合體日文。

（2）國文學研究資料館鵜飼文庫藏抄本（簡稱鵜飼本），一冊。

封面與書首均題“狐媚倭字抄”，首葉有“國文學研究資料館”朱印，書末有“右一冊依鈞命抄出獻之，夕顏巷”識語。無目錄、序跋。半葉十行，正文共五十五葉。內容與松平本相同。“夕顏巷”為林羅山號，此本舊藏者為鵜飼郁次郎。

版本關係如下圖所示：

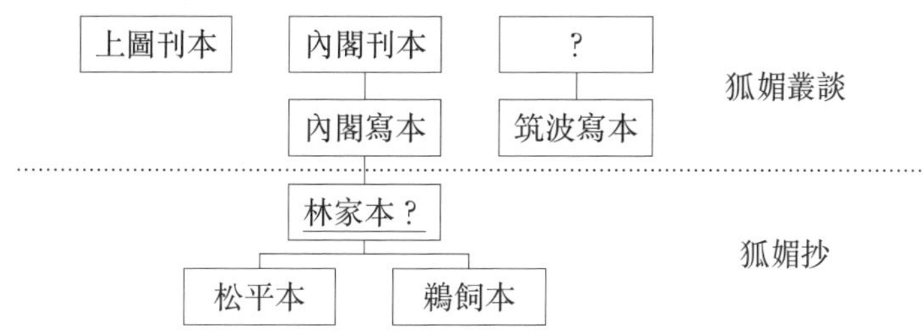

二、《狐媚抄》松平本與鵜飼本的關係

《狐媚抄》是《狐媚叢談》的選譯本，從中選譯三十五則故事，除《衢州》一篇外均改以人名為題。翻譯時對原文有增刪，尤其是韻文部分刪略較多，如《何讓之》篇完全刪除晦澀難懂的韻文狐書，其他部分與原文大體一致。以意譯為主，不拘泥於原有文字，個別段落做了一定的潤色。

由於無序跋，《狐媚抄》的翻譯時間不詳。《狐媚叢談》林羅山抄本書末有“《狐媚叢談》全部五卷藏在秘府。余曝御書，就而傚寫之，且加硃句迄。壬申七月十二日羅山子”的識語，曝書一事亦見於《德川實紀》，“（寬永八年七月）六日畫幅書籍曝涼”[(7)]，寬永八年即壬申（1632）七月的前一年。林羅山可能是在寬永八年開始抄寫、點讀《狐媚叢談》，寬永九年完成，《狐媚抄》在寬永九年之後依抄本譯成。此後，《狐媚叢談》還曾出現在林羅山筆下，《羅山先生文集》卷七十《隨筆六》引《狐媚叢談》卷一《狐變妲己》，稱“《狐媚叢談》云妖狐飡妲己而殺之，後化妲己，勸紂益為暴逆，果為太公被殺”[(8)]，卷末稱此卷寫於正保四年（1647年[(9)]）。

江戶時期歸在林羅山名下的志怪小說另有《怪談》，林羅山《編著目錄》中有“怪談二卷，寬永末年幕府御不例時應教獻之，為被慰御病心也”[(10)]的附註。寬永末年幕府將軍為德川家光，查《德川實紀》，寬永十四年正月二十二日家光患病[(11)]，《林羅山年譜稿》也提到：“寬永十四年春，在病床前侍奉家光，談和漢故事等”[(12)]，這與“寬永末年幕府御不例時應教獻之，為被慰御病心也”的記載基本一致，《怪談》很可能是在寬永十四年前後編成。而鵜飼文庫本《狐媚抄》書末有“右一冊依鈞命抄出獻之，夕顏巷”的識語，與《怪談》的附註類似，中村幸彥認為《怪談》與《狐媚抄》可能分別是林羅山《編著目錄》中《仙鬼狐談》的《鬼談》與《狐談》[(13)]，果真如此的話，兩書的編纂時間可能相距不遠，《狐媚抄》也是在寬永十四年前後成書。

《狐媚抄》有中村幸彥以島原松平文庫藏本為底本的校訂本[(14)]，當時鵜飼郁次郎收藏的抄本尚未整理公開。由於松平本沒有序跋或識語，中村幸彥在校訂本的《解說》中稱“關於譯編者，可能是壬申（寬永九年）七月十二日抄寫明版《狐媚叢談》（此本現存於國立公文書館）的林羅山”[(15)]，並未下斷語。而鵜飼本書末有“右一冊依鈞命抄出獻之，夕顏巷”的識語，“夕顏巷”即林羅山的號，松平本書末無此識語。兩個抄本之間是否存在互相抄錄的關係？或者他們都是根據另一個本子抄錄而成？

鵜飼本與松平本篇目與內容均同，假名和漢字的寫法也基本一致，但二者文字出入也較多，如下表所示：

《狐媚抄》松平本與鵜飼本異文對照

序號	篇目	松平本	鵜飼本
C	彌勒佛	大原ノ人	大原ノ人
D		兜率天ヨリ此界ニイタリテ	兜率天ヨリ此界ニクタリテ
A		佛ニ向フコト礼拝シケレハ	佛ニ向フコトク礼拝シケレハ
B	上官翼	次ニ毒ノ入タルヲ与フ	次ニ毒ノ入タル与フ
B	何讓之	朱書ニカヘント云キト語ル	朱書ニカヘン云キト語ル
B	楊伯成	初對面ニ卒尓ナリ**無礼ナリ**トイヘハ	初對面ニ卒尓ナリトイヘハ
C	羅公遠	シハラクアテ令カ家フルヒ動キ	シハラクアテ令カ家フルヒ動キ
B		我即神法ヲ以テ彼ヲシハリツナカン	我即神法ヲ以テ彼ヲシハリツナカ**レ**
B		玄宗御覧アリテ笑ヒタマフ、公遠**重テ奏スラク、コレハ天狐ナリ殺スヘカラス、東方ノ遠**處ヘ流シヤルヘシト申シテ	玄宗御覧アリテ笑ヒタマフ、公遠處ヘ流シヤルヘシト申シテ
A	韋明府	マコトノムコ**ノムコ**トナラント思ハ	マコトノムコトナラント思ハ
A	謝混之	逸物犬ヲ牽テ見セシメヨト云フ	逸物ノ犬ヲ牽テ見セシメヨト云フ
A	王苞	ワカルル時ニ一ツ符ヲ書キ	ワカルル時ニ一ツノ符ヲ書キ
A	衆愛	狐涎ヲクレ沫ヲ出ス	狐涎ヲタレ沫ヲ出ス
A	黨超元	超元其狐ノ屍ヲ血ヲ洗ヒ床ニ臥セシメ	超元其狐ノ屍ノ血ヲ洗ヒ床ニ臥セシメ
A	許真	許真又酒ヲ**飯**テ醉臥ス	許真又酒ヲ**飲**テ醉臥ス
A	王知古	短キ里袍ヲ与ヘ	短キ黑袍ヲ与ヘ
C	王賈	一度面ハカリヲ**アハラセ**	一度面ハカリヲ**アハラセ**
C	衢州	夫ハ商買ニ遠ク行テイマタ歸ラスト云	夫ハ商買ニ遠ク行テイマタ歸ラスト云
C	蔣常	同道シ湖廣ト云トコロヘ赴テ商買ス	同道シ湖廣ト云トコロヘ赴テ商買ス
D		我必君ノ恩ヲ報スヘシト云テ	我必君ノ恩ヲ報**ユ**ヘシト云テ
A	小三兒	汴州ノ居冨樂ト云ノニ嫁ス	汴州ノ居冨樂ト云**モ**ノニ嫁ス

表中A類松平本有誤而鵜飼本正確，B類鵜飼本有誤而松平本正確，分別為5條與8條。C類兩本均有誤，共有5條；D類兩個本子不同但文意均通，共有2條。從中可以看出，松平本與鵜飼本互有對錯，鵜飼本還有較多脫漏，二者間不存在彼此抄錄關係。它們有5段文字錯誤完全相同，之所以出現這種情況，很可能因為二者抄自同一寫本。

鵜飼本舊藏者為鵜飼郁次郎（1855-1901），佐渡人，名祐，字子文，號竹田、秣陵，本姓羽生，明治十六年成為鵜飼家養子。明治十三年郁次郎向太政官切陳開設國會之急，屢遭迫害，後為首屆眾議院議員。晚號萬花樓，埋頭于一萬三千余冊藏書中，明治三十四年逝世，藏書1997年歸入國文學研究資料館鵜飼文庫。[16]

鵜飼本《狐媚抄》無印章，從筆跡判斷並非林羅山所寫，目前尚不能考定抄寫者與抄寫時間。《狐媚抄》不見於幕府及昌平坂學問所藏書目錄，鵜飼本在歸入鵜飼郁次郎收藏之前流傳情況不詳，而松平本的來源則大體可考。

三、松平本的來源

松平文庫為島原藩主松平家歷代的藏書庫，“尚舍源忠房”即島原初代藩主松平忠房的印章，文庫藏書相當一部分為林家藏書及幕府紅葉山文庫藏書的抄本。[17]松平忠房與林羅山及其三子鵞峰、四子讀耕齋等均交往密切，並拜林鵞峰為師。他與林羅山初次會面可能在元和九年（1624年），這一年六、七月德川秀忠、德川家光先後前往京都，經過吉田城，五歲的松平忠房兩次拜謁，均獲賜馬匹。[18]據林羅山《年譜》元和九年載：“台德院殿、大猷院殿入洛，先生奉從歸京[19]”，松平忠房很可能在這兩次謁見中與扈從的林羅山相見。

《羅山林先生詩集》卷第九有《松平主殿頭忠房亭四景》，詩後附記稱“此亭有十景，其餘六景者，使向陽、函王賦之。明曆丁酉，有官命移忠房於本城下，改賜宅地，而建山王社於此地[20]”。明曆丁酉即明曆三年，西元1657年，這一年正月林羅山逝世，附記可能是臨終前不久所寫。“向陽”即林羅山三子林鵞峰，號向陽軒；“函王”，國立公文書館藏寬文二年刊本亦作“函王”，或為“函三”之誤，“函三”為林羅山四子讀耕齋，號函三子。《鵞峰林學士詩集》卷二十四有絕句三首，前有題記，稱“松平主殿頭源忠房茶寮，標出十景……請題詠之。我翁賦四首，予與函三同作三絕句[21]”，前四景即林羅山詩集所詠。可見林羅山生前，松平忠房已與之交往。

除了林羅山，松平忠房還與林鵞峰有直接來往。據《國史館日錄》寬文五年九月二十三日記載“燈下寂寥，作《水月琵琶記》，是松平忠房所求，彼歸城之時懇請，所約諾也[22]”，寬文五年十月三日稱：“風吹殊寒，自已半至未前在館，使安成讀《增補信長記》改正之，是松忠房輯諸本所編也，余嘗作之序，其趣在序中[23]”，兩人多有書物往還。

松平忠房的著述常請鵞峰或讀耕齋撰序，如《本朝武家歌仙集》前有讀耕齋萬治三年（1660年）序，稱“尚舍君武門之世族，且嗜書籍，玩六藝之詞花者有年矣[24]”，《增補信長記》前有林鵞峰寬文二年（1662年）序，稱：

> 尚舍奉御源忠房，素好本朝故事，每求舊記小說、演史草子，無不繕畜焉。頃歲在丹州采邑，撫民施令之暇，合考兩部，訂正異同，且據我先人羅山子所編信長譜，以敘其前後。[25]

癸卯仲冬（1663年），林鵞峰還為松平忠房祖父松平家忠的日記撰序，稱“余與忠房交際年久，忠冬（按：即松平忠房堂弟）亦相知[26]”。貞享五年（1688年）松平忠房七十壽誕，林鵞峰有《忠房公七十賀寿詞》，稱述兩家交誼，“余世交不渝，宿緣惟深。或談經義，或遞觴詠[27]”。

松平文庫大量收藏林羅山著作的抄本，《肥前島原松平文庫藏書目錄》中有21部林羅山著作，16部為抄本，其中還不包括《怪談》等作者曾有爭議的著作[28]，而《狐媚抄》收在《肥前島原松平文庫藏書目錄》漢籍的史部，未錄撰者。

除了與林家的直接交往，松平忠房還可能通過榊原忠次與林家有間接的書物往還。松平家與榊原家數代交好，《福知山藩日記》中多次提及榊原家，榊原家《江戸日記》也多次提到松平忠房[29]。《榊原家御書物虫曝賬》中有《家忠日記[30]》、《松平氏系圖[31]》等与松平家相關的文書資料，《榊原家（姫路・高田）書物目錄》中有松平忠房編纂的《本朝武家歌仙集[32]》。

松平忠房與榊原忠次關係密切，而榊原忠次又與林家頻繁往來，林羅山的著作屢見於《榊原家御書物虫曝账》，如《春鑑抄》、《童觀抄》、《巵言抄[33]》、《野槌[34]》等。林鵞峰稱松平忠房“素好本朝故事，每求舊記小說、演史草子，無不繕畜焉”，榊原家也喜歡收藏中國小說，見於目錄的就有《夷堅志》、《西湖志》、《剪燈新話》、《列仙傳》（以上見於《榊原家御書物虫曝账》），《世說新語補》、《通俗三國志》、《說郛》、《遊仙窟》（以上見於《榊原家（姫路・高田）書物目錄》）。寛永之前版刻尚未普及，典籍主要以抄本形式流傳，松平忠房通過榊原忠次間接抄錄林家藏書的可能性也是存在的。

四、總結

綜上所述，林羅山曾經抄錄過《狐媚叢談》的內閣刊本，并將其選譯為日文，形成《狐媚抄》，翻譯時間可能在寛永十四年前後。《狐媚抄》現存松平本和鵜飼本兩個抄本，二者有多處相同的錯誤，可能均抄自林氏家藏本。松平忠房與林家關係密切，其著述多請鵞峰、讀耕齋兄弟撰序。同時，松平文庫大量收藏林羅山著作的抄本，松平忠房交好的榊原忠次也喜歡收藏中國小說，并與林家關係密切，松平忠房很可能直接抄錄林家藏書，或者通過榊原家間接抄錄。鵜飼本《狐媚抄》書末有“右一冊依鈞命抄出獻之，夕顔巷”的識語，這與林羅山《年譜》所載“怪談二卷，寛永末年幕府御不例時應教獻之，為被慰御病心也”相呼應，很可能是林氏家藏本原有識語，松平本漏抄，而非鵜飼本抄寫者所加。

【注】

（1）劉愛麗《〈狐媚叢談〉研究》，雲南大學碩士論文，2012年5月。

（2）陳國軍、龔敏《〈狐媚叢談〉的編者、版本與成書時間考略》，《世界文學評論》2011年第1期。

（3）《德川幕府藏書目》第三卷，第256頁，東京：ゆまに書房，1985年。

（4）《德川幕府藏書目》第十卷，第56頁，東京：ゆまに書房，1985年。

（5）幣旗佐江子《〈狐媚叢談〉と〈狐媚鈔〉をめぐって》，《久留米大學大學院比較文化研究論集》第18號，2005年。

（6）中村幸彦《林羅山の翻譯文學》，《文學研究》，1963年，第61期。

(7)《徳川實紀》第二篇 大猷院殿御實記卷十八，第519頁，東京：吉川弘文館，1976年。
(8) 京都史蹟會編《羅山林先生文集》卷第七十，第427頁，京都：平安考古學會，1918年。
(9) 京都史蹟會編《羅山林先生文集》卷第七十，第438頁。
(10) 京都史蹟會編《羅山林先生詩集附錄》卷第四編著書目，第58頁。
(11)《徳川實紀》第三篇 大猷院殿御實記卷卅四，第48頁。
(12) 鈴木健一《林羅山年譜稿》，第135頁，東京：ぺりかん社，1999年。
(13) 中村幸彥《林羅山の翻譯文學》，《文學研究》，1963年，第61期。
(14) 中村幸彥校訂《狐媚抄化女集》，福岡：西日本國語國文學會翻刻雙書刊行會，1963年。
(15) 中村幸彥校訂《狐媚抄化女集》，第2頁。
(16) 見《佐渡人名辭典》，第47頁，東京：弘文堂，1915年；萩野由之《佐渡人物誌》，第231-232頁，相川町：佐渡郡教育會，1927年；《〈鵜飼文庫〉資料の寄贈：鵜飼重行氏に聞く・資料紹介》，《國文研ニューズ》第26號，2012年。
(17) 中村幸彥、今井源衛、島津忠夫《肥前島原松平文庫》，《文學》第29卷，1961年11月。
(18)《新訂寛政重修諸家譜》第一卷第二十九松平深溝，第161頁，東京：八木書店，1964年。
(19) 京都史蹟會編《羅山林先生詩集附錄》卷第一年譜上，第19頁。
(20) 京都史蹟會編《羅山林先生詩集附錄》卷第九《松平主殿頭忠房亭四景》，第117-118頁。
(21)《讀耕先生全集》卷二十四，國立公文書館藏元祿二年序刊本。
(22)《國史館日錄》第一，第127頁，東京：續群書類從完成會，1997年。
(23)《國史館日錄》第一，第132頁。
(24) 島原松平文庫藏寫本。
(25) 島原松平文庫藏寫本，另收入《鵞峰林學士文集》卷八十三《增補信長記序》，第276頁，東京：ぺりかん社1997年影印本。二者文字全同。
(26)《鵞峰林學士文集》卷八十三《家忠日記增補追加序》，第281-282頁。
(27) 島原松平文庫藏寫本。
(28) 島原公民館圖書部編《肥前島原松平文庫目錄》，島原：島原公民館，1961年。
(29) 竹下喜九男《好文大名榊原忠次の交友》，《鷹陵史學》第17期，1991年。
(30)《榊原家御書物蟲曝賬》，第110頁，東京：ゆまに書房，2011年。
(31)《榊原家御書物蟲曝賬》，第311頁。
(32)《榊原家（姫路・高田）書物目錄》第238頁，東京：ゆまに書房，2011年。
(33)《榊原家御書物蟲曝賬》，第61-62頁。
(34)《榊原家御書物蟲曝賬》，第143頁。

日本編刻明別集版本考略

湯志波

和刻本明別集由於刊刻時代相對較晚、存世數量甚多，不在“善本”之列，所以無論在別集整理還是版本著錄中均不受重視，更談不上研究。長澤規矩也《和刻本漢籍分類目錄》著錄明別集 70 種（後印本不計）[1]，首次系統統計了存世和刻本明別集，但仍可增補部分書目。本文將個人之尺牘、奏議亦歸入別集中，但總集中單獨成卷的明別集暫不列入統計範圍。從時間斷限上來說，元末明初、明末清初之作者，作品能確定在元代、清代編刻的一般不收，如釋至仁（1309-1382）之《澹居稿》有室町時代翻刻本、寬文間翻刻本，但因《澹居稿》原刻於至正二十四年（1364），當歸為元別集；而釋宗泐（1318-1391）之《全室外集》同樣有室町時代翻刻本、寬文間翻刻本，原刻於永樂間，所以屬於“和刻本明別集”範疇。再如朱彝尊（1629-1709）之《曝書亭集》刻成於康熙四十八年（1709），村瀨誨輔編刻《朱竹垞文粹》六卷亦將其列入《清八大家文粹》中，所以歸為清別集。

和刻本明別集根據內容可以大致分為兩類，一類是翻刻，或加以句讀訓讀，或加以序跋評點，但內容順序基本沒有改變；一類是編刻，即依據原本重新進行編選，行成了以“文粹”、“詩鈔”為代表的新品種明別集。如和刻本高啟別集有《青邱高季迪先生絕句集》《高季迪先生大全集》《青邱高季迪先生律詩集》《青邱高季迪先生詩集》《高太史詩鈔》《高青邱詩淳》《高青邱詩鈔》七種，其中前四種均是據《高太史大全集》翻刻，或選絕句部分，或取律詩部分，或全部翻刻；而後三種則分別由仁科幹、齋藤正謙、廣瀨謙自高啟兩千餘首詩中選出 306、622、186 首，屬於“編刻”範圍。再如徐㶿詩集，其嘉永二年（1849）序刻本《田園雜興》一卷屬於翻刻，而文政四年（1821）序刻本《鼇峰絕句鈔》一卷是由宮澤正甫自其絕句部中摘選，故是編刻。最後需要提及一類特殊情況，即首次在日本編刻的明別集，如朱之瑜《舜水先生文集》二十八卷，日本正德五年（1715）柳枝軒茨城方道刻本；張斐《莽蒼園文稿餘》二卷，嘉永四年（1851）序活字印本；隱元隆琦《擬寒山詩》一卷，寬文六年（1666）序刻本等，從時間斷限上應屬於清別集，但因作者是明遺民，所以也有部份中日書目將其列入明別集。這類和刻本雖屬“編刻”，但並非據原本刪選，本文暫不作討論。

由於翻刻本內容不變，其底本相對容易確定，考察其東傳流布是研究重點；而編刻本中編者的取捨原則，則是研究江戶時期明代詩文受容的重要內容。詩集的選刪更多是依據編者之好惡，如齋藤正謙選高啟詩集“去其疵而存其醇”，原簡優所編文徵明詩集，認為其“所願在江湖，不在魏闕”，故“皆取之於閑居之日，不取於仕宦之日”所作。而村瀨誨輔編“明六大家文粹”（《唐荊川文粹》《王陽明文粹》《方正學文粹》《歸震川文粹》《王遵巖文粹》《宋學士文粹》），篇目選擇則多據中國之選本確定，其在《唐荊川文粹》中明確指出：

> 余選文，例就諸家選本而取捨焉，未入選者，不敢臆取。嘗讀荊川《敘廣右戰功》，載右江參將都督同知沈希儀討平廣西諸蠻事，鋪敘明暢，使人如親立戰場，觀其周旋，可謂傑作矣。惟《明史》希儀本傳全採用之，而未見古人一言及之者。頃者閱《四庫全書提要》，特揭錄之，謂袁褧選入其《金聲玉振集》中，且稱荊川工於古文，故敘事具有法度。乃喜有其選入之又推奬之者，遂補刻之卷末[(2)]。

儘管村瀨誨輔對唐順之《敘廣右戰功》一文頗加讚賞，但因未見有選本選錄，故《唐荊川文粹》不收。後知《金聲玉振集》選入，才加以補刻。其編《王陽明文粹》亦云“余因采各種選本”，《方正學文粹》則直接在卷首附“采用原書目”，總計採用明清人編選的明文選本 25 種：程敏政《明文衡》、唐順之《我朝文選》、汪宗元《明文選》、李贄《三異人錄》、袁宏道《明文雋》、陳仁錫《明文奇賞》、楊瞿崍《明文翼統》、孫鑛《今文選》、何喬遠《皇明文徵》、張時徹《皇明文範》、徐廣《明文則》、蔣如奇《明文致》、薛應旂《大觀堂選文》、陸弘祚《皇明十大家文選》、卜世昌《皇明文選》、楊起元《明百大家文選》、陳子龍《明經世文編》、劉士鏻《明文霱》、張汝瑚《明八大家集》、林雲銘《古文析義》、王元勳《明人尺牘》、吳乘權《古文觀止》、顧有孝《明文英華》、薛熙《明文在》、黃宗羲《明文授讀》，《方正學文粹》篇目不出上述選本，可知其編選原則。

明別集不僅有“東傳”、“回流”，亦有“環流”之現象。如王穉登尺牘集《謀野集》十卷，萬曆間屠隆“因暇拔其尤，訂為四卷，擇故實注其上，奧處益以訓釋”，編為《屠先生評釋謀野集》四卷。屠隆評本很快傳入日本，江戶時代加賀藩主前田綱紀、藤澤東畡均藏有是書[(3)]。享保間（1716-1735）岡子舒、田中良暢又在《屠先生評釋謀野集》基礎上刪選注釋，編刻成《謀野集刪》一卷。光緒末《謀野集刪》“回流”至中國，沈宗畸將其編入《晨風閣叢書》甲集中[(4)]，但刪除了序跋並析為兩卷，以致後人多誤以為《謀野集刪》是沈宗畸所編。民國間小品文興起，《謀野集刪》再度進入文人視野[(5)]，1938 年，熟悉日本文學的周作人作《題謀野集刪》指出真相：

> 《謀野集》尺牘……日本有覆刻本，題曰《謀野集刪》，凡一卷，田子舒編，有江忠囿、騰忠充二序，署享保乙卯，即清雍正十三年，距今已二百年矣。《晨風閣叢書》甲集有此書，乃朱衣點所選，析為二卷，盡去原序而自題記其上……[(6)]。

晚明與民國間小品文兩度興盛，從《謀野集》到《謀野集刪》貫穿其中；從選本到“選本之選本”，中日文人之間的閱讀、編選所形成的書籍“環流”更值得探究，筆者擬另有專文論述，本文限於篇幅不再展開。

筆者在全面排查現存和刻本明別集基礎上，統計出屬於編刻者 23 種，其中詩集 10 種，文集 13 種。涉及作者 18 人，高啟、王守仁各 3 種，劉基 2 種，其餘宋濂、方孝孺、陳獻章、唐寅、文徵明、謝榛、歸有光、唐順之、王慎中、王世貞、王穉登、徐㶿、袁宏道、劉宗周、孫傳庭各 1 種，編刻時間主要集中在江戶後期。本文仿《明別集版本志》之體例，對日本編刻的明別集作了版本志著錄，並進一步考辨其版本源流、同名異書等相關問題。

宋學士文粹

《宋學士文粹》三卷，明宋濂撰，村瀨誨輔編，文久二年（1862）浪華群玉堂刻本。半葉十行行二十字，四周單邊，白口，上黑魚尾，版心鐫“宋學士文粹”，卷端題“後學劉誨輔季德編次　土佐松下綱安世校”，卷首有同年桑原忱《宋學士文粹序》、《宋學士文粹目錄》。桑原忱序云：“曩年村瀨季德有《宋學士文粹》之撰，所抄凡七十九篇，頗能取其腴、收其秀於宋氏之文，可謂得其要者矣。頃者出鋪群玉堂，將梓之以公於世，來謁予一言。”卷一表、箋、書、論、解、序，卷二序、記，卷三記、傳、說、原，共 79 篇。有眉標 6 條，其中 5 條校勘記，1 條為過錄前人評論。

按，宋濂（1310-1381），字景濂，號潛溪、龍門子、玄真遁叟等，金華府浦江人。入明後累官至學士承旨知制誥，正德中追謚文憲。其通行別集有《新刊宋學士全集》三十三卷，明嘉靖二十九年韓叔陽刻本，日本元祿十年（1697）甘節齋梅邨彌右衛門好古堂即據此翻刻。《宋學士文粹》又據元祿本刪定，另有文久三年、文久四年後印本多種。明洪武十年（1378）劉基亦編有《宋學士文粹》十卷《補遺》一卷，前九卷文，第十卷詩，補遺文一卷，與村瀨誨輔所編為同名異書。

誠意伯詩鈔

《誠意伯詩鈔》四卷，明劉基撰，垣內保定編，天保十年（1839）帶香草閣刻本。半葉十行行二十字，左右雙邊，白口，上黑魚尾，版心鐫“誠意伯詩鈔”、“帶香草閣藏”，卷端題“日本紀伊垣內保定子固氏纂”，卷首有仁科幹《劉文成公詩鈔序》、丙申（1836）野呂隆訓《誠意伯詩抄序》、《誠意伯傳》（錄自《明史》本傳），每卷卷末署“野呂公鱗校字”。仁科幹序云：“南紀詩人垣子固先抄遺山詩，紹有斯舉，亦將抄空同、大復二家集合刻行世，可謂慧眼存古，功斯道者也。”野呂隆訓序云：“士固已刊遺山詩抄，續纂劉文成青田詩欲行諸世，亦詢序于余……。”卷一古樂府，卷二歌行、五言古詩，卷三五言古詩、七言古詩、五言律詩，卷四七言律詩、五言絕句、七言絕句，收詩 400 餘首。有眉標百餘條，以校勘記為主。

按，劉基（1311-1375），字伯溫，處州府青田人。元統元年（1333）進士，入明累官至弘文館學士，洪武三年（1370）封誠意伯，謚文成。其通行別集有《誠意伯劉先生文集》二十卷，明成化六年（1470）戴用、張僖刻本，收錄《翊運錄》《郁離子》《覆瓿集》《寫情集》《春秋明經》《犁眉公集》等著作；《太師誠意伯劉文成公集》十八卷，明嘉靖三十年（1551）于德昌刻本，在成化本基礎上將詩文按體裁重編；《太師誠意伯劉文成公集》二十卷，明隆慶六年（1572）括蒼刻本，在嘉靖本基礎上重新按體編排詩文，其中卷 10-17 為詩集，收詩 1300 餘首。《誠意伯詩鈔》即據隆慶本編刻，另有天保十一年（1840）和歌山世壽堂阪本喜一郎後印本、明治間三重豐住伊兵衛後印本等。

劉誠意文鈔

《劉誠意文鈔》三卷，明劉基撰，奧野純編，天保十五年（1844）浪華岡田群玉堂刻本。半葉十行行二十字，四周單邊，白口，上黑魚尾，版心鐫“劉誠意文鈔”，卷端題“浪華奧野純溫夫纂次”，卷首有天保壬寅（1842）奧野純《劉誠意文鈔序》、《劉誠意略傳》（據《明名臣言行錄》）、《劉誠意文鈔目錄》。奧野純序云：“余嘗閱公之稿，鈔其尤者若干篇，誦而學之。頃同社諸子欲鋟之梓，謀諸余，余曰：‘善哉！近世文運益旺，正學、陽明、荊川諸文粹逐歲刊行，公為朱明三百年文章之鼻祖，而未及刊焉，不一大闕失乎？’遂校而授之，且敘所嘗論，以諗讀此書者。”卷一頌、表、序，卷二記、傳，卷三書後、說、對、解、論、銘、箴、贊、碑、墓誌銘、擬連珠，共收文 100 篇。

按，明隆慶本《太師誠意伯劉文成公集》卷一《翊運錄》，收御書、詔誥、頌表，卷二至卷四為《郁離子》，卷五序，卷六記，卷七跋、說、問答語、解、文，卷八銘、頌、箴、贊、碑銘、墓誌銘、連珠等，《劉誠意文鈔》即據此編刻，但不收《郁離子》。是書有多種後印本，又名《劉誠意文粹》。《國立國會圖書館漢籍目錄》著錄“劉誠意文粹 3 卷”(7)，據筆者核查，即此書後印本。《日藏漢籍善本書錄》著錄“誠意伯文粹三卷”亦是此書(8)。日本宮城縣圖書館藏有鈔本《劉誠意文鈔》一卷，或即出自奧也純所編三卷本，待訪。清光緒元年（1875）新化鄒氏得頤堂刻《歷朝二十五家詩錄》卷 28-29 收錄《劉基詩》兩卷 147 首，《中國古籍總目》著錄為“日本奧純編”(9)，或是“日本奧野純編”之誤，似其曾編刻過劉基詩選，惜和刻本或已亡佚。

高太史詩鈔

《高太史詩鈔》二卷，明高啟撰，仁科幹編，天保六年（1835）醉古堂刻本。半葉十行行二十字，左右雙邊，黑口，上黑魚尾，版心鐫“高太史詩鈔（抄）卷”，卷端題“備前仁科幹禮宗輯”，無序跋。卷上五言古、七言古、五言律，卷下七言律、五言絕、七言絕，共 306 首。

按，高啟（1336-1374），字季迪，號槎軒、青丘子，蘇州府長洲人。明初以薦參修《元史》，授翰林院國史編修，擢戶部右侍郎。高啟詩集有《吹臺集》《江館集》《婁江吟稿》《姑蘇雜詠》等，後自定為《缶鳴集》十二卷。景泰中徐庸編刻《高太史大全集》十八卷，至清雍正間金檀增補並作注，成為通行本。《高太史大全集》在日本多次翻刻，天保八年（1837）江戶萬笈堂英氏覆刻絕句三卷、安政三年（1856）京都林芳兵衛等刊《青邱高季迪先生律詩集》五卷、明治間青木嵩山堂鉛字活印本《青邱高季迪先生詩集》十八卷等，均晚於《高太史詩鈔》。

高青邱詩淳

《高青邱詩淳》七卷，明高啟撰，齋藤正謙編，嘉永三年（1850）刻本。半葉十行行二十字，左右雙邊，白口，上黑魚尾，版心鐫“高青邱詩淳”，卷端題“伊勢齋藤謙有終錄、美濃梁緯公圖、紀伊菊池保定士固閱”，卷首有天保丙申（1836）齋藤謙《續詩淳序》、嘉永己酉（1849）《又識》、《明史本傳》、《高青邱詩淳目次》。序云：“吾友美濃梁公圖，深於詩者也，嘗談及於此，共論定之，於金取元好問，於元取虞集，於明取高啟、李夢陽，於清取吳偉業、王士正，又得六家，遂各分三家鈔之。去其疵而存其醇，凡若干卷，以續乾隆之編。"《又識》曰："余已制此序，取元、高、王三家鈔之。適菊池士固自南紀來，見喜之，言與其所見符同，如遺山之詩，已鈔而刻之。余乃舉《青邱詩醇》屬以校訂，士固欣然受之。持歸頗加刪補，命工淨寫，以繡梓自任。有故未果，忽忽十餘年，余亦職劇身忙，不遑問也。府下書賈文錦生，聞余有青邱選本，來乞梓行。余為柬士固，請稿本。士固喜甚，即郵寄見還付。乃書其由，附原序之後，併付文錦生以刻之。"卷一五言古詩，卷二七言古詩，卷三五言律詩、五言排律，卷四七言律詩，卷五五言絕句、六言絕句，卷六七言絕句，卷七《姑蘇雜詠》（123首摘錄64首），計622首。

按，《高青邱詩淳》有多種後印本，亦有明治十六年（1883）大阪桂雲堂銅版本，明治三十一年（1898）青木嵩山堂鉛活字排印本，無界欄，內容與嘉永三年刻本一致。

高青邱詩鈔

《高青邱詩鈔》不分卷，明高啟撰，廣瀨謙編，明治十二年（1879）大阪山本重助刻本。半葉十行行二十字，四周單邊，白口，上黑魚尾，版心鐫"高青邱詩鈔"，卷端題"清李笠翁評，日本廣瀨淡窗批點、廣瀨旭莊撰"，卷首有藤澤南嶽《序》，卷末有同年中尾端明《跋》。《序》云："此抄有李笠翁評，清潔簡勁，頓悟之妙具焉。余友竹涯中尾君所珍襲，將出而梓之，謀之于予。予曰：'曷不可？今之嗜詩者，猶未免輕脫，有識之徒，孰不擬振救乎？揭此編以諷，固可矣。'"《跋》云："《青邱詩鈔》刻成矣，此本先輩廣瀨淡叟、梅墩二翁之所批選，上載李笠翁之評語，雖僅僅小冊子，又世之所稀。余畏友擴堂巽氏之珍襲，余曩請而騰寫，愛玩久矣。頃日書肆來，請梓以傳于世。蓋青邱明初之大家，其彙刻於彼者如《大全集》，舶來稀少，適藏之者亦秘愛不欲視諸人，翻刻於家邦者亦多，然不若此鈔之簡而精也。"收各體詩歌186首，有眉標33條，其中校記4條，其餘均是評點。正文中有點頓、眉批、夾批。

按，李漁評點高啟之詩，歷來未見記載，若非偽託，當有重要研究價值。茲舉《登金陵雨花臺望大江》一例，首句"大江來從萬山中"，夾批云"入手便如此英爽"，眉批云"入門下馬氣如虹，七言須得此起步"，中間眉批"筆下有生芙蓉活龍虎氣"，末句"從今四海永為家，不用長江限南北"眉批"得體"。國立國會圖書館藏畠山寬鈔本《青丘詩鈔》一卷，卷端題"水戶弘道館教官畠山立超然鈔"，與本書無涉。

方正學文粹

《方正學文粹》六卷，明方孝孺撰，村瀨誨輔編，文政十二年（1829）浪華群玉堂刻本。半葉十行行二十字，四周單邊，白口，上黑魚尾，版心鐫"方正學文粹"，卷端題"後學村瀨誨輔季德編次"，卷首有文政戊寅（1818）村瀨誨輔《方正學文粹序》、《采用原書目》、《方正學小傳》（據《明史》本傳及《三異人錄》節錄）、《方正學文粹目錄》。村瀨誨輔序云："余嘗讀《遜志齋集》，有斷簡零墨而不可讀者多矣。因擇其可讀者，與之諸家登選者參讀焉，得凡一百二十餘首。……及神宗即位，其禁漸弛，乃有三本出焉，曰邑本，曰郡本，曰蜀本。丁賓等裒為一書，即《遜志齋集》是也。宜其湮沒之久，所以有斷簡零墨，而今未由是正也已。……斯編厘不過其集中三分之一，而後世學文之士，執法於此，則庶幾其不陷于邪蹊曲路，以能達乎大道矣。”卷一書，卷二論，卷三論、序，卷四序、記，卷五說、辯、銘、贊、箴、傳、讀、題、雜，卷六文、碑、墓銘、壙志、祭文、哀詞，共120篇。有眉標45條，過錄前人評語及校勘記。

按，方孝孺（1357-1402），字希直，一字希古，號遜志，學者稱正學先生，台州府寧海人。建文中為侍講學士。方孝孺遇難後著作被禁毀，正德十五年（1520）台州知府顧璘合併諸本為《遜志齋集》二十四卷刊刻出版，其中前二十二卷文集，後二卷詩集。其後嘉靖、萬曆、崇禎、康熙中多次增補翻刻，成為通行本。《方正學文粹》即據此編刻，有天保二年（1831）、文久四年（1854）後印本多種，亦有明治十四年（1881）東京松田幸助銅版本。

陳白沙文抄

《陳白沙文抄》三卷，明陳獻章撰，桑原忱編，文久三年（1863）群玉堂刻本。半葉十行行二十字，左右雙邊，白口，上黑魚尾，版心鐫“陳白沙文抄”，卷端題“明嶺南陳憲章公甫著　日本美濃桑原忱有終選”，卷首有桑原忱《序》、《陳白沙文抄目次》，卷末附錄《陳白沙小傳》（錄自《理學名臣傳》）。桑原忱序云：“頃者雲林某請抄白沙文集，夫白沙非以文為意者，其文亦不屑於局法，非如王氏之文……未易以文章論之也。”卷上序、記，卷中疏、論、祭文、說、行狀、書後等，卷下尺牘，共143篇。

按，陳獻章（1428-1500），亦作陳憲章，字公甫，號石齋，廣州府新會人，世稱白沙先生。正統十二年（1447）舉人，以薦授翰林檢討，不赴。其通行別集有《白沙先生全集》二十卷，明弘治十八年羅僑刻本，詩文各十卷；《白沙子》八卷，明嘉靖十二年高簡、卞崍刻本，詩文各四卷。據長澤氏考證，《陳白沙文抄》底本為萬曆四十年新會何熊祥刻《白沙子全集》九卷本。另有文久四年大阪河內屋茂兵衛後印本、明治中青木嵩山堂後印本等。

唐伯虎集

《唐伯虎集》不分卷，明唐寅撰，馬嚴敬夫編，享和元年（1801）大阪山口又一郎、京屋吉右衛門同刊本。半葉八行行十六字，左右雙邊，白口，上黑魚尾，版心鐫“唐伯虎集”，卷端題“吳趨唐寅著　茸城沈思及之輯　雲間曹元亮寅伯校”。卷首有享和元年馬嚴敬夫《唐伯虎彙集序》，卷末有“賦、樂府、五七言古詩、序記、書牘、雜文近刻”及“享和改元辛酉八月大阪書林”牌記。序云：“以余觀於唐伯虎先生，其可謂摛藻家昆岡矣。茸城沈子及之採其賦、樂府、古詩、近體、序記、書牘、褉文若干篇，名《伯虎彙集》，亦唯唐氏片玉耳。余頃購得，齋沐捧之，爛爛光彩，奪人眼目，不知荊璧隋珠為何物也。於是欲刻而公之，則力有所不足也；欲韞而藏之，則亦愧古人天下之寶，當與天下共之言。因就其集中撮五七言律絕句，以授剞劂。嗟乎此舉也，固雖片玉中片玉，庶亦可以見其溫潤美質、天然之德云爾，不識世之君子頷之否？”收錄五言近體、七言近體、五言絕句、七言絕句共計170首。

按，唐寅（1470-1524），字伯虎，後改字子畏，號六如居士、桃花庵主等，蘇州府吳縣人。是書據萬曆四十年（1612）曹元亮翠竺山房刻本《唐伯虎集》卷二編選，刪除底本中十餘首，并在“七言近體”中增加《彥九郎還日本作詩餞之坐間走筆不甚不工也》一首，或是編者據所見唐寅手跡作了輯補。

文衡山先生詩鈔

《文衡山先生詩鈔》二卷，明文徵明撰，原簡優所編，文化十四年（1817）十六堂刻本。半葉十行行二十一字，左右雙邊，白口，雙黑魚尾，版心僅鐫頁數，卷端題“仙臺原簡南史手錄”，卷首有同年柏木昶、原簡優所兩序及王世貞《文先生傳》，無目錄。原簡優所序云：“文衡山先生《甫田集》，其詩十五卷……今茲余鈔先生詩，校為上下二卷，皆取之於閑居之日，不取於仕宦之日……。”卷上五言古詩、七言古詩、五言律詩、五言排律，卷下七言律詩、五言絕句、七言絕句，共281首。

按，文徵明（1470-1559），原名壁，後以字行，更字徵仲，號衡山居士，蘇州府長洲人。嘉靖元年（1522）歲貢生，官至翰林待詔。《甫田集》三十五卷，有明嘉靖刻本等多種，是文徵明流傳最廣之別集，其中前十五卷為詩集，分體編年，總計收詩756首。本書即據《甫田集》詩集部分編刻而成，有文政元年後印本。

王陽明文粹

《王陽明文粹》四卷，明王守仁撰，村瀨誨輔編，文政十一年（1828）群玉堂刻本。半葉十行行二十字，四周單邊，白口，上黑魚尾，版心鐫“王陽明文粹”，卷端題“後學村瀨誨輔季德選次”，卷首有戊寅（1818）村瀨誨輔《王陽明文粹序》、《王陽明小傳》（據《明史》本傳及《王文成公全書》節錄）、《王陽明文粹目錄》。序云：“明宋儀望輯《陽明文粹》，在乎專張其學，而不關其文，曰：‘文是緒餘耳。’余於斯編，在乎專擇其文，而不關其學。其學有所不醇也，是之謂同其名，而選之旨則異矣。……余因采各種選本，除其主學者，得八十餘首，分為四卷。”卷一疏、書，卷二序，卷三序、記，卷四說、策問、題、書後、墓誌銘、墓碑、墓表、祭文等，共80篇。有眉標16條，以校勘記為主，亦過錄諸家評論。

按，王守仁（1472-1529），字伯安，號陽明子，紹興府餘姚人。弘治十一年（1498）進士，官至兩廣總督兼巡撫。其別集有隆慶六年謝廷傑編刻《王文成公全書》三十八卷最為通行，其中語錄三卷，文錄五卷，別錄十卷，外集七卷，續編六卷，附錄七卷。以“文粹”命名之選本尚有宋儀望輯《陽明先生文粹》十一卷、查鐸輯《新刊精選陽明先生文粹》六卷等。《王陽明文粹》與宋儀望所輯正相反，專取其文，不選其學。另有明治十三年（1880）京都山川九一郎銅版本、松田幸助銅版本。

王陽明奏議選

《王陽明奏議選》四卷，明王守仁撰，桑原忱編，明治四年（1871）大阪忠雅堂刻本。半葉十行行二十字，左右雙邊，白口，上黑魚尾，版心鐫“王陽明奏議選”，卷端題“桑原忱有終甫選抄”，卷首有元治元年（1864）桑原忱《王陽明奏議選序》、《王陽明奏議選目錄》，卷末有明治四年高木穀跋。桑原忱序云："公奏議數卷，指事剴切，論理精確，讓而不隱功，矯而不失正，可以見公所以能處於時者也。頃者擇其數十篇附梓，將與同志俱之，以冀使讀者知公立功之所由云。"高木穀跋云："就峰先生就其本集，特拔其奏議將上梓，齎志溘逝。書肆相議，以繼其志，請穀校閱。顧念穀學識淺短，亦非左袒陽明以張門戶者。"卷一至卷三疏，卷四公移，共 44 篇。

按，通行三十八卷本《王文成公全書》中《別錄》十卷，前七卷奏疏，後三卷公移，《王陽明奏議選》即據《別錄》編刻。

王陽明先生詩鈔

《王陽明先生詩鈔》二卷，明王守仁撰，塚原苔園編，明治十三年（1880）東京長阪氏刻本。半葉七行行二十字，四周雙邊，白口，上黑魚尾，版心鐫"王陽明詩鈔"，卷端題"東京塚原苔園評點"，卷首有同年松本萬年《緒言》："此集者，一言為法，大賢所為，與造化同工，自然成章者，似學而不可造焉。然學者讀此等之詩，玩味稍久，則庶幾乎得于心而忘言也，故此集之所以抄刻也。"共 149 首，詩後有評點。

按，王守仁現存最早的詩文集為《居夷集》三卷，明嘉靖三年溫陵丘養浩刻本，收其貴州所作，卷一文，卷二、三詩，共收詩 133 首。《陽明先生詩錄》四卷，明嘉靖九年薛宋鎧刻本，正稿二卷為滁州稿、南都稿、贛州稿、江西稿、歸越稿、兩廣稿，副稿二卷為歸越稿、山東稿、京師稿、獄中稿、赴謫稿、居夷稿、廣陵稿、京師稿，總計 513 首。通行三十八卷本《王文成公全書》中《外集》前兩卷為詩，分為歸越詩、山東詩、京師詩、獄中詩、赴謫詩、居夷詩、廬陵詩、京師詩、歸越詩、滁州詩、南都詩、贛州詩、江西詩、居越詩、兩廣詩，按年編排共 560 首，與《陽明先生詩錄》分類有一定差異[(10)]。《王陽明先生詩鈔》即據《外集》編刻。

謝茂秦山人詩集

《謝茂秦山人詩集》五卷，明謝榛撰，龍公美編，寶曆十二年（1762）京都佐佐木竹苞樓刻本。半葉十行行二十字，四周單邊，上黑魚尾，版心鐫"謝茂秦詩集"，卷端題"日本淡海文學伏水龍公美君玉父刪定　門人平安平信美文韶校"，卷首有寶曆庚寅（1760）龍公美《謝山人詩集序》、嘉靖二十六年（1547）枕易道人《四溟旅人詩敘》、萬曆二十四年（1596）恒易道人《續刻謝茂秦全集序》、嘉靖二十九年（1550）蘇祐《謝四溟詩序》、邢雲路《刻謝茂秦詩序》，卷末有張泰徵《續刻謝茂秦全集跋》、蘇潢《謝山人全集跋》、寶曆辛巳（1761）平信美跋。平信美跋云："吾伏水先生於詩也，才識淵淵，不可測焉，私思其志，在于淵明、太白之神境邪？明詩素所不屑也，然姑從時好，有取李、何七子而特愛大復、四溟二公焉。信美薄劣，胡知先生所以特愛之故乎？四溟集刻成，以先生命校之。"卷一五言古詩、七言古體，卷二五言律詩，卷三七言律詩，卷四五言排律、七言排律，卷五五言絕句、七言絕句，共 370 餘首。

按，謝榛（1495-1575），字茂秦，號四溟山人，東昌府臨清人。通行別集有《四溟山人全集》二十四卷，明萬曆二十四年序刻本。其中前二十卷詩集，計 2300 餘首。《謝茂秦山人詩集》即據《四溟山人全集》編刻，另有寶曆十二年京都鷦鷯惣四郎後印本。

歸震川文粹

《歸震川文粹》五卷，明歸有光撰，村瀨誨輔編，天保八年（1837）浪華書林群玉堂刻本。半葉十行行二十字，左右雙邊，白口，上黑魚尾，版心鐫“歸震川文粹”，卷端題“後學村瀨誨輔季德編次”，卷首有《歸震川小傳》（據《明史》本傳及墓誌、四庫提要節錄）、《歸震川文粹目錄》。卷一書，卷二論、序，卷三壽序、記、說、銘、贊、傳、雜、誥文，卷四墓表、墓誌銘、祭文、吊文，卷五雜，共128篇。有眉標36條，錄諸家評論及校勘記。

按，歸有光（1507-1571），字熙甫，號震川、項脊生，蘇州府昆山人。嘉靖四十四年（1565）進士，官至南京太僕寺丞。通行別集有《震川先生集》三十卷《別集》十卷，康熙十四年曾孫歸莊、玄孫歸玠編刻。《歸震川文粹》即據是書編刻，另有天保八年大阪河內屋茂兵衛等後印本。

唐荊川文粹

《唐荊川文粹》四卷《補刻》一卷，明唐順之撰，村瀨誨輔編，文政元年（1818）大阪岡田群玉堂刻本。半葉十行行二十字，四周單邊，白口，上黑魚尾，版心鐫“唐荊川文粹”，卷端題“後學村瀨誨輔季德編次”，卷首有牧原直亮序、村瀨誨輔《唐荊川文粹序》、《唐荊川小傳》（據《明史》本傳及《明八大家集》本小傳節錄）、《唐荊川文粹目錄》。牧原直亮序云：“前吾友季德不以篇之長，全錄補刻之，取其可以為記事楷則也。”村瀨誨輔序云：“余讀荊川之文，覈實明證，不涉浮議，開闔起伏，秩然有條。”卷一啟、書、論、議，卷二序，卷三序、記，卷四說、銘、贊、傳、書後、訓、志、墓表、墓誌銘、祭文、誄，共88篇，補刻一卷選《敘廣右戰功》文1篇。有眉標62條，多取張夏鍾所撰《明八家文集》之評語。

按，唐順之（1507-1560），字應德，一字義修，號荊川，常州府武進人。嘉靖八年（1529）進士，歷任兵部主事、兵部郎中、右僉都御史，崇禎時追謚襄文。其通行別集有《重刊校正唐先生文集》十二卷，明嘉靖間刻本；《重刊荊川先生文集》十七卷新刊《外集》三卷，明萬曆間刻本；《唐荊川文集》十八卷，清康熙間刻本等數種。《唐荊川文粹》另有文政十三年、天保八年後印本。

王遵巖文粹

《王遵巖文粹》五卷，明王慎中撰，村瀨誨輔編，天保十五年（1844）浪華群玉堂刻本。半葉十行行二十字，四周單邊，白口，上黑魚尾，版心鐫“王遵巖文粹”，卷端題“後學劉誨輔季德編次”，卷首有文政五年（1822）村瀨誨輔所編《王遵巖小傳》（據《明史》本傳、張夏鍾所纂小傳及《四庫提要》合編）、《王遵巖文粹目錄》。卷一書、序，卷二序，卷三序、記，卷四記、傳、表、碑、謚議、墓表，卷五墓誌銘、行狀、祭文，共146篇。有眉標270條，以過錄選本評點為主。

按，王慎中（1509-1559），字道思，號南江、遵巖，泉州府晉江人。嘉靖五年（1526）進士，官至河南參政。其通行別集有《遵巖先生文集》四十一卷，明嘉靖四十五年劉溙刻本；《遵巖先生文集》二十五卷，明隆慶五年嚴鎡刻本等，存文約300篇。王慎中選本以“文粹”命名者亦有多種，如明施觀民所輯《遵巖王先生文粹》十六卷，明隆慶六年刻本；清徐德立選《遵巖文粹》一卷，清光緒三十二年長沙徐氏石耕山房刻五大家文粹本。《王遵巖文粹》或據二十五卷編刻，有天保十五年田邊新次郎後印本。

弇園詩集

《弇園詩集》八卷，明王世貞撰，菅沼攀髯編，延享五年（1748）大阪玉笥堂丹波屋半兵衛等刻本。半葉八行行十四字，左右雙邊，白口，上黑魚尾，版心鐫“弇園詩集”，部分版心下鐫“玉笥堂”，卷端題“吳郡王世貞元美著 西陵源攀髯子登校”，卷首有同年源大簡子《弇州詩集序》、金陵西吳旭《弇州詩集序》、文彪子麟《題弇州詩集首》及目錄。源大序云：“剞劂家請梓王、李，而《滄溟集》京版將行，故欲梓《弇州稿》。然而簡帙疊疊，如丘如陵，仍纔採百一以梓之，更待日月之久，繼梓之一簣，遂以玉成九仞。而吾老矣，乃命攀髯以舉之。”西吳旭序云：“先生教人以文辭，以欲各成其才，而李、王二集幾希矣。我社盟之徒，欲見之者不少矣，故欲為刻之。李集將出，於是乎欲梓王，然卷冊頗多，非一旦之力所能成也，仍命子登子錄其未載他選者一二，名曰《弇州詩集》，庶幾使二三兄弟為帳中之珍耳。”卷一五言古詩，卷二七言古詩，卷三五言律詩，卷四五言排律，卷五七言律詩，卷六七言排律，卷七五言絕句，卷八七言絕句，共316首。有眉標1條，為校勘記。

按，王世貞（1526-1590），字元美，號鳳洲、弇州山人，蘇州府太倉州人。嘉靖二十六年（1547）進士，官至南京刑部尚書。有明刻本《弇州山人四部稿》一百七十四卷、《弇州山人續稿》二百七卷行世。《弇園詩集》據《四部稿》、《續稿》之詩部編刻，但順序頗亂，如卷二《金壇王叟六十壽之》至《為林子騰茂才題桃花圖壽》6首出自《續稿》卷10-11，而其後《寶刀歌》至《金吾行贈戴錦衣》9首出自《四部稿》卷16-19，其後《金蓮花草之賤者也產錢翁懸磬室前遂獲圖之而余戲題焉》《公瑕為余書道德經戲謝》又出自《續稿》卷9，即“錄其未載他選者”所致，是書亦名《弇州詩集》。

謀野集刪

《謀野集刪》一卷，明王穉登撰，田中良暢編，享保二十年（1735）江都富士屋彌三右衛門等二肆刻本。雙節版，下版半葉九行行二十字，行間有小字夾註，四周單邊，上黑魚尾，版心鐫“謀野集”，卷端題“太原王穉登撰”，卷首有同年大江忠囿《謀野集刪序》、菊池忠充《題謀野集刪後》。《序》云：“明王穉登立言于牘，名曰《謀野》，亦在不朽之例。而僻書不行，奚在不朽？滕子信以示焉，曰：‘岡子舒有所刪是物也，有所刪而不有所刪，有所校而不有所校，以成其志。敢請。’余與子舒同業相善，今也則亡矣。此集階子舒而行，云有務于不朽也哉！”《題後》云：“日子舒氏刪《謀野集》，鉛槧未成而就木焉。近有剞劂氏示余，余悲子舒氏之志，固請吾先生之校正句讀。”共收尺牘102篇。

按，王穉登（1535-1612），字伯穀，一作百穀，蘇州府長洲人。《謀野集》系其尺牘集，有明萬曆十六年刻本；另有《謀野乙集》十卷、《謀野丙集》十卷。萬曆間屠隆編為《屠先生評釋謀野集》四卷，分為元亨利貞四集，共344篇，《謀野集刪》即據此前兩卷刪定，另有大阪書林松村九兵衛印本、京都植村藤右衛門後印本。康熙元年（1662）汪淇、查望在屠隆評本基礎上增加注釋，編刻成《王百穀先生謀野集》四卷，汪淇題云："（《謀野集》）閎博典奥，匪淺學所易窺，今特廣羅諸書，詳釋附後。庶令觀者不煩考索，一展卷次，便已豁然。"《謀野集刪》上版亦有注釋，但與《王百穀先生謀野集》之注釋不同，或者編者所加。清末沈宗畸編《晨風閣叢書》甲集收錄《謀野集刪》兩卷，乃是將此書析為兩卷，自《寄前太守蔡公》至《答朱在行》53篇為上卷，自《答余君房》至《寄馮開支》49篇為下卷，並刪除了和刻本原序。蓬左文庫藏鈔本《謀野集拾遺》兩卷，待訪。

鼇峰絕句鈔

《鼇峰絕句鈔》一卷，明徐𤊹撰，宮澤正甫編，文政四年（1821）序刻本。半葉九行行十八字，左右雙邊，上黑魚尾，版心僅鐫頁數，卷端題"雲山樵人手錄"，卷首有同年宮澤正甫《徐鼇峰絕句鈔序》、徐𤊹小傳（錄自《列朝詩集》）。序云："余今就明徐興公《鼇峰集》鈔出絕句二百首，下旁譯梓之，是授速成者捷徑也。徐詩高淡平易，雖不足以為學詩軌範，要是為蘭苕翡翠，一種小品。春晝之遲，秋夜之長，窗前燈下，讀之歷歷落落，自有眉開目朗者。"僅收七言絕句，共166首。

按，徐𤊹（1563-1639），字惟起，號三山老叟、鼇峰居士等，福州府閩縣人。通行別集有《鼇峰集》二十八卷，明天啟五年南居益刻本，其中卷24-26為七言絕句約400首，《鼇峰絕句鈔》即據此編刻。

袁中郎先生尺牘

《袁中郎先生尺牘》二卷，明袁宏道撰，宮川德、鳥居吉人輯，安永十年（1781）山本北山奚疑塾刻本。半葉十行行二十字，白口，左右雙邊，上黑魚尾，版心鐫"袁中郎尺牘"，卷端題"皇和崑山宮川德子潤、九江鳥居吉人伯龜刪校，北皋山本時亮明卿校訂"，卷首有同年宮川德《袁中郎尺牘序》，卷末有鳥居吉人跋。序云："余為吾黨與鳥居伯龜謀，刪定石公尺牘，刻於先生之塾，請山本明卿校諸本異同。明卿卒業，謂余曰：'此豈啻為吾黨爾也哉，斯道不為古文辭墜地者，在斯舉矣。'"跋云："宮川子潤深憂厥若斯，刪較二子書牘，更刻之，欲以與好文君子共頌論，尚友遊虞此藝也，余亦與焉。今茲辛丑春，中郎尺牘先報成。"共85篇。

按，袁宏道（1568-1610），字中郎，號石公，荊州府公安人。萬曆二十年（1592）進士，官至國子博士。其通行別集有何偉然編《梨雲館類定袁中郎全集》二十四卷、袁中道編《袁中郎先生全集》二十三卷、陸之選編《新刻鍾敬伯增訂袁中郎全集》四十卷等。日本元祿九年（1696）翻刻《梨雲館類定袁中郎全集》二十四卷，其後四卷為尺牘共230餘篇，《袁中郎先生尺牘》或據元祿本刪定，另有天明四年（1784）後印本。

劉蕺山文抄

《劉蕺山文抄》二卷，明劉宗周撰，桑原忱編，文久二年（1862）刻本。半葉十行行二十字，左右雙邊，白口，上黑魚尾，版心鐫“劉蕺山文抄”，卷端題“明浙江劉宗周起東著　日本美濃桑原忱有終撰”，卷首有同年桑原忱《劉蕺山文抄序》、《忠端劉念臺先生小傳》。桑原忱序云：“劉子非以文章屑屑者，然其文雄厚俊邁，辨而不浮，直不至刻，激不失正，遇事輒發，無有窮極，所謂盈乎內發乎外，無意於文而為文者也。《蕺山文集》四十卷，涉經義者十之七，今暫取其關忠節者數十篇以抄之，庶幾乎足以觀劉子之忠誠烈節也。”卷上奏疏，卷下書、檄、序、書後、記、傳、論、祭文、題等，共 45 篇，有眉標 3 條，均為編者注釋。

按，劉宗周（1578-1645），字起東，號念臺、克念子，紹興府山陰人，學者稱蕺山先生。萬曆二十九年（1601）進士，官至左都御史。其通行別集有《劉蕺山先生集》二十四卷，清乾隆十七年雷鋐、鄭肇奎刻本；《劉子全書》四十卷，清道光十五年序刻本。《劉蕺山文抄》據四十卷本《劉子全書》編刻，另有文久三年、文久四年、明治中大阪青木嵩山堂後印本等多種，又名《劉蕺山文粹》。《中國古籍總目》著錄《劉蕺山文粹》二卷，清光緒二十一年海天旭日研齋刻本，為劉宗周之子劉汋所編，與本書無涉。

孫忠靖公文抄

《孫忠靖公文抄》三卷，明孫傳庭撰，桑原忱編，明治四年（1871）浪華岡田群玉堂河內屋茂兵衛刻本。半葉十行行二十字，左右雙邊，白口，上黑魚尾，版心鐫“孫忠靖公文抄”，卷端題“明山西孫傳庭伯雅著　日本美濃桑原忱有終選”，卷首有元治元年（1864）桑原忱《孫忠靖公文抄序》、王弘《孫忠靖公略傳》、《孫忠靖公文抄目錄》，卷末有同年高木穀跋。桑原忱序云：“公所著諸奏疏，剴切忠藎，足以諦觀當時之事情，而知其機變也。余讀之不能釋手，慨然為抄其數十篇以附梓，與同志共之。”卷上卷中疏，卷下序、述、紀、示、札、啟、咨、揭、檄等，共 57 篇。有眉標 10 條，均是校勘記。

按，孫傳庭（1593-1643），字伯雅，號白谷，代州振武衛人。萬曆四十七年（1619）進士，官至兵部尚書，謚忠靖。其通行別集有《白谷山人詩鈔》二卷《忠節錄》一卷，明崇禎十六年刻本；《孫忠靖公全集》十卷，清咸豐六年孫豐重刻本。是書據《孫忠靖公全集》編刻，有青木嵩山堂後印本，又名《孫忠靖公文粹》。

基金項目：中國博士後科學基金面上資助項目（編號 2017M611486）、上海市教委高峰學科建設計劃“明代文學編年史”項目關聯性研究成果。

【注】

（1）長澤規矩也《和刻本漢籍分類目錄（增補補正版）》，東京：汲古書院，2006 年，第 181-186 頁。按，其中有數種並非和刻本，如“擬寒山詩 萬曆刊本 明張守約 刊”，是將張守約之《擬寒山詩》（明萬曆刻本）與隱元隆琦之《擬寒山詩》（寬文六年序刻本）混淆，後者才是和刻本；再如“太湖蘭山祂禪師和三籟集二卷 明釋道蒙編注 寶永四年刊”，作者蘭山道祂是日本詩僧，故不當歸入明別集；再如“居東

集 明陳留謝 刊”,“陳留謝”即“陳留謝肇淛”之誤，謝氏有《居東集》六卷，明萬曆間刻本，未見有和刻本；再如“順渠先生文錄一二卷 明王道 昭和七年刊”實則是影印本，不應歸入和刻本。

(2) 村瀨誨輔《唐荊川文粹》卷五，文政元年大阪河內屋茂兵衛刻本。

(3) 參見嚴紹璗《日藏漢籍善本書錄》，北京：中華書局，1997 年，第 1753 頁。

(4) 按，清光緒宣統間沈氏鉛印本《晨風閣叢書》中收《謀野集刪》，較為通行的宣統元年番禺沈氏刻本《晨風閣叢書》不收。

(5)《續修四庫全書總目提要》云：“是書（《晨風閣叢書》）所輯如王穉登《謀野集刪》等書，為近人提倡小品文字者所宗，使此書出在今日，定可不脛而走。”參見吳格、眭駿整理《續修四庫全書總目提要 · 叢書部》，北京：國家圖書館出版社，2010 年，第 393 頁。

(6) 周作人《周作人散文全集》第八冊，桂林：廣西師範大學出版社，2009 年，第 91 頁。

(7) 國立國會圖書館圖書部編《國立國會圖書館漢籍目錄》，東京：國立國會圖書館，1987 年，第 550 頁。

(8) 嚴紹璗《日藏漢籍善本書錄》，北京：中華書局，1997 年，第 1638 頁。

(9) 中國古籍總目編纂委員會編《中國古籍總目》集部二，北京：中華書局，2012 年，第 523 頁。

(10) 參見永富青地《王守仁著作の文獻學的研究》，東京：汲古書院，2007 年，第 268-275 頁。

京都大学文学研究科蔵『説文古本攷』田呉炤校本について

木津 祐子

京都大学文学研究科図書館には、清末民初の人、田呉炤の旧蔵書が複数部所蔵される。すべて『説文解字』に関する諸本で、昭和６年から７年にかけて購入された。中には、田氏自身の識語や先人の手稿・校語を転写したものなど、「説文学」にとって重要なテキストが含まれる。本稿では、そのうち、原著者稿本（佚書）謄写本に基づく校勘が書き込まれた『説文古本攷』十三巻を取り上げ、その書誌的価値について紹介することとしたい。

一、田呉炤について

田呉炤（1870―1926）は、湖北荊州の人。又の名を潜・潜山、字を伏侯、郎庵とも号し、室号は鼎楚室という。清末民初の官員で、遊日学生監督として東京芝の駐日中国公使館に滞在した経歴も有する。宋代の著名な蔵書家田偉の後裔であり、京都大学所蔵の旧蔵書にも、「有宋荊州田氏七萬五千卷堂」「田偉後裔」など、祖先を誇る印記が見られる。彼自身は、公務の傍ら説文の校訂に長く従事し、『説文二徐箋異』二十八巻（1910）、『一切経音義引説文箋』十四巻（1924）などの著述も公にしている。『説文二徐箋異』は、丁福保の『説文解字詁林』にも引用される。

この『説文二徐箋異』の宣統元年（1909）後叙には自身の半生が略述される。両湖書院で学んだ後、光緒戊戌冬（24―25 年、1898―99）に日本に遊学し、さらに光緒辛丑～壬寅（27―28 年、1901―1902）に再び来日して教育学を治め、『論理学綱要』などの書を日本語から翻訳したこと[(1)]、1908 年に遊日学生監督として三たび日本を訪れた際、やはり日本を訪れていた羅振玉に激励され、それまで書きためていた『説文二徐箋異』を完成するに至ったこと等の記載が見える。これらの事情は、「清代官員履歴檔案」に残る当時の日本公使汪大燮が上奏した任用書により裏付けられ、最初の来日は張之洞の推薦によるものであったこと、光緒 27 年（1901）の再訪は学制視察の任務を受けたもので、同 34 年（1908）に、駐日使署二等参賛官兼遊学生監督として日本に赴任、宣統２年（1910）12 月に帰国した等の詳細がわかる（秦国経主編『中国第一歴史檔案館蔵・清代官員履歴檔案全編』第８冊、華東師範大学出版社、695 頁）。

このように日本との縁が深い田呉炤は、多くの漢籍を日本で購入し、中国にもたらしたことでも知られる。王亮「伏侯在東精力所聚[(2)]――田呉炤書事鈎沈」（『中国典籍与文化』2008-4、86-92

頁）は、田呉炤の日本での捜書活動を詳細に論じたものであるが、彼の善本に対する見立ての高さと収書の夥しさに羅振玉も一目置いていたことを紹介する（86頁）。特に、静嘉堂文庫が陸心源の皕宋楼蔵書を購入した際に静嘉堂文庫側代表として仲介を務めた島田翰とは、典籍の売買上常に密接な関係をもったことを述べて、「一九〇七年代表岩崎氏靜嘉堂洽購皕宋樓藏書的島田翰（一八八一――一九一四），茲後也曾向中國人士讓售家藏舊籍，而以田吳炤所得最稱精品」と、田呉炤には特に精品を斡旋したと記す（86頁）。島田は、後に、金沢文庫蔵古写本『文選集注』百二十巻を中国に売却し、その責めを受け自殺に追い込まれるのだが、島田が『文選集注』を売却した相手こそ、他でも無い、この田呉炤であった。(3)

田呉炤が日本で収集した典籍を含め、その蔵書の多くは書肆を通じて売却されたが、もちろんその蒐書癖は生涯を終えるまで改まることはなかった。京都大学の田呉炤旧蔵書の多くは「伏侯辛亥後藏書」という印記があり、民国に入ってからも、彼が善本の収集に熱心であったことがうかがえる。

二、京都大学文学研究科所蔵「田呉炤旧蔵書」

さて、京都大学に所蔵される田呉炤旧蔵書は、冒頭でも述べたとおり、調査の限りにおいて、そのほとんどが『説文解字』に関する著作である。すべて昭和6―7年（1931―32）にかけて、彙文堂書店を通して購求し文学部に受け入れている。1926年に田呉炤が逝去したことにより、その蔵書が書肆に流れたのであろう。以下にそれらを列挙する。

（一）『説文解字』十五巻

著者・版本等	孫星衍刻大徐本
刊行年	嘉慶九年（一八〇四）刻
形状	一秩六册
封面	嘉慶甲子歳仿宋刊本／説文解字／五松書屋藏
箱書	孫刻説文初印精本　甲子伏侯據宋本校讀
校語・識語等	全册に朱入り。第六册巻末に田氏識語
印記	第一册第一葉（總序第一葉）「許學箋成以二徐」、巻一第一葉「鼎楚室」「小學元士」「伏侯辛亥後藏書」、第二册～第六册第一葉「許學箋成以二徐」「伏侯辛亥後藏書」「小學元士」、第六册巻末田氏識語「荊州田氏伏侯郎盦攷藏金石圖書之記」、同識語署名の下「田潛之印」余白に「許學箋成以二徐」「鼎楚室」
請求記号等	中哲文Ａ／Xg／1－13、495401 昭和七年七月七日受入

（二）『説文解字繋傳』全四十巻付校勘記

著者・版本等	祁寯藻刻小徐本、歸安姚覲元重刻、金陵劉漢洲鐫
刊行年	道光十九年（一八三九）景宋鈔本重彫（封面裏）
形状	二秩十二册
校語・識語等	全册に朱にて王筠校語を書寫。第十一册巻末に料紙三丁を綴じ込み、王筠識語二篇・陳慶鏞跋、及び田呉炤自身の識語を朱筆で記す。（全て田呉炤筆）

印記	封面「許學箋成以二徐」、巻頭叙「荊州田氏伏侯郎龕攷藏金石圖書之記」、毎册巻頭（第一册は巻一冒頭）に「伏侯辛亥後藏書」、第十一册巻末に「小學元士」「田潛之印」「鼎楚室」
請求記号等	中哲文 A ／ Xg ／ 4 － 3、446337 昭和六年一月一五日受入

（三）『説文古本攷』十三巻

著者・版本等	沈濤撰、潘氏滂喜齋刊
刊行年	光緒十年（一八八四）潘祖蔭序
形状	一秩十册、巻三上第十一・十二葉（第二册）、巻四下第二七葉（第三册末葉）、巻五下第五葉（第四册）、巻十一下第十一・十二葉（第八册）を缺く。巻三上と巻十一下は、本文他の箇所と同一罫紙で版心の「巻某」とある箇所を「巻■（塗りつぶし）」とし、巻四下の缺葉箇所には、罫線を手書きした料紙に鈔本から該當箇所を書寫して補う。
校語・識語等	朱による校語、巻末に田呉炤識語
印記	第一册巻頭潘祖蔭序「郎龕珎藏」「許學箋成以二徐」、第一册巻一第一葉「鼎楚室」「伏侯辛亥後藏書」、第二、三册、五册～十册巻頭「鼎楚室」「伏侯辛亥後藏書」「郎龕珎藏」、第四册巻頭「鼎楚室」「郎龕珎藏」、第十册識語末「伏侯辛亥後藏書」「小學元士」「田潛之印」「許學箋成以二徐」
請求記号等	中哲文 A ／ Xg ／ 12 － 24、446357 昭和六年一月一五日受入

（四）『段氏説文注訂』八巻

著者・版本等	鈕樹玉撰、道光四年（一八二四）、青霞齋呉學圃局刻
形状	一秩二册
印記	第一册巻頭「有宋荊州田氏七萬五千巻堂」、阮元序冒頭「荊州田氏伏侯郎龕攷臧金石圖書之記」、「伏侯辛亥後藏書」、「伏侯在東精力所聚」、巻一巻頭：「荊州田氏藏書之印」「郎龕珎藏」、巻五巻頭（第二册冒頭）「荊州田氏藏書之印」「伏侯辛亥後藏書」「郎龕珎藏」
請求記号等	中哲文 A ／ Xg ／ 12 － 3、446334 昭和六年一月一五日受入
備考	書き入れ無し

（五）『説文解字注』十五巻部目分韵一巻六書音均表五巻

著者・版本等	段玉裁撰、經韵樓
刊行年	嘉慶二十年（一八一五）
形状	四秩二十四册
印記	第一册序「伏侯辛亥後藏書」、第一篇巻頭「許學箋成以二徐」、第二册―二十四册毎册巻頭に「伏侯辛亥後藏書」
請求記号	中哲文 A ／ Xg ／ 11 － 12、446331 昭和六年一月一五日受入
備考	書き入れ無し

（六）『説文五翼』八巻

著者・版本等	王煦、上虞觀海樓重刻
刊行年	光緒八年（一八八二）
形状	一帙二册
印記	第一册巻頭・第二册巻頭「荊州田氏藏書之印」、第二册巻末「潛山所收」
請求記号等	中哲文 A ／ Xg ／ 12 － 22、446344 昭和六年一月一五日受入
備考	書き入れ無し

以上の六本のうち、（四）（五）（六）は蔵書印によって田氏旧蔵と知れるのみであるが、（一）（二）（三）はほぼ全册にわたり田氏自身の書き入れと識語を有す。中でも（二）の祁寯藻刻本『説文解字繫伝』、（三）沈濤『説文古本攷』は、その校語及び識語の内容は版本校勘の内容に

及び、重要である。[4]

本稿では、特に（三）の沈濤『説文古本攷』について、その書誌的価値について論じることとする。

三、京都大学所蔵の沈濤『説文古本攷』について

沈濤（1792—1861）の『説文古本攷』は、徐鉉・徐鍇二徐による『説文解字』本文を、経書や史書、『文選』、『一切経音義』などの音義書、唐五代韻書、さらに唐宋諸本（『和名類聚抄』なども含む）の引用する『説文』佚文などにより校訂を行い、二徐の誤りを正そうと企図したものである。[5]

最も広く通行する呉県潘氏滂喜斎刊本は、光緒10年（1884）の潘祖蔭序を有す。そこには、著者の沈濤と潘家は姻戚関係にあったため、道光・咸豊年間に本書稿本を已に目にしていたのだが、それが失われたため、繆荃孫（1844—1919）の手元にあった抄本から刊刻したと記される。[6]この繆荃孫所持本に脱葉が有ったのか、『続修四庫全書提要』経部「説文古本攷」に「光緒初，潘文勤従繆小山鈔得刊行，巻三上脱第十一、十二葉，巻五下脱第五葉，巻十一下脱十一、十二二葉」と記す通り、同刊本は刊行当初より缺葉が有った。[7]

実際は、『続修四庫全書提要』指摘の箇所に加えて、巻四下第二七葉も脱落しているので、計六葉が潘氏滂喜斎刊本では缺葉となっている。巻四下第二七葉は、当該箇所がちょうど巻末で、また第二六葉も最終行で直前の篆文への解説が完結しているため（つまり文の途中で前葉が終わっているわけではない）、『続修四庫全書提要』では見落とされたのであろう。後に、『北京大学研究所国学門月刊』第1巻第6号・7/8号合刊（1926—27年）に「説文古本攷校勘記」（正続）が掲載され、巻四下第二七葉を含めた6葉すべての脱落部分が補記されている。[8]また、雷夢水「『説文古本考』補闕」（『古籍整理研究学刊』1985-3、47頁）も、「巻四原缺第二十三、二十七兩頁」と遺漏を指摘し（実際には第23葉は缺葉ではない）、「補缺」として第27葉の缺葉部分を翻刻する。[9]雷氏が基づいたのは、労乃宣旧蔵鈔本を借りて（「借勞君玉初藏稿鈔存」同じく47頁）光緒21年に書写したテキストだというので、稿本を謄写した鈔本は民間に複数存在していたようである。

京都大学所蔵の『説文古本攷』は、田呉炤の第10冊巻末識語に記すとおり、彼が目睹し得た鈔写稿本からの校勘を書き付けたもので、同刊本に当初より有った缺葉は、全て田呉炤自身の手で補われている。[10]識語の全文を下に抄録する。

> 此書流傳甚少，廠肆罕見，予求之數年矣。頃廠友見吳季荃架有此書，爲予圖之，索價極昂，目其難得可貴，重値留之。乃假許夬盧所藏鈔本互校，凡脱誤處一一勘正，並爲夬盧鈔本加目手校。是兩本皆成完書，亦快事也。　　乙丑四月　伏侯記于鼎楚室

この書は世に流通すること極めて少なく、本屋でもなかなかお目にかかれず、私はこれを数年にわたり探し求めていた。近頃、本屋の顔見知りが呉季荃の家蔵書にこれがあることを見て、私の為にそれを譲ってもらえまいかと商談に及んだ所、言い値が非常に高かったのだが、得がたく貴重であることから、値段相応として手元にとどめた。そこで許夬廬所蔵の鈔本と相互に校訂を行い、脱落の箇所、誤記の箇所を一つ一つ修正し、同時に許夬廬所持本にも校記を書き加えた。これによって二種のテキストがともに完本となった。何と愉快なことであろう。

乙丑（1925年）四月、伏侯　鼎楚室にて記す

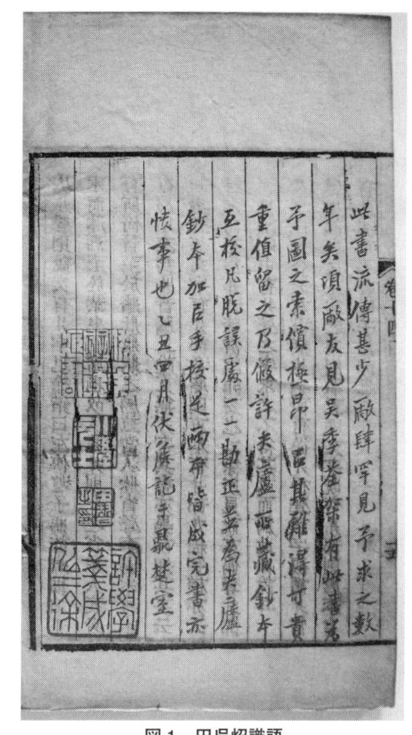
此書流傳甚少敝肆罕見予求之數
年矣頃敝友見吳季荃架有此書為
予圖之索價極昂以其難得甚貴
重值留之乃假許夬盧所藏鈔本
互校凡脱誤處一一勘正並為夬盧
鈔本加以手校是兩本皆成完書亦
快事也乙丑四月伏侯記于鼎楚室

図1　田呉炤識語

この識語から、田呉炤は潘祖蔭刻本を呉季荃[11]から譲り受け、それを許夬廬（許宝蘅の字[12]）所蔵の抄本との間で校勘を行い、缺葉部分を補って誤記を改め、本書の形にしたことがわかる。原刊本が空白の罫紙状態であった脱落部分には直接文字を書き込み、巻四下末尾の缺葉箇所には、料紙を綴じ込んで罫線を引き、本体と同じ書式で文字を補っている（注（10）・上掲の表で（三）「形状」部分、また末尾の書影を参照）。田呉炤自身が誇らしげに語るように、缺葉が白紙のままで通行していた『説文古本攷』が、本文校訂を経た完本として蘇ったこととなる。本稿の標題で同書を「校本」と称する所以である。識語の日付は民国乙丑つまり1925年で、『北京大学研究所国学門月刊』にて校勘記の連載が始まる前年のことであった。

さて、『説文古本攷』は、1926年に『重印説文古本攷』として上海の医学書局より縮印刊行された後、1929年になって、潘祖蔭の孫に当たる潘承弼の手で、刊謬補缺版とも言える重刻本が出版された。潘承弼の序文によると、数葉の缺落部分は、「同郷の許懐所蔵の方子勤書写本[13]によって補い、さらに北京大学月刊所載の古本考校勘記を参照して誤りを補正した」とある[14]。この重刻本は国内に所蔵が極めて少ないのであるが[15]、幸いなことに名古屋大学図書館にて閲覧することができた。今回、京都大学蔵の田氏校本と名古屋大学図書館蔵重刻本とで、缺葉の補缺部分を比較してみたところ、重刻本は、やはり巻四下末葉を缺いたままであることがわかった。重刻に際して参照したとする『北京大学研究所国学門月刊』の校勘記がその部分を補っているにも関わらず、重刻が当該箇所を補入しないのは些か解せない。それ以外の補缺箇所は両者ともほぼ同文といって良いが、若干の差異も存在する。本論文末尾に京都大学蔵本の

書影を掲載し、併せて両者の異同を記すこととするので参照されたい。

四、おわりに

『説文解字』を中心とする文字訓詁学は、清代考証学における屋台骨であった。説文研究が活発化したのは、蔵書家によって伝えられていた宋の徐鉉『説文解字』（大徐本）及び南唐の徐鍇『説文解字繫伝』（小徐本）の影鈔宋本が、清朝に入って相次いで翻刻され、その本文校訂が盛んに行われたことが大きな契機となっている。今回、本稿を作成するにあたり、「説文学」関連著述を各種繙く中で、清朝最末期さらに民国に入ってからも、『説文』の本文校訂が倦むことなく営々と続けられていたことを知るに至った。

本稿で扱った『説文古本攷』田呉炤校本には、脱落箇所以外にも多くの校語を有す。それらについての考証は筆者の任に余り、言及することはできなかった。今後専門家の手によってその価値が考究されることを願う。

【付録】潘氏滂喜斎刊本脱葉箇所
京都大学蔵田呉炤校本・名古屋大学蔵潘承弼重刻本間異同

巻三上十一葉

異同無し

巻三上十二葉表

1行目　重刻本は、「亦皆云恚呼也」の「恚」字を缺く。
3行目　重刻本は、「當複擧譊譊字」を「「當複擧譊字」とする。
4行目　重刻本は、「讀若笮唶或从口」の「唶」字を唶に作る。
10行目　重刻本は、「謟讇或省」の「謟」字を缺く。

巻三上十二葉裏

7行目　重刻本は、見出しの篆文に含まれる「目」を「罒」に作る。

巻四下二七葉

重刻本は缺葉のまま

巻五下五葉表

2行目　重刻本は、「幷」を「并」に作る。
3行目　重刻本は、「引唐本」を「因唐本」に作る。
3行目　重刻本は、「盖作」を「蓋作」に作る。
4行目　重刻本は、「幷」を「并」に作る。
5行目　重刻本は、「餅字解云」を「餅字解字云」に作る。

10 行目　重刻本は、「盖」を「蓋」に作る。

10 行目　重刻本は、「爾」を「尔」に作る。

巻五下五葉裏

4 行目　重刻本は、「乃」を「云乃」に作る。

巻十一下十一葉表

3 行目　重刻本は、「巻□（空格）」を「巻一」に作る。

6 行目行頭　重刻本は「無」字有り。

7 行目　重刻本は、「陰雲覆日陰霒古今字」を「雲覆日陰黔古今字」に作る。

巻十一下十一葉裏

2 行目　重刻本は、「尔雅曰鯉」を「爾疋曰鱧」に作る。以下「尔雅」は「爾疋」。

4 行目　重刻本は、「白色則鯉」を「白色則鱧」に作る。

巻十一下十二葉表

田呉炤校本に見える 2 行目の缺字は、同じく缺字。

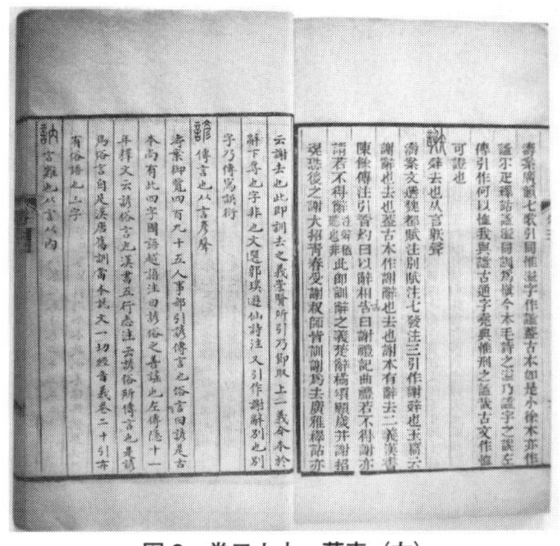

図 2　巻三上十一葉表（左）

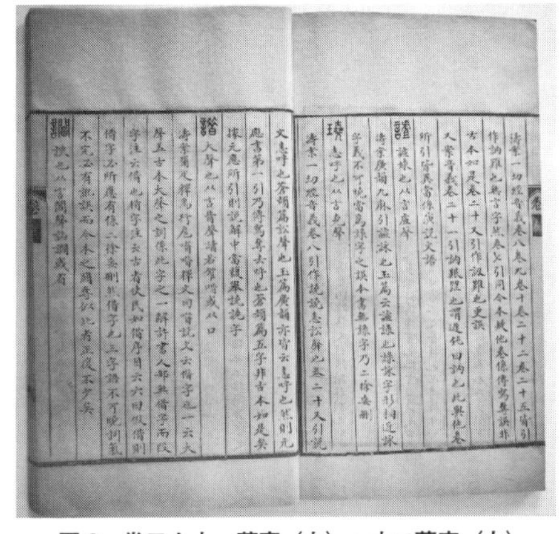

図 3　巻三上十一葉裏（右）～十二葉表（左）

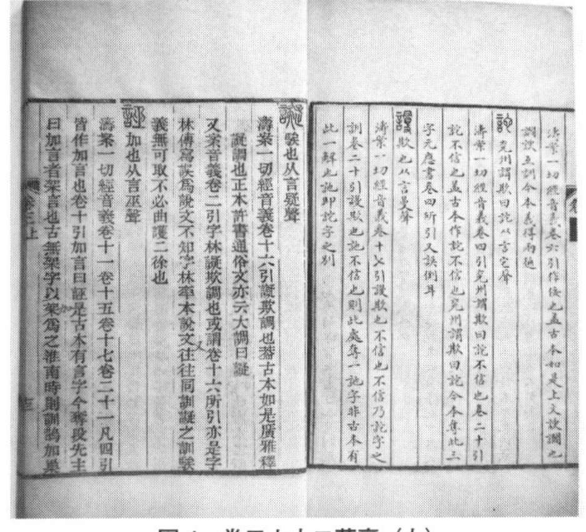

図 4　巻三上十二葉裏（右）

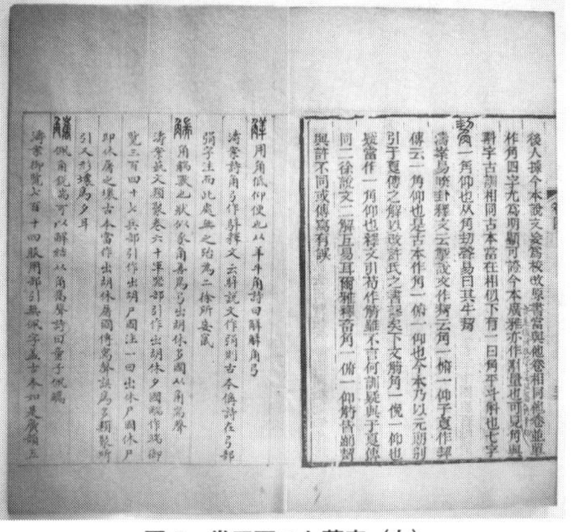

図 5　巻四下二七葉表（左）

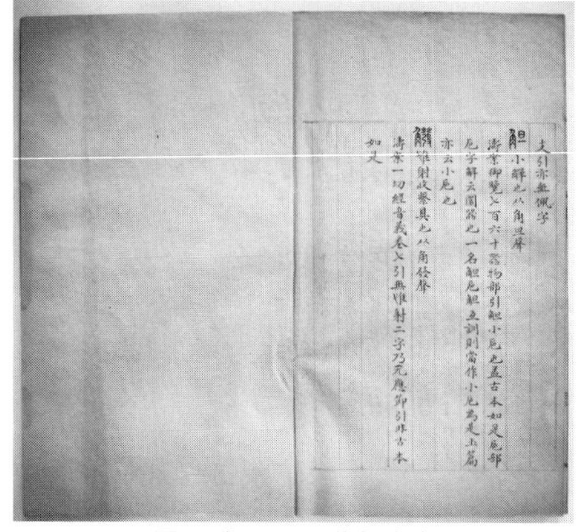
図６　巻四下二七葉裏（右）

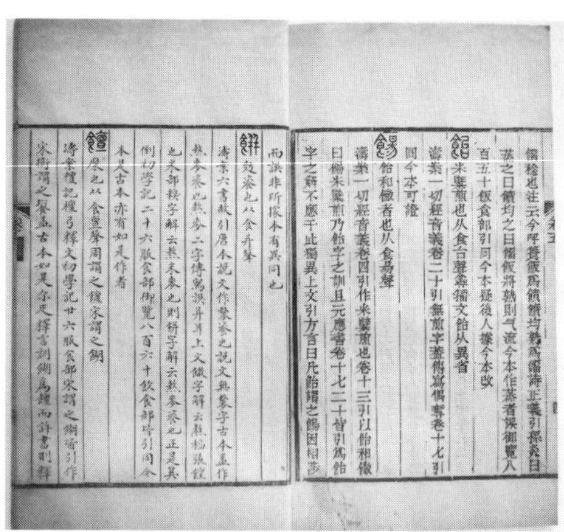
図７　巻五下五葉表（左）

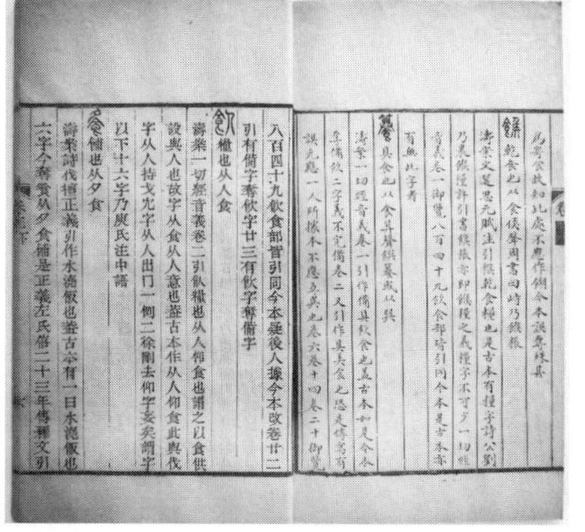
図８　巻五下五葉裏（右）

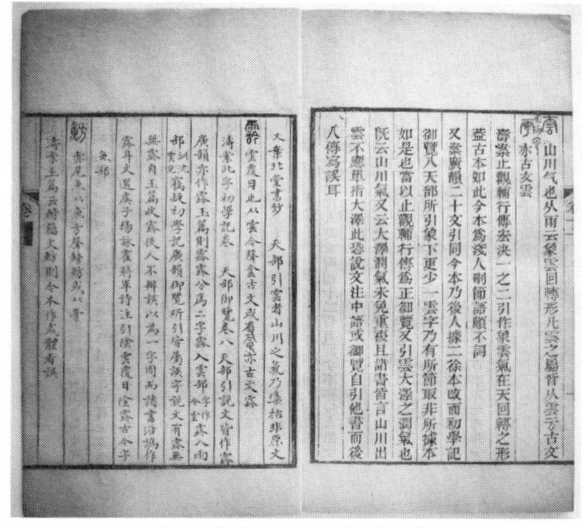
図９　巻十一下十一葉表（左）

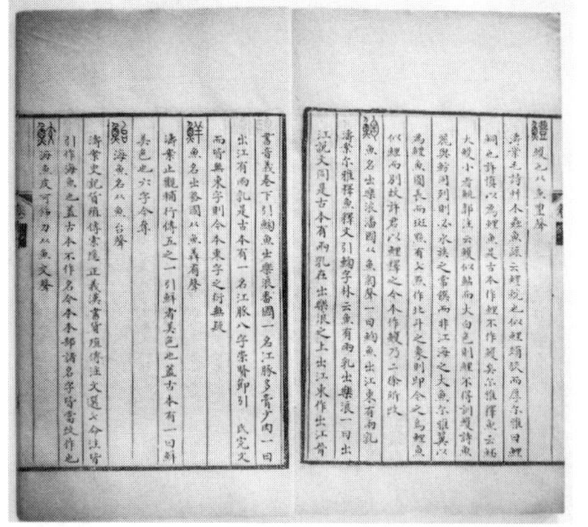
図10　巻十一下十一葉裏（右）～十二葉表（左）

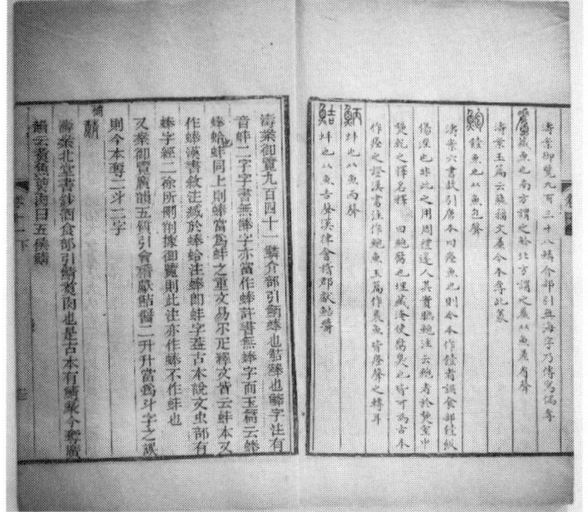
図11　巻十一下十二葉裏（右）

巻十一下十二葉裏

6行目　重刻本は、「周禮邊人」を「周禮籩人」に作る。

7行目　重刻本は、「釋名釋□（空格）」を「釋名釋飲食」に作る。

【注】

(1) これは十時弥著『論理学綱要』（大日本図書、1901）の翻訳で、1903年に商務印書館から出版されている。この書は日本の論理学専著が中国で翻訳された嚆矢とされる。

(2) 論文の表題にもなっている「伏侯在東精力所聚」は田呉炤の印記の一つで、京都大学所蔵『段氏説文訂』もこの印記を有する。

(3) 島田翰は、漢学者島田篁村の三男。長沢孝三「島田翰と文選集注」（『日本歴史』608、116—118頁）では、東洋文庫蔵『文選集注』巻六八の羅振玉跋を引き、田呉炤を「潛山先生」「田某」と記す。また、王亮論文91—92頁参照。

(4) （二）には祁寯藻刻本『説文解字繫伝』への王筠識語二篇の転写（田氏は何紹基筆写本からの転写と記すが未詳）を含む。しかもその内の一篇は王筠『清詒堂文集』に未収録である。郭子直「王筠許瀚校批祁刻『説文解字繫伝』読後記」（『陝西師大学報』1989-3）によると、陝西師範大学蔵の王筠許瀚校批祁刻『説文解字繫伝』にも同識語が録されという。郭子直論文に翻刻される同識語は、京都大学所蔵祁刻『説文解字繫伝』に田氏が鈔写するものと同文であるが、一部文字の異同も見られる。同書が有するこれら長文の識語については、別に稿を改めて論ずることしたい。

(5) 『説文古本攷』の内容については、陶生魁著『『説文古本考』考』（全五册、花木蘭文化出版社、2013）を参照した。

(6) 原序の当該部分は次の通り、「西雍先生與余家有戚誼。余於道光咸豐間曾屢見之。……余嘗見其稿本，今不知所在矣。此書從繆小山太史鈔得刻之。……」。

(7) 後に言及する、潘祖蔭の孫に当たる潘承弼による刊謬補缺版『説文古本攷』（1929）の序にも、「惟刊本原有缺葉，又校勘未精，據公（引用者注：潘祖蔭のこと）序云從繆筱山氏假錄付梓，或繆氏原本舊有闕誤，未可知也」と記す。

(8) 陶生魁著『『説文古本考』考』によると、北京大学研究所国学門の「校勘記」が依拠したのは、盛伯羲旧蔵の鈔本という（第1册7頁）。

(9) 雷夢水著『書林瑣記』（人民日報出版社、1988年）に収録される同文（121—122頁）も同じ。

(10) 京都大学には同一刊本の『説文古本攷』十三巻が別に所蔵されるが（A／Xg／12-23）、そこでは巻三上第十一・十二葉、巻五下第五葉、巻十一下十一・十二葉には空白罫紙が綴じ込まれ、巻四下第二七葉（第三冊末葉）は完全な脱葉である。

(11) 未詳。

(12) 田呉炤が鈔稿本を借用した許宝蘅（字夬盧）は、清末民初の政府高官で、近年『許宝蘅日記』（全5册、中華書局、2010）が公刊されている。

(13) 許懐、方子勤ともに未詳。

(14) 原文の該当箇所は次の通り。「…僅稍有缺葉，聞同邑許氏懷辛閣藏有方子勤校鈔本，急假歸校讀一過，其闕葉悉從補出。又校正誤字若干，其有證引諸書，鈔本原闕未補者，則發篋攷訂補其罅漏。長夏無事，樂此不疲。顧起灊姊夫復假示北京大学月刊所載古本攷校勘記，又得補正。若干字凡誤者剜之，脱者補之，其一二處之未敢臆定者，則姑存闕疑，不敢妄增一字。……」

(15) 「全国漢籍データベース」、CiNiiともに、筑波大学図書館と名古屋大学図書館のみの所蔵である。

倉石武四郎《舊京書影提要》稿本述要

林振岳

晚清內閣大庫藏書發現大量宋元舊槧，清末以來中日學人對此批藏書之整理、研究，將宋元版研究推向一個高峰。大庫藏書發現之後，即移交學部，籌建京師圖書館（後改名北平圖書館）。戰爭期間曾選擇一部分善本託存於美國國會，此部分書籍戰後移交臺灣“國立中央圖書館”，又撥歸臺北“國立故宮博物院”收藏。留存中國大陸之部分藏書，則成為北京圖書館、今中國國家圖書館之館藏。清末以來，曹元忠、劉啟瑞、繆荃孫、江瀚、夏曾佑、張宗祥、趙萬里、王重民、昌彼得等學人對此批藏書編目研究，日本學者內藤湖南曾參觀京師館藏書[(1)]，長澤規矩也、阿部隆一、尾崎康等對其中宋元版著手調查。

晚清以來學術信息、藏書交流頻繁，加上影印出版普及，古籍版本研究向著更加“可視化”的方向邁進。藏書家、學者不再滿足於過去的行格對比，追求更直觀地對比書影。先有楊守敬輯刻《留真譜》初編、二編（1901、1917）之舉，其後陸續有《宋元書景》（1911）、《宋元書式》、《鐵琴銅劍樓宋金元本書影》（1922）、《故宮善本书影初編》（1929）、《盋山書影》（1929）、《嘉業堂善本書影》（1929）、《重整內閣大庫殘本書影》（1933）、《文祿堂書影》（1937）、《涉園所見宋版書影》（1937）等出版。與此同時，日本也出版了《訪書餘錄》（1918）、《法寶留影》（1925）、《論語善本書影》（1931）、《成簣堂善本書影》（1932）、《舊刊影譜》（1932）、《近畿善本圖錄》（1933）、《古版本圖錄》（1933）、《靜嘉堂宋本書影》（1933）、《十三經注疏書影》（1933）、《恭仁山莊善本書影》（1935）、《真福寺善本書影》（1935）、《圖書寮宋本書影》（1936）、《孝經善本集影》（1937）等圖錄。此種風氣之下，日本學者倉石武四郎在留學中國期間，曾對北平圖書館所藏內閣大庫藏書展開調查，編纂了《舊京書影》（1929）。

一、《舊京書影》簡介

《舊京書影》為民國期間由橋川時雄、倉石武四郎編纂拍攝的一組善本書影照片，以當時北平圖書館（內閣大庫、歸安姚覲元舊藏）所藏善本為主，間及大連圖書館及私人所藏宋金元刻本，收錄書籍 294 種，書影 716 葉，以照片散葉形式印製。同時撰有文字解題《舊京書影提要》，合刊於《文字同盟》雜誌第 24、25 號。

《舊京書影》在中國收藏極罕，中國學者也罕見引用。2011 年由橋本秀美先生推薦影印出版[(2)]，始漸為人知。相較而言，《舊京書影》在日本收藏較多，學者也常加利用，長澤規矩也《支那書籍解題：書目書誌之部》[3]加以著錄，其《宋元版の研究》[4]等加以引用，阿部隆一《增訂中國訪書志》、尾崎康《正史宋元版の研究》皆列為引用書目。

有關《舊京書影》的編纂過程，橋本秀美先生為影印本撰寫了《出版說明》[5]，引用倉石武四郎《述學齋日記》[6]等材料（參見材料 1），詳細介紹了《舊京書影》在北平拍攝製作之經過。倉石氏留學中國期間，得到當時北平圖書館徐森玉幫助，借閱館藏善本，拍攝《書影》。倉石為編纂《舊京書影》，曾借閱抄錄了一份《京師圖書館善本書目》[7]。橋本先生根據倉石回憶鈔書的時間在冬天（參見材料 2），推測編拍《舊京書影》的時間在 1929 年，並指出了《舊京書影提要》對《京師圖書館善本書目》之借鑑。

材料 1： 倉石武四郎《述學齋日記》1930 年

1.17 橋川君送《舊京書影》一份

2.27 橋川君送信，並開《書影》收支單。作書回橋川君。

3.18 歸路訪徐森玉先生，贈《舊京書影》一份，此役於是告其成矣。

材料 2：倉石武四郎《留學回憶錄》之《關於延英舍》

京師圖書館的徐鴻寶先生始終給予了我們很大的關照。尤其是當我提出想就圖書館的善本作一個留真譜的時候，他為我提供了極大的方便。當我們借到了原則上不可外借的善本書目稿本時，由於兩個人人手不夠，我們便發動其他的同道諸君一起抄寫到很晚。那時正值嚴冬，次日清晨我又起得很早，和吉川君一起急急忙忙地趕往圖書館。這樣的日子持續了一段時間。（見《倉石武四郎中國留學記》第 212 頁。原題倉石武四郎《延英舍のこと》，見《吉川幸次郎全集》第三卷附刊《月報》，筑摩書房，1969 年）

倉石先生 1928 年 3 月 23 日到中國留學，但是 1930 年初才開始記錄日記，此前經歷未記錄，故日記中未提到《舊京書影提要》的撰寫情況。長澤規矩也著錄《舊京書影》稱“附橋川氏《提要》一冊”[8]，橋本秀美先生《出版說明》中對長澤的著錄表示懷疑：“長澤認定《提要》的撰者是橋川，不知是長澤直接瞭解實情，還是因為《文字同盟》是橋川的刊物，所以認定為橋川所撰。”[9]近來在東京大學東洋文化研究所調查稿抄校本書目，發現倉石《舊京書影提要》及北平檢書之手稿，可以證實《舊京書影》之編纂及《提要》撰寫，皆出自倉石一人之手。由此稿本，可以更詳細了解倉石先生編纂《書影》之意旨及經過。

二、東洋文化研究所藏稿本《舊京書影提要》述略

去歲十一月，橋本秀美、小寺敦先生導覽東洋文化研究所書庫，參觀“倉石文庫”，曾見倉石先生稿本《倉石文庫漢籍目錄貫籍別撰者索引》，匆匆未及細閱。今春至東文研調查稿抄校本

書目，復檢閱此書，其中除了《索引》以外，另有倉石先生《舊京書影提要》原稿及在北平檢書手記等。由此可以確知，《舊京書影提要》作者是倉石武四郎。此稿本在東洋文化研究所目錄上未能反映其全貌，在此著錄其細目如下（參見材料 3）。稿本卷首多《實行章程文案》四條，為了解《舊京書影》編纂與發行之重要材料，一併照錄如下（參見材料 4）。

材料 3：倉石稿本書誌情況

倉石文庫漢籍目錄貫籍別撰者索引十四冊　倉石武四郎 自筆稿本　倉石文庫 :20654

紅格稿本。半葉八行，行二十字。版心下有“清祕閣”三字。最末一冊為朱絲欄稿紙，半葉十行，版心下有“萬寶齋製”四字。

藏印：“倉石武／四郎博／士舊藏”朱文方印、“東洋文／化研究／所圖書”朱文方印。

原目著錄 14 冊，實 15 冊。01-11 冊，《倉石文庫漢籍目錄貫籍別撰者索引》。12-13 冊，雜記雜稿。第 14 冊，《舊京書影提要》稿本。第 15 冊，北平檢書手記等雜稿。

《舊京書影提要》稿本（第 14 冊）

○首“實行章程文案”四條。○次為《舊京書影》總目，各書著錄書名、卷數、撰人、版本、行款、藏地，下標數字，為擬拍攝書影葉數。總目末統計總數，計經部 61 種，175 葉。史部 79 種，222 葉。子部 61 種，161 葉。集部 52 種，148 葉。總計 253 種，706 葉。目中修改甚多，有後添入者，亦有芟去者。○次為《舊京書影提要》正文，即文字同盟社刊行本之原稿。稿中多修改，編纂之時曾作抽換調整，葉序有改動。《提要》始“漢上易集傳十一卷”，止“新刊國朝二百家名賢文粹”，書影第 714 葉。書前總目末尚有“註唐詩鼓吹十卷”一條，則稿本似缺最末一葉。文字同盟社刊行本共收書 294 種，716 葉，有“注唐詩鼓吹”一條。稿本提要正文與書前總目不相配，提要正文較總目所收書影更多，各部所收書種數、葉數與刊本相同，文字內容亦接近，應為最後定稿。

材料 4：實行章程文案（《舊京書影提要》稿本卷首）

一、第一期として北平京師圖書館・北海圖書館・其他所藏の宋金元三朝の刻本二百五十三部に就き七百零（貳）［六］葉を攝影せり（別紙簡明目錄參照）。但し既に《四部叢刊》等に於て全書の影印されたるもの（元刻殘本《易林》・宋刻大字本《通鑑紀事本末》・宋刻大字本《皇朝文鑑》・元刻本《國朝文類》等）及び明修の殊に甚しきもの（元刻本《古今韻會舉要》・宋監本《史記》十行本等）は之を省けり。

二、原版は各縱六吋、橫四吋（巾箱本宋刻《周禮鄭氏注》及び宋刻《六經圖》は原寸に據りしも他は悉く縮寫せり）に準じ。其の總數を舉けで北平東廠胡同東方文化事業圖書館籌備處に歸して永久保存す。

三、加印希望者は□月□日迄に每部銀四拾叄元を添へて（加印實費銀四拾貳元，送料實費銀一元）。□□□□迄申込まるべし（既に原板費として貳拾元醵出されたる各位對ては原板費の必要消滅したるに就き、更めて之を焼増實費の內金と見做して計算す。但し選択分印の希望には應し難し)。

四、別に總目提要を編し北平文字同盟社より印行加印一組に就き一部宛。

東洋文化研究所藏《倉石文庫漢籍目錄貫籍別撰者索引》稿本十五冊，與該所藏鈔本《京師圖書館善本書目》(即材料 2 所提到的抄錄“善本書目稿本”)、倉石稿本《儀禮疏攷正》[10]所用稿紙相同，為倉石在北平所購“清祕閣”紅格稿紙[11]。該稿本字跡與倉石稿本《儀禮疏攷正》相同，出於親筆無疑。並且，據池田溫先生回憶，倉石先生曾自編目錄十一本：“對於清人文集，為了方便自己取讀，他還專門按作者的地域來區分，編成 11 本目錄，並依次上架排列[12]。”與稿本中前 11 冊《索引》稿情況一致。

那麼，從倉石先生手稿中，我們可以解讀出哪些信息呢？

首先，稿本第十四冊為《舊京書影提要》底稿，前附《章程》四條，文字同盟社刊行本未載，這有助於我們了解《舊京書影》編纂與發行的具體情況。從《章程》可以了解，《舊京書影》最初有分期發行之打算，故稱為“第一期”。倉石選擇書影的標準，主要為宋金元三朝刻本，對《四部叢刊》已全本影印者，及明修版過甚者，皆略去不收。書影以照片發行，除了巾箱本宋刻《周禮鄭氏注》、宋刻《六經圖》二書仍依照原尺寸外，其他各書皆縮小以縱六寸、横四寸為準。底片收藏於東方文化事業圖書館籌備處，結合倉石日記中有“橋川君送信，開《書影》收支單”的記載，《舊京書影》似由橋川時雄主持的東方文化事業委員會提供經費攝製。但是據《章程》記載可知，最初製作書影似乎採取了籌資的形式，其後發佈《章程》告示加印之價格，且書影不能選擇分印，同時告知將附送由北平文字同盟社加印的《舊京書影提要》一部。

其次，《提要》稿本著錄書影館藏出處的不同，可推考其編纂之具體時間。文字同盟社刊本《提要》著錄書影出處，有北平圖書館、大連圖書館、東京杉村氏、熊本黑田氏、北平文奎堂各處。而稿本《章程》則稱書影採自“北平京師圖書館、北海圖書館、其他所藏”，稿本總目和提要中則稱“北海圖書館”、“京師圖書館”、“北平圖書館”、“臨邛楊氏”、“北平某氏”各處，與刊本略有不同(參見材料 5)。

倉石稿本中之所以出現“京師圖書館”、“北平圖書館”、“北海圖書館”的不同稱法，是因為在此期間北平圖書館曾改組合併。1925 年教育部擬與中華教育文化基金董事會重組國立京師圖書館，後教育部未能履約，基金會另建北京圖書館于北海，1926 年更名北海圖書館。1928 年 6 月，北京改稱北平。7 月，京師圖書館改名北平圖書館。1929 年 9 月，與北海圖書館合併，改組為國立北平圖書館。倉石稿本中總目編寫在前，仍沿用“京師圖書館”舊稱，而稿本提要正文則改稱“北平圖書館”，且部分書影稱出於“北海圖書館”，知此時北平、北海二館尚未合併，而京師圖書館已改名北平圖書館，可據此推知倉石編纂《舊京書影》在 1929 年 9 月之前。因此，倉石回憶在嚴冬鈔錄《京師圖書館善本書目》一事(參見材料 2)，可能是在 1928 年末，稿本中仍有“京師圖書館”的舊稱法，也許在 1928 年來中國留學之第一年，即已著手調查京師圖書館所藏善本。文字同盟社刊行本《提要》中“北海圖書館”已改稱“北平圖書館”，則當時二館已合併，為 1929 年 9 月以降，可知《舊京書影》在此時已編成。[13] 根據稿本著錄館名的變動，可以進一步佐證橋本秀美先生《出版說明》推斷《書影》編拍于 1929 年之說。[14]

其三，書影出於北平圖書館以外者，稿本著錄出處前後有變化，可看出書影底本的遞藏經過。《舊京書影》編入之書，北平圖書館藏書為主要部分，其外尚有大連圖書館及中日私人收藏者，這似乎超過了"舊京"的範圍。然而，如果逐一對比稿本中原著錄，會發現這些看似"出格"者，實則都是內閣大庫殘書（參見材料 5），可能大多出於北京琉璃廠書肆。《書影》收書 294 種，其中 229 種出於內閣大庫舊藏。從倉石選材可以看出，《舊京書影》之拍攝主要圍繞新出的內閣大庫宋元版展開。倉石編選《舊京書影》，除了依託公藏之北平圖書館、北海圖書館（後合併入北平圖書館）外，也得益於其朝夕流連琉璃廠書肆的經歷。

如《書影》中出處著錄為"大連圖書館"者，稿本書前總目多著錄為"臨邛楊氏"（另有兩處著錄為"北平文奎堂"），稿本提要正文則已改稱"大連圖書館"。將此批書單獨摘出，不難發現，這些都是原內閣大庫藏書。此數部內閣大庫殘書原藏"臨邛楊氏"，在編《書影》期間，為滿鐵之大連圖書館購入，所以最後著錄更改為"大連圖書館"。不知係倉石因拍攝書影接觸，進而推薦滿鐵購下，最後入藏大連圖書館。還是當時滿鐵已在洽談收購，倉石得知而將之編入書影之中。

《舊京書影》編選還有私人收藏善本書影，有"北平某氏"二種、"東京杉村氏"七種、"吳興徐氏"一種、"熊本黑田氏"（原吳興徐氏藏）一種。這可能會讓人產生疑惑，一部名為"舊京書影"的影譜，為何要借用中日私人藏品來拍攝，這些私人藏品究竟有何特別之處。若將上述十一種出於私人收藏者單獨摘出，則會發現以上私人收藏各書，也大多是舊清內閣大庫藏書（參見材料 6）。內閣大庫藏書大部分收歸公藏，但尚有一部分散佚在坊肆之間。倉石借用以上私人藏品拍攝書影，並非是慕名上門商借藏家珍罕藏品拍攝。實際的情況可能是，他先在北京琉璃廠坊肆及書友的範圍內見到這些大庫殘書，所以選編入書影。書影出處中的兩位日本藏家，"東京杉村氏"為杉村勇造，當時正在北京擔任東方文化事業委員會的圖書籌備員，為籌建東方文化圖書館採購圖書，必然常與書店打交道。倉石日記中亦記有與杉村往來之事。"過文化會，見杉村、橋川兩君，並閱圖書館新購書。"（1930 年 2 月 7 日）"訪杉村君，看東方新收抄本。"（5 月 10 日）[15] 杉村無疑為倉石在北平時之書友。"熊本黑田氏"當為黑田源次，1926 年任滿鐵滿洲醫科大學教授，後擔任該校圖書館長，並參與籌建奉天博物館，與杉村勇造協力開設熱河離宮博物館。其所藏元刻《長春大宗師玄風慶會圖》，原為"吳興徐氏"舊藏，徐氏或即徐森玉，此書當為徐氏見讓或見贈者。此種未標出處，但是同出於"吳興徐氏"另一種宋刻殘本《漢書》則標"舊清內閣書"。因此，《舊京書影》出於私人收藏的書籍，大多是出於坊間的大庫殘書，自然也成為了倉石編入書影的選擇。

又《舊京書影》中有兩種出於"北平文奎堂"書店的書影（參見材料 6）。此外，《書影》中元刻《纂圖互注老子道德經》、《沖虛至德真經》二種，刊本著錄出處為"大連圖書館"，而稿本總目原稱"北平文奎堂"（參見材料 5），這兩種書應該在編纂《書影》期間，文奎堂書店售歸大連圖書館，很可能是倉石介紹而購入。文奎堂為北京舊書店，清光緒七年（1881）由河北束鹿縣人王雲瑞開設，1927 年後由其子王金昌繼續經營，倉石為店中常客，常至店中購書。倉石離開北京的時候，書店夥計趙殿成親自來碼頭送別。[16] 綜上可知，倉石完成《舊京書影》編纂之事業，除了依託當時北平圖書館的豐富館藏，也得助於當時北京琉璃廠興盛的書業。

所以，“舊京書影”書名的意義，應該指出於北京宋元舊槧，以北平圖書館藏舊內閣大庫書、歸安姚氏藏書為主，及北平琉璃廠流散之大庫殘書以及舊家藏書。雖然最後刊本出處有大連圖書館及日本私人所藏，似已遠遠超過“舊京”之範圍，其最初來源則同出北京。這是長年流連在琉璃廠舊書肆中的倉石才能完成的事業，給書影取這樣的名字，是否也寄託了他對舊京書肆的一絲留戀不捨之情。

材料 5：《舊京書影提要》稿本與刊本著錄公藏出處異同表

部類	書名	版本	書影編號	舊藏	稿本總目出處	稿本提要出處	刊本提要出處
經部	周禮鄭氏注十二卷	宋刻殘本	060-062		北海圖書館	北海圖書館	北平圖書館
	周禮鄭氏注十二卷	宋刻零葉	063	舊清內閣書	臨邛楊氏	大連圖書館	大連圖書館
	周禮疏五十卷	宋刻零葉	064-065	舊清內閣書	臨邛楊氏	大連圖書館	大連圖書館
	精選東萊先生左氏博議句解十六卷	元刻殘本	096-098		北海圖書館	北海圖書館	北平圖書館
	六經圖殘卷	宋刻殘本	115-117		北海圖書館	北海圖書館	北平圖書館
	四書章圖隱括總要	元刻本	135-136		北海圖書館	北海圖書館	北平圖書館
史部	□□□□□	元刻零葉	218	舊清內閣書	臨邛楊氏	大連圖書館	大連圖書館
	南齊書五十九卷	宋刻零葉	222-223	舊清內閣書	臨邛楊氏	大連圖書館	大連圖書館
	南齊書五十九卷	宋刻明修本	224		北海圖書館	北海圖書館	北平圖書館
	大元一統志一千卷	元刻零葉	379	舊清內閣書	臨邛楊氏	大連圖書館	大連圖書館
	通典二百卷	宋刻零葉	388	舊清內閣書	臨邛楊氏	大連圖書館	大連圖書館
	通典二百卷	元刻零葉	390	舊清內閣書	臨邛楊氏	大連圖書館	大連圖書館
	故唐律疏議三十卷附唐律釋文	宋刻殘本	399-400	舊清內閣書	臨邛楊氏	大連圖書館	大連圖書館
子部	木鍾集十一卷	元刻殘葉	423	舊清內閣書	臨邛楊氏	大連圖書館	大連圖書館
	西山先生真文忠公讀書記六十一卷	宋刻零葉	424	舊清內閣書	臨邛楊氏	大連圖書館	大連圖書館
	新編古今釋文類聚前集六十卷後集五十卷續集二十八卷別集三十二卷	宋刻零葉	495	舊清內閣書	臨邛楊氏	大連圖書館	大連圖書館
	雪竇頌古二十卷	宋刻殘本	521	舊清內閣書	臨邛楊氏	大連圖書館	大連圖書館
	獅子林天如和尚語錄五卷別錄五卷剩語言集二卷	元刻殘本	545-548		北海圖書館	北海圖書館	北平圖書館
	纂圖互注老子道德經二卷	元刻本	551-554		北平文奎堂	大連圖書館	大連圖書館
	沖虛至德真經八卷	元刻本	558-559		北平文奎堂	大連圖書館	大連圖書館

集部	李太白文集三十卷	宋刻殘本	568-570		北海圖書館	北海圖書館	北平圖書館
	晦庵先生朱文公文集一百卷續集十一卷別集十卷	元刻零葉	655	舊清內閣書	臨邛楊氏	大連圖書館	大連圖書館
	新刊國朝二百家名賢文萃一百九十七卷	宋刻零葉	714	舊清內閣書	臨邛楊氏	大連圖書館	大連圖書館

材料 6：《舊京書影提要》公藏以外之出處

書名	版本	書影編號	舊藏	稿本總目出處	稿本出處	刊本出處
書集傳六卷	宋刻殘本	022-023	舊清內閣書	（未見）	東京杉村氏	東京杉村氏
周禮疏五十卷	宋刻殘本	068	舊清內閣書	北平某氏	無	無
周官講義十四卷	宋刻殘本	069-070	舊清內閣書	北平某氏	無	無
漢書一百二十卷	宋刻殘本	186	舊清內閣書	吳興徐氏	吳興徐氏	吳興徐氏
回溪史韻殘卷	宋刻零葉	378	舊清內閣書	東京杉村氏	東京杉村氏	東京杉村氏
咸淳臨安志九十三卷	宋刻零葉	380	舊清內閣書	東京杉村氏	東京杉村氏	東京杉村氏
（附）長安志二十卷長安志圖三卷	明刻零葉	385	舊清內閣書	東京杉村氏	東京杉村氏	東京杉村氏
通典二百卷	宋刻零葉	389	舊清內閣書	東京杉村氏	東京杉村氏	東京杉村氏
云笈七籤一百二十二卷	宋刻零葉	564	舊清內閣書	東京杉村氏	東京杉村氏	東京杉村氏
長春大宗師玄風慶會圖四卷附錄一卷	元刻殘本	565-567		吳興徐氏	熊本黑田氏	熊本黑田氏
朱文公校昌黎先生文集四十卷外集十卷補遺一卷	宋刻零葉	591	舊清內閣書	（原擬用京師圖書館藏元刻本，抽換）	東京杉村氏	東京杉村氏
節孝先生文集三十卷附錄一卷	元刻明補本	610-612		北平文奎堂	北平文奎堂	北平文奎堂
任松鄉先生文集十卷	元刻本	664-666		北平文奎堂	北平文奎堂	北平文奎堂

【注】

（1）內藤湖南《清國派遣教授學術視察報告：附京師圖書館目睹書目》，原載明治四十四年二月五日《大阪朝日新聞》，又收於《內藤湖南全集》第十二卷，筑摩書房，1970 年。

（2）倉石武四郎《舊京書影》，人民文學出版社，2011 年。

（3）長澤規矩也《支那書籍解題：書目書誌之部》文求堂，1940 年。又收入《長澤規矩也著作集》第九卷，汲古書院，1985 年。中譯本：《中國版本目錄學書籍解題》，書目文獻出版社，1990 年。

（4）長澤規矩也《長澤規矩也著作集》第九卷，汲古書院，1983 年。

（5）《〈舊京書影〉、〈北平圖書館善本書目〉出版說明》，署名"人民文學出版社編輯部"，實出橋本秀美先生手筆。原文見影印本《舊京書影》卷首，人民文學出版社，2011 年。又見載《版本目錄學研究》第 1 輯，北京圖書館出版社，2009 年。

（6）倉石武四郎《述學齋日記》，稿本。整理出版者有二：陳捷先生撰文介紹並整理日記全文，《一位日本中國學家的留學日記——〈述學齋日記〉》，刊於《中日文化交流史論集：戶川芳郎先生古稀紀念》，中華書局，2002 年。一為榮新江，朱玉麒輯注《倉石武四郎中國留學記》，中華書局，2002 年。

（7）有關此目詳情，可參閱拙稿《張宗祥〈國立京師圖書館善本書目〉概述》。

（8）長澤規矩也《支那書籍解題：書目書誌之部》，文求堂，1940 年。又收入《長澤規矩也著作集》第 9 卷。

中譯本：《中國版本目錄學書籍解題》，書目文獻出版社，1990年，第204頁。

（9）《舊京書影》卷首《出版說明》，人民文學出版社，2011年，第2頁。

（10）倉石武四郎《儀禮疏攷正》，《東洋学文献センター叢刊》第七種，1979年。又汲古書院影印版，1980年。

（11）《倉石武四郎中國留學記》1930年1月6日，"向清秘閣買紙"（第12頁）。4月11日，"向清秘閣買紅格紙"（第115頁）。

（12）《倉石武四郎中國留學記》，序三，第11頁。

（13）橋本秀美先生《出版說明》引用今村與志雄先生汲古書院影印本《文字同盟》解題中說法，《文字同盟》"第二十四、二十五號"的刊行時間當在1929年9月至12月之間，今村先生又指出1951年發行的《靜嘉堂文庫漢籍分類目錄續》著錄《舊京書影》云"民國十八年（1929）刊"。

（14）"無論如何，編拍《書影》的時間當可推定在一九二九年，因一九二八年六月北京改稱北平，故爾才有'舊京'之稱。擴印等事宜委託橋川辦理，至一九三〇年一月製作完成，至三月送一份給徐鴻寶，以謝其支持，一項事業算圓滿完成。"《舊京書影》卷首《出版說明》，人民文學出版社，2011年，第2頁。

（15）《倉石武四郎中國留學記》第58頁、第140頁。

（16）《倉石武四郎中國留學記》1930年6月14日："打點行李，頗形忙碌。四點到站檢查行李。送行者楊鑑資、孫蜀丞、朱逖先、陳援庵、徐森玉、錢稻孫、趙斐雲、唐孟超、張運鵬、謝剛主、中江、橋川、杉村、加藤、玉井、吉川、水野、原、奧村，並陳（陳：來薰閣陳濟川）、趙（趙：文奎堂趙殿成）、劉三書友也。"（第166頁）

第Ⅱ部

“性命”論述與文章藝術

曹 虹

中國文章史上關涉於性命內容的書寫其實是相當豐富的，往往透顯散文史與思想史的紐結。一方面，具有儒家或道家以及其他學派背景的哲人文家，在關注人性完善及其動力等問題時的思慮之深和責任之切，使得他們的思想論述中不乏文章精品，更何況他們的命題意趣和人格投射產生出一定的典範力量；另一方面，古人對天道人性的信念、對要言妙道的向往，往往離不開生活感悟與日常淬煉，尤其是當獨特的個體遭到了理性挑戰或命運撥弄之際，對“性命”的思考和詩意策略其實有可能更為豐富和生動，從而積澱了思想性與藝術性高度結合的文章成就。

一、儒道兩家的命題意趣

關於性命的話題，反映著先哲對天道人性的思索、對要言妙道的探尋。心性與天命如何結合？對這一扣問的興趣看起來浮現著玄思色彩，但也最能反映傳統學術對德性及其動力等問題的憂患之思。早在先秦，孔子已有“性相近，習相遠”之類的名言，稍後孟子論“性善”、荀子論“性惡”，西漢揚雄以善惡混合談性等，已正式創發出儒家性道觀的種種重要命題。中唐韓愈提出“性三品”說，看到人之本性中既有基於仁義禮智的“德性”，也有基於喜怒哀懼愛惡慾的“感性”，也就是說，性與情其實是有機關聯的。他的弟子李翺《復性說》主“滅情復性”，開宋代理學之先河。宋儒以理氣二元的方法彌縫“性善”與“性惡”立說的不完備，將人性分為“本然之性”與“氣質之性”，認為天賦善性，強調道德內化於人的天性，因而出現主張“性即理”的程朱一派，將天理與人情或人慾對置。與“性即理”說形成一定的挑戰與反撥的，宋明理學內部又滋生出“心即理”也就是更看重靈心妙用的一派。不可否認，宋代性理學的某些命題有可能被後人質疑或批判，但這種學問所強化起來的道德神聖的意識，對於中華精神史的意義是自具輝光的。

儒家在追求心性與天命的統一時，不乏像《中庸》“天命之謂性”這樣的積極論述。在孟子看來：“盡其心者，知其性也。知其性，則知天矣。存其心，養其性，所以事天也。殀壽不貳，修身以俟之，所以立命也。”（《孟子 · 盡心上》）覺悟到了自己的本性，就是懂得了天命。宋儒在定義“本然之性”時，又稱之為“本原之性”、“天地之性”等，既是天賦本性，又是天賦使命，具有德合天地的神聖感。作為道德化人格與使命的神聖無欺，可從張載“為天地立心，為生民立命”的壯語中得到最高度的凝結。人為什麼要“為天地立心，為生民立命”？除了受之於天的至善純粹之本性，如浩然之氣貫注於一身，仰不愧天，俯不愧地；如撐柱於天地間，無怍於天地人“三才”之目；而且，人格的提昇也冥冥中有著人天感應式的啟悟，孔子自謂“五十而知天命”（《論語 · 為政》），“五十以學《易》，可以無大過”（《論語 · 述而》），清人劉寶楠疏釋說：“知天命者，知己為天所命，非虛生也。蓋夫子當衰周之時，賢聖不作久矣。及年至五十，得《易》學之，知其有得，而自謙言‘無大過’。則知天之所以生己，所以命己，與己之不負乎天，故以知天命自任。‘命’者，立之於己，而受之於天，聖人所不敢辭也。[(1)]”儒家對於“天命”的看法重在對天道人性的信念，尤其是在理學家的思想框架中是不離“性理”而談“天命”。朱熹把天命性理看作是一個整體，肯定“天則就其自然者言之，命則就其流行而賦於物者言之，性則就其全體而萬物所得以為生者言之，理則就其事事物物各有其則者言之。[(2)]”對待“命”，從“立之於己”的一面看，貴在擇善的執著不捨；從“受之於天”的一面看，也不乏敬畏天命之意。常言道，盡人力而俟天命、謀事在人而成事在天，少了一份妄求，未必不可多一份從容。

道家其實也關注人性的完善，向往“合於道”的人生。在“人法地，地法天，天法道，道法自然”的思想結構中，天道是人性的本原。道家崇尚真樸恬靜的人性，《老子》中還有“歸根”之說：“致虛極，守靜篤，萬物並作，吾以觀復。夫物芸芸，各歸其根。歸根曰靜，是謂復命。”（十六章）關於“歸其根”，魏晉玄學家王弼注謂：“各返其所始也。[(3)]”又有“食母”之說：“我獨異於人，而貴食母。”（二十章）王弼注謂：“食母，生之本也。人皆棄生民之本，貴末飾之華，故曰‘我獨欲異於人’。[(4)]”老子稱“常德不離，復歸於嬰兒”（二十八章），以“嬰兒”為喻，形容返本歸真的復性之義。道家對物慾橫流戕害人性深有痛感，《莊子 · 徐無鬼》曰：“盈耆欲，長好惡，則性命之情病矣！”漢初黃老道家的著作《淮南子 · 人間》也有這樣的定義：“清靜恬愉，人之性也。”道家開出了對治人性殘損的藥方，正如《莊子 · 天地》所謂“執道者德全，德全者形全，形全者神全”，“德全”、“形全”、“神全”豈非最大限度地獲得了性命之本？道家對儒家式的道義目的性不以為然，在莊子的理想國裏，人們“不尚賢，不使能”，“端正而不知以為義，相愛而不知以為仁”（《 莊子 · 天地》），因為一旦落入好賢好仁之名，對賢能仁愛的追求就可能變味了。由於葆有的是一顆真淳虛靜之心，不計得失甚至禍福不驚，在孤寂中表現出安之若命的本領。道家式的有所不為在陶淵明的身上產生了積極效用，像他這樣覺悟到真淳本性的人，才敢於在《自祭文》中自謂“識運知命”！儒道兩家共用著知“性”與知“天”相統攝的思想模式，而佛教明心見性成佛的種種論說其實也不違於這種模式。

但不可否認，人世間的吉凶禍福對人性的報償形成考驗。對此，先哲的種種格言也開啟了感知性命觀的空間。《尚書》有天道福善禍淫之訓，《周易》說積善餘慶、積惡餘殃。這是一種樸素的感情，相信行為的原動力總是制約著境遇的必然性。但從現世的層面看，仍大量存在著行為性質與境遇結局的矛盾現象，以至於西漢司馬遷在《史記 · 伯夷列傳》痛心於“天道，是耶非耶”的疑問！東漢王充否定了人類德行與命運禍福之間的因果關係。這種表述上的創意其實在根底上仍不脫儒家的立場。《孟子 · 盡心下》曰：“君子行法以俟命而已矣。”默認了道德成就與降臨的命運之間的不協調。作為君子人格，也需要甘於忍耐這種現實的命運不公，孟子甚至說這也屬於“天降大任於斯人”的必要磨難。隨著佛教的傳入，三世報應之說彌縫了道德與幸福的錯位矛盾之苦。不過，理論信條往往取代不了生命實踐的豐富，在這個意義上，文章書寫中所蘊含的性命論述應當更為多姿多彩。

二、不離生活而談“性命”

中國文章史上關涉於性道內容的書寫早就受到關注。清朝人整理《歷代賦彙》時，專門彙錄了四卷“性道”賦，如《性習相近遠賦》、《自誠而明謂之性賦》、《至誠盡人物之性賦》等，這類題目原自儒家經典，有些就是重視經學時代科舉考試的命題作文。不過，表達對人性的信念，分享對人的本性和命運乃至人類終極的幸福觀的感懷與思慮，這樣的內容往往並不局限於以上所舉的哲理題目之中。真正具有思想性和文學感發力的作品，離不開生活感悟與人生淬煉。古往今來，一代代的賢哲對“性命”的思考落實在人生實踐或生活化場景中，交出了生動而奧衍的答卷，從中正可以參證人如何在天地中安頓自我，如何修身、立誠、處世，那麼，文章家各以其不同的境遇、志趣、性別，施以美妙之文筆，隱然達成對“性命”問題的詩意策略。儘管其中蘊含著儒家、道家或其他學派的思想底蘊，但文章史上這方面的佳篇名作，貴在不是教條解釋，而是交織著情感、體察於生活的知見與智慧。

作為對性命問題的詩意策略，歷來的文章書寫中積累了豐富的文學典範。有時，文學家心中的懷疑也是一種富於詩思的表達，屈原的《卜居》系列就可為代表。《卜居》寫“屈原既放，三年不得復見。竭知盡忠而蔽障於讒。心煩慮亂，不知所從”，因而向長於龜策占卜的鄭詹尹卜問決疑。屈原的為人堪稱“與日月同光”，他心性高潔，九死不悔，但對於“此孰吉孰凶？何去何從？”的命運難題也深有憂憤：“世溷濁而不清，蟬翼為重，千鈞為輕；黃鐘毀棄，瓦釜雷鳴；讒人高張，賢士無名。吁嗟默默兮，誰知吾之廉貞！”憑著“廉貞”的君子本性，儘管遭逢命運的顛倒，終究無法傾覆他的忠誠，反而映襯出他的臨危不懼、擇善固執。所以，鄭詹尹看出屈原的本質，並自認“數有所不逮，神有所不通。用君之心，行君之意。龜策誠不能知此事。”隱然具有德性至上、鬼神無欺之信念。這種在世俗依違之間志不可奪的風概與詞品，頗有傳續，如劉師培精闢地指出陶淵明《歸去來辭》可稱“《卜居》之嗣響”[(5)]。

在懷才不遇的文人筆下，時命不濟的牢騷慨乎難免。賈誼《鵩鳥賦》之作，因謫降於長沙王太傅時，有鵩鳥入戶，俗以為不祥，故賈誼借人鳥對話形式，抒發對生命憂患的思考。他從現實感慨而延伸至歷史上的勝敗無常、禍福無定，增大了人生層面“命不可說兮，孰知其極”的錯謬感。如何沖決生存壓迫而通向主體超越之路？作為哲理對策，他汲取了莊子的“物化”思想。在《莊子·齊物論》中“莊周夢為蝴蝶”的故事裏，最終模糊了“周之夢為蝴蝶也，蝴蝶之夢為周與？”的分際，“此之謂‘物化’”，也就是消解物我界限，融釋萬物為一。由此脫離“小智自私兮，賤彼貴我”，做到“達人大觀兮，物無不可”，故司馬遷也有“讀《鵩鳥賦》，同死生，輕去就，又爽然自失矣”（《史記·屈原賈生列傳》）的感受。東方朔《答客難》以客主問難的寓言形式，其實也反映作者尋求性命相忌的答案，只不過他對命的難測已轉化為對“時”的審視：因“時異事異”，所以“使蘇秦、張儀與僕並生於今之世，曾不得掌故，安敢望侍郎乎！”自己與蘇、張的命運是不同的。在東方朔牢騷之言的背後，仍然有著儒學的基調，即文中引《傳》曰："天不為人之惡寒而輟其冬，地不為人之惡險而輟其廣，君子不為小人之匈匈而易其行。""天有常度，地有常形，君子有常行；君子道其常，小人計其功。"《詩》云："禮義之不愆，何恤人之言？"不因時命不濟而"不務修身"，這就是東方朔支撐社會道義之方。竹林七賢的代表之一嵇康在《與山巨源絕交書》中說："柳下惠、東方朔，達人也，安乎卑位。"如果說《答客難》正可以反映作者如何"安"於時命，那麼作為"達人"的東方朔的時命觀也是有其典型意義的。

"修身"的理念關乎人性的健康。西漢賦家枚乘的《七發》標舉"要言妙道"是身心疾患的最佳療救，儘管他並沒有申論"要言妙道"神效何在，但他以生動的筆觸描述了人性之病態及其起因，文中借吳客的角色分析了楚太子纏綿百病之情狀曰："今時天下安寧，四宇和平，太子方富於年。意者久耽安樂，日夜無極。邪氣襲逆，中若結轖。紛屯澹淡，嘘唏煩酲。惕惕怵怵，臥不得瞑。虛中重聽，惡聞人聲。精神越渫，百病咸生。聰明眩曜，悅怒不平。"令人警省的是，人性的健全與"久耽安樂"的享受是衝突的，"安樂"帶來的危害連神醫都束手無策："縱耳目之欲，恣支體之安者，傷血脈之和。且夫出輿入輦，命曰蹷痿之機；洞房清宮，命曰寒熱之媒；皓齒蛾眉，命曰伐性之斧；甘脆肥膿，命曰腐腸之藥。今太子膚色靡曼，四支委隨，筋骨挺解，血脈淫濯，手足墮窳。越女侍前，齊姬奉後；往來遊燕，縱恣於曲房隱間之中。此甘餐毒藥，戲猛獸之爪牙也。所從來者至深遠，淹滯永久而不廢，雖令扁鵲治內，巫咸治外，尚何及哉！"枚乘在鋪采摛文的修辭中，不啻形成對人性與慾望的反省。"甘餐"可為"毒藥"，這種危害因其"甘"而誘人，沿著這個思考方向，那麼，文章家對"苦"味的發掘，也往往可能觸及對心性的意義。後世如黃庭堅的《苦筍賦》、劉基的《苦齋記》等文就是這方面有思想聯繫的佳撰。

北宋蘇軾推薦說："唐無文章，惟韓退之《送李愿歸盤谷序》而已。"[(6)] 這篇送序固然可作多種欣賞，不過，正如清代惲敬所評："字字有本，句句自造，事事披根，惟退之有此。"[(7)] 全篇的修辭姿態和思想意度中，也巧妙地融納了《七發》與《答客難》的構思。不僅全篇以賦為文，或者說全文有賦的體態，而且其性命觀的省思也隱然與前賢有所呼應。《七發》中有"皓齒蛾眉，命曰伐性之斧；甘脆肥膿，命曰腐腸之藥"等的透過現象的實質命名，韓愈對此實有會心，當他描摹所謂"大丈夫"即得意洋洋的顯貴時，寫到環繞著諸如"曲眉豐頰，清聲而便體，秀外而惠中，飄輕裾，翳長袖，粉白黛綠者，列屋而閒居，妬寵而負恃，爭妍而取憐。大丈夫之遇知於天子、用力於當世者之所為也。吾非惡此而逃之，是有命焉，不可幸而致也。""是有命焉"一句利用了《答客難》的幽默。賦以體物鋪陳為主要手法，韓愈在貌似客觀的鋪陳中還暗含了褒貶。與"大丈夫"周圍"皓齒蛾眉"的種種奢樂享受形成對應的，韓愈鋪寫了清貧隱士的生活："與其有樂於身，孰若無憂於其心！"那麼，孰為伐性？孰為養性？答案已在鋪陳描摹中。

說到窮愁清貧滋味，相傳高辛氏（一說高陽氏）有一子，喜歡穿破衣服，吃差的食物，號為窮子，死於正月晦日。後世人們在這一天把破衣剩飯拿來祭他，叫送窮，即把窮鬼送出去。窮鬼每與文人相親，韓愈憤而寫《送窮文》。此文受西漢揚雄《逐貧賦》的影響，此後形成了一系列的"送窮"文學。孔子曰："君子固窮，小人窮斯濫矣。"（《論語·衛靈公》）窮困對人性的考驗既現實又嚴峻。《送窮文》借"主人"與"窮鬼"對話，表白自己四十餘年智窮、學窮、文窮、命窮、交窮，懇請五鬼離去。豈知五鬼“雖遭斥逐，不忍子疏”；“主人於是垂頭喪氣，上手稱謝”，“延之上座”。自嘲與詼諧中，反而讓擾攘世界中的利祿顯貴變得一文不值。茫茫人寰，焉知這五個窮鬼不是畢生知己？何況韓愈有“不平則鳴”說而引發其後歐陽修提煉出“詩窮而後工”論，那麼，經受窮愁歷練的文人，提昇感悟力，或許更容易窺破天工！“窮”所帶來的時命感之沉重，以及慰藉文心之富足，都包融在韓愈雄健詼諧的行文中。《送窮文》對“窮鬼”雖言送而復留的結構意趣，隱然與“固窮”“安貧”的君子情操形成關聯。對於文中“小人君子，其心不同，惟乖於時，乃與天通”諸語，極富性理修養的曾國藩評“乃與天通”一句曰：“精語驚人！”[8]那麼，窮苦與富足的奇妙轉化豈非更令人深思！後世歸莊在元日書聯曰：“一鎗戳出窮鬼去，雙鉤搭進富神來。”[9]就未免等而下之矣。

明初劉基為朋友的“苦齋”寫記，發揮“苦”對性命的意義，亦饒有理趣。“苦”是五味之一，在傳統的藥食同源的認識中，食物的“苦”味對應著獨特的養生或治療效果。中醫經典認為五味與五行、五臟相配，故有“心火赤色宜苦”之說。[10]心於五行屬火，而“苦”之相宜正在其能降泄燥濕、抑陽存陰。劉基《苦齋記》寫到山顛隱居地的植物受北風吹拂，“大率不能甘而善苦”，故“物性之苦者”如黃蘗 、黃連、苦杕、地黃等藥材“莫不族布而羅生焉”；山中的蜂蜜亦含苦味，其療效在於能消“積熱，除煩渴之疾”；連石澗中的斑文小魚，因“味苦而微辛”，食之可以“清酒”。可見劉基對生活中的中醫養生原理頗諳熟。不僅如此，劉基還通過苦齋主人之口，發揮了人生應當擁有怎樣的苦樂觀，從而把“苦”之宜人提昇到養性的層面。這實際上是有著對世俗享樂的反省，那些膏粱之子放縱“醉醇飫肥之腸”，[11]未必是幸事。在這個意義上，隱然是對《七發》“甘脆肥膿，命曰腐腸之藥”的警世之言的呼應！為了引證更重要的思想資源，文中還用到了孟子“天之降大任於是人也，必先苦其心志，勞其筋骨，餓其體膚”云云，完成了對“苦齋”的釋義和頌美。

正是基於歷練於人生而感知“性命”，古文中的傳記或墓誌類就成為值得關注的一種體裁。作為早期名篇和典範之作，司馬遷《史記 · 伯夷列傳》一向被稱為文章絕唱，正如羅大經《鶴林玉露》所析：

> 《伯夷傳》以“求仁得仁，又何怨”之語設問，謂夫子稱其不怨，而《采薇》之詩猶若未免於怨，何也？蓋天道無親，常與善人，而達觀古今，操行不軌者多富樂，公正發憤者每遇禍，是以不免於怨也。雖然，富貴何足求，節操為可尚，其重在此，則其輕在彼。況君子疾沒世而名不稱，伯夷、顏子得夫子而名益彰，則所得亦已多矣，又何怨之有！[12]

伯夷、叔齊在人生踐履上的價值意義決定了憂樂觀的維度。

通過傳記文類展現人生，自然也應該包含女性的身影。古代女性對“性命”這樣的大題目直接發言的甚少，但她們一樣有家國情懷和生活擔當。歐陽修《南陽縣君謝氏墓誌銘》就是一例。謝氏是其好友梅聖俞的妻子。全文主體以梅聖俞函請之語構成，清代古文評點家浦起龍稱賞這種技法：“就來語為誌，乃作閨閤文章法門。”[13]這樣做，不僅可以避免敘行表德的平冗套語，使行文搖曳多姿；而且引出了作為患難夫婦、人生知己的講述者與傳主之間的鸞鳳和鳴，情意更為淒婉動人：

> 吾妻故太子賓客諱濤之女、希深之妹也。希深父子為時聞人，而世顯榮。謝氏生於盛族，年二十以歸吾，凡十七年而卒。卒之夕，斂以嫁時之衣，甚矣吾貧可知也。然謝氏怡然處之。

作為一位出身“盛族”的女子，卻能在婚後安於清貧，不僅使“窮於世”的梅氏感到慰情，而且從賢妻身上得以勵志，這樣的人生伴侶，平凡中有其偉大。梅聖俞述她“治其家，有常法，其飲食器皿，雖不及豐侈，而必精以旨；其衣無故新，而澣濯縫紉必潔以完；所至官舍雖卑陋，而庭宇灑掃必肅以嚴；其平居語言容止，必怡以和。吾窮於世久矣，其出而幸與賢士大夫遊而樂，入則見吾妻之怡怡而忘其憂。使吾不以富貴貧賤累其心者，抑吾妻之助也。”梅氏讚賢妻之“所以能安居貧而不困者”，不只是一般的隨遇而安，更在於“其性識明而知道理”！這正是一股來自人格修持的力量。客觀地說，由於生活圈子或教養條件所限，或許也不必苛求內闈中的婦人明識心性。但謝氏能“居貧”而“安”，體現女性在取予之際的明達與好惡之間的從容。“不以富貴貧賤累其心”確是一種心性實踐的高境，梅氏夫婦的同心同德令人羨慕。梅聖俞以卓著的詩名享譽千古，當得上歐陽修所謂“詩窮而後工”之例。幸運的是，梅妻謝氏“平生尤知文章為可貴”！儘管她死後“以貧不能歸”葬故園，卻獲得如椽巨筆為其銘墓。那麼，從“貧窮”中安享慰藉的謝氏身影，豈非可以迭合到《送窮文》的意趣？

從古人的文章藝術，推究其性命觀的展開，大概是一個說不盡的話題。本文僅就此一話題的若干面向略作闡述舉證，也藉以說明散文史與思想史之研究視野的關聯。

【注】

（1）劉寶楠《論語正義》卷二，中華書局 1990 年版，第 44-45 頁。
（2）黎靖德《朱子語類》卷五“性理二”，中華書局 1986 年版，第 1 冊第 82 頁。
（3）王弼《老子道德經注》，樓宇烈校釋《王弼集校釋》，中華書局 1980 年版，第 36 頁。
（4）王弼《老子道德經注》，樓宇烈校釋《王弼集校釋》，第 49 頁。
（5）劉師培《楚詞之用》，李誠、熊良智主編《楚辭評論集覽》，湖北教育出版社 2003 年版，第 475 頁。
（6）蘇軾《跋退之送李愿序》，《蘇軾文集》卷六六，中華書局 2004 年版，第 2057 頁。
（7）葉百豐《韓昌黎文彙評》，臺北：正中書局 1990 年版，第 145 頁。
（8）唐浩明主編《曾國藩全集·讀書錄》，嶽麓書社 2011 年版，第 15 冊，第 343 頁。
（9）歸莊《歸莊集》附錄二《傳略》引王應奎《柳南隨筆》，中華書局 1962 年版，第 577 頁。
（10）孫思邈《千金要方》卷七九《食治》託黃帝與伯高問對，稱“心火赤色，宜苦。”孫思邈撰，劉清國等校注《千金方》，中國中醫藥出版社 1998 年版，第 478 頁。
（11）劉基《劉基集》，浙江古籍出版社 1999 年版，第 125-126 頁。
（12）《鶴林玉露》卷六，中華書局 1983 年版，第 106 頁。
（13）《古文眉詮》卷六一，哈佛燕京圖書館藏乾隆九年（1744）三吳書院刻本。

屬辭見義與中國敘事傳統

張高評

一、「敘事」釋意

漢班固（32-92）《漢書・司馬遷傳》稱：「自劉向、揚雄博極羣書，皆稱遷有良史之材，服其善序事理」云云。[(1)] 唐劉知幾（661-721）著《史通》，設有〈敘事〉一篇，開宗明義云：「夫史之稱美者，以敘事為先。[(2)]」然則，何謂敘事？如何敘事而可稱良史？敘事與屬辭比事、《春秋》書法如何有關？與古文義法有何交涉？本節將以《春秋》三傳，及方苞《史記評語》為研究文本，援引章學誠相關文史論述，以證成敘事義法之大凡。

敘事，或作「序事」，《周禮》〈春官・小宗伯〉：「掌四時祭祀之序事，與其禮」；〈春官・職喪〉：「掌諸侯之喪，及卿大夫士凡有爵者之喪。以國之喪禮，蒞其禁令，序其事」；〈春官・樂師〉：「凡樂，掌其序事，治其樂政。凡國之小事用樂者，令奏鐘鼓，凡樂成則告備。[(3)]」要之，小宗伯掌理四時祭祀之次序事宜，職喪掌理公卿大夫士喪禮之先後事宜；樂師掌理各種樂器陳列之順位，以及音樂演奏之始終次第。此所謂次序、先後、順位、次第，實即《周禮》〈天官・小宰〉所謂「以官府之六敘正羣吏」之「敘」。漢鄭玄（127-200）《注》：「敘，秩次也，謂先尊後卑也。」唐賈公彥（？-650-655-？）《疏》：「凡言敘者，皆是次敘。先尊後卑，各依秩次，則羣吏得正，故曰正羣吏也」；又曰：「云秩次者，謂尊卑之常，各有次敘也。[(4)]」由此觀之，《周禮・小宰》所謂敘，依尊卑而定先後、秩序，是其主要訓解。

據許慎《說文解字》：「敘，次第也，以攴余聲」，可見「敘」為本字。《說文解字》又云：「序，東西牆也，从广予聲」；段玉裁《注》云：「次第謂之敘，經傳多假序為敘。[(5)]」據此可知，指稱善敘事理，次第有序，宜正名為「敘事」。司馬遷之善序事理，方苞義法所謂「言之有序」，本字皆當作「敘」，所謂先後位次，次第倫序之意。推而廣之，舉凡事件之措置安排、辭文之調適設計，皆是敘事學「如何書」之焦點。

中國傳統敘事學，淵源於史傳，就敘事二字言，特注重「敘」，先書後書，序列次第，多有其指義。如《春秋》之經學敘事，《左傳》、《史記》、《三國志》之歷史敘事、文學敘事。其後，史傳衍為小說，志怪、傳奇、變文、話本，以及元明清之小說、戲曲，多受其影響。就敘事而言，亦重「敘」，優於重「事」。由於重「敘」，因此崇尚屬辭約文，前後措置之修辭藝術。西方敘事學胎始於小說，就敘事一詞而言，重「事」優於重「敘」，諸如故事、情節、人物、觀點、背景等，要皆與事件息息相關。[(6)] 乃至於形象之塑造、對話之穿插、視角之轉換、場景之描繪，以及敘事動機、敘事聚焦、敘事立場、敘事盲點，[(7)] 大多事重於敘。

二、《春秋》屬辭與中國敘事傳統

中國敘事學，胎源於《春秋》，闡發於《左氏傳》、《公羊傳》，而大成於司馬遷《史記》。《公羊傳》以義解經，《左氏傳》以史傳經，於《春秋》之經學敘事闡發良多。「敘事」一詞，有「敘」與「事」兩個概念，就中國敘事傳統而言，自《春秋》以降，多凸顯「敘」之功能與寓意，盡心於先書後書之示義、致力於秩序之定奪、斟酌於位次之重輕、商榷於倫理之等差。西方敘事學，發源於小說，較關注「事」之巧妙安排、情節推動、形象塑造、場景描寫。至於「敘」之先後、秩序、位次、等差，往往較輕忽，不以為意。

孔子筆削魯史冊書，而作成《春秋》，遂與《尚書》之疏通知遠同功，蔚為中國敘事學之濫觴。《尚書》之因事命篇，體圓用神，為後世敘事提供若干法門，清章學誠《文史通義・書教》極稱賞之。[(8)] 今不贅，但說《春秋》。孔子之作《春秋》，蓋筆削魯史，以寄寓其憂危濟世之志義。志義隱微，往往觸忌犯諱，故經由或筆或削表述，憑藉其事其文以體現其義，《孟子・離婁下》所言，信而可徵。《禮記・經解》為儒家後學所記，特提「屬辭比事，《春秋》教」，[(9)] 不妨視為《春秋》之創作論，而後世讀《春秋》、治《春秋》，亦可觸類旁通，作為方法論之入門。章學誠曾言：「《春秋》之義，昭乎筆削」[(10)]；或筆或削，如何體現《春秋》之義？其法有二，或排比史事，或連屬辭文，相互映襯烘托，皆得以考求《春秋》之微辭隱義。故曰：「屬辭比事，《春秋》教也。」

清方苞倡古文「義法」，著有《春秋通論》、《春秋直解》專著。詳加考察，「義法」說，顯然為比事屬辭《春秋》教之轉化發用。方氏〈又書〈貨殖傳〉後〉標榜義法，體現最為典型，如云：

> 《春秋》之制義法，自太史公發之，而後之深於文者亦具焉。義，即《易》所謂「言有物」也。法，即《易》之所謂「言有序」也。義以為經，而「法」緯之，然後為成體之文。[(11)]

《史記・十二諸侯年表序》稱孔子「論史記舊聞，興於魯而次《春秋》」，「約其辭文，去其煩重，以制義法」；提示屬辭比事為取義之要領，予後之為文、修史、治經者多所啟迪。方苞說義法，傳承《春秋》書法，得斯學之沾溉。「言有物」指義，側重思想內容；「言有序」指法，偏向結構技巧。義與法，並非平行關係，而是主從、重輕、先後之分際，故方苞強調「義以為經，而法緯之」。就《春秋》之制義法而言，史事排比如此，辭文連屬如彼，其實皆脈注綺交於孔子之取義，歸本聚焦於《春秋繁露》所謂之「王心」。猶胸有成竹，意在筆先；立象盡意，意在言外；又如藉形傳神，即器求道，故曰「義以為經，而法緯之。[(12)]」方苞義法說，容易被誤解為只重形式，忽視內容，亦緣於「義以為經，而法緯之」二語。今參考比事屬辭之《春秋》教，借鏡方苞之義法說，以論說中國傳統之敘事學。

(1) 經學敘事與《春秋》修辭學

孔子參考魯史記，或筆或削，而作《春秋》。其筆削原則，基本上是「事仍本史，而辭有損益。[13]」換言之，國史事蹟，不容改造，但可取捨，如常事不書，違禮非常則書之類。故史或取或捨，而事或詳或略，要以指義為依歸。義有予奪、抑揚、褒貶、勸懲，多藉辭文表述之；其中或因或革，亦多歸本於孔子「竊取之」的史義。

《文心雕龍 · 知音》稱：「綴文者情動而辭發，觀文者披文以入情。」三言兩語拈出創作和閱讀之原理，可借用其說，以解讀《春秋》：若易「情」為義、為意，而成「綴文者義動而辭發，觀文者披文以入義，移以述說有關《春秋》之創作論、閱讀論，亦順理成章，自然肯綮。作者辭發，讀者披文，義意為歸趣，辭文乃中介，可以知之。

所謂「竊取」，猶言「私為之」，《春秋繁露 · 俞序》所謂「因其行事，而加乎王心焉[14]」；「王心」，即是著述之用心。其中因筆削而見別識心裁，別識心裁又都不說破，往往化為微辭隱義，《左傳》所謂「微婉顯晦」之筆法，多以屬辭方式表現「王心」、「史義」。或因襲舊史，或損益史文，因革損益之際，皆與屬辭、修辭有關。錢鍾書《管錐編》斷言：「《春秋》之書法，實即文章之修辭[15]」，實有見而言然。《春秋》既為中國敘事學之源頭，故敘事傳統十分重視文章之修辭，職是之故。

《老子》開宗明義即云：「道可道，非常道；名可名，非常名」；道與名，為本體與現象之關係[16]，即器可以求道。《莊子 · 天道》亦曰：「語所貴者，意也，意有所隨。意之所隨者，不可言傳也，而世因貴言傳書。[17]」莊子之道體，不可稱說；故有所謂「大道不稱」，「言則離道」，「意之所隨者，不可以言傳」諸說；然而，不言，又不足以明道，「而世因貴言傳書[18]」。孔子之取義，猶《老》、《莊》之「道」或「意」，不能言詮，不可言傳，既然不便直說道破，遂講究繞路說禪，乘筏登岸之法門。

梁劉勰《文心雕龍 · 知音》提示創作與閱讀之心理：「綴文者情動而辭發，觀文者披文以入情；……世遠莫見其面，覘文輒見其心。」宋胡安國《春秋傳》亦稱：「仲尼因事屬辭」，「智者即詞以觀義」。由此觀之，作者創作意圖，藉文辭為媒介以表述；讀者欲窺作者心思，亦憑藉文辭之考察而得知。文心如此，孔子作《春秋》亦然：作者「因事屬辭」，讀者「即辭觀義」，辭（詞）文於作者讀者間，仍居關鍵中介。因此，探究文心，窺看聖心，據辭憑文堪稱重要之法門，與有效之津梁。

清金聖歎（1608-1661）批《西廂記》，曾揭示烘雲托月之法：「欲畫月也，月不可畫，因而畫雲。畫雲者，意不在于雲也！意不在于雲者，意固在于月也。[19]」孔子作《春秋》，微辭隱義「都不說破」；司馬遷著《史記》，開國以來歷史猶《春秋》定哀之際，其中「切當世之文而罔褒，忌諱之辭」不少，誠金聖歎所謂「欲畫月也，月不可畫」，因而畫雲。《春秋》之取義，即孔子欲畫之月。無奈「月不可畫」，不便落入言詮，於是退而藉事之比，辭之屬，以曲達孔子「竊取之義」。畫雲者，意不在于雲，意固在于月；比事與屬辭之教，意不在於其事或其文；慘澹經營、苦心孤詣者，固在於《春秋》之取義也。

《公羊傳》多持「何以書」之形式，以義理解讀孔子《春秋》京。然如何「以義解經」？義理憑藉文辭表達，故亦不離辭而言義。《公羊傳》理解孔子作《春秋》之「王心」，以意逆志，揭示若干閱讀心得，如所謂孔子辭、君子辭、非常辭、辭有意、正名、辭窮、微辭，大之之辭之類，孔子「竊取之」之言外之意，呼之欲出。[20]故藉辭文以表指義，成為《公羊傳》發明《春秋》書法之大節目。其後，漢董仲舒《春秋繁露》闡揚《公羊》學精義，亦多從屬辭、修辭層面作歸納辨析，所謂常辭、況辭、用辭、婉辭、溫辭、詭辭、慎辭、複辭；移其辭、微其辭、無達辭、君子辭之類。[21]學界已有成果，值得參考。[22]

辭文之連屬修飾，是《春秋》「如何書」之法；而指趣、王心，乃是《春秋》「何以書」之義。《春秋》書法，往往藉「如何書」，以表現「何以書」。如何闡發孔子作《春秋》之指義，辭文之連屬修飾只是之一，不是唯一。董仲舒《春秋繁露・竹林》稱：「辭不能及，皆在於指」；「見其指者，不任其辭」，辭與指之互動，其文與其義之交涉，多以指義為泰山北斗。其辭其文，不過為明指通義之一途徑而已，外此，尚有史事之筆削，其事之編比，亦可以見指義。從《公羊》學解讀《春秋》，特重辭文之修飾，敘事傳統之強調「如何書」之屬辭，從此可見一斑。

(2)《左傳》以史傳經與屬辭約文

《左傳》以歷史敘事解說孔子《春秋》經，較側重以「如何書」體現《春秋》之「何以書」。如成公十四年君子曰所謂「《春秋》五例」，前四例，即偏重修辭手法：

> 九月，僑如以夫人婦姜氏至自齊。舍族，尊夫人也。故君子曰：「《春秋》之稱，微而顯，志而晦，婉而成章，盡而不汙，懲惡而勸善。非聖人孰能脩之？」[23]

就《春秋》筆法言，「微而顯、志而晦，婉而成章」，屬於曲筆；「盡而不書」，即是直書。左氏以為，聖人修《春秋》，曲筆與直書雙管齊下，可以達到「懲惡勸善」之史義體現，完成資鑑之教化功能。左丘明發明《春秋》微言大義，現身說法者，又見於昭公三十一年，《春秋》書「邾黑肱以濫來奔」、「君子曰」之申論：

> 冬，邾黑肱以濫來奔。賤而書名，重地故也，君子曰：「名之不可不慎也如是！夫，有所有名，而不如其已。以地叛，雖賤必書地，以名其人，終為不義，弗可滅已。……或求名而不得，或欲蓋而名章，懲不義也。……是以《春秋》書齊豹曰盜，三叛人名以懲不義，數惡無禮，其善志也。故曰：「《春秋》之稱，微而顯，婉而辨。」上之人能使昭明，善人勸焉，淫人懼焉，是以君子貴之。[24]

書地、書名、去族、存名，以及書盜、書叛，凡此稱謂修辭，皆所謂「一字之貶，嚴於斧鉞之誅。」「微而顯，婉而辨」之曲筆示義，透過「如何書」，可以體現「善人勸焉，淫人懼焉」諸

「何以書」之指義。藉由修辭之法，可以解讀《春秋》中孔子「竊取」之指義，由此可見。清劉熙載（1813-1881）《藝概・文概》稱：「『微而顯，志而晦，婉而成章，懲惡而勸善』，《左氏》釋經有此五體。其實《左氏》敘事，亦處處皆本此意。[25]」屬辭、修辭之法，自《春秋》、《左傳》以來，無論曲筆或直書，皆為經學敘事、歷史敘事、文學敘事之要法，亦由此而益信。

《春秋》五例之四，曰「盡而不汙」，杜預〈春秋注〉釋之曰：「直書其事，具文見義，丹楹刻桷，天王求車、齊侯獻捷之類是也。[26]」《左傳》以史傳經，昭公三十一年《春秋》書「邾黑肱以濫來奔」，「君子曰」只闡發「微而顯，婉而辨」之曲筆書法，未及「盡而不汙」。其實，宣公二年，《春秋》書「晉趙盾弒其君夷皋」，《左傳》以歷史敘事傳達弒君事件之來龍去脈，文末再引「孔子曰」，以呼應左氏之詮釋，即以「書法不隱」之直書，作為主要訴求：

> 孔子曰：「董狐，古之良史也，書法不隱。趙宣子，古之良大夫也，為法受惡。惜也，越竟乃免。[27]」

趙盾未手弒而書弒，孔子何以稱其「書法不隱」？古之良史，董狐是否當之無愧？《左傳》以歷史敘事原始要終，本末悉昭，而後可知孔子之言，真實持平。蓋趙盾弒君與否，關鍵在討不討賊，不在越不越境。《春秋》坐以弒君之罪者，以盾反不討賊，有死君之心也；而又使穿迎黑臀於周，……此《春秋》誅心之法也。[28]由此觀之，據事直書，書法不隱，此一敘事手法，為歷史是否為「實錄」、「信史」之要則。《易・文言》所謂「修辭立其誠」，《左傳》之歷史敘事有之。

鄭國執政大夫公孫僑（子產），擅長辭令，於春秋中期之國際外交，往往能折衝尊俎，無往不利。《論語・憲問》曾記載鄭國外交辭令演練過程：「為命，裨竈草創之，世叔討論之，行人子羽修飾之，東里子產潤色之。」一篇詞命，經由草創、討論、修飾、潤色，當然無不如意。《左傳》以歷史敘事載記春秋列國事蹟，若有歷史評論，則出以「君子曰」、「仲尼曰」，或者當代名臣時賢，亦屢見慎辭、尚辭、貴辭之說，如：

> 仲尼曰：「《志》有之：『言以足志，文以足言。』不言，誰知其志？言之無文，行而不遠。晉為伯，鄭入陳，非文辭不為功。慎辭哉！[29]」
>
> 叔向曰：「辭之不可以已也如是夫！子產有辭，諸侯賴之，若之何其釋辭也？《詩》曰：『辭之輯矣，民之協矣；辭之繹矣，民之莫矣。』其知之矣。[30]」
>
> 豹聞之：「太上有立德，其次有立功，其次有立言，雖久不廢，此之謂不朽。[31]」

《左傳》襄公三十一年，載北宮文子論「威儀」，稱「動作有文，言語有章」；襄公二十五年敘趙武欲弭兵，謂「敬行其禮，導之以文辭」，兵可以弭，多將禮儀與文辭等量齊觀。文辭於春秋時代之為軟實力，亦由此可見。孔子評論子產獻捷，而標榜「言之無文，行而不遠」；叔向評論子產毀晉館垣，而稱「辭之不可以以也如是夫！」魯叔孫豹稱揚三不朽，持立言不朽與立德立功並列，以為亦可不朽，雖久不廢。竹添光鴻《左氏會箋》指：「言得其要，理足可傳。其身既沒，其言存立於世，乃是立言也。」春秋時代，無論動靜云為，多尚文貴辭。外交辭令之慎重仰賴，甚至標榜立言為三不朽之一，《左傳》歷史敘事之崇尚修辭，勢所然也。唐劉知幾《史通・言語》稱春秋時大夫行人之詞命，「語微婉而多切，言流靡而不淫」；「非但筆削所致，良由體質素美」；「則知時人出言，史官入記，雖有討論潤色，終不失其梗概者也。」[(32)]《左傳》為中國敘事傳統三大寶鑑之一，其敘事藝術之優入聖域，《史通・雜說上》枚舉其「述行師、論備火、言勝捷、記奔敗、申盟誓、稱譎詐、談恩惠、紀嚴切、敘興邦、陳亡國十大面向，而推崇其造詣成就，以為「工侔造化，思涉鬼神，著述罕聞，古今卓絕」[(33)]，堪稱敘事之典範，歷史敘事進階之不二法門。

關於孔子作《春秋》之創作論，《孟子・離婁下》、《禮記・經解》、《史記・十二諸侯年表序》，皆有簡略提示。若異中求同，則辭文、史事，皆相提並論，未嘗偏廢。先看《孟子》、《禮記》：

> ……詩亡而後《春秋》作。……其事，則齊桓、晉文；其文，則史；孔子曰：「其義，則丘竊取之矣。」[(34)]
>
> 孔子曰：「入其國，其教可知也。其為人也，……屬辭比事，《春秋》教也。……屬辭比事而不亂，則深於《春秋》者也。[(35)]

孔子筆削魯史記，而寫作一部《春秋》。所謂「竊取之」之義，蓋藉由取捨史事，損益辭文而完成。故《孟子》稱「其文則史」，《禮記》稱「屬辭」，皆與「其事」、「比事」、「去其煩重」之史料編比相輔相成，相得益彰。史料既已統整編比，若未經辭文之連屬約飭，將不成章句，不便索讀，故屬辭約文，遂成作《春秋》之修辭功夫。何況，孔子作《春秋》，以「事仍本史，而辭有損益」為原則[(36)]；則辭文之修飾，於孔子作《春秋》時，為一大節目。錢穆《中國史學名著・春秋》亦稱：「孔子對《春秋》舊文必有修正無疑。但所修者，主要是其辭，非其事。」因為：由事來定辭，由辭來見事，辭與事本該合一不可分。[(37)]由《孟子》、《禮記》、《史記》，可知約文屬辭，自是傳統敘事之大關鍵。

《左傳》、《公羊傳》、《穀梁傳》同傳《春秋》，各有優劣得失，晉范甯《春秋穀梁集解・序》稱：「《左氏》豔而富，其失也巫；《穀梁》清而婉，其失也短；《公羊》辯而裁，其失也俗」[(38)]，亦就《三傳》傳《春秋》其文、其事之得失短長作論斷。清章學誠《文史通義・史德》稱：「夫史所載者事也，事必藉文而傳，故良史莫不工文。」《左傳》以歷史敘事解釋《春秋》，「事藉文而傳」，故《左傳》工於文，遠勝於《公羊》、《穀梁》，職此之故。

(3) 歷史敘事與《春秋》修辭學

司馬遷著《史記》，私淑孔子，典範《春秋》。於《春秋》、《左傳》之經學敘事、歷史敘事、文學敘事，多有所傳承與發揚。司馬遷《史記》，致力於約文屬辭，斟酌於「刺譏褒諱挹損」、「不可以書見」之文辭，一編之中三見其意，如：

（孔子）西觀周室，論史記舊聞，興於魯而次春秋。……約其辭文，去其煩重，以制義法，王道備，人事浹。(39)

太史公曰：「孔子著《春秋》，隱、桓之間則章，至定、哀之際則微。為其切當世之文而罔褒，忌諱之辭也。(40)」

太史公曰：「《春秋》推見至隱，《易》本隱以之顯。(41)」

（仲尼）因史記作《春秋》，以當王法，其辭微而指博，後世學者多錄焉。(42)

《史記》述孔子，或曰「次《春秋》」，或曰「著《春秋》」，或曰「作《春秋》」，行文雖稍殊，而謂《春秋》有孔子之筆削，則無以異。其中說《春秋》之著作，稱「約其辭文」，曰「忌諱之辭」，曰「推見至隱」，曰「其辭微而指博」，涉及約文、諱書、隱辭、微辭，亦皆《春秋》創作論中，憑藉「如何書」之修辭法，以體現「何以書」之博指隱義。漢班固《漢書・司馬遷傳》，引劉向、揚雄皆稱「遷有良史之材，服其善序事理。辨而不華，質而不俚，其文直，其事核，不虛美，不隱惡，故謂之實錄。(43)」亦并其事、其文而言之。

初唐劉知幾（661-721），著有史評論著《史通》一書，對於歷史敘事、文學敘事之約文屬辭，有若干經典之提示。傳統敘事學之理論，向來極關注修辭，於《史通》論《春秋》、論《左傳》、說敘事，可得一佐證。如云：

逮仲尼之修也，……就敗以明罰，因興以立功。……微婉其說，志晦其文，為不刊之言，著將來之法，故能彌歷千載，而其書獨行。(44)

夫國史之美者，以敘事為工；而敘事之工者，以簡要為主。簡之時義大矣哉！……敘事之省，其流有二焉：一曰省句，二曰省字。……夫敘事者，或虛益散辭，廣加閑說，必取其所要，不過一言一句耳。(45)

……章句之言，有顯有晦。顯也者，繁詞縟說，理盡於篇中；晦也者，省字約文，事溢於句外。然則晦之將顯，優劣不同，較可知矣。夫能略小存大，舉重明輕，一言而巨細咸該，片語而洪纖靡漏，此皆用晦之道也。(46)

《史通・六家》說《春秋》，「微婉其說，志晦其文」，蓋本《左傳》成公十四年「君子曰」，所謂「微而顯，志而晦，婉而成章」曲筆之《春秋》書法。劉知幾《史通・敘事》提出「尚簡」與「用晦」，作為敘事文學修辭之標竿，極富經典價值。《史通》所謂「尚簡、用晦」云云，與「微而顯、志而晦，婉而成章」，稱述雖異，其內涵實質並無不同。自《左傳》、《史記》以下史家，多持此作為敘事藝術之極致。(47)至於遣詞行文，《史通・言語》提出徵實存真，〈鑑識〉篇標榜文直事核，如：

工為史者，不選事而書，故言無美惡，盡傳於後。若事皆不謬，言必近真，庶幾可與古人同居，何止得其糟粕而已。(48)

史之敘事也，當辯而不華，質而不俚。其文直，其事核，若斯而已可也。[49]

《左傳》成公十四年所提《春秋》五例，其四曰盡而不汙；《史通・言語》之徵實存真，〈鑑識〉篇所云文直事核，多可以相發明。考察《史通》篇章，論說約文屬辭者極多，除上所述〈敘事〉、〈言語〉外，討論「如何書」者，尚有〈浮詞〉、〈直書〉、〈曲筆〉、〈煩省〉、〈點煩〉諸篇，皆談論史書之修辭。〈雜說上〉申說《左傳》敘事之精妙，謂「或腴辭潤簡牘，或美句入詠歌，跌宕而不羣，縱橫而自得。若斯才者，殆將工侔造化，思涉鬼神，著述罕聞，古今卓絕」云云，從工巧美妙品評《左傳》文章，亦從修辭一方論列。《史通・敘事》云：「史之為務，必藉於文」，史事編比之餘，運以綴文修辭，則歷史敘事之能事方盡。敘事尚文，職此之故也。

中唐趙匡（？-770-？）著《春秋闡微纂類義統》十卷，陸淳《春秋經傳纂例》條述《春秋》綴述之意凡十例，所謂「十區分」，引述趙匡之說。其中，陸淳運用修辭以解說《春秋》書法，亦高居之五，如：

所謂十者：一曰悉書以誌實，二曰略常以明禮，三曰省辭以從簡，四曰變文以示義，五曰即辭以見意，六曰記是以著非，七曰示諱以存禮，八曰詳內以異外，九曰闕略因舊史，十曰損益以成辭。知其體，推其例，觀其大意，然後可以議之耳。[50]

趙匡曾云：「人之善惡必有淺深，不約其辭，不足以差之也」，蓋深體約文屬辭於《春秋》敘事之重要。所論《春秋》綴述之十義例，大抵可歸納為兩組：其一，筆削因革，藉比事以觀義，如悉書、略常、闕略、記是、詳內。其二，約文屬辭，因屬辭而見義，如省辭、變文、即辭、示諱、損益。尤其後者，多是就辭文之移換改易，以體現微辭隱義，側重敘事之修辭可知。日本學界研究中唐《春秋》學，以為趙匡所列《春秋》綴述十例，「注意力則僅僅轉向技術性的處理問題，其思想性則蕩然無存」；「這表明了從趙匡的《春秋》學開始，其思想性越來越欠缺，其學問則淪於技術方面的內格」[51]。案：孔子作《春秋》「竊取之」之義，由於「都不說破」；於是探求指義，或藉比事，或憑屬辭，此治《春秋》者之共識與志業。趙匡等之《春秋》學，高唱「獨抱遺經」，無傳而著，探隱索義，或假筆削以顯義，或憑屬辭以得義，皆藉技術性以考求思想性，猶繪事之藉形傳神，哲學之即器求道。由此觀之，約文屬辭，自是經學敘事傳統之技法之一。

三、傳統敘事學關注先後位次

(1)《三傳》序事與先書後書

晉杜預《春秋經傳集解・序》曾提示《左傳》釋經有四大模式，所謂先經、後經、依經、錯經，《左氏》以歷史敘事解說《春秋》經，有條理、有法式，由此可見：

> 左丘明受經於仲尼，以為經者不刊之書也，故傳或先經以始事，或後經以終義，或依經以辯理，或錯經以合異，隨義而發。[52]

傳，為解說經書之著作。有訓詁之傳，如《公羊》、《穀梁》之依經立傳是；更有載記之傳，如《左傳》紀事，與《春秋》相表裏，「囊括古今，成一家之言」，以歷史敘事為主是也。[53]《左傳》以歷史敘事方式解說《春秋》，唐孔穎達疏通杜預之言稱：「《傳》或先經為文，以始後經之事；或後經為文，以終前經之義；或依經之言，以辨此經之理；或錯經為文，以合此經之異」[54]；姑不論杜預作注之前，《經》《傳》分行；合而為一，遂割傳以附年。其實，自杜預、孔穎達注疏，皆已提示《左傳》敘事，以《春秋》之指義為標的，而作先經、後經、依經、錯經之敘事，所謂「隨義而發」者是。唐孔穎達《春秋正義・序》梳理甚明：

> 先經者，若隱公不書即位，（《左傳》）先發仲子歸于我；衛州吁弒其君完，（《左傳》）先發莊公娶于齊。如此之類，是先經以始事也。後經者，昭二十二年，王室亂；定八年，乃言劉子伐盂以定王室。哀二年，晉納蒯聵于戚，哀十五年，乃言蒯聵自戚入衛，如此之類，是後經以終義也。依經者，經有其事，傳辯其由：隱公不書即位，而求好於邾，故為蔑之盟。案其經文，明其歸趣，如此之類，是依經以辯理也。錯經者，若地有兩名，經傳互舉，及經侵傳伐，經伐傳侵，於文雖異，於理則合，如此之類，是錯經以合異也。傳文雖多，不出四體。[55]

歷史之發展，有漸無頓，故事有先有後；史書編纂網羅無限，筆削去取而後定於一尊；有合於此一定者，有異於此者，是所謂依之、錯之。《左傳》以歷史敘事解說《春秋》經，猶《東周列國傳》演繹《左傳》，《三國演義》演繹《三國志》，其中自有因革損益、詳略異同，牽涉所謂筆削去取，於是兩書相較，自見先之、後之、依之、錯之之敘事變化。一書之成為著作，新變代雄，自成一家是其中關鍵。

孔穎達《春秋正義》，發明杜預之《春秋》學，於〈春秋序〉提示《左傳》解經之歷史敘事，或先、或後，或依、或錯，啟發後世文學敘事諸多法門。如下列文論所述，即拈出先後位次，作為敘事之法，與行文之道：

> 敘事有主意，如傳之有經也。主意定，則先此者為先經，後此者為後經，依此者 為依經，錯此者為錯經。[56]
>
> 杜元凱〈左傳序〉云：「先經以始事」、「後經以終義」、「依經以辯理」、「錯經以合異」。余謂經義用此法操之，便得其要。經者，題也；先之、後之、依之、錯之者，文也。[57]

為文之道，有所謂「未下筆，先有意」；藝術構思，則強調「畫竹，必先得成竹于胸中」。[58]《左傳》之以歷史敘事說《春秋》，甚至孔子作《春秋》「丘竊取之」之義，其心路歷程，要皆近似。就創作論而言，清方苞古文義法，揭示「義以為經，而法緯之」，[59]二語可以囊括而無遺。案：

傳，為詮釋經書之著作，一切解説，皆緣經而發，皆以經説為權衡；敘事必有主意，有焦點，有亮點，一切敘事之或先，或後，或依，或錯，亦多緣此而發。唐杜牧論《孫子兵法》，運用之妙，存乎一心，有言：「丸之走盤，横斜圓直，計於臨時，不可盡知。其必可知者，是知丸不能出於盤也。[(60)]」敘事之主意既已定焦，敘事之或先或後，或依或錯，多緣主意而發，猶丸之走盤，横斜圓直皆不能出於盤也。經義、策論、作文，苟得此法操之，思過半矣。

《春秋》書事，或先或後，多攸關罪過之有無大小，以時間早晚為序列先後，指義昭然若揭。如：

> 前（莊八）言齊無知弑其君，後（莊九）言齊小白入于齊；前（襄三十一）言莒人弑其君；後（昭元）言去疾入于莒，則不與弑之辭也。前（襄二十五）言衛侯入于夷儀，後（二十六）言衛甯喜弑其君；前（哀六）言齊陽生入于齊，後言齊陳乞弑其君，與弑之辭也。辭有先後，罪有大小。[(61)]

《春秋》比事之法，關注前書後敘之位次排序，辭有早晚先後，於是罪愆或無或有，或大或小，敘事序列如此，雖無有《三傳》，而善惡昭著自見。上下前後比事，而《春秋》之義可考。又如：

> （《春秋》莊三十二）先書「公子牙卒」，繼書「公薨」，書「子般卒」；下書「公子慶父如齊」。未二年（閔二）又書「公薨」，「慶父奔莒」。[(62)]

由先書、後書，接連而書觀之，可以斷定公子慶父為弑莊公、殺子般之逆賊。前後一事，排比接書，運以屬辭比事之《春秋》法，而慶父之罪昭著不移。且，《春秋》前書慶父如齊，見其無忌憚；後書出奔，罪魯之不能討賊。比事可以見義，於此可見。

孔子作《春秋》，頗斟酌於字句之位次，往往調配位次之見義。如書侵、書戰，首惡罪魁多先書，以見懲戒之意，如僖公四年，《春秋》書「公會齊侯、宋公、陳侯、衛侯、鄭伯、許男、曹伯侵蔡。蔡潰，遂伐楚。」僖公二十八年，《春秋》書：「夏四月己巳，晉侯、齊師、宋師、秦師及楚人戰于城濮，楚師敗績。」春秋時代多盟會，由於盟會繁多，亂是用長，孔子深疾之，故主盟主會者，《春秋》多先書，[(63)]如瓦屋之盟，僖公八年《春秋》書：「宋公、齊侯、衛侯盟于瓦屋」，宋殤公序于齊僖公之上。鹿上之盟，僖公二十一年《春秋》書曰：「宋人、齊人、楚人盟于鹿上」，宋襄公主盟，故亦序於齊孝公、楚成王之上。襄公九年戲之盟，《春秋》書：「冬，公會晉侯、宋公、衛侯、曹伯、莒子、邾子、藤子、薛伯、杞伯、小邾子、齊世子光伐鄭。十有二月己亥，同盟于戲。」《經》書鄭盟，其實未盟。《左傳》敘事，錯經以合異，先書同盟鄭服也，以還經；後敘盟時情形以紀實。

侵伐主兵，亦先書。[(64)]如郎之戰，《春秋》桓公十年書：「齊侯、衛侯、鄭伯來戰于郎」，先書齊僖公、衛宣公，以有王爵位尊故。下陽之滅，僖公二年《春秋》書：「虞師、晉師滅下陽」；

《左傳》敘述虞公許晉假道，又請先伐虢，遂起師，此正實寫《經》文先書虞、後書晉之故，所謂依經以辯理。《春秋》書法，亦有誅心之論而先書者，如桓公二年，《春秋》書「戊申，宋督弒其君與夷及其大夫孔父」，《左傳》敘事，錯經以合異，以督有無君之心，而後動於惡，故先書弒其君。同時，亦由於君臣尊卑不同，故先書君以及臣。《左傳》敘事，有《經》所不及者，直書史實，首惡罪魁，亦以先書見義，如昭公二十九年，趙鞅、荀寅賦鐵以鑄刑鼎，《左傳》直書其名氏，序列見義，以見首從之分際。要之，《春秋》書事，先後位次，多有其信息語脈，此之謂序列見義。

就先後位次，探討主從、褒貶、重輕、予奪者，此之謂序列見義。宋程頤《春秋傳》感慨：「微辭隱逸，時措從宜為難知」；方苞《史記評語》稱：「先後詳略，各有所當。」南宋陳傅良《春秋後傳》，對於先書、後書，取義不同，尤有卓識，以僖公二十八年《春秋》書「會于溫」、「天王狩于河陽」為例：

> 曷為先書會，後書狩？書狩而後會，是以天子與斯會也。先書會，後書狩，《春秋》不以天子與斯會之辭也。[65]

案：僖公二十八年，《春秋》先書：「冬，公會晉侯、齊侯、宋公、蔡侯、鄭伯、陳子、莒子、邾子、秦人于溫。天子狩于河陽。」先書後書，所以如此安排，蓋有微辭隱義，晉文公挾天子以令諸侯，《左傳》以史傳經，所謂「晉侯」召王，以諸侯見，且使王狩。仲尼曰：「以臣召君，不可以訓」，故先書後書如此，以見數義。

《春秋》編年書事，年月井井；然有後發之事卻先書，先發之事反而後書者。後先位次顛倒如此，此中自有《春秋》書法之微辭隱義在。如宣公十一年《春秋》經書曰：

> 冬十月，楚人殺夏徵舒。丁亥，楚人入陳。[66]

衡情度理，楚莊王必先入陳，然後得殺夏徵舒。《左傳》敘事，開篇兩句正如此表述。然《春秋》書法不然，卻先書「楚人殺陳夏徵舒」者，表彰楚莊王討伐弒君賊之義舉也。杜預《注》稱：「楚子先殺徵舒，而欲縣陳。後得申叔時諫，乃復封陳，不有其地，故書入在殺徵舒之後也。」[67]楚莊王先公義而後私利，終以封陳而未入其地，其心路歷程之轉折，得《左傳》之敘事，而昭然若揭。

《公羊》學極注重修辭，漢董仲舒《春秋繁露・精華》稱：「《春秋》無達辭，從變從義。」[68]孔子作《春秋》，意在筆先；義，先於比事，亦先於屬辭。義，決定了事如何比，辭如何屬。事或先，或後，或依，或錯，要皆「隨義而發」。換言之，何以先之、後之？何以依之、錯之，皆有其秩序，亦皆有其指義。《公羊傳》於《春秋》所書之先後序列位次，頗有提示：

> 《春秋經》昭公十二年：「春，齊高偃率師，納北燕伯于陽。」

《公羊傳》昭公十二年：「伯于陽者何？公子陽生也。子曰：『我乃知之矣。』在側者曰：『子苟知之，何以不革？』曰：『如爾所不知何？《春秋》之信史也，其序，則齊桓、晉文；其會，則主會者為之也；其詞，則丘有罪焉爾。』」(69)

何休《解詁》釋「其序，則齊桓、晉文」云：「唯齊桓、晉文會，能以德優劣、國大小、相次序。」此所謂「德優劣、國大小、相次序」，即是以宗法社會之政治倫理為考量，而定其序列位次。《春秋》書法，或據此以定先後位次。《公羊傳》解釋《春秋》書法如此，經學敘事注重位次倫理如此，自然影響歷史敘事，或文學敘事。

敘事之或先或後，其位次措置，多富於微言大義。《春秋》之敘事，以序列見義者，楊樹達《春秋大義述》曾舉例提示：僖公八年《春秋》經：「春王正月，公會王人、齊侯、宋公、衛侯、許男、曹伯、陳世子欵、鄭世子華，盟于洮。」王人地位卑微，敘盟會何以位在諸侯之上？《公羊傳》稱：「先王命也」；《穀梁傳》亦云：「貴王命也。」僖公二年《春秋》書：「虞師、晉師滅夏陽。」虞，小國，敘滅何以「序乎大國之上」？《公羊傳》以為「虞，首惡也」；《穀梁傳》以為：虞，「為主乎滅夏陽也」，《春秋》疾首惡，故先書。定公二年《春秋》：「夏五月壬辰，雉門及兩觀災。」《公羊傳》以為兩觀卑微，雖主災卻後書，「不以微及大」；《穀梁傳》稱：雖災自兩觀，而先言雉門者，尊尊也。《春秋》不以卑及尊。哀公十三年《春秋》：「公會晉侯及吳子於黃池。」《公羊傳》稱：吳主會，何以先言晉侯？內中國而外夷狄，先書華夏，後言夷狄也。(70)

《春秋》經莊公七年：「秋，大水，無麥苗。」何以先言無麥？《公羊傳》以麥為民食，故先書。莊公二十八年《春秋》書：「冬，築微。大無麥禾。」《公羊傳》稱：「諱以凶年造邑」，故先書示譏。其他，書次書救，亦緣君臣上下不同，而書法亦有異：君行，則先次而後救，如僖公元年《春秋》：「齊師、宋師、曹師次于聶北，救邢。」臣行，則先書救而後言次，如襄公二十三年《春秋》：「秋，齊侯伐衛，遂伐晉。八月，叔孫豹帥師救晉，次于雍渝。」《公羊傳》以義解《春秋》，先書後書，辨之極為詳明。(71)

除此之外，《春秋》以序列見義者尚多有之，先後位次有其微辭隱義。筆者曾以方苞《春秋直解》為例，申說論證其義，為省篇幅，不再贅述。(72)

(2)《史記》列傳與序列見義

中國傳統敘事學，淵源於史傳，以《春秋》、《左傳》、《史記》為三大經典寶鑑。司馬遷私淑孔子，《史記》典範《春秋》，其歷史敘事、文學敘事，亦頗得《左傳》以史傳經之啟迪，卻又踵事增華，自成一家之言。唐劉知幾《史通・列傳》稱：本紀，猶《春秋》之經，列傳猶《春秋》之傳。(73)《史記》列傳以列序諸人傳記詮釋本紀，猶《左傳》以歷史敘事解釋《春秋》經。《史記》既典範《史記》，則敘事傳人體現《春秋》書法者必多。今從歷史編纂學視角，就《史記》列傳之序列，考察其中寓含之微辭隱義。(74)

何謂列傳？唐司馬貞《史記索隱》稱：「敘列人臣事蹟，令可傳於後世，故曰列傳。」唐張守節《史記正義》亦謂：「其人行跡可序列，故云列傳。[75]」無論敘列事蹟，序列行跡，要皆編比史料，裁成史文之工程，不離比事屬辭之《春秋》教，此但就《史記》列傳自身而言。無論宋蘇洵論《史記》，提示「互見」之書法[76]；或清顧炎武推崇太史公所能，為「不待論斷而於序事之中即見其指[77]」。凡此，多可見史料編比之功，事蹟排列之成效。清方苞倡義法，往往以《史記》為例，所謂「言有序」，即此是也。

至於《史記》七十篇列傳先後次序之排列，有無微言大義？則歷來諸家說解不一，約而言之，有三方面的論點：其一，列傳次序，皆無意義。以清趙翼為代表：

> 《史記》列傳次序，蓋成一篇即編入一篇，……故〈李廣傳〉後，忽列〈匈奴傳〉，下又列〈衛青霍去病傳〉，朝臣與外夷相次，已屬不倫；然此猶曰諸臣事皆與匈奴相涉也。〈公孫弘傳〉後，忽列〈南越〉、〈東越〉、〈朝鮮〉、〈西南夷〉等傳，下又列〈司馬相如傳〉。〈相如〉之下，又列〈淮南衡山王傳〉。〈循吏〉後，忽列〈汲黯鄭當時傳〉。〈儒林〉、〈酷吏〉後，又忽入〈大宛傳〉。其次第皆無意義，可知其隨得隨編也。[78]

趙翼心中，先假設《史記》列傳之安排，理當有其先後之次序。但經過粗略瀏覽，卻發現列傳之「次第，皆無意義」！進而猜測《史記》列傳，不過「隨得隨編」而已。趙翼為知名之史學家，必具歷史編纂之素養，必先有一次序、次第之概念於胸中，然後再檢驗期待是否切合。上述列傳，若只浮略閱讀篇名，確實看不出所以然。序列是否有義？需經由內容之探索方得。猶藉形傳神，立象見意，循指得月，即器求道者然。

其二，次第不宜，序列失當。唐司馬貞《史記索隱》、金王若虛《史記辨惑》二書皆以為：《史記》列傳先後次第，有諸多不宜：

> 《史記索隱》謂：「〈司馬相如傳〉不宜在〈西南夷〉下，〈大宛傳〉不宜在〈酷吏〉、〈游俠〉之間，此論固當。然凡諸夷狄，當以類相附，則〈匈奴〉亦豈得在〈李廣〉、〈衛青〉之間乎？〈循吏〉、〈儒林〉而下，……蓋得體矣。及至〈刺客〉，乃獨第之〈李斯〉之上，〈循吏〉則第之〈汲鄭〉之上，復何意哉[79]？

王若虛治學，富於懷疑精神：首先認同《索隱》所見，以為《春秋》夷狄諸傳，不宜混雜酷吏、游俠。提出「以類相附」之序列原則，可作《史記》列傳先後次第，「得體」與否之判準。因而質疑不得體、未類從之相附。自孔子作《春秋》，左丘明著《左傳》，敘事之先後，措詞之次第，要皆有其指義可言，已見前述。《史記》之編纂，既以《春秋》為典範，司馬貞、王若虛、趙翼諸家治《史記》，理應知曉，故質疑次第不宜，序列失當如此。雖未確切指明各列傳之序列，然衷心以為當有序列方宜。

清梁玉繩《史記志疑》亦以為：《史記》列傳之先後，當以類相從，亦暗合《春秋》編比之敘事原則，所謂方以類聚，物以群分。歷史編纂學正是如此運作，方能寓含史義：

(程一枝)《史詮》謂:「〈儒林〉、〈循吏〉、〈酷吏〉、〈刺客〉、〈游俠〉、〈佞倖〉、〈滑稽〉、〈醫方〉、〈日者〉、〈龜策〉、〈貨殖〉,雜傳也,以類相從,合在後。」此說甚是。蓋十一傳當在〈司馬相如傳〉後,以〈儒林〉、〈循吏〉、〈酷吏〉、〈貨殖〉、〈刺客〉、〈游俠〉、〈滑稽〉、〈佞倖〉、〈醫方〉、〈日者〉、〈龜策〉為次。[80]

《史詮》謂:「〈匈奴〉、〈南越〉、〈東越〉、〈朝鮮〉、〈西南夷〉、〈大宛〉,四夷也,以類相從,當在雜傳之後。」此說是。……說者遂言;司馬相如開西南夷者,故次〈西南夷〉後;「〈匈奴傳〉後繼以〈衛霍〉、〈公孫弘〉,而全錄主父偃〈諫伐匈奴書〉,史公有深意。」並曲解耳。[81]

筆者以為,以類相從者,歷史編纂學之「編比」工夫,乃屬辭比事《春秋》教之史料排比工程。形式表層或以類相從,謂之類比;或相反相對作映襯,謂之對比。無論類比或對比,要皆寓含指趣意義,蓋皆有所為而為。故論者以為「史公有深意」,並非刻舟求劍之談。治《春秋》者皆知,排比史事,可以體現微辭隱義。[82]司馬遷既私淑孔子,而《史記》纂修,又典範《春秋》,故「比事」可以見義,此不待言而可知。

其三,名稱爵號,編次先後,實有義例。孔子作《春秋》,其義,則「丘竊取之」,微辭隱義,多見於言外。治《春秋》者,或藉比事以見義,或憑屬辭以觀義。於是都不說之「義」,往往經由史事之編比,辭文之約飾,得以考求。換言之,藉由《春秋》其事、其文之「如何書」,可以推尋其義之「何以書」。《史記》之編纂,典範《春秋》,又何嘗不然?明郝敬《史記愚按》討論本紀、世家體例之異常,涉及《春秋》書法中之稱謂修辭,亦關涉序列見義,如:

本紀、世家、列傳之義,竊比《春秋》。故項羽未帝,亦為本紀;陳涉忽亡,亦為世家。同一蕃王也,……既世家矣,而……又不與焉。同一功 臣也,……既世家矣,而……又不與矣。蓋名位有常尊,賢愚順逆,輕重相輢。觀子長〈自序〉,其義曉然。[83]

蕃王一也,功臣一也,然賢愚、尊卑、順逆、重輕不同,或進本紀,或入世家,或降列傳,其中自有序列。董仲舒《春秋繁露》所謂:「《春秋》無常辭,從變從義」。《史記》本紀十二、表十、書八、世家三十、列傳七十,所以然者,唐張守節《史記正義》以為,皆有象徵意義。[84]推而至於《史記》篇名稱謂,或名官,或記爵,或稱名,或書字,以《史記》而言,不可謂無深意存焉。如戰國四公子,唯信陵君見賞於史遷,故獨尊為〈魏公子列傳〉;李廣終老難對,而匈奴畏敬有加,故以世家筆法寫列傳,且還其歷史公道,推尊曰〈李將軍列傳〉。此一名號修辭之書法,《史記》列傳頗有傳承,明何喬新文集論《史記》,曾舉例言之:

陳平而曰陳丞相,衛青而曰衛將軍,豈非有得于紀官之意乎?周勃而曰絳侯,韓信而曰淮陰侯,豈非有得于紀爵之意乎?大梁王而曰彭越,九江而曰鯨布,豈非有得于稱名之意乎?張叔、田叔之稱叔,其與書字也同一轍;賈生酈生之稱生,其與書字也均一義。吁!《春秋》之後而存《春秋》之例,舍遷史吾誰與歸?[85]

《左傳》成公二年「君子曰」，引孔子言：「唯名與器，不可以假人。」故名稱爵位，史書所重。《史記》薪傳《春秋》書法，以名號稱謂諸標目為進退褒貶，其中自有義例。世家，選〈吳太伯〉為世家第一；列傳，擇〈伯夷〉為列傳之首，尚禪讓，重清節之義，不言可喻。此《春秋》重首慎始，《史記》推崇禪讓、清節、措置於首篇，序列為第一，以序列見指義，太史公《史記》有之。《史記》之立體創例，隱然遙比《春秋》。《史記・太史公自序》載上大夫壺遂問：「孔子何為而作《春秋》哉？」司馬遷之問對，足證《史記》之宗法《春秋》。以此推之，前述司馬貞、王若虛、趙翼、梁玉繩之見，以為《史記》列傳序列，未必有義可言云云，實有待商榷。日本瀧川資言《史記會注考證》以為，《史記》各篇指義，〈太史公自序〉頗有提示，強調本紀、世家、列傳之篇次序列，皆有其內在之指義，不贊同趙翼之說：

> 愚按：本紀世家各有次敘，列傳亦起隨得隨編者乎哉？必當有次序；李廣、衛青、霍去病、皆事涉匈奴，趙氏既知之矣。〈西南夷傳〉，前有〈公孫弘〉，後有〈司馬相如〉，一欲罷之，一欲開之，事亦相涉。〈循吏傳〉後敘汲黯、鄭當時者，以二人亦循吏也。趙說未得。[86]

所謂以類相附、以類相從、史事相涉，則列傳篇目當依次第序列，此歷史編比之基本策略。諸家之說，去異存同者在此。據瀧川資言之見，則《史記》本紀、世家、列傳之篇目先後，皆「各有次序」；既有次第，故多能由序列中，體見史遷著史之微旨。清汪之昌〈史記列傳編次先後有無義例說〉，以為《史記》列傳之先後次第，自有義例：

> 據趙（翼）說，則編次先後，本無義例。吾謂義例所在，誠無明文，而趙氏所舉各傳，則編次似非無意者。李廣、衛青事迹與匈奴相出入，故編〈匈奴傳〉，特次于二人之間，誠如趙言。〈平津侯傳〉始以博士使匈奴，還報，不合上意；使巴蜀，還奏事，盛毀西南夷無所用，……是武帝之窮兵開邊，弘頗以為非便。〈相如傳〉歷數通西南夷時，……所為〈喻告巴蜀民檄〉、〈難蜀父老文〉，……見相如始終贊成斯事，與弘正相反。則以〈兩越〉、〈朝鮮〉、〈西南夷傳〉，編次于〈平津〉後，〈相如〉前，殆欲讀者參觀之歟！〈淮南衡山王傳〉，敘長與安先後招集無行之士，稱說神仙，鋪張著作，何莫非相如輩所優為？……以循吏次〈淮南衡山王傳〉後，殆謂以強藩之習于惡，不如循吏之善其後歟？汲黯治官理民好清靜，鄭當時廉不治產業，儼然古循吏風。〈儒林傳〉敘武帝，……似有意於崇文治。然〈酷吏〉一傳，在武帝世者尤多，敘云「言道德者溺其職」，明謂非儒者所能勝任愉快。次以〈大宛傳〉，則張騫始發其謀。先後相次，亦見武帝與之治民于內者，無非武健嚴酷之吏；其奉使于外者，鑿空之輩之外，抑亦妄言無信之徒，而明天人，通古今者，固未嘗與其選也。就諸傳而論，或先或後，編次之有無義例昭昭已。[87]

就歷史編纂學而言，大抵意在筆先，猶畫竹必先有成竹在胸。史事如何編比？辭文如何連屬？端看史家之孤懷特識，獨斷別裁，此即所謂義，或指趣。其義，多不說破，往往藉史事之編比，辭文之修飾表現之。所謂比事，相近似者為類比，相反對者為對比，經由宏觀映襯，讀者參觀，多不難考索其中之微辭隱義。《史記》列傳以先後序列見義，漢武帝內政任酷吏，外交用佞臣，編次之或先或後，正微見如是之言外之意。

四、結語

就字源之本意言，敘有先後、秩序、位次、等第之意。事有本末先後，小大重輕，人有尊卑貴賤，主從善惡。敘與事，成為一詞組，作為史傳指義表達之方法，自《春秋》、《左傳》、《史記》以來，遂多以經學敘事、歷史敘事、文學敘事昭示其筆削，體現其史觀，表述其歷史哲學。或因比事以觀義，或藉屬辭以見義，形成中國敘事傳統之方法論。因比事而觀義，涉及筆削去取，今暫不表，但論屬辭見義。屬辭見義中，但說修辭藝術，與先後序列。

就《春秋》之筆削敘事言，藉「如何書」以體現「何以書」，因比事屬辭之法而考求《春秋》之微辭隱義，辭文之聯綴修飾，顯然為《春秋》書法之一大宗。《公羊傳》、《春秋繁露》以義理解經，而標榜屬辭、修辭不遺餘力。《左傳》以史傳經，凸顯曲筆直書，書法不隱，推崇言文行遠、立言有辭，所謂筆法，亦尚文貴辭。《孟子》言其事其文，《禮記》說屬辭比事，若循法以求義，則辭文居功泰半。尤其孔子筆削魯史而成《春秋》，大抵「事仍本史，而辭有損益」，辭文之修飾於傳統敘事學之重要性，亦由此可見。

司馬遷私淑孔子，《史記》典範《春秋》，故於《春秋》之敘事與書法，頗多闡發。如所謂「約其辭文」、「忌諱之辭」、「推見至隱」、「辭微指博」云云，辭文之修辭居多。唐劉知幾《史通》，論說歷史敘事，揭示尚簡、用晦、徵實、存真，文直事核，亦皆屬辭約文之工夫。趙匡說《春秋》綴述十例，其中省辭、變文，即辭、示諱、損益諸義例，要皆《春秋》之修辭工夫。錢鍾書曾稱：「《春秋》之書法，實即文章之修詞。」此言可信。中國傳統敘事重「敘」優於重「事」，所謂書法、史筆，要皆敘事之藝術與要領，亦由此可見。

敘事之「敘」，既有先後、次第之意。於是見於《春秋》敘事，凡征、伐、侵、戰、盟、會，首惡罪大者多先書，以示懲戒；主兵、主滅者，亦先書，示譏。先書會，後書狩，知《春秋》不以天子與斯會；先書殺，後書入，褒楚莊討伐弒君賊，又譏其復封陳。可見先書後書，攸關褒貶，由序列可以見義，此《春秋》敘事之義法。敘事之道，義以為經，而法緯之；《史記》列傳次第，前後編比，大多以類相從，聯綴接續之間，自有義例。此自司馬貞、王若虛、趙翼、梁玉繩、瀧川資言之論辯，可見《史記》諸傳序列見義之一斑。

【注】

(1)〔漢〕班固著，〔唐〕顏師古注《漢書補注》（臺北：藝文印書館，1958 年，《二十五史》），卷 62〈司馬遷傳第三十二〉，「贊曰」，第 2738 頁。

(2)〔唐〕劉知幾著，〔清〕浦起龍釋《史通通釋》（臺北：里仁書局，1980 年），卷 6〈敘事第二十二〉，第 165 頁。

(3)〔漢〕鄭玄注,〔唐〕賈公彥疏《周禮注疏》(臺北：藝文印書館，1955年,《十三經注疏》本)，卷19〈小宗伯〉，第5頁；卷22〈職喪〉，第5頁；卷23〈樂師〉，第4頁；總第292、336、351頁。

(4) 同上,〈天官・小宰〉:「以官府之六敘正羣吏：一曰以敘正其位，二曰以敘進其治，三曰以敘作其事，四曰以敘制其食，五曰以敘受其會，六曰以敘聽其情。」第1-2頁，總第42頁。

(5)〔漢〕許慎著,〔清〕段玉裁注《說文解字注》(臺北：洪葉文化公司，1998年),〈三篇下〉，支部,「敘」字，第40頁，總第127頁；〈九篇下〉，广部「序」字，第14頁，總第448頁。

(6) 王靖宇《中國早期敘事文論集》(臺北：中央研究院中國文哲研究所籌備處，1999年)，一、〈中國敘事文的特性——方法論初探〉，第1-22頁。

(7) 參考徐岱《小說敘事學》(北京：中國社會科學出版社，1992年)；羅鋼《敘事學導論》(昆明：雲南人民出版社，1994年);〔美〕浦安迪《中國敘事學》(北京：北京大學出版社，1998年)；董乃斌編《中國文學敘事傳統研究》(北京：中華書局，2012年)。

(8)〔清〕章學誠著，葉瑛注《文史通義校注》(北京：中華書局，1985年)，卷1，內篇一,〈書教下〉，第49-53頁。

(9)〔漢〕鄭玄注,〔唐〕孔穎達疏《禮記注疏》(臺北：藝文印書館，1955年,《十三經注疏》本)，卷50,〈經解〉，第1頁，總第845頁。

(10)〔清〕章學誠《文史通義校注》，卷5，內篇五,〈答客問上〉，第470頁。

(11)〔清〕方苞《方望溪先生文集》(臺北：臺灣商務印書館，1979年,《四部叢刊》初編)，卷2,〈又書〈貨殖傳〉後〉，第20頁，總第40頁。

(12)〔漢〕許慎著,〔清〕段玉裁注《說文解字注》:「經，織從絲也。」段《注》:「織之從（縱）絲謂之經。必先有經，而後有緯。」〈十三篇上〉，糸部「經」，第2頁，總第650頁。

(13)〔晉〕徐邈《春秋穀梁傳注義》，收入〔清〕馬國翰《玉函山房輯佚書》(揚州：廣陵書社，2004年)，經編《春秋》類，第1408頁。

(14)〔漢〕董仲舒著,〔清〕蘇輿注《春秋繁露義證》(臺北：河洛圖書出版社，1975年)，卷6,〈俞序第十七〉，第6頁，總第111頁。

(15) 錢鍾書《管錐編》(臺北：書林出版公司，1990年)，冊三,〈全上古三代秦漢三國六朝文〉，三一,〈全後漢文〉，卷1，第967頁。

(16) 張松如《老子說解》(高雄：麗文文化公司，1993年)，一章〈說解〉，第6-9頁。

(17)〔戰國〕莊周著,〔清〕郭慶藩《莊子集釋》(臺北：河洛圖書出版社，1974年)，外篇〈天道第十三〉，第488-489頁。

(18) 參考黃錦鋐《莊子的審美觀》,《人文中國》,〈道德與情感〉109 (2003.5.12)。

(19)〔清〕金聖歎著，陸林輯校整理《金聖歎全集》(南京：鳳凰出版社，2008年)，第貳冊,《貫華堂第六才子書西廂記》卷4，一之一〈驚豔〉，第893頁。

(20) 余治平《董子春秋義法辭考論》(上海：上海書店，2013年)，丙卷,《《春秋》屬辭比事與董仲舒之辭法研究》，第234-291頁。

(21) 段熙仲《春秋公羊學講疏》(南京：南京師範大學出版社，2002年)，第三編,〈屬辭・述傳〉，第153-155頁。

(22) 余治平《董子春秋義法辭考論》,《董仲舒的《春秋》辭法》，第291-357頁。

(23)〔周〕左丘明著,〔晉〕杜預注,〔唐〕孔穎達疏《春秋左傳注疏》(臺北：藝文印書館，1955年,《十三經注疏》本)，卷27，成公十四年，第19頁，總第465頁。

(24) 同上，卷53，昭公三十一年，第19頁，總第930頁。

(25)〔清〕劉熙載著，徐中玉、蕭華榮校點《劉熙載論藝六種》(成都：巴蜀書社，1990年),《藝概》，卷1,〈文概〉，第5頁。

(26)《春秋左傳注疏》,〔晉〕杜預〈春秋注〉, 卷首, 第 17 頁, 總第 14 頁。

(27)〔日〕竹添光鴻《左氏會箋》(成都：巴蜀書社, 2008 年), 卷 10, 宣公二年, 孔子曰, 第 8-9 頁, 總第 826-827 頁。

(28) 參考張高評《《春秋》曲筆直書與《左傳》屬辭比事——以《春秋》書薨、不手弒而書弒為例》,《高雄師大國文學報》第 19 期 (2014 年 1 月), 第 31-71 頁。

(29)〔日〕竹添光鴻《左氏會箋》, 卷 17, 襄公二十五年, 第 27 頁, 總第 1432 頁。

(30) 同上, 卷 19, 襄公三十一年, 第 32 頁, 總第 1583 頁。

(31) 同上, 卷 17, 襄公二十四年, 第 13 頁, 總第 1403 頁。

(32)〔唐〕劉知幾著,〔清〕浦起龍釋《史通通釋》, 卷 6〈言語〉, 第 149、150 頁。

(33) 同上, 卷 16〈雜說上·左氏傳〉, 第 451 頁。

(34)〔戰國〕孟軻著,〔漢〕趙歧注,〔清〕焦循疏《孟子正義》(北京：中華書局, 1996 年), 卷 16,〈離婁下〉, 第 574 頁。

(35)〔漢〕鄭玄注,〔唐〕孔穎達疏《禮記正義》(臺北：藝文印書館, 1955 年,《十三經注疏》本), 卷 50,〈經解〉, 第 1 頁, 總第 845 頁。

(36)〔晉〕徐邈《春秋穀梁傳注義》, 僖公三十二年〈晉侯重耳卒〉注語,〔清〕馬國翰《玉函山房輯佚書》, 第 1408 頁。

(37) 錢穆《中國史學名著》(臺北：三民書局, 2006 年),〈春秋〉, 第 21 頁。

(38)〔晉〕范甯集解,〔唐〕楊士勛疏《春秋穀梁傳注疏》(臺北：藝文印書館, 1955 年,《十三經注疏》本),〈春秋穀梁傳序〉, 卷首, 第 9 頁, 總第 7 頁。

(39)〔漢〕司馬遷著,〔日〕瀧川資言考證《史記會注考證》(臺北：大安出版社, 2005 年), 卷 14,〈十二諸侯年表序〉, 第 6 頁, 總第 228 頁。

(40) 同上, 卷 110〈匈奴列傳〉「太史公曰」, 第 68-69 頁, 總第 1201 頁。

(41) 同上, 卷 117〈司馬相如列傳〉, 第 104 頁, 總第 1264 頁。

(42) 同上, 卷 121〈儒林列傳〉, 第 2-3 頁, 總第 1285 頁。

(43)〔漢〕班固著,〔唐〕顏師古注《漢書補注》, 卷 62〈司馬遷傳〉「贊曰」, 第 26 頁, 總第 1258 頁。

(44)〔唐〕劉知幾著,〔清〕浦起龍釋《史通通釋》, 卷 1〈六家〉, 第 7 頁。

(45) 同上, 卷 6〈敘事〉, 第 168、170 頁。

(46) 同上, 卷 6〈敘事〉, 第 173 頁。

(47) 參考杜維運《與西方史家論中國史學》(臺北：東大圖書公司, 1981 年), 第三章第五節〈中國史家長於敘事藝術〉, 第 92-93 頁。

(48)〔唐〕劉知幾著,〔清〕浦起龍釋《史通通釋》, 卷 6〈言語〉, 第 153 頁。

(49) 同上, 卷 7〈鑑識〉, 第 205 頁。

(50)〔唐〕陸淳《春秋啖趙集傳纂例》(臺北：大通書局, 1970 年, 清錢儀吉《經苑》本), 卷 1,〈趙氏損益義第五〉, 第 9-10 頁, 總第 2361 頁。

(51)〔日〕吉原文昭撰, 孫彬譯《關於唐代《春秋》三子的異同》, 林慶彰、蔣秋華主編《啖助新《春秋》學派研究論集》(臺北：中央研究院中國文哲所, 2002 年), 第 375、376 頁。

(52)〔晉〕杜預注,〔唐〕孔穎達疏《春秋左傳注疏》, 卷首,〈春秋序〉, 第 11 頁, 總第 11 頁。

(53)〔日〕竹添光鴻《左氏會箋》,〈春秋左氏傳序〉, 卷首, 第 3 頁。

(54) 同上。

(55)〔晉〕杜預注,〔唐〕孔穎達疏《春秋左傳注疏》, 第 11 頁, 總第 11 頁。

(56)〔清〕劉熙載著, 徐中玉、蕭華榮校點《劉熙載論藝六種》,《藝概》, 卷 1,〈文概〉, 第 43 頁。

(57) 同上,《藝概》, 卷 6,〈經義概〉, 第 164 頁。

(58)〔宋〕蘇軾《蘇軾文集》(北京:中華書局, 1986 年), 卷 11〈文與可篔簹谷偃竹記〉, 第 365-366 頁。

(59)〔清〕方苞《方望溪先生文集》, 卷 2〈讀史 · 又書〈貨殖傳〉後〉, 第 20 頁, 總第 40 頁。

(60)〔唐〕杜牧《注孫子序》,《樊川文集》(臺北:九思出版社, 1979 年), 卷 10, 第 150 頁。

(61)〔清〕張應昌編《春秋屬辭辨例編》,(上海:上海古籍出版社, 2002 年,《續修四庫全書》本), 卷 54,〈前後事比屬之義〉, 引林堯叟《左傳句解》, 第 17 頁, 總第 611 頁。

(62) 同上, 卷 54, 第 25 頁, 總第 615-616 頁。

(63)〔清〕張應昌《春秋屬辭辨例編》卷 12,〈主會首書〉, 第 1-5 頁, 總第 338-340 頁;〈主兵首書〉, 第 6-17 頁, 總第 340-346 頁。

(64) 同上,〈主兵首書〉, 第 6-17 頁, 總第 340-346 頁。

(65)〔宋〕陳傅良《春秋後傳》(北京:商務印書館, 2005 年, 文津閣《四庫全書》本), 卷 5, 第 19 頁。

(66)〔日〕竹添光鴻《左氏會箋》, 卷 10, 宣公十一年《經》, 第 29 頁, 總第 867 頁。

(67) 同上, 第 867、872-874 頁。

(68)〔漢〕董仲舒著,〔清〕蘇輿注《春秋繁露義證》, 卷 3〈精華第五〉, 第 20-21 頁, 總第 66-67 頁。

(69)〔漢〕何休解詁,〔唐〕徐彥疏《春秋公羊傳注疏》(臺北:藝文印書館, 1955 年,《十三經注疏》本), 昭公十二年, 第 18-19 頁, 總第 281-282 頁。

(70) 楊樹達《春秋大義述》(上海:上海古籍出版社, 2007 年), 卷 5,〈言序第二十九〉, 第 283-284 頁。

(71) 同上, 卷 5,〈言序第二十九〉, 第 285 頁。

(72) 張高評《比事屬辭與古文義法》(臺北:新文豐出版公司, 2006 年), 第五章〈即辭觀義與春秋修辭學〉, 第 229-237 頁。

(73)〔唐〕劉知幾著,〔清〕浦起龍釋《史通通釋》, 卷 2〈列傳〉, 第 46 頁。

(74) 參考何炳松《歷史研究法》, 第八章〈編比〉,《何炳松文集》(北京:商務印書館, 1997 年), 第四卷, 第 53-61 頁。

(75)〔日〕瀧川資言《史記會注考證》, 卷 61〈伯夷列傳〉, 第 1 頁, 總第 824 頁。

(76)〔宋〕蘇洵著, 曾棗莊、金成禮箋註《嘉祐集箋注》(上海:上海古籍出版社, 1993 年), 卷 9〈史論中〉, 第 232-233 頁。

(77)〔清〕顧炎武著, 黃汝成集釋, 欒保群、呂宗力校點《日知錄集釋》(上海:上海古籍出版社, 2006 年), 卷 26〈史記于序事中寓論斷〉, 第 1429 頁。

(78)〔清〕趙翼《廿二史劄記》, 卷 1〈史記編次〉; 楊燕起、陳可青、賴長揚編《歷代名家評史記》(北京:北京師範大學出版社, 1986 年), 上編〈論編纂體例 · 論列傳〉, 第 162 頁。

(79)〔金〕王若虛《滹南遺老集》, 卷 11,〈史記辨惑〉; 同上,〈論編纂體例 · 論列傳〉, 第 159 頁。

(80)〔清〕梁玉繩《史記志疑》(臺北:新文豐出版公司, 1984 年), 卷 36,〈太史公自序〉, 第 1414 頁。

(81) 同上, 卷 36,〈太史公自序〉, 第 1416 頁。

(82) 張高評《〈春秋〉書法與「義」在言外——比事見義與《春秋》學史研究》,《文與哲》第 25 期 (2014 年 12 月), 第 77-130 頁。

(83)〔明〕郝敬《史記愚按》, 卷 3; 楊燕起等《歷代名家評史記》, 上編〈論編纂體例 · 總論〉, 第 107 頁。

(84)〔日〕瀧川資言《史記會注考證》, 卷首,〔唐〕張守節〈史記正義論例 · 論史例〉, 第 1 頁, 總第 10 頁。

(85)〔明〕何喬新《何文肅公文集》, 卷 2,〈史記〉;《歷代名家評史記》, 上編〈論編纂體例 · 總論〉, 第 106 頁。

(86)〔日〕瀧川資言《史記會注考證》, 卷 61〈伯夷列傳第一〉, 第 3 頁, 總第 824 頁。

(87)〔清〕汪之昌〈史記列傳編次先後有無義例說〉,《青學齋集》, 卷 14; 楊燕起、陳可青、賴長揚編《歷代名家評史記》, 第 168 頁。

從“君父師”到“天地君親師”
——中古師道的存在與表現探尋

李曉紅

自余英時先生《“天地君親師”的起源》一文問世以來[(1)]，學界關於“天地君親師”觀念的方方面面已有不少進一步研究[(2)]。其中對此觀念的起源研究，基本未突破余文的結論：即從思想的實質說，“天地君親師”的價值系統在先秦文獻如《荀子・禮論》中已存在[(3)]；但“師”與“天地君親”並列的“尊師”表現則是到宋代始有[(4)]。徐梓雖提出東漢《太平經》中已有天、地、君、父、師的排序，但也承認在很長時期中這一觀念流傳不廣，至北宋呂洞賓故事中才正式有“天地君親師”的提法[(5)]。本文疑問在於，為何先秦兩漢即有的尊師思想，要到宋代才進入民眾的日常生活視野？魏晉南北朝時期之師者，是怎樣一種存在？

一、中古的“君父師”觀

也許是注意到從《荀子》時代到宋代之間存在巨大歷史空白。余英時先生在引證南宋俞文豹《吹劍三錄》指出“天地君親師”起源的上限不能早於13世紀中葉後補充道：“這五個字是在民間逐漸發展出來的，而且重點也未必一定放在‘君’上面，俞文豹所特尊的其實是‘師’。《水滸傳》宋江在將吃‘板刀面’時也說：‘因為我不敬天地，不孝父母，犯下罪責’，便包括‘天、地、親’三者。林沖火并王倫之後，要吳用坐第二把交椅，說‘學究先生在此，便請做軍師’，這也是‘尊師’的明確表現。可見宇宙五大，梁山泊已承認其四了。”[(6)]認為這五字是在民間逐漸發展出來的，并通過《水滸傳》中“天、地、親”三者並列到“師”為其四，暗示一條從“天、地、親”到“天、地、親、師”最終形成“天、地、君、親、師”價值系統的脈絡，基本放棄了其前文所引錢穆言“天地君親師，始見荀子書中”的探源思路。

但讀余先生所引俞文豹言：

> 韓文公作《師說》，蓋以師道自任，然其說不過曰：師者所以傳道、受業、解惑也。愚以為未也。《記》曰：天生時、地生財、人其父生而師教之，君以正而用之。是師者固與天地君親並立而為五。夫與天地君親並立而為五，則其為職必非止于傳道、受業、解惑也。

則是把尊師淵源追溯到《禮記》，《禮運》“故天生時而地生財，人其父生而師教之，四者君以正用之，故君者立於無過之地也。”即俞文豹所謂“《記》曰”之出處[(7)]。此外這裡想特別引起注意的是清周壽昌《思益堂日札》卷九“天地君親師”條：

> 俗以“天地君親師”五者合祀，比戶皆然。案《禮·禮運》云：天生時而地生財，人其父生而師教之，四者君以正用之。《大戴禮·禮三本篇》云：禮有三本，天地者，性之本也；先祖者，類之本也；君師者，治之本也。無天地焉生，無先祖焉出，無君師焉治。《荀子·禮論篇》略同。又云：故禮上事天，下事地，尊先祖而隆君師，是禮之三本也。《白虎通·封公侯》云：天有三光，日月星是也；地有三形，高下平是也；人有三尊，君父師是也。俗禮當本此。劉蕺山《人譜》云：“王文康公父訓誨童蒙，必盡心力，脩脯不計，每與同輩論師道曰‘天地君親師五者並列，師位何等尊重，後生以師事我，則終身成敗榮辱俱我任之’云云。晚年生文康公。”觀此，則宋時已有此禮矣。今國子監大堂後壁大篆“君親師”三字，不知昉自何時。

此論民間“天地君親師”合祀牌位的起源，余先生未引及。其中明確把“天地君親師”的觀念追溯到《禮記》、《荀子》、《白虎通》等文獻，更引劉宗周記載言北宋王曙（963-1034）之父已言及“天地君親師”五者並列之禮。

是故純從民間來考察這一價值系統的形成，或有可商。即使不把劉宗周所錄視同北宋文獻，也應注意周壽昌所提出的宋代以來“天地君親師”價值系統與先秦的關聯。問題在於如何找到先秦思想資源與宋代的關聯。難道從《荀子》、《禮記》乃至《白虎通》之後，整個魏晉南北朝就沒有“師”與“天地君親”的任一個並列的地位嗎？

非也。周壽昌文末提及清國子監大堂後壁大篆“君親師”三字牌位是一個重要啟示。儘管周壽昌似是隨手連類而及，留下一個疑問：不知“君親師”這三字始於何時。筆者以為，在周壽昌所列舉的“天地君親師”起源材料中，有着“君親師”的起源，即《白虎通·封公侯》云：“天有三光，日月星是也；地有三形，高下平是也；人有三尊，君父師是也。”

“君父師”即“君親師”[(8)]，是春秋時即存在的價值體系。《國語·晉語一》載魯桓三年，曲沃武公伐翼，殺晉哀侯後，勸哀侯的大夫共叔成投降并許以官位，共叔成辭曰：

> 成聞之：“民生於三，事之如一。”父生之，師教之，君食之。非父不生，非食不長，非教不知。生之族也，故一事之。唯其所在，則致死焉。報生以死，報賜以力，人之道也。臣敢以私利廢人之道，君何以訓矣？

可見視父、君、師為人生根本，報答君恩、父恩、師恩的人道思想。此中“父生之，師教之”與《禮記·禮運》“人其父生而師教之”文義相近；“民生於三，事之如一”與《荀子·禮論》“尊先祖而隆君師”所指無別，皆可說明先秦思想中對“父、君、師”或“先祖、君、師”的價值排序。

先秦人雖然很早就認識到“天”、“地”生人之義，與“父、君、師”共為支配人生的根本力量。但天、地畢竟是外在於人的一種更強大莫測的支配力，《荀子·禮論》言：“禮上事天，下事地，尊先祖而隆君師，是禮之三本也。”將“尊先祖而隆君師”作為禮三本之一，與天禮、地禮別立，在禮典上當為天、地、人（君、親、師）三個獨立部分。

直到漢代，如《白虎通・封公侯》所示：天、地、人雖在一個體系中論列，但在此體系中仍然是天、地、人三分而別論，而“人有三尊，君父師是也”，正說明此期儒學提倡尊師與尊父、尊君並列的價值體系。

三國吳韋昭注《國語・晉語一》“民生於三，事之如一”曰：“三，君、父、師也。”晉常璩《華陽國志》卷十上《先賢仕女總贊》“在三義敦”條曰：“人生於三事若一，君、父、師也。”皆同《白虎通》，足可說明先秦以來對“天、地、君、親、師”的認識上，最早並列的是“先祖、君、師”或“父、君、師”三者。[9] 文獻常以“於三”、“在三”指代。晉潘尼《釋奠頌》載：

> （元康）三年春閏月，將有事於上庠，釋奠于先師，禮也。越二十四日丙申，侍祠者既齊，輿駕次于太學。太傅在前，少傅在後，恂恂乎弘保訓之道；宮臣畢從，三率備衛，濟濟乎肅翼贊之敬。乃掃壇為殿，懸幕為宮。夫子位于西序，顏回侍于北墉。宗伯掌禮，司儀辯位。二學儒官，搢紳先生之徒，垂纓佩玉，規行矩步者，皆端委而陪於堂下，以待執事之命。設樽篚於兩楹之間，陳罍洗於阼階之左。几筵既布，鍾懸既列，我后乃躬拜俯之勤，資在三之義。謙光之美彌劭，闕里之教克崇，穆穆焉，邕邕焉，真先王之徽典，不刊之美業，允不可替已。[10]

言禮敬師者的釋奠禮，乃“弘保訓之道”。此可見晉時師道是“資在三之義”。

《晉書》卷八八《孝友・許孜傳》載：

> 許孜……年二十，師事豫章太守會稽孔沖，受《詩》、《書》、《禮》、《易》及《孝經》、《論語》。學竟，還鄉里。沖在郡喪亡，孜聞問盡哀，負擔奔赴，送喪還會稽，蔬食執役，制服三年。

為師服喪三年，咸康中太守張虞上疏稱“當其奉師，則在三之義盡”。又《初學記》卷十八《人部中・師》“在三”條引崔鴻《後秦錄》曰：

> 初，姚泓之為太子，受經於太學博士淳于岐。岐病在家，泓以師者人之表範，傳先聖之訓，加在三之義，不可以不重，親詣省疾，拜於牀下。

言姚泓省師疾，是行“在三之義”。

隋唐以來，師仍然是與君、父並列的“在三之義”。杜淹《文中子世家》載銅川府君曰：

> 在三之義，師居一焉。

唐《天寶八載冊尊號赦》:

> 聖人垂訓，蓋先乎道。學者崇本，必有其師。文宣王與聖祖同時，俱為教首。雖考言比德，理在難明。而問禮序經，跡彰親授。思廣在三之義，用崇得一之尊。宜於太清太微宮聖祖前、更立文宣王像。[(11)]

此中孔子像進入太清太微宮聖祖前，是師與君父在祭祀場合的並列。

要之，在先秦文獻注意到“天、地、君、親（先祖、父）、師”在人生中的支配力量以來，“師”與“君、親（先祖、父）”先在人道的範疇內獲得並列之尊。這種尊師觀念，貫穿整個魏晉南北朝隋唐時期，至遲在唐代宮廷內部出現了“君父師”的祭祀排位。入宋之後，“君親（先祖、父）師”的價值體系依然存在，如朱熹《通鑑綱目》卷十六載：“人生於三，謂君親師也。”并在道教的系統里出現了與“天、地”並列排位的傾向，最終形成“天地君親師”的體系。[(12)]同時在國子監等特定的地方，“君親師”的體系依然存在。[(13)]

二、中古的尊師重教實踐的考察

迄今罕見學界探討中古“在三之義，師居一焉”的尊師觀念，更未將其與“天地君親師”起源聯繫起來考慮，主要原因蓋在于中唐以來文獻對魏晉已降儒風不振、師資道喪的批判。唐呂溫（771-811）《與族兄皋請學春秋書》曰：

> 儒風不振久矣。某生於百代之下，不顧昧劣，凜然有志，翹企聖域，莫知所從。如仰高山，臨大川，未獲梯航，而欲濟乎深，臻乎極也。凡學之道，嚴師為難。師資道喪，八百年矣。……兩漢多名臣，諫諍之風，同乎三代。蓋由其身受師保之教誨，朋友之箴誡，既知已之損益，不忍觀人之成敗也。魏晉之後，其風大壞，學者皆以不師為天縱，獨學為生知。譯疏翻音，執疑護失。率乃私意，攻乎異端。以諷誦章句為精，以穿鑿文字為奧。至於聖賢之微旨，教化之大本，人倫之紀律，王道之根源，則蕩然莫知所措矣。其先進者，亦以教授為鄙。公卿大夫，恥為人師。至使鄉校之老人，呼以先生，則勃然動色。痛乎風俗之移人也如是。是以今之君子，事君者不諫諍，與人交者無切磋。蓋由其身不受師保之教誨，朋友之箴規，既不知已之損益，惡肯顧人之成敗乎。而今而後，乃知不師不友之人，不可與為政而論交矣。且不師者，廢學之漸也。恐數百年後，又不及於今日。則我先師之道，其隕於深泉。[(14)]

稍後尚有韓愈所謂“漢氏已來，師道日微”[(15)]、柳宗元所謂“魏、晉氏以下，人益不事師”[(16)]“舉世不師”[(17)]之嘆。現代學界有宋學“師道運動”說，如錢穆言：“宋學最先姿態，是偏重在教育的一種師道運動。這一運動，應該遠溯到唐代之韓愈。”陸敏珍進一步辨析道：“中唐以來，儒家師道的興起只是一些充滿憂患的士人的思想表述，實踐上表現為個人的理想、勇氣與踐履。……真正將師道運動與國家政策、社會制度相結合，則要等到北宋慶曆時期。[18]”似乎魏晉已降、中唐以前真是“儒家師道”不存的時代。對此下文擬略作辨析，作為對中古師道考察的一個補充。

《晉書》卷四九《阮瞻》載：

> 東海王越鎮許昌，以瞻為記室參軍，與王承、謝鯤、鄧攸俱在越府。越與瞻等書曰：“禮，年八歲出就外傅，明始可以加師訓之則；十年曰幼學，明可漸先王之教也。然學之所入淺，體之所安深。是以閑習禮容，不如式瞻儀度；諷誦遺言，不若親承音旨。小兒毗既無令淑之質，不聞道德之風，望諸君時以閑豫，周旋誨接。”

表明此期像司馬毗那樣的學門貴族子弟，可不必“出就外傅”求學；但對於一般士子，仍有“年八歲出就外傅”之禮。但應注意的是，司馬毗雖不必外出入學，但其父司馬越仍幫其安排了阮瞻、王承等教導，《晉書》卷七五《王承傳》載司馬越敕其子毗曰：“夫學之所益者淺，體之所安者深。閑習禮度，不如式瞻儀形；諷味遺言，不若親承音旨。王參軍人倫之表，汝其師之。[19]”可見即使學門貴族內部，人的成長也離不開師者。應璩《百一詩》其三：“子弟可不慎。慎在選師友。師友必良德。中才可進誘。”即可代表時人對師者的期待。

事實上在中古的開端，馬融、盧植、鄭玄三位儒學大師垂範仍在。現存晉、宋文獻中記載了不少故事，如黃巾軍、曹操、袁紹等禮敬鄭玄、盧植[20]；鄭玄去世後，“受業者，縗絰赴會千餘人。門人相與撰玄答諸弟子問五經，依《論語》作《鄭志》八篇。[21]”孔門師教之風並未失墜。

當然，韓愈《師說》云：“彼童子之師，授之書而習其句讀者，非吾所謂傳其道解其惑者也[22]”柳宗元《答嚴厚輿秀才論為師道書》云：“馬融、鄭玄者，二子獨章句師耳。今世固不少章句師，僕幸非其人。[23]”二人皆知中古有教學傳授實踐，故唐人對“漢氏已來，師道日微”的批判，並非著眼於是否就師，而是著眼于“章句”之外。《晉書》卷九一《儒林・徐邈傳》載：

> 孝武帝始覽典籍，招延儒學之士，邈既東州儒素，太傅謝安舉以應選。年四十四，始補中書舍人，在西省侍帝。雖不口傳章句，然開釋文義，標明指趣，撰正五經音訓，學者宗之。遷散騎常侍，猶處西省，前後十年，每被顧問，輒有獻替，多所匡益，甚見寵待。帝宴集酣樂之後，好為手詔詩章以賜侍臣，或文詞率爾，所言穢雜，邈每應時收斂，還省刊削，皆使可觀，經帝重覽，然後出之。……時皇太子尚幼，帝甚鍾心，文武之選皆一時之俊。以邈為前衛率，領本郡大中正，授太子經。帝謂邈曰：“雖未敕以師禮相待，然不以博士相遇也。”古之帝王，受經必敬，自魏晉以來，多使微人教授，號為博士，不復尊以為師，故帝有云。

此中“不口傳章句”的徐邈，得到當朝名臣與“學者宗之”；孝武帝更選他“授太子經”，比此期一般教授地位要高。可見此期學者並非皆如呂溫所言“以諷誦章句為精，以穿鑿文字為奧”。

而先進者也並未“恥為人師”,《晉書》中除了《儒林傳》載此期儒學師道傳承事跡外，在《王祥傳》、《庾峻傳》、《唐彬傳》等亦載有“以師道自任”、“隨師受業，還家教授”之例。

在制度的創設上,“師”也日益成為行政體系中的結構性存在。“自魏以來，王國置師、友，晉避景帝諱，改師為傅。[(24)]”劉宋從立國伊始即重視儒學發展,《宋書》卷七三《顏延之》載:“雁門人周續之隱居廬山，儒學著稱，永初中，徵詣京師，開館以居之。高祖親幸，朝彥畢至，延之官列猶卑，引昇上席。上使問續之三義，續之雅仗辭辯，延之每折以簡要。既連挫續之，上又使還自敷釋，言約理暢，莫不稱善。”又卷九三《隱逸・雷次宗傳》載:“元嘉十五年，徵次宗至京師，開館於鷄籠山，聚徒教授，置生百餘人。會稽朱膺之、潁川庾蔚之並以儒學，監總諸生。時國子學未立，上留心藝術，使丹陽尹何尚之立玄學，太子率更令何承天立史學，司徒參軍謝元立文學，凡四學並建。車駕數幸次宗學館，資給甚厚。又除給事中，不就。久之，還廬山，公卿以下，並設祖道。二十五年，詔曰:‘前新除給事中雷次宗，篤尚希古，經行明修，自絕招命，守志隱約。宜加昇引，以旌退素。可散騎侍郎。’後又徵詣京邑，為築室於鍾山西巖下，謂之招隱館，使為皇太子諸王講喪服經。”儘管由於時局不穩，南朝國子學的設立時斷時續，但朝廷一直沒有放棄立學的努力，如蕭齊時代“建元四年正月，詔立國學。……太祖崩，乃止。永明三年正月，詔立學，創立堂宇，召公卿子弟下及員外郎之胤，凡置生二百人。……其年秋中悉集。其冬，皇太子講孝經，親臨釋奠，車駕幸聽。建武四年正月，詔立學。永泰元年，東昏侯即位，尚書符依永明舊事廢學。領國子助教曹思文上表曰:‘古之建國君民者，必教學為先……據臣所見，今之國學，卽古之太學。晉初太學生三千人，既多猥雜，惠帝時欲辯其涇渭，故元康三年始立國子學，官品第五以上得入國學。天子去太學入國學，以行禮也。太子去太學入國學，以齒讓也。太學之與國學，斯是晉世殊其士庶，異其貴賤耳。然貴賤士庶，皆須教成，故國學太學兩存之也，非有太子故立也。然繫廢興於太子者，此永明之鉅失也。……今學非唯不宜廢而已，乃宜更崇尚其道，望古作規，使郡縣有學，鄉閭立教。請付尚書及二學詳議。’有司奏。從之。[(25)]”足見立學是此期皇帝即位後的重要議題。

官學之外的私學也富有成效地發展著,《周書》卷四五《儒林・熊安生傳》載:“(熊安生)初從陳達受三傳，又從房虬受周禮，並通大義。後事徐遵明，服膺歷年。東魏天平中，受禮於李寶鼎。遂博通五經。然專以三禮教授。弟子自遠方至者，千餘人。乃討論圖緯，捃摭異聞，先儒所未悟者，皆發明之。齊河清中，陽休之特奏為國子博士。……安生既學為儒宗，當時受其業擅名於後者，有馬榮伯、張黑奴、竇士榮、孔籠、劉焯、劉炫等，皆其門人焉。所撰《周禮義疏》二十卷、《禮記義疏》四十卷、《孝經義疏》一卷，竝行於世。”

要之，無論是制度的創設，還是實際的學術傳承上；無論是官學還是私學，魏晉南北朝并非“學者皆以不師為天縱”、“公卿大夫，恥為人師”。相反，因本期門閥士族以家風家學高自標置，皇帝更需崇儒興學培養新興階級力量與之相抗衡。[(26)]據《冊府元龜》卷五九八“學校部・教授”所錄，自先秦卜商到初唐王方慶（？-702）合共196家中，自“魏趙典”至“唐秦暐”之間有73家；卷七一〇“宮臣部・講習”載“入參講議，敷暢經旨，進對宴說，以師道而自處”者，自“漢瑕丘江公”到初唐“竇宗直”合共55家中，自“魏應習”至“唐孔穎達”之間有36家，顯然魏晉南北朝時期之師道傳承甚至不亞於漢代，呂溫對此期"師資道喪"之評可謂片面之詞。

三、中唐對魏晉以降師道的批判及其影響

綜上所述，無論是從"在三之義"的觀念上，還是從實際的尊師重教實踐上，中古並沒未脫離漢代的儒學傳承軌跡。相反初唐的經學註疏成果，建基於魏晉南北朝的儒學發展。中唐以來的學者會無視這些存在，反而以批評魏晉已降"師資道喪"獲得廣泛認同，也是十分耐人尋味的。

我想原因固然主要在于中唐學者的身份視角與話語建構，但一定程度上與晉宋文獻所展現的異樣師者形象不無關聯。《世說新語 · 文學》載：

> 鄭玄在馬融門下，三年不得相見，高足弟子傳授而已。嘗算渾天不合，諸弟子莫能解；或言玄能者，融召令算，一轉便決，眾咸駭服。及玄業成辭歸，既而融有"禮樂皆東"之歎，恐玄擅名而心忌焉。玄亦疑有追，乃坐橋下，在水上據屐。融果轉式逐之，告左右曰："玄在土下水上而據木，此必死矣。"遂罷追。玄竟以得免。

此條載在"文學"類的開篇，書寫者想展現的應該是鄭玄算學之精，但同時帶出的師者馬融形象卻十分惡劣：1、嫚於待士，普通弟子三年不能見一面，2、妬恨英才，恐已學成的弟子"擅名而心忌"以至於追殺。此雖是晉、宋間委巷盛談[27]，但可見此時民間對儒學師者形象的一種觀感。

《晉書 · 儒林傳》序曰："有晉始自中朝，迄於江左，莫不崇飾華競，祖述玄虛。擯闕里之典經，習正始之餘論。指禮法為流俗，目縱誕以清高。遂使憲章弛廢，名教頹毀。五胡乘間而競逐，二京繼踵以淪胥。運極道消，可為長嘆息者矣。"《南史 · 儒林傳序》亦曰："兩漢登賢，咸資經術，洎魏正始以後更尚玄虛。公卿士庶，罕通經業。時荀顗、摯虞之徒，雖議創制，未有能易俗移風者也。自是中原橫潰，衣冠道盡。"皆批評此期"崇飾華競，祖述玄虛"的士風，《隋書》卷七五《劉焯傳》載：

> （焯）因國子釋奠，與劉炫二人論議，深挫諸儒，諸儒或懷妬恨，遂為飛章所謗，除名為民。於是優游鄉里，專以教授著述為務，孜孜不倦。然懷抱不廣，又吝於財，不行束脩者，未嘗有所教誨，時人以此少之。

所寫諸儒妬恨、毀謗，劉焯吝於財，都展現此期儒學中人的不堪一面。

這些儒學師者的故事流播於民間，如敦煌《伍子胥變文》載伍子胥外甥想出賣伍子胥求官，追趕伍子胥時占得伍子胥"頭上有水，定落河傍；腰間有竹，塚墓成荒；木劇（屐）倒着，不進傍徨。若着此卦，必定身亡。不復尋覓，廢我還鄉[28]"，即模仿馬融追殺鄭玄情節。故而當韓愈感歎"由漢氏已來，師道日微，然猶時有授經傳業者。及於今，則無聞矣[29]"、今之衆人"恥學於

師”[30]；柳宗元謂“今之世，為人師者衆笑之”[31]，社會上應該確有對儒師的負面評價。

無疑，中唐已降文獻對魏晉“師資道喪”的批評，不脫初唐史官對魏晉“名教頽毀”的批評思路，韓愈、柳宗元等提倡“文以載道”、“文以明道”，強調師者自身的品德修養，不無反撥馬融之流負面影響的用心。當他們自為師者面對後進學子時，也有一種與“嫚待”、“妬恨”針鋒相對的勁頭。突出的例子是歐陽修，在面對文章之美令他汗下的蘇軾，并意識到“三十年後，世上人更不道著我也”後，他的反應是“老夫當避路，放他出一頭地也”，並且交代其他門人與蘇軾定交。晁端彥訪蘇軾時即言：“吾從歐陽公游久矣，公令我來與子定交，謂子必名世，老夫也亦須放他出一頭地。”這不僅表示歐陽修對蘇軾的特別器重，而且顯示出歐陽修作為此期文壇盟主對青年才俊的特別關照：介紹薦引，促成門生之間横向關係的發展[32]。此與《世説新語·文學》所載馬融、鄭玄師生故事形成鮮明對照。從這一個角度上看，中唐已降的師道建構，確實與時人對魏晉師道狀況的觀察與反思有關，儘管這種觀察與反思是片面的。

【注】

（1）寫於1996年，收入《現代儒學論》（上海人民出版社1998年版）、《現代儒學的回顧與展望》（北京：三聯書店2012年版）等專著中。

（2）出現多篇論文（見後面注釋）和專著如蔡利民《天地君親師的命運 從文化哲學視野看中國人的終極關懷》（北京：中國書店2013年版）等。

（3）余英時《現代儒學論》，第167頁。徐梓《“天地君親師”源流考》（《北京師範大學學報（社會科學版）》2006年第2期）亦以為“‘天地君親師’的思想形成于《荀子》”；呂友仁、呂梁認為源出時代更早的《禮記·禮運》，見《“天地君親師”溯源考——兼論〈禮記〉的成書時代》，《河南師範大學學報》2015年第3期。

（4）余英時提出上限不能早於“十三世紀中葉”。蔡利民從之，見《天地君親師的命運 從文化哲學視野看中國人的終極關懷》，第126頁。

（5）《“天地君親師”源流考》，《北京師範大學學報（社會科學版）》2006年第2期；《“天地君親師”的源流》，《國學》2013年10期。

（6）《現代儒學論》，第167-168頁。

（7）余英時言“此文所引‘記曰’出於何書尚待考，因為它和荀子之説及《國語·晉語》‘民生于三’之説都不同”（見《現代儒學論》，第167頁），按此“記曰”當即《禮記》、《禮運》：“故天生時而地生財，人其父生而師教，之四者，君以正用之，故君者立於無過之地也。”

（8）“親”指父親，與“天、地、君、親、師”，在《禮記》寫作“天、地、君、父、師”一樣。詳參呂友仁、呂梁《“天地君親師”溯源考——兼論〈禮記〉的成書時代》，《河南師範大學學報》2015年第3期。按從“天地君父師”到“天地君親師”，蓋是因“親”字為平聲，與“天地”之“地”仄聲相對，聲律更為協和而被更廣地接受了。

（9）中古文獻中“君父”、“君親”并見。參見唐長孺《魏晉南朝的君父先後論》，《魏晉南北朝史論拾遺》，北京：中華書局2011年版。

（10）《晉書》卷五五《潘尼傳》。

（11）《唐大詔令集》卷九“帝王·冊尊號赦”。

（12）《“天地君親師”源流考》，《北京師範大學學報（社會科學版）》2006年第2期。

（13）趙慎畛撰《榆巢雜識》上卷“國子監聯”亦載：“國子監聯國子監大堂，御題曰‘彝倫堂’，元之‘崇文閣’也。堂後篆‘君、親、師’三字，字盈尺，‘君’字居中。”

（14）《全唐文》卷六二七“吕温 · 三”。

（15）《全唐文》卷五四七“韓愈 · 一”《進士策問》第十二首。

（16）《全唐文》卷五七五“柳宗元 · 七”《答韋中立論師道書》。

（17）《全唐文》卷五八三“柳宗元 · 十五”《師友箴》。

（18）詳參錢穆《宋明理學概述》，臺北：學生書局 1984 年版，第 2 頁；陸敏珍《論韓愈〈師說〉與中唐師道運動》。

（19）《晉書》卷七五《王承傳》。

（20）范曄《後漢書》卷三五《鄭玄傳》載“黄巾賊數萬人，見玄皆拜”及袁紹尊鄭玄故事，葛洪《抱朴子外篇校箋》卷二五“疾謬”亦言“康成之里，逆虜望拜”，可見晉、宋時人對尊師故事的認同。《三國志》卷二二《魏書 · 盧毓傳》及裴松之注引《續漢書》載曹操禮敬盧植故事。

（21）范曄《後漢書》卷三五《鄭玄傳》。

（22）《全唐文》卷五五八“韓愈 · 十二”《師說》。

（23）《全唐文》卷五七五“柳宗元 · 七”《答嚴厚輿論師道書》。

（24）《資治通鑑》卷八二《晉紀四 · 世祖武皇帝下》“太康十年”。

（25）《南齊書》卷九《禮志》。

（26）如齊高帝蕭道成即是劉宋朝廷所立雷次宗雞籠山學館受業弟子，“治禮及左氏春秋”（《南齊書》卷一《本紀第一 · 高帝上》）。至蕭道成孫輩文惠太子蕭長懋、竟陵王蕭子良，已為蕭齊文壇領袖；入梁之後的蕭子顯、蕭子雲等也居一流文士之列。《南齊書》卷二一《文惠太子蕭長懋傳》載蕭長懋長年臨國學講論，并與王儉辯《曲禮》、《周易》義；《梁書》卷三五《蕭子雲傳》載蕭子雲倡改沈約所制梁代禮樂，皆可見新興的蘭陵蕭氏與舊族瑯邪王氏等的文化角力。參見李曉紅《南朝雅樂歌辭文體新變論析》，《文學遺產》2014 年第 5 期。

（27）梁代劉孝標注曰：“馬融海內大儒，被服仁義；鄭玄名列門人，親傳其業，何猜忌而行鴆毒乎？委巷之言，賊夫人之子。”余嘉錫先生考此節蓋採自《語林》，見《御覽》三九三，非義慶之所杜撰也；又《廣記》二百十五引《異苑》尚載有兩說，“知此說為晉、宋間人所盛傳。然馬融送別，執手殷勤，有‘禮樂皆東’之歎，其愛而贊之如此，何至轉瞬之間，便思殺害！苟非狂易喪心，惡有此事？裴啟既不免矯誣，義慶亦失於輕信。孝標斥為委巷之言，不亦宜乎！《世說新語箋疏》卷上之下“文學第四”，中華書局 2007 年版，第 227 頁。

（28）項楚：《敦煌變文選注》上編《伍子胥變文》，中華書局 2006 年版，第 40 頁。

（29）《全唐文》卷五四七“韓愈 · 一”《進士策問》第十二首。

（30）《全唐文》卷五五八“韓愈 · 十二”《師說》。

（31）《全唐文》卷五八三“柳宗元 · 十五”《師友箴》。

（32）王水照《嘉祐二年貢舉事件的文學史意義》，見《王水照自選集》，上海教育出版社 2000 年版，第 216 頁。

銭穆政治思想における専制と民主

齊藤 泰治

銭穆は中国文化、学術の諸テーマを中心に史的考察を展開し、中国学術史上に大きな足跡を残した。戴景賢によれば、銭穆の中国近現代学術史に対する貢献は「普遍的史論」、「特定の学術思想史研究」から成り、「普遍的史論」に関しては「機能的制度の強調」、「文化における精神特質に関する分析」という二つの重点に立脚していた(1)。また、現在も中国において銭穆の著作は数多く出版されており、出版部数もかなりの数字になるといわれる(2)。近代中国史学の成果として論じられる場合(3)もあるが、中国史における政治体制をめぐる議論との関連でいえば、専制政治をめぐる議論に銭穆は登場する。一部の論考においては、中国の歴史は専制制度が連続してきたとの前提で論じる梁啓超に対して、中国の伝統的政治は専制制度の連続ではなかったと論じる銭穆は「中国式民主」を唱えた論者として対置される(4)。銭穆は歴史上の皇帝制度をどのように論じているのか。中国式民主としていかなる体制を理想型としていたのか。伝統思想に対する銭穆の視点はいかなるものであったのか。単純な二分法によってこの問題を論じるのではなく、銭穆の政治思想の特色の中で従来見落とされていた点がないかどうか、1930年代後期から1950年代にかけての文章を中心に、銭穆の政治思想における専制と民主の問題を中心に考えてみたい。

一、政治思想と政治制度について

銭穆は思想史について、どのように述べているか。一つの対象、一つの問題を連続して考える「相続心」が思想であり、いくつかの大問題について結論が得られず、後続者が先人の思考経路に沿って拡大、深化させることによって思想史ができていくという記述がある(5)。それぞれの時代における政治、社会状況の反映としての政治思想史を描き、さらにそれらの思想が時代ごとにどのように変化しているかに重きを置く研究方法もあるが、銭穆においては中国政治哲学の検討と、政治制度の変遷に大きな関心が示されていた。

では、政治思想と政治制度の関係は銭穆においてはどのように認識されていたのか。銭穆は、政治は政治思想と政治制度の二つの大綱に分かれ、「思想が制度の先導である(6)」と述べている(7)。また、「春秋戦国時代以来、士人が政治に干預する門が開かれ、秦以降、士人政府の組織が存在しており、学者は政治について発言だけでなく行動もできたので、中国政治思想は制度の中で、随時具体的に実現した[8]」と指摘している。銭穆にとって政治思想史の研究とは政治思想家の言説の考察と同時に、思想が何に反映したのかという点についての考察であった。たとえば、思想は制度に反映するだけでなく、法令にも反映した。「思想の表現は文字著作にはなく、当時の法令にあった[9]」という一文はそれを示している。

銭穆は中国政治思想を治める者のなすべきこととして、「各思想の全体系を理解し、各朝代の実際の政治とその時々の制度および奏議を総合的に検討してその所以を明らかにしようとすること[10]」を挙げている。「前者〔制度〕は文人が政治に当たる際に必ず政治的理想を政治制度に併入させるからであり、後者〔奏議〕は、文人が在野で必ずその政治に対する理想を奏章に著し、政治に当たる人に貢献するからである[11]」。銭穆は政治制度に反映される要素としての政治思想の役割に注目していたのである。なお、この場合の政治思想とは、それぞれの時代を生きた人物の政治的理想を含むものである。

> 「中国では秦漢以後、政治主義と政治思想を大いに発揮した著作は少ない。もし中国人の政治思想を研究するのであれば、中国人の政治制度に注意すべきである。思想と主義とはすべて制度に融化し、この様々な制度は確かに推進することができ、しばしば二三百年乃至千年以上に及ぶ[12]」。

政治思想に関する言説は中国でも古くから研究対象とされてきたが、政治思想、政治的理想が先導して政治制度が生まれ、政治制度に政治思想が融化している点を銭穆は重視したのである。

二、政体について

銭穆のこのような認識を前提とすれば、政治体制に対して強い関心をもったことは必然だったといえる。銭穆はモンテスキュー『法の精神』に言及している。モンテスキューの政体について、銭穆は、「立憲政体で憲法がある」、「専制政体で憲法がない」の二種類に分かれ、政府形態については君主専制、君主立憲、民主立憲に分かれるとしている[13]。その上で、「彼（モンテスキュー）は中国がこの三つの範疇に帰納できないことを理解していない。中国には君主がおり、西洋のような憲法はなかったが、専制ではなかった。……私は中国の実際の政治状況にもとづいてこのように述べているにすぎない」と指摘する[14]。

「専制」とは中国の古語にも見られる。「周公事王也、行無専制」（『淮南子・氾論訓』）、「既得道、猶不敢専制」（『国語・楚語上』）、「范睢言宣太后専制」（『史記・穰公列伝』[15]）。近代に至り、『法の精神』英語版の despotism の訳語としての「専制」は 1876 年日本で出版された何礼之訳『万法精理』、1909 年中国で出版された厳復『孟徳斯鳩法意』において使われている。劉沢華は「現代政治学の『専制』と中国古代の『専制』は意味が厳格に対立する概念ではない」と指摘する一方[16]、意味のズレについても説明している[17]。

西洋政体を分析し、それと中国の歴史政体との比較検討を試みたのが厳復だった。厳復は『法意』按語において、次のように述べている。

「あるものはいう、『モンテスキュー氏の説の如くであれば、専制とは無法の君主である。申、韓、商、李は皆法家であり、督責をいい、法に任せるよう君に勧めた。だとすれば、秦には本から法があったことになるが、今からこれを見れば専制の最たるものという。モンテスキュー氏の説は間違っているのか、それとも秦の治はもともと専制というべきものではなかったのか』。応えていう、『法の字に多義があるためにそのように考えるのである。モンテスキュー氏のいう法は治国の経制である。……督責書のいう法は刑を指すだけである。臣民を駆迫束縛し、国君は法の上に超え、意を以て法を用い、法を易え、法にとらわれることがない。法はあるといっても、専制となるのみなのである[18]』」。

厳復によればモンテスキューは政体を君主政体、民主政体、貴族政体、専制政体に分けているが、厳復自身は君主、民主に大別し、君主を有道、有法の君と無道、無法の君に分けた。

モンテスキューのいう専制について、中国の政体と比較することにとまどいを見せている。

「モ氏の専制の治について述べるところは、ひどく心を痛め、恨めしいものである。これを中国の諸制に加えれば、その言葉のようであるところも、そうでないところもある」。「モ氏の定義を、恒に旧立の法度があれば立憲というのであれば、中国の立憲は四千年に及ぶ。だが、今日の欧州の諸立憲国と同日に論じることはできない。今日のいわゆる立憲は恒久の法度があるにとどまらず、民権と君権が分立並用していなければならない。……法が成立し、それにしたがうかどうかどちらでもよいのであれば、専制の最たるものとなるだけである。歴代の聖君、一朝の法憲のない中国の如きものを専制と見なさず立憲と見なすことはほとんどできない[19]」。

このように、厳復は欧州の政体分類を中国に適用することにとまどいを見せながらも、憲法の有無、君民両権の分立並用を基準に、中国の政体を立憲と定義することは難しく、専制に分類せざるを得ないとの見解を示したのだった。

梁啓超は中国史にも広く専制制度を適用し、中国では「数千年前の思想」、「数千年前の風俗」、「数千年前の文字」、「数千年前の器物」などが今日まで続き、「進化の跡」はほとんど絶えているが、「専制政治の進化」の「精巧さと完璧性」は「天下万国といえども中国の如きものはない[20]」という。梁啓超はこのように中国における専制政治を、中国史を貫く政治体制と理解し、それが進化を遂げてきたことを理論の中心に据えた。開明専制はそのような進化型の一形態として位置づけられたのである。

梁啓超の「専制」の定義はどのようなものであったか。「開明専制論」によれば、「専制国家」とは、「一国の中に制する者と制せられる者がおり、制する者は制せられる者の外に立ち、相対する立場にある」国家である。一方、「非専制国家」の定義は、「一国の中で人々が皆制する者であると同時に制せられる者でもある」国家というものである。(21)

専制君主制度のもっとも基本的な特徴は劉沢華によれば、「君主一人の独裁」である。(22)大まかにいえば、「一人の独裁」ができない制度的設計がなされているかどうかが、君主専制か否かの分岐点であった。梁啓超の定義と関連付けるならば、中国の皇帝は「制せられる部分」をもてば、専制とは認めがたいということになる。

部署間の牽制体制、相互均衡について梁啓超は例えば次のように論及している。

> 「唐制では三省はそれぞれ職を分け、中書は詔令を出し、門下は封駁を握り、尚書は奉じて行うことを主とする。やや三権鼎立の意がある。中書省は立法機関のようなもので、門下省は司法機関のようで、尚書は行政機関のようなものである。門下省は復審封駁する権をもち、専制を妨害することまた甚だしかった(23)」。

一方、銭穆はいう。

> 「『相権』、『諫権』、『封駁権』等、皇帝を制限するのに用いられたものは、清代には一概に存在せず、少なくとも有名無実化した(24)」。

梁啓超は門下が封駁を握っていたことを「専制を妨害した」ととらえているが、銭穆によれば封駁権は皇権を制限した例となり、「専制の要素が弱められた」あるいは「専制ではなかった」根拠ということになる。同じ事象を異なる視点から見ることによる相異が鮮明になっている。

また、梁啓超は、時代によって「専制の度合い」に違いがあることを認めていた。「宋南渡に及び、門下侍郎を左僕射に兼官させ、中書侍郎と同時に旨を取り（皇帝の意を受けて）、三権が合一し、君主の左右近習に帰し、専制の権威は一層増した(25)」という事例を示し、これは「専制の権威」を補強したと指摘している。これらの例は制度に対する弾力的解釈が可能であることを示しているということができる。

銭穆は中国近世史学を、伝統派、革新派、科学派の三派に分けているが、本稿の内容と特に関係が深いのは革新派である。革新派は革新を急ぐ士によって提唱されたもので、「史学と現実とを結合させ、全史の把握を求め、自分の民族国家の過去の文化業績に対する評価に意を注ぐ(26)」。革新派に対する銭穆の評価は厳しく、「智識を求めるのに急で、史料を問うことを怠けている」、「甚だしきものは、二三千年来積み重ねられてきた史料に対して、現実を革新する態度でこれらに対処し、膨大な書物については、それだけでは一顧の価値すらないといわんばかりである」[27]。その「全史の把握とは、胸中で臆測する全史を特に把握すること」で、「国家民族の過去の文化に対する評価は、外在的根拠があるのではなく、一時の熱情にかきたてられてのものである。歴史を現実に結合させるとは、特に歴史スローガンを借りて改革を宣伝する現実の道具にすることなのである」[28]。銭穆は「中国は秦以来の二千年、すべて専制の暗黒政体の歴史である」、「二十四史は帝王の家譜である」[29]という形で革新派の主張を要約し、革新派は「一切の罪を二千年来の専制に帰した」[30]と述べる。この部分は銭穆による革新派史学批判の主な論点であるばかりでなく、ある意味で銭穆の政治制度論を突き動かしていた根本認識であったといえよう。

銭穆は歴史を治める両端として「異」を求めることと「同」を求めることを挙げる[31]。時代ごとにその前の時代との「異」と「同」を求めるという作業をすれば「中国は秦以来の二千年間変化がない」などという判断が出てくるはずがないというのが銭穆の所論である。銭穆が中国では秦以来一貫して専制制度が続いていたとの主張に批判を加えたのは、時代ごとの差異に着目すべきであるとの主張によるものであり、専制制度と呼ぶものと中国が無縁だったということではない。「中国歴史上の政治の暗黒は、元代を過ぎるものはない。もし中国に本当に政治専制の暗黒時代があったとしたら、元代がそれに当たるようである」[32]、「もし中国の歴史上、真の専制政治があったとしたら、清代は第二である」[33]、「満洲人は蒙古人より高明で、中国伝統政治の中の多くの長所を受け入れることを理解し、中国伝統政治を彼らが必要とした君主独裁制に変えることができた」[34]という記述も見られる。ここで示されているのは異民族王朝についてであるとはいえ、銭穆は、中国政治制度論考察の中で、各時代間の相異を中心に論じていたことを確認しておきたい。

三、中国伝統政治について

銭穆によれば、西洋政治史学者は、西洋政治は「神権」から「王権」、「王権」から「民権」へと転化し、「君主専制」か「君主立憲」、あるいは「民主立憲」という区別があると述べているが、近代中国の学者はこうした見解をそのまま受け入れ、中国政治でも神権から君権へと変化し、中国には議会も憲法もなかったことから、自ずと君主専制となり、民権があったとはいえないと述べているという[35]。銭穆は、「ファシズム」も「共産極権」も、以前彼らが帰納した君主専制、君主立憲、民主立憲のいずれのカテゴリーにも属しておらず、現実の政治体制が過去のカテゴリーに当てはまるわけではないのだから、中国の伝統政治も西洋で作られたこの三つのカテゴリーに無理に当てはめる必要はないと論じている[36]。銭穆によれば中国の政治理論では主権が誰にあるかを重点としないので、主権が神にあるのか、君主にあるのかということが議論にならず、神権、君権は不分明なのであり[37]、神、君主、民の関係にしても、交代し変化するという考え方になじむものではなかった。

銭穆は『論語』、『尚書』を引いて「君職論」を導き、『孟子』を引いて「責任論」、「職分論」を説き、官位にあるものは「政治上しかるべき職分と責任があり」、中国伝統政治理論の重点はここにあると明言している[(38)]。銭穆は地位と職能に着目して権力の均衡[(39)]について論じているが、「職分の重み」についてはどのように考えていたのか。各時代について、権力構造全体における皇帝の「重み」をどのように評価していたのか。皇帝に対する制約についてはたびたび言及しているが、皇帝から相権に対する牽制、権力の分立という角度からの言及は少ない。このことが専制権力の重みに関する他の論者との違いとなってあらわれている面もあるのではないか。

銭穆は、皇帝も宰相も独裁を行うことができなかったと指摘する[(40)]。また、皇帝と宰相の権限が分かれていた例を示し、「中国の過去の政治はすべて皇帝の専制で、皇権、相権が絶対的に分かれていなかった、ということはできない。専制というにしても、比較的合理的で開明的な専制だったと考えざるを得ない[(41)]」と指摘する。この部分は梁啓超の開明専制論にきわめて接近した認識を示しているということができよう。

中国伝統政治では、全国の知識人が科挙・選挙に参加し、政治に抱負をもつものは政府に参加して改革を志し、政府の外で革命を起こそうとは思わなかった[(42)]。中国伝統政治では職権配分が細密であり、各部門は独立性と平衡性をもっており、牽制しあったり補い合ったりしていた[(43)]。銭穆によればこうした背景があったために、全国的に広く革命が起こることはなく、民衆選挙制度も生まれなかったのである。

このような見方を支えていたのは「政府全体が全国各地の知識人すなわち読書人によって構成」されており、「教育、行政服務、選挙、考試」を経て正式に政府に入ることができるというシステムができあがっていたということである[(44)]。西方政治観念では主権に重きを置いたので、「政治の重力は『強力と財富』を離れることはできなかったが、中国伝統の政治観念は政治の『職能』に重きを置いたので、『智識と学養』を離れることができなかった[(45)]」。この制度の瑕疵は察挙と考試権が社会によってではなく、政府によって行われていたことである[(46)]。

銭穆が中国は秦以来すべて君主専制だったとの説に異を唱える根拠の一つは、各時代における監察制度である。漢代では、皇帝、宰相、御史大夫、御史丞・御史中丞と級が分かれているが、宰相が皇帝を監察するのではなく、御史中丞が皇帝を監察する仕組みになっていたことを挙げている[(47)]。また君権と相権の摩擦という点では、後漢、北宋では相権はその下の群臣によって抑えられたこと、明、清では宰相を廃したことなどが例として挙げられている[(48)]。

中国伝統政治の本質的欠点として、銭穆は、職権配分の細密化に重きを置きすぎた点、法制の凝固性と同一性に重きを置きすぎた点を指摘している[(49)]。

このような銭穆の見解に対する批判についてはこれまでにもたびたび紹介されている[(50)]。ここではその中の一つである蕭公権の反論について検討する。

蕭公権は「中国は二千年の中で一貫して君主政体を採用したので、清末の政論家が用いた専制という名詞は実際には君主専制政体を指す（英語では Absolute Monarchy あるいは Monarchy）[51]」と述べ、欧州君主政体の発展について触れた後、「原則上、君主の権力が明確な固定的制限を受けなければ、専制政体の主要な条件は成立する[52]」と指摘する。銭穆は欧州政体との比較を否定したが、蕭は両者の類似性を否定せず、「中国専制政体の最大の特徴は欧州の政体によく似ており、君主の独尊である[53]」と指摘し、「君主本人の才能と物質条件の制限以外に、天子は疑いなく『天下を独制し、制されるとことがない』至尊無敵の地位を得た[54]」という。銭穆は中国伝統政治制度において部署間の牽制、バランス、君権に対する制約等の面からその「民主性」を指摘した。これらの問題について蕭は、両漢以後、君権を制限する方法は宗教、法律、制度以外になかったが、「君主専制政体は漢王朝に至ると深く根を下ろし、『天威』の宗教学説が束縛、動揺させることのできるもの」ではなく、「法律の効用も宗教より強力とは限らず[55]」、「政治制度上の制限も同様に時として無効だった。漢代の『二府』（丞相と御史大夫）は固より『宮中』と対抗できたが、副署を拒絶する方法では皇帝の決心を阻むことはできなかった[56]」、さらに「諫言制度の効力」についても、「進諫する者は忠を尽くして直言できたが、諫言を受け入れるかどうかは完全に君主一人の意志によって決められた[57]」、「宋以前の諫官制度は君権を制限するという事実を確実にできなかった[58]」、「人を用いる制度は君権を制限できなかった[59]」と、制度としては存在していても、それらの実効性に疑義を呈している。また、「君主が賢人に任せることができた」という事実も、「専制の天下で英明な君主が存在しうることを証明するのみで、専制君主の意志が人を用いる制度の制限を受けることを証明することはできない[60]」と指摘、大臣が民間出身であることも、「専制に影響せず」、「人民を代表しない[61]」という。

「秦漢以降の二千年余りの中の少なからぬ時期、朝廷の大権は君主の手にはなく、権臣に奪われ分割されており」、「これらの時期の君主は専制を実行していたのか」との疑問に対して蕭公権は、「君主の大権が失われる原因は君主本人の才能と実力が及ばず、専制の重任に堪えられなかったためである。これは専制政体衰退の変態であって、専制政体の根本的変質の証拠ではない。専制政体の最大の特徴は天下の大権を一点に集めることである[62]」、「専制が健全であれば天下はそれに随って治まり、専制が衰退すれば、天下はそれに随って乱れる。君主の一身は天下の安危にかかわるというのが君主専制政体の必然的事実であり、中国の古くからの哲人公認の真理である[63]」と答える。

このように蕭公権は、銭穆が欧州の政体との対照を拒否したこと、中国の伝統的政治制度を専制政体と認めなかったこと、中国の伝統的政治制度の部署間の均衡、相互牽制、諫官制度などが機能することによって民主的な構造になっているとの見方を示していることに対して総合的な反論を行った。

四、民主精神について

銭穆は、「中国の伝統政治に民主精神があったなら、なぜ民意を代表する国会がなかったのか、なぜ国会に責任を負う内閣制度がなかったのか、帝王を制限し〔帝王が〕必ず遵守しなければならない憲法がなかったのか」と問題を設定し、中国と西洋の歴史における相異によって制度に対する精神の反映の仕方が異なっているものとし、「中国の民主精神は自然に容易に中国史の各ページからあらわれてくる」という[(64)]。この時点で民主に対する厳密な定義はない。「西周の旧一統」（封建制度の一統）は「中国民主思想と民主精神の萌芽時代」で、「秦漢の新一統」（郡県制度の一統）は「中国民主思想と民主精神の成熟時代」であるとする[(65)]。秦漢時代には王室と政府が別個のものとして存在しており、「『王室』と『政府』の境界、『王権』と『相権』の消長を熟知できなければ、中国伝統政制の意義とその特質を理解することはできない[(66)]」という。

明清両代の700年は、「理論上、制度上、皇帝は行政上の最高決定権を負っていたが、皇権が拡大したといっても、政府組織は依然として漢唐の伝統を受け継ぎ、王室と政府は同一の指導者を戴いていたのみで、王室と政府の合流ではなかった[(67)]」。銭穆によれば清代は帝王専制独裁の趨勢が強まった時代である。銭穆は、秦漢以来2000年にわたって専制政治が続いたとの説を繰り返し批判しているが、それは清代の専制政治を過去に遡ってすべての時代に適用したことに対する批判であると指摘している。

> 「アヘン戦争以来の百年、欧州人が中国の政治制度を誹り、笑柄にしたのは清の政制にもとづいているのである。中国の革命志士が深く憎むところであり、徹底的に洗い流すことを求め、故常を尽く変えることを快とする者もまた、清制に激した。浅薄な人が中国の秦以来の二千年の伝統的政制はすべてそうであったと考えるのは歴史の実情に疎いのである[(68)]」。

また、政府官員の来歴についてであるが、伝統的中国政治において「大体、王室と密接な関係を持つものを政府の要職に任じることは慣例ではできなかった」のだが、元、清両代は例外だったという[(69)]。銭穆によれば、中国伝統政体は貴族政体でもなかった。中国の歴史上の貴族は、西周、春秋封建時代、後漢末から魏晋南北朝を経て唐代の中盤までの「門第」がそれに当たる[(70)]が、その後、「政府官員は民間出身者[(71)]」となっていく。銭穆は、「政府がすべて民衆によって組織されているのも同然であれば、政府の意見は民間の意見も同然[(72)]」だという。

銭穆は、ヨーロッパ近代政治の起源は中層階級の勃興にあったが、中国では中層階級の勃興は秦漢、唐宋以降の二期だという[(73)]。西洋のデモクラシーは「多数」による政治だが、それは中層階級に限定され、「全民」の実現は難しいと述べる[(74)]。中国における「士治」はやはり中層階級の政治であったが、中国の中層階級は資産と財力を基にしたものではなく、道徳と文芸をもとにしていたという[(75)]。

中国で民衆による選挙が実施されなかったのは、国土の広さと人口の多さにより実際に実行するのは困難であったためとする[(76)]。多数選挙に適さないので、「衆を尚ぶ」のではなく「賢を尚」んだ。「賢人のみが衆人の公意公心を深く獲得し、それを発揮していく[(77)]」。「賢人の公にして一」のほうが、「群衆の私にして多」に勝るというのである[(78)]。この理論では「内心で責任を負うことを重んじ、衆に従うことを重んじない[(79)]」。銭穆は、西洋の多数代表の考え方に対して、中国では「民意を代表できるのは人民の中の多数にはおらず、人民の中の賢者にいる」と述べ、西洋の多数代表に対して中国は賢能代表、西洋の統計代表に対して中国は人材代表であるという[(80)]。このような形で中国における民主精神は歴史的に発揮されてきたとするのである。平等原理等に照らしてこれらの理屈の不備を指摘することはたやすいが、中国伝統政治とはこのような認識の上に築かれてきた一面があると銭穆が認識していたことがわかる。このような中国政制では、民間出身の政府官員は徒党を組まず王室の尊厳に屈しやすく、王権がしばしば限度を超えることがあったこと[(81)]、士大夫は特殊な教育を受けて国家の棟梁となり、重責を担っていたが、学、道が廃れれば腐敗が起こりやすかったこと[(82)]、下層社会は政治に興味を持たず、信頼や希望を持たなかったこと、内部が腐乱し外敵が侵入して部族政権に簒奪されると、考試制度も健全に機能しなくなり、王室が政府を凌ぎ、一部の政権は強暴な主の奴隷となってしまうという点が存在していたことを指摘している[(83)]。

伝統政治に民主精神があったとする銭穆の理論は、部署間の牽制、バランス、駁正等、制度上「専制ではなかった」根拠として示されているものが、民主的要素として、その機能を最大限に発揮するとの前提に立つものであった。

五、民主政治について

銭穆は民主政治を「世界潮流の帰趨」、「中国伝統政治の最高理論と終局の目標の方向」と高く評価していた[(84)]。だが、民主政治を型に嵌った硬直的なものとは理解しておらず、「重要なのは精神であり、格式ではない」と述べている。民主政治の精神とは「国民の公意を正確、適切に表現できる」ことであり、それとともに重要なのは、国情に合った民主主義という視点であった[(85)]。

銭穆は「政民一体」について述べているが、これは政府を組織していたのは特殊な階級ではなく民衆であり、政府と民衆は融合しており、民意を代表する機関を別にもつ必要はないということである[(86)]。銭穆はこのような形の民権を「直接民権」とよび、行政権を直接操っていたとする[(87)]。中国の官吏は考試制度によって選抜され、銓敍制度によって任用されていた[(88)]。政府内部には御史制度という監察機関があり、監察、諫諍は政府内部にあって政権に対して適切な節制と裁抑を行った[89]といった主張を展開しているが、それは「中国の伝統政治制度にはこれらの制度の存在があったので、西洋のように政府と対立する国会はなかったが、政府権力にはそれ自身の調節機能があった[90]」ことを示そうとしたのである。

「中国伝統政治と五権憲法」と題する文章は銭穆の政治論においては特別の意味をもつ。それは第一に、民主政治について踏み込んで論じている点であり、第二に、孫文の五権憲法を中国伝統政治と西洋政治の優れた点を取り入れた政治理論として位置付け、中国政治制度史考察を通じて論じてきた歴史上の部署と20世紀の政治機構とを関連付けて論じている点である。「私は、中山先生の五権憲法は、理想の公忠不党、超派超党、無派無党の民主政治の一型であり、伝統政治制度に接近し、国情に適合する一型であると述べる[91]」。

銭穆は、中国の伝統的政制を故意に弁護しているのではないかとの疑問に対して次のように述べている。

> 「古今中外、十全十美で有利無害の政制は決して存在せず、そうであるが故に、いかなる政制も当時の人々の努力、改進に依拠していたことを知るべきである。またそうであるが故に、いかなる国家もやむを得ざる場合でなければ、過去の伝統的政制を一筆のもとに抹殺し、一刀両断し、外邦他国を模倣、抄襲して新政制の基礎を安定させ長治久安を達成するなどという理は決してないのである。……中国の伝統的政制は今日国人によって非難されているが、中国の伝統的政制のために全部の文化の中における地位を有らしめなければならなず、それは無形の内に依然として当前の中国を支配するに足るものである[92]」。

ここで指摘しているのは伝統的政治体制が時代を超えて有する影響力である。その土壌を見つめ、そこに新たな生命力を注ぐには、伝統の土壌にも適応できるものでなければならなかった。「もし旧機構の中に新生命を発見し、当面する世界の新潮流を注ぎ、当面する世界の新精神を注入して面目を一新させれば、当面する中国政治の一出路となるのではないか。中山先生の五権憲法の意図するところもそこにあったのである[93]」。孫文の五権憲法に対する期待は何よりもその土壌を踏まえている点にあった。

六、全民政治について

孫文によれば、国民党は「革命党」だが、「革命党は一時の需要から生まれた」もので、「その本質は公忠不党の党であり」、「革命党が政治を国民に返すと同時に憲政が始まる」のである[94]。「公忠不党」とは、「超派超党、無派無党」あるいは「党派はあるけれども党派活動が政制全体の中で重要な地位を占めていない一種の民主政治[95]」である。党派が仮に存在するとしても、その枠にとらわれない「全民政治」が中国の国情に適合すると考えていたのである。

五権憲法の下で賢能代表と直接民権に重きを置くようになり、国会の権限が軽くなっていけば、「超派超党、無派無党」の理想的境地に近づく。全民政治がそれである[(96)]。ただし、このことを実際にどのように現実政治に反映していくかについては、民国初年以来の党争、選挙不正の歴史などに鑑み、銭穆は慎重な見解を残している[(97)]。

この文章で銭穆が最後に論じているのは、五権憲法と一党訓政は違うという点であり、「西方民主の先例によれば、司法権は党派の外に独立しているほか、考試、監察、立法三権もまた党派の外に独立することを知るべきである[(98)]」が、「行政一権のみは、推進の便のため、政党によって運用されることを妨げない[(99)]」と述べる。

> 「今日国人が必要とするのは、賢能代表と直接民権の全民政治であり、五権憲法の確定と実施を更に要求するべきであるし、考試、監察、立法、司法の四権が政党政治の外に超然とできるようにし、在野の少数党の賢傑および無党無派の優秀分子ができるだけ参加することを許容するべきである[(100)]」。

憲政の開始は考試、監察、立法、司法の四権が政党から独立し、無党無派の優秀な人材がこれらの部門に就くことを意味する。銭穆はこのような権力の分立を、民主政治の大きな要素としてとらえていたのである。

銭穆は、将来の中国政治が必ずしも孫文の三民主義や五権憲法でないとしても、三民主義と五権憲法は研究し実験する価値がなおあるというのが2000年の中国伝統政治を学んだ結論であると述べている[(101)]。

七、小結

銭穆は政治制度論の視点から中国の歴代皇帝制度を中心に考察し、時代による制度の違いに着目して中国の皇帝制度が変化のない歴史の継続であるという観点を批判した。西洋概念としての専制概念をそのまま中国史に適用することを拒否したという一面と、中国史における王朝ごとの体制の違いを軽視することに対する批判という一面があった。伝統的視点の提示は旧体制の復活につなげるためのものではなく、あくまで政治制度論にもとづく学術研究であった。民主の概念については、選挙と考試に代表される制度は民主制度であったと論じているが、民主に関する主張は孫文の五権憲法についての検討の中で政党との関係を含めて具体的に検討している。政体はその国の伝統的文化、哲学を踏まえたものであるべきだとの主張は、孫文の五権憲法の精神と合致していた。伝統中国の政治体制に対する銭穆の分析は、中国の政治制度の土壌、中国に根付いた政治体制を考える契機を提供するものである。

【注】

(1) 一 - 256 頁

(2)「1990 年代半ばからその著作は商務印書館、三聯書店等代表的中国学術出版社から出版されたものは 20 種類を下らず」、「『国史大綱』は 2001 年 5 月までに第四次印刷、『国史新論』は 2001 年 12 月第二次印刷時、印刷数は 22000 冊に達した」(万昌華『憲政体制的歴史思辨』斉魯書社 2011 年) 248 頁。

(3) たとえば、黄俊傑著 工藤卓司監訳『儒家思想と中国歴史思惟』(風響社 2016 年) 265—316 頁、「銭穆史学の『国史』観と儒家思想」。

(4) たとえば張昭軍「“中国式専制”抑或“中国式民主”——近代学人梁啓超、銭穆関於中国古代政治制度的探討」(中国社会科学院近代史研究所『近代史研究』2016 年第 3 期)。

(5) 二 - 1 頁

(6) 三 - 9 頁

(7) 厳耕望は、「先生は思想が政治を領導し、政治が制度を形成し、制度は政治と思想の具体的表現であるとたびたび説いておられた」と記し、思想が制度に反映することの重要性を銭穆が説いていたと指摘している。「賓四先生対於中国史上政治制度之観察」(『銭賓四先生百齢紀念会学術論文集』香港中文大学新亜学術期刊編輯委員会 2003 年 1 月) 23 頁。

(8) 三 - 9 頁

(9) 三 - 9 頁

(10) 四 - 227 頁

(11) 四 - 227 頁

(12) 五 - 220 頁

(13) 六 - 30—31 頁

(14) 六 - 31 頁

(15) 七 - 8 頁、『辞源』二、873 頁。

(16) 七 - 8 頁

(17) 七 - 8—9 頁

(18) 八 - 25 頁、拙稿「厳復の研究 (三)」『教養諸学研究』第 90 号 (平成 3 年) 140—141 頁参照。

(19) 八 - 26 頁

(20) 九 - 59—60 頁

(21) 一〇 - 17 頁

(22) 七 - 113 頁

(23) 九 - 86—87 頁

(24) 六 - 38 頁

(25) 九 - 87 頁

(26) 一一 - 4 頁

(27) 一一 - 4 頁

(28) 一一 - 4 頁

(29) 一一 - 5 頁

(30) 一一 - 5 頁

(31) 一一 - 10 頁

(32) 一二 - 88 頁

(33) 一二 - 89 頁

(34) 一二 - 89 頁

(35) 一二 - 81 頁

(36) 一二 - 81—82 頁

(37) 一二 - 81頁
(38) 一二 - 82—83頁
(39) 戴景賢は、中国伝統政治設計の中に近代的意味の「制衡」の要素が存在していたかという問題について論じている(一 - 259頁)。
(40) 一二 - 88頁
(41) 一四 - 47頁
(42) 一二 - 93頁
(43) 一二 - 93頁
(44) 一二 - 96頁
(45) 一二 - 97頁
(46) 一二 - 97頁
(47) 一二 - 100頁
(48) 一二 - 108頁
(49) 一二 - 108頁
(50) 陳勇、孟田「銭穆与中国政治制度史研究——以“伝統政治非専制論”為考察中心」(『上海大学学報(社会科学版)』2016年第5期)では、胡適、蔡尚思、蕭公権、張友漁、張君勱、徐復観が批判的見解を示したことを論じている(131頁)。黄俊傑前掲書では張嘉森(張君勱)、蕭公権、徐復観が批判的見解を述べていることを示し、とくに蕭公権の見解を紹介している(277—278頁)。
(51) 一三 - 41—42頁
(52) 一三 - 42頁
(53) 一三 - 42頁
(54) 一三 - 43頁
(55) 一三 - 45頁
(56) 一三 - 46頁
(57) 一三 - 47頁
(58) 一三 - 47頁
(59) 一三 - 47頁
(60) 一三 - 47頁
(61) 一三 - 47頁
(62) 一三 - 48頁
(63) 一三 - 48頁
(64) 一五 - 99頁
(65) 一五 - 100頁
(66) 一五 - 102頁
(67) 一五 - 102頁
(68) 一五 - 103頁
(69) 一五 - 103頁
(70) 一五 - 104頁
(71) 一五 - 105頁
(72) 一五 - 105頁
(73) 一五 - 106—107頁
(74) 一五 - 107頁
(75) 一五 - 107頁
(76) 一五 - 107頁

(77) 一五 - 107 頁
(78) 一五 - 108 頁
(79) 一五 - 108 頁
(80) 一六 - 7 頁
(81) 一五 - 109 頁
(82) 一五 - 109 頁
(83) 一五 - 109 頁
(84) 一六 - 1—2 頁
(85) 一六 - 2 頁
(86) 一六 - 6—7 頁
(87) 一六 - 7 頁
(88) 一六 - 8 頁
(89) 一六 - 9 頁
(90) 一六 - 9 頁
(91) 一六 - 10 頁
(92) 一六 - 11 頁
(93) 一六 - 11 頁
(94) 一六 - 14 頁
(95) 一六 - 4 頁
(96) 一六 - 14 頁
(97) 一六 - 14—15 頁
(98) 一六 - 15 頁
(99) 一六 - 15 頁
(100) 一六 - 16 頁
(101) 一二 - 116—117 頁

<引用資料>

〔一〕楊承彬、鄭大華、戴景賢『中国歴代思想家【二十四】更新版　胡適・梁漱溟・銭穆』台湾商務印書館 1999 年
〔二〕「思想和思想史」(1951 年)『銭穆先生全集〔新校本〕中国思想史』九州出版社 2011 年
〔三〕「『中国政治思想史綱』序」(1952 年)『銭穆先生全集〔新校本〕素書楼余瀋』2011 年
〔四〕「中国文化与伝統政治思想」(1959 年)『銭穆先生全集〔新校本〕中国文化叢談』2011年
〔五〕「主義与制度」(1951 年)『銭穆先生全集〔新校本〕世界局勢与中国文化』2011 年
〔六〕「中国歴史上的政治」(1952 年)『銭穆先生全集〔新校本〕中国歴史精神』2011 年
〔七〕劉沢華『中国政治思想史・綜論巻』中国人民大学出版社 2014 年
〔八〕厳復『孟徳斯鳩法意・上冊』商務印書館 1981 年
〔九〕梁啓超「中国専制政治進化史論」『飲冰室文集之九』中華書局 1989 年
〔一〇〕梁啓超「開明専制論」『飲冰室文集之十七』
〔一一〕「『国史大綱』引論」(1939 年)『銭穆先生全集〔新校本〕国史大綱』2011 年
〔一二〕「中国伝統政治」(1950 年)『銭穆先生全集〔新校本〕国史新論』2011 年
〔一三〕蕭公権「中国君主政体的実質」(1945 年)『憲政与民主』中国人民大学出版社 2014 年
〔一四〕『中国歴代政治得失』(1955 年)『銭穆先生全集〔新校本〕中国歴代政治得失』2011 年
〔一五〕「中国民主精神」(1942 年)『銭穆先生全集〔新校本〕文化與教育』2011 年
〔一六〕「中国伝統政治与五権憲法」(1945 年)『銭穆先生全集〔新校本〕政学私言』2011 年

芦東山《論》、《孟》釋義發微

劉玉才

一

《論語》是最早傳入日本的中國典籍之一。據史籍記載，早在公元285年，即由百濟博士王仁將《論語》十卷傳入日本。平安時代（794-1192），宮中已有《論語》講讀。鎌倉時代（12世紀末—1333），博士清原、中原家分別有《論語》鈔本傳授。南北朝時代（1336-1392），清原家較中原家隆盛，中原家的鈔本漸趨式微。博士家講習所用《論語》古本，註釋主要採用魏何晏《論語集解》，室町時代以後兼用梁皇侃《論語義疏》和宋邢昺《論語正義》。正平十九年（1364），以清原家鈔本為底本的《論語集解》雕板刊行，這是佛典之外最早的漢籍刻本，史稱"正平版《論語》"。清代回傳中土，被視為《論語集解》的權威文本。梁皇侃《論語義疏》中國早在南宋即已佚失，卻長期在日本民間傳鈔，雖然古本原貌不存，但是影響亦非常之大。清乾隆時自日本引回，並被編入中國的《四庫全書》。

中國南宋以降，程朱理學逐漸佔據經典詮釋主流位置，其中尤以朱熹《四書章句集註》影響最為廣泛。元代延祐年間起《四書》被列為科舉考試主要內容，且規定必須依據朱熹章句集註作答，直至清末廢除科舉，《四書》始終是中國最為基礎的經典。日本中世時期，朱子學通過入宋僧的活動傳到日本。《論語》之外，《孟子》、《大學》和《中庸》大致都於鎌倉時代傳入，並率先開始滲透到禪僧的讀書和講習之中[(1)]。但是，中世日本傳授儒經的正統明經博士，還是沿用漢唐古註，且採用不施訓點的秘傳形式。南北朝時代以降雖對宋人新註有所參考折衷，但仍堅持以古註為主的基本立場[(2)]。延至近世初期慶長、元和年間，古活字版《四書》還是古注、新注並存，但總體而言，《四書集註》尚未被系統接受。

江戶時代初期，因為朝鮮半島朱子學的影響，《四書》傳播漸廣。慶長八年（1603），大學頭林羅山公開聚徒講授《論語集註》，博士清原家對此提出抗議。但德川家康支持應各從所好，新註講習之風遂得以樹立[(3)]，并逐步取得官學身份。寬永三年（1626）文之點《大魁四書集註》出版，這是日本首次刊刻《四書集註》的訓點本，寓示著儒家經典走向公開，并從根本上改變了儒家經典傳播的範圍。

芦東山十五歲入仙台藩學習儒學、天文、曆數，享保元年（1716）遊學京都，從於源出山崎闇齋的朱子學者淺井義齋、三宅尚齋門下，後又師承仙台藩儒、江戶中期活躍的朱子學者室鳩巢。據此可見，芦東山的學術背景與學術訓練具有濃厚的朱子學色彩。但是，江戶時代中期，正是古學興起，批判德川幕府官學朱子學的思潮洶湧澎湃的年代。室鳩巢則視古學為異端，堅守程朱之學壁壘，其曰："兼仁義，合內外，通古今，唯程朱之學也。"(《駿臺雜話》)所著《太極圖述》，致力闡發朱子性理學之精微；疏解《四書》，亦是固守朱子注文，反復縷說，以求脈絡貫通，條理明白。芦東山治學深受室鳩巢影響，宗尚朱子之學，但又有所調適，此僅就其《論語》、《孟子》釋義文字，略事剖析。

二

芦祥平編《玩易齋遺稿》卷十四錄有《論語疑問》六條、《論語集註疑義》十八條，均為芦東山闡述己見與存疑之處，就教於室鳩巢，夾行則錄有室鳩巢批語文字。此外還收入芦東山所撰《歲寒然後知松柏之後凋也章講義》和《孟子序說》。各篇文獻討論的問題，試舉數例[4]：

(一)、《論語》"父在觀其志"章，"子曰：父在，觀其志；父沒，觀其行；三年無改於父之道，可謂孝矣"。朱注云："父在，子不得自專，而志則可知。父沒，然後其行可見。"芦東山發揮朱注"自專"之意，云："父在惟共為子職而已矣。其志雖與父不同，而不容有一毫自專之心也。父沒，雖則可以行其志，而三年之中，豈忍自專耶？若率意申己，則孝子之志安在哉？"但是又并未株守朱注，如朱注"行"作去聲，有善惡之性意，而芦說解作行事之意，似更為恰切。此章之旨重在以"三年無改於父之道"為孝，朱注亦據此為說，而芦說則云："觀人者不宜如此之迂也。此蓋有為而言，觀人以教人，認孝子之心以求諸己爾。能存得此心，則雖三年之中，有不得已而改，亦不害其為孝。三年之後可以自專，而亦常有不敢自專底意。讀者須於言外求意，乃可以見孝子之事親存亡一心，不斯須忘也。"釋義顯然更為通達。室鳩巢對此說甚為讚同，批云"推得本文之意最好"。

(二)、《論語》"禮之用和為貴"章，"有子曰：禮之用，和為貴。先王之道斯為美，小大由之。有所不行，知和而和，不以禮節之，亦不可行也。"朱注云："禮者，天理之節文，人事之儀則也。和者，從容不迫之意。"於"有所不行"句則云："以其徒知和之為貴而一於和，不復以禮節之，則亦非復理之本然矣，所以流蕩忘反，而亦不可行也。"芦說引申云："蓋行禮者或失於嚴，或失於和，而偏於嚴者尚不失其本，專於和者必流蕩忘反，故有子特防和之弊如此。"歸納其義是要教行禮者得中正，但下如何功夫達致中正，并未言及，需要學習者體察。朱子與諸生討論此章，指出功夫在窮理。室鳩巢批語深以為然，云"禮之和自窮理中生，和只是道理滋味油然而生者，若不窮理，則其心有不肯處"，認同窮理是學者做功夫處。

但於朱注云禮為"天理之節文，人事之儀則"之說，芦東山認為未分體用，而以經禮、曲禮分之，非常不妥，應當作"天理之儀則，人事之節文"，而天理之節文實即人事之儀則，體用合一。《論語》言禮不止一處，但多言禮樂、禮讓之禮，惟克己復禮之禮，當是對應天理所在，但也是就踐履而言，故聖門之語往往說用而體自具焉。室鳩巢批語維護朱注之說，云芦說節文、儀則調整，恐昧於事理之分。平心而論，芦說於文意更為合理，其體用合一之說則顯然受到正興起的古學思潮影響。故其改訂文字，雖然不再堅持節文、儀則文字調整，但仍主踐履之說。

（三）《論語》"慎終追遠"章，"曾子曰：慎終追遠，民德歸厚矣。"朱注云："慎終者，喪盡其禮。追遠者，祭盡其誠。民德歸厚，謂下民化之，其德亦歸於厚。"芦說推尊朱注以盡禮盡誠解慎終追遠之意，云"君子之居喪，哀戚不足道，必盡其禮而後為厚"，"君子之為祭，嚴敬不足道，必盡其誠而後為厚也"。但是對朱注化民之說，芦說認為並非立意為之。"夫喪祭者，事親之大禮，人子之所自盡也。豈為化民而為之哉？惟在上之人，於人倫之本盡其心於此，則天下之人心，斯感而其歸厚，不期然而然矣，亦務本之意也。"自盡、務本之解，獨具旨趣，故室鳩巢批語云"論此章務本之意最當"。

（四）《論語》"歲寒然後知松柏之後凋"章，"子曰：歲寒，然後知松柏之後凋也。"此章之意，通常都以歲寒形容臨厲害、遇事變、處困境，而以松柏喻示品格。芦東山享保己酉（1729）五月九日於江戶駿臺講論此章，則引申云學者為學當學松柏，經歷風雨雪霜，挺然獨立，成長為棟梁之才，而不當如揚雄、司馬相如輩，曲學阿世，為桃李牡丹之學。如果聯繫此後芦氏的遭際，足見其寓意之深。

（五）朱子於《論語集註》、《孟子集註》卷首分別有《論語序說》、《孟子序說》，《四書集註》本《論語序說》之後，定本又有《讀〈論語〉、〈孟子〉法》，俗本則無。芦氏於此《序說》、《讀法》頗為推重，不僅認真推敲其結構、序次、文字，還對其內容予以辨析。如《四書大全》置《讀法》於《論語序說》之前，芦氏即與室鳩巢探討其合理性。《讀法》八條均冠注"程子曰"，芦氏以為系山崎氏《通義》所載之誤，除第一、四、六、七條外，其餘當做"又曰"。當然，芦氏的推測並無實據，中土流行本亦均冠注"程子曰"。內容辨析方面，《讀法》程子曰："學者當以《論語》、《孟子》為本。《論語》、《孟子》既治，則六經可不治而明矣。"芦氏認為此並非如山崎氏所解字面意思，以《論語》、《孟子》為本，是從六經之要旨具於其中而言。"六經則載聖人經世之務，垂後世以不易之法，其事多端而難曉。《語》、《孟》則發六經未言之蘊，示學者以從入之塗，其言精切而周備。故程子言，學者必先於《語》、《孟》，深用力理會得，則六經可不勞力而明矣。"芦氏於《論語序說》則云："與《論語》並行，而萬世不可易者，謂之一部小《論語》可也。"評價顯然太過，故室鳩巢亦不以為然，批語云："不必如此說，《序說》於《論語》皆為事實不可少者，非括《論語》一部之理也。"

芦氏評論《孟子序說》則云："論其學術氣象甚詳矣。蓋程朱以前，孟子之書與荀、楊諸子並傳，而或有疑其學術者，故《序說》極論之，以明孟子得洙泗之正統，於此亦可以見聖賢之分。"芦氏還在朱子《序說》基礎上，輯錄中日諸儒論說，輔以己見，署名"日東後學東山巖孝孺廣輯"，以增廣詮解《序說》。其間不惟考據史事，校勘文字，還時以按語形式發表己見，駁正前人之說。如論及孟子倡仁義之功，有云："愚謂孔子說仁不言義，猶舉陽包陰也。然不分陰則陽之本色不明，不論義則仁之體用不詳。蓋無無陰之陽，無無陽之陰，陰陽並行，而天道立矣。仁義之道亦然也。孟子時人皆以私愛為仁，以氣義為義，而楊墨之說作焉。孟子為此懼，脩先聖之道，標仁揚義，以正人心，使夫邪說似仁義而非仁義者，亦自知其非而可識。"論及孟子立身處世可議之處，則云："其處生立言如此不同者，即隨時措之宜，乃所以同道也。非識時者，其孰能知之？世之議孟子者，皆坐不識時而然耳。"

在芦東山《論》、《孟》釋義的諸篇文獻中，頗多與其師室鳩巢切磋往還文字，可見當時師友問學交往之情形。如他們討論到三年之喪問題。雖然孔子有為父母服喪三年之教，但是芦氏當時的日本社會并未遵行，有的地方甚至立法，居官遭喪不足五旬，即要從權起用，如因喪辭職請求服滿喪期，則以立異抵罪。因此，即便孝子，亦不得不從俗苟簡。芦氏對此深不以為然，"三年之喪，臣子所以自盡其心，非君父所得令者也。學者當從先王之禮，國家之制非所顧也"，并提出"吾黨之士，丁憂當移疾請告，枕塊不起"，即便抗章得罪君王，亦在所不辭。室鳩巢對芦氏此說，給予較為嚴厲的批評，指其言語傷於粗厲，"若謂國家之制非所顧也，則可乎？大抵文辭要得平穩，今曰吾急於自盡，國家之制非吾所顧也，則恐非孝子之言矣。蓋少年剛銳之氣，不覺發於詞氣，如此不止文辭之失也"。室鳩巢認為三年之喪上為公法所禁，下為父兄所遏，其勢難為，應當從權處理，并以自己服喪為例，予以開示。芦氏經室鳩巢教誨，持論有所緩和，云："今得尊誨，審先生居喪之禮，深以嘆服。先生之持喪，上不違公法，下不失私情，可以為學者之法矣。孝孺前妄以為從官者當稱疾終喪，此乃不識時宜之論，其不可為誠如尊諭。"但是對於散居之士，可為而不為，仍視為非事親盡禮者。雙方往返之議，可稱探討江戶中期禮制的極佳資料。

三

芦東山為學名聲不顯，除《無刑錄》外，亦未見有系統著述，然通觀《論》、《孟》釋義文字，雖然難稱有多少發明，但是若將其置於日本《論》、《孟》接受史和江戶中期學術思潮交鋒的思想文化背景之下，仍具有分析樣本意義。諸篇文獻所反映的江戶中期藩儒講讀論學風氣和師友切磋之誼，亦頗具史料價值。因此，我們在芦東山誕辰 320 年之際，對其進行再發現、再評價，拂去歷史的塵埃，不僅是為鄉賢續命，也還具有豐富學術史場景的意義。

【注】

(1) 足利衍述《鎌倉室町時代之儒教》，東京：日本古典全集刊行會，1932 年，第 13-70 頁。

(2) 足利衍述《鎌倉室町時代之儒教》，第 70-84、193-205、488-542 頁。

(3) 大江文城《本邦儒學史論考》，京都：全國書房，1944 年，第 44-47 頁。

(4) 以下引錄文字，朱注據《新編諸子集成》本《四書章句集註》，北京：中華書局，1983 年；芦說、室鳩巢批語據《日本立法資料全集》本《玩易齋遺稿》卷十四，東京：信山社，1998 年。不再一一注出。

成島柳北の漢学[1]

マシュー・フレーリ

私が、初めて成島柳北の名前を聞いたのは、大学院に入ったばかりの1997年の秋でした。もうかれこれ20年になります。日本近代文学、近代歴史の授業を色々取らないといけない大学院1年目のことでした。その授業のために読まないといけない研究書のいくつかに柳北のことがちらっと出ていました。深く取り上げられることなく、脚注にその名前が載っている程度でしたが、異なる授業のために読んでいた複数の本のなかに、何回も顔を覗かせている（少なくとも私にとって）未知の人物に、私は好奇心がそそられました。

柳北について調べ始めると、波乱万丈の人生を生きたということはすぐわかりましたが、特に興味を持ったのは、漢学が彼にとって一生を通して常に重要なよりどころだったということです。時代が変わっても、柳北自身の置かれている立場が変わっても、幼いころから身につけた漢学智識をその時その時活用し、様々な典拠を自由自在に使用し、創造的且つ効果的に生かしました。

成島家は、始祖道雪より江戸で徳川幕府に奉仕した家柄で、三代目の錦江の時から、代々将軍の教育に直接携わる儒官となりました。八代目の柳北は、奥儒者の役職に就くために、幼少より祖父司直、及び父稼堂のもとで儒学経典を孜々として学び、彼らが『徳川実紀』と『後鑑』をそれぞれ編纂していたところを身近で見て、後にその校閲を命じられました。稼堂が亡くなった翌年、柳北は家督相続して正式に奥儒者見習になり、四書五経・歴史書を中心とする複数の読書会に参加し、詩会も担当するようになりました[2]。

嘉永3年（1850）頃、米欧の汽船が日本近海に出没していたことを受けて稼堂は、「以古照今」のために和漢韓の史書を博捜し「外寇」に関する記述を『海警録』として纏めました。その自序は、後年柳北自身の作として間違って『柳北全集』に入ってしまいましたが[3]、若き柳北も父と同じく憂国の念を抱いたことは間違いありません。ペリーが再び日本に来航した安政元年（1854）には、外患を強く危惧したことが、柳北の漢文体日記『硯北日録』の記述や漢詩作品から窺えます。しかし日本の置かれている状況を鑑みて、家業である学問に対して焦りや懐疑も持っていたようです。その年の暮れに詠んだ「歳晩書懐」という題の律詩には、

天妖地孽耳頻驚　　天妖地孽　耳頻りに驚く
驚裏匆々歳月征　　驚裏　匆々として歳月征く
春意繰絲晴柳影　　春意糸を繰る　晴柳の影
暁寒裂帛斷鴻聲　　暁寒　帛を裂く　断鴻の声

嗜書毎笑身同蠹　　書を嗜んで毎に笑ふ 身は蠹に同じきことを
提剣元期勢截鯨　　剣を提げて元期す 勢 鯨を截らんことを。
十八年間成底事　　十八年間 底事をか成す
自嘲碌々鯫儒生　　自ら嘲る 碌碌たる鯫儒生[4]

ペリー来航に惹起された混乱を表現する語「天妖地孽」は、「中庸」の「國家將亡、必有妖孽」を連想させますが、最後の4句では、18年間必死に身に着けた学問のため、紙魚となったと自嘲します。幕府から積極的な役割を与えられなかったことに対する不満も含み、それは以後の詩作にも散見します。

一方、安政4年以降、柳北は柳橋の遊郭へ足繁く通うようになりました。当時詠んだ詩には、自らを杜牧に擬えて柳橋を揚州に見立てたり、芸者を白居易ら唐詩に登場する妓女として描いたりしました。明末南京に栄えていた色町秦淮を清初期の時点から追懐する余懐の『板橋雑記』は江戸中期以降日本で盛んに読まれていましたが、柳北は安政6年（1859）から、その書物を念頭に置いて柳橋の風俗を記録しはじめました。戯訓付きの漢文体に諷刺を込めた寺門静軒の『江戸繁盛記』の作風を模して、翌万延元年に漢文戯作『柳橋新誌』を脱稿しました。

その序で語り手は「狂愚の一書生」と名乗り、「正人君子」の読後感を想定して、

> 文之鄙俚事之猥褻使正人君子讀之乃將唾而棄焉然正人君子所能記者固不俟余記之正人君子所不能記者而余輩所當記（文の鄙俚、事の猥褻、正人君子をして之を読ましめば、乃ち将に唾して棄てんとす。然れども正人君子の能く記する所の者は、固より余の之を記するを俟たず。正人君子の記すること能はざる所の者にして、余が輩の当に記すべき所なり[5]）

と記します。儒者の価値観と距離を置いた韜晦の姿勢を取るとともに、執筆に値しないと見捨てられがちな題材を取り上げた動機を表しています。

花街に味わう風流の遊びは「周孔の遺訓にあらずと雖も」忌み嫌うべきでないとして、東晋の謝安（謝安石）を例に挙げます。

> 若使人臣如謝安石談笑中能挫百萬疆寇以存社稷則足矣何得可否其東山之遊嬉乎（若し人臣をして謝安石の談笑中、能く百萬の疆寇を挫いて、以て社稷を存するが如くならしめば、則ち足れり矣。何ぞ其の東山の遊嬉を可否するを得ん乎）

つまり、謝安は壮年になるまで会稽東山に隠棲して王羲之等と清談に耽り、歌妓と遊びましたが、東晋が前秦に攻撃された危機に際しては立ち上がって国のために力を尽くした風流人でありましたが、彼を柳北は一つの模範とします。明治17年に亡くなる少し前に、柳北は自らの院号を「文靖院」と指定しましたが[6]、「文靖」が謝安の諡であるということを考えると、この

風流と忠勤の両面を併せ持った謝安に自分を投影したことが分かります。

柳北が安政元年から4年にかけて詠んだ詩は、国会図書館蔵の写本『寒檠小稿』（四巻）に見られますが、原詩と後に自ら添削した箇所を比べると、西洋及び洋学に対する捕らえ方の著しい変化が確認できます。一例を挙げますと、元年に詠んだ「閏七月既望月色清瑩感有りて此を賦す七十韻」は、140句からなるとても長い詩ですが、そのなかで、柳北は痛切な憂いを綿々と述べます。世の中の堕落の最たる例として挙げられているのは、例えば次のようなことです。

儒生陷洋學　　儒生は洋学に陥り、
詭論失秉彝　　詭論 秉彝を失す。
六經棄不誦　　六経は棄てて誦せず、
往往譏宣尼　　往往にして宣尼を譏る[7]

つまり、儒学を学ぶべき生徒は、洋学に陥ってしまい、詭弁と議論によって、常の道を失ってしまった上に、儒学の経典は捨てられて、だれも読まなくなり、その代わりにややもすれば孔子をそしるということです。柳北は、この詩を詠んでから、儒学の権威であり、詩の指導者のひとりでもある安積艮斎に、添削してもらいました[8]。その評語は、『寒檠小稿』巻一の欄外に見えますが、艮斎は柳北の示した危機感と意気投合したようで、特にこの4句のあたりを褒めました。

崇奉洋學其害必至廢六經譏周孔是大可憂亦可懼（洋学を崇拝すれば、その害は必ず来る。六経を廃止して、周公と孔子をそしることは大変憂うべき、恐るべきことだ）

しかし、西洋の学問に対して排他的な思想を表した青年の柳北は、その後心ががらりと変わりました。『寒檠小稿』の書き込みが示すように、柳北は後に自分の詩に更に手を加えて、この部分も含む最も排他的な40句を全部抹消して、題も「五十韻」に改めています。（図1参照）

西洋の学問に対してだけではなく、西洋の人々に対する排他的気持ちも和らいだようです。例えば安政3年、神奈川へ遊びに行った時、柳北は神奈川の歴史的意味合いに注目して、その際に詠んだ詩には、そこがペリーの艦隊がかつて停泊したところだということを最後の2句に触れています。

店丁時指松外洲　　店丁　時に松外の洲を指して
說是蠻艦曾泊處　　説く是れ　蛮艦　曾て泊せし処なりと[9]

つまり、柳北が料理屋に立ち寄ったら、注文を受け取ったボーイは、ついでに松越しの中洲を指して、「あそこは、かつて蛮艦の泊まったところだ」と教えたということです。

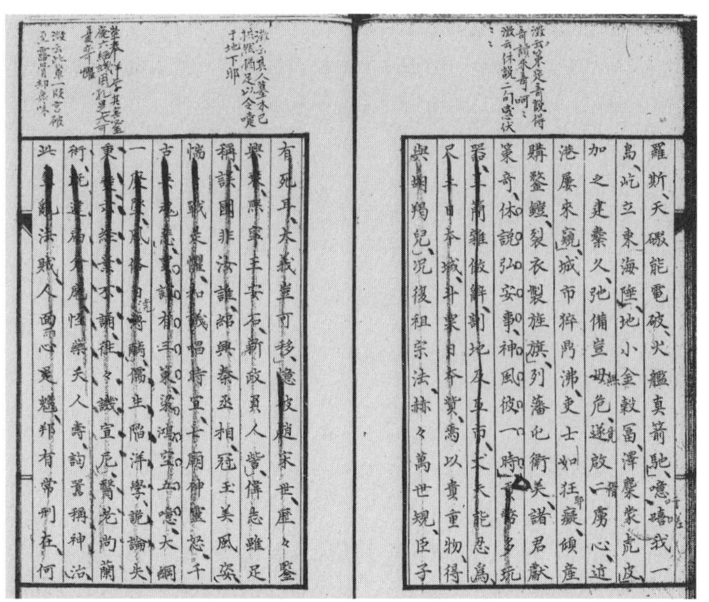

図1 『寒檠小稿(10)』巻一　国会図書館蔵

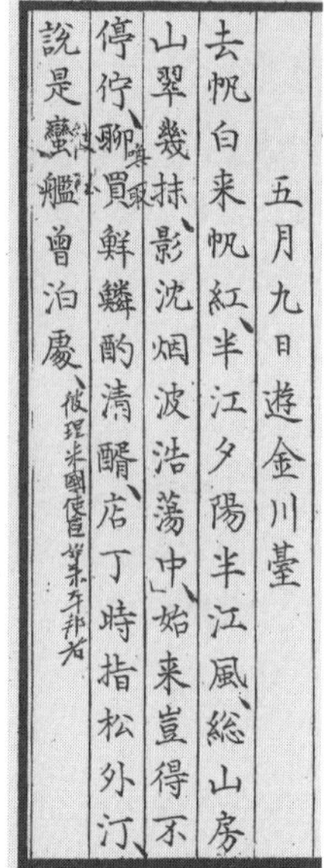

五月九日遊金川臺
去帆白来帆紅半江夕陽半江風総山房
山翠幾抹影沈烟波浩蕩中始来豈得不
停佇聊買鮮鱗酌清醑店丁時指松外汀
説是蠻艦曽泊處　彼理米國使臣始來本邦者

図2 『寒檠小稿(11)』巻三　国会図書館蔵

柳北がこの詩を最初に詠んだ時、「蛮艦」といういくらか貶す気持ちが入っている語を使いましたが、のちにそれを削り、「彼理（ペルリ）」という中性的な固有名詞に改めました（図2参照）。それから、「彼理米國使臣始來本邦者」という注を付け、彼理（ペルリ）が米国の使いとして初めて我が国に来た人であるという丁寧な説明をも加えておきました。野蛮人と目していたものが、人間として認識されるようになったといっても過言ではありません。

この変化を齎したのは、安政6年頃から著しくなった桂川甫周等の蘭学者との交流が主な原因でしょう。また周知のとおり柳北は、貨幣に造詣が深く、古銭の収集家として著名ですが、その古銭に対する関心は単なる趣味ではなく、学問的な側面があり、彼の世界観を大きく変える刺激になったことも事実です。幕末ころに欧米の貨幣を集めるようになった柳北は、やがてコイン・アルバム『海外貨幣小譜　初編』を作りました。

この『海外貨幣小譜　初編』は、静嘉堂文庫に現存しています。（図3参照）。五巻からなるアルバムですが、ヨーロッパ諸国、北南米、ロシア、インド、オーストラリアなどの硬貨200件以上を詳しく紹介しています。一つ一つの表、裏を写影して、重さ、日付、銘字などを詳しく解説する内容です。「柳北漫士」が文久3年4月の日付で認めた序文には、自分は兼ねてから日本、中国、朝鮮の古銭を収集する嗜みがあることを述べてから、次の事が書いてあります。

「頃年開港ノ互市盛ニ興リ海外ノ貨幣我土ニ來ルモノ幾千種ナルヲ知ラズ。余偶一二品ヲ獲テ、之ヲ朝鮮、安南銭ノ後ニ例ス。初ハ頗ル鄙シテ疎（うと）ンズ。頃焉（けいえん）、頓ニ悔テ謂（おもへ）ラク、同軌同文ノ邦ニ非スト雖モ、同シク霄壤間ニ國シテ、君臣アリ父子アリ飲食生死スル皆一也」

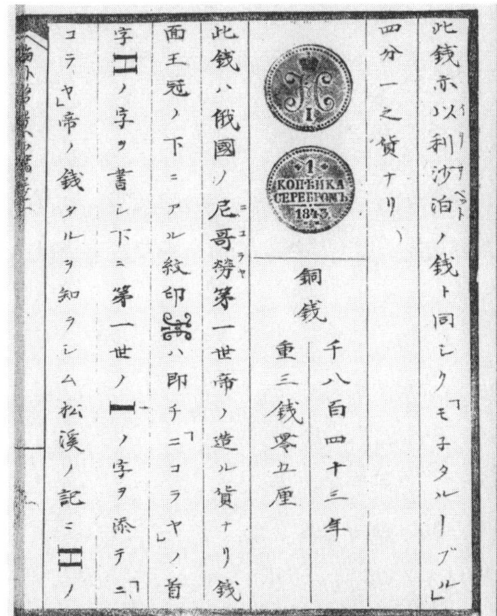

此銭亦以利沙泊ノ銭ト同シク「モ子タルーブル」
四分一之貨ナリ）

銅銭
千八百四十三年
重三銭零五厘

此銭ハ俄國ノ尼哥勞第一世帝ノ造ル貨ナリ銭
面王冠ノ下ニアル紋印ハ即チ「ニコラヤ」ノ首
字НノノフヲT書シ下ニ第一世ノIノ字ヲ添テ「ニ
コラヤ」帝ノ銭タルヲ知ラシム松溪ノ記ニНノ

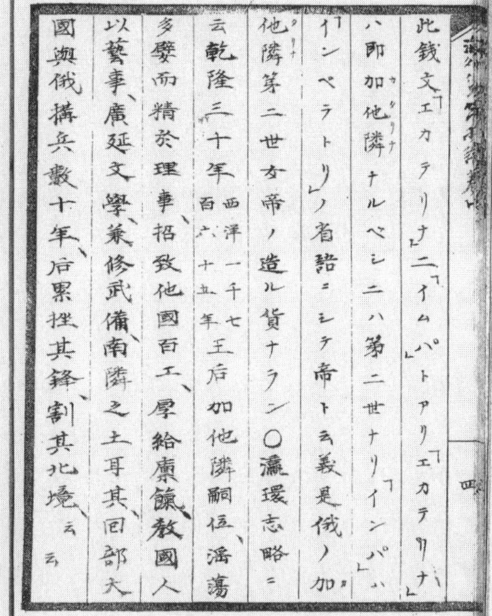

此銭文「エカテリナ」ニ「イムパトアリ」「エカテリナ」ハ
即加他隣ナルベシ二ハ第二世ナリ「インパ」ハ
「インペラトリ」ノ省語ニシテ帝ト云義是俄ノ加
他隣第二世女帝ノ造ル貨ナラン○瀛環志略ニ
云乾隆三十年西洋一千七百六十五年王后加他隣嗣位、淫蕩
多變而精於理事、招致他國百工、厚給廩餼、教國人
以藝事、廣延文學、兼修武備、南隣之土耳其回部大
國與俄搆兵數十年、后累挫其鋒、割其北境云云

図3 『海外貨幣小譜[12]』巻一　静嘉堂文庫蔵

『海外貨幣小譜』に「朝鮮、安南銭」が採られていないことが示すように、ここでいう「海外」は、単に日本以外の地域を指すのではなく、漢字圏の外側を意味しています。憂国の情に燃えていた青年柳北は、洋学を否定する詩を何首も作っていましたが、万延・文久頃になると西洋に対する好奇心が芽生え、膨らんでいきました。大槻磐渓、桂川甫周、柳川春三といった洋学者との交流が重要な要因でしたが、自らの古銭収集趣味がこの変化に大きく寄与していたことは、本人に意識され、この序文でも確認できます。最初に西洋の硬貨を「頗ル鄙シテ疎」んじたが、いつか非漢字圏の人類に人間としての普遍性を認めるようになりました[13]。

しかし柳北は、文久3年（1863）に将軍侍講の職を解かれて、閉門を命じられました。幕府の停滞を諷した狂詩を詠んだことが、原因とされていますが、柳北自身は挫折の事情を明らかにしていません。陶淵明の「五柳先生伝」にヒントを得て維新直後に書いた自伝的な「濹上隠士伝」には、「十年文字を以て、内廷に奉仕し、君恩の優渥なるに感涙せしが、一朝擯斥をうけて、散班に入りぬ、そは風流の罪過によると、或は云ふ狷直に過て衆謗を得ると、或は洋学を主張するの故なりと云ふ、何れにてもよしとして、三年籠居、西学者に就て、専ら英書を攻む、大に開悟せしことあり[14]」とありますが、柳橋での風流の遊び、批判的な狂詩とともに、西洋に対する積極的な関心が芽生えたことが、失脚の要因だったようです。閉門は僅か50日間でしたが、柳北は足掛け3年間家に閉じこもって、洋学者と交流しました。その成果が認められて、慶応元年（1865）に幕府が軍隊の近代化のためにフランス人の軍事顧問を採用した際、柳北が抜擢され、騎兵訓練等に携わりました。幕府が瓦解する直前には、更に外国奉行、会計副総裁を歴任しました。

明治初年、野に下った柳北は、士族身分を養子に継がせて、自ら一平民として退隠することにしました。陶淵明の「帰去来の辞」に因んで自分が隠棲する向島の家を「松菊荘」と名づけ、その理由を

> 昔陶潜、司馬氏之亡、謝官棄俸、耕而終矣。潜者君子人也…蓋所安於潜之心、而亦所安於余之心耶（昔陶潜、司馬氏の亡ぶや、官を謝し俸を棄て、耕して終る。潜は君子人なり…蓋し潜の心に安んずる所にして、亦余の心に安ずる所か）[15]

と、陶淵明を遺臣として敢えて解釈し、徳川の瓦解を東晋の滅亡に、自分を陶淵明に擬えてみせます。

一見すると余生を徳川の遺臣として生きようとする意思表示であるかに思われますが、柳北は決して世捨て人にならず、現在社会を鋭く観察し続け執筆しました。ようやく維新後の居場所を新聞界に見出しましたが、この新しい媒体に対する関心は、明治２年から断続的に姻戚に送った手書きの『東京珍聞』に既に現れていました。また明治４年３月に完成した『柳橋新誌二編』の中で同書を「泰西諸国刻する所の新聞紙」に喩えています。

明治４年ごろ、東本願寺の学塾で漢文と英語を教えていた柳北は、翌５年から６年にかけて寺の視察団に加わり欧米を訪問する機会を得ました。その経験を通じて新聞及び近代出版技術に対する関心がさらに刺激されたことは、紀行文「航西日乗」で確認できます[16]。

帰国後柳北は、東本願寺が京都で設立した翻訳局の局長を１年ほど勤めたのち、７年の夏に新聞界に入る機会を得て、『朝野新聞』の初代局長となりました。『朝野新聞』は、早くに主要な大（おお）新聞になりましたが、柳北が当初から設けた「雑話」（後に「雑録」）コラムは特に人気を博しました。

内容は、主に自ら書いた漢文訓読調のエッセイですが、自作も含めて当時の漢詩壇で活躍していた詩人の作を幅広く紹介したり、読者の作品を載せたりしました。実用に傾倒する洋学一辺倒だった時代に、「欧米ニ航遊セシ時彼ノ風俗ヲ観ルニ文明ノ諸国ニ於テ詩賦ヲ貴重セザル所無シ」と書き、柳北は自分の海外体験を引き合いに出して文学の価値を強調しました[17]。

森春濤の『新文詩』（8年7月発刊）、佐田白茅の『明治詩文』（9年12月発刊）等、漢詩文雑誌が続々と現れる以前に、『朝野新聞』はいち早くこの分野を開拓して、全国の漢詩人に新しい交流の場を与えました。

明治黎明期を通じて新聞社を様々に援助してきた政府は、８年６月末には新聞紙条例及び讒謗律を発布し、弾圧し始めました。当時の新聞各紙には、真正面から新法律の不当を生真面目に論じた文章が数多く載っていたのに対して、柳北が『朝野新聞』紙上で発表した文章は、漢詩文の深い造詣を発揮して様々な修辞を凝らしながら、間接的に明治政府の政策を批判することが特徴でした。

例えば、７月18日のエッセイは、『朝野』の印刷工が屋根から転んで意識を失って冥途へ行

き閻魔王による裁判を目撃する設定ですが、前漢の賈誼、晋の董狐を始め、次から次へと登場して裁かれる罪人たちは、どれもその書いた文章が原因で、「讒毀」や「誹謗」のかどで罰せられるという内容です。

または、8月5日には王羲之の「蘭亭序」を焼き直して、その構造を忠実に保ちながら、新法律に脅かされている新聞記者の状況を活写する見事なパロディに仕立てました。同様に蘇東坡の「赤壁賦」をもじって、原典の日付と同じく8月16日（旧暦7月16日）の夜に新聞記者が集まって新法律に対する恐怖を漏らす内容の「辟易賦」を翌17日の『朝野新聞』に載せましたが、この号は1万部も売れて柳北の人気を更に高めました。

或いはまた、8月9日のコラムには、『東京曙新聞』及び『東京日々新聞』の編集長が新法律のために罰せられたというニュースを「昭代ノ瑞相」と寿ぎ、「論語・憲問」に「邦道有れば、言を危くし、行を危くす。邦道無ければ、行を危くし言孫ふ」とあるのを用いて、「今曙日報ノ編者ハ言ヲ危ウスル者ニシテ言孫フ者ニ非ズ。是レ邦家有道ノ証ニ非ズシテ何ゾヤ」と皮肉を込めて感嘆し、政府に対する痛烈な批判をしました。特に最後の文章のために、裁判所に呼び出され教唆の罪に問われた柳北は、5日間の自宅禁錮を言い渡されて、また12月20日末広鉄腸と共に書いた文章のために、柳北は4ヶ月ほど投獄の身になりました。しかし出獄後も色々な手法を用いて、批判を続けました。

8年11月7日に発表した「群書ノ嘆」は、『論語』『詩経』『春秋』『孟子』という儒学古典テキストが擬人化されて、自分たちがこれから発禁になるのではないかと恐れている場面に、『荘子』が登場して「我ガ如キ寓言ニハ千万世ノ後ニモ禁止ノ憂ハ無シ」と誇らしげに言う内容です。このエッセイが示すように、そもそも柳北がこうした間接的な手法を採用したのは、新法律の処罰をかわすという実際的な狙いもあったに違いないが、更に漢学を通じて培った文章観に根ざしているところも指摘できます。例えば、蘇東坡の文等を例に取り、「其ノ意趣ヲ言外ニ置キ婉曲以テ人ノ玩味シテ解得スルヲ要ス」る文章こそが優れていると論じる（「盲者文ヲ論ズ」12年4月29日）。或いは自分が「公然直筆」をあまり使わないのは、「委曲宛転事ニ託シ物ヲ仮リ以テ冥々ノ中ニ勧懲スル有ランヲ欲スルニ至ル。是レ即チ毛詩三百篇三体ノ一ニシテ比シテ以テ諷スル者ト謂フ」（「迷惑ナ問」10年1月23日）と、『詩経』の「風」の方法に類似させて見せています。新聞記者の書く文章をこのように伝統文学の延長上に位置づけているものの、柳北はまたその断絶も時に認め、自分の執筆活動は職業でもあり、商売に対する配慮をしてしかるべきだというエッセイがいくつもあります。間接的な方法は、読者を説得するのにより功を奏すだけではなく、そこに由来するユーモアが読者を引きつける営業的な効果も認めています。[18]

柳北が『朝野新聞』の雑録欄に載せた文章は千数百件にも及び、その内容は実に多岐にわたりますが、「文明開化」が主要な話題だった時代に、柳北はそこで伝統文化を大切にしながら折衷的な態度で日本の状況を充分考慮して近代化を推進すべきだと、様々な角度から繰り返し論じています。柳北は、自らのこうした折衷的な態度を表現するのに、様々なレトリックを発揮しましたが、『詩経』に由来する「他山の石、以って錯となすべし」という言葉は、特に重要な隠喩でした。西洋文物がよその視点を提供してくれるという意味、参考する価値があるということです。西洋をありとあらゆる物事の模範にすべきものだとはもちろん思わなかったし、日本が自分の伝統を廃棄する理由ともしなかったのです。柳北は、西洋文化の要素を充分に考慮した上で、部分的に採択すればよいと主張しました。『詩経』にいう「他山の石」と同様に、それらの要素は、日本の玉を磨くのに役に立つという考え方でした。

柳北は、文化の面だけではなく、政治的なことにも同じような折衷的な態度をとろうとしましたが、柳北にいわせると、この態度は死活にかかる場合もあったようです。たとえば明治10年の西南戦争が終わったら、柳北は西郷隆盛を反面教師にして、その敗北を、別の観点から物事を見直そうとする態度の欠如に帰しました。

> 彼レノ見ル所ロ小ナルニ坐スル而已彼レハ非常ノ豪傑ト雖ドモ海外ノ事情ニ疎ク又之ヲ見聞スルヲ好マズ故ニ我ガ日本國内ノ一豪傑タルニ自負シテ以テ一生ヲ誤レリ若シ彼レヲシテ海外ノ學術ニ通ジ海外ノ形勢ヲ詳カニシ海外ノ土地ヲ蹈マシメバ何ゾ岩崎谷ニ於テ無頭ノ鬼ト爲シテ死センヤ嗚呼亦惜ム可キ哉故ニ曰ク池中ノ魚大ト雖ドモ大海ノ小魚ニ若カズト夫レ豪傑西郷ノ如キ人ニシテ猶且ツ其ノ識見ノ狭キニ坐シテ其身ヲ誤レリ世ノ頑固極ル神儒佛一派ノ徒ヨリ武人醫者詩家畫工百種ノ眷族宜シク眼光ヲ海外ニ注シテ以テ池魚ノ拙ヲ學ブ勿レ自カラ是トシ自カラ信ジテ他山ノ石以テ錯ト爲スヲ知ラザル者ハ竟ニ西郷タルヲ免カレザラントス(19)

晩年に入っても柳北は、相変わらず熱心に政治討論に参加しようとして、自由民権運動を支援するようなエッセイを雑録に発表しました。ちょうど立憲改進党の役員になった時に、富山県の小矢部川に玉が発見されたことを機に、次のことを書きました。

> 我々兒童ノ比ヨリ所謂玉ハ唯ダ支那ニ産スル物ナリト思ヒシニ何ゾ料ラン我邦ニ多クノ美玉ヲ産セントハ頃年越中ノ國小矢部川ヨリ璞ヲ産スルトノ報道有リ…嗚呼小矢部川ノ璞ハ神武天皇紀元ノ前ヨリ其ノ地ニ在リシナラン然レドモ邦人之ヲ知ラズ數千年ノ經テ始メテ今日ニ出現スルヲ得ルニ非ズヤ然ラバ則我邦ノ人民ガ開闢以來固有ノ權利自由ナルモノモ亦數千年後ノ今日ニ至テ始メテ人々之ヲ認メ得タルハ何ゾ深ク怪ムニ足ランヤ(20)

柳北は、青年時代に抱いていた排他的な思想をやがて廃棄して、積極的に他者のよい面を取り入れるべきだと主張し始めました。しかし「他山の石を以って錯となすべし」という言葉が柳北に教えてくれたことは、こうした単なる取捨選択という次元だけにとどまりませんでした。他者との接触によって、そして他者の視点から物事を考えようとする姿勢を採択することによって、自己を再認識できる機会をも与えられるということにも柳北は気づきました。「自由」とか「権利」というよそからの観念は、自分にすでに潜んでいる面を見せてくれました。

小矢部川の玉の発見と同じように、この「他山の石」は、別の観点を提供することによって、日本及び「自山の石」を再認識できる機会を柳北に与えました。

17年に亡くなった柳北は、晩年には立憲改進党の役員にもなり、『朝野新聞』以外にも種々の出版活動に関わり続けました。10年1月に設立した『花月新誌』という文芸誌は、若い詩人を養成し、森鷗外などの愛読誌でした。また翌11年にできた『溺濘叢談（できねいそうだん）』という雑誌は、主に時事問題を取り上げました。『朝野新聞』と同じようにこれらの雑誌はいずれも教育水準の高い読者層を想定しましたが、明治14年から柳北は『読売新聞』の「雑譚（ぞうたん）」コラムにもエッセイを頻繁に寄せるようになり、傍訓新聞しか読めない読者にも読まれるようになりました。

新聞人を勤めた10年間に柳北は、新聞という新媒体が草莽に属して政府から独立した機関として確立されることに貢献しました。儒学を家学とする家に育った柳北は、幕臣としての任を果たしましたが、維新後は野に下り、隠逸したかのような時期もありましたが、生涯を貫いたのは社会に積極的に関わる行動、国の現状や未来についての真剣な思索でした。

【注】

(1) 2017年7月29日に稲畑耕一郎先生と町泉寿郎先生の企画で、「漢学者記念館会議」が二松学舎大学で行われました。その際「成島柳北の漢学」について発表する機会をいただきましたが、この文章はその発表に基づいたものです。

(2) この頃、成島家で行われた詩会については、拙著 *Plucking Chrysanthemums: Narushima Ryūhoku and Sinitic Literary Traditions in Modern Japan*（Cambridge, MA: Harvard University Asia Center, 2016）参照。

(3)『柳北全集』博文館、明治30年（1897）、282頁。

(4)『成島柳北・大沼枕山』「江戸詩人選集第十巻」（岩波書店、1990年）所収。訓読は日野龍夫氏による。

(5)『柳橋新誌』序　安政六年。『柳橋新誌』初編は、万延元年完成、明治7年（1874）刊。

(6)「柳北先生の法号」『読売新聞』明治17年（1884）12月7日。

(7)『寒檠小稿』巻一所収。

(8) 柳北がこの詩を詠んだのは、安政元年ですが、日記『硯北日録』によると、3年後（安政4年閏5月29日）柳北は、艮斎に添削してもらうように、この詩の入っている『寒檠小稿』第1巻を渡しておき、そして同10月18日に返してもらったようです。

(9)「五月九日遊金川臺」『寒檠小稿』巻三、『柳北詩鈔』所収

(10) 欄外に評語が四か所に見られる。安積艮斎による評は、左から二番目、その他の三か所は、すべて舟橋晴潭による評。

(11)「蛮艦」を「彼理」に改めたほかに、「聊買」を「喚取」に改めた。

(12) 右側にロシアやエカチェリーナ2世のことを紹介するのに、清から日本に伝わった地誌である徐継畬『瀛環志略』を引用する。左側に¼ルーブルが紹介されるが、柳北は、コインの表にあるキリル文字のHがローマ字のNに当たるという西尾松渓の説明を記している。

(13) 拙論「柳北の登場——『春聲樓詩抄』について」『国語国文』86巻6号　2017年参照。

(14)「濹上隠士伝」『柳北全集』所収　1～2頁。

(15)「松菊荘記」『柳北全集』所収　285頁。

(16) 拙論「成島柳北の洋行——「航西日乗」の諸コンテクスト」『国語国文』71巻11号参照。

(17)「陳腐閑語　十二號」『朝野新聞』　明治8年（1875）3月18日

(18) 拙論「成島柳北の戯文と擬文―『伊都満底草』から新聞雑録まで」『アジア遊学』162号、2013年参照。

(19)「池魚社会」『朝野新聞』明治10年（1877）10月13日。

(20)「小矢部川ノ玉」『朝野新聞』明治15年（1882）4月6日。

《十牛圖》與近代日本哲學

王小林

一、前言

「純粹經驗」、「絕對矛盾的自我同一」、「場所」、「無」、「東洋的靈性」等一系列概念，是瞭解近代日本哲學性質的關鍵詞。這些概念的產生均源於日本哲學與西方哲學的交流之中，而發明相關概念的哲學家都與禪學有密切的關係，因此，從比較思想、比較宗教學角度解析禪學與這些概念的關係，成為近來日本哲學研究的焦點。然而，由於這一領域所涉文獻數量龐大且頭緒繁多，若想就其根源及歷史進行澄清和梳理，實不可一蹴而就。有鑑於此，筆者認為運用個案對此問題進行探視，亦不無意義。本文擬以禪宗文獻《十牛圖》為例，初步探討禪宗文獻的闡釋學在近代日本哲學理論形成過程中的作用，為研究禪學與日本近代哲學的關係提供一些線索。

二、近代日本哲學話語中的《十牛圖》

眾所周知，《十牛圖》為五祖法演三世廓庵所作。雖然之前法印了元、清居皓升曾以牧牛喻示修行階段的偈頌，亦有普明的相關作品，據卷首《住鼎州梁山廓庵和尚十牛圖》所記，廓庵的《十牛圖》是以上各種學說匯總融合的產物。有關《十牛圖》傳入日本的時期以及對古代日本的影響，柳田聖山在《十牛圖》（筑摩書房）一書的解題中已經做了詳細論述，於茲不贅。這裡擬就近代日本哲學與西方哲學交流過程中，《十牛圖》如何被重視和運用，通過二位哲學家的事例加以考察。

（1）西田幾多郎（1870-1945）

在近代日本哲學家組建新的哲學體系的過程中，禪宗思想一直是各家借鑑和參照的傳統資源。最為典型的例子，當屬「京都學派」的開創者西田幾多郎。西田除了一生堅持打坐，創作與禪相關的詩歌之外，其哲學論述中也可以看到濃厚的禪學色彩。由於西田哲學主要由「純粹經驗」、「絕對矛盾的自我同一」、「場所」等概念構成，如何解讀這些概念與禪學的關係，也就意味著如何理解西田哲學的核心思想。

在眾多的西田研究中，西田哲學研究家森哲郎教授很早就注意到《十牛圖》與西田哲學的關係。他主要通過以下的研究論文，就這一主題做了深入的考察研究。

(1)《脫自と表現―西田幾多郎の「實在」把握と「場所」への轉回―》『京都產業大學日本文化研究所紀要』第七・八合併號（京都：京都產業大學 , 2003 年）
(2)*The Kyoto School in Light of the Tradition of Zen Buddhism: From Zen's Ten Ox-herding Pictures to the "Logic of Locus"*, The Bulletin of The Institute for World Affairs, Kyoto Sangyo University, No.21, 2005.
(3)《京都哲學撰書・禪と京都哲學》京都哲學撰書（京都：燈影社 , 2006 年）

森哲郎教授之所以將《十牛圖》作為闡釋西田哲學的焦點，是因為在西田晚年的書信中，可以看到他在撰寫論文《場所的理論與經驗性事實》時，曾經向鈴木大拙借閱《十牛圖》的如下記錄：

〔昭和二十年二月二十五日　京都市上京区紫野長者ヶ丘町八澤瀉久敬宛　自神奈川縣鎌倉市極樂寺姥ヶ谷五四七（明信片）〕
來函拜悉。聽聞兄失去京大法國哲學史講師一席，原因為何？有無其他人代替？也希望君能研究我的著作。有人始終將我歸類為神秘學說，甚感遺憾。我近來在撰寫宗教論方面的文章，大概四月份會完結。本人認為此亦哲學研究[1]。

〔昭和二十年二月二十六日　神奈川縣大船町山ノ內圓覺寺正傳庵鈴木大拙宛　自神奈川鎌倉市極樂寺姥ヶ谷五四七（明信片）〕
「宗教經驗之事實」中所言莊松三業安心之経驗究竟為何物？如果有十牛圖的話，可否借我一閱。由於大雪與空襲的緣故，我無法去取郵件。此外，你有無印度宗教發展史類資料？從 Veda 時代到佛教出現的時代。部頭不必太大。過往曾經見過 Oldenberg, Veda Religion 一類著作，非歷史性論述，不過此類亦可[2]。

上述兩份資料顯示，西田在一九四五年生命的最後階段，不僅將研究重點放在宗教論方面，同時也曾經嘗試從《十牛圖》中獲取靈感，對其「純粹經驗」以及「場所」論做進一步的闡釋。就西田的相關思想與《十牛圖》之間的具體關係，森哲郎的上述論文以及上田閑照的《經驗與場所―看不見的二重性》(《場所與經驗》) 等文章中均有詳細分析。如後所述，森與上田二人均認為《十牛圖》的第八、第九、第十圖與西田「場所」論所包含的一元性存在論關係密切。

(2) 鈴木大拙 (1870-1966)

另外一位需要關注的人物，是近代日本哲學家鈴木大拙。鈴木大拙與西田過從甚密。但與西田運用西方概念闡釋禪學的方法不同，鈴木大拙終生從禪者立場維護禪宗作為的宗教的地位。面對西方哲學文化日益擴張的局面，鈴木不斷嘗試將禪學介紹到西方並嘗試二者的溝通。特別是在發掘和宣揚日本禪（道元、盤珪）的過程中，鈴木也曾運用《十牛圖》對其禪學思想進行詮釋。鈴木在上世紀四十年代末，五十年代初，即日本戰敗之後，開始思考如何將日本文化（禪學）推廣到西方世界。其著作中，有以下兩部以《十牛圖》為題的英文論述。

The Ten Oxherding Pictures, Essays in Zen Buddhism, New York, 1949.
The Ten Oxherding Pictures, Manual of Zen Buddhism, London : Rider and Company, 1950.

1953 年，鈴木首次獲邀到瑞士參加 Eranos 國際會議。在這次會議上，鈴木第一次將《十牛圖》介紹給西方學者。從他與會之前致友人的書信中，我們已可以看到鈴木的有關想法。

〔昭和二十八年十一月三日〕
……我想並不是專門談日本，或者佛教的問題。我手頭有自己寫的有關十牛圖的小冊子。我認為如果給與會者散發這一類的資料，十牛圖要比其他資料更適合這裡的人們。……第一，我們有必要從大局出發，考慮到未來的發展。不能局限於對佛教的詮釋，必須讓佛教現代化，促使佛教學者奮起。(3)

〔昭和二十八年十一月十七日〕
回日本後計畫做許多事情。由於西方文化，基督教文化有諸多不足之處，必須從東洋的文化中補充，故而日本學者必須寫這方面的著作。書籍可以流傳，可以廣泛傳閱。用近代思想來詮釋佛教，可能的話，用英文撰寫。視野亦必須寬闊。(4)

〔昭和二十九年七月二日〕
Eranos 講演會邀請了歐美各方面的學者，主要研究精神現象方面的問題。今年的議題為新［意識的覺醒］。我打算談一談禪宗的覺悟經驗。田立克（Paul Tilich）教授也會參見。我還打算能見到從歐洲和英國來的兩三位學者和思想家。然後在德國的兩三個大學講演。今年還想與瑞士的榮格博士見面詳談，不過還不知道他的病情是否好轉。此外，還準備去參觀南德、奧地利、意大利等國的教堂生活。看了舊教的教堂等等，可以瞭解基督教的特色與佛教有何不同，個中似乎也可以看到東西文化各自不同的面孔。我們必須思考將東洋精神如何表達，以此貢獻給世界文化。(5)

從上述資料內容，我們可以瞭解到鈴木介紹《十牛圖》的動機。其中，「用傳統的方法解釋佛教已經過時，必須使用近代的方法」、「用近代思想解釋佛教」、「基督教的特色與佛教有何不同，個中似乎也可以看到東西文化各自不同的面孔。我們必須思考將東洋精神如何表達，以此貢獻給世界文化。」等等表述，顯示出鈴木嘗試將傳統禪宗思想如何理論化的強烈願望。而在此過程中，《十牛圖》成為他極其重視的一個文獻。

(3) 日本所見《十牛圖》相關著作

戰後日本的學術界對《十牛圖》的重視有增無減。以下為筆者對上世紀六十年代至今的相關研究粗略的統計（研究論文除外）：

①柳田聖山《日本と東洋文化》（東京：新潮社，1969年）
②柳田聖山《禪部四錄：信心銘・證道歌・十牛圖・坐禪儀》（東京：筑摩書房，1974年）
③上田閑照《十牛圖――自己の現象學》（東京：筑摩書房，1982年）
④上田閑照《經驗と場所》（東京：岩波書店，2007年）
⑤苧阪光龍《十牛圖提唱》（東京：大蔵出版，1984年）
⑥横山紘一《十牛圖の世界》（東京：講談社，1987年）
⑦横山紘一《十牛圖――自己発見への旅》（東京：春秋社，2005年）
⑧横山紘一《十牛圖入門――「新しい自分」への道》（東京：幻冬舎，2008年）
⑨西村惠信《十牛圖》（京都：禪文化研究所，2008年）
⑩西村惠信《私の十牛圖》（京都：法藏館，1988年）
⑪三田誠廣《わたしの十牛圖》（東京：佼成出版社，2003年）
⑫山田無文《十牛圖――禪の悟りにいたる十のプロセス》（京都：禪文化研究所，1985年）
⑬井上希道《十牛圖落草談》（大阪：少林窟道場，2011年）
⑭千坂秀學《茶は限りなき道　十牛圖に學ぶ》（京都：淡交社，2000年）
⑮藤家溪子《男声合唱とギターのための十牛圖》（東京：全音樂譜出版社，1998年）
⑯マ・サティヤム・サヴィタ《詩畫十牛圖　さがしてごらんきみの牛》（京都：禪文化研究所，1992年）
⑰山中康裕《禪畫十牛圖と精神療法過程》（東京：山王出版，1987年）

以上專著大致可以分為四類：（1）文獻學研究。（2）禪學（哲學）研究。（3）臨床心理學研究和應用。（4）技能訓練中的精神提煉法。其中第（2）部分，又可分為承襲西田學說的「京都學派」的論述與禪宗的一般性論述。總體來看，第（2）類研究所占比例將近三分之二。若以出版社和作者的影響力來計，第（2）類則更顯突出。

三、何以《十牛圖》備受注目？

以上統計顯示,《十牛圖》自近代以來，在日本哲學思想的研究中依然佔據非常重要的地位。

這裡的問題是，在眾多的禪學傳世文獻中，何以《十牛圖》備受學者青睞，成為詮釋各自哲學觀點的資源了呢？

這個問題，須首先從歷史的角度對日本禪學的發展史有所把握，在其中確認《十牛圖》所處位置。下圖為筆者所理解的日本禪學發展的歷史及其與近代日本哲學關係的基本結構：

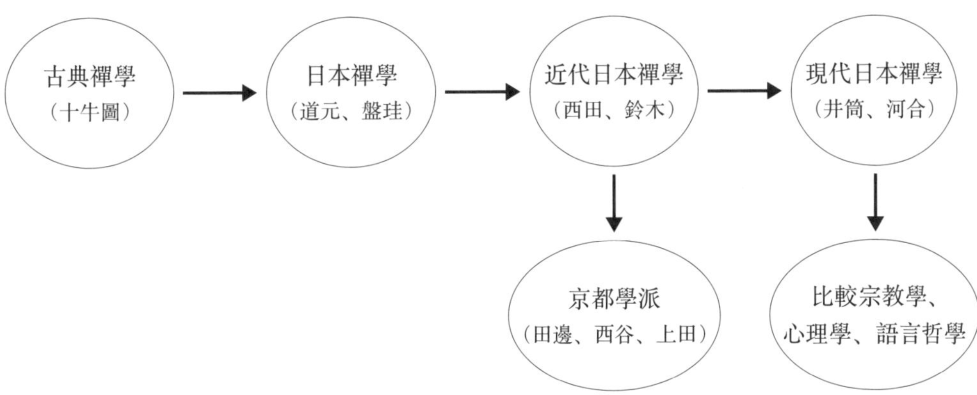

從上圖可以看出，在《十牛圖》與西田、鈴木所代表的近代日本禪學之間，曾經經歷了道元禪和盤珪禪。事實上，在兩位哲學家的禪學話語中，道元與盤珪不時被提及並引用。儘管如此，當他們試圖將禪學概念轉換為與近代西方哲學概念相近的表達的過程中，都不約而同地將目光投向《十牛圖》。

至於《十牛圖》被廣泛關注及運用的原因，井筒俊彥的禪學研究或許能夠給予啟示。井筒俊彥（1914-1993）是當代日本最為著名的哲學家之一。自六十年開始引領日本的宗教學研究，在伊斯蘭教、禪學、東西比較哲學領域建樹深廣。著有《井筒俊彥著作集》（東京：中央公論社）十卷，新近又由慶應大學出版社出版了十一卷本全集。井筒俊彥的禪學論著主要包含在《意識與本質》、《東洋哲學》等著作中。其中最具代表性的論文和論著有以下三種：

1,《禪における言語的意味の問題》（收入《意識與本質》）

2,《對話と非對話——禪問答についての一考察》（收入《意識與本質》）

3, *Toward a Philosophy of Zen Buddhism*,（1st ed., Imperial Iranian Academy of Philosophy, 1977）. Prajna Press, Boulder, 1982.《禪佛教の哲學に向けて》, 野平宗弘譯（東京：ぷねうま舎, 2014 年）

井筒俊彥的禪學研究所採用的，是將索緒爾的結構主義語言學與比較宗教學，比較思想學融為一體的，從禪宗文本內部對其語言結構進行徹底解構的方法。正如日本學者末木文美士在《自禪學角度看井筒哲學》一文中所強調，井筒的禪學研究，說到底是將禪的「言語道斷」觀進行徹底的語言哲學化，即理論化。以下文字是末木的具體論述：

> 井筒指出：「作為公案的禪宗的語言表達方式，是將一切賭注押在語言的無意義性之上。公案所採取的手段，是通過著力強調（看似）毫無意義的語言表達的無意義性，以此衝擊人的意識並將其日常性意識壓縮到極限，最終打破語言的自然性外殼。」這種對公案的語言性把握不僅極其恰當，而且是一種絕妙的定式化。(6)

井筒對於公案從語言哲學角度的把握，最為著名的是使用語言學的「分節」這一概念，將公案的意識結構用下圖來顯示：

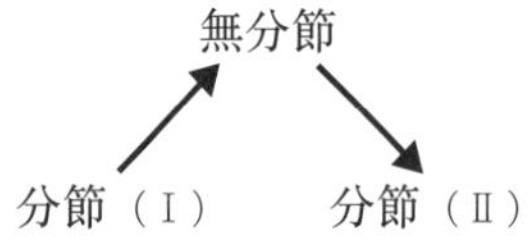

在這裡，分節（Ⅰ）是指我們在無意識的狀態中用自己的語言所認識的世界。無分節，指的是通過參禪或修行所體驗的，世界以其本來面目（「父母未生前本來面目」、「神」、「羅格斯」、「道」、「無」）所展現的狀態。而分節（Ⅱ），則是我們從參禪入定走出來所看到的，重新用自己的語言來表達的世界。這三個步驟，與所謂參禪的三個步驟恰好吻合：分節（Ⅰ）：見山是山，見水是水。無分節：見山非山，見水非水。分節（Ⅱ）：見山是山，見水是水。

那麼，井筒的上述理論，與《十牛圖》有何關聯呢？這裡值得參攷的是，東京大學賴住光子教授在新近出版的井筒俊彥 *Toward a Philosophy of Zen Buddhism* 一書的日文版解說中，將這一理論與《十牛圖》結合在一起，特別指出這種語言論的禪學解釋與《十牛圖》的思想結構極為相近。

> 「覺悟」（無分節的直接體驗）不是最終的目的，回歸現實世界的「悟後之修業」才是重要的。這一點，在著名的十牛圖第八，第九，第十圖的移動中可以看到。第八圖的空白之圓，即作為無分節體所表達的人牛俱忘，隨後轉化為原初的自然狀態，即第九圖的「返本歸源」，最終，與現實世界交融，引導人們走向第十圖「入鄽垂手」。井筒所說的分節的步驟，即自（2）向（3）的移動，指的就是上述十牛圖的轉換。而井筒有關自（2）向（3）的轉換步驟結構的說明，是將十牛圖那種直觀的，感覺性的表述，轉換為基於形而上學性以及語言哲學性的意義論的說明。這一點，具有劃時代性。(7)　解說《井筒俊彥と禪佛教の思想》（賴住光子）

無獨有偶，與賴住指出的《十牛圖》與井筒哲學的對應關係相似，上田閑照也曾在《経験與場所》等文章中指出第八、第九、第十圖與「場所」「經驗」關係密切。《十牛圖》的作用，似乎正在於其對禪的「分節性」闡釋和解構，而非以往的抽象晦澀的公案。

這一點，也為我們理解鈴木大拙與《十牛圖》的關係提供了線索。例如，日本學者堀尾孟在《鈴木大拙的思想》一文中指出：

> 大拙的禪宗思想，是在參透了悟境之內的原理的同時，將其以命題的形式在理性的領域進行展示。在這一點上，突破了不立文字，教外別傳的界限，開闢了禪宗以及佛教傳統與歷史新篇章。……在此意義上，大拙的「禪思想」以及「文字亦為道」的思想，確立了他獨自的立場。……這種獨特性，即「文字亦為道」的「禪思想」立場，表明了它並非介乎于超越了語言的禪的立場抑或基於語言哲學立場的中間物。也就是說，大拙所建立的「文字亦為道」的「禪思想」立場，是將棒喝中的自覺性原理結構清晰地展現出來。換言之，是將禪宗體驗從體驗的主觀性範圍內解放出來，將體驗的結構透明化。通過這種方法，使基於事實體驗的結構本身自覺性地展開更為清晰的思想表達[(8)]。

這段略顯晦澀的文字想要表達的意思可以總結為：在面對西方哲學的衝擊下，為了維護禪學的宗教性，鈴木大拙選擇了在純粹宗教性和純粹哲學研究之間創立自己的禪學理論的路線。「文字亦為道」就是這種路線的最明確表述。其成就，是令禪學理論首次呈現出清晰的結構，脫去了以往純粹「主觀性」的外殼。這裡，我們從鈴木大拙對《十牛圖》的關注和應用可以推測，其「文字亦為道」的思想的確立，很有可能與借鑑於《十牛圖》的體例和方法。

此外，日本首位容格（Jung）分析心理學學者河合隼雄（1928-2007）在《佛教與心理治療藝術》一書中將《十牛圖》與容格所研究的西方心靈煉金術中的十幅玫瑰園圖（Rosarium Philosophorum）、（Rosary of the Philosophers）進行比較，認為其中有相似之處。《十牛圖》中牧童象徵意識或自我（ego），牛象徵無意識或自性（Self），而「玫瑰園圖」中男與女亦象徵意識與無意識。所以十牛圖與「玫瑰園圖」都象徵意識與無意識的融合，二者之間有相通之處。

以上事例顯示，《十牛圖》之所以受到近代日本哲學家以及心理學家的重視，原因似乎在於該文獻本身所具備的不同於傳統禪學的某種特質。如果我們將傳統禪學思想（方法）看作以「以心傳心」「不立文字」為代表的「主觀」、「抽象」、「非理論」的表達，《十牛圖》則更偏向於「客觀」、「形象」、「理論」化。將《十牛圖》與禪學文獻中無數公案相比較，這種傾向和性質則更加明顯。

四、《十牛圖》與西田哲學「場所論」的關係

以上就《十牛圖》如何被近代日本哲學家所重視及其原因作了簡略考察。 然而，筆者認為

這只是第一步。更重要的，應該從細讀文本入手，就其關係進行更為細緻的研究。這樣，才能對相關哲學的淵源和性質有所認識。這裡，為了進一步瞭解《十牛圖》在近代日本哲學中的影響，試以西田幾多郎的「場所論」為例，就二者的關係進行分析。

例如，在《場所》一文中，西田將個人主體的意志作為印證存在的唯一方式，提出了「認識的立場也必須是體驗在自身之中反映自身」的著名論述。

體驗的內容與其說是非論理性，不如說是超論理性的，與其說是超論理性，不如說包論理性的。有關藝術與道德的體驗也可以這樣理解。認識的立場也必須是體驗在自身之中反映自己的一種。所謂認識，無非是體驗在自身之中形成自身。在體驗的場所，形式與質料的對立關係得以成立。這種在自身之中無限地反映自身，通過將自己「無」化自身包含無限之「有」的形式，是作為真我所形成的所謂主客的對立。這種形式既不可以稱為同，也不可以稱為異，也不能稱為有或無。是一種用所謂論理形式無法限定的，反過來形成某種論理形式的場所。[(9)]《場所》

西田的上述思想，如其自己所說：「真正的實在，必須是自己本身的一種表達」。也如森哲郎所指出的：這種「實在的自身表達」，無非就是「思維，意志與直觀」等多重性的極致表達，即作為「直觀的立場」的「宗教性立場」[(10)]。相似的論述在西田的其他著作中也屢屢可以看到：

從這一點來看，真實的世界也可以被看作是意志表達的場所。相對於「知識我」的反省的場所，對「意志我」會轉換為實現的場所。即：這個世界成為了意志與知識兩個方向的交叉點。而在超越這兩個方向的基礎上，從內含意志於自身的立場，即直觀的立場出發的話，這個世界就變為表達的世界。[(11)]《表現作用》

我們的身體可以被看作是具有睿智性格的一種表達。在所有的理想與現實存在交叉的身體上，表達的內容，作用，表達本身是一體的。身體本身通過表達，可以令現實存在表達化。所有的表達作用通過肉體的運動是可能的。所謂道德的行為，就是通過將我們的身體表達化，令所有的現實存在表達化的過程。在宗教的立場上，所有的現實存在也可以被看作是唯一的一種表達。[(12)]《表現作用》

當我們將自己本身埋沒於行為性自己的自覺之中，站在從「無」的立場看待自己的時候，所有的存在就會意識到自己本身，並開始表達自己本身。[(13)]《無的自覺性限定》

顯然，西田上述的有關「場所」的論述產生，與禪宗的通過默想而達到「意識」與「存在」合二為一的「禪定」有著密不可分的關係。不過，與「禪定」不同的是，西田將由禪定獲得的「存在意識」=「場所」與「意志」和「道德」直接聯繫在一起。這樣，本來只意味「物我一體」的禪定，就自然地帶上了積極的色彩。如果我們將上述論旨與《十牛圖》第八（人牛俱忘）、第九（返本還源）、第十（入鄽垂手）加以比較，可以明顯地看出，其實西田場所論圍繞個人行為的主體性與宗教性，在第十圖的著語以下的文字中已經表露無遺。只不過，西田的表述是哲學的、抽象的，而《十牛圖》的表述是具體的、形象的。

> 柴門獨掩，千聖不知。埋自己風光，負前賢途轍。提瓢入市，策杖還家。酒肆魚行，令化成佛。

作為上述思想的詮釋，上田閑照曾經以寒山的生活態度為例，就其中所含的宗教性做進一步的表述。

> 處在深層次的自我，常常有一種看不見的，如同氣場一樣的光芒相伴。當他進入到具體的「有的場所」，他的境界就會包圍乃至滲透「有的場所」。只要他在那裡，與他一起在那裡的每個人的方式都會發生變化。舉一個有關良寛和尚的例子。良寛和尚在某個人的家裡暫住了幾天，那一家的主人感歎道：「師於吾家住數日，上下自得和睦，和氣充溢吾家，雖歸去數日，人亦和也。與師語，頓覺胸襟清爽。師既未誦經說道，亦未為勸善之行，或入廚下燒火，或於正堂打坐。其言語蓋不及詩話，不及道義，悠遊之態難以名狀。」
> 此外，自己即「場所的自己」和相關的境界，在中國唐代的禪宗歷史上也常常可以看到。例如，住在某座山上開山的禪匠，會將自己的名字用山的名字來稱呼，這種境與境中之被用同樣名稱稱呼的傳統，非常耐人尋味。黃檗、溈山、洞山、藥山、等等，不勝枚舉。在寒山住過的禪宗詩人寒山也是其中一個。「叫寒山的人就是寒山那座山，叫寒山的那座山就是寒山那個人。」……從「法身覺了無一物」的角度來看，寒山的風光就是寒山的心境，寒山的心境就是寒山的風光……[(14)]。

這裡所說的「處在深層次的自我」，指的是歷經千辛萬苦所達到超越「自我」的境界。用《十牛圖》的話語來表述，就是經歷第八圖「人牛俱忘」、第九圖「返本歸源」之後，以「布袋佛」的姿態進入日常生活的第十圖「入廛垂手」的境界。「氣場一樣的光芒」，意味著他們的每個行為都如同繪製「圓相」，看似無意，卻包含了「無盡藏」的行為。正因為如此，他們的個體存在與所處的場所往往是「合二為一」，不可分離的。

當然，這裡要注意的是，《十牛圖》的宗教性依據與西田場所論之間的差異。前者是在擯棄了相對性之後，對個人存在即主體的純粹經驗的絕對肯定。而西田對個人意志的肯定，是以「道德」以及「神」為其理論依據的。如相良亨所指出的，由於「神」在日本哲學的語境中始終與神道教緊密地聯繫在一起，所以，我們很難斷定西田所說的「神」是類似於康德的「純粹經驗」，還是類似於近代日本國學思想中的作為「國體核心」被神化了的天皇[(15)]。同樣，也正如當代哲學家小林敏明所批判的，西田哲學論雖然借鑑了古典西方哲學的許多概念，然而很大程度上擯棄了西方哲學中理性主義因素，以統一「意識」與「存在」的方式形成了獨特的非理性主義思維[(16)]。這一點，也是日本禪宗向來為學者們詬病的部分。[17]

儘管如此，筆者認為西田哲學從禪宗的神秘主義根源提取「場所論」，使之成為能夠與西方哲學相對抗這一點，是具有一定的歷史意義的。至於「場所論」及其理論體系被具有高度同一性取向的日本民族主義所利用，則必須認真嚴格地區分。至少，《十牛圖》在近代日本哲學中的影響是顯而易見的。所以，或許我們應該首先在中國禪的原始資料中發掘和尋找更加鮮活的神秘主義元素，追蹤其發展沿續的脈絡，進而比較中國禪與日本禪，以及近代日本哲學的特徵，才是一條通往瞭解思想史事實真相的途徑。

五、結語

以上就中國禪宗文獻《十牛圖》與近代日本哲學，特別是京都學派的關係作了簡單的考察。可以看到，近代以來，在西方哲學的影響和衝擊下，日本哲學家開始思考如何建立自身的哲學體系。而禪學則成為其哲學思考的傳統資源。《十牛圖》之所以受到重視，根本原因在於其本身所具備的與古典禪公案不同的特殊性質和要素。正如日本學者西村惠信所指出的：

> 《十牛圖》這部著作，包含了其他禪宗語錄所沒有的精緻的內容。這些具體表現在以下方面：它將修行的步驟用十個階段這種理論性與體系性（特別是廓庵在序文中所做的思想性表述）的手法來表達，展示了由淺入深的漸進性的動感，並在整體上通過牛（自我存在）與牧童（本我存在）的矛盾與和解的故事所構成的戲劇性，加上用圖與頌的方式所賦予的親和性及審美性。[18]

西村的總結，與筆者在第三節中所得推論極為接近。因此我們可以做這樣一個判斷：《十牛圖》正是因為其本身的「理論性與體系性」、「結構的戲劇性」、「圖頌相結合的審美性」，具備了在理論上進行詮釋及與西方哲學溝通的可能性，故而在近代日本哲學史上備受重視。

【備註】

本文所引的日文文獻均由筆者自原文譯出。

【注】

(1)《西田幾多郎全集》第十九卷，東京：岩波書店，1980年，第391-392頁。

(2)《西田幾多郎全集》第十九卷，第391-392頁。

(3)《鈴木大拙全集》第二十九卷，東京：岩波書店，1970年，第665-666頁。

(4)《鈴木大拙全集》第二十九卷，第667頁。

(5)《鈴木大拙全集》第三十卷，第40頁。

(6) 末木文美士《禪から井筒哲學を考える》，《井筒俊彥—言語の根元と哲學の發生》，東京：河出書房新社，2014年，第145頁。

(7) 賴住光子《井筒俊彥と禪佛教の思想》井筒俊彥著、野平宗弘譯《禪佛教の哲學に向けて》所収，東京：ぷねうま舍，2014 年，第 366-367 頁。

（8）北野裕通・森哲郎編《京都哲學撰書・禪と京都哲學》京都哲學撰書別卷，京都：燈影社，2006 年，第 99 頁。

（9）《西田幾多郎全集》第四卷，第 212-213 頁。

（10）森哲郎《脫自と表現》，《京都產業大學日本文化研究所紀要》第七、八合併期，2003 年，第 242 頁。

（11）《西田幾多郎全集》第四卷，第 168 頁。

（12）《西田幾多郎全集》第四卷，第 169 頁。

（13）《西田幾多郎全集》第六卷，第 15 頁。

（14）上田閑照・柳田聖山，《十牛圖：自己の現象學》，東京：筑摩學藝文庫，1999 年，第 87 頁。

（15）相良亨，《日本思想史入門》，東京：ぺりかん社，1985 年，第 359 頁。

（16）小林敏明《逸脫するコーラと無化する場所——西田の「場所」概念をめぐって》，《思想》2006 年第 11 期，東京：岩波書店，第 29-44 頁。小林敏明在其另一部著作中，對西田哲學的弊病有進一步的分析批判。參看《主體のゆくえ》，東京：講談社，2010 年。

（17）有關日本禪宗理論所包含的問題，可參閱拙著《走入十牛圖》，香港：中華書局，2015 年。

（18）上田閑照・柳田聖山，《十牛圖：自己の現象學》，第 314-315 頁。

第Ⅲ部

「上古音以母」再構に関する初歩的考察

野原 将揮

はじめに

「上古音以母」という表現は必ずしも適切ではない。そもそも中古音の声母（頭子音）体系と上古音の声母体系は完全に一致するわけではないからである。したがって「上古音以母」とは、正確には「中古音以母 *y-* に相当する上古音の声母」ということになる。諧声系列によると、この「中古音以母 *y-* に相当する上古音の声母」は複数存在することがすでに明らかになっている。すなわち中古音以母 *y-* は上古の数種の声母に由来し、それらが中古音までに合流したものということになる。現在のところ、この点に関して異を唱える研究者は皆無と言って良いが、先行研究においてすべてが明らかにされているわけではなく、研究者によって見解が著しく異なる。このような見解の差異は上古音研究全般に見られる問題であり、多くの場合資料の制約に起因する。この点については詳しく触れないが、資料の制約が上古音研究を妨げる足枷となってきたことは想像に難くないだろう。そのような状況において20世紀中葉以降、幸運にも長江流域を中心に様々な資料が陸続と発見され、従来の研究に比べると、より確度の高い上古音再構が可能となりつつある。本稿では以母に関する主要な先行研究を簡単に整理し、諧声系列を主軸に据えた研究手法に加え、出土資料に見える例を検討することで、上古音以母の全体像を射程に捉えた将来的な研究の基礎としたい。第1節では「喩四帰定」からKarlgren、董同龢、李方桂まで、第2節ではL-type仮説、口蓋垂音について簡単に整理する。第3節では出土資料中に見える以母の振る舞いを「夜」を例に検討を加えたい。

一、先行研究：「喩四帰定」

「喩四帰定」とはすなわち「中古音の喩母四等、すなわち中古音以母 *y-* が上古音の定母 *d-* に由来する」という曾運乾（1927）の仮説である。曾運乾は異文、読若、声訓等を頼りに、喩母三等（于母 *hj-*）を匣母に、喩母四等（以母 *y-*）を定母に帰属させる。「喩四帰定」は多くの研究者から支持を得ることになるが、まずはその例を見てみよう。

1.「易」と「狄」－曾運乾「喩四帰定」

古音易（羊益、盈義二切）如狄。『管子・戒篇』「易牙」。『大戴礼記・保傅篇』、『論衡・譴告篇』均作「狄牙」，又『説文』易声之字，或从狄声。如逖字古文作逷，从易声。惕字或体作悐，从狄声。按：狄徒歴切，定母。

春秋時代、桓公に我が子の肉を供したという「易牙」の異文「狄牙」を手がかりに、『説文』に見える易声字の異体字を示すことで、以母 *y-*「易」が中古音定母 *d-*「狄」と密接な関係にあることを示している。「易」と「狄」の諧声系列の分布は以下の通りである。

2. 易声・狄声の諧声系列の分布

	端	透	定	知	徹	澄	章	昌	常	書	船	以	邪	心
易声		惕								睗	舓	易		賜
狄声		逖	狄											

「易」の諧声系列には以母 *y-* と透母 *th-* があり、さらには書母 *sy-* や船母 *zy-*、心母 *s-* も見える。また易声字と異文・声訓等の関係にある狄声字の諧声系列には透母 *th-* と定母 *d-* が見える。曾運乾はこのような例をいくつも挙げ、中古音以母 *y-* と定母 *d-* の密接な繋がりを示している。このように「喩四帰定」は的確な指摘であり、後世の研究者からも支持を得ている。

周知の如く、20 世紀初頭の Karlgren の登場は中国語音韻学においてまさに画期的であった。厳密に言うと、Karlgren の手法は中国語諸方言、日本漢字音、朝鮮漢字音等を中古音の枠組みに当てはめたに過ぎないと評されるが、Karlgren の功績は決して否定されるものではない。以母 *y-* の扱い方についても、Karlgren は *d-、*z-、*g- の 3 種に分類するというように極めて示唆的である。例えば以下の通り（中古音の「表記」は Baxter and Sagart（2014））。

3. *d-

易	*di̯ĕk	>	*yek*	>	yì
余	*di̯o	>	*yo*	>	yú

4. *z-

羊	*zi̯aŋ	>	*yang*	>	yáng
夜	*zi̯ăg	>	*yaeH*	>	yè

5. *g-

欲	*gi̯uk	>	*yowk*	>	yù

Karlgen も「易」や「余」のように舌音系声母と諧声関係にある語には *d- を再構する。さ

らに「羊」や「夜」はそれぞれ「祥・詳」、「夕」のような邪母 *z-* と諧声関係を有することから *z- を再構し、「欲」は見母 *k-*「谷」を声符とすることを根拠に *g- を再構する。ただし、(Karlgren は認めていないが)「谷」は邪母 *z-*「俗」の声符でもあるため、この点に関しては矛盾を孕んでいると言わざるを得ない。いずれにせよ Karlgren の体系では上古・中古の全濁声母に有声有気音（並母 *bh-、定母 *dh-、群母 *gh-）が再構されるため、有声無気音（*b-、*d-、*g-）を以母 *y-* に再構する余地が残されている点も特徴的である。

董同龢（1948）も以母 *y-* については Karlgren とほぼ同様の枠組みを呈するが、個別の字音に関してはやはり出入りが見られる。以下の通り。

6. Karlgren と董同龢の再構音

	Karlgren	董同龢	MC
夜	*zi̯ăg	*di̯ăg	*yae*
與	*zi̯o	*di̯ag	*yoX*
羊	*zi̯aŋ	*gi̯aŋ（*gd-）	*yang*
容	*di̯uŋ	*gi̯uŋ（*gd-）	*yowng*

その後、李方桂（1971）は漢書に見える *Alexandria* の漢訳語「烏弋山離」等を根拠に *d- あるいは *l- に再構する可能性を指摘するが、タイ語に見える漢語からの借用語「酉」が r- や hr- で実現され、その祖形が *r- に再構されることを根拠に、以母を *r- にまとめる。ただし唇音や牙喉音と諧声関係を有する語については *brj-、*grj- のように再構する余地も残している（聿：筆、鹽：監等）。その後、Schuessler（1974）は以母と来母の音価を入れ替え、以母に *l- を、来母に *r- を再構する。

7. 各研究者の再構音比較

	Karlgren	董同龢	李方桂	Schuessler	MC
余	*d-	*d-	*r-	*l-	*yo*
羊	*z-	*g-	*r-	*j-	*yang*
聿	*bj- ?	*d-	*brj-	*l-	*ywit*
容	*d-	*g-	*grj-	*l-	*yowng*

このように *d-、*z-、*g-、*r-、*l-、*j- 等の音価が提示されているが、近年では Schuessler が *l- を再構するように、Pulleyblank（1962）の L-type 仮説（L-type hypothesis）に基づく *l- が最も支持される音価となっている。これについては次節で更に詳しく整理しておきたい。

二、L-type と口蓋垂音

(1) L-type 仮説(L-type hypothesis)

L-type 仮説(L-type hypothesis)とは Pulleyblank(1962)によって示された仮説であり、この仮説は上古音研究において最も支持される仮説の一つである。Pulleyblank(1962)は諧声系列の分布に基づき舌音・舌上音や正歯音等(以母なども含む)を2種に分類する。

8. T-type の諧声系列の分布(古屋 2006:213-214)

	端	透	定	知	徹	澄	章	昌	常	書	船	以	邪
旦声	旦	坦	但	鱣			氈		澶	羶	×	×	

表8のように、T-type「旦」は端母 *t-*・知母 *tr-*・章母 *tsy-*・常母(禅母)*dzy-* と諧声関係を有するが、船母 *zy-*・以母 *y-* とは諧声関係を有しない。これに対して、表9の L-type「余」の諧声系列を見てみると、船母 *zy-*・以母 *y-* と諧声関係を有するが、端母 *t-*・知母 *tr-*・章母 *tsy-*・常母 *dzy-* とは諧声関係を有しない(1)。

9. L-type の諧声系列の分布(古屋 2006:213-214)

	端	透	定	知	徹	澄	章	昌	常	書	船	以	邪
余声	×	庩	塗	×		除	×			賖	荼	余	徐

このように T-type と L-type の諧声系列の分布は判然としており、仮にある語が以母 *y-* や船母 *zy-* と諧声関係にある場合、その語は L-type であると推定される。当初、Pulleyblank(1962)はいわゆる L-type に *ð-、*θ- を再構していたが、後にこれを *l-、*lh- に改める(2)。L-type と中古音(Middle Chinese)の対応は以下の通り。

10. L-type と中古音の対応関係

	OC		MC	例
Type-A	*lˤ-	>	*d-*(定)	兌 *lˤots > *dwajH*
	*hlˤ-	>	*th-*(透)	脱 *hlˤot > *thwat*
	*hlˤ-	>	*x-*(暁):西方	— *hlˤ- > *x-*
Type-B	*l-	>	*y-*(以)	悦 *lot > *ywet*
	*hl-	>	*sy-*(書)	説 *hlot > *sywet*

(Type-A = 1、2、4 等韻、Type-B = 3 等韻。本稿では咽頭化を認める)

*l- が中古音以母 *y-* に変化するのは弱化（lenition）、口蓋化を経たと推定され、*lˤ- が定母 *d-* に変化するのはいわゆる強化（fortition）と推定される。また鄭偉（2017）は発声類型（phonation type）や *l- の長短の違い等がこれらの音変化を引き起こしたとして、詳細に検討を加えている。

Pulleyblank による L-type 仮説は諧声系列の分布に基づく仮説であるため、異なる時代に作られた形声文字に基づき整理が加えられる場合、誤った結果を導き出す可能性がある。そこで野原（2009：67-85）では出土資料中の通仮を例に当該仮説に検討を加え次のような結果を得た。

① 戦国出土資料において T-type は T-type と通仮し、L-type とは通仮しない

② 戦国出土資料において L-type は L-type と通仮し、T-type とは通仮しない

③ 戦国中期～後期の楚地では T-type と L-type は未だ合流していない

またこの③に基づき、以下のような仮説を示した。

【仮説 1】戦国竹簡で T-type と通仮する語は T-type と推定され、L-type と通仮する語は L-type と推定される

この【仮説 1】によって、一部の「由来不明の語（復元強度の低い語）」についても確度の高い再構を行うことが可能となった。たとえば「田」や「同」は定母 *d-* 以外の声母との諧声関係を欠くため、中古音からその上古音を投影せざるを得ない。その結果、「田」は *din と再構され、「同」は *dong というように再構される。ところが出土資料を見てみると「田」は L-type の申声字と通仮関係にあり、「同」は L-type の甬声字と通仮関係にあるため(3)、【仮説 1】に基づき「田」と「同」はいずれも L-type であると推定される(4)。

11.「田」と「同」の再構音

田	*lˤin	>	*den*	>	tián	参考：Bodman（1980：99）*lings
同	*lˤung	>	*duwng*	>	tóng	

ここで注目すべき点は一部の例外（「移」等）を除き中古音以母 *y-* は T-type の諧声系列上に現れないという点である。したがって舌音と諧声関係にある中古音以母 *y-* は上古の L-type すなわち *l- に由来すると考えられる。換言すると、Karlgren や董同龢等による *d- は *l- に置き換える必要があるということになる。

12. L-typeの以母―「余」

	Karlgren	董同龢	李方桂	Schuessler	MC
余	*d- ↓ *l-	*d- ↓ *l-	*r-	*l-	*yaeH*

	端	透	定	知	徹	澄	章	昌	常	書	船	以	邪	心
余声		庩	塗			除				舍	荼	余	斜	

表12を見てみると、「余」は端母*t-*、知母*tr-*、章母*tsy-*、常母*dzy-*とは諧声関係を有しない。したがって余声の語はL-typeと推定される。

(2) 牙喉音系声母と諧声関係を有する以母

中古音以母*y-*の一部が上古のL-typeに由来することはすでに述べた通りであるが、さらに以母の諧声系列を見ていくとKarlgrenや董同龢が指摘するように牙喉音系声母と関係を有する以母*y-*が認められる。まずはその諧声系列の分布を見てみたい。

13. 牙喉音系声母と以母の諧声関係

	以	邪	見	溪	群	疑	影	曉	匣	于
谷声	容欲	俗	谷							
羊声	羊	痒祥	姜	羌						
牙声	與邪	邪				牙[5]		呀[6]		

「容」は『説文』によると見母*k-*の谷声とされ、同時に邪母*z-*「俗」とも諧声関係を有する。実際に出土資料では「谷」が{欲}を表すこともあれば、{俗}を表すこともあり、その都度、前後の文脈によって読み分けられていたと考えられる[7]。さらに興味深いことに、『説文』が「容」の古文として「㝐」を収めている点である[8]。「公」は見母*k-*であり、且つ邪母*z-*(以母*y-*)「頌」や影母*ʔ-*「翁」と諧声関係を有する。また伝世文献では「頌」と「容」が異文関係にある。その一方でこれらの語は舌音系声母と全く交流しない。してみると谷声の以母*y-*「容」「欲」は流音(すなわちL-type)以外の声母を有していた蓋然性が高い。念のため「公」の諧声系列の分布も整理しておこう。

14. 公声の諧声系列の分布

	以	邪	見	溪	群	疑	影	曉	匣	于
公声	㝐	頌	公				翁			

同様に、表13の中古音以母 *y-*「羊」も見母 *k-*「姜」、渓母 *kh-*「羌」と諧声関係を有するため、やはりL-typeであるとは考えにくい。牙声の「與」も牙喉音系声母との関連が認められる。

このように中古音以母 *y-* には舌音系声母と諧声関係を有する系列（L-type）がある一方で、牙喉音系声母と諧声関係を有する系列があるため、Karlgrenや董同龢は *d- のほかに *g- を再構する。李方桂は以母を *r- に統一するが、やはり牙喉音系声母との関係が認められる場合に限り *grj- を再構する。これに対して、Schuesslerは以母を *l-（あるいは *j-）とし、牙喉音系声母と関係がある場合には牙喉音系声母の方に *-l- を再構する（「公」「谷」*kl-）。最新の研究ではBaxter and Sagart（2014）が潘悟雲（1997）の口蓋垂音仮説に一部修正を加え、口蓋垂音 *ɢ- を再構する。

(3) 口蓋垂音 *ɢ- の再構

口蓋垂音に由来する中古音以母 *y-* について論じる前に、上古音体系に口蓋垂音が再構されるようになった経緯について少し触れておこう。そもそも中古音牙喉音系声母に対応する上古音については研究者によって見解が著しく異なり、これは諧声・通仮原則に対する態度の違いに起因する。まずは以下の諧声系列の分布を見てもらいたい。

15. 牙喉音の諧声関係（古屋2008：217）

見 *k-*	渓 *kh-*	群 *g-*	疑 *ng-*	影 *ʔ-*	暁 *x-*	匣 *h-*	于 *hj-*
經	輕	痙	娙	莖	蛵	脛	

巠声の諧声系列を見てみると、巠声字は破裂音の見母 *k-*、渓母 *kh-*、群母 *g-*、影母 *ʔ-*、鼻音の疑母 *ng-* から摩擦音の暁母 *x-*、匣母 *h-* まで諧声関係を有する。この場合、研究者によって扱いが異なる。

①破裂音と摩擦音の諧声関係を認める
②破裂音と摩擦音の諧声関係を認めない

李方桂（1971：8）の諧声原則からも明らかなように、調音点を同じくする破裂音は原則通用可能である。ただし牙喉音に限り破裂音と摩擦音（暁母 *x-*）は通用可能とされる[(9)]。よって歴史的には①の「破裂音と摩擦音の諧声関係を認める」という立場の研究者が多数を占める。したがって殆どの上古音研究者がこの原則に従い、中古音から上古音を投影し、見母 *k-、渓母 *kh-、群母 *g-、影母 *ʔ-、暁母 *x- というように再構する。主な研究者の再構音は表16の通り（匣母 *h-* については本稿では扱わない）。

16. 見母、渓母、群母、影母、暁母

	見母 *k-*	渓母 *kh-*	群母 *g-*	影母 *ʔ-*	暁母 *x-*
Karlgren	*k-	*kh-	*gh-	*ʔ-	*x-
王力[(10)]	*k-	*kh-	*g	*ʔ-	*x-
董同龢	*k-	*kh-	*g-	*ʔ-	*x-
李方桂	*k-	*kh-	*g-	*ʔ-	*x-
Baxter[(11)]	*k-	*kh-	*g-	*ʔ-	*x-

これに対して、②の「破裂音と摩擦音の諧声関係を認めない」という見解は比較的新しく、たとえば潘悟雲（1997：21）は次のように述べている。

到目前为止，几乎所有的音韵学家都把晓母的上古音拟作擦音 *h- 或 *x-。如果它是一个擦音的话，那么它与见母的关系就相当于心母与端母的关系：h：k ＝ s：t 。但是在谐声关系上，两者却大相径庭。心母与端母几乎不谐声，而晓母与见母的谐声例子可以举出很多。

この見解に基づき潘悟雲は摩擦音を含む影組に口蓋垂破裂音を再構する。根拠となるのが親族関係にある言語との比較および『漢書』等に見える漢訳語である[(12)]。潘悟雲の口蓋垂破裂音と中古音喉音との対応は次の通り。

17. 潘悟雲（1997）「喉音考」

OC		MC	
*q-	>	*ʔ-*	影母
*qh-	>	*x-*	暁母
*g-（Type-B）	>	*gj-*	群母
*g-（Type-A）	>	*h-*	匣母
*ɢ-（Type-A）	>	*h-*	匣母
*ɢ-（Type-B）	>	*hj-*	于母

Sagart and Baxter（2009）、Baxter and Sagart（2014）は潘悟雲（1997）の口蓋垂音仮説に一部修正を加える。たとえば潘悟雲はすべての中古音影母 ʔ- が上古の *q- に帰すと考えるが、Baxter and Sagart は上古に *q- と *ʔ- の２種の声母を認める。また潘悟雲は中古音于母 *hj-* に変化する *ɢ-（Type-B）を認めるが、Baxter and Sagart はこれを円唇性を帯びた *ɢw- に改め、牙喉音系声母と諧声関係にある中古音以母 *y-* に *ɢ- を再構する。たとえば羊声字は次の通り。

18. 羊声（PTB: Proto-Tibet-Burman, WT: Written Tibetan）

羊	*ɢ(r)aŋ > *yang* > yáng	PTB: *yaŋ ～ *g-yaŋ 'sheep / yak'(13)
洋	*ɢ(r)aŋ > *yang* > yáng	WT: *yangs-pa* 'wide, broad, large'
祥	*s-ɢaŋ > *zjang* > xiáng	WT: *g.yang* 'happiness, blessing'
羌	*C.qhaŋ > *khjang* >qiāng	
姜	*C.qaŋ > *kjang* >jāng	

Sagart and Baxter（2009：231）(14)

表19は本稿における上古音と中古音の対応関係である。一部Baxter and Sagartの再構に修正を加えている。

19. 喉音の再構音

OC		MC	
*q(ˤ)-	>	*ʔ-*（影）	Type-A、Type-B
*ʔ(ˤ)-	>	*ʔ-*（影）	
*qh(ˤ)-	>	*x-*（暁）	Type-A、Type-B
*gˤ-	>	*h-*（匣母1類）	Type-A
*ɢˤ-	>	*h-*（匣母2類）	Type-A
*ɢ-	>	*y-*（以母）	Type-B
*ɢw-	>	*hj(w)-*（于母）	Type-B

以母*y-*に関してはBaxter and Sagartに従い*ɢ-（> *y-*）を再構する。たとえば谷声字は次の通り再構する。

20. 谷声字

	OC		MC			Baxter and Sagart (2014)
欲	*ɢok	>	*yowk*	>	yù	*ɢ(r)ok
谷	*kˤok	>	*kuwk*	>	gǔ	*C.qˤok
俗	*sɢok	>	*zjowk*	>	sú	*s-[ɢ]ok

Baxter and Sagartは潘悟雲よりも厳格な諧声原則のもとで再構しており、中古音見母*k-*「谷」にも口蓋垂音が再構される。本稿はそこまで厳密な原則ではなく、現時点では牙喉音に限り調音点が近く破裂音であれば互いに通用可能という立場から推定している。勿論、口蓋垂音と軟口蓋音が通用しないということが明らかとなれば本稿の再構音も改めなければならない。

三、出土資料における以母の振る舞い――「夜」を例に

すでに述べたとおり、諧声系列や伝世文献に拠ると、中古音以母 *y-* は少なくとも２種に分類される。そこで本章では出土資料に見える例について検討を加えたい。清華簡『耆夜』には以母 *y-*「夜」が {舉} を表す例が見える。

21. 清華簡『耆夜』3 号簡

王夜（舉）籊（爵）彔（酬）縪（畢）公，复（作）訶（歌）一夂（終）

清華簡『耆夜』には同様の構造が数箇所あるが、いずれも「夜」が {舉} を表す。{舉} ではなく {咤} {舍} {卒} に読むというような異論もあるが、たとえば金文等で {平輿} が「平夜」と表記されること（「輿」は舁声）、『儀礼・聘礼』に「一人舉爵，獻從者，行酬」とあり、例 21 と同様に「舉爵」と「酬」が共起すること、「夜」と「舉」の通用が音韻論的に妥当であること等から、「夜」を {舉} に読む説が最も有力である。[(15)]『説文』は「夜，舍也。天下休舍也。从夕亦省声」とし、これを亦声と見なす。そこで「亦」について見てみると、「亦」はしばしば中古音書母 *sy-* の {赦} を表す。

22. 郭店楚簡『五行』第 38 号簡

又（有）少（小）辠（罪）而亦（赦）之，匿也。

『説文』は「赦，置也。从攴赤声。赦，或从亦」とし、「亦」と「攴」に作る「赦」も収める。さらに「赦」の諧声系列には中古音暁母 *x-*「赫」があるため、亦声字は牙喉音系声母に由来する蓋然性が極めて高い。[(16)] これに加えて、下に挙げるような諧声・通仮関係が見える。

23. 郭店楚簡『成之聞之』39 号簡

文王作罰，型（刑）茲亡（無）懇（赦）。

24. 上博楚簡『昔者君老』4 号簡[(17)]

各共（恭）尓事，廢命不夜（赦）。

25. 上博楚簡『恆先』11 号簡

懇（舉）天下之爲也，無夜（掖），無與也，而能自爲也。

例 23 は與声の「懇」が {赦} を表し、例 24 は「夜」が {赦} を表す。さらに例 25 では與

声の「𪗪」が中古音見母 *k-* {舉} を表す。してみると「夜」「亦」「赦」「㥯」「𪗪」「舉」らは少なくとも戦国時代において同音或いは類音であったと推察される。これを諧声系列・通仮の分布表に反映させると次のようになる。

26.「亦」「夜」の諧声系列・通仮の分布

以 *y-*	邪 *z-*	見 *k-*	疑 *ng-*	暁 *x-*	書 *sy-*
夜亦輿與	夕	舉	牙	赫	赦

亦声の諧声系列上には牙喉音系声母が現れるが、透母 *th-* や定母 *d-* のような舌音系声母は現れない。してみると「亦」に関連する語は口蓋垂音 *ɢ- に由来する以母である蓋然性が極めて高い。

これに対して、沈瑞清（2017：94-104）は中古音以母 *y-* を L-type と口蓋垂音の２種に分類する仮説について反駁を加えており、郭店楚簡『老子』に見える「夜」と {豫} の通仮を反証の一つとして示している。

27. 郭店楚簡『老子』甲本８号簡(18)

夜虐（乎），□奴（如）冬涉川，猷（猶）虐（乎），其奴（如）畏四隣

郭店楚簡『老子』と対応関係にある馬王堆『老子』には、「夜乎」ではなく「輿呵」、今本『老子』には「豫焉」とある。ここで問題となるのが今本の「豫焉」である。『説文』によると「豫」は「从象予声」である。「予」の諧声系列は以下の通り。

28.「予」の諧声系列の分布

	端	透	定	知	徹	澄	章	昌	常	書	船	以	邪
予声						芧				舒	抒	予	序

諧声系列の分布によると、「予」は端母 *t-*、知母 *tr-*、章母 *tsy-* と諧声関係を有しないため、L-type に由来する以母 *y-* と推定される。本稿の【仮説１】に基づくならば L-type の {豫} と通仮関係にある「夜」は L-type に由来すると考えざるを得ない。してみると沈瑞清（2017）が指摘するように、この通仮例は以母を２種に分類し、口蓋垂音を再構する仮説の反証となる。当該箇所について、大西（2012：651）は次のように述べる。

“我想“夜乎”“与呵”本是拟态词，后来二字的读音靠近“豫”，人们才联想到“犹豫”，终于改为“豫”字了。”

そこで北京大学蔵西漢竹書『老子』を見てみると、次のようにある。

29. 北京大学蔵西漢竹書『老子』159 号簡

就（蹴）虖，其如【～ 159 号簡】冬渉水

原注釈によると「蹴虖」とは「蹴然（不安なさま）」を表すという。「就」は従母 *dz-* であり、「蹴」は精母 *ts-* であるため、そもそも以母 *y-* と諧声関係を有する可能性は極めて低い。大西（2012）の指摘のように、当該箇所は擬態語であろう。上述した「夜」をめぐる通用関係から見ても、郭店楚簡の段階で「夜」と「豫」が通仮していたとは到底考えられない。したがって本稿では沈瑞清（2017）の指摘は「夜」を *l- に再構する根拠には当たらないと考える。紙幅の関係により、全てを挙げることは叶わないが、沈瑞清（2017）はこのほかにも例えば精組と以母 *y-* の諧声関係についても言及しており興味深い指摘が少なくない。精組と諧声関係を有する以母については、鄭偉（2017）が *s-kl-（*s-kl- > *s-k- > *ts-*）と再構するが、筆者はその必要はないと考えている。精組と以母の見かけ上の通用については別の視点から検討を加える必要があるのではないだろうか。いずれにせよこの点に関しては稿を改め論じる予定である。

四、おわりに～以母の合流の時期

L-type に由来する以母（*l-）と口蓋垂音に由来する以母（*ɢ-）がある段階で合流することは中古音や諸方言からも明らかである。大西（2012）は馬王堆帛書の「與」の用法から着想を得て、「與」と「予」の上古音の違いについても検討を加え、「前漢初期に以母に音変化が生じた」とする(19)。大西（2012）で述べられるように、亦声の通仮例から見ても少なくとも戦国時代に於いて両者は未だ合流していないはずである。本稿では次のように考える。

> **【仮説 2】**戦国竹簡において L-type（舌音系声母）と通仮する以母は L-type に由来する以母と推定される。口蓋垂音あるいは軟口蓋音（牙喉音系声母）と通仮する以母は口蓋垂音に由来する以母と推定される。

この【仮説 2】に基づくと、いわゆる「由来不明の語（復元強度の低い語）」についても再構の確度を高めることが可能である。たとえば「盈」はそれ自体が中古音以母 *y-* であり、以母以外の声母と諧声関係を有しないため、L-type か口蓋垂音かを判断する決定的な証拠がない。さらに陳剣（2006）は「盈」の上部を「企」（渓母支部）としており(20)、してみると「企」は恰も「盈」の声符であるかのようである。その場合、「企」は渓母支部であり、これを声符に有する「盈」は自ずと口蓋垂音に由来する以母と推定される。しかし戦国竹簡を見てみると、{盈} は

しばしば「涅」で表される。「涅」は舌音系声母との諧声関係があり、牙喉音系声母との諧声関係を有しないことからL-typeに由来する以母である蓋然性が高い。よって戦国竹簡においてこれと通仮関係にある「盈」もL-typeに由来する以母、すなわち*lengと再構される。少なくとも戦国楚簡に於いてL-type「涅」と通仮している「盈」の声符が「企」であるとは到底考えられない（「盈」の上部が「企」に由来する可能性は残される）。

本稿で取り扱った例は以母全体の一部にすぎない。この【仮説2】が戦国竹簡や他の出土資料においても支持されるか否かについて、また上述したような精組と諧声・通仮関係にあるかのように見える以母に関しては稿を改めて論じたい。

＜参考文献＞

【中国語文献】

陳剣 2006.「上博竹書『周易』異文選釈（六則）」『文史』第4期。

大西克也 2012.「説“与”和“予”」『古文字研究』第29輯、644—653頁。

董蓮池 2004.『説文解字考正』北京：作家出版社。

董同龢 1948.『上古音韻表稿』中央研究院歴史語言研究所単刊甲種之廿一　台北：中央研究院歴史語言研究所。

李方桂 1971.「上古音研究」『清華大学学報』第9巻，1—2期：1—61頁。

潘悟雲 1997.「喉音考」『民族語文』第5期、10—24頁。

沈瑞清 2017.「従出土先秦文字資料看“喻四”的上古分類問題」『古文字与漢語歴史比較音韻学』上海：復旦大学出版社、92—99頁。

王力 1957/1988.『漢語史稿』（『王力文集』第9巻）済南：山東教育出版社。

野原将揮　秋谷裕幸 2014.「也談来自上古*ST-的書母字」，『中国語文』第4期：340—350頁。

野原将揮 2017「再論上古音T類声母与L類声母字」『古文字与漢語歴史比較音韻学』上海：復旦大学出版社、69—79頁。

曾運乾 1927/1996.「喻母古読考」『音韻學講義』北京：中華書局、165—170頁。（『東北大学季刊』第十二期）。

趙平安 2007「關於夃的形義來源」，簡帛網 2017/1/23。

鄭偉 2017.「上古音研究中的分等依拠、諧声及通仮問題」『古文字与漢語歴史比較音韻学』上海：復旦大学出版社、15—36頁。

【日本語文献】

古屋昭弘 2006.「儒教と中国語学——出土文献と上古音」『近世儒学研究の方法と課題』東京：汲古書院、207—221頁。

古屋昭弘 2008.「上古の開合と戦国楚簡の通仮例」『早稲田大学文学研究科紀要』第54輯、211—228頁。

野原将揮 2009.「上古中国語音韻体系に於けるT-type/L-type声母について——楚地出土竹簡を中心に」，『中国語学』256号、67—85頁。

野原将揮 2012.「清華簡『耆夜』訳注」『出土文献と秦楚文化』第6号、196—227頁。

大西克也 2007.「楚簡における第一口蓋音化に関わる幾つかの声符について」『佐藤進教授還暦記念中国語学論集』東京：好文出版、62—76頁。

【英語文献】

Baxter, William H. 1992. *A Handbook of Old Chinese Phonology*. Berlin; New York: Mouton de Gruyter.

Baxter, William H. and Laurent, Sagart. 2014. *Old Chinese: New reconstruction*. New York: OXFORD University Press.

Bodman, Nicholas C. 1980. Proto-Chinese and Sino-Tibetan: data towards establishing the nature of the relationships. In Frans Van Coetsem and Linda R. Waugh (eds.), *Contributions to Historical Linguistics*. Berlin; New York: Mouton de Gruyter. pp.35-76.

Karlgren, Bernhard. 1923/1974. *Analytic Dictionary of Chinese and Sino-Japanese*. Paris: Geuthner / New York: Dover Publications.

Karlgren, Bernhard. 1954. Compendium of phonetics in Ancient and Archaic Chinese. *Bulletin of the Museum of Far Eastern Antiquities 26*. pp.211-367.

Matisoff, James A. 2003. *Handbook of Proto-Tibeto-Burman: system and philosophy of Sino-Tibetan reconstruction*. Berkley: University of California Press.

Pulleyblank, E. G. 1962. The Consonantal system of Old Chinese. *Asia Major 9*, pp.58-144.

Pulleyblank, E. G. 1973. Some New Hypotheses Concerning Word Families in Chinese. *Journal of Chinese Linguistics 1-1*. pp.111-125.

Sagart, Laurent and William H. Baxter. 2009. Reconstructing Old Chinese uvulars in the Baxter-Sagart system (version 0.99). *Cahiers de linguistique Asie orientale 38*. pp.221-244.

Schuessler, Axel. 1974. R and L in Archaic Chinese. *Journal of Chinese Linguistics 2-2*: pp.186-199.

Schuessler, Axel. 2009. *Minimal Old Chinese and Later Han Chinese*. Honolulu: University of Hawaii Press.

【注】

(1) 端母、知母、章母、常母、以母、船母以外の声母、たとえば透母、定母、書母等は T-type、L-type のどちらの諧声系列にも現れる。したがって中古音書母の上古音を推定する場合、その都度、諧声系列の分布を確認する必要がある。書母については閩語と上古音に対応関係があるため、閩語から上古音声母を推定することも可能である。これについては野原・秋谷（2014：340-350）を参照されたい。

(2) Pulleyblank（1962:116-117）“The best value to fit all this evidence seems to be dental fricative ð. This is phonetically close to *l*. At the same time it is close enough to the dental stops that we should not be surprised to find it occasionally appearing in dental stop series. Another theoretical possibility would be r but this would be much less satisfactory. It would be surprising to find the Chinese using their l for the *r* and their r for the *l* in transcribing Alexandria!”

Pulleyblank（1973:116-117）“In the first of these examples〔筆者注：「體」「禮」〕I reconstructed *lh/l* and in the second〔「脱」「兌」「説」「悦」〕*ð* / *θ*, but I recognized that Chinese *l* corresponded to Tibetan *r* and that the phoneme I reconstructed as *ð* corresponded to Tibetan *l*. I would now revise the Old Chinese reconstructions to *rh* > *t*‘*(r)*, *r* > *l*, and *lh* > *t*‘/*ɕ*, *l* > *d/j* (sometimes *ʑ*).”

(3) 上博楚簡（六）『平王与王子木』1 号簡、上博楚簡（二）『容成氏』25 号簡等。

(4) 具体的な例については野原（2009、2017）参照。

(5)「與」は牙声とみなされている。董蓮池（2004：105）等。

(6)「呀」は説文新附字。

(7) 上博楚簡『孔子詩論』16 号簡「見丌（其）岂（美）必谷（欲）反丌（其）本」、3 号簡「観人谷（俗）焉」。

(8)『説文』「㕵、古文从公。」

(9) 李方桂（1971：8）“舌根音可以互諧，也有與喉音（影及曉）互諧的例子，不常與鼻音（疑）諧。”

(10) 王力（1957/1988）の段階では *gh- を再構する。
(11) Baxter（1992）。
(12) 中国語の系統関係については注意が必要である。潘悟雲（1997）はタイ・カダイ語（Tai-Kadai または Kra-Dai languages）をシナ・チベット語族に帰属させる。
(13) Matisoff（2003:523）。
(14)「羌」「姜」等の上古音価については Baxter and Sagart（2014）に基づき、筆者が修正を加えた音価。
(15) 野原（2012：196-227）。
(16) 亦声字の振る舞いに関しては、大西（2007：66）に詳しい。
(17)「夜」を {夜} のまま読むものや {斁（「懈怠」意）} に読む説もあるが、「夜」が牙喉音系声母と関連する点から見て L-type の「斁」と通仮しているとは考えにくい。
(18) □には欠字として「其」が推定される。
(19) 大西（2012：651）「“与”表给予主要是东汉以后的用字习惯，西汉初期以母的语音发生了变化，“与”“予”的读音靠拢是其音韵背景」。
(20) 趙平安（2007）は「企」ではなく「股」の本字とする。

『類篇』の無義注について

水谷 誠

一、はじめに

研究上、頭を悩ますことがらのひとつに書物の改変がある。書誌学的な考察において、われわれは多くの成果を受けている。ところが、こうした書誌学的な考察とは、次元の違うというか、局面が違うというか、こうした書物の改変の場合に出くわすと、まさに腑分けに近いようなことをせざるをえなくなる。たとえば、別々の書物を一つにしてしまったりしたような場合である。一例を挙げれば、野間文史『五経正義の研究』『十三経注疏の研究』（いずれも研文出版）での旧抄本と刊本との相違から見えてくる大きな改変結果がある。現行刊本で想定される読み方とは異なることに気づかされるのである。そうした変化部分を考察した成果について、これらの書物に大いに啓発されるといえる。

そこで、本来なら単なる組み替えとか、増補とか、こういったことがのべつ行われる小学書についても同様の考察が必要であろう。もちろん、これまでも『切韻』を中心とした韻書において、厳密に調査・研究されてきた。このような考察から、原本『切韻』には、平声の「長」字が脱落していたことがわかっている。そうした脱落にもかかわらず、この字が韻字に用いられていることから、『切韻』の目的が韻字の標準をしめすための目安だったという可能性が見えてくる。しかし、次第に内容的に厳密化されることによって、用韻において規範化がすすむことになる。このような流れを見ることができるようになったのも、地道な各テキストの考察に負うところが多い。

しかし、『切韻』のような緻密な考察は、他の小学書においてあまりなされていない。このために恣意的にひとくくりで述べられることも多い。今回、取り上げる『類篇』も『集韻』と一緒にくくられている。たとえば、段玉裁『説文解字注』において、併記されて引かれることが多い。『類篇』が、『集韻』を部首排列に単純に並べ換えただけであるならば、それを証明することが必要であろう。所収の文字や義注群がまったく同じならば、これはこれで有用である。かりに、もし違っているならば、それがどの部分であるのかを明らかにしなければならない。そうして、はじめて小学書の変遷史の位置づけができると思う。そうした試みの一端として、今回『類篇』を特色づける文字排列ではない部分で、大きく変えられた個所に焦点を当てて考察してみたい。

二、『類篇』での問題の所在

筆者によるこれまでのいくつかの考察において、所収字や反切について、いくつかの相違点が明らかになってきた。[(1)]このような考察によって、『類篇』が『集韻』のどの系統のテキストを用いているのかが推定することができた。しかし、このような比較・考察はまだまだ一部分でしかない。親字・反切に続く義注の部分が残されている。このような調査・研究は、労多くして功少なしという結果になりがちである。また、ざっと両書を比べてみるだけでも、そのように見える。それを百も承知の上で、比べてみることをしてみたい。相違があればそこに注目し、何もなければないという点でそれなりの有用性が考えられるからである。

以上のようなことを経て、両書の義注を調べだした。5万3千にも渡る。それも一度に何項目もすると混乱を引き起こすので、各項目ごとに、それぞれ別個に調べることにした。このため、ここでの報告は、平声のみであるが、項目によっては終了しているのもあり、遅れているのは去声に入ったばかりという状態である。また、集計が一番遅れて、上声が始まったばかりである。このように計量的な部分では、平声だけの不十分なものであるが、中身のほとんどを目を通した上での言説であることを了解願いたいと思う。

そうした調査を経て、『集韻』『類篇』両書の義注の異同について、述べていくことにした。使用テキストは、先行論文との一貫性を重視して、同様のテキストを使っている。[(2)]最初に、義注内の一部分のみ省略された事項について考察する。その次に、反切を除く義注全体が省略されたものについて、述べることにしたい。こうした省略が行われているのは、ほとんどが『類篇』である。『集韻』について、なされているケースはほとんど認められない。祖本が『集韻』であることから、当然といえば当然であるが、恐らく『集韻』長編の利用も可能であった時代に、こうしたことが行われていたことは、編者の資質にも関わることであるといえる。これらの考察を通して、『類篇』の問題点が浮かび上がることとなるであろう。

三、『類篇』での一部削除

ここでは、『集韻』『類篇』で一部分が省略されている事柄について見てゆきたい。省略されるのは、典拠を示す書名と字体に関するものである。まず、書名について、見てみたい。

『類篇』では、『集韻』において示されていた書名がしばしば省略される。これがどのような原則で、省略されるのか、不明である。スペースを詰めるためなのか、それとも単に怠けたのか、わからない。これが実に多い。たとえば、上平声・二冬・彤小韻の「搆」には、『集韻』にある『説文』の典拠が『類篇』にはなく、『類篇』では「龜名」のみの訓詁が示される。これでは、『類篇』の祖本が『集韻』であり、詳しくは『集韻』に遡って調べるということがわかっていないと、困ることになる。こうしたことは、無義注のケースではさらに甚だしいことになる。その前触れとして、こうしたことに注意しておきたい。

それでは、逆に『集韻』の方が書名を落とした例はないのか、ということになる。この点は、あくまで現行本での考察であって、祖本ではあった可能性がある。そこで、こうした例を平声において拾い出してみると、(声調・韻目・小韻名・親字の順に示す)

上平・東・同小韻・穜　書名『説文』を落とす。
上平・鍾・邕小韻・膧　書名『説文』を落とす。
上平・脂・咨小韻・餈　書名『説文』を落とす。
上平・之・姫小韻・禥　書名『説文』を落とす。
上平・齊・妻小韻・帶　書名『説文』を落とす。
上平・齊・蜱小韻・毘　書名『説文』を落とす。
上平・諄・鶉小韻・鶉　書名『爾雅』を落とす。
上平・諄・堇小韻・堇　書名『説文』を落とす。
上平・欣・薫小韻・螺　書名『説文』を落とす。
上平・元・元小韻・魭　書名『説文』を落とす。
上平・魂・魂小韻・効　書名『説文』を落とす。
上平・删・班小韻・彬　書名『説文』を落とす。
下平・先・堅小韻・娙　書名『説文』を落とす。
下平・蕭・幺小韻・嵩　書名『説文』を落とす。
下平・宵・樵小韻・顦　書名『説文』を落とす。
下平・宵・遙小韻・貧　書名『説文』を落とす。
下平・爻・猇小韻・俙　書名『説文』を落とす。
下平・麻・侘小韻・譇　書名『説文』を落とす。
下平・庚・榮小韻・瘤　書名『説文』を落とす。
下平・侯・彄小韻・韝　書名『説文』を落とす。
(上声以下、略[3])

以上、平声のみで20例をえることができた。この数は、『類篇』がこの10倍を超える数であることを思う時に、『類篇』では一定の原則で典拠の書名を省略することにしたようである。たとえば、上平・支韻において、『説文』『爾雅』『廣雅』などの典拠書名を省略されたのは、19例にのぼる。ただし、このうち、以下の節で述べる「無義注」と絡む問題であって、この内訳をするとなると、さらに繁雑なことになる。とりあえず、ここでは、『集韻』では1例も落とさなかった支韻において、19例もの省略があったということを指摘しておけば良いだろう。

次に、字体上の増減について、述べたい。『類篇』では、字体に関する事柄において、『集韻』と比べるとより詳しくなっている。しばしば、『説文』での徐鉉の校記を『集韻』よりも詳しく引く(4)。また、司馬光のコメントが『類篇』には時たま見られるが、ほとんどが字体に関することである(5)。すなわち、司馬光の関心は、純粋に字体そのものに関わることが中心であって、訓詁に関するものはない。

これに対して、個別字体の運用について、『類篇』は極端に冷淡である。『集韻』では、少し注意すると「通作○」というように、仮借の用例がたくさん出てくる。北宋期どのような仮借があったのか、という点において、重要な資料であるといえる。しかし、どうやら『類篇』では、こうした仮借に関する記述をすべて削除する方針であったらしい。ほとんどが削られて無い。ただし、この方針を守らなかったようで、時たま目にする。何度か校正をすれば、気がつくと思われるが、ずさんなのか、残っている。例を挙げれば

幼　『集韻』（入声・屑韻）『類篇』（七篇中・禾部）07中-11-a-7(6)とも「通作覈」の文あり。

篢　『集韻』（上声・檻韻）『類篇』14中-12-a-8とも「通作檻」の文あり。

こうした削除を、たとえば上平・東韻では20例、冬韻では2例、鍾韻では21例としている。筆者が思うのに、『類篇』では部首別になるため、こうした音による仮借の指摘は重要だと思われるが、『類篇』の編纂者はそう考えなかったようである。しかし、この仮借指摘の削除はまだまだ軽微な傷だと思われる。それ以上に、大きな欠点となる「無義注」について、節を改めて論じることにしたい。

四、『類篇』での「無義注」数

『類篇』の多読字を見ると、代表音での語義のみを示し、その他の音での語義を省略することをしばしばしている（以下、これを"無義注"と呼ぶ）。こうした省略したものがすべて同義ならば、それほど大きな支障はないであろう。本当にそうなのかを確認しなくてはならないことはもちろんであるが、多義字でのどの訓詁を示すのか、きちんとした原則があるのかどうかも確認しなくてはならない。そこでまず、計量的にこうした「無義注」がどの程度あるのかを示したい。本来ならば、すべての声調を示すべきであるが、今回集計が「平声」しかできなかった。調査は、去声・用韻まで済んでいることを付言しておきたい。

上平

韻目	字数	類篇脱落字数	無義注字数
一東	694	6	35
二冬	103	3	27

三鍾	423	6	59
四江	175	4	34
五支	1,121	29	125
六脂	754	13	95
七之	500	16	43
八微	264	6	35
九魚	458	7	39
十虞	746	15	78
十一模	512	9	52
十二齊	638	13	116
十三佳	153	4	35
十四皆	179	0	32
十五灰	403	11	63
十六咍	270	6	62
十七眞	382	7	38
十八諄	440	7	78
十九臻	60	0	9
二十文	266	9	35
二十一欣	77	4	12
二十二元	322	12	34
二十三魂	366	11	42
二十四痕	23	0	5
二十五寒	223	5	12
二十六桓	376	5	41
二十七刪	143	3	24
二十八山	136	2	27
計	10,207	213	1,287

下平

韻目	字数	類篇脱落字数	無義注字数
一先	453	5	65
二僊	728	13	129
三蕭	316	7	30
四宵	510	16	71
五爻	380	9	44
六豪	463	8	55
七歌	84	0	5
八戈	472	12	53
九麻	584	14	90
十陽	567	14	42
十一唐	549	11	38
十二庚	362	12	42
十三耕	297	5	47
十四清	278	6	36
十五青	466	6	52
十六蒸	227	1	25

十七登	198	12	42
十八尤	861	12	125
十九侯	406	8	60
二十幽	94	5	35
二十一侵	431	5	56
二十二覃	298	4	41
二十三談	158	3	25
二十四鹽	417	10	65
二十五添	83	0	16
二十六嚴	41	1	13
二十七咸	138	3	37
二十八銜	102	1	30
二十九凡	37	0	12
計	10,000	203	1,381

以上、平声のみ(7)であるが、『類篇』内での無義注の累計はかなりの数にのぼることが確認できるであろう。『集韻』収録文字数から『類篇』での脱落文字数を引いたのが『類篇』収録の延べ文字数となる。この数を『類篇』無義注数との百分率で見てみると、ほぼ13％になる。この数値を高いとみるか低いとみるかというと、字書である以上、こうした無義注はゼロに近づけるべきであろう。こうした無義注が発生するわけは、筆者の見るところ「手抜き」としか考えられないからである。

それでは、『類篇』のどの部分に無義注が発生しているのかを見てゆきたい。この無義注は、すべて多読字において発生している。単一の読み方しかない場合は、語義を記さないことはない(8)。また、多読字だからといって、必ず無義注になるわけではない。それぞれの音ごとに別義となれば、それを記さなければ、字書としての役割を果たさなくなってしまう。つまり、基本的には同義・別音のところに「無義注」が発生していることが予想されよう。これも手間暇を惜しまなければ(9)、「無義注」であっても問題を引き起こさなかったであろうが、以下に述べるような様々な不都合を生じさせている。そこで、節を改めて、この問題点を論じてゆきたい。

五、『類篇』での「無義注」挙例

まず最初に、「無義注」の並ぶ例を見てみたい。任意の多読字をあげることにする。

「眭」『類篇』04上-02-a-7

宣爲切（上平・支韻）目深皃。亦姓。又翾規切（上平・支韻）眭盱、健也。又宣隹切（上平・脂韻）姓也。又呼維切（上平・脂韻）仰目也。又宣圭切（上平・齊韻）目惡視。又扶畦切（上平・齊韻）。又於避切（去声・寘韻）小怒。又涓惠切（去声・霽韻）。

以上のように、合計八音をもつ多読字である。このうち、「扶畦切」と末尾の「涓惠切」が無義注になっている。これを、『集韻』の義注と比較すると、

宣爲切（上平・支韻）目深皃。
翾規切（上平・支韻）睢盱、健也。
宣隹切（上平・脂韻）姓也。
呼維切（上平・脂韻）仰目也。（「睢」の異体字として提出。『類篇』は『説文』の説解のみを引用する）
宣圭切（上平・齊韻）目惡視。
扶畦切（上平・齊韻）深目皃[10]。
於避切（去声・寘韻）小怒。（「瘵」の異体字として提出。『集韻』の義注は「目小怒皃」となっている）
涓惠切（去声・霽韻）姓也。

このように「無義注」のところに注目して見ると、この音の義が先行するどの訓詁に一致するのか、何の注記もない。六番目の「扶畦切」は、最初の「宣爲切」と同義。八番目の「涓惠切」は、三番目の「宣隹切」と同義になる。『類篇』だけをにらんでいては、「無義注」は直前の音と同義と思いたくなる。しかし、そう考えるのは誤りで、『集韻』でもって確認しなければ、無義注の訓詁は確定できないことになる。先ほどから、『類篇』の字書としての問題点がここにあると述べるゆえんである。しかもそれが大量にあるということである。

一例だけだと任意性が疑われるので、もう一例挙げることにする。

「咥」『類篇』02上-11-a-3
馨夷切（上平・脂韻）大笑也。又虚其切（上平・之韻）戲笑皃。又脂利切（去声・至韻）齧也。又陟利切（去声・至韻）止也。『易』咥惕中吉。馬融讀。又丑二切（去声・至韻）。又虚器切（去声・至韻）。又許四切（去声・至韻）。又許既切（去声・未韻）『説文』引『詩』咥其笑矣。又敕栗切（入声・質韻）。又闃吉切（入声・質韻）。又丁結切（入声・屑韻）咜（ママ）咥、虜姓。又徒結切（入声・屑韻）齧堅皃。

以上、十二音をもつ多読字である。このうち、五音が無義注である。これを『集韻』と比較すると、以下のようになる。

馨夷切（上平・脂韻）大笑也。
虚其切（上平・之韻）戲笑皃。（「誋」の異体字として提出。『類篇』は『説文』の説解のみを引く）
脂利切（去声・至韻）齧也。
陟利切（去声・至韻）止也。『易』咥惕中吉。馬融讀。

丑二切（去声・至韻）笑也。（「槌」の異体字として提出。）
虚器切（去声・至韻）笑也。
許四切（去声・至韻）笑也。
許既切（去声・未韻）『説文』大笑也。引『詩』咥其笑矣。
敕栗切（入声・質韻）笑也。
闐吉切（入声・質韻）笑皃。
丁結切（入声・屑韻）蛇咥、虜姓。
徒結切（入声・屑韻）齧堅皃。

ここで省略されているのは、すべて「笑」系のものであるが、無義注に先行する訓詁は、「笑」以外に「齧」もあれば「止」もある。『集韻』を参照しなければ、無義注での訓詁を確定できないことがこれでわかるであろう。

うんざりするであろうが、さらにひどい例を挙げることにする。

「嫉」『類篇』04 下 -16-b-6
薄宓切（入声・質韻）脚脟、大皃。又必結切（入声・屑韻）。又蒲結切（入声・屑韻）『説文』肥肉也。

これは三音のみの例である。そこで、『集韻』と比較すると

薄宓切（入声・質韻）脚脟、大皃。（「胇」の異体字として提出）
必結切（入声・屑韻）肥也。
蒲結切（入声・屑韻）『説文』肥肉也。

この例は、無義注の訓詁が後にある音と同じケースになる。前のどれかという上での場合とは異なる。つまり、『類篇』で多義字の中に無義注が紛れ込んでいる場合、どれと同じかは『集韻』を参照しなくてはわからないということになる。

最後に、最悪なのが別義を落としてしまう例がある。

「壠」『類篇』13 下 -07-b-4
魯勇切（上声・腫）『説文』丘壠也。一曰、田埒也。又盧東切（上平・東韻）。

同じく『集韻』と比較すると

盧東切（上平・東韻）土壟。

魯勇切（上声・腫）『説文』丘壠也。一曰、田埒也。

この例の場合、上平と上声では全くの同義とはならない。こうした別義を落としては、字書としての役割を果たせないことはいうまでもないであろう。『類篇』10中-24-a-1「契」では、人名の私列切（入声・薛韻）はあるが、無義注であることから、「人名」の訓詁がないことになっている。これでは、古典は読めないし、字書の基本が守られていないことになる。

六、まとめ

以上、縷々『類篇』での義注について、述べてきた。多くの部分は、『類篇』編纂者がいかに手を抜いてきたかということに終止してしまった。そうした手抜き字書という評価を甘んじて受けるべきであろう(11)。わけても『集韻』を参照しなければ使えない『類篇』の字書史での意義は、これまで必要以上に持ち上げられてきたと酷評せざるをえない。司馬光という権威に支えられて散逸しなかったことだけを多とする寂しい字書といわざるをえない。長いこと時間をかけて調べたことの結論としては、いささか情けないが事実を明確に述べることの方が何より重要であろう。

【注】

(1) 『類篇』の用いたテキストについては、「『類篇』はどの『集韻』を用いたのか」（『創大中国論集』11　2008年3月）を参照。また、反切については、「『類篇』における例外反切について（部首篇）」（『創大中国論集』12　2009年3月）を参照。所収字については、「『類篇』の脱落字について」（『創大中国論集』16　2013年3月）を参照。本論考も、この一連の流れにあることはいうまでもない。

(2) 『集韻』は、述古堂本（上海古籍出版社　1985年刊）。『類篇』は、汲古閣影印本を使用した。

(3) 入声の屑韻までの調査がすんでいる。そこでの『集韻』書名脱落例を示す。

上声

止韻　1例（祉）
語韻　1例（貯）
薺韻　1例（髀）
吻韻　1例（刎）
隱韻　3例（脪・赾・醞）
混韻　1例（刌）
緩韻　1例（拗）
産韻　2例（輚-埤蒼・厚）
銑韻　1例（冰）
養韻　1例（枡）
有韻　1例（粈）
感韻　1例（禫）
琰韻　2例（睒・焱）

去声

寘韻　2例（䍗・贁）

至韻　1例（疵）

御韻　1例（預）

卦韻　1例（𠂢）

隊韻　1例（稿）

恨韻　1例（噴-方言）

線韻　2例（榗・幝）

笑韻　1例（簌）

證韻　1例（篏）

入声

屋韻　3例（登・櫝・橈）

沃韻　1例（碑）

燭韻　1例（航-爾雅）

質韻　2例（嚚・䋿）

末韻　1例（祓）

鎋韻　1例（剎）

屑韻　1例（鬻）

(4) たとえば、上平・東・同小韻の「同」での『類篇』義注に「从冃从口。徐鉉曰、同爵名也。『周禮』曰、太保受同嚌」という文が付加されている。これは、『集韻』には見えない。

(5) たとえば、『類篇』一上「一部」の「天」に関して、司馬光が次のようなコメントを付す。「臣光曰、唐武后所撰字、別無典拠據。各附本文注下」。また、「玉部」の「玉」に関して、「臣光曰、今隷文或加點」。この後も、字体に関することを述べる。あまり高い水準では無い。本人のコメントかどうか、首をひねらざるをえない。

(6) 以下、『類篇』の該当個所を、〇篇上・中・下と葉数それに裏表最後に行数を示す。なお、部首は省略する。

(7) 上声についても、わずかばかりであるが集計してある。この範囲内であるが、平声よりも「無義注」の比率が高くなっていることに注意したい。

韻目	字数	類篇脱落字数	無義注字数
一董	206	3	32
二腫	232	4	50
三講	68	1	16
四紙	679	11	162

(8) 異体字である場合、少数ながら無義注のこともある。その見出し字が、部首の関係上、別記となるからである。そうした時には、必ず「或作〇」というような注記がある。たとえば、「奉」(『類篇』03中-04-b-2) の去声「房用切」には「俸或作奉」とあり、語義に関する注記はない。

なお、本稿の統計では、これも「無義注」に含める。しかし、こうしたものは、10例を越えることはない。本来なら、最初から再調査するべきであるが、今その時間の余裕がないので、印象のみを述べることをお許し願いたい。

(9) たとえば、同義群を一つにまとめる書き方をするというような現行辞典でなされるような工夫がまったく見られない。

(10) 『類篇』での無義注の訓詁を示すために、『集韻』での訓詁に傍点をふる。以下同じ。

(11) 無義注の場合、その多読字内でランクの低い扱いとなっていることから、あえてその評価に基づき語義の扱いを調べることができると考えることもできるかもしれない。それにしても、このような研究は、以上の事実を踏まえてされなければならないであろう。

廖綸璣「満字十二字頭」について

古屋 昭弘

一、はじめに

「十二字頭 juwan juwe uju」[(1)]は満洲語の音節一覧表である。アラム文字からソグド文字・ウイグル文字を経てモンゴル語のための縦文字が制定されるのは13世紀はじめのこと。そのころ女真族はすでに女真文字を持っていた。16世紀後半になり、女真族（すなわちのちの満洲族）は、モンゴルの縦文字を借りて満洲語を書き表すようになる[(2)]。天聡六年（1632）春正月、Dahai（達海）によって圏点附きの「十二字頭」が書かれ、配布される[(3)]。圏点をつけることにより、ta：da、te：de、ja：je、ya：yeなど、それまで区別できなかった子音や母音の違いが文字で区別されるようになったのである。

そのあとの状況を示すものとしてイエズス会のGabriel de Magalhãesの記述がある。1647年、ローマ字アルファベットと対照させながら十二字頭の存在に言及している[(4)]。

現在版本の形で見ることのできる最も古いものが字書『正字通』（康熙十年、1671年）所載の廖綸璣「十二字頭」である。漢字の注音があり、大部分は満洲字の音節ひとつに対して漢字一字が対応するものであるが、「冊矣 cei」のように縦につなげて表す合音例も見える（附録資料参照）。これについては後述することとして、ここではその後の状況を見ておきたい。

康熙二十一年（1682）、沈啓亮の『大清全書 daicing gurun i yooni bithe』[(5)]と『清書指南 manju bithe i jy nan』が刊行される。前者は十二字頭と関連する[(6)]順に満洲語の語句を並べて解説したもの、後者には「十二字頭」（漢字注音なし）が含まれている。このほか康熙四十年（1701）の「箋注十二字頭」も沈啓亮のもの[(7)]。

康熙二十九年（1690）の『満漢同文全書 manju nikan šu adali yooni bithe』[(8)]でも十二字頭と関連する順番に満洲語の語句が並べられている。

康熙三十八年（1699）の凌紹雯・陳可臣『新刻清書全集 ice foloho manju i geren bithe』にも「十二字頭」が収載されている。全体の凡例に「清書唯以十二字頭爲主、（中略）其文分合綜晰蘊義最弘、爲初學入德之門。其書悉本正字通所載官學刻本、音釋滿漢字様、并所注漢字俱係北韻」[(9)]とあり、廖綸璣のものに基づいていることがわかる。

雍正六年（1730）の舞格寿平『清文啓蒙 cing wen ki meng bithe』の中にも漢字注音附きの十二字頭がある[(10)]。

乾隆三十六年（1771）『御製増訂清文鑑 han i araha nonggime toktobuha manju gisun i buleku bithe』[(11)]所収「兼写三合漢字十二字頭 ilan acangga nikan hergen kamcime araha juwan juwe uju i bithe」において注音の漢字は多く二合音や三合音の形式を採る。たとえば

naiは「納阿＋衣（衣は下）」から成る一字で表される。

乾隆三十八年（1773）敕修「欽定清漢対音字式」にも「満文十二字頭」がある。音節ごとに漢字の対音が為されており、時に声調も付されているのが特徴である。[(12)]

研究史の面から言えば、1703年の熊士伯『等切元声』が「十二字頭」の1300強の音節を表す文字について詳しく分析、また、1727年の斉曙初『翻訳発微』「字母辨」でも十二字頭の並べ方の原理について分析している。[(13)]日本でも18世紀の初頭、荻生徂徠が「十二字頭」[(14)]と「千字文」に基づき満洲字の原理を看破し、「満文考」を著している。[(15)]なお、江戸末期の唐通事たちによる『翻訳満語纂編』（1851—1855年）は『増訂清文鑑』全巻約18000語のうちから2632語を選抜し、十二字頭の順に並べたものである。[(16)]

二、廖綸璣「満字十二字頭」

内閣文庫蔵『正字通』白鹿書院本によれば、廖綸璣「満字十二字頭」はもともと単行の一冊であった。表紙の左上方には「十二字頭　juwan juwe uju　正字通」の題簽、その右に更に「十二字頭讀例、自左至右、從一號至十九號、今從尾篇編至十九號者以便裝釘、讀者詳之」という説明文が貼られている。見返しの右側には大きな字で「十二字頭」、左にはjuwan juwe ujuの満洲字が配置され、そのujuにかぶせる形で「白鹿書院藏板」の朱の方印が押されている。[(17)]

まず第一字頭をすべて横書きで示してみたい。もちろん本来は左行から右行へ進む縦書きである。以下のように満洲文字の下（本来は右）に漢字による注音がなされている。

一　此音是以下十一韻之母，讀者必詳記，諸漢字皆係京韻

a e i o u ū　na ne ni　no nu nū
阿 厄 衣 敖 屋 物　納 訥 你　諾 奴 怒

ka ga ha　ko go ho　kū gū hū
搭 嘎 哈　課 郭 禾　庫 孤 戸

ba be bi bo bu bū　pa pe pi po pu pū
八 百 必 剝 步 布　帕 拍 披 破 舗 撥

sa se si so su sū　ša še ši šo šu šū
薩 塞 西 索 酥 蘇　沙 色 詩 朔 書 叔

ta da　te de　ti di　to do　tu du
他 打　忒 得　剃 提　拖 多　兔 都

la le li lo lu lū　ma me mi mo mu mū
拉 勒 立 洛 綠 路　媽 末 謎 摸 暮 木

ca ce ci co cu cū　ja je ji jo ju jū　ya ye yo yu yū
察 宅 七 綽 出 初　查 者 脊 卓 諸 朱　丫 夜 岳 玉 欲

ke ge he　ki gi hi　ku gu hu　k'a g'a xa　k'o g'o h'o
克 革 黑　基 幾 兮　哭 故 乎　搭 嘎 哈　科 過 或

ra re ri ro ru rū　fa fe fi fo fu fū　wa we
拉 勒 立 洛 綠 路　發 拂 非 縛 付 婦　窪 窩

tsa tse tsy tso tsu　dza dze dzy dzo dzu　ža že ži žo žu žū
嗏 冊 雌 磋 粗　咱 則 咨 佐 租　昇 熱 日 若 入 辱

sy c'y jy
司 痴 制(18)

第二字頭以下は次のように並べられている。

第二　ai ei ii oi ui ūi nai nei nii noi nui nūi…
第三　ar er ir or ur ūr nar ner nir nor nur nūr…
第四　an en in nan nen nin non nun nūn…
第五　ang eng ing nang neng ning nong nung nūng…
第六　ak ek ik nak nek nik nok nuk nūk…
第七　as es is nas nes nis nos nus nūs…
第八　at et it nat net nit not nut nūs…
第九　ab eb ib nab neb nib nob nub nūb…
第十　ao eo io nao neo nio noo nuo nūo…
第十一　al el il nal nel nil nol nul nūl…
第十二　am em im nam nem nim nom num nūm…

このうち第三、第六〜第九、第十一、第十二の諸字頭は、それぞれ最初の3音節に漢字の注音があるのみで、そのあとに「以下倣此」とある。

序文に当たる「十二字頭引」は「正黄旗教習廖綸璣」の名のもと康熙九年（1670）十月に書かれたもの。

帝王治天下、璽書詔制章奏條教號令之頒、關係鉅且重。凡點畫未合、部司封駁不少恕。漢人惟習漢字以言會通、大同則猶未也。今我朝清書、形模象篆籀、義類本龜龍。于滿語之中、上溯羲軒之文、綜合洛圖之理、詳加參互、釐定字形。九有尊崇、無敢自外于光天化日者。滿與漢竝書、俾滿漢人通曉也。夫人不知滿語者、字雖工、僅得象形之表、徒知點畫、不能成言。不學滿字者、音未習、欲驟學滿語爲難。故習字必先肖唇頰而後語義可通也。何則書分十二字頭、即漢音之四韻、內載千三百餘字、即漢字之六書。或以清書一音止有一字。蓋對未通滿語者言、非所論于滿字也。夫滿字必相連書以成滿語、文意始見、而千變萬化、不可窮詰、豈易測度耶。今滿字內、漢音無字者效佛經二合之法、二字連呼成一音、以肖口吻。如揩矣呼慨、戛矣呼改、哈矣呼海、是也。書內所音漢字、俱係北韻音者。以音相合。非以音某字作某字解也。至音字有未能盡合者、則俟高明詳核之。其字形俱自左旋右、書字者亦自左至右、讀亦如之。因而習之不爲難。夫特異之資不少、好學敏求甚眾。百二神州、形勢遼闊、每以僻地鮮師爲恨。至有畢世而不知清字聲義者。余曷敢自謂通曉以鏤傳於世。祇就官學刻本揣摩音韻而已。至若詔制章奏、在舘閣自有體裁、而又非末學黯陋者之能事也。　　　　　　　　旹　康熙九年庚戌孟冬朔旦

正黄旗教習廖綸璣撰　　　　　　　　廖綸璣印　仲玉[19]

この序文から言語関連のことをまとめてみれば以下のとおりである。

1. 十二字頭の満洲字は1300余あること
2. 満洲字は漢字と違って連書して初めて意味を成すこと
3. 漢字で注音しにくい場合は仏教の二合音の方法に倣うこと
（たとえば慨 kai は揩矣 ka-i、改 gai は戛矣 ga-i、海 hai は哈矣 ha-i）
4. 漢字はその語義を無視し、中国の北方音によって読むこと
5. 満洲字は左から右に進むこと
6. 基づく官学の刻本があったこと

三、廖綸璣と廖文英

廖綸璣と、『正字通』を刊行した廖文英とはどのような関係にあったのか、一時期は、弟と兄の関係、あるいは親戚関係など、誤った説[20]も存在していたが、今では廖綸璣が廖文英の息子であることを疑う人はいない。すなわち廖綸璣も廖文英と同じく広東連州の人ということになる。以下、廖綸璣についてわかっている情報をできるだけ集めてみたい。

まず、『正字通』の真の作者張自烈が最晩年の康熙十一年（1672）に書いた「贈廖季子序」（『芑山文集』巻十五）が重要である。江西廬山の白鹿洞書院で廖文英の一家と共に暮らしていた張自烈が、廖文英の季子（末っ子）叔玉が北京の国子監に赴くに当たり贈った文である。文中の記述から叔玉には四歳年上の兄仲玉がいることがわかり、更に上述廖綸璣「十二字頭引」には、篆字陽文の「廖綸璣印」と陰文「仲玉」の二つの印が刻されていることから、「仲玉」イコール廖綸璣であることが判明する。「贈廖季子序」の文には「仲玉居輦下秉鐸爲人師」のくだりも見え、廖綸璣が北京で正黄旗教習を務めていた事実と一致する。同治刊『連州志』「国

朝文職官」の項に「廖綸璣監生、鑲黄旗教習」とある[21]。

北京での活動の一端は父廖文英（字は百子、号は昆湖）の友人たちの文にうかがうことができる。たとえば、翰林院侍読学士張貞生の『庸書』巻十二「荅廖太守」には「正字通大有益來學、拙言固不敢辞、祈再借巨筆弁首、爲全書之光。令郎翩翩品格、自當遠到、吾嶺東又喜得一桂林枝矣」、また礼部尚書龔鼎孳が康熙十一年（1672）に書いた正字通序にも「廖使君昆湖…以其暇纂輯是書、屬長君仲玉持以示余、竝索弁首[22]」とあり、廖文英が原稿段階の或いは刊行したばかりの『正字通』を北京の廖綸璣を通じて張貞生や龔鼎孳に贈り、序文執筆の依頼をしたことがわかる。

その後、三藩の乱（1674年から）の前に廖綸璣は故郷の広東連州に帰ったと思われる。三藩の乱が始まる頃、廖文英は平南王尚可喜が連州に派遣した清朝側の将軍劉炳と知り合う。劉炳補修本『正字通』の呉盛藻の序に「廖君已先翱翔異地、竝其二子而出、未幾物故、而二子幾逮鄰封獄」とあり、その後廖文英が戦乱の中、廖綸璣兄弟とともに他の地に移ったことがわかる。推測の域を出ないが、あるいは呉三桂の側に付こうとしたのではなかろうか。しかし廖文英はそこで病没し、廖綸璣兄弟は監獄（「鄰封獄」というので恐らく呉三桂側の監獄）に入れられそうになる。その後、劉炳のおかげで連州に帰ることができた廖綸璣兄弟は、謝意を表すため『正字通』の版木を劉炳に贈る。この時、廖綸璣は自分の「満字十二字頭」の版木は送らなかったと推定される。このような経緯で劉炳補修本『正字通』には「十二字頭」が収載されなかった。三藩の乱平定のあと、劉炳補修本の版木を買い取ったのが廖文英の友人呉鋳の息子、呉源起である。彼が印行した清畏堂蔵板本『正字通』でも「十二字頭」は収めていない。その後、同じ版木によって印行されたのが清畏堂原板本であり、それには新たに刻された「十二字頭」が附載されている。

四、「宅」ce について

上述のとおり、廖綸璣は十二字頭に注音した漢字について「諸漢字皆係京韻」と言っており、彼が暮らした北京の音に依っていることがわかる。廖文英と廖綸璣の故郷連州の言語状況は現在でも相当複雑であり、粵方言、客家方言、粵北土語、西南官話、少数民族語（主に瑶語）がせめぎあっている。廖父子が生きた17世紀末の連州も似たような状況であったであろう[23]。一体廖綸璣自身はどのような方言を話していたのであろうか。

ひとつだけ手掛かりがある。「十二字頭」の「ca 察 ce 宅 ci 七 co 綽 cu 出 cū 初」の「ce 宅」である。他の「察七綽出初[24]」がすべて次清音声母であり、更に cei は「冊矣」と書かれていることから考えれば、次清初母の「冊」と全濁澄母の「宅」が同音だった、すなわち全濁入声（澄母）の「宅」も［ʧʰe］[25]のように発音されていた可能性が高い。廖綸璣の方言音が顔をのぞかせたものと推定される。孤例をもとにあまり多くのことを推定するのは禁物とはいえ、全濁入声（恐らく上去声も）が有気音に対応する客家方言、一部の粤北土語が候補にあがるであろう。客家の系譜を記した『崇正同人系譜』の中に廖文英が見えるが、この書は20世紀に入ってからできたものなので不確実である。荘初升氏によれば廖文英の方言は連州土語である可能性が高いとのことである。

参考に、他の資料における ca ce ci の漢字注音を見ておきたい。

『清漢対音字式』ca 察（平聲讀）、ce 車 徹（徹字平聲讀）、ci 齊 棲

『清文啓蒙』ca 差（昌呀切）、ce 車（成噎切）、ci 七

『御製増訂清文鑑』「兼写三合漢字十二字頭」 ca 察阿、ce 車額、ci 縷伊

『満漢合璧十二字頭』[26] ca 察、ce 車、ci 齊

漢字注音はすべて次清音か全濁平声字（齊）である。ここからも ce に「宅」があてられることの特殊性がわかる。勿論「宅」が有気音で発音されるのは客家方言、一部の粤北土語に限ったことではなく、贛語や徽語、江蘇や山西などの一部の方言にも見られる特徴でもあるが[27]、廖綸璣が広東連州の人である以上、それらは候補となりえないであろう。

五、おわりに

廖綸璣は閩南語の韻図『拍掌知音』の作者でもある。韻図の見開きに「連陽廖綸璣撰」とあり、連陽は連州のことなので、この廖綸璣が廖文英の子の廖綸璣であることは確実であろう。『拍掌知音』の成書は一般に1800年頃と言われていたが、康熙九年（1670）に「十二字頭引」を書いた廖綸璣の手になる以上、遅くとも1700年を前後する頃と考えるのが自然である[28]。李如龍1996は、連州の人廖綸璣に閩南語がわかるわけがないので、廖氏が誰かから『拍掌知音』の元になるものを入手し、自分の名前で刊刻したのではないかと推定した[29]。しかし、父親の廖文英が張自烈『正字通』を自分の名で刊刻したからといって、子の廖綸璣も同様のことをするであろうというのは短絡的過ぎるのではないだろうか。廖綸璣が満洲語にどの程度精通していたのかは不明とはいえ、十二字頭に北京音を使って漢字注音をしたことから見ても、言語や文字の習得に長けていたことは確実である。協力者がいれば閩南語の韻図の作成も充分可能だったのではなかろうか[30]。これについては今後の課題としたい。

【注】

(1) 以下、満洲字はすべて Möllendorff 式のローマ字で転写。

(2) 1599年、ヌルハチがエルデニ（額爾徳尼）とガガイ（噶蓋）にモンゴル字で満洲語を書くよう命じる。この段階の文字は「無圏点文字」（tongki fuka akū hergen）、十二字頭以降の圏点のある文字は「有圏点文字」（tongki fuka sindaha hergen）と呼ばれる。

(3)『満文老檔』天聡六年（1632）正月の条に次のようにある：「十二字頭は最初圏点がなく、上下の区別がなく、ta と da、te と de、ja と je、ya と ye と書き別けず、皆同様なので、普通の言葉が文書となっ

た時には、音は文義によって直ちに解り、易しいが、人名や地名の時には誤解の恐れがあるので、金国の天聡六年孟春の月にHanの旨を奉じて、Dahai Baksiが圏点を施して表記した。最初の字頭もそのままもと通り字頭に書いてある。後世の諸賢が見て、区別したことが万に一つでも裨益するところがあればそれで結構である。もし不都合があれば旧字頭は明らかに残っている。その日、十二字頭を書いて下した」。以上『満文老檔Ⅴ』（昭和36年、東洋文庫）の訳文による。「旧字頭が明らかに残っているfe uju geruken bi」との記述は、満字十二字頭より前の十二字頭の存在をうかがわせる。関克笑1997によれば、達海が満洲字の改革に着手したのは天命八年（1625）のこと。

(4) 馬騰2014に以下の英文訳が引用されている：“They have an alphabet but no learned persons … The consonants are the same as ours. However, they cannot distinguish them from the vowels and constantly mix them up. They teach the children. The consonants joined together in syllables, thus making twelve chapters.”

(5) 沈啓亮の序に「清字十二字頭、久有梓布坊間」とある。早田・寺村編2004の解説による。東洋文庫蔵本も参照。

(6) a e i o u ū na ne ni no nu nū…ai ei ii oi ui ūi nai nei nii noi nui nūi…のような順（十二字頭）ではなく、a ai ar an ang ak as at ab ao al am e ei er en…のような順。早田・寺村編2004の解説に詳しい。

(7) 姚小平2006によれば、康熙四十年（1701）の沈啓亮『箋注十二字頭』がバチカン図書館に所蔵されている。雍正十一年（1733）の谿霞「満漢全字十二頭」も沈啓亮の「十二字頭」に基づいたものとのこと。

(8) 東洋文庫蔵本による。

(9) 引用部分は馬騰2014による。中村2004も参照。

(10) 落合1987による。早稲田大学図書館蔵の『満漢清文啓蒙』も参照。

(11) 落合1985による。『増訂清文鑑』の元になるものは、康熙十二年（1673）に編纂を開始し、康熙四十七年（1708）に完成した『御製清文鑑 han i araha manju gisun i buleku bithe』である。同じく1708年刊行の『清文彙書』は『御製清文鑑』の語を李延基が十二字頭の順に並べ替えたもの。

(12) 春花2008と落合1986による。東洋文庫蔵本も参照。

(13) 馬騰2014による。

(14) 荻生徂徠が見た「十二字頭」が廖綸璣のものであることは神田信夫1993に詳しい。

(15) 李光地「榕村韻書略例」には「國朝十二字頭之書、但以篇首五字、使喉舌唇展轉相切、而萬國聲音備焉。蓋於韻部、以麻支微齊歌魚虞爲首、於字母以影喩爲首、獨得天地之元聲、故可以齊萬籟之不齊、而有倫有要也。從來爲此學者、部多首東、等多首見、蓋失其本矣」とある。「部多首東、等多首見」は「韻は多く「東韻」から始め、声母は多く「見母」から始める」の意。

(16) 松岡2017による。東洋文庫蔵の写真版を参照。江戸末期の高橋景保による満洲語学研究も忘れることはできない（新村1914）。

(17) 姚小平2006によれば、バチカン図書館には『増補関西字彙』（梅誕生［梅膺祚］先生原本、汪武曹鑑定、五雲楼梓）という本があり、韓菼の序（康熙乙酉1705）のあとに廖綸璣「十二字頭引」と「十二字頭」が収載されているという。『字彙』に「十二字頭」が併載されるのは珍しい。

(18) 校注（白内：内閣文庫蔵白鹿洞書院本、清原：清畏堂原板本、芥：芥子園本、三：三畏堂本）① bu bū：白内・清原・芥・三ではpu pūに近い形。② pe：白内・清原・芥・三、傍点を缺くためpaに見える。③ ša：白内・清原・芥・三、字の右に白い圏点あり。④ ho 禾：清原では「禾」を「黍」に誤る。⑤ yo 岳：三では満字・漢字ともに缺。⑥ ya 丫：清原では満字・漢字ともに缺。⑦ wa wo：芥はfa foに誤る。⑧ dzu：芥・三は傍点を缺く。⑨ ži 日：清原・三は「日」が「口」に近い形。なお、kiの「基」は「其」などの誤りと推定される。

(19)「我朝清書」の「朝」と「至若詔制章奏」の「詔」は改行一字抬頭。以下訓読：「帝王の天下を治むるや 璽書・詔制・章奏・條教號令の頒 關係すること鉅にしてかつ重し。凡そ點畫いまだ合はざれば、

部司 封駁して少しも恕さず。漢人 惟だ漢字を習ひ以て會通を言ふも、大同は則ちなお未だしきがごときなり。今 我が朝の清書 形模は篆籀を象り、義類は龜龍に本づく。滿語の中において上は羲軒の文に溯り、洛圖の理を綜合し、詳しく參互を加へ字形を釐定す。九に尊崇あり、敢て自ら光天化日に外るる者なし。滿と漢とを竝書するは、滿漢人をして通曉せしむるなり。それ人の滿語を知らざる者は、字に工と雖も、僅かに象形の表を得て徒に點畫を知るのみにて、言を成す能はず。滿字を學ばざる者は音いまだ習はざれば、驟かに滿語を學ばんと欲するも難しと爲す。故に字を習ふには必ず先づ唇頰を肖せ、しかる後、語義通ずべきなり。何となれば則ち書 十二字頭に分かるるは、即ち漢音の四韻、内に千三百餘字を載するは即ち漢字の六書なればなり。或いは以へらく清書 一音にただ一字あるのみと。蓋し未だ滿語に通ぜざる者に對して言ふものにして、滿字に論ずるところにあらざるなり。それ滿字は必ず相ひ連書して以て滿語となりて文意始めて見ゆ。而して千變萬化、窮詰すべからず。豈に測度しやすきものならんや。今 滿字の内、漢音に字なき者は佛經二合の法に效ひ、二字連呼して一音を成し以て口吻を肖せしむ。搭矣もて慨を呼び 戛矣もて改を呼び 哈矣もて海を呼ぶがごとき、是なり。書内に音ずるところの漢字のごときは俱に北韻もて音ずる者に係る。音を以て相ひ合す。某字と音ずるをもって某字の解を作すにあらざるなり。音字の未だ能く盡くは合はざる者あるに至りては 則ち高明を俟ちてこれを詳核せん。其の字形は俱に左より右に旋る。字を書く者もまた左より右に至る。讀みもまたかくの如し。因りてこれを習へば難しと爲さず。それ特異の資、少なからず。學を好み求むるに敏きもの甚だ衆し。百二神州は形勢遼闊にして、毎に僻地 師鮮きをもって恨みと爲す。畢世 清字の聲義を知らざる者あるに至る。余 曷ぞ敢へて自ら通曉し以て鏤して世に傳ふと謂はんや。祇だ官學の刻本に就きて音韻を揣摩するのみ。詔制章奏の若きに至りては舘閣に在りて自ら體裁あり。而してまた末學黯陋なる者の能事に非ざるなり」。「条教」は「法規、教令」の意。『漢書』「董仲舒伝」に「仲舒所著、皆明經術之意、及上疏條教、凡百二十三篇」という。

(20) 兄弟説は董琨氏。中国工人出版社影印『正字通』(1996年)の「前言」で廖綸璣を廖文英の弟と推定。親戚説は古屋1993b。廖綸璣が廖文英の親戚か同郷の友人ではないかと推定。古屋1995で廖文英の子であることを考証。

(21) 弟の叔玉の名は恐らく廖綸球。同治刊『連州志』「国朝文職官」に「廖綸球、國朝職監」とあり、排行の習慣から考えても兄弟である可能性が高い。

(22) 以下、訳。張貞生:「正字通は今後の学習者に大いに益をもたらすと思われますので、序を書くことにやぶさかではありませんが、大人物に序を書いてもらえば、本書の価値がもっと高まることでしょう。(今回、序の依頼に)遠いところからわざわざ来て頂いたご子息は風格を備えておられます。我ら南人の誇りがまた一つ増えたと嬉しくなりました」。龔鼎孳:「(南康府)知府の廖氏は…政務の合間に編纂したこの本を、子息の仲玉氏を通して私に示すとともに、序文を依頼された」。

(23) 李冬香2012参照。劉沢民2010によれば、粵方言や西南官話の連州への流入は時代的に遅い可能性がある。荘初升2000によれば、粤北土語の中には全濁並・奉・定母などが平仄にかかわらず無声無気音で現れる地点もあるとのこと。

(24) 察初:初母、七:清母、綽出:昌母。

(25) tseをも「冊」で注音していることから言えば、廖綸璣自身は「宅＝冊」を[tsʰe]のように発音していたかもしれない。のちの満洲語資料たとえば『音韻逢源』では「宅 je」(利集・十三)、『清書対音』では「宅 jai」である。なお愛新覚羅1992によれば、拉林の満洲語ではcを[ʤ]のように発音することもあるというが、ここの議論とは関連しないであろう。

(26) 東洋文庫所蔵の写本『滿漢合璧十二字頭 manju nikan hergen kamcime arahan juwan juwe uju i bithe』による。

(27) 江蘇の南通・如皋、山西・陝西の汾河片など。西夏語と関連する宋代西北方言も。

(28) 詳しくは古屋1993b。

(29) "除非是流寓,连州人是编不出泉州话韵书的"。

(30) 閩南語の韻図の作成が台湾鄭氏政権への清朝の対応の一環だった可能性もある。寺村政男氏の教示による。

(31) 第六字頭の ak ek が「阿客」「厄客」でなく「阿忒」「厄忒」(本来は at et を表すもの) となっているもの：白鹿内閣本、清畏堂原板本、弘文書院本、芥子園本。正しく「阿客」「厄客」となっているもの：白鹿東大本、三畏堂本。第八字頭の「直舌而旋」を「直舌而使」と誤るもの：清畏堂原板本。このほか、-oo に流摂字と効摂字が混用されること、dzao に「操」が、šon に「純」が使われること、同じ「垂」が šūi と cūi 双方に使われること、などについては別稿に譲る。

<参考文献>

愛新覚羅瀛生 1992「談談満語的京語」(六)、《満語研究》1992 年第 2 期

春花 2008 乾隆敕修「《欽定清漢対音字式》及其影響」、《歴史檔案》2008 年第 1 期

古屋昭弘 1993a「張自烈と『字彙辯』—『正字通』の成書過程」、『東洋学報』74 - 3・4

————1993b「関于《拍掌知音》的成書時間問題」『中国語学研究開篇』11

————1995「《正字通》的版本与作者考」、《中国語文》1995 年第 4 期

————2000「金堡「刊正正字通序」と三藩の乱」、『村山吉広教授古稀記念中国古典学論集』、汲古書院

関克笑 1997「老満文改革時間考」、《満語研究》1997 年第 2 期

早田輝洋・寺村政男編 2004『大清全書』(増補改訂・附満洲語漢語索引)、東京外国語大学 AA 研

神田信夫 1993「荻生徂徠『満文考』和『清書千字文』」、『第 6 届中国域外漢籍国際学術会議論文集』

李冬香 2012「粤北土話的分布和使用人口」、《桂林師範高等専科学校学報》2012 年第 1 期

李如龍 1996「閩方言的韵書」、《方言与音韵論集》、香港中文大学中国文化研究所呉多泰中国語文研究中心

劉沢民 2010「《正字通》作者問題補証」、《中国語文》2010 年第 6 期

馬騰 2014「"十二字頭"与清代満文語学」、《清史研究》2014 年第 3 期

中村雅之 2004「『新刻清書全集』所収「満漢切要雑言」について」、『KOTONOHA』25 号、古代文字資料館

落合守和 1985「《増訂清文鑑》十二字頭の三合切音」、『静岡大学教養部研究報告』人文社会科学編 20-2

————1986「《清漢対音字式》に反映した 18 世紀北京方言の音節体系」、『静岡大学教養部研究報告』人文社会科学編 21-2

————1987「《満漢字清文啓蒙》に反映された 18 世紀北京方言の音節体系」、『静岡大学教養部研究報告』人文社会科学編 22-2

————1989「翻字翻刻《兼満漢語満洲套話清文啓蒙》(乾隆 26 年，東洋文庫所蔵)」、『言語文化接触に関する研究』1、東京外国語大学 AA 研

松岡雄太 2013「『翻訳満語纂編』と『清文鑑和解』の編纂過程」、『長崎外大論叢』17

新村出 1914「高橋景保の満洲語学」、『芸文』5

姚小平 2006「梵蒂岡図書館所蔵若干明清語言文字書」、《語言科学》2006 年第 6 期

荘初升 2000「粤北土話中古全濁声母字今読的類型」、《語文研究》2000 年第 2 期

＜附録資料＞

廖綸璣「満字十二字頭」（内閣文庫蔵）の音節と漢字注音を満洲語の6母音を基準として並べ替えたもの。以下、下線は問題のある個所。明らかな誤字の場合、括弧の中に正しい字を書き入れる場合も。

a

a 阿 na 納 ka 搭 ga 嘎 ha 哈 ba 八 pa 帕 sa 薩 ša 沙 ta 他 da 打 la 拉 ma 媽 ca 察 ja 查 ya 丫 k'a 搭 g'a 嘎 xa 哈 ra 拉 fa 發 wa 窪 tsa 嚓 dza 咱 ža 昇 ai 艾 nai 乃 kai 慨 gai 改 hai 海 bai 栢 pai 牌 sai 腮 šai 篩 tai 台 dai 歹 lai 來 mai 買 cai 差 jai 窄 yai 靄 k'ai 開 g'ai 蓋 h'ai 害 rai 來 fai 發矣 wai 歪 tsai 菜 dzai 哉 an 案 nan 喃 kan 堪 gan 干 han 憨 ban 班 pan 潘 san 三 šan 山 tan 貪 dan 丹 lan 藍 man 慢 can 攙 jan 占 yan 焉 k'an 堪 g'an 干 h'an 罕 ran 藍 fan 番 wan 穹（彎） tsan 燦 dzan 替（賛） žan 冉 ang 昂 nang 囊 kang 康 gang 剛 hang 夯 bang 邦 pang 旁 sang 桑 šang 商 tang 湯 dang 當 lang 郎 mang 忙 cang 昌 jang 張 yang 映 k'ang 康 g'ang 岡 h'ang 夯 rang 郎 fang 方 wang 汪 tsang 獊 dzang 臧 žang 讓 ao 傲 nao 惱 kao 靠 gao 高 hao 蒿 bao 抱 pao 抛 sao 臊 šao 燒 tao 掏 dao 島 lao 撈 mao 毛 cao 抄 jao 趙 yao 么 k'ao 考 g'ao 告 h'ao 好 rao 撈 fao 縛 wao 窪由 tsao 造 dzao 操 ar 阿而 ak 阿忒（客） as 阿思 at 阿忒 ab 阿卜 al 阿尔 am 阿母

e

e 厄 ne 訥 be 百 pe 拍 se 塞 še 色 te 忒 de 得 le 勒 me 末 ce 宅 je 者 ye 夜 ke 克 ge 革 he 黑 re 勒 fe 拂 we 窩 tse 冊 dze 則 že 熱 ei 厄矣 nei 內 bei 碑 pei 配 sei 綏 šei 色 tei 忒矣 dei 得矣 lei 累 mei 美 cei 冊矣 jei 者矣 yei 也 kei 克矣 gei 革矣 hei 黑矣 rei 累 fei 費 wei 委 dzei 賊 en 恩 nen 訥因 ben 蹄 pen 噴 sen 塞因 šen 申 ten 忒因 den 得因 len 勒因 men 門 cen 趂 jen 針 yen 引 ken 肯 gen 根 hen 恨 ren 勒因 fen 扮 wen 穩 tsen 襯 dzen 怎 eng 厄英 neng 能 beng 崩 peng 朋 seng 僧 šeng 聲 teng 滕 deng 燈 leng 楞 meng 盟 ceng 稱 jeng 征 yeng 影 keng 坑 geng 更 heng 亨 reng 楞 feng 風 weng 翁 tseng 蹭 dzeng 增 eo 歐 neo 耨 beo 白由 peo 剖 seo 颼 šeo 瘦 teo 偷 deo 豆 leo 樓 meo 謀 ceo 抽 jeo 州 yeo 佑 keo 挖 geo 勾 heo 吼 reo 樓 feo 否 weo 窩由 dzeo 走 er 厄而 ek 厄忒（客） es 厄思 et 厄忒 eb 厄卜 el 厄尔 em 厄母

i

i 衣 ni 你 bi 必 pi 披 si 西 ši 詩 ti 剃 di 提 li 立 mi 謎 ci 七 ji 脊 ki 基 gi 幾 hi 兮 ri 立 fi 非 ži 日 ii 衣矣 nii 你矣 bii 必矣 pii 披 sii 洗 tii 剃矣 dii 低矣 lii 立矣 mii 米矣 cii 棲 jii 脊矣 kii 期矣 gii 吉矣 hii 兮矣 rii 立矣 fii 非矣 in 因 nin 你因 bin 賓 pin 貧 sin 辛 tin 剃因 din 提因 lin 林 min 敏 cin 親 jin 津 kin 欽 gin 今 hin 欣 rin 林 fin 非因 žin 忍 ing 英 ning 寧 bing 兵 ping 平 sing 昆（星） ting 聽 ding 丁 ling 靈 ming 明 cing 清 jing 晶 king 輕 ging 京 hing 興 ring 靈 fing 非英 žing 仍 io 憂 nio 鈕 bio 必由 pio 披由 sio 修 tio 剃由 dio 矣（丢） lio 流 mio 迷由 cio 秋 jio 揪 kio 丘 gio 究 hio 休 rio 流 fio 非由 ir 衣而 ik 忒 is 思 it 忒 ib 卜 il 衣 im 母（正しくは：ir 衣而 ik 衣客 is 衣思 it 衣忒 ib 衣卜 il 衣爾 im 衣母）

o

o 敖 no 諾 ko 課 go 郭 ho 禾 bo 剝 po 破 so 索 šo 朔 to 拖 do 多 lo 洛 mo 摸 co 綽 jo 卓 yo 岳 k'o 科 g'o 過 h'o 或 ro 洛 fo 縛 tso 磋 dzo 佐 žo 若 oi 為 noi 那矣 koi 傀 goi 鬼 hoi 悔 boi 卑 poi 破矣 soi 雖 šoi 睡 toi 退 doi 堆 loi 洛矣 moi 梅 coi 吹 joi 璣 yoi 岳矣 k'oi 盔 g'oi 歸 h'oi 灰 roi 洛矣 foi 肥 tsoi 翠 dzoi 最 žoi 瑞 on

温 non 諾因 kon 困 gon 滾 hon 渾 bon 觮 pon 噴 son 笋 šon 純 ton 豚 don 敦 lon 洛因 mon 門 con 唇 jon 肫 yon 云 k'on 緷 g'on 棍 h'on 渾 ron 洛因 fon 奮 dzon 倹 ong 翁 nong 農 kong 恐 gong 貢 hong 吽 bong 剝英 pong 烹 song 松 šong 朔英 tong 痛 dong 動 long 隴 mong 孟 cong 衝 jong 衆 yong 庸 k'ong 空 g'ong 拱 h'ong 吽 rong 隴 fong 封 tsong 聰 dzong 宗 oo 耦 noo 諾由 koo 扣 goo 勾 hoo 吼 boo 包 poo 破由 soo 捜 šoo 收 too 透 doo 兜 loo 漏 moo 摸由 coo 臭 joo 紂 yoo 憂 k'oo 扣 g'oo 垢 h'oo 后 roo 漏 foo 佛由 tsoo 輳 dzoo 做 žoo 邌

u

u 屋 nu 奴 bu 步 pu 舗 su 酥 šu 書 tu 兔 du 都 lu 綠 mu 暮 cu 出 ju 諸 yu 玉 ku 哭 gu 故 hu 乎 ru 綠 fu 付 tsu 粗 dzu 租 žu 入 ui 微 nui 奴矣 bui 孛 pui 舗矣 sui 歲 šui 水 tui 推 dui 對 lui 綠矣 mui 媚 cui 垂 jui 追 yui 玉矣 kui 奎 gui 鬼 hui 悔 rui 綠矣 fui 廢 un 問 nun 奴因 bun 蹄 pun 盆 sun 孫 šun 舜 tun 呑 dun 頓 lun 論 mun 悶 cun 春 jun 准 yun 吮 kun 坤 gun 滾 hun 昏 run 論 fun 分 ung 甕 nung 濃 bung 步英 pung 捧 sung 宋 šung 書英 tung 通 dung 冬 lung 龍 mung 懞 cung 銃 jung 中 yung 永 kung 孔 gung 功 hung 紅 rung 龍 fung 捧 tsung 從 dzung 總 uo 屋由 nuo 奴由 buo 步由 puo 舗由 suo 叟 šuo 守 tuo 兔由 duo 都由 luo 摟 muo 暮由 cuo 丑 juo 周 yuo 又 kuo 枯由 guo 故由 huo 戶由 ruo 摟 fuo 扶由 žuo 柔

ū

ū 物 nū 怒 kū 庫 gū 孤 hū 戶 bū 布 pū 撥（潑？）sū 蘇 šū 叔 lū 路 mū 木 cū 初 jū 朱 yū 欲 rū 路 fū 婦 žū 辱 ūi 尾 nūi 怒矣 kūi 愧 gūi 貴 hūi 輝 būi 被 pūi 撥矣 sūi 隨 šūi 垂 lūi 路矣 mūi 丶（= 媚）cūi 丶（= 垂）jūi 丶（= 追）yūi 欲矣 rūi 路矣 fūi 扶矣 tsūi 崔 dzūi 觜 zūi 蘂 ūn 文 nūn 怒因 kūn 崑 gūn 棍 hūn 昏 būn 丶（= 蹄）pūn 丶（= 盆）sūn 丶（= 孫）šūn 順 lūn 路因 mūn 丶（= 悶）cūn 蠢 jūn 丶（= 准）yūn 丶（= 吮）rūn 路因 fūn 丶（= 分）tsūn 村 zūn 閏 ūng 丶（= 甕）nūng 丶（= 濃）kūng 空 gūng 公 hūng 紅 būng 布英 pūng 丶（= 捧）sūng 丶（= 宋）šūng ■ lūng 弄 mūng 猛 cūng 丶（= 銃）jūng 丶（= 中）yūng 勇 rūng 弄 fūng 縫 zūng 容 ūo 物由 nūo 怒由 kūo 庫由 gūo 孤由 hūo 戶由 būo 布由 pūo 撥由 sūo 丶（= 叟）šūo ■ lūo 丶（= 摟）mūo 木由 cūo 丶（= 丑）jūo 丶（= 周）yūo 有 rūo 丶（= 摟）fūo 婦由

y

tsy 雌 dzy 咨 sy 司 c'y 痴 jy 制 tsyn 慈因 tsyng 揣 tsyo 凑[31]

馬禮遜《華英字典・五車韻府》版本系統和私藏《五車韻府》[1]

千葉 謙悟

一、導言

本文介紹英籍新教傳教士馬禮遜（Robert Morrison, 1782-1834）的《華英字典（*A Dictionary of the Chinese English Language*）》（1815-23）的新版本，並試圖整理各版本之間的系統關係。衆所周知，近代出版的雙語字典是近代漢語詞彙史、外漢翻譯史和中外文化交流史的寶貴資料。馬禮遜的字典是史上第一部漢英、英漢字典，可謂是後來陸續出版的雙語字典的鼻祖。《華英字典》不僅創造了與英語具有對應關係的漢語詞語，還對部分字詞進行了"百科"性註解。註釋的領域覆蓋歷史、經濟、民俗、文化等方面。[2]

《華英字典》流通於中國國內外，還在日本廣爲流傳。包括稿本和手抄本，日本國內至今留存了多種版本，可知其影響之大。[3]中日比較而言，當時《華英字典》的影響在日本更爲深遠，一些日本的知識分子早在1850年代就注意到英國人馬禮遜和他的《華英字典》。比如思想家佐久間象山（1811-64）說："漢字注以洋語、洋語釋以漢字者，始於英人莫栗宋[4]"。又如翻譯家中村正直（1832-91）說："英國人穆理宋者學於漢邦有年矣。能通漢邦典籍，嘗取《韻府》一書，一一以其邦語對譯漢字。蓋爲習漢語者謀也，其意可謂勤矣[5]"。

《華英字典》的版本整理工作尚未全面展開，還有待進一步深入。目前我們有宮田（2010），專文探討版本問題，很有用。基於她多年來窮盡式的工作，日本國內的收藏情況已相當清楚。本文將在此基礎上介紹鮮爲人知的新版本，並進行整理版本的初步工作。本次僅對《華英字典》的第二部分《五車韻府》進行探討。這是因爲如下節所述，《五車韻府》是《華英字典》全套中最受歡迎的部分，屢次再版，頗有影響。

二、馬禮遜生平

馬禮遜1782年生於蘇格蘭。1807年作爲倫敦會的牧師被派往中國，途中經由美國前往廣州。他是在中國從事傳教的第一個英國傳教士及第一個新教傳教士。馬禮遜來到中國的第二年即1808年就開始編纂《華英字典》。他早在英國待命時已經開始學習中文，在向廣東人Yong Sam-tak[6]學習口語的同時，每天去大英圖書館抄寫《四史攸編》。《四史攸編》是法籍天主教神父白日昇（Jean Basset）在18世紀部分翻譯的聖經[7]。1809年，爲了提高經濟條件、得到合法居留中國的身份，馬禮遜作爲東印度公司的中文翻譯開始工作，從而保證了經濟上的穩定，能夠把精力集中在他本來的任務上。他於 1813 年完成了《新約聖經》的翻譯，第二年即 1814 年與新來的英籍傳教士米憐（William Milne）一道著手翻譯《舊約聖經》。翻譯《聖經》是倫敦會交給馬禮遜的最重要任務之一，但東印度公司擔心馬禮遜開展宗教活動引起清朝官方不滿，進而影響到中英貿易程式。其結果，聖經翻譯工作致使馬禮遜失去了穩定的工作[(8)]。在此打擊之下，馬禮遜 1815 年刊印了《華英字典》第一部第一卷，並創辦了史上第一部中文雜誌《察世俗每月統記傳》。1817 年，位於其故鄉蘇格蘭的格拉斯哥大學以出版該字典的功績授予馬禮遜神學博士的榮譽。《華英字典》所有分冊於 1823 年出版，其漢譯聖經即《神天聖書》全套也於同年出版。第二年，馬禮遜被推舉爲英國皇家學院的成員。他早在 1824 年就認識到改訂自己剛出版的《聖經》的必要性，準備著手修改工作，但 1834 年因病去世，享年 52 歲。

三、《華英字典》和《五車韻府》

（一）《華英字典》的體裁

目前，《華英字典》的所有版本由三個部分（PART I、PART II 和 PART III）而成，第一部三卷（1815、1822、1823 年刊），第二部兩卷（1819、20 年刊），第三部不分卷（1822 年刊）。《華英字典》全套是四開版（quart），可謂規模相當宏大。在 19 世紀，可與此頡頏的英漢字典只有羅存德（Wilhelm Lobscheid）的《英華字典》。羅氏字典是四開版四部兩冊，此之前出版的麥都思（Walter Henry Medhurst）的《英華字典》（1842）和衛三畏（Samuel Wells Williams）的《英華韻府歷階》（1844）分別是八開版（octavo）兩冊和一冊，與馬禮遜、羅存德的著作相比大爲簡略。

據那須（1997、1998）的研究，羅存德的《英華字典》受到對抗英國企圖進出東方的普魯士政府的經濟支持。同樣，馬禮遜出版《華英字典》時也有覓得中國知識的東印度公司的支援。蘇精（2000）的研究表明，《華英字典》刊印了 750 套，其費用達到 1 萬 440 英鎊[(9)]。與只用英語印刷的通常書籍不同，刊印馬禮遜的字典存在極大困難：即製作漢字活字、與英語混雜排印和印刷。馬禮遜在東印度公司工作的時候年薪僅 500 英鎊，1 萬英鎊無疑是一筆巨額款項，身爲牧師的馬禮遜無法承擔開支是理所當然的。由此可知，馬氏字典的出版並不是其個人的計劃，而是在大規模經濟支持下才可能進行的一個項目。因此，《華英字典》每部扉頁上均鳴謝東印度公司的慷慨援助。

下面介紹《華英字典》各部的詳細內容。第一部的漢文書名爲《字典》，是按照部首排列漢字的華英字典。主要依據《康熙字典》，解說每個漢字以及帶有該漢字的詞和詞組。第二部的漢文書名爲《五車韻府》，即本文主要探討的部分。這也是華英字典，兼是一種字體表。《五車韻府》第一冊是字典部分。每個漢字旁邊均附有號碼，包括異體字在內共收錄 1 萬 2674 字。《五車韻府》按照馬禮遜創制的羅馬字標音排列條目，這一點與《字典》不同。因爲他的拼法依據英語的正書法，其羅馬字跟以前的葡萄牙式、西班牙語式或法語式拼法完全不同。例如南歐語言主要以 ç 來標［ts］而馬禮遜則改爲 ts；法語式以 ou 來表［u］，馬氏則採用英語式拼法 oo。《五車韻府》第二冊是字體表部分。按照羅馬字標音，揭示該字的楷行草篆等幾種字體。後面還有能以筆畫查找的檢字表。

第一部和第二部之間的差異，除了在於部首和羅馬字的檢字法上以外，還在於釋文上。以“孝”字爲例，第一部從字形說起，其釋文長達 6 頁，甚至談到二十四孝時介紹了其所有內容。[10] 與此相比，第二部的記載大大簡略了，只說“對父母的服從。孝行。對上級的義務。有些作家將所有的美德賦予其中。它在倫理上美好的東西中站在首位，另一方面，在所有惡行之首就是卑猥”[11]，並列舉了 7 個詞語而已。

第三部是英華字典，沒有漢文書題。馬禮遜編寫第三部時，與第一、第二部不同，可參照的資料極爲有限，因此儘管他花費了 13 年的時間，其頁數卻在六本之中最少。第三部有不少與英語對照的翻譯詞組，從漢字文化圈近代詞彙研究的角度來看極爲珍貴。其釋文主要以詞組或文章的形式爲主，從此可知不少英語概念或西歐文物還沒經過充分詞彙化。舉英語詞 week 爲例，馬禮遜解釋說：“由七天而成的 week 廣州叫‘一個禮拜’。或許可以稱之爲‘七日節’，即爲期七天的意思”[12]。因馬禮遜說“或許可以稱之爲（It may be called）”而可知“七日節”這個詞語是他所提出的新詞。後來衛三畏《英華韻府歷階》將 week 翻成“一個禮拜”；羅存德《英華字典》“一個禮拜、七日節、周七日之期、七日來復”；杜公明（Justus Doolittle）《英華翠林韻府》（1872）“一個禮拜，七天，七日節”，可見馬氏的釋義脈脈相承。[13]

（二）《五車韻府》的版本系統

《華英字典》的第二部《五車韻府》是馬氏字典中最受歡迎的部分，只有《五車韻府》從《華英字典》全套中抽出來而屢次刊印。這或許是第一部《字典》過於詳細，頁數太多之緣故。與此相比，《五車韻府》儘管按照羅馬字排印，對不習慣英語字母的中國人來說查字有一定難度，但附錄部分附有部首檢字表，便於查找。

《五車韻府》版本系統極爲複雜。依照宮田（2010）和司佳（2009）至少可將它們分爲五種：

A：初版。兩冊。1819、20 年刊。縱 30.6cm，橫 24.2cm。即由 6 本而成的《英華字典》的第二部。早稻田大學、天理大學、香港大學等藏。

B：Trübner 中型本。縱 21.8cm，橫 15.2cm。兩冊。1865 年刊。Tru(sic)bner & Co. 國會圖書館、東洋文庫等藏。

C：Trübner 小型本。縱 14.4cm，橫 8.8cm。四冊。1865 年刊。Tru(sic)bner & Co. 國立國語研究所、愛知大學等藏。

D：點石齋本。一冊。縱 21.2cm，橫 13.8cm。1879 年刊。點石齋藏版。東北大學、一橋大學、大阪女子大學等藏。

E：《改訂增廣五車韻府》一冊。1899 年序。長崎大學藏。

F：點石齋第六版。版權頁有"光緒三十三年八月第六版"字樣，而扉頁上寫明的刊年卻是 1865 年。東京外國語大學藏。

B 和 C 是由今天的英國著名跨國出版社 Routledge 的前身之一 Trübner 影印的。這兩種的扉頁都有 London Mission Press 的字樣[14]，是初版所沒有的。因此 Trübner 影印本似是由上海墨海書館發售。眾所周知，墨海書館是在華倫敦會的出版部門，1843 年麥都思把當時位於巴達維亞的倫敦會印刷局遷來而開辦的。由於種種原因，墨海書館至遲 1860 年代停辦出版活動，但仍發售書籍，似是存續到光緒初年。在體裁上，Trübner 的兩種影印的最大特徵就是把初版所沒有的送氣音的音節和不送氣音的音節區別開來。比如初版只有 ching 這個音節，送氣音和不送氣音混在一起，而 B 和 C 設有 ch'ing 表示送氣，送氣音都被放在這個新的音節裡。同時，以後鼻音開頭的音節的羅馬字標音從 g- 改爲 ng-，所以初版放在 fung 後的以 g 開頭的音節在 B 和 C 裡一律排在 new 後面。因此這兩種版本不能說是單純的影印版，而應該認爲是一種改訂版。另一個特徵就是省去了 A 原來具有的音節表和檢字表。這個措施是完全可以理解的，因爲 Trübner 版對音節進行了大規模的調整，頁碼有較大改動，原來的音節表和檢字表也就不再有用。

D 又題爲《華文譯英文字典》。點石齋刊印，印刷方法由活版換到石印。內容基本上跟 A 一樣，正文不分送氣音和不送氣音。第二個特徵就是附錄部分有一節介紹拉丁字母。最後值得一提的是題記之前有一葉說明以漢字查羅馬字和以羅馬字查漢字的檢字法。宮田（2010:40-41）舉了屬於 D 的 6 個版本，除此以外筆者還發現了早稻田大學藏本（書號爲"文庫 8: C797"[15]）。

E 在日本只有長崎大學經濟學部圖書館收藏（書號爲"經濟 2123"）。書名爲《改訂增廣五車韻府》。1899 年，金約瑟序。該人物目前無法考證。以前的版本都依羅馬字排列漢字，而《改訂增廣五車韻府》則按部首排列。因此以前的版本排在本文後的部首表（"華文部位 LIST OF RADICALS"）改名爲"部位字查檢頁數 LIST OF THE RADICALS"，排到了正文之前。

四、筆者架藏《五車韻府》

本節評介筆者所藏的《五車韻府》，指出這是未曾報告的新版本，並試圖定位於極爲複雜的《五車韻府》版本系統之中。

（一）外觀

架藏本縱 23.0cm，橫 15.0cm，厚 5.5cm，相當於縱 9 英吋、橫 6 英吋的八開本（octavo）。頁數是 xx+1090+72 頁。書皮綠色布裝，正文書頁使用的不是洋紙而是很薄的中國紙，將一葉疊成兩頁。幾乎沒有蟲蛀，狀態很好（圖 1、2）。但因印在薄紙上，特別是印刷英文時墨水洇得

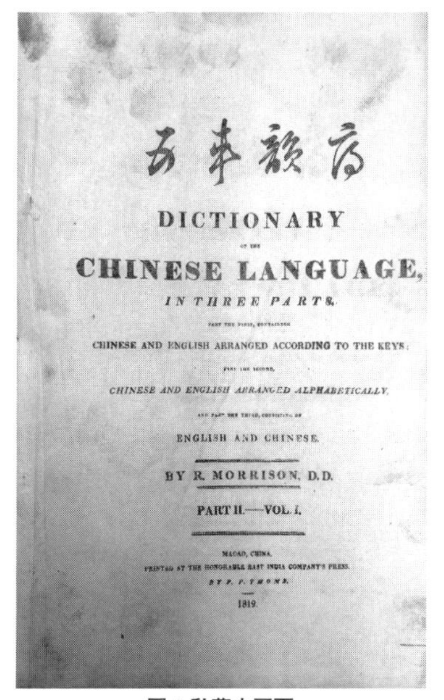

五車韻府
DICTIONARY
CHINESE LANGUAGE,
IN THREE PARTS.
CHINESE AND ENGLISH ARRANGED ACCORDING TO THE KEYS;
CHINESE AND ENGLISH ARRANGED ALPHABETICALLY,
ENGLISH AND CHINESE.
BY R. MORRISON, D.D.
PART II.—VOL. I.
MACAO, CHINA.
PRINTED AT THE HONORABLE EAST INDIA COMPANY'S PRESS,
1819.

圖 1 私藏本扉頁

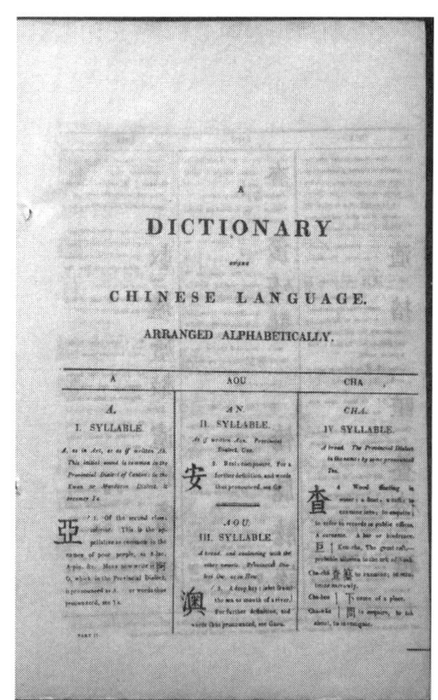

A
DICTIONARY
CHINESE LANGUAGE,
ARRANGED ALPHABETICALLY.

A	AOU	CHA
A. I. SYLLABLE 亞	AN. II. SYLLABLE 安 AOU. III. SYLLABLE 澳	CHA. IV SYLLABLE 查

圖 2 私藏本正文

厲害，造成很多不清晰的地方。《五車韻府》各種版本均使用中國紙，可以看到同樣的毛病，架藏本洇得較爲嚴重。

書背有“A DICTIONARY/ OF THE/ CHINESE & ENGLISH/ LANGUAGE/ 五車韻府 / 全”的字樣（“/”指改行。下同），均以金泥印字。從“全”字可知，架藏本的特徵之一就是初版的第一冊和第二冊合訂爲一本，只是如下所述，第二冊的內容删略較多。正文的一頁分爲三欄，每個欄目排列著漢字、漢字號碼和釋文。欄目上面有羅馬字標音註明漢字音，這跟初版一樣。音節不分送氣和不送氣，保持初版的模樣。全篇打上了現在不用的兩個孔，可知以前訂成別樣。當時或許還有下一節所提及的佚失部分，目前無法搞清楚。

（二）體裁

書皮和正文之間列有下面的內容：

（1）第一卷扉頁

（2）第二卷扉頁

（3）第二卷目錄

（4）部首表（TABLE OF THE RADICALS）

（5）前言

（6）凡例

（7）第一卷目錄

（8）粵語音節表（A TABLE TO ASSIST TO FIND WORDS IN THIS DICTIONARY BY

THE CANTON DIALECT）

（9）音節號碼表（ORDER AND NUMBER OF THE SYLLABLES）

這樣的體裁不見於既存的哪個版本。其他版本的第一卷次序爲（1）、（5）、（6）、（7）、（8）以及（9）。應在第二卷的是（2）、（3）和（4）。至於對東印度公司的鳴謝，其他版本一般都留下來，可是架藏本都被刪略了。從（3）到（9）的頁面上邊有羅馬數字的頁碼，因把應在第二卷的（2）、（3）和（4）插在（1）和（5）之間，頁碼前後錯亂，比如說第 vi 頁出現兩次。

架藏本的正文（1 至 1062 頁）後有下面幾種內容：

（10）恆星和星座的中國名稱（CHINESE NAMES OF STARS AND CONSTELLATIONS）

（11）補遺和訂正（ADDENDA & CORRIGENDA）

（12）字表（AN INDEX OF THE CHARACTERS WHICH OCCUR IN THIS VOLUME）

頁碼加到（11），一共有 1090 頁。（12）重新標碼，共有 72 頁。原來在第一部正文後的內容均被收錄，而第二部的內容則基本被刪去，僅留下（12）。即第二卷本來應有的部首表、檢字表（TABLE OF KEEN-TSZE CHARACTERS FOR SHEWING THE RADICAL OF COMPLICATED CHARACTERS）、英語索引和作爲中心內容的書體對照表（A SYNOPSIS OF VARIOUS FORMS OF THE CHARACTER）均被刪略。因爲檢字表豎寫，從左往右翻頁，只有最後一頁留在（12）的末頁，但僅僅保留這一葉毫無用處。因此架藏本的書背上的“全”字應該大打折扣。從此可知，架藏《五車韻府》是以前的物主由於某些理由把原來兩本的《五車韻府》合訂爲一冊的。架藏本的不足部分是合訂以前就失去的還是合訂時發生的，目前尚無線索。據筆者的推測，物主似乎只對《五車韻府》要求檢字之便，其他功能並不需要，因此將原來兩冊的版本合訂起來。第二部以對照楷行草隸篆的各種字體爲主，也許對物主來說是無用的，所以該部分被一律丟棄，僅第二卷的扉頁和有關檢字部分即（2）、（3）和（4）留下並插到第一部前面。這樣一來，架藏本《五車韻府》可以當作專用檢字的工具書，能以羅馬字和部首兩種方法來查字。而且架藏本是便於攜帶且價格低廉的八開本。

以上信息和上一節介紹的 A 至 E 各種版本相比，可知架藏本不屬於 A 到 E 的任何一種。比如雖然版型與 B 相一致，架藏本是一冊本，而且其內容佈置也不一樣。最重要的差異在於扉頁。B 的扉頁上有“Trübner & Co.”、“London Missionary Press”和“1865”等字樣，但架藏本的扉頁上沒有。這意味著架藏本的扉頁保持初版的原樣。正文的體裁也保留著初版的面貌，因爲不分送氣音和不送氣音，後鼻音音節都標以 G-。架藏本不會是 C 那樣的小型再版本，也不屬於 D、E 那樣的較新系統。

綜上所述，架藏本應判爲屬於初版系統的八開本。這種版本以往未被發現的，既存初版本均爲四開本。加之架藏本在印刷上也有獨自之處，下一節將作詳述。

（三）版本比較和系統關係

爲了探討版本之間的異同，本文認爲採用宮田（2010）所指出的 20 種標準爲宜。由於受篇幅限制，本次選出其中較爲重要的 12 個異處作爲指標，其具體項目參看下面（a）至（l）。

a：第一卷扉頁第六行寫道：（1）consisting；（2）cantaining (sic)；（3）containing。

b：目錄寫道：（1）VII.…1065、XI.…73；（2）VII.…1650、XI.…1；（3）VII…1650、XI…1。

c：粵語音節表裡有一個音節標爲：（1）Cheng；（2）Cheong。

d：正文 p.2 有兩字：（1）“黐黟”；（2）“黐黲”。

e：正文 p.3 條目“茶”最後一行的開頭爲：（1）“茶”；（2）“彝茶”。

f：正文 p.4 條目“痄”的釋文有羅馬字拼成：（1）cha-na；（2）cha-cha。

g：正文 p.230 條目“戲戲”的第三欄倒數第 14 行的改行狀況爲：（1）witha (sic) grotesque/ mask；（2）witha (sic) grotes/ que and。

h：正文 p.242 條目“餉”改行爲：（1）Tsin kow heang 進 / 口；（2）Tsin kow 進口 /。

i：正文 p.242 條目“鄉薌”和“響”的字形爲：（1）“鄉”字中間部分不一樣；（2）三字“鄉”的中間部分都一樣。

j：正文 p.272 條目“赫”的釋文開頭爲：（1）“From a red flesh colour, repeated”；（2）沒有這句。

k：正文 p.805 條目“淡”、“啖”的釋文末尾爲：（1）“poor food.”；（2）“vicious passions”。

l：第二卷扉寫道：（1）出版社和發售人；（2）沒有。

爲了對照，除了筆者所調查的架藏本和香港大學本外，還利用了宮田（2010：29-30）所舉的 12 種初版本。這涵蓋了目前廣爲人知的大多數版本。

表：《五車韻府》版本對照

	架藏本	香港	國會1	國會2	學藝大	東洋	早稲田	佐野	靜岡	愛知大	京外大	同大1	同大2⑯	同大3
a	2	3	1	2	1	1	1	1	1	1	1	1	1	1
b	2	3	1	1	2	1	2	1	1	1	1	1	2	2
c	2	1	1	1	2	1	2	1	1	1	1	1	2	2
d	1	1	2	1	1	1	1	1	1	1	2	1	1	1
e	1	2	2	1	1	2	1	1	1	1	2	1	1	2
f	2	1	1	1	2	1	1	1	2	1	2	1	2	1
g	2	2	1	2	2	1	1	1	2	2	1	1	1	2
h	1	1	1	2	1	2	1	1	2	1	1	2	1	1
i	1	1	1	2	1	2	1	1	2	1	1	2	1	1
j	1	2	1	1	1	2	1	1	2	1	1	2	1	1
k	2	2	2	2	1	2	1	2	1	1	2	1	2	1
l	1	2 (17)	1	1	2	1	1	1	?	1	1	1	2	1

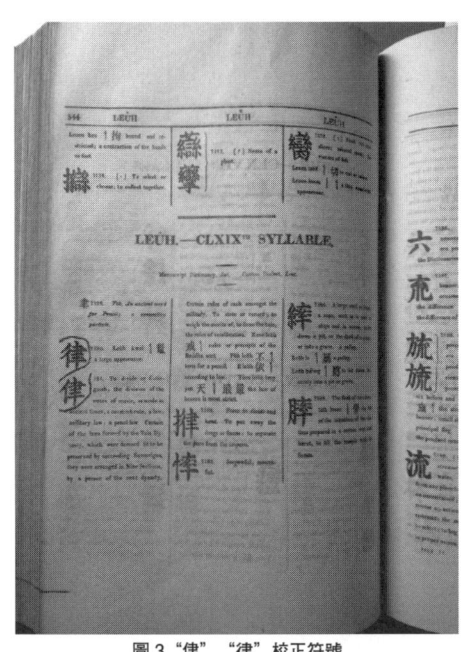

圖 3 “侓”、“律” 校正符號

從表可知，如上面提到，架藏本跟其他版本都不一樣，是一種獨自的版本。其實，除上表揭示的特徵以外，架藏本還有幾個地方獨具特色。例如 544 頁的條目“侓”、“律” 上附有校正符號指示修改排列（圖 3）。極爲有趣的是，這個符號不是手寫插進去的，而是印刷的。而且這個修改沒有反映在其他版本上。又如 805 頁條目“倓” 的釋文裡“賧” 字後面有一句“Tan, see below” 也是架藏本的獨特之處。因爲其他版本如早大本以“to redeem by money” 這一句來換架藏本的文本。

表中沒有版本與架藏本完全一致，但看起來跟學藝大本最爲相似。除了 a、k 和 l，其他特徵彼此相符。不過這三個標準都很重要，因爲 a 有關於扉頁這個非常顯眼的地方，架藏本（和國會 2）的誤排可謂是相當拙劣，不能忽視。再者 k 和 l 也不能說是單純的誤排，不時出現整句脫落的情況，這一點的差別比較大。宮田（2010）已經指出了《五車韻府》版本之複雜性，其原因在於馬禮遜面臨的迫害。19 世紀初禁教嚴厲，連字典的編印也不順利，中國刻工屢次偷走活字，於是將活字從廣州送到澳門刊印。在這樣不穩定的環境中，產生了多種版本。印刷《華英字典》的助手有英國人 Thoms，他僱用不懂英語的中國刻工，一個人從事排字、印刷、校正等多項工作。[18]

五、結語

本文探討馬禮遜《五車韻府》版本問題，並介紹筆者發現的《華英字典》新版本，指出這是初版八開本。既存初版均爲四開本，所以新版本的發現可作爲《五車韻府》版本系統複雜之證。本文還初步整理了已知的 14 種版本，並指出它們處於極度混亂的狀態。研究發現，每個版本都有異同，沒有一對文本特徵互相一致。這意味著目前版本之間的系統關係很難理清。造成如此複雜的版本關係的原因在於英漢混印的難度極高這一印刷條件，以及傳教士在清朝禁教情況下開展出版活動這一歷史背景。

眾所周知，馬禮遜《華英字典》可謂是其後陸續出版的華英、英華字典的鼻祖，其重要性沒有異議。所以《華英字典》版本問題亟待解決。我們認爲早大本和港大本的對比研究會是下一步的重要工作。因爲研究《華英字典》時日本主要依據早大本，而中國則主要依據港大本。這得益於影印本，即分別由日本ゆまに書房和澳門基金會出版的版本。早大本和港大本都屬於初版，但從表中可知，不一定是具有代表性的版本，與其他版本相比，還有很多地方體現出異同。整理兩種版本之間的關係並闡明版本不一致的理由是將來的課題之一。關於本文未能提及的其他版本，如天理大學本、慶應大學本、加州大學柏克萊分校本、倫敦大學本等，筆者將另行撰文評介。

【注】

（1）本文爲日本學術振興會科學研究費補助金（基盤 C，代表：朱鳳，課題號碼 15K02823）以及中央大學特定課題研究費“基於域外資料的近代漢語研究”的部分成果。

（2）作爲百科全書的《華英字典》，參看朱鳳（2009）。

（3）日本至少在 10 個單位藏有 15 部。參看宮田（2010）。

（4）《增訂荷蘭語彙例言》（1849 年）。文中“莫栗宋”指馬禮遜。

（5）《穆理宋韻府鈔敘》（1855 年）。文中“穆理宋”指馬禮遜。

（6）蘇精（2000）推測 Yong Sam-tak 的漢名可能爲“容三德”，Morrison（1839:217）說：“這個羅馬字按照方言拼的，但是本文採用這個拼法。因爲在英國，他的名字以這個羅馬字廣爲人知。如依據官話音拼的話，應該寫成 Yung San-tih”。考慮 19 世紀的官話音和粵語音，他的姓不一定是“容”，也可能是“榮”、“融”、“戎”、“庸”和“雍”等。另一方面，名字應該是“三德”。因爲粵語念 sam、官話讀 san 的字在常用的範圍內只有“三”，粵語念 tak、官話讀 tih 的字有“得”、“德”和“特”，其中“三德”這個組合似乎最爲妥當。

（7）馬禮遜抄寫的《四史攸編》目前藏在香港大學圖書館。

（8）但是馬禮遜辭職以後跟東印度公司的董事們依然保持良好的關係，受到他們的在精神上和經濟上的支持。

（9）蘇精（2000：74）。而 Broomhall（1927:173）則說 1 萬 2000 英鎊，本文認爲調查倫敦會檔案的蘇精更可靠，從蘇文。

（10）Morrison（1819）：Part I，722-728 頁。

（11）Morrison（1819）：Part II，244 頁。“Duty and obedience to one's parents; filial piety, duty to superiors. Some writers make it include every virtue. It is placed at the head of all moral excellence; and Lewdness at the head of every vice.”

（12）Morrison（1819）：Part III，464 頁 .“WEEK of seven days is called in Canton 一個禮拜 . It may be called 七日節 ; a term of seven days”。請注意“禮拜”這個翻譯詞不是馬氏本身創制的，天主教徒早在明末時期已經使用。

（13）Williams（1844）: 324 頁，Lobscheid（1866-69）: 1964 頁，Doolittle（1872）Part I: 534 頁。漢字旁邊的羅馬字標音一律從略。

（14）有些版本標明“London Missionary Press”，稍有出入。

（15）參看 http://archive.wul.waseda.ac.jp/kosho/bunko08/bunko08_c0797/bunko08_c0797.pdf。

（16）只有《五車韻府》。其他卷冊缺失。

（17）這個部分不是影印而是打印，看來因影印不鮮明而重新打字，應該調查是否正確反映原來模様。

（18）Morrison（1815:ADVERTISEMENT ii）。

〈参考文獻〉

朱鳳（2009）《モリソンの「華英・英華字典」と東西文化交流》白帝社

千葉謙悟（2010）《中國語における東西言語文化交流――近代翻譯語の創造と傳播》，三省堂

那須雅之（1997）《LOBSCHEID の《英華字典》について――書誌學的研究（1）》，《愛知大學文學論叢》114 號 : 第 1-26 頁

那須雅之（1998）《LOBSCHEID の《英華字典》について――書誌學的研究（2）》，《愛知大學文學論叢》

115 號：第 1-25 頁
宮田和子（2010）《英華辭典の總合的研究——19 世紀を中心として》白帝社

馬禮遜（2008）《馬禮遜文集》大象出版社
蘇精（2000）《馬禮遜與中文印刷出版》學生書局
司佳（2009）《《五車韻府》的重版與十九世紀中後期上海的英語出版業》《史林》: 2 期，第 6-13 頁

Broomhall, Marshall (1927) *Robert Morrison: A Master-Builder*. London: Student Christian Movement.

Doolittle, Justus (1872) 英華萃林韻府 *A Vocabulary and Hand-book of the Chinese Language, Romanized in the Mandarin Dialect*. Foochow: Rozario, Marcal, and Company

Lobscheid, Wilhelm (1866-69) 英華字典 *English and Chinese Dictionary*. Hongkong: The Daily Press Office.

Medhurst, Walter Henry (1842-43) *Chinese and English Dictionary*. Batavia: Printed at Parapattan.

Morrison, Eliza (1839) *Memoirs of the Life and Labours of Robert Morrison*, D. D.. London: Longman, Orme, Brown, Green, and Longmans.

Morrison, Robert (1815-23) *A Dictionary of the Chinese Language*. Macao: Printed at the Honorable the east India company's press, by P. P. Thoms. Published and sold by Black, Parbury, and Allen, Booksellers to the Honorable East India Company, London、（影印）東京：ゆまに書房，1996 年

Williams，Samuel Wells（1844）英華韻府歷階 *An English and Chinese Vocabulary in the Court Dialect*. Macao: Printed at the Office of the Chinese Repository.

臺灣海陸客語「識」字的語法化[1]
——從動詞演變為體標記

遠藤 雅裕

一、前言

本文擬通過對於臺灣海陸客語[2]「ʃit^{5} 識」的多義結構的分析提出「識」從“知曉”義動詞演變為經驗體標記的假說。從共時層面分析，海陸客語的「識」至少具有“知曉”義（例句 01）以及表經驗體（例句 02）的功能[3]。

（01）ki^{55} ʃit^{5} lia^{55} k^{h}en^{33} sɨ^{33} ʦ^{h}in^{55}
　　佢　識　□這　件　　事情。　　　　　　他了解這件事。

（02）ŋai^{55}（ʒiu^{53}）ʃit^{5} ʃit^{32}（ko^{21}）lia^{55} ʧuŋ$^{35-33}$ t^{h}iam^{55} pan^{35}, toŋ^{53} t^{h}iam^{55}
　　我　（有）　識[4]　食　（過）□這　種　　甜粄年糕，　　當很　甜。
　　　　　　　　　　　　　　　　　　　　我吃過這種年糕，很甜的。

“知曉”義含有通過經驗獲得知識之義。因此會產生這樣的推論：某人了解某種事情就意味著該人至少經歷過一次該事情。這種情況引起了「識」由動詞演變為經驗體標記的語法化。閩南語 pɑt4 就有這種語法化途徑（Lien 2007）。

本文的海陸客語語料有兩種來源：一種是由筆者在新竹縣進行的田野調查中所得到的[5]；另一種是在臺灣出版的海陸客語的刊物。前者通過漢語共同語進行調查，採取了將漢語共同語的句子翻譯成海陸客語並判斷筆者所造的海陸客語句子等方式。後者有王湄臺著（1962a,b[6]）、劉楨文化工作室編（2000）、詹益雲編（2008）等。文中前者為主，後者為輔。

本文除了第一章為前言、第五章為結語以外，第二章主要回顧先賢對於經驗體所下的定義以及有關客語「識」與閩南語經驗體標記 pɑt4 的先行研究，第三章整理海陸客語「識」字的多義結構，第四章主要根據其多義結構考察「識」的語法化途徑。

二、文獻回顧

我們首先確認一下經驗體所指的內涵，然後以經驗體標記「識」為中心回顧一下先行研究。有關「識」的先行研究主要有兩種情況，即：第一種是以描寫為主的；第二種是考察語法化途徑的。客語的先行研究主要屬於前者，而屬於後者的則是閩南語經驗體 pat4 的研究（如，Lien 2007、楊秀芳 2014）。

（1）漢語共同語的經驗體

經驗體亦可叫做經歷體。本文開始討論之前，先確認一下先賢對於漢語共同語（普通話）的動後體標記「過」的看法。根據先行研究，它主要有兩種詞義特點，即：(1) 表示曾經發生過謂語（動詞短語、形容詞短語等）所示的事件或狀態；(2) 表示說話時（或在某個參照點）該事件或狀態業已結束。

Li & Thompson（1981：226）指出「過」表示從某個參照點看在過去的時間至少經歷過一次某事件[7]。朱德熙（1982:72）也指出「"過" 表示曾經發生某事或曾經經歷某事」。石毓智（2010）則對於「曾經經歷某事」這種第一項所示的特點提出異義，並指出「過」的重要詞義特點為「離散性質」，就是表示動作、狀態的結束[8]。因此只能與具有明確的終結點的謂語搭配。而不能與沒有明確的終結點的動詞（「知道」、「明白」等）搭配。就形容詞而言，「胖／瘦」等組合具有雙向性的變化，可以由「胖」變為「瘦」，也可以由「瘦」變為「胖」，周而復始。狀態變化時會出現其狀態的終結點。「過」就可以與這種形容詞搭配。動詞重疊形式表示短時體，沒有明確的終結點。因此即使是曾經發生的，也不能與「過」搭配（例句 03）。總之，第一項不是「過」的充分必要條件。

(03) 甲：上星期六晚上你們怎麼過的？
乙：看了看電視，下了下棋。
*看過看電視，下過下棋。　　（引自石毓智 2010：243）

「過」的這種離散性質就與第二項詞義特點有關係。劉月華等（2001：399）明確指出「表示曾經發生某一動作、存在某一狀態、但現在該動作已經不再進行，該狀態不再存在」。「過」所指的事件不再出現這種特點意味著該事件與參照點的非連續性。Smith（1997：266-267）將「過」和動後標記「了」視為同屬完整體（perfective），還指出「過」所標記的事件與參照點之間是不連續的[9]，而「了」不一定如此，如：

(04) a. 他們上個月去了香港。
b. 他們上個月去過香港。（引自 Smith 1997：266-267）

(04a) 則不涉及他們還在不在香港，而 (04b) 則含有說話時他們已經不在香港之意。換句話說，「過」表示已經經過動作的終結點（劉綺紋 2006：267），因此會產生非連續性。

如上所示，「過」所標記的事件在說話時已不存在，但其事件還影響到正在談論的事情（劉月華等 2001：399)。Bybee, Perkins & Pagliuca (1994：62) 也對於經驗體 (experiential) 的共性指出某種特質或知識來源於過去的動作行為。[10]

綜上所述，經驗體標記「過」具有曾經經歷過某事件而且說話時該事件業已結束的詞義特點。含有說話時的某種特質或知識來源於該事件之意。本文分析海陸客語的「識」時，將參考漢語共同語的經驗體標記「過」的詞義特點。

(2) 客語的經驗體標記

現代客語[11]的經驗體標記有兩種，一種為後置於動詞的「過」，另一種為前置於動詞的「識」。根據有關語料以及先行研究的記載，大致可以說「過」在客語之中普遍使用，而「識」字的使用目前限於臺灣客語。比如，廣東的梅縣客語 (林立芳 1996：40)[12]、大埔客語 (何耿鏞 1993：8)、福建的連城客語 (項夢冰 1996：64)、永定客語 (李小華 2014) 以及江西境內的客語 (劉綸鑫 1999) 的經驗體標記都是動後的「過」字而不是動前的「識」字。與此相反，臺灣的四縣、海陸 (菅向榮 1933：68-69、河野 1933、王湄臺 1962a,b、徐貴榮 2009：533)[13]、賴文英 2015：310) 以及東勢 (江敏華 2007：63) 等客語均用「識」字。「識」字可以單用，還可以與「過」字同時使用。因此臺灣客語至少具有三種表經驗體的句式，即：V+「過」;「識」+V ;「識」+V+「過」。

(05) 我識去內地。	我去過內地。(菅向榮 1933：68)
(06) a. 識過去長山無。	去過中國嗎？
b. 不識，內地識過去。	沒有，內地去過。(河野 1933：92)
(07) 我識行一擺，不過路唔多熟，…	我去過一次，不過路不太熟… (王湄臺 1962a：43)
(08) 總係上課時節你識問過麼？	但是上課的時候你問過嗎？ (王湄臺 1962a：28)
(09) 識去過日本。	曾去過日本。(徐貴榮 2009：533)
(10) lia31 vui53 ŋai113 kʰiu53 ŋien113 ʃit31 loi113 ko53	
這位我舊年識來過。	這裡我去年來過。(江敏華 2007：63)

根據如上所示的語料，臺灣客語至少在這八十多年之間一直使用經驗體標記「識」。

如上所提，根據目前的材料可以說閩粵贛地區的客語不用經驗體標記「識」，其實廣東客語也曾經使用過「識」字，比如廣東客語字典 MacIver (1926：712) 收錄具有經驗體標記「識」的例句，但沒有明確指出它表經驗體的解釋，如：

(11)

識 Shit. To know. To recognize. To be acquainted with. To understand. Chì.
識做過 , *s. tsò kwò,* have done it before.
識聽過 , *s. then kwò,* have already heard it.
識食過 , *s. shit kwò,* have eaten it before.

客法辭典 Rey（1926：50）更明確地解釋「識」為「過去時標記（signe du passé）」，如：

(12)

S'emploie, dans beaucoup d'endroits, comme signe du passé.（過去時標記）
我識去 ngaî chît hí j'y suis déjà allé.
你識食芎蕉麼 gnî chît chit kioūng tsiaō mô avez-vous jamais mangé des bananes ?
（後略）

荷蘭人 Schaank（1897）[14] 所描寫的印尼西加陸豐客語（原鄉為廣東省惠州府陸豐北部以及潮州府惠來・普寧・揭陽・豐順等地）亦有經驗體標記「識」[15]，如：

(13)	Ngai5 mang5 sjit4-k'on3 kia1-kai3 wuk4. 我 盲未 識 看 □他 個 屋。	I have never seen his house.[16] Schaank（1897：32 [1979：37]）
(14)	Ngai5 m5-sjit4 tso3 ko3. 我 唔 識 做 過。	I have never done it. Schaank（1897：70 [1979：84]）

如上所示，經驗體標記「識」應該曾經在客語當中較為普遍。印尼陸豐客語與臺灣海陸客語同屬一個系統，均源自廣東海陸豐等地[17]。所以至少可以說這些客語的原鄉客語應有經驗體標記「識」。

如上所示的語料以及先行研究均為紀錄性、描寫性的，都沒有深入討論「識」字的多義結構或其語法化等問題[18]。

(3) 閩南語經驗體標記 bat

閩南語的「bat 捌」(=pat4)[19] 兼備"知曉"義動詞（例句 15）以及經驗體標記（例句 16），其句法特點以及詞義與客語的「識」平行。

(15) Lí bat i bô?
汝 捌 伊他/她 無？　　　你認識他嗎？（湯廷池 2000：205）

(16) I bat khì Jit-pún kòe.
伊 捌 去 日本 過。[20] 他曾經到過日本。(湯廷池 2000：206)

Lien (2007) 以四種明清戲本（嘉靖版《荔鏡記》以及萬曆、順治、光緒版《荔枝記》）為語料分析了 pat4 (=bat) 的語法化路徑。他的主要論點有如下兩點：(1) 語法化的動因在於動詞 pat4 的語義本身；(2) pat4 的上下文也促進了語法化。

就第一個論點而言，"知曉" 義可分為兩種：一種是通過經驗獲得知識（德語 kennen 類型）；另一種是不必通過經驗獲得知識（德語 wissen 類型）。pat4 的詞義則屬於前者。表通過經驗獲得知識的 pat4（識）語法化為經驗體標記 pat4（曾）。

就第二個論點而言，在如上所示的四種戲文之中，ching5 pat4（曾識）出現頻率較為高。ching5 為相對老式的經驗體標記。這種搭配會將 ching5 的 "曾經" 之意感染到 "知曉" 義的 pat4。

本文也參考 Lien (2007) 的討論，下面分析一下海陸客語的「識」。

三、海陸客語的「識」

海陸客語的「ʃit⁵ 識」與閩南語的「bat 捌」相同，既是 "知曉" 義動詞，又是經驗體標記。

(1) "知曉" 義動詞

海陸客語的 "知曉" 義「識」具有通過經驗獲得知識、能夠鑑別事物之義，為 Lien (2007) 所說的 kennen 類型。其主語（感事）基本上是具備認知能力的人。其賓語可為人物（例句 17a），亦可為事物（例句 18 ～ 22），體詞性的、謂詞性的都有。表 "知曉" 義的還有 wissen 類型的「ti⁵³ 知」，下面對比一下「識」與「知」。

[1] 賓語為人物

(17) a. ŋai⁵⁵ ʃit⁵ ki⁵⁵
我 識 佢他/她。 我認識他。

b. ŋai⁵⁵ ti⁵³ ki⁵⁵
我 知 佢。 我知道他。

[2] 賓語為事物

(18) a. ki⁵⁵ ʒi³⁵⁻³³ kin⁵³ ʃit⁵ sam⁵³ pak⁵ ʧak⁵ sɨ³³ le⁵³
佢 已經 識 三百 隻 字 了。 他已經認識三百個字了。

b. ki^{55} ʒi$^{35\text{-}33}$ kin^{53} ti^{53} sam^{53} pak^{5} ʧak^{5} sɨ^{33} le^{53}
佢　已經　知　三百　隻　字　了。　　他已經知道三百個字了。

(19) lia^{55} ʧak^{5} se^{21} ŋin^{55} nə^{55} {ʃit^{5} / ti^{53}} kui^{53} ki^{35}
□這 隻　細人仔小孩子　{識 /知}　規矩。　　這孩子很懂事。

(20) ki^{55} {ʃit^{5}/ti^{53}} ŋioŋ^{33} pan^{53} ŋin^{55} ʃit^{32} ʦiu^{35}
佢　{識 /知}　仰般形怎麼　食 酒。　　他知道怎麼喝酒。

(21) ŋi^{55} {ʃit^{5}/ti^{53}} ki^{55} he^{21} ma^{33} sa^{55}.
你　{識 / 知}　佢　係　□儕誰。　　你知道他是誰。

如上所示的例句均可將「識」字換成「知」字。但其句子的語義有所不同。比如，例句（17a）表示除了他的長相、姓名等表面的訊息之外，通過跟他交流還了解到他的性格、職業等等其他更詳細的訊息，而例句（17b）表示只了解他的存在。例句（18a）表示已經會寫這些字而且了解字義等，而例句（18b）表示只知道這些字的存在，與其書寫能力無關。因此可以說"知曉"義「識」表示通過經驗得到知識，其了解程度相對高，更深入。

例句（22）「知」所示的內容「張三已經去米國」只是一種訊息，不是經過經驗獲得的知識。因此不能將「知」換成「識」。

(22) ŋai^{55} ti^{53} ʧoŋ^{53} sam^{53} ʒi$^{35\text{-}33}$ kin^{53} hi^{21} mi$^{35\text{-}33}$ kuet^{5}
我　知　張三　已經　去　米國。　　我知道張三已經去了美國。

"知曉"義「識」亦可當結果補語形成動補結構，如：

(23) ŋai^{55} tʰaŋ^{21} ʃit$^{5\text{-}32}$ ki^{55} e^{21} voi^{53} le^{53}
我　聽識　佢　□的 話　了。　　我聽懂了他的話。

海陸客語的動補結構構成成分獨立性相對高，成分之間除可插入構成可能補語結構的「tet^{5} 得」和「m̩^{55} 唔」(不) 以外，還可以插入「ʒiu^{53} 有」(實現情態標記)、「mo^{55} 無」(沒有)、「m̩^{55} voi^{33} 唔會」(非實現情態標記的否定形式)、謂語動詞的賓語等幾種成分（遠藤 2013）。比如，由結果補語「識」構成的詞組也有「聽無識」(沒聽懂)、「聽唔會識」(聽不懂) 等例子。「認識」也是這種詞組，而不是像漢語共同語「認識」那樣已經詞彙化的，因此其構成成分之間就可以插入否定詞「唔」或「ŋi^{55} teu^{53} ŋin^{55} 你兜人」(你們)、「to^{53} 多」等成分形成可能補語結構（例句 24、25）。

(24) ŋioŋ^{33} pan^{53} voi^{33} saŋ^{53} an^{53} to^{53} pʰak^{32} mo^{53} ? ʒiu^{33} ka^{53} an^{53} fat$^{5\text{-}32}$ fuk^{5} !
仰般怎麼　會　生　□這麼 多　白毛？　　又　加　□　發福！

lu^{33} ʃoŋ^{33} fuŋ^{55} to$^{35-33}$ ʒit$^{5-32}$ tʰin^{33} ŋin^{33} m̩^{55} ʃit^{5}
路上 逢倒 一定 認 唔 識。（王淯臺 1962a：8）
怎麼長了這麼多白髮？還這麼發福！路上碰到一定認不出。

（25）ŋai^{55} mo^{55} tai^{21} nen^{35} muk$^{5-32}$ kiaŋ^{21} kʰon^{21} m̩^{55} ʦʰin^{53} ʦʰu^{35},
我 無 戴 □著 目鏡眼鏡 看 唔 清楚,
ŋin^{33} ŋi^{55} teu^{53} ŋin^{55} m̩^{55} to^{53} ʃit^{5}
認 你兜人你們 唔 多 識。
我沒戴著眼鏡看不清楚，不太能認出你們是哪位。
（王淯臺 1962a：42）

否定“知曉”義「識」時，可用「唔」，亦可用「無」，但前者多用於後者。

（26）ŋai^{55} {m̩^{55} / mo^{55}} ʃit^{5} lia^{55} ʧak^{5} sɨ^{33}
我 {唔 / 無} 識 □這 隻 字。 我不認識這個字。

（2）經驗體標記

「識」亦可置於謂語動詞（包括形容詞在內）之前表示曾經發生過某種事件或狀態，而且這個事件或狀態與參照點之間有非連續性。「識」亦可與實現情態標記「ʒiu^{53} 有」以及動後經驗體標記「ko^{21} 過」同現（例句 02、27 ～ 30）[21]。其句法位置雖然均為謂語動詞之前，但在連動句（例句 28）、帶有狀語（介詞短語）的動詞謂語句（例句 29）、主謂謂語句（例句 30）當中「識」有兩種位置[22]。

（27）ŋai^{55}（ʒiu^{53}）ʃit^{5} pot$^{5-32}$（ko^{21}）ʒit$^{5-32}$ pai^{35} ma^{33} a^{55} li^{55} ia^{53}
我 （有） 識 發 （過） 一 擺 □□□□瘧疾。
我生過一次瘧疾。

（28）a. ŋai^{55} ʃit^{5} hi^{21} pet$^{5-32}$ pu^{53} ʃit^{32}（ko^{21}）pʰoŋ^{21} fuŋ^{53} ʦʰa^{55}
我 識去 北埔 食 （過） 膨風茶東方美人茶。
b. ŋai^{55} hi^{21} pet$^{5-32}$ pu^{53} ʃit^{5} ʃit^{32}（ko^{21}）pʰoŋ^{21} fuŋ^{53} ʦʰa^{55}
我 去 北埔 識食 （過） 膨風茶。
我去北埔喝過東方美人茶。

（29）a. ŋai^{55} ʃit^{5} lau^{53} ʧoŋ^{53} sam^{53} ta$^{35-33}$（ko^{21}）ʒit$^{5-32}$ pai^{35} ʧoi^{21} ku^{35}
我 識 摎跟 張三 打 （過） 一 擺次 嘴鼓。
b. ŋai^{55} lau^{53} ʧoŋ^{53} sam^{53} ʃit^{5} ta$^{35-33}$（ko^{21}）ʒit$^{5-32}$ pai^{35} ʧoi^{21} ku^{35}
我 摎 張三 識打 （過） 一 擺 嘴鼓。
我和張三聊過一次天。

(30) a. ʧoŋ^{53} sam^{53} ʃit^{5} ʃin^{53} tʰi^{35} tʰiam$^{35\text{-}33}$ fai^{33} (ko^{21})
張三 識 身體 悿累 壞 (過)。

b. ʧoŋ^{53} sam^{53} ʃin^{53} tʰi^{35} ʃit^{5} tʰiam$^{35\text{-}33}$ fai^{33} (ko^{21})
張三 身體 識 悿 壞 (過)。 張三累壞過身體。[23]

「識」可用於靜態(stative)動詞「hau^{21} 好」(喜歡)(例句 31)、「tai^{21} □」(住)(例句 32)、「tʰuŋ^{21} 痛」(例句 33)、「pʰui^{53} 肥」(胖)(例句 34)等[24],如:

(31) ŋai^{55} ʃit^{5} hau^{21} kʰon^{21} ŋit$^{5\text{-}32}$ hi^{21} (ko^{21})
我 識 好 看 日戲 (過)。 我喜歡過看日戲。

(32) si^{53} foŋ^{55} ʃit^{5} tai^{21} ŋin^{55}, tuŋ^{53} foŋ^{55} {m̩^{55} / mo^{55} } ʃit^{5} tai^{21} ŋin^{55}
西房 識 □住 人, 東房 {唔 / 無} 識 □住 人。
西房住過人,東房沒有住過人。

(33) ŋai^{55} kai^{21} ŋa^{55} ʧʰi^{35} ʒa^{35} ʃit^{5} tʰuŋ^{21}
我 個的 牙齒 也 識 痛。 我的牙也疼過。

(34) ki^{55} an^{53} seu^{21} —— ki^{55} ʃit^{5} pʰui^{53}
佢 □那麼 瘦。 佢 識 肥。 他那麼瘦。—他胖過。

例句(32)含有說話者親自確認此事之意。可見經驗體標記「識」還隱含 kennen 類型動詞的詞義。

如上所提,「識」本來是表示心理活動的動詞,因此其主語(感事)自然限於有心理活動的人等生物。但非生物的成分(如,「國家」、「電腦」)也可以當做使用經驗體標記「識」的句子的主語。「識」字雖然隱含動詞詞義,這個事實充分說明它的動詞詞義業已淡薄,成為語法化程度已經相當高的成分。

(35) ŋai^{55} kai^{21} kuet$^{5\text{-}32}$ ka^{53} ʃit^{5} lau^{53} ŋoi^{33} kuet^{5} sioŋ^{53} ʧʰi^{55} ʒit$^{5\text{-}32}$ pai^{35}
我 個 國家 識 摎跟 外國 相刣戰爭 一 擺。
我國和外國打過一次仗。

(36) lia^{55} ʧak^{5} tʰien^{33} no^{35} ʃit^{5} toŋ$^{53/21}$ ki^{53} (ko^{21})
□這 隻 電腦 識 當機死機 (過)。 這個電腦{當 / 死}過一次機。

否定時,把否定詞「m̩^{55} 唔」(不)或「maŋ^{55} 盲」(尚未)等置於「識」之前[25],如:

(37) ŋai^{55} { m̩^{55} / maŋ^{55}} ʃit^{5} kʰon^{21} (ko^{21}) ki^{55} kai^{21} vuk^{5}
我 {唔 / 盲} 識 看 (過) 佢 個 屋。
我沒看過他的房子。

形成是非問句時，在句末加上「無」。對此回答疑問時，「識」可以單獨使用。

(38) ŋi^{55} ʃit^{5} ʃit^{32} hak$^{5-32}$ ka^{53} liau^{33} li^{53} mo^{55} —— ʃit^{5} / m̩^{55} ʃit^{5}
你 識 食 客家 料理 無？ 識。/ 唔 識。
你吃過客家菜嗎？—吃過。/ 沒有。

形成選擇問句時，句末加上否定形式「ʒa$^{35-33}$ m̩^{55} ʃit^{5} 也唔識」（例句 39a），而形成正反問句時，肯定形式與否定形式連在一起（例句 39b）。這時不能省略動後標記的「過」。

(39) a. ŋi^{55} ʃit^{5} hi^{21} ŋit$^{5-32}$ pun^{35} ʒa$^{35-33}$ m̩^{55} ʃit^{5}
你 識 去 日本 也還是 唔 識？
b. ŋi^{55} ʃit^{5} m̩^{55} ʃit^{5} hi^{21} ko^{21} ŋit$^{5-32}$ pun^{35}
你 識 唔 識 去 過 日本？ 你去過日本沒有？

「識」與漢語共同語的「過」相同，就表示所示事件與參照點（或現在時）是不連續的，試比較。如，例句（40a）為表示經驗體的句子，含有說話時姐姐的孩子已不存在的可能性，而（40b）表示完整體（perfective aspect）則有她的孩子還在的含意。[26] 可見，使用「識」就會產生它所標誌的事件與參照點的非連續性。

(40) a. a^{33} tse^{55} sam^{53} ŋien^{55} tsʰien^{55} kiet$^{5-32}$ fun^{53}, ʃit^{5} kiuŋ^{21} ʒit$^{5-32}$ kai^{21} se^{21} o^{55} ə^{55}
阿姐姐姐 三 年 前 結婚， 識 降生 一 個 細孲仔孩子。
姐姐三年前結婚，已經生過一個孩子。
b. a^{33} tse^{55} sam^{53} ŋien^{55} tsʰien^{55} kiet$^{5-32}$ fun^{53}, kiuŋ^{21} ʒit$^{5-32}$ kai^{21} se^{21} o^{55} ə^{55}
阿姐姐姐 三 年 前 結婚， 降生 一 個 細孲仔孩子。
姐姐三年前結婚，已經生了一個孩子。

如上所示的例句（33）（34）也表示此特點。就例句（34）來說，照石毓智（2010）的看法解釋，「瘦」與「肥」（胖）是周而復始關係的組合。「瘦」結束之後會出現「肥」的狀態，「肥」結束之後也會出現「瘦」的狀態。這兩者都有終結點，而「識」則表示該狀態業已結束，不與參照點連續。例句（33）的「痛」也具有終結點，因為它與「唔痛」（不疼）形成周而復始的關係。

總之，經驗體標記「識」具備與漢語共同語「過」相同的特點，即：(1) 表示曾經發生過謂語所示的事件或狀態；(2) 表示說話時該事件或狀態業已結束。[27]

四、「識」的語法化途徑

這裡根據共時層面上「識」的多義結構考察一下其語法化途徑。本文認為，海陸客語的動詞「識」基本上與閩南語的動詞「bat 捌」相同，通過“經驗”之含意語法化為體標記獲得表經驗體的功能。這個「識」與粵語的「識」(後敘) 不同，沒有獲得“有能力做”之義。

(1) 從“知曉”義動詞到經驗體標記

Lien (2007) 指出“通過經驗獲得的知識”意味著至少經歷過一次有關事件。就海陸客語的「識」來說，也可以從這個角度對其多義結構加以分析。比如，例句 (17a)「我識佢」含有之所以了解「佢」(他) 是因為和他有交往之意。例句 (18a)「佢已經識三百隻字了」含有他既懂得這些字義又會寫這些字之意。因此這個例句還含有他至少寫過這些字之意。換言之，“寫過這些字”與“認識這些字”這兩件事之間應有因果關係，就是因為寫過這三百個字，所以懂得這些字。

在“知曉”義與經驗體標記之間應有語法化的關係。在這個語法化過程中，在詞義方面語用上的推論 (pragmatic inferencing)，尤其是會話的推論 (conversational inferencing) (Hopper & Traugott 1993：72-75) 起作用，而在句法功能方面重新分析 (reanalysis) 起作用。如上所示，動詞「識」表示具有以經驗為前提的知識。比如，拿例句 (18a) 來說，聽話者會根據自己的經驗推測他既然懂得這三百個字就應該有寫這三百個字的經驗。“有寫這三百個字的經驗”或“有學習這三百個字的經驗”跟“懂得三百個字”既有時間上的前後關係又有因果關係的鄰接性，因此兩者之間有換喻 (metonymy) 關係。這個推論之後，語義焦點移到這個原因部分 (如，“有寫這三百個字的經驗”) 上 (參看 (41))。這種焦點的遷移使得「識」字漸漸地獲得經驗義。

(41)

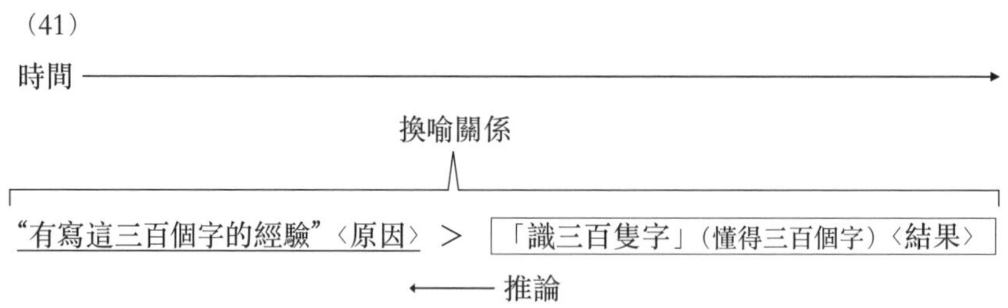

“知曉”義動詞「識」的賓語一般為體詞性短語，但也可以帶有謂詞性賓語 (例句 42a)。這個賓語的焦點在於表方法的疑問詞「ŋioŋ^{33} pan^{53} ŋin^{55} 仰般形」(怎麼) 上。這句話也可以將「仰般形食酒」換成體詞性成分「lia^{55} kʰen^{33} sɨ^{33} tsʰin^{55} □件事情」(這件事) (例句 42b)。這個階

段應是體詞性賓語轉換謂詞性賓語的環節（參看 45, II）。通過這個階段，其賓語再擴大到一般的謂詞性短語（例句 43）。在這個過程中，「識」被重新分析為置於謂語動詞之前的經驗體標記。

（42）a. ki⁵⁵ ʃit⁵ ŋioŋ³³ pan⁵³ ŋin⁵⁵ ʃit³² tsiu³⁵
佢 識 仰般形怎麼 食 酒。 他知道怎麼喝酒。 ＝例句（20）
b. ki⁵⁵ ʃit⁵ lia⁵⁵ kʰen³³ sɨ³³ tsʰin⁵⁵
佢 識 □這 件 事情。 他了解這件事。 ＝例句（01）

（43）ki⁵⁵ ʃit⁵ ʃit³² tsiu³⁵
佢 識 食 酒。 他喝過酒。

「識」獲得表經驗體的功能之後，其主語由有生的擴大到無生的（例句 44）。

（44）lia⁵⁵ tʃak⁵ tʰien³³ no³⁵ ʃit⁵ toŋ⁵³/²¹ ki⁵³ （ko²¹）
□這 隻 電腦 識 當機死機 （過）。這個電腦｛當／死｝過一次機。＝例句（35）

「識」的語法化過程可歸納如下。

（45） I NP1（＋有生）＋「識」（知曉義）＋NP2 ⎫ 經過推論獲得經驗義
II NP1（＋有生）＋「識」（知曉義）＋NP2/VP（表事件）⎭
III NP（＋有生）＋「識」（經驗體）＋VP 經過重新分析當做經驗體標記
IV NP（±有生）＋「識」（經驗體）＋VP

如上所示的假說是由共時層面的資料推導出來的。因歷時資料有限，目前沒法討論歷時層面的情況來驗證。因此也沒有確認 Lien（2007）所指出的那種詞義的感染現象。

簡言之，「識」的語法化是以了解某種事情等於經歷過該事情的推論為基礎的。

(2)「識」的能力義

海陸客語的「識」除了如上所示的語法化途徑之外，還有可能語法化為表示能力的情態標記。

據 Schaank（1897）的記載，與海陸客語同一個系統的印尼陸豐客語「識」也具有“知曉”義以及經驗體標記功能。例句（46）的「識」是“知曉”義動詞，例句（47）的「識」是經驗體標記。

(46) Nji5 sjit4 ki5 mo5. Do you know him?
你 識 佢 無？ Schaank（1897：35 [1979：41]）

(47) Ngai5 mang5 sjit4-k'on3 kia1-kai3 wuk4. I have never seen his house. ＝例句(13)
我 盲未 識 看 □他 個 屋。 Schaank（1897：32 [1979：37]）

值得注意的是印尼陸豐客語的「識」具有“有能力做”之義。比如，例句（48）三種情態標記（a.「識」、b.「會」、c.「曉」）都不同，但表示的都是主語具有由謂語動詞所示的能力，因此這些標記可互換。

(48) a. Ki5 sjit4 t'uk8 mo5.
佢 識 讀 無？
b. Ki5 woi7 t'uk8 mo5.
佢 會 讀 無？
c. Ki5 hiau2 t'uk8 mo5. Can he read?
佢 曉 讀 無？ Schaank（1897：36 [1979：41]）

(49) Ngai5 m5-sjit4 jim2 tsiu2. I can't drink wine.
我 唔 識 飲 酒。 Schaank（1897：36 [1979：41]）

可以說印尼陸豐客語的「識」有可能已經語法化為表能力的情態詞。其語法化路徑可能有二：由經驗體標記語法化為情態標記；由動詞語法化為情態標記。

就第一點來說，比如，例句（50）既有「識」字又有「過」字，而從譯文（荷蘭文、英文）來看這個句子表示「他會寫字」之意，而其背後還有「他寫過字」之意。可以產生“寫過字所以會寫字”的推論。換言之，「寫字」的能力是以「寫字」的經驗為前提的。

(50) Ki5 sjit4 sia2-ko3. He can write（is used to writing）.
佢 識 寫 過。 Hij kan schrijven（is gewoon te schrijven）.
Schaank（1897：35 [1979：41]）

就第二點來說，可以參考粵語「識」的情況。它也是“知曉”義動詞（如，「識法律」（懂法律）），也是表能力的情態標記（相當於漢語共同語的「會」），如：

(51) Léih sīk-m̀h-sīk yàuh-séui a?
你 識 唔 識 游水 呀？ 你會不會游泳？
（Matthews & Yip 1994：232）[28]

據蔣紹愚（2007：9）對於《朱子語類》的分析，漢語共同語的「會」由“知曉”義動詞語法化為表能力的情態詞。這個語法化途徑的第一個步驟是由“知曉”義動詞演變為類指（generic）的能力標記。然後再發展為非類指的標記等。蔣先生對此指出粵語中表能力的「識」剛剛開始語法化，還停留在第一個步驟上。如果印尼陸豐客語「識」像粵語的「識」那樣的話，其能力義也應該直接由動詞演變過來。就是了解怎麼做等於有能力做該事情。但是，目前印尼陸豐客語的「識」語法化路徑是哪一種，因缺少資料，無法做出最後的結論。

海陸客語的「識」沒有明顯的表能力的功能，要表示“有能力做”之意時，採用情態標記「voi^{33} 會」。但「識」也不是完全沒有可能語法化為此種情態詞。據我合作人的語感，例句（52a）不是“他寫過字”之意，而是“他知道怎麼寫字”之意。(29) 這就含有例句（52b）「佢會寫字」（他會寫字）之意。

（52）a. ki^{55} ʃit^{5} sia$^{35\text{-}33}$ sɨ^{33}
　　佢 識 寫 字。
　　b. ki^{55} voi^{33} sia$^{35\text{-}33}$ sɨ^{33}
　　佢 會 寫 字。

總之，海陸客語和印尼陸豐客語雖然同屬一個系統的客語，但前者的「識」字幾乎沒有明顯的能力義。

五、結語

本文根據臺灣海陸客語「識」的多義結構構擬了從“知曉”義動詞演變為經驗體標記的語法化途徑。但，這種語法化模式似乎不是公認的。

Heine & Kuteva（2002）整理了多種語言的語法化模式，其中有關“知曉”（KNOW）類的語法化模式有兩種（參看（53））。

（53）Heine & Kuteva（2002：186-188）
　　a. KNOW > （1）ABILITY
　　b. KNOW > （2）HABITUAL

（53a）也是粵語「識」以及印尼陸豐客語「識」的情況。但他們沒提到語法化為經驗體標記的模式，如，KNOW > EXPERIMENTIAL。(30)

其實這種例子並不少見。除了海陸客語之外，臺灣的其他客語，如，四縣客語（賴文英 2015：310）、東勢客語（江敏華 2007：63）等均有這種體標記。在歷史資料裡也可以看到此類標記，如，廣東客語（MacIver, D. 1926：712）、印尼陸豐客語（Schaank 1897）等。因此可以推測經驗體標記「識」在客語當中應是曾經較為普遍存在的（閩粵贛地區的客語現在卻看不到此類標記）。除此之外，臺灣、汕頭、泉州等地的閩南語（施其生 1996：180-182、李如龍 1996：206-207、Lien2007）以及普米語（傅愛蘭 2002：126-127）等亦均有此類標記。因此本文最後要在此提出由“知曉”義動詞語法化為經驗體標記是另外一個值得關注的語法化途徑。

【注】

（1）本文是獲得日本學術振興會科學研究費補助金（平成 28 ～ 30 年度基盤研究 C 一般、課題番號：16K02700）資助而進行的研究成果之一。

（2）海陸客語分佈於臺灣北部的桃園、新竹等地。居住在這裡的客家人大部份來自廣東海陸豐地區，故稱「海陸」。據《中國語言地圖集 第 2 版 漢語方言卷》（2012 年，商務印書館）的記載，海陸客語屬於海陸片，與廣東陸河縣、海豐縣以及陸豐市的客語屬於同一個方言區。在臺灣，海陸客語的使用人口僅次於四縣客語，根據行政院客家委員會編（2011）《99 年至 100 年全國客家人口基礎資料調查研究》可以推測為有 98.8 萬人。

（3）海陸客語例句的第一行是 IPA。第二行是漢字，有音無字的或字不確定的音節以「□」來表示（本文盡量迴避使用假借字以及訓讀字）。如有語義與漢語共同語不同的詞或有音無字詞，以小字附上其語義。例句中的括號（ ）表示其中的字詞可以省略，括號｛ / ｝則表示可任意選擇其中一個詞。* 為不成句的。每句附上漢語共同語的對譯。

（4）海陸客語陰入字後接其他音節時基本上變調為陽入調（32 調）。而「識」字一般都不變調。據合作人解釋，這是為了迴避被誤為「ʃit³² 食」（陽入）字。

（5）合作人是退休國小老師詹智川先生。詹老師是新竹縣新埔人，1939 年出生。此次也承蒙了詹老師的熱心協助，在此謹致謝忱。

（6）王湄臺（1962a,b）為海陸客語的課本，是由會話部分（共 33 課）以及散文部分（共 14 課）構成的。根據其前言，課文除由筆者親自撰稿之外，還有一部分 B. Mendiburu S. J. 所編的《華語課本》以及高級小學課本等內容翻譯而成的（筆者尚未找到這些藍本）。本文所引用的例句，對原文的文字稍加改動，並給它附上 IPA 以及漢語共同語的譯文。

（7）The aspect suffix *-guo* means that an event has been experienced with respect to some reference time. When the reference time is left unspecified, then *-guo* signals that the event has been experienced at least once at some indefinite time, which is usually the indefinite past.（Li & Thompson 1981：226）

（8）石毓智（2010：247）將「過」所承擔的體範疇叫做「終結體」。

（9）The *-guo* viewpoint conveys a discontinuity with the present or other Reference Time.（Smith 1997：266）

（10）experiential：certain qualities or knowledge are attributable to the agent due to past experiences, as in（5）, ...（5）Have you ever been to London?（Bybee, Perkins & Pagliuca 1994：62）

（11）本文的「現代客語」姑且指二十世紀以後的客語。

（12）《梅縣方言辭典》的「識」條也沒有表經驗的記載。

（13）徐貴榮（2009）沒有表明他的分析對象是四縣客語還是海陸客語。

（14）原版 Schaank（1897）為荷蘭文版。筆者的荷蘭文閱讀能力有限，因此本文還參考了英文版 Bennett

M. Lindauer 譯（1979）。引用例句的第一行為原版的客語羅馬字文（原來的聲調符號換為數字，即：陰平 1、上 2、陰去 3、陰入 4、陽平 5、陽去 7、陽入 8），第二行為筆者所付的漢字（小字為詞義）以及英文版的英譯。

（15）印尼陸豐客語的先行研究也沒有討論過經驗體標記「識」（呂嵩雁 2007、梁心俞 2007）。

（16）荷蘭文：Ik heb zijn huis nog niet gezien（nog nooit gezien）.。

（17）目前海陸豐地區有陸豐、海豐、陸河三個縣。其中前兩者為以閩南語為主要語言的地區，而只有陸河才是客語區。

（18）許寶華、宮田一郎編《漢語方言大辭典》中華書局（1999 年）的「識」條，除了閩語之外，也沒有經驗體之意。但閩語的例子應該是訓讀字而不是本字。

（19）本文除了 Lien（2007）的例子以外，均採用閩南語的教會羅馬字（白話字）書寫系統。就閩南語的漢字書寫系統而言，bat 的書寫形式有幾種。除了「捌」（教育部《臺灣閩南語常用詞辭典》）以外，還有「八」（陳修編 2000《台灣話大詞典》台北：遠流出版公司）、「識 / 曾」（東方孝義編 1931《臺日新辭書》台北：臺灣警察協會）等。本文則採用臺灣教育部的漢字系統。另外，這個語素有兩種讀音，就是 bat 與 pat。bat 的聲母為濁音，而 pat 的聲母為清音。對此情況，Lien（2007：724）指出反映方言的不同，前者屬於漳州方言，後者則屬於泉州方言。而楊秀芳（2014：37）指出 bat 在臺灣較為強勢的說法，是 pat 進一步濁化的結果。本文的目的不是討論這種情況，因此暫時不談這個問題。

（20）閩南語「過」亦可省略，其位置也與海陸客語相同，可附於謂語動詞之後，亦可置於謂語動詞的賓語之後（參看湯廷池 2000）。

（21）實現情態標記「有」需置於「識」之前，換言之，「識」在「有」的轄域（scope）之內。就經驗體標記「過」來說，它有兩種位置，一種是謂語動詞之後，另一種是謂語動詞的賓語之後（即，句末）。「過」字也可以單獨使用。

（22）例句（28）～（30）的 a 和 b 所指的事件相同，但因「識」的轄域（scope）不同，所以在兩者之間各個含意應該有所不同。

（23）與此相對應的海陸客語的句子亦可用狀態補語句來表達，如，「張三識㤿到身體壞（過）」。

（24）例句（33）（34）的謂語（痛、肥）均可帶「過」字。但例句（31）不能直接將「過」字置於動詞「好」之後。

（25）否定經驗體標記「識」時相對少用「無」字，但我們合作人也有時接受「無」字（例句 32）。而句中只有動後成份「過」時，只能用「無」字。

（26）海陸客語沒有表完整體的專用標記。句子只要具有數量詞、動作的終點等終結點（end-point）就會產生完整體的含意（遠藤 2010）。

（27）海陸客語的經驗體標記「過」也具有相同的詞義特點，只是句法位置不同。本文暫且不討論「識」與「過」的共用等關係的問題，將它作為今後的課題。

（28）漢字以及漢語共同語譯文是由筆者所附的。

（29）例句（52a）的「識」是知曉義動詞，而「佢識開車」的「識」是經驗體標記。這種不同有可能與動詞短語所指的事件性質有關係。一般來說，獲得書寫能力後，很少有停止寫字的情況，也不會失去寫作能力，除非發生甚麼意外之外。而開車這種事會有一段時間停止開車，長期沒有機會開車就會漸漸失去其能力。

（30）龍海平等（2012）的中譯本補充了許多漢語的語法化的例子，但也沒有提到這種語法化途徑。

〈參考書目〉

Bybee, Joan, Revere Perkins & William Pagliuca, *The Evolution of Grammar：Tense, Aspect, and*

Modality in the Languages of the World, The University of Chicago Press（1994）.

Heine, Bernd and Tania Kuteva, *World Lexicon of Grammaticalization*, Cambridge University Press（2002）.（龍海平、谷峰、肖小平譯《語法化的世界詞庫》，世界圖書出版公司，2012年）

Hopper, Paul J. & Elizabeth Closs Traugott, *Grammaticalization*, Cambridge University Press（1993）.

Li, Charles N. & Thompson, Sandra A., *Mandarin Chinese：a Functional Reference Grammar*, University of California Press（1981）.

Lien, Chinfa, "Grammaticalization of *Pat4* in Southern Min：A Cognitive Perspective", *Language and Linguistics*. 8.3（2007）, pp.723-742.

MacIver, D.（and revized by M.C.Mackenzie）, *A Chinese-English dictionary*：*Hakka-dialect as spoken in Kwang-tung province*, Presbyterian Mission Press,（1926）.

Matthews, Stephan & Virginia Yip, *Cantonese : A Comprehensive Grammar*, Routledge（1994）.

Rey, Ch.（Charles）, b., *Dictionnaire chinois-français : dialecte Hac-ka : prècèdè de quelques notions sur la syntaxe chinoise*. Imprimerie de la Société des Missions-Étrangéres（1926）.

Schaank, Simon.H., *Het Loeh-foeng-dialect*, E. J. Brill（1897）.（Bennett M. Lindauer 譯 *The Lu-feng dialect of Hakka*（文字と言語　研究資料5）特定研究「言語生活を充實發展させるための教育に關する基礎的研究」文字と言語班，1979年）

Smith, Carlota S., *The Parameter of Aspect*（*Second Edition*）, Kluwer Academic Publishers（1997）.

傅愛蘭《普米語動詞的體貌系統》，《中國民族語言文學研究論集2（語言專集）》（戴慶廈主編，民族出版社）2002年，第115-133頁。

何耿鏞《客家方言語法研究》，廈門大學出版社，1993年。

黃雪貞編《梅縣方言辭典》，江蘇教育出版社，1995年。

江敏華《客語體貌系統研究》（行政院客家委員會獎助客家學術研究計畫成果報告），2007年。

蔣紹愚《從助動詞"解"、"會"、"識"的形成看語義的演變》，《漢語學報》2007年第1期，第2-10頁。

賴文英《臺灣客語語法導論》，臺灣大學出版中心，2015年。

李如龍《泉州方言的體》，《中國東南部方言比較研究叢書（2）：動詞的體》（張雙慶主編，香港中文大學），1996年，第195-224頁。

李小華《閩西永定客家方言虛詞研究》，華南理工大學出版社，2014年。

梁心俞《印尼西加地區海陸客語接觸研究》（輔仁大學語言學研究所碩士論文），2007年。

林立芳《梅縣方言動詞的體》，《中國東南部方言比較研究叢書（2）：動詞的體》（張雙慶主編，香港中文大學），1996年，第34-47頁。

劉綸鑫主編《客贛方言比較研究》，中國社會科學出版社，1999年。

劉綺紋《中國語のアスペクトとモダリティ》，大阪大學出版會，2006年。

劉月華、潘文娛、胡韡《實用現代漢語語法（增訂本）》，商務印書館，2001年。

呂嵩雁《客語《陸豐方言》語言演變研究》（私家版），2007年。

施其生《汕頭方言的體》，《中國東南部方言比較研究叢書（2）：動詞的體》（張雙慶主編，香港中文大學），1996年，第161-194頁。

石毓智《漢語語法》，商務印書館，2010年。

湯廷池《閩南語的「動貌詞」與「動相詞」》，《漢語語法論集》（金字塔出版社），2000年，第201-220頁。

項夢冰《連城（新泉）方言的體》，《中國東南部方言比較研究叢書（2）：動詞的體》（張雙慶主編，香港中文大學），1996年，第48-78頁。

徐貴榮《客語"時態語"的語義與語境》，《客方言研究》（李如龍、鄧曉華主編，福建人民出版社），2009

年，第 528-539 頁。
楊秀芳《論「別」的形態變化及語法化》，《清華中文學報》2014 年，第 11 期，第 5-55 頁。
遠藤雅裕《台灣海陸客語的完整體》，《臺灣語文研究》，2010 年，第 5 卷第 1 期，第 37-52 頁。
遠藤雅裕《台灣海陸客語的動結述補結構》，《太田齋・古屋昭弘兩教授還曆記念中國語學論集》，好文出版，2013 年，第 320-331 頁。
朱德熙《語法講義》，商務印書館，1982 年。

〈語料〉

劉楨文化工作室編《一日一句客家話：客家老古人言》，臺北市政府民政局，2000 年。
王湄臺編《新客話課本》第一本，天主教華語學院，1962 年 a。
王湄臺編《新客話課本》第二本，天主教華語學院，1962 年 b。
詹益雲編《海陸客語短篇故事第三集》，新竹縣海陸客家語文協會，2008 年。
河野登喜壽《廣東語の研究》，新竹州警察文庫，1933 年。
菅向榮《標準廣東語典——附臺灣俚諺集・重要單語集》，臺灣警察協會，1933 年（古亭書屋 1974 年影印）。

第Ⅳ部

考古資料からみた龍の起源

角道 亮介

一、はじめに

龍は想像上の生物である。後漢の許慎による『説文解字』には、龍の項目に「鱗蟲の長なり。能く幽にして能く明、能く細にして能く巨、能く短にして能く長。春分にして天に登り、秋分にして淵に潜む」とあり、およそ実在しえない特殊な力を持つ生物として説明されている。一方で、中国において龍は古くから王者の喩えでもあった。よく知られた北京紫禁城や大同朱桂府の九龍壁は皇族の権威の象徴であり、宋代以降に五爪龍紋が皇帝専用の意匠となったことや「龍姿」や「龍顔」という語が皇帝を指すことからも、「龍」という生物に仮託された特別な思いを知ることができる。さらに「龍的伝人」という表現に代表されるように、現代中国において龍はひとり皇帝を超え、中華世界に生きる人々が共有する一種の帰属指標ともなっている。

このように中国の人々にとって深い象徴的な意味を持つ龍の起源について、これまでに数多くの議論がなされてきた。特に考古学の分野においては、日々増加する多くの出土資料の中から龍に関連する遺物を取り上げ、その起源がより古く遡ることを証明することに大きな関心が払われてきたように思われる。これらの議論の中ではしばしば、存在が証明されるべき「龍」の定義が曖昧であった。周知のごとく龍は様々な生物の特徴をあわせ持った合成獣であり、その外見や役割には多種多様な性質が認められる。その中の一部の要素を切り取って古い時代の出土事例との類似性を読み解くのでは、かえって龍の成立過程を見誤ることになるのではあるまいか。本論では、個々の考古資料にみられる「龍的な」要素を指摘するのではなく、全体像としての龍の図像がどのような変遷を経て成立したのかを検討し、現在我々が知る龍の姿が成立した過程を明らかにすることを試みる。

二、文献にみる龍の性質

古来より、龍は瑞獣として人々に重視されてきたようである。『礼記』礼運には、麟・鳳・亀とともに四霊に数えられ、魚類の長として記述される。同じく『礼記』の曲礼では、青龍は朱雀・白虎・玄武と並ぶ四神の一つであり、東方を司ると記されている。「登龍門」の故事にみられるように、一般的には魚類との関係が深い生物として描かれることが多い龍であるが、文献にみえる龍の性質は多岐にわたり一様ではない。龍の持つ様々な性質については林巳奈夫や小南一郎の論考に詳しく（林 1993、小南 2010）、ここではその論考を引用する形で当時の人々が龍に込めた意味について整理したい。

小南によれば、文献上にみえる龍は大きく分類して①水生動物としての龍、②陸上動物としての龍、③天候現象としての龍、④その他、という姿で記述されるという。①としては先述の『礼記』礼運や『後漢書』李膺伝の「登龍門」のほか、『春秋左史伝』襄公 21 年にも「深山や水沢が龍蛇を育てる」とあるごとくである。②に関して、『儀礼』覲礼篇や『論衡』龍虚篇、『白沢図』などでは馬・牛・羊・犬といった陸上の四足動物と密接な関わりを持つ生物として龍が描かれる。また小南は、『春秋左史伝』昭公 29 年や『晋書』張華伝に龍を食べたというエピソードが記され、『説苑』正諫篇には白龍は天帝の貴畜である、という記述があることから、四足動物の中でも家畜と深い関係があったことを指摘する。③は、『論衡』龍虚篇や『南史』梁本紀に龍と雷や龍巻との関連が描写されている。

文献にみられる龍の性質の多様性は、由来をそれぞれ別に有する様々な要素が後に集合して龍と総称されるようになった可能性を強く示唆している。いま我々が龍の起源を考える際、その構成要素を個別に切り離してそれぞれの起源をたどることは龍に内包された意味や機能を考察するためには重要なアプローチであるが、龍という観念の成立を検討するうえではあまり有効な手法ではない。例えば、龍に雷と共通する性質が認められるからといって、考古資料の中にみえる雷を象った図像を以てこれをかつての龍の姿であると主張することに大きな意味があるとは思えない。水生動物や陸上動物の象形を考古資料の中に探し求めて龍と認定することよりも、他の動物ではない想像上の龍の図像を明確に定義したうえで、その形態がどのような変遷を経て誕生したのかを検討することの方が、より重要であると思われる。以下、確かに龍と呼べる図像が成立した年代を検討の基準点として、それより以前の時期の「龍」と呼ばれる資料との間で比較を行い、龍図像の成立過程について筆者なりの考察を加えたい。

三、漢代と殷周時代の龍

現在確認できる龍の図像のうち後代の龍とほぼ変わらぬ姿で描かれたものとして、馬王堆漢墓から出土した前漢の帛画に描かれた龍がある。龍が描かれた帛画は馬王堆一号墓と三号墓から出土しており、墓の年代からいずれも紀元前 2 世紀前半のものであると考えられている（湖南省博物館・中国科学院考古研究所 1973）。一号墓出土の帛画には 4 匹の龍が描かれる。鰐のような頭に角を持ち、鱗のある細長い体には爪のある四足がはえており、後の時代の龍と基本的には変わることがない（図 1-1）。馬王堆三号墓から出土した神々を描いた帛画にも 2 匹の龍が描かれている[(1)]。帛画下方の左右には、角のはえた細長い頭、鱗を持つ長い体、二股に分かれた尾を持つ龍がおり、やはり体が鱗に覆われる（図 1-2）。右の龍の顎下には「黄龍持鏞」、左の龍

1

2

図１　馬王堆漢墓出土帛画にみえる龍
1：馬王堆一号出土帛画　　2：馬王堆三号墓出土帛画

の顎下には「青龍持熨」との文字が記されており、これらの生物が前漢代にはすでに龍と呼ばれていたこと、そしてその姿はすでに明清時代の龍の図像と大きく変わらぬものとして理解されていたことがわかる。馬王堆漢墓出土帛画に描かれた龍の図像は、龍の起源を考える上での一つの定点である。

では、現代とほぼ同一のイメージで想起される前漢の龍の図像は、それ以前の時代にどこまで遡ることができるのであろうか。重要な点は、我々が「龍かもしれない」と考える図像をむやみに挙げることではなく、当時の人々が龍と呼んだ図像の特徴を捉えることであろう。図2-1は殷周時代の青銅器にみられる金文の「龔」字のうち、「龍」に相当する部分を抽出したものである。いずれも細長い頭とS字状にくねった体、頭上に突出する冠あるいは角を共通の特徴として有している。足を有する例もあるが、必ずしも全ての例に足が確認されるわけではない[(2)]。馬王堆の龍と比較してみると、頭上の角（あるいは冠）・波打つ体・足の存在などに共通点が見られ、両者の間には明確な系譜関係を想定できる。

これらの要素の有無に基づいて殷墟期の考古資料を概観すると、龍と呼べるような図像が複数存在することがわかる。図2-2は殷墟婦好墓出土の殷墟期の玉器であるが、キノコ状の角[(3)]を

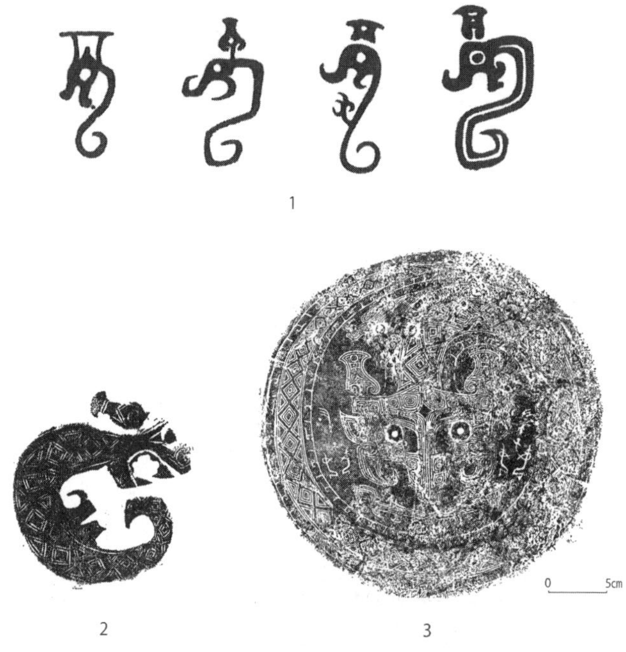

図２　殷周時代の龍
1：金文に記される「龍」 2：殷墟婦好墓出土の玉龍
3：殷墟婦好墓出土の蟠龍紋盤

持ち、鱗のある体からは二本の足がはえている。林巳奈夫が指摘するように、金文や甲骨文の「龍」字が頭上に戴く冠あるいは角は、同時代の青銅器上に飾られた動物や鳥の像にみられるキノコ状の角と同一の性格を有するものであろう（林 1993）。図 2-3 も殷墟婦好墓出土の例である。青銅製の盤の内底部に、大きくとぐろを巻く生物が描かれている。この生物も頭上にキノコ状の角を持ち鱗のある体をくねらせており、足の存在は不明瞭であるが、やはり龍と呼ぶべき図像である。

以上、殷周金文にみえる「龍」字のつくりから、当時の人々が龍と呼んだ図像が前漢の龍の図像と共通点を持つこと、同様の図像は殷墟期の遺物に多く確認されることがわかった。したがって、現代人にとっての、また同時に前漢の人々にとっての龍図像がおそらく殷墟期にまで遡りうるであろうことはほぼ疑問がない。そして、殷墟期の龍図像にとって重要だったのは角の存在であったように思われる[(4)]。龍の起源を考える際、角あるいはその祖形となるものの有無は注目すべき点であろう。

四、新石器時代の「龍」

新石器時代の出土遺物の中に、「龍」と呼ばれるものがいくつか存在する。ここでは前節の検討を基に、新石器時代の「龍」と殷墟期以降の龍との関係を検討したい。

新石器時代の龍の紋様や龍形の図像については蘇秉琦が詳しく検討している（蘇 1994・1997）。蘇秉琦によれば、龍の造形は燕山南北地帯の紅山文化に特徴的にみられ、その淵源は新石器時代前期にまで遡るという。さらにこの北方の龍紋の伝統が中原の仰韶文化廟底溝類型に典型的な花弁図案とやがて融合することで、龍と華という中華文明の起源が形成されたと論ずる。

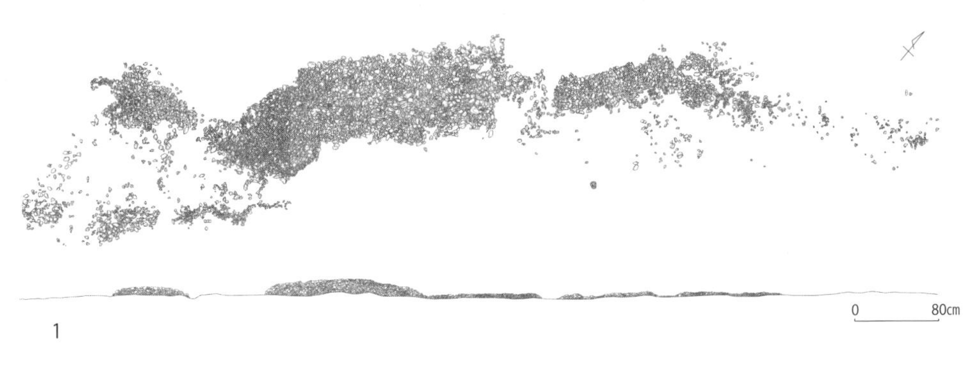

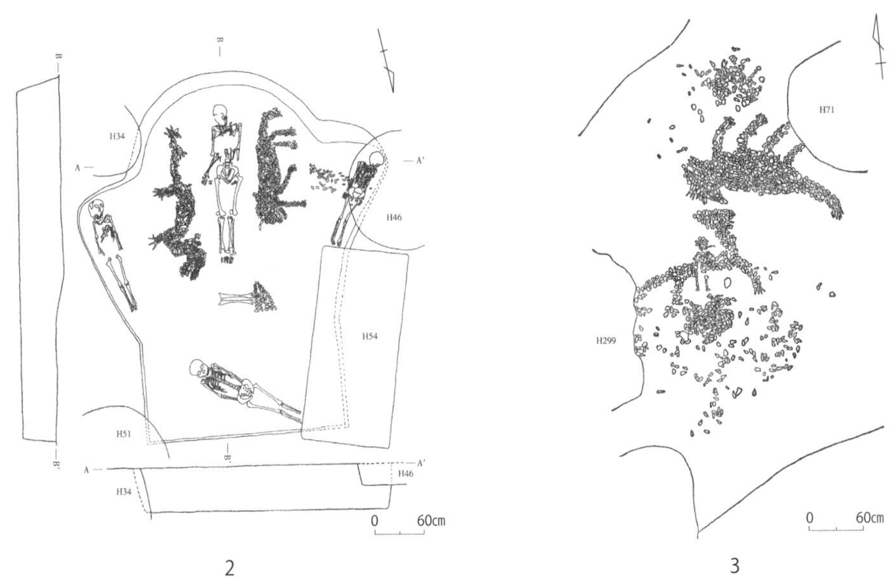

図３　新石器時代のいわゆる「龍」（1）
1：査海遺跡の龍形積石　　2：西水坡遺跡45号墓の貝図案
3：西水坡遺跡の第三組貝図案

蘇秉琦が指摘する、北方地域に由来するとされる新石器時代の龍の図像を見てみよう。図3-1は遼寧省阜新モンゴル族自治区に位置する査海遺跡で検出された「龍形」の積石遺構である（遼寧省文物考古研究所2012a）。遺跡の年代は紀元前6000年ごろ、興隆窪文化に属する遺跡であり、「龍」と関連するとされる資料のなかでも最古の例といえる。この積石遺構は居住区や墓区に近接しており、何らかの意図を以て集落内に特別に作られた可能性が高い。しかし龍の頭部とされる西側の石の集積も、細長い体の表現とされる中央部から東側にかけての部分も、これを動物とみなせる積極的な根拠はないように思われる。たとえ当該の積石遺構が動物を表したものであったとしても、前節でみたような龍を特徴づける角や足、鱗の表現は見られない。査海遺跡の「龍形」積石は、現代人による恣意的な解釈であると言わざるを得ない。

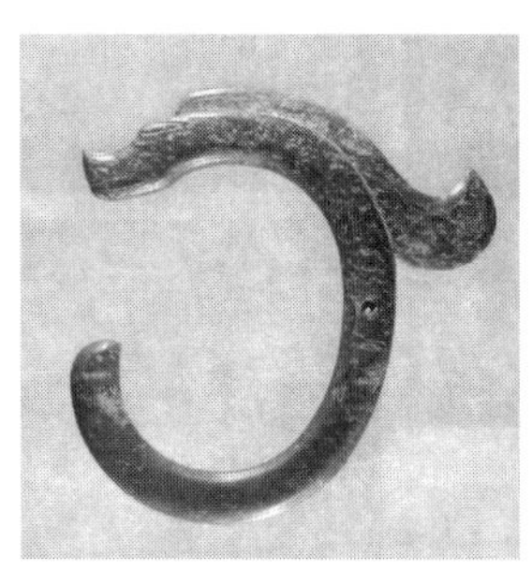

1

2

3

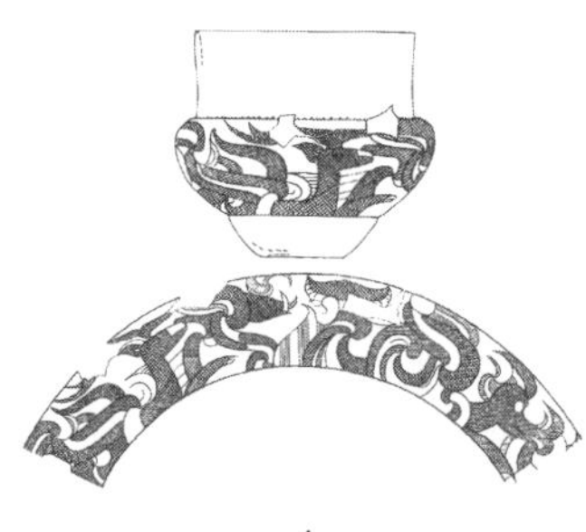

4

図4　新石器時代のいわゆる「龍」(2)
1：三星他拉出土の玉猪龍　2：牛河梁遺跡第2地点1号塚出土の玉猪龍
3：凌家灘遺跡16号墓出土の玉龍　4：小山遺跡出土の「麟龍紋」土器

図3-2、3-3は河南省濮陽市の西水坡遺跡で検出された貝殻の集積による「龍」図像である（河南省文物考古研究所ほか2012）。報告書によれば、45号墓被葬者の左右には貝殻で龍虎が象られ（図3-2）、第三組貝図案ではその中央に、人がまたがった形の龍が表される（図3-3）、とされる。仰韶文化のなかでも後岡一期に相当する時期の資料であり、紀元前4500年ごろの年代が与えられる。西水坡遺跡の貝図案は明らかに動物を象ったものであり、そこには人々の強い思いを読み取ることができるが、しかしこれらの図像が龍であることを証明する根拠はやはり薄弱である。長身で細身の動物であること以上に龍との関連性を認めがたく、龍と虎が対置されるという後世の先入観に基づく構図が、実際の解釈から客観性を奪っている。なお、報告書によれば西水坡遺跡からは数多くの動物遺存体が検出されており、そこにはタヌキやイノシシ、ノロ、シカなどに加えて種未定の大型肉食動物なども含まれる。西水坡遺跡の人々がこれらの動物を犠牲として用いた可能性は高く、貝図案に表された動物も彼らの周囲に生息していた動物を象ったものと考えるべきであろう。

新石器時代の「龍」としてよく知られたものに、紅山文化の玉猪龍がある。図4-1は内モンゴル自治区の三星他拉遺跡出土の例で、C字形に巻いた体に鬣（たてがみ）を持ち鼻がイノシシのように突き出して表現されており、「猪」龍と呼ばれる所以である（翁牛特旗文化館1984）。図4-2は同じく紅山文化に属する牛河梁遺跡の積石塚に伴う墓から出土した副葬品であり（遼寧省文物考古研究所2012b）、頭部の両脇に立てた耳はイノシシ（あるいはブタ）の特徴をよくとらえている。放射性炭素年代測定の結果に基づけば、牛河梁遺跡には紀元前3700～前3000年ごろの年代が与えられる。これらの遺物はその細長い体から龍の祖形を表したものとして広く認知されているが、独特の鼻先と鬣というその形態的特徴は上述のようにまさしくイノシシである。足が表現されないのは環状の装飾品として加工されたがゆえであろう。これに類する遺物は紅山文化の中心地から遠く離れた安徽省含山県の凌家灘遺跡からも出土している（図4-3）。尾と鼻が連結する点が異なるが、突き出た鼻先と鬣、耳の表現という特徴は一致する。胴辺縁部にも鬣の表現と考えられる刻線がある一方で、胴体には鱗のような紋様表現はみられない（安徽省文物考古研究所2006）。図2-2に示した殷代の玉龍と比べても角の表現・体の鱗紋などに明確な差異があり、これらの遺物を龍とみなすには飛躍がある。細長い胴の造形はイノシシを環状の装飾品として表現した結果であり、ここに紅山文化の人々のイノシシに対する強い思いを読み取ることはできても、龍という生物に込められた特殊な思想を見出だすことは困難である。

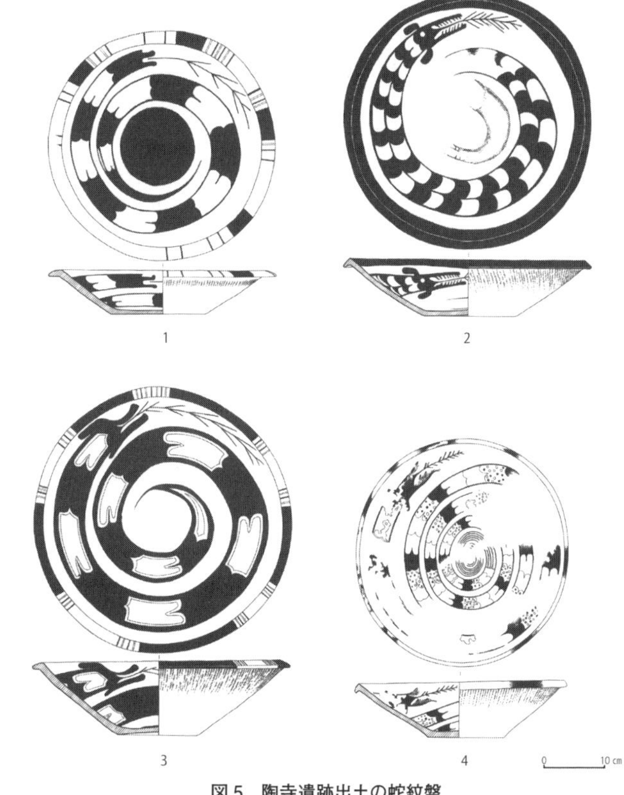

図5　陶寺遺跡出土の蛇紋盤
1：3016号墓出土　2：3072号墓出土
3：2001号墓出土　4：3073号墓出土

また、蘇秉琦は趙宝溝文化に属する小山遺跡出土の土器に描かれた「麟龍紋」（図4-4）を、北方地域に特徴的な龍文化の一例として挙げているが（蘇1997）、素直にこの図像を解釈すれば鹿・猪・鳥の側視形であり（中国社会科学院考古研究所2010）、北方地域を龍紋様の故地と考える蘇氏の先入観をそのまま首肯することはできない。

新石器時代の「龍」図像として、陶寺遺跡出土の「蟠龍紋」も言及されることの多い資料である（図5）。紀元前2500年～前2000年ごろの新石器時代後期に相当し、報告書には土器の盤の内底部に描かれたとぐろを巻く4例の「蟠龍」が報告されている（中国社会科学院考古研究所・山西省臨汾市文物局2015）。とぐろを巻き舌をのぞかせる姿は蛇の表現とみて問題はない。頭部から耳のような突起が伸びる例（図5-2・3）がある点は注目に値するが、図5-1のように突起を持たない例もあり、この生物には角が必須の要素として考えられていたようではなさそうである。むしろ後述する二里頭期の盆に表現された蛇紋との類似性から、これは水を溜める盤という器に水生動物である蛇を描いた表現であると筆者は考えている。

以上で検討したように、新石器時代には明確に龍と呼べる図像はなく、後代の龍図像につながる表現もほとんどみられない。龍の起源を新石器時代に求めることは、少なくとも考古資料の面からみれば適切であるとは言い難い。

五、二里頭文化期の蛇紋とその変遷

紀元前2000年紀に入ると中国では初期王朝への胎動が始まった。黄河中流域を中心に広範なひろがりをみせた二里頭文化では、のちの龍図像につながる意匠が出現するが、その祖形は蛇であった。

二里頭文化の遺物中に水生動物をモチーフにした紋様が多くみられることは、すでに先行研究が指摘するところである（飯島2012a）。図6に例を挙げたとおり、魚や蛙などの表現を盆や罐、大口尊といった土器に描く例が多見され、二里頭文化の人々が水生動物を強く意識していたことが知られる（中国社会科学院考古研究所2014）。中でも特徴的な動物は蛇である。図6-7・8は同一個体で、二里頭遺跡の宮殿区から出土した二里頭文化4期の盆であるが、口縁下部にきわめて写実的な蛇が立体的に表現されている（中国社会科学院考古研究所2014）。欠損部があるため断定はできないが、一匹の蛇が口縁を一周している可能性が高い。図6-9は二里頭文化2期に属する透底器で、外壁面に3匹の蛇が張り付けられている（許宏2009）。

水生動物の中でも蛇に何らかの意味付けがされていたであろうことは、二里頭文化に典型的な両尾の蛇紋の存在からうかがい知ることができる。図7-2は二里頭遺跡出土の土器片にみられる一頭両身の蛇で、大きく開かれた目を持つ蛇の頭部が正面から描かれ、左右にそれぞれ胴部が伸びる。額には菱形の紋様が表現される（中国科学院考古研究所洛陽発掘隊1965）。巨眼を有する蛇の頭部を正面から描く表現は二里頭文化において特に好まれたようであり、その祖形が河南省新密市の新砦遺跡から出土した土器片（図7-1）にみえ（北京大学震旦古代文明研究中心・鄭州市文物考古研究院2008）、さらには二里頭遺跡出土の獣面紋牌飾（図7-4～6）や二里頭遺跡Ⅴ区3号墓出土のトルコ石で作られた「龍形器」（図7-7）の顔面表現へとつながることが、多くの研究者によって指摘されている（李2002、朱2006、飯島2012b）。図7-3は二里頭遺跡出土の土器片に刻まれた蛇紋である（中国社会科学院考古研究所1999）。一頭両身の両尾蛇ではないが、巨眼を持ち蛇行する胴の表現は龍形器と共通する。これらは図像としては間違いなく蛇であり、図6の7～9にみられるような蛇への特別な意識の延長線上に位置づけられるものであるが、ハート形の頭部に大きな目を持ち蛇行する一身または両身の胴、というモチーフ(5)が二里頭期に完成したことは非常に重要である。この一頭両身の蛇という図像がのちに龍の図像へと展開してゆく。

一頭両身の蛇というモチーフは殷周時代の青銅器にも好んで用いられた。図8-1は西周前期に属する湖北省武漢市の魯台山遺跡から出土した方鼎の口縁下部に飾られた両尾蛇紋である。

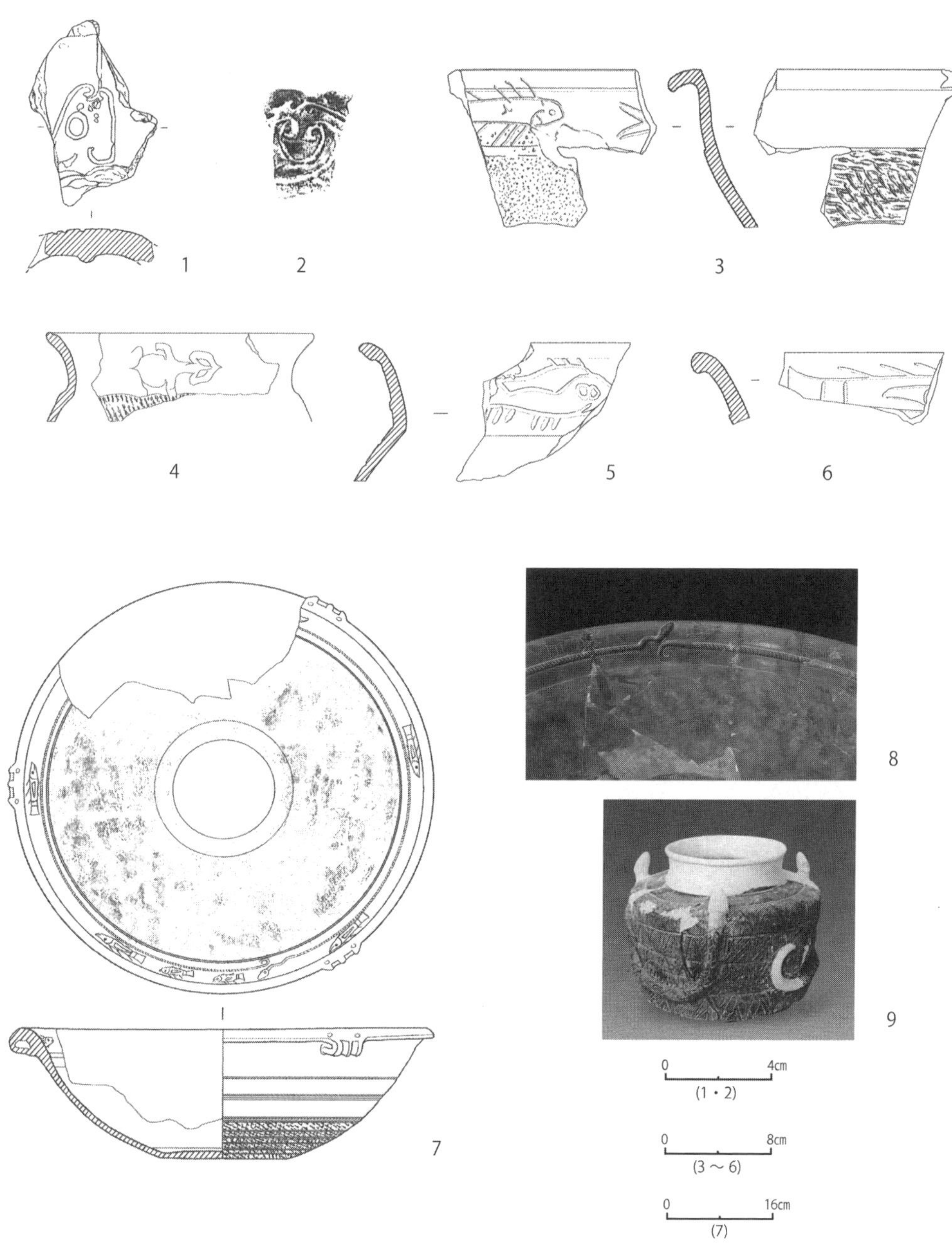

図６　二里頭遺跡出土の水生生物に関係する土器
1：2004 Ⅴ H312 出土 刻紋土器片　2：2002 Ⅴ G10 出土 刻紋土器片　3：2003 Ⅴ G14 出土 盆
4：2000 Ⅲ T2 ⑤ A 出土 罐　5：2000 Ⅲ H24 出土 大口尊　6：2003 Ⅴ T34 ④ A 出土 大口尊
7・8：2003 Ⅴ G14 出土 盆　9：透底器

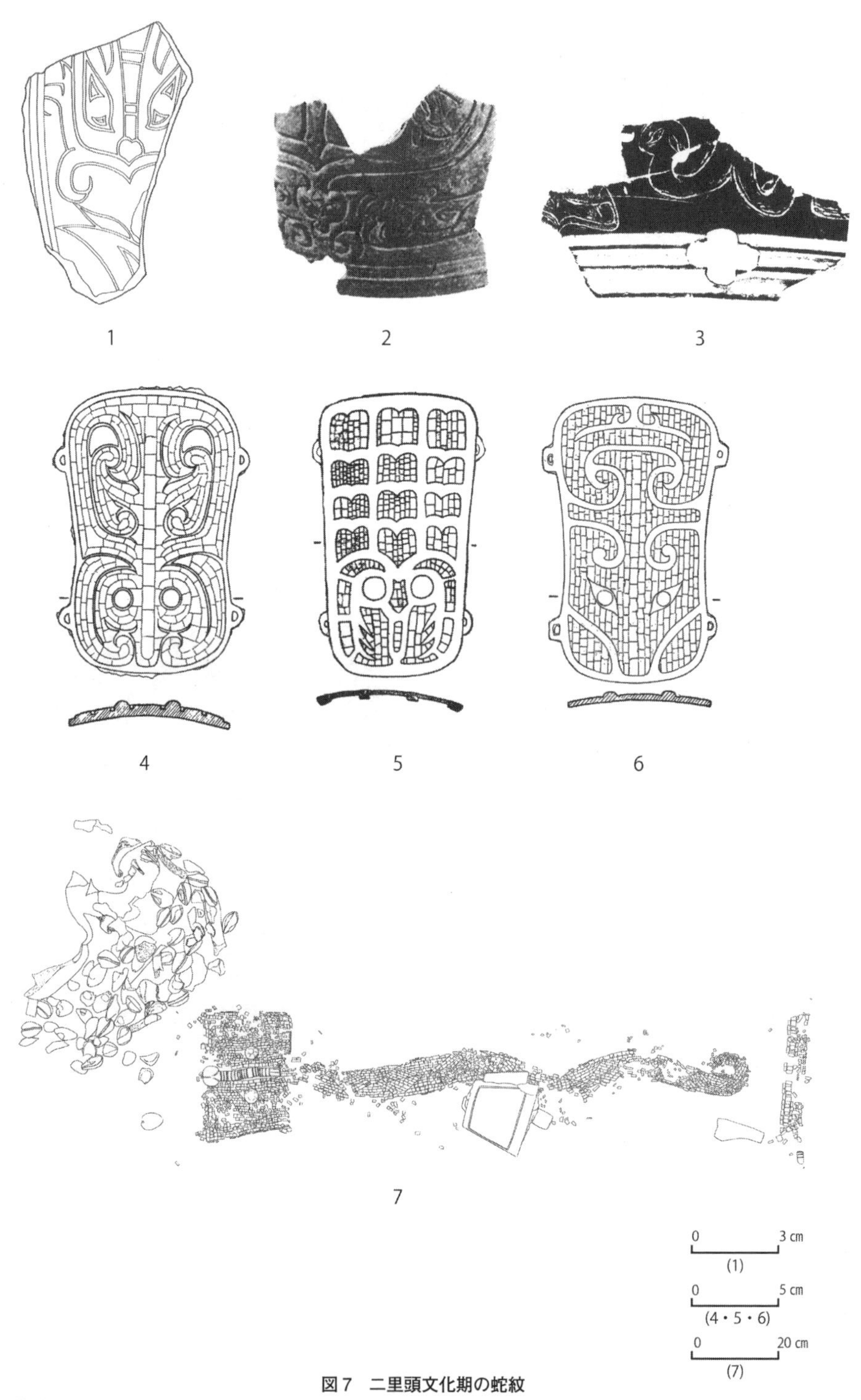

図７　二里頭文化期の蛇紋

1：新砦遺跡 1999T1H24 出土 器蓋　2：二里頭遺跡出土 土器片　3：二里頭遺跡Ⅴ T212 ⑤出土 土器片
4：二里頭遺跡 M4 出土 獣面紋牌飾　5：二里頭遺跡 M57 出土 獣面紋牌飾　6：二里頭遺跡 M11 出土 獣面紋牌飾
7：二里頭遺跡 2002 Ⅴ M3 出土「龍形器」

頭部から左右に伸びた胴部には複数の雲気状の突起がみられるが、足ではなく、これは蛇である。二里頭文化の両尾蛇紋が西周期にまで継続して受け継がれたことを示している(6)。一方で、一頭両身の龍の図案は殷墟期の青銅器で確認されている。図 8-2 は殷墟期に属する婦好墓から出土した方壺であるが、その肩部に一頭両身の龍の表現がみられる。頭部にキノコ状の角を持つ犠首の左右には鱗を持つ胴が伸び、胴には足が付く。図 2 にみえる龍の要素を有しており、両尾蛇紋から両尾龍紋が派生したことは明らかである。図 8-3 は同じく殷墟期の尊であるが、やはり肩部に一頭両身の龍が飾られる。犠首の角がキノコ状ではなく羊角である点で図 8-2 と異なるが、殷墟期には様々な形の犠首と組み合わさる形で龍のヴァリエーションも増加していったものと想定される。

このほか二里頭遺跡出土遺物の中で龍と関連する資料として、図 9-1 がある（中国社会科学院考古研究所 1999）。報告者はこの土器に刻線で描かれた紋様を龍とするが、その解釈には疑問が残る。中央の蛇行する曲線を龍の胴、その両脇に付されたはね上がる縁取りを鬣とみなすようであるが、同様の縁取りは雲気の表現として解釈しうるものであろう。図 9-2 は新砦遺跡出土の土器片にみられる紋様であるが、細長い帯状の紋様の両側に渦巻く雲気が表現されている。図 9-3 は陶寺遺跡出土の浅腹盆の内底部に描かれたトカゲの紋様であり、やはり胴部には渦巻く雲気が表現される。二里頭遺跡で蛇行する胴を持つ蛇の表現が好んで用いられたことを考えれば、図 9-1 は蛇紋に雲気が付された表現だと解釈することが適切なように思われる。

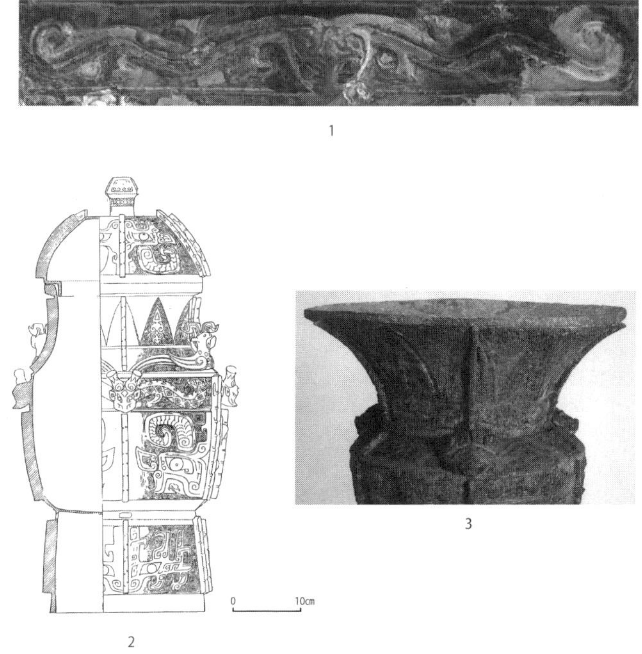

図 8　殷周時代の両尾蛇紋と両尾龍紋
1：魯台山遺跡出土方鼎の両尾蛇紋　2：婦好墓出土方壺の両尾龍紋
3：伝殷墟遺跡出土の両尾龍紋

六、おわりに

以上、殷墟期の龍図像を基準とし、その祖形がどこまで遡りうるのかを検討してきた。結果として、新石器時代の龍と呼ばれる資料にはいずれも龍と呼べる根拠が乏しいこと、二里頭文化期に好まれたモチーフはあくまで蛇であって、やはり龍と呼べる資料は見当たらないことが確認された。現状の出土資料から考察する限り、龍の出現は殷墟期を待つ必要があるように思われる。一方で、その龍図

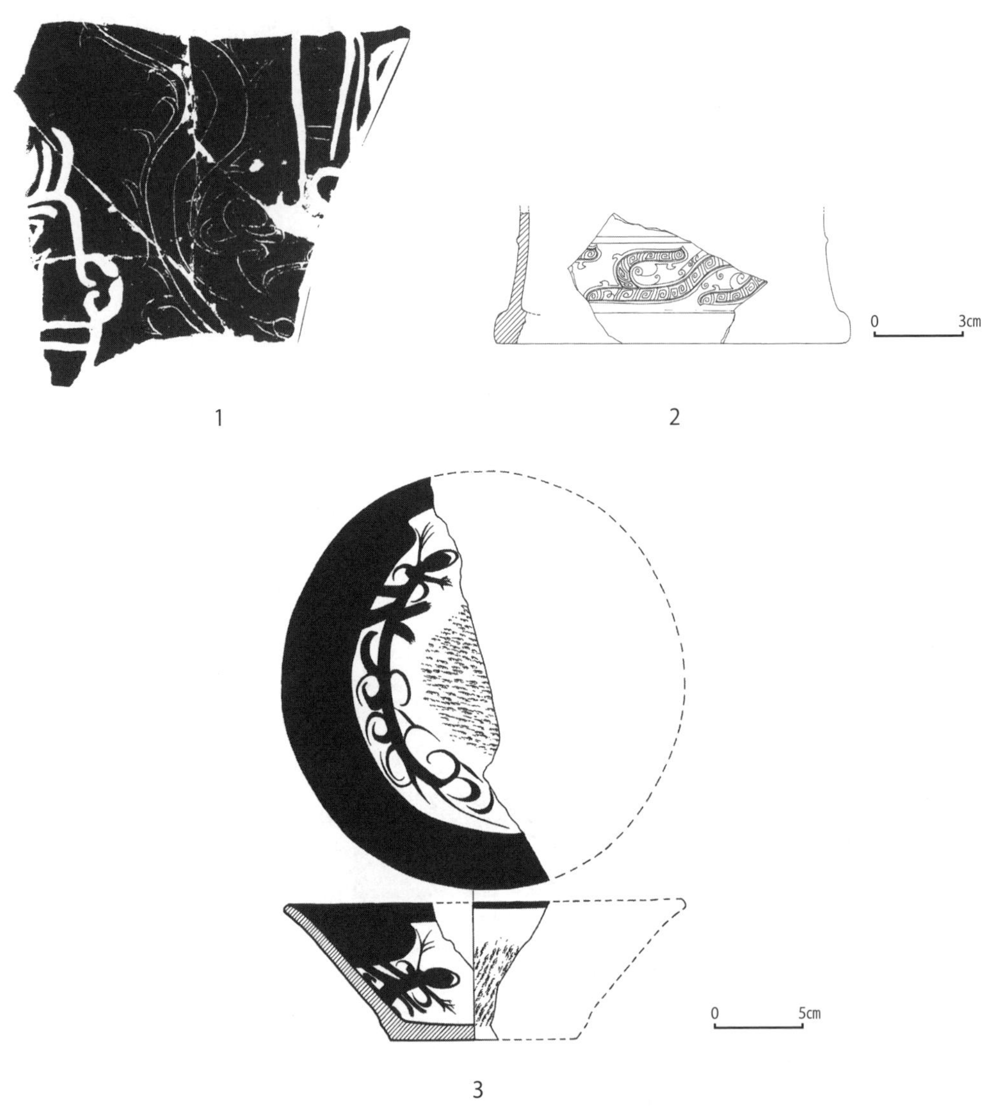

図9　雲気をまとう動物紋
1：二里頭遺跡出土の「龍紋」　2：新砦遺跡出土の「夔龍紋」　3：陶寺遺跡出土のトカゲ紋

像の成立には二里頭文化の両尾蛇紋が大きく関与していることも明らかとなった。蛇への特別な意識は陶寺遺跡の盤にも観取され、これが二里頭文化を経て殷文化へと受け継がれた可能性は否定できない。その点で龍の図像とは、黄河中流域という中原地域における蛇への意識が殷文化の中で消化され再構築された結果、新たに誕生した表現であったとみなすことができるだろう。

【注】

(1) 帛画の中央、足をやや開いて立つ人の股下にも龍のような生物が描かれている。脇に記された文字から、これは宇宙の根本たる太一であることが知られる。帛画下部の龍とは形態が異なっており、本稿では龍としては扱わない。

(2) 足を持つ龍と持たない龍が混在する点について、本来有するべき足が金文として表現される際に省略されたのか、あるいはもともと足のなかった龍に足が付される例が出現しはじめたのがこの時期のことであったのか、判断が難しい。後述のように筆者は殷周時代に図像としての龍が一定の成立をみたと考えており、はじめは必ずしも重要でなかった足が、殷周時代を通じて徐々に龍にとっての不可欠な存在へと変化していったのではないかと考える。

(3) bottle horn とも呼ばれる、端部が傘状に盛り上り、ややくびれたのちに再び基部が肥厚して頭部に接続する突起状装飾のことを指す。

(4) 小南は『論衡』龍虚篇と『酉陽雑俎』鱗介篇を引き、この角は龍が天に昇るために必要な尺木と呼ばれるものであることを指摘する（小南 2010）。

(5) 図 6-2 は小片で紋様の全体像が不明であるが、一つの頭部から左右に伸びる胴部を持つ、一頭両身の蛇である可能性がある。

(6) 飯島氏が指摘するように、両尾蛇紋は西周前期の青銅器、特に方鼎の紋様に集中してみられる（飯島 2012a）。殷墟期の青銅器紋様に両尾蛇紋があまり見られない理由については、別に検討を要する課題である。

参考文献

安徽省文物考古研究所 2000『凌家灘玉器』文物出版社

安徽省文物考古研究所 2006『凌家灘 ——田野考古発掘報告之一』文物出版社

飯島武次 2012a「夏王朝の土器」『中国夏王朝考古学研究』同成社、pp.170-230

飯島武次 2012b「夏王朝の青銅器」『中国夏王朝考古学研究』同成社、pp.231-305

翁牛特旗文化館 1984「内蒙古翁牛特旗三星他拉村発現玉龍」『文物』1984 年第 6 期、p.6

小田木治太郎 2017「東アジア古代の怪獣図像」、天理大学考古学・民俗学研究室編『モノと図像から探る怪異・妖怪の東西』（天理大学考古学・民俗学シリーズ 3）、勉誠出版、pp.10-42

河南省文物考古研究所・濮陽市文物保護管理所・南海森 2012『濮陽西水坡』中州古籍出版社

許宏 2009『最早的中国』科学出版社

黄陂県文化館・孝感地区博物館・湖北省博物館 1982「湖北黄陂魯台山両周遺址与墓葬」『江漢考古』1982 年第 2 期、pp.37-61

湖南省博物館・中国科学院考古研究所 1973『長沙馬王堆一号漢墓』文物出版社

小南一郎 2010「天帝の貴畜 ——龍の機能をめぐって」『泉屋博古館紀要』第 26 巻、pp.1-24

朱乃誠 2006「二里頭文化“龍”遺存研究」『中原文物』2006 年第 4 期、pp.15-21

蘇秉琦 1994『華人・龍的伝人・中国人 ——考古尋根記』遼寧大学出版社

蘇秉琦 1997『中国文明起源新探』香港商務印書館

中国科学院考古研究所洛陽発掘隊 1965「河南偃師二里頭遺址発掘簡報」『考古』1965 年第 5 期、pp.215-224

中国社会科学院考古研究所 1983『殷墟婦好墓』文物出版社

中国社会科学院考古研究所 1995『二里頭陶器集粋』中国科学出版社

中国社会科学院考古研究所 1999『偃師二里頭　1959 年 -1978 年考古発掘報告』中国大百科全書出版社

中国社会科学院考古研究所 2010『中国考古学　新石器時代巻』中国社会科学出版社

中国社会科学院考古研究所 2014『二里頭　1999-2006』文物出版社

中国社会科学院考古研究所・山西省臨汾市文物局 2015『襄汾陶寺　1978 ～ 1985 年考古発掘報告』文物出

版社
根津美術館 2009『館蔵　殷周の青銅器』根津美術館
林巳奈夫 1986『殷周時代青銅器紋様の研究』（殷周青銅器綜覧 2）吉川弘文館
林巳奈夫 1993『龍の話　図像から解く謎』中央公論社
北京大学震旦古代文明研究中心・鄭州市文物考古研究院 2008『新密新砦　1999 ～ 2000 年田野考古発掘報告』文物出版社
容庚編著、張振林・馬国権摹補 1985『金文編』中華書局
李麗娜 2002「也談新砦陶器蓋上的獣面紋」『中原文物』2002 年第 3 期、pp.28-31
遼寧省文物考古研究所 2012a『査海　新石器時代聚落遺址発掘報告』文物出版社
遼寧省文物考古研究所 2012b『牛河梁　紅山文化遺址発掘報告（1983-2003 年度）』文物出版社

図版出典

図 1　1：湖南省博物館・中国科学院考古研究所 1973　2：湖南省博物館にて筆者撮影
図 2　1：容庚 1985　2・3：中国社会科学院考古研究所 1983
図 3　1：遼寧省文物考古研究所 2012a　2・3：河南省文物考古研究所ほか 2012
図 4　1：翁牛特旗文化館 1984　2：中国社会科学院考古研究所 2010
3：安徽省文物考古研究所 2000　4：蘇秉琦 1997
図 5　1 ～ 4：中国社会科学院考古研究所・山西省臨汾市文物局 2015
図 6　1 ～ 7：中国社会科学院考古研究所 2014　8・9：許宏 2009
図 7　1：北京大学震旦古代文明研究中心・鄭州市文物考古研究院 2008
2：中国科学院考古研究所洛陽発掘隊 1965　3：中国社会科学院考古研究所 1999
4 ～ 6：飯島 2012b　7：中国社会科学院考古研究所 2014
図 8　1：武漢市博物館にて筆者撮影　2：中国社会科学院考古研究所 1983
3：根津博物館 2009
図 9　1：中国社会科学院考古研究所 1999
2：北京大学震旦古代文明研究中心・鄭州市文物考古研究院 2008
3：中国社会科学院考古研究所・山西省臨汾市文物局 2015

鄭韓故城出土「戈銘石模」が提起する諸問題

崎川 隆

一、はじめに

2011年に中国の科学出版社から刊行された河南博物院の蔵品図録『中原古代文明之光』（以下『中原』）には、図1に示すような「戈銘石模」と称される考古遺物が収録されている[(1)]。

同図の解説によれば、この石模は1984年に河南省新鄭市の鄭韓故城から出土したものとされるが、これまでにその銘文や図版が著録、公刊された形跡はなく、学界においても未だほとんどその存在が認知されていないのが現状である[(2)]。

「戈銘石模」
『中原古代文明之光』189頁

筆者摹本

図1　「戈銘石模」

一般に、中国青銅器研究においては、青銅製器物の鋳造に用いる粘土製の鋳型を「陶範」と呼び、その陶範を作るために用いる母型、あるいは原型を「模」と呼び慣わしている。図1に示したような石製の「戈銘模」とは、つまり銘文鋳造用の粘土鋳型を作るための母型・原型ということになる。

このように、銘文の鋳型を製作する際に用いる原型・母型が、堅固な石材で作られているという事実は、これが反復して使用されるべき道具であったことをわれわれに推測させる。ただ、ここで注意を要するのは、この「戈銘石模」の銘文部分をよく見ると、右上の第一字目に相当する部分に方形の浅い彫り込みが見られ、2行目下半部には長方形のやや黒ずんだ活字スタンプ状の部品が嵌め込まれているという点である。つまりこの銘文石模は、単に同一内容の銘文を大量に複製しうるというだけではなくて、その一部の内容を必要に応じて適宜変更し、きわめて柔軟に、異なる多様なテクストを量産しうるという機能的、構造的特徴を具えているのである。

以下に詳述するように、この「戈銘石模」は、その銘文と伝世文献中の記載との対照から、紀元前3世紀半ばころの韓において製作されたと考えられるが、このような高度で複雑な銘文製作の技術、あるいはテクスト複製の技術が、宋代の活字印刷術を遡ること千年以上の先秦時期においてすでに実用化されていたこと自体、十分に驚嘆に値する事実であると言わなくてはならない。

これまでにも、主として春秋戦国時代に鋳造された青銅器銘文の入念な観察から、先秦時期にすでにこのような活字状もしくはスタンプ状の工具を用いた銘文の機械的な大量複製が行われていた可能性は指摘されていた(3)。しかし、長らく実物資料の存在が知られていなかったために、その確証が得られず、一部の研究者はこうした見方を疑問視していた(4)。

従って、「戈銘石模」の存在が明らかになったことは、これまで推測の域を出なかった先秦時期の青銅器銘文製作における活字状、スタンプ状工具の使用と、テクストの大量複製技術の存在を、実物資料を以て証明したという点において、まず大きな意義があると言える。

しかし、この「戈銘石模」のもつ研究意義は、単にその存在によってこれまでの研究における理論的推測の正しさを追証し得た、という点にとどまるものではない。例えば、以下においても詳しく検討するように、もしこの資料の物理的形態や機能、構造を、銘文内容との関連から観察、分析してみるならば、その設計理念、製作目的、使用方法、さらにはそれらの背後にある管理機構や官僚制度等に関する具体的で、きわめて興味深い事実が浮かび上がってくるのである。

もちろん、本稿の目指すところはあくまでもこの稀有な資料の紹介とその研究可能性の模索にあり、その先にあるさまざまな関連問題に関するより深い議論に関しては、筆者の能力を大きくこえるものであるから、単にその方向性を示唆するにとどめたい。

以下においては、まず本資料の概要を簡潔に紹介し、その考古資料としての基本特徴と、銘文の記載内容とを確認しておくことにしたい。

二、資料の概要

この「戈銘石模」は図1に示したように石塊をレンガ状の偏平な直方体に加工し、その平らな一面の中央部に、刻刀を以て18字内外からなる3行の銘文を陰刻している。銘文は浅く彫り込まれた方格線の枠内にきれいに収まるように割り付けられている。残念なことに、この資料の正確な寸法は公表されていないが、後述する関連銘文の寸法との比較から、おそらくは縦約10センチ、横幅約4センチ、厚さ約3センチほどとみて大過ないと思われる。

銘文を一見してまずわれわれの注意を惹きつけるのは、右行第1字目に相当する部位が、あたかもほぞ穴の如くに彫りくぼめられていることだろう。おそらくこれは、その形状からみて、活字状の単字模を必要に応じて適宜嵌め込むための仕組みであると考えられる。そしてこのほぞ穴を更に慎重に観察してみると、その右側の側壁部分に、活字状単字模の取り外しの便を考慮したと覚しき小さな切り込みが認められることから、この部分の文字を取り替えて繰り返し使用することが想定されていたようである。

また、第2行目に目を転ずると、その下半部にも同様に長方形のほぞ穴が彫り込まれており、ここにはまさしく活字状の部品が嵌め込まれたままの状態で保存されている。これらのほぞ穴が、果たしてあらかじめ計画的に設計されたものなのか、それとも完全な銘文を陰刻した後に修正の必要が生じ、やむを得ず修正箇所を削り取っただけなのかという問題に関しては、断定こそ難しいものの、ほぞ穴の側壁に活字の取り外しを考慮したと思しき切り込みが見られることや、ほぞ穴と周囲の文字との間に切り合い関係が見られないことなどから推測して、おそらくは設計段階から入念に意図して製作された仕掛けであると考えられる。

次に銘文の記載内容を見てみることにしよう。上述したように、銘文は3行に分かち書きされており、難解な文字も多いが、ひとまずは以下のように隷定、釈読することができる。

□年、鄭命（令）坐（玆）
恆、司寇尹反、生
庫工師郘礎（礚）、冶首。

人名を表す文字の中にいくつか隷定の難しいものがあるが、その書式、内容は至って簡潔で、戦国中後期における韓国兵器銘文の典型的な形式に従っている[(5)]。まず、空白になっている紀年の下に鄭の県令の名（玆恆）が記され、それに続いて司寇の名（尹反）、生庫工師の名（郘礚）、冶工の名（首）がそれぞれ羅列されるという構成になっている。

銘文を一瞥して直ちに思い当たるのは、この銘文がその内容、書式、字体特徴のいずれの点においても、河南省新鄭市鄭韓故城の戦国後期の兵器埋納坑から一括出土したいわゆる「鄭令戈」「鄭令矛」の銘文ときわめて近似しているという事実である（図2）。

十六年鄭令戈
（集成11389）

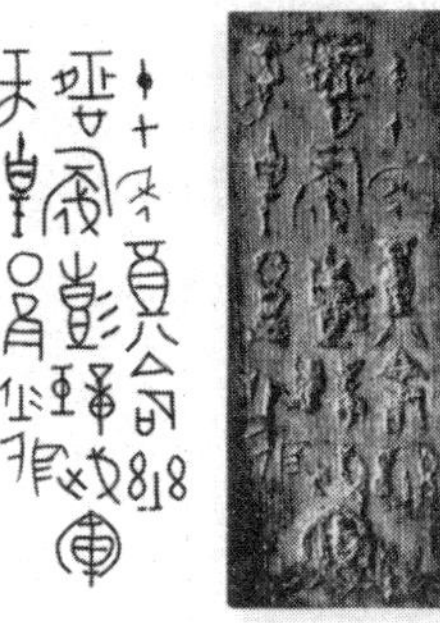

十七年鄭令戈
（集成11371）

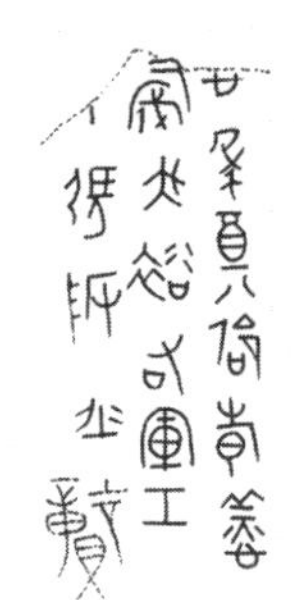

二十年鄭令戈
（集成11372）

図２　鄭令戈銘文挙例

三、鄭令戈銘文との比較

各種の発掘報告によれば、この「鄭令戈」「鄭令矛」と称される資料は、1971年に河南省新鄭県（現新鄭市）鄭韓故城東南部に位置する白廟范村付近の兵器貯蔵坑とみられる遺構から一括出土したもので、その数量は総計約180点にのぼり、そのうちの約170点に銘文が見られる(6)。出土地や層位関係の検討により、この貯蔵坑の年代は戦国後期頃と考えられ、器物の型式及び銘文内容の考証から、これらの器物の製作年代はほぼ紀元前３世紀半ば頃、すなわち韓の桓恵王２年（紀元前271年）から王安８年（紀元前231年）頃に特定できる。

ただ遺憾なことに、これら約170点の有銘兵器のうち、その銘文の内容及び図版が公表されているものは僅かに27点に過ぎず、大多数の銘文資料の実態は未だ明らかにされていないのが現状である。

このような資料的制約はあるものの、既刊の資料に関してはこれまでに黄盛璋、郝本性、江村治樹、下田誠、呉雅芝、蘇輝らによる系統的な整理、研究が行われており、表１に示すように、銘文に記された紀年、県令名、司寇名の分析に基づいて、一年単位での精緻な編年が実現されている(7)。

そして下田が指摘するように、この編年研究の最大の成果は、紀年の連続性に基づいて銘文中の鄭県令、司寇、工師、冶工等の各役職の人員交替と任官順序、そしてその在任期間を、時系列に沿って

鄭令戈銘文

紀年・年代	資料名	著録	県令	司寇
韓桓恵王13年(260B. C.)	資料なし		?	?
韓桓恵王14年(259B. C.)	十四年鄭令文	集成11387	趙距	王䐗
韓桓恵王15年(258B. C.)	十五年鄭令文	集成11388	趙距	彰璋
韓桓恵王16年(257B. C.)	十六年鄭令文	集成11389	趙距	彰璋
韓桓恵王17年(256B. C.)	十七年鄭令文	集成11371	茲恒	彰璋
韓桓恵王18年(255B. C.)	資料なし		?	?
韓桓恵王19年(254B. C.)	資料なし		?	?
韓桓恵王20年(253B. C.)	二十年鄭令文	集成11372	韓恙	呉裕
韓桓恵王21年(252B. C.)	二十一年鄭令文	集成11373	艗□	呉裕
韓桓恵王22年(251B. C.)	資料なし		?	?
韓桓恵王23年(250B. C.)	資料なし		?	?
□年	石模銘文		茲恒	甲反

表１　鄭令戈銘文・石模銘文

「戈銘石模」

十七年鄭令戈
(集成11371)

図3　戈銘石模と十七年鄭令戈

ほぼ1年単位で明らかにし得たという点[8]であろう。このことは、戦国期の韓における官僚制の実態や青銅器生産機構の管理形態の一次資料に基づく復元を可能にするとともに戦国国家の統治構造やその形成過程の一端を明らかにするうえでも、きわめて重要な情報を含んでいると考えられる。なお、鄭令銘の青銅武器には戈と矛があるが、本論の検討対象である石模銘は、その行款特徴からみて、『中原』の指摘する通り、戈のために準備された銘文であると考えられる。

さて、それではここで再び「戈銘石模」に立ち戻って、銘文中に現れる役職と人名を詳しく見てみることにしよう。まず銘文の第一行目の「年」字に続いて現れる鄭県令の名前を見ると、これが「茲恆」であることが知れる。そして表1の一覧表に照らしてみると、この「茲恆」という県令は、桓恵王17年（紀元前256年）に前任者の趙距に替わって鄭県令に就任し、同18年、19年と資料の空白をはさんで、20年にはすでに離任していることがわかる。

一方で司寇の名を見ると、石模銘ではこれが「尹反」となっているが、この人物は桓恵王17年に「茲恆」が県令に就任した時点では未だ着任しておらず、早くとも同18年以降に、前任の「彭璋」から替わって司寇職に就いたと考えられる。

つまり、「茲恆」が県令に就任した時点において、司寇の「彭璋」は在任すでに3年目に入っていたことになるのである。また、この一覧表を見て気が付くのは、県令、司寇を問わず、同一の人物が一度職を離れてから再び同じ職に就く例が皆無であるという事実である。

さて、以上のような状況から明らかになるのは、「戈銘石模」が製作、使用された可能性があるのは、桓恵王18年と19年以外にはあり得ないという事実である。つまり、「茲恆」という県令は17年鄭令戈にも出現するから、一見すると17年にもこの石模が使用された可能性があるかに見えるが、実際に17年鄭令戈の銘文の図版を観察すると、文字の配置と字体が異なっており、これが「戈銘石模」から転写されたものでないことは明らかである（図3）。『中原』の図版解説においても、おそらくは同様の資料整理に基づいて、この石模が桓恵王18年に使用されたものであることを指摘しているが、同19年についても同様に可能性があることは、前掲表1からも明らかである。

以上の検討から、本論はこの石模が桓恵王18年、同19年の2年間にわたって、実際に武器銘文の製造に使用されたものである可能性が高いと考える。もちろん、19年に関しては、1年間のみ、新たな県令が任官した可能性も皆無ではないが、表1に列挙した県令の平均的な任期からみて、1年間のみの赴任は考えにくいので、17年から19年までの3年間は「玆恆」がその任にあったと考えるのが妥当であろう。

四、「戈銘石模」の物的形態、機能、構造が提起する諸問題

次に、この石模の物理的な属性（形態、機能、構造）の分析が提起する問題について考えてみることにしたい。

上述のように、この石模は銘文の冒頭の紀年部分と2行目下半の司寇名の部分にほぞ穴が穿たれ、活字状の単字模または複字模によって適宜テクストを改変できるような仕組みになっている。このような仕組み自体が大変巧妙で、後代の活版活字印刷技術の原理を早くも先取りしているようで興味深いが、われわれがここで考えてみたいのは、更に一歩踏み込んで、なぜこの部分のみが、つまり紀年と司寇名のみが交換可能なように設計されているのか、そしてなぜ県令名や工師、冶工名は固定式になっているのかという問題である。

紀年部分が変更可能になっている点については、特に説明の必要はないだろう。また、工師や冶工の名前が固定式になっていることについても、これらが鋳造現場の熟練技術や専門知識を必要とする職種であり、頻繁に交替する可能性が低いことを考慮すれば、むしろ当然のこととして理解できるだろう。ただ、県令名と司寇名に関しては、いったいどのように説明したらよいだろうか。

まず表1によって県令と司寇の平均的な任期を比べてみると、「玆恆」の就任以前に関してはいずれも3年程度であり、その交替頻度に大きな差があるわけではない。しかし、それにもかかわらず、石模においては司寇名のみが変更可能なように設計されているのである。合理的に考えれば、県令名のほうもほぞ穴式にして、内容変更が可能なようにしておけば、この石模の適用期間もそれだけ延長されることになるわけだが、実際にはそのようにされていない。その理由はどのように説明できるだろうか。

やや穿った見方になるかもしれないが、本論ではおよそ以下のように推測する。つまり、こ

のような石製銘文模は、おそらくは新しい県令が着任するたびに新県令の指示のもとに新調され、司寇、工師など下位の管理機構を通じて末端の各鋳造所へと配布されたものであると考えられるのである。このように考えれば、県令名と工師、冶工名が固定式で、紀年と司寇の名が変更式になっている事実をうまく説明することができるだろう。すなわち、当該の県令にとってみれば、自身の任期中の問題だけを考えていれば良いわけで、自身の離任後にこの石模が継続使用されるか否かという問題は、基本的に全く想定する必要のないことがらであるから、自身の名前の部分を固定式にするのはむしろ当然といえる。

また、もうひとつの考え方としては、現任の県令の任期中に、少なくとも1回は司寇が交替する可能性があらかじめ予測されていたために、このような設計がなされたと理解することも可能である。つまり、前節にも述べた通り、「玆恒」が県令に就任した桓恵王17年の時点において、司寇の「彭璋」はすでに在任3年目に入っていたわけであるから、もし司寇の平均的な任期を考慮するなら、「玆恒」の任期中に彼が離任することはほぼ確実である。従って、司寇の名前が変更可能なように設計されていることは、きわめて合理的な処置であると言えるだろう。

五、銘文内容の管理と工人のリテラシーについて

このような「戈銘石模」のもつ機能と構造はまた、当時の行政プロセスにおけるテクストの作成と利用、そして管理のありかたを考えるうえでも、興味深い示唆をわれわれに与えてくれる。第2節、第3節において紹介したように、石模銘文と鄭令武器銘文の書式と内容およびその書写媒体である青銅武器そのものとの関係から考えて、これらの銘文の性質は、ひとまず「監造銘」あるいは「物勒工名」、つまり、青銅武器の製造に際して、その製造年、製造地、製造単位を明示することによって製造責任を明確にし、その後の維持、管理をも容易にすることを目的に作成、鋳造された銘文であると考えられる。

さて、それでは、こうした監造銘は実際にはいかなる立場の人間によって起草、書写されたのだろうか。また、ほぞ穴の仕組みを利用して銘文中の特定の文字を入れ替えようとする場合、それを指示、または許可するのはいかなる立場の人間で、どのような手続きが必要とされたのであろうか。

もちろん、このような問いに適切な答えを与えることは容易でない。ただ、活字状の単字模を製作してほぞ穴に差し替えるというような作業には相当程度の熟練技術が必要とされるから、これを行なった者はおそらく「冶工」の如き現場の工人であったと考えられる。もしそうなら、そうした現場の工人たちが、銘文テクストの内容に対してどの程度の裁量権をもち、どの程度のリテラシーをもっていたのかという問題が、当時の行政における文書管理のありかたを知るうえでも、あるいはまた当時の為政者が行政管理の手段としてのテクスト利用にどれほ

ど自覚的であったのかを推し量る指標としても、きわめて重要な意味をもってくると考えられる。

戦国韓の青銅武器製造においては、一般に「三級の管理体制」と呼ばれるような、司寇、工師、冶による非常に厳格な生産管理体制が敷かれていたことが知られている(9)。従って、銘文テクストの内容についても、おそらくは同様に厳格な管理がなされていたと考えられ、石模銘文のほぞ穴に嵌め込まれた活字の取り替えに際しても、きわめて煩瑣な行政手続きが必要とされたものと考えられる。ただその一方で、活字状単字模によってテクストに部分的な修正を施して、一つの石模をできるだけ長期間にわたって有効利用しようというような作業効率重視の発想は、現場の工人にこそ相応しいもののようにも思われる。従って、現場の工人が一定程度のリテラシーを有し、テクストの作成・改変に関してもある程度の裁量権を与えられていたという可能性もまた、簡単に否定することはできないだろう。

六、まとめ

以上、本稿においては、1980年代に中国河南省の鄭韓故城遺跡で出土しながら近年に至るまでその存在が知られていなかった「戈銘石模」の銘文及び形態、機能についてその概要を紹介し、さらに進んでその考古遺物としての、歴史史料としての、あるいは技術史的、社会史的資料としての研究意義を、いくつかの異なる角度からの分析を通じて探究した。ただ、本論中にも述べたように、この石模については、寸法、重量、石材の材質等に関する基本的な情報が未だ公表されていないばかりか、その正確な出土地点や出土状況さえ明らかにされておらず、その資料的性質の特定にはなお少なからぬ障害が存することもまた事実である。そして、関連資料としてとりあげた「鄭令」諸器についても、同様に資料の全容が未だ詳らかにされていない。

このような、決して理想的とは言い難い資料状況において行われた本稿の分析・考察には、もとより少なからぬ誤りや、臆見が含まれているはずである。また、これに加えて、筆者自身の戦国武器銘文に対する知識や見識の不足から、無用な議論を展開しているところもあるかも知れない。ただ、そうした問題点を差し引いたとしてもなお余りあるほどの研究価値をこの石模が有していると考えるがゆえに、敢えて一文を草し、その紹介を試みた次第である。

【注】

(1) 河南博物院『中原古代文明之光』、科学出版社、2011年、189頁。

(2) 筆者は2014年4月に学習院大学において「中国古代の複製技術」と題する発表を行ったが、その折に稲畑耕一郎先生よりご教示を受けて初めてこの石模の存在を知った。ここに厚くお礼を申し上げます。

(3) 先秦時期のスタンプ状工具による銘文の鋳造技法に関しては、吉開将人「先秦期における単字模鋳造法について」『東京大学東洋文化研究所紀要』第129冊、1996年、同「曽侯乙墓出土戈・戟の研究——

戦国前期の武器生産をめぐる一試論」『東京大学文学部考古学研究室研究紀要』12、1994年、また崎川隆「春秋時期青銅器銘文鋳造工芸中機械複製技術的出現与発展」香港浸会大学饒宗頤国学院編『出土文献与物質文化』中華書局（香港）、2017年12月などを参照。

(4) 例えば張昌平「商周青銅器銘文的若干製作方式」『文物』2009年第12期（同『方国的青銅与文化・張昌平自選集』第239－251頁所収）における張氏の吉開単字模説に対する批判。

(5) 戦国韓系武器銘文の書式に関しては、黄盛璋「試論三晋兵器的国別和年代及其相関問題」『考古学報』1974年第1期（同『歴史地理与考古論叢』第89－147頁、斉魯書社、1982年所収）に詳しい研究がある。

(6) 郝本性「新鄭“鄭韓故城”発見一批戦国銅兵器」『文物』1972年第10期、黄茂琳「新鄭出土戦国兵器中的一些問題」『考古』1973年第6期（同『歴史地理与考古論叢』第148－165頁、斉魯書社、1982年所収）。

(7) 鄭韓故城出土の鄭令関連青銅武器の分類と編年に関しては、前掲注5、6に挙げた諸論考のほか、江村治樹『春秋戦国秦漢時代出土文字資料の研究』汲古書院、2000年、呉雅芝「戦国三晋銅器研究」『国立台湾師範大学国文研究所集刊』第41号、1997年、下田誠『中国古代国家の形成と青銅兵器』、汲古書院、2008年、蘇輝『秦三晋紀年兵器研究』、上海古籍出版社、2013年などを参照。

(8) 前掲注7下田論文36－40頁。

(9) 前掲注7下田論文20頁。

トルファン地域の墓に納められた写本

後藤 健

はじめに

西域では敦煌、トルファンを中心として多数の古文書類が発見されている。敦煌は莫高窟において発見された文書類が中心だが、トルファン地域では遺跡からの発掘によって出土する例が多い。こうした文書はトルファン出土文書などと呼ばれ、内容についてはすでに多岐にわたる研究の蓄積がある。

中国側の史書による西域についての記載を補足し、トルファンから出土した文書は当地域での歴史の復元に有効な資料となっている。主体は行政文書や手紙、契約書等で出土文書に占める数も圧倒的に多い（唐主編 1992、栄・李・孟主編 2008）。ほかに漢文典籍の写本も含まれており、中原から西域への文化の影響を示すものとして注目される（朱 2010）。

トルファンは古来よりシルクロード東西交渉の要衝で、特に五胡十六国から北朝にかけて河西地方の豪族が不安定な状況から逃れるための移住が頻繁に起きている。

高昌郡とそれに続く且渠氏・闞氏・張氏・馬氏などの諸氏による政権、さらに 497 年に麴嘉によって建てられた麴氏高昌国など、数百年にわたって地方政権が興亡する。東方からの移住民の影響で様々な中原の文化が伝来し、それは発掘資料に見られる物質文化にも反映されている。漢字文化はその一つであり、多数の文書類も残されている。640 年には唐が麴氏高昌国を滅ぼして西州を設置し、中原国家の枠組の中に吸収されたためにその影響はより直接的になる。そうした歴史的情勢の証拠である文書類は、早くも 20 世紀初頭に西欧各国を中心とする探検隊によって発見され、中国国外に散逸している。これらは近代的な発掘調査を経たものではないために出土状況については不明な点が多い。

20 世紀半ば以降、新疆の機関が中心となって発掘調査を行うようになり、特に高昌古城に近在するアスターナ古墳群、カラホージャ古墳群において長期にわたる調査が行われ、高昌郡から唐西州期にわたる文書類も多数出土した（新疆維吾爾自治区博物館 1960、1972a、1972b、1973；新疆博物館考古隊 1978、新疆吐魯番地区文管所 1983；柳洪亮 1991、1992；吐魯番地区文管所 1992；新疆博物館考古隊 2000a、2000b、2000c、2000d）。

近年ではアスターナ古墳群で引き続いて調査が実施され（吐魯番地区文物局 2006a；新疆吐魯番学研究院・新疆維吾爾自治区博物館 2010；吐魯番学研究院 2014；吐魯番学研究院考古研究所 2014；新疆維吾爾自治区博物館考古部・吐魯番地区文物局阿斯塔那文物管理所 2016）、ほかにも洋海墓地（吐魯番

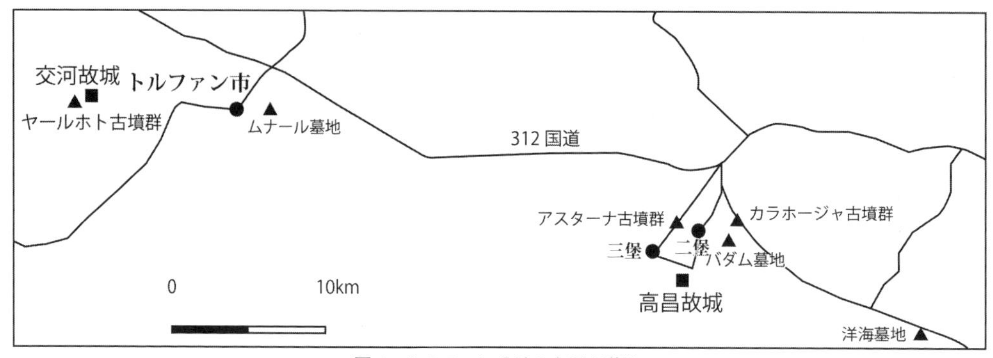

図1　トルファン盆地の主要な墓地

地区文物局 2007、吐魯番学研究院 2008)、バダム墓地（吐魯番地区文物局 2006c、新疆文物考古研究所 2013)、ムナール墓地（吐魯番地区文物局 2006b）などで新たな文書の発見例が報告されている（図1)。首都である高昌古城の周辺以外での出土例も増加しており、地中に残る未発見の文書類もまだ相当数存在していると考えられる。

発掘調査の比重にもよるが、文書類は大多数が墓からの出土で、トルファン地域の特徴の一つであると言える。墓地以外でも石窟寺院や古城内から漢文以外の文書も含めて出土例があるが（柳 1997、唐主編 1992)、出土量はさほど多くはない。さらに文書類がどういった文脈において発見されているかは十分に検討されているとは言い難い。文字資料は記された内容が最も重要な検討対象であるが、出土文字資料についてはその出土状況を検証することで、文書の取り扱いについてさらなる情報を引き出すことが可能である。トルファン地域では、遺跡の調査状況の特徴上墓が最も確認しやすいため(1)、本稿では、これまでに発見されたトルファン文書のなかでとりわけ写本類について出土状態を重視して検討し、こうした写本が当時のトルファン地域の社会においてどのように扱われていたか、その一端について考察する。なお初期に発見された文書類については遺構からの出土状況を正確に把握しがたいために、今回の分析では対象外とする。

一、トルファン地域の墓から出土した写本

史書にみる高昌の記録では、『梁書』(2)に「国人言語与中国略同。有五経、暦代史、諸子集」とあり、『魏書』(3)には「正光元年粛宗遣仮員外将軍趙義等使于嘉。嘉朝貢不絶。又遣使奉表、自以辺遐、不習典誥、求借五経、諸史、併請国子助教劉燮以為博士。粛宗許之」、『周書』に「文字亦同華夏、兼用胡書。有毛詩、論語、孝経、置学官子弟、以相教授(4)」と見える。儒教に関する漢文典籍が存在し、さらに教育制度も整えられていたことがうかがえる。

実際に出土した文書類は土地、戸籍、賦役、軍事、訴訟などに関わる公文書、個人の貸借や

売買契約などの経済活動に関する文書、書簡、随葬衣物疏などの私文書などであり、数量、内容ともに多岐にわたる。典籍や仏教経典はやや数量が少ない。

写本については王素が全体的な整理を行っており、それに基づいてトルファン文書内の写本の種類を確認しておきたい。

王は経、史、子、集の四部と宗教文書に分類している（王2002）。

経部　『尚書』『毛詩』『礼記』『春秋左氏伝』『孝経』『論語』『爾雅』など

史部　史籍に『史記』『漢書』『三国志』『晋陽秋』『新唐書』、譜牒として族譜、法律関係では『謚法』『唐律永徽律』『開元律疏』『唐吏部留司格』、地理では『大唐西域記』など

子部　類書『典言』、蒙書『急就章』『千字文』『開蒙要訓』、書儀2点、数学関連では『乗法訣』『九九歌訣』、医書に『諸医方髓』『耆婆五蔵論』『本草経集注』『針法』『薬方』『医方』、天文暦法には『歳星図』『高昌暦書』、占卜では『解夢書』『易卦占』『星占書』『占八風図』など

集部　選集類『文選』『羽狩賦』『長楊賦』『射雉賦』『北征賦』『東征賦』『西征賦』『海賦』『幽通賦』など、詩賦『諫営昌陵疏』『孔子与子羽対語雑抄』、詔策に『南郊赦文』『秀才対策』『唐経義鄭玄論語注対策』『尚書』、『論語』対策、語文では『玉篇』『切韵』『増字本切韵』『一切経音義』『金光明最勝王経字音』など

宗教関係　仏教、道教、景教、マニ教に関する写本。

年代はさまざまで、また当時存在した典籍の全体像の一部を反映したものにすぎないであろうが、儒教典籍以外にも多種多様な典籍が存在していたことがうかがえる。

こうした資料はすべてが考古学的な発掘による出土品というわけではなく、出土状況が確認されているものばかりではない。出土状況について確実な例を検討してみよう。トルファン地域ではアスターナ古墳群、カラホージャ古墳群、ヤールホト古墳群（王主編2001）、洋海墓地、バダム墓地、ムナール墓地などで高昌郡～唐西州にかけての群集する集団墓地が数多く調査されている。ヤールホト古墳群は交河故城に隣接する大規模な墓地であり、多数の墓誌も確認されているが（侯・呉2003）、文書類は基本的に出土していない。隣接する交河古城では写本の発見例があり、実際にはヤールホト古墳群の墓にも紙の文書類は副葬されていたと考えられるが、現状ではほぼ失われてしまったようである。本稿での検討資料はそれ以外の5地点の墓地から出土した文書類となる。(5)

出土した写本は表1の通りである。(6) 47基の墓から写本の実物が出土している。経部は墓からの出土例が多いが、史籍は墓からはほとんど出土例がなく、子部や集部についても偏りがありそうである。宗教関係の典籍はやはり墓からの例は多くない。ただし、出土位置の不明な写本類についても本来墓の副葬品であった可能性はあるので、一概には言えないが、現状では写本類は内容によって出土状況に差があると推定される。では墓の中にどのような形で写本が副葬されるかをより詳細に検討してみたい。

表1　トルファン地域の墓より出土した写本類

No.	墓地	出土墓	被葬者	文書	年代		出土状態
					墓誌	文書記載	
1	アスターナ	66TAM59		毛詩関唯序		[423]	破片
2	アスターナ	73TAM524	令弧孝忠	義熙毛詩鄭箋		[557]	靴・破片
3	アスターナ	72TAM179		尚書孔子伝禹貢・甘誓、学生習字		[668]	靴
4	洋海	2006TSYIM4	趙貨	論語、詩経		[433]	靴・帽子
5	洋海	97TSYM1	張祖	論語堯日注、孝經義、易雜占、暦日		[488]	やや完全か 墓室西南隅出土
6	アスターナ	67TAM85		論語鄭氏注公冶長			破片
7	アスターナ	64TAM19		論語公冶長篇、牛疫方		[676]	靴
8	アスターナ	67TAM363		論語、五言詩		710	やや良好な状態だが加工あり
9	アスターナ	72TAM184		論語鄭氏注、雍也、述而		[724]	靴
10	アスターナ	66TAM67		論語集解、孝経、開蒙要訓、習字		[唐]	加工あり靴か
11	アスターナ	60TAM313	羅英	義熙元年辛卯抄本孝経解	548	510 [598]	靴
12	アスターナ	72TAM169	張遁	孝経、論語習書、高昌書儀	558	[576]	孝経はほぼ完全か 儒教は孝経の補修
13	アスターナ	69TAM134	趙善徳妻	孔子与子羽対語雑抄、典言	662	[665]	靴
14	アスターナ	73TAM222		礼記鄭注、千字文習字		671 [695]	加工あり靴か
15	アスターナ	73TAM113	張順 妻麹玉娥・妻馬氏	某氏残族譜	613		
16	アスターナ	66TAM50		某氏族譜		622	
17	アスターナ	72TAM151	氾法済	晋陽秋、千字文習字	620	[644]	靴
18	アスターナ	60TAM316		諡法、乗法訣		[高昌]	靴
19	アスターナ	73TAM532		唐律疏議		[唐]	破片
20	アスターナ	72TAM153	張救子	医方	538	[597]	靴
21	アスターナ	72TAM204		医方	632	648	破片
22	アスターナ	60TAM338	范郷願	医方、病薬方	667	[664]	靴か
23	アスターナ	69TAM117	張歓・夫人麹連	残古医方	683	[646]	
24	アスターナ	65TAM42	杜相	写本針法	651	[663]	加工あり靴か
25	アスターナ	64TAM30		唐萎蕤丸服法方		[唐]	
26	アスターナ	66TAM73		治急黄方			
27	アスターナ	60TAM337	范阿伯	急就章	657	568 [649]	靴、破片
28	バダム	04TBM203		急就篇		649	破片、埋土内出土
29	アスターナ	73TAM208	張元峻	習字	653		
30	アスターナ	60TAM322	趙海玫	千字文習字	663		
31	バダム	04TBM115		千字文習字		[唐]	破片、埋土内出土
32	アスターナ	72TAM155		習字		633	靴
33	アスターナ	86TAM387	張顕祐妻	高昌暦書	636	632	
34	アスターナ	65TAM341		具注暦、南郊赦文		720	
35	アスターナ	59TAM303	越令達	符録	551	[高昌]	
36	アスターナ	66TAM44	宋懐熹	唯識論注、法華経疏、仏教疏釈	655		破片
37	アスターナ	73TAM506	張無価	法華経		770	破片
38	アスターナ	64TAM13		仏説七女経		[十六国]	
39	アスターナ	60TAM332		五土解、五方神文、祭神文、祭土伯神文、犯土禁忌文、犯諸鬼禁忌文、祭諸鬼文		[665]	靴、破片
40	アスターナ	73TAM193		陰陽書		756	
41	アスターナ	73TAM230	張禮臣	海賦	703	691	破片
42	アスターナ	67TAM90	張武雋妻翟氏	残詩	567	[558]	靴
43	アスターナ	64TAM29		残詩		[685]	
44	アスターナ	72TAM189		唐人随筆			
45	カラホージャ	75TKM91		秀才対策		[408]	
46	アスターナ	64TAM27		唐経義論語対策 論語鄭氏注雍也・述而・泰伯・子罕・郷党		725	靴、破片
47	アスターナ	73TAM216		諫営昌陵疏、千字文習字		751	破片

二、墓における写本の埋葬

文書類が墓の中でどのような状態で出土したかは報告例が極めて少ない。写本については特に報告内での記述がわずかで厳密に検証することは困難であるが、可能な限り復元をしてみたい。

わずかな記述と写真から判断すると、もとの写本の状態そのままで墓に副葬された例はごく少数である。トルファン地域の墓から出土する文書類はよく知られているように、被葬者が身につける帽子、帯、靴などへの再利用品が多く、足や手に握らせる握木に巻くこともある。したがって元の文書の形を保つことがなく断片的なものになりがちである。切り取った形が明瞭なものは再利用品と判断できる。表1に見るように、時期・内容を問わず、多くの写本類は再利用品である。加工の跡すら明らかではない破片資料もあるが、やはり写本本来の形のまま副葬したものとは考えにくい。

これらを墓の中にどのように配置するかについて、写本の出土墓は明示されていないことが多いため、写本か否かを問わず文書が副葬されている墓について検証した（図2）。図に掲げた以外にも墓室内の状況が示されている例があるが、文書がどこに置かれていたかは不明なので除外してある。位置が確認できるのはアスターナ古墳群で11基、洋海墓地で2基、バダム墓地で2基である。墓は高昌郡から唐西州時代にまでわたっている。

文書のうち随葬衣物疏は被葬者に伴う副葬品目録であり、他の文書とは性格が異なる。図2には衣物疏の出土位置を四角の枠で、その他の文書の出土位置を丸枠で示した。

竪穴偏室墓では2基で確認でき、衣物疏は洋海墓地の2006TSYIM4で確認できる。男女2体の合葬墓であり、紙の靴、帽子と衣物疏が2枚出土している。残念ながら盗掘によって原位置を保っていない。『論語』『詩経』の写本が出土しているが、靴と帽子に再利用されている。帽子と靴は女性（右側）のものだが、盗掘によって身体から外れてしまったようである。男性の衣物疏は胴部右側の偏室外に、女性の衣物疏は左手の下から発見された[(7)]。アスターナ09TAM410では紙の靴が両足の下側に見られる。これも身体から外れてしまっているが、埋葬時は足に履いた状態であったと思われる。

斜坡墓道墓ではやや類例が多い。いずれも盗掘の影響を受けている可能性はあるが、衣物疏は被葬者の近くに置かれる傾向がある。特に86TAM386では2体の被葬者の右側にそれぞれ衣物疏が置かれた状態が確認できる。その他の文書は帽子、靴転用のもの以外にも出土しているが、位置については詳細が不明である。

墓道から墓室の入口にかけて文書が見られる例は06TAM607と97TYSM1の2基である。06TAM607は筆とともに多数の文書が出土しているが、盗掘によって原位置は移動しているようである。97TYSM1も入口側の被葬者（女性）は棺の中から出されているようであり、こちらも文書は盗掘で原位置を保っていない可能性が高い。97TYSM1では写本が含まれ、再利

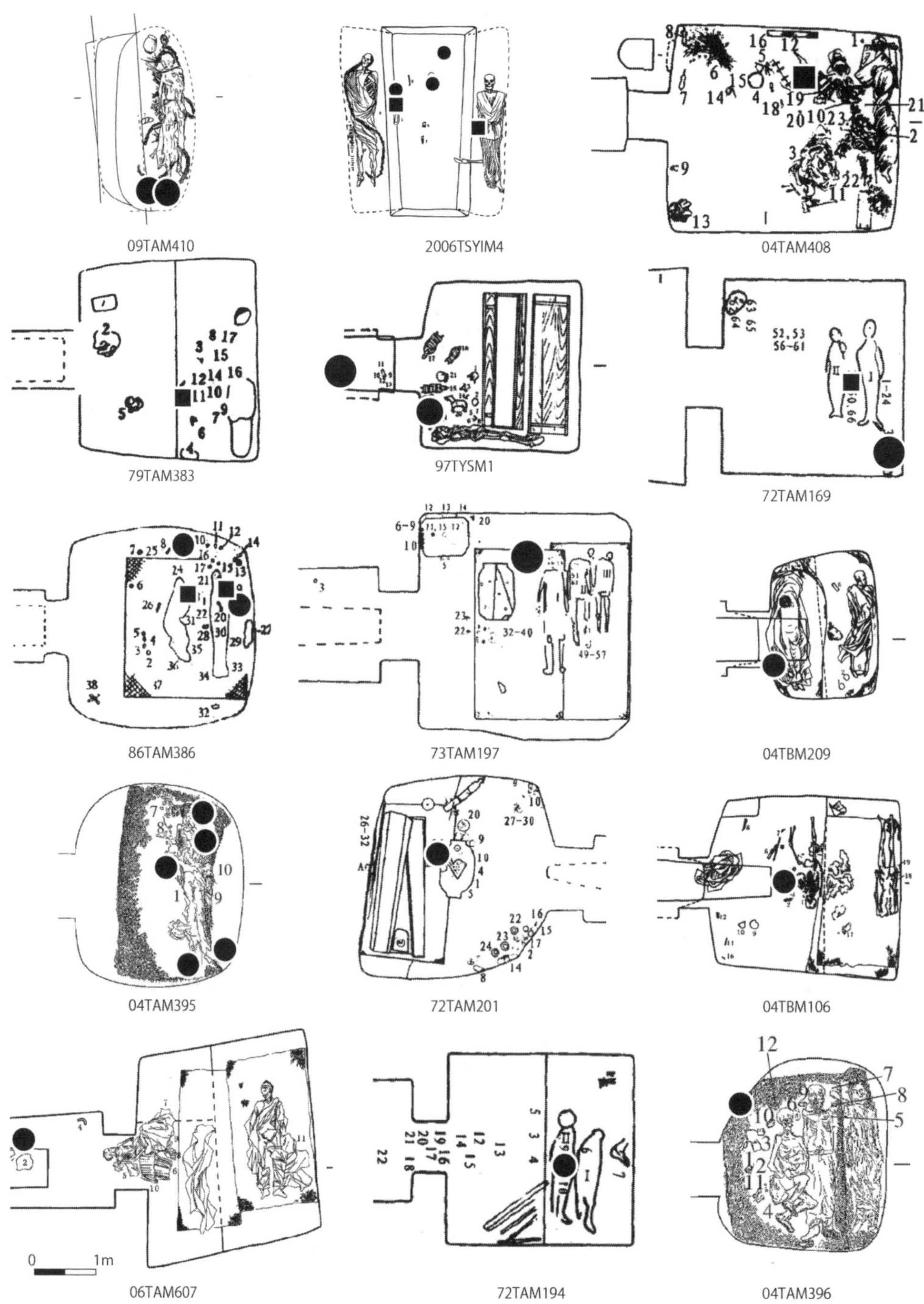

図２　トルファン盆地の墓に見られる文書類の出土位置

用ではなく、元のままの状態で墓に副葬され、棺のそばに置かれた可能性が高い。

これ以外でも文書類の埋葬位置は様々であるが、被葬者の身体の近辺には置かれているようである。72TAM169でほぼ完全な状態の『孝経』写本が出土しており、出土位置は詳細な情報がないが、おそらくは男性（張遁）の右足下に他の文書類とまとめて置かれていたようである。したがって文書は基本的に墓室内に置かれ、衣物疏とそれ以外ではやや扱いが異なるのは明白である。写本類とその他の文書の差については判然としない。今後の類例によって検証する必要があろう。

発掘資料であっても、本来の原位置を保った例がわずかか、あるいは十分に報告されていないこともあり、高昌郡から唐西州にかけて、被葬者の埋葬とともにどのように文書を配したかは十分に確認できない状態であるが、以下のことは言えよう。

1. 衣物疏は、墓の被葬者にともなって副葬される文書であるため、書物そのままの状態で被葬者のすぐそばに置かれる。図示されてはいないが、60TAM335では被葬者の懐中に入れられていたようであり、被葬者に密接した状態で配置することは明らかで、胸より上に置く傾向にあるようである。複数の埋葬がある場合もそれぞれの被葬者に分けて置かれる。

2. いくつかの写本を含む文書は、本来の状態のまま何らかの目的で墓に入れられる。被葬者の近辺に置かれる可能性もあるが、決められた位置などは不明である。

3. 被葬者の冥衣として帽子、帯、靴などに再加工して身体のそれぞれの部位に着けられる。文書は様々な種類があり、写本も含まれる。再利用したものは、葬送儀礼上の一行為として作成され、文書が本来の機能とかけ離れた形で墓に入れられたものであり、特定の文書を特定の被葬者と絡めて埋葬する行為とは想定しがたく、文書そのものと被葬者との直接的なつながりは不確定である。

写本を含んだ文書を墓に入れる行為にどのような意図があるかは不明な点が多いが、写本そのものを墓に副葬する行為が存在している。しかし現状ではほとんど確認されておらず、ほぼ確実なのは72TAM169の張遁墓で、洋海97TYSM1も同様であると考えられる。

三、衣物疏に記された書籍

実物の写本以外に、随葬衣物疏に典籍について記した例がある（表2）。発掘出土品以外も含めると60点以上の衣物疏が確認されているが、目録のなかに典籍が記されるのは管見ではわずかに5例であり、すべて『孝経』一巻である。4例がアスターナ古墳群で、1例はムナール墓地で出土している。アスターナの4例は全て張氏の衣物疏であり、重要な意義を持つと考えられる。

表2　衣物疏に記された典籍

No.	墓地	出土墓	被葬者	文書	年代		出土状態
					墓誌	文書記載	
1	アスターナ	72TAM169	張遁	孝経一巻	558	[576]	衣物疏に記載
2	アスターナ	73TAM517	張毅・妻孟氏	孝経一巻	597	597	衣物疏に記載
3	アスターナ	72TAM205		孝経一巻		620	衣物疏に記載
4	アスターナ	69TAM116	張弘震・妻孟氏	孝経一巻	621	621	衣物疏に記載
5	ムナール	04TMNM102	宋武観	孝経一巻	656	[665]	衣物疏に記載

アスターナ古墳群は確認されている墓の情報がその位置を含めて充分に報告されておらず、位置関係などが正確に確認できない墓も多いが、限られた範囲では特定できる。張氏の墓域は少なくとも5群あり、I区と呼ばれる東側墓地に4群、西側墓地であるII区の南のはずれに1群が存在している。その中でI区の北側には3群あり、最北部に著名な張雄墓（72TAM206）を含むアスターナ古墳群の中でも特に密集した大規模な墓群が展開する。別稿において、この張氏墓域の全体的な構造とその被葬者、構築原理などを復元した（後藤 2017）。そこではI区北部の墓群を張氏墓域Aと張氏墓域Bと仮称した（図3）。張氏墓域Aは麴氏高昌国の王族である金城麴氏と双璧をなす南陽張氏の墓域である。そのすぐ南に併存する張氏墓域Bは郡望が不明ながら南陽張氏の墓域の可能性が高いと推定される。

『孝経』一巻を目録に含む衣物疏が出土しているのはこの張氏墓域Aに2基、張氏墓域Bにも2基で、限定された出土状況である。衣物疏4点のうち2点には名の記載がないが、墓誌と合わせることで72TAM205以外は被葬者が明らかである。すなわち張氏墓域Bでは72TAM169張遁墓、73TAM517張毅墓、張氏墓域Aでは69TAM116張弘震墓、72TAM205（被葬者不明）である。

墓の位置は図3に示した通りである。トルファン盆地の高昌国から唐西州にかけての墓地の配置構造は、原則として同姓のものが一つの密集した墓域を構成し、基本的に奥から前方に向かって新しい墓を造営していく。墓はそれぞれ何列かの列をなし、列内の並びは墓域によって差はあるものの、全体的な規制としては共通している（岡崎 1980、岡内 2000、倪 2007）。墓誌による被葬者の卒年から判断すると必ずしも特定の方向に向かって厳密に年代順には並ばないが、張氏墓域Aについては少なくとも麴氏高昌国期は世代によって列が異なるという原理が働いている可能性が高い（後藤 2017）。4基の墓はすべて列が異なるため、それぞれ異なる世代の人物と考えられる

衣物疏の記載内容は完全に一致するわけではないが類似性がある。すべて『孝経』一巻（張弘震は一弓）の語が含まれ、張遁の衣物疏には硯嘿紙筆一具、72TAM205衣物疏は紙百張とあり、張弘震墓からは葦筆、72TAM205からは陶製の硯が出土している。上述の通り張遁墓には『孝経』の写本が再利用ではない形で副葬されており、衣物疏に記載された写本と実物の写本が一致する稀有な例となっている。筆記具に関する記載も他の衣物疏ではほとんど見られない内容であり、さらにそれに関連すると思われる実物が副葬されている点も特殊である。実際に孝経の写本を副葬しているのは張遁だけであるが、本来はほかの3名も写本の実物を副葬し

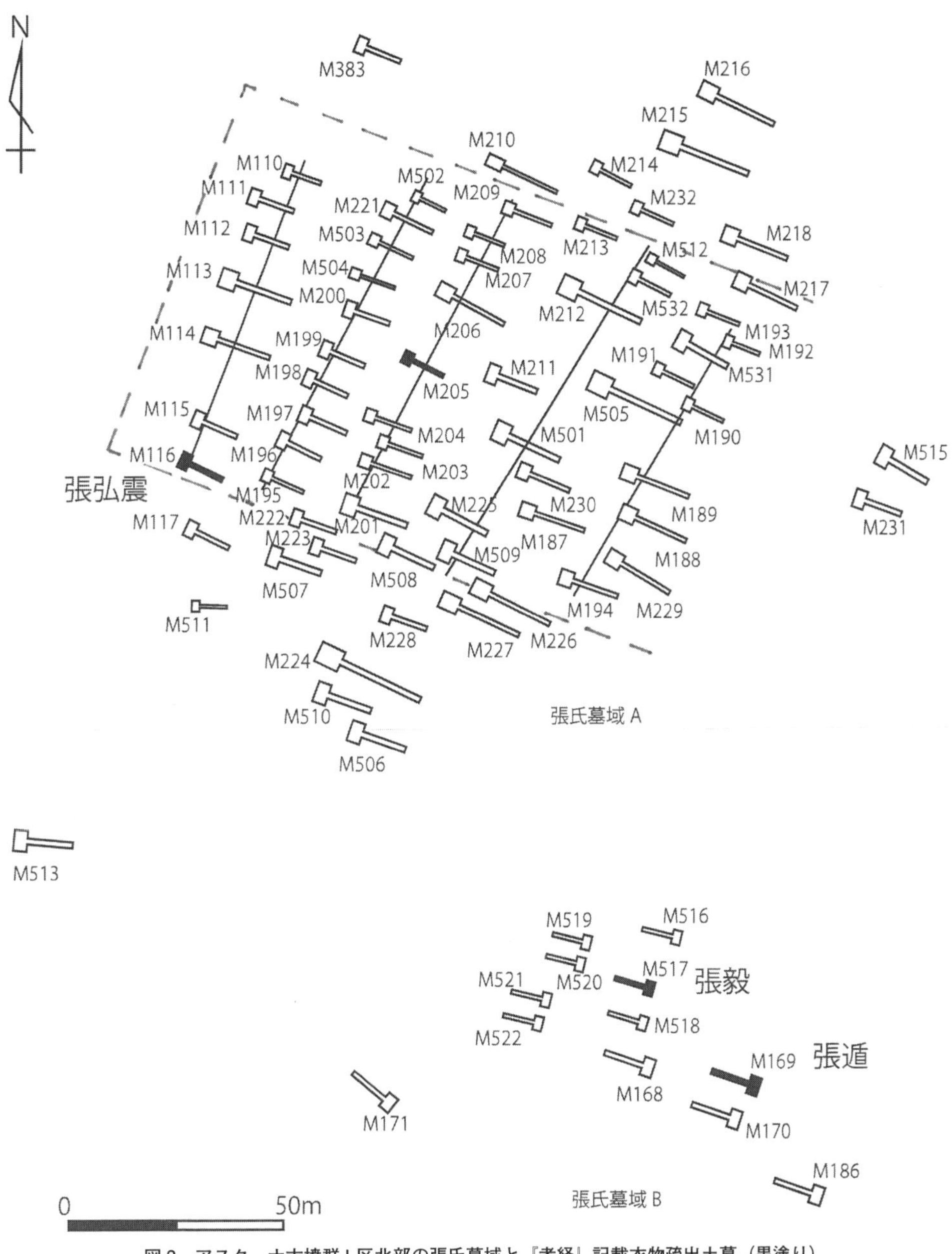

図3　アスターナ古墳群Ⅰ区北部の張氏墓域と『孝経』記載衣物疏出土墓（黒塗り）

たとも考えられる。

これらの人物の直接的な関係は情報不足で明らかではないが、墓の配置から世代毎に張氏の中で『孝経』を衣物疏に記載する人物がいることが推定できる。なお72TAM205の被葬者は衣物疏から620年卒で、墓域Aの3列目で最も早い卒年であり、1列目の張弘震よりも1年早いが、墓の構築原理から張雄墓に隣接するM205の被葬者は張弘震よりも下の世代で若くして亡くなったと理解しておきたい。墓域内での位置から南陽張氏であることも確実である。

張遁は殿中将軍、凌江将軍、王国侍郎、屯田司馬、張毅は郎将、殿中将軍、諮議参軍、倉部司馬、張弘震は侍郎、祀部司馬、祀部長史という官職を得ている。張遁の屯田司馬、張毅の倉部司馬、張弘震の祀部長史は追贈である。南陽張氏の実力者は侍郎→洿林令→長史→郎中という官職を経るが、この3名はそうした段階をたどらず、最高位もさほど高い位まで達していないことも共通している。本流をはずれた一団ともいえよう。

張氏墓域A、張氏墓域Bともに他にほとんど衣物疏が出土していないため、張氏の間で『孝経』を目録に入れることが一般的なのか、それとも張氏の間ですら特異な現象であるかは検討の余地があるが、アスターナ古墓群全体で出土している30点以上の衣物疏の中で典籍を記したものが4例しかなく、それが張氏、おそらくは南陽張氏の墓域にのみ集中しているという現象はやはり特殊な意図の反映と考えられよう。張毅と張弘震の妻は孟氏であり共通する点も注目される。この4名が直系関係にあるとまでは判断できる材料に乏しいが、墓の配置や衣物疏の内容からその可能性は皆無ともいえないと考えられる。

この4点以外ではムナール墓地04TMNM102の宋武観の衣物疏に見られる。墓はムナールの1号墓地の中央にある石囲いによって区画された宋氏塋域にあり、塋域内には4基の墓が存在し、M102は右から2番目に位置する。出土した墓誌から判断すると、隣り合うM103は兵曹司馬宋仏住および夫人の墓で、配置と墓誌の記載内容からM102の宋武観はその子であろう。

やはり『孝経』一巻と記載され、「筆研具」と筆記具も併記されている。写本も筆記具も実物は出土していないが、衣物疏の記載は張氏のものの流れを汲むものといえる。宋武観は西州永安の人物であり、アスターナ古墳群には埋葬されない地方の役人である。上述の張氏の衣物疏は全て麴氏高昌国期であるが、宋武観の卒年は656年で唯一唐西州期である。両者に直接的な関連があるのか、トルファン地域の統治の主体が変化したことによる影響があるのか、その背景を推定するのは困難であるが、麴氏高昌国が滅んだあともこうした風習が引き継がれていたことになる。

衣物疏に『孝経』を記す場合は筆記具も併記されることが多く、おそらく偶然ではないだろう。これ以外に筆記具が衣物疏に見られるのは管見では72TAM170の張洪墓のみである。張洪墓は張遁墓に隣接し、おそらく同世代の関係の深い人物である。

筆記具の実物の出土例はさほど多くはない（表3）。筆は張公震墓のほかにアスターナ64TAM13、64TAM37、06TAM607とバダム04TBM106、04TBM217で出土している。バダム墓地では筆のみではなく筆筒に挿入した状態で墓に副葬されている。筆自体は比較的広い範囲で出土が見られる。アスターナでは紙のみを副葬している墓も確認される。必ずしも文字を書くための紙とは限らないが、72TAM205の例からすると可能性が皆無とも言えない。

道具そのもの以外では、右手に筆を持ち左手に巻物を抱える文吏俑が72TAM201張行君母墓より出土している[(8)]。巻物が写本であるとは限定はできないが、文字を書くことに関わる人物

表3　筆記具に関わる衣物疏の記述や出土遺物

No.	墓地	出土墓	被葬者	衣物疏の記載文具	年代		出土遺物等
					墓誌	文書	
1	アスターナ	72TAM169	張遁	硯嘿紙筆一具	558	[576]	
2	アスターナ	72TAM170	張洪・妻焦氏	筆研一具	562		
3	アスターナ	72TAM205		紙百張		620	陶硯
4	アスターナ	73TAM517	張毅・妻孟氏	筆研一具		597	
5	ムナール	04TMNM102	宋武観	筆研具	656	[665]	
6	アスターナ	69TAM116	張弘震・妻孟氏		621	621	葦筆
7	アスターナ	72TAM201	張君行母		674		筆と巻物を持つ文吏俑
8	アスターナ	72TAM202	張氏		677		紙束
9	アスターナ	73TAM221	張團児		653		紙巻
10	アスターナ	73TAM223				(唐開元)	麻紙
11	アスターナ	73TAM502	Ast.i.4(張延衡か)		646		硫酸紙
12	アスターナ	06TAM607				[708]	毛筆
13	アスターナ	73TAM506	張無価			[769]	麻紙
14	アスターナ	64TAM13					紙絵、筆
15	アスターナ	64TAM37				[768]	毛筆
16	カラホージャ	75TKM97					壁画
17	バダム	04TBM106					筆筒
18	バダム	04TBM217					筆筒

の姿を現したものとして興味深い。絵画資料としては64TAM13の紙に描かれた墓主生活図の中に、墓主の傍らに硯と筆立に立てた筆が描かれている。被葬者は不明だがこの墓からは『仏説七女経』が出土している。カラホージャ75TKM97では墓室に壁画が描かれており、写真や図版などは確認できていないが、墓主の周囲に卓上に立てられた筆が描かれているようである。この墓は十六国期と推定され、隣接する75TKM96の衣物疏から被葬者は宋氏と推定されるが、詳細は不明である。

これらの副葬品は文字を書くことに関わりが深いが、写本を書く行為に限定するとまでは言えない。トルファンの墓地は盗掘が多く、埋葬時の状況からは相当変化してしまっていることを念頭に置く必要がある。また被葬者が不明の墓も多いが、それらを勘案したうえでも書写に関連する副葬品は総体的にみて張氏墓域A、Bに集中する傾向が見出せるのである。張氏墓域A出土の唐代の墓誌には張氏の人物が儒教経典に精通し、また書にも長けているような記載が散見される。こうした情報はトルファンにおける南陽張氏の集団の性格を捉えるうえで重要な手がかりとなろう。

四、おわりに

トルファン地域における写本の普及の状況を考えるうえで、それがどのように出土しているかという視点のもとに整理・検証をする中で、『孝経』という限定的な典籍を死者の埋葬とともに特異な扱いによって墓の中に納めるという行為が見られることを明らかにすることができた。トルファン地域に特徴的な地域的な葬送儀礼が形成され、その担い手の中心は麴氏高昌国における張氏であると考えられる。

墓誌や衣物疏も出土は限定され、被葬者に関する情報も充分ではなく、官職などからも有意な関係性を充分に引き出し難いため、その背景や動機、行為の意味などについてまでは充分に検証することができなかったが、写本を含む文書やその中身と遺構や遺物などの出土状況を厳密に確認して検証することで、より具体的な実像を明らかできる可能性を示せたといえる。今後さらにトルファン盆地の同時代の墓については複合的な検討を行い、全体的な墓地のあり方についての復元をしていくことが課題である。

【注】

(1) 古城址や石窟寺院では堆積がさほど厚くなく、後世の攪乱や混入などの影響も受けやすいと思われる。また、近年の発掘によって文書が出土した例は少ない。墓でも盗掘による影響があるが、出土遺物の帰属についてはより確実性が高い。

(2)『梁書』列伝 49

(3)『魏書』列伝 89

(4)『周書』列伝 42

(5) トルファン地域の墓地は、当初に調査年度、続いてトルファンの「T」、遺跡名の頭文字、墓地を示す「M」、墓地内での墓のナンバーという原則によりナンバリングがなされている。アスターナはTAM、カラホージャはTKM、洋海はTSYM、バダムはTBM、ムナールはTMNMとなる。墓の表記は以後このナンバリングに従う。

(6) 表において墓誌の年代とは被葬者の卒年である。文書記載の年代は衣物疏に記載された年代であり、その年代が確認できない墓については同一墓内から出土した文書類に記された中で最も新しい年代を[ ]を付して記載してある。

(7) 報告文と図版に齟齬があり、女性の衣物疏は図示された位置が誤りである。図2ではその位置を修正してある。

(8) アスターナ古墳群第十次発掘報告（新疆文物考古研究所 2000c）では図版に誤りがあり、違う俑が図示されている。『新シルクロード展』図録（松本 2005）にはこの俑の写真が掲載されており、正確な姿を確認することができる。また報告では手には刀の鞘を持つとしているが、図録の写真からは筆と判断できる。

<引用参考文献>

栄新江・李肖・孟憲実主編 2008『新獲吐魯番出土文献』中華書局

王素 2002『敦煌吐魯番文献』文物出版社

王炳華主編 2001『交河溝西 1994-1996 年度考古発掘報告』新疆人民出版社

岡内三眞 2000「交河故城ヤールホト城南区古墳群と墓表・墓誌」『早稲田大学大学院文学研究科紀要』46 第4分冊

岡崎敬 1980『増補東西交渉の考古学』、平凡社

倪潤安 2007「麴氏高昌国至唐西州時期墓葬初論」『西域文史』第2輯、科学出版社

後藤健 2017「トルファン地域における張氏の墓域構造――アスターナ古墳群を中心に」『二十一世紀考古学の現在』六一書房

侯燦・呉美琳 2003『吐魯番出土磚誌集注』巴蜀書社

国家文物局主編 2012『中国文物地図集新疆維吾爾自治区分冊』文物出版社
朱玉麒 2007「吐魯番新出《論語》古注与《孝経義》写本研究」『敦煌吐魯番研究』第 10 巻
朱玉麒 2010「中古時期吐魯番地区漢文文学的伝播与接受」『中国社会科学』2010 年第 6 期
新疆維吾爾自治区博物館・西北大学歴史系考古専業 1975「1973 年吐魯番阿斯塔那古墓群発掘簡報」『文物』1975 年第 7 期
新疆維吾爾自治区博物館 1960「新疆吐魯番阿斯塔那北区墓葬発掘簡報」『文物』1960 年第 6 期
新疆維吾爾自治区博物館 1972a「吐魯番県阿斯塔那——哈拉和卓古墓群清理簡報」『文物』1972 年第 1 期
新疆維吾爾自治区博物館 1972b「吐魯番阿斯塔那 363 号墓発掘簡報」『文物』1972 年第 2 期
新疆維吾爾自治区博物館 1973「吐魯番県阿斯塔那——哈拉和卓古墓群発掘簡報（1963-1965）」『文物』1973 年第 10 期
新疆維吾爾自治区博物館考古部・吐魯番地区文物局阿斯塔那文物管理所 2016「新疆吐魯番阿斯塔那古墓群西区考古発掘報告」『考古与文物』2016 年第 5 期
新疆吐魯番学研究院 2010「2009 年吐魯番阿斯塔那古墓群 1 区 410 号墓葬清理簡報」『吐魯番学研究』2010 年第 1 期
新疆吐魯番地区文管所 1983「吐魯番出土十六国時期的文書——吐魯番阿斯塔那 382 号墓清理簡報」『文物』1983 年第 1 期
新疆博物館考古隊 1978「吐魯番哈拉和卓古墓群発掘簡報」『文物』1978 年第 6 期
新疆博物館考古隊 2000a「阿斯塔那古墓群第二次発掘簡報」『新疆文物』2000 年第 3—4 期合刊
新疆博物館考古隊 2000b「阿斯塔那古墓群第三次発掘簡報」『新疆文物』2000 年第 3—4 期合刊
新疆文物考古研究所 2000c「阿斯塔那古墓群第十次発掘簡報」『新疆文物』2000 年第 3—4 期合刊
新疆文物考古研究所 2000d「阿斯塔那古墓群第十一次発掘簡報」『新疆文物』2000 年第 3—4 期合刊
新疆文物考古研究所 2013「新疆吐魯番市巴達木墓地発掘簡報」『考古』2013 年第 6 期
新疆吐魯番学研究院・新疆維吾爾自治区博物館 2010「2006 年阿斯塔那古墓 II 区 607 号墓清理簡報」『吐魯番学研究』2010 年 2 期
唐長孺主編 1992『吐魯番出土文書（図文本）』文物出版社
吐魯番学研究院 2008「2006 年鄯善洋海一号墓地保管站北区清理簡報」『吐魯番学研究』2008 年 2 期
吐魯番学研究院 2014「新疆吐魯番阿斯塔那墓地西区 2004 年発掘簡報」『文物』2014 年第 7 期
吐魯番学研究院考古研究所 2014「吐魯番阿斯塔那古墓群 II 区 M411 的搶救性発掘簡報」『吐魯番学研究』2014 年第 2 期
吐魯番地区文管所 1992「1986 年新疆吐魯番阿斯塔那古墓群発掘簡報」『考古』1992 年第 2 期
吐魯番地区文物局 2006a「新疆吐魯番地区阿斯塔那古墓群西区 408、409 号墓」『考古』2006 年第 12 期
吐魯番地区文物局 2006b「新疆吐魯番地区木納爾墓地的発掘」『考古』2006 年第 12 期
吐魯番地区文物局 2006c「新疆吐魯番地区巴達木墓地発掘簡報」『考古』2006 年第 12 期
吐魯番地区文物局 2007「吐魯番地区鄯善洋海斜坡墓道墓清理簡報」『吐魯番研究』2007 年第 1 期
松本伸之監修 2005『新シルクロード展　幻の都桜蘭から永遠の都西安へ』NHK、NHK プロモーション、産経新聞社
柳洪亮 1991「吐魯番阿斯塔那古墓群 360 号墓出土文書」『考古』1991 年第 1 期
柳洪亮 1992「1986 年新疆吐魯番阿斯塔那古墓群発掘簡報」『考古』1992 年第 2 期
柳洪亮 1997『新出吐魯番文書及其研究』新疆人民出版社
林聰明 2000「吐魯番墓葬文物所見社会文化現象」『逢甲人文社会学報』第 1 期

遼南京地道區寺院的下院制度
——以石刻文獻為中心

李若水

遼代石刻文獻材料是與遼代佛教寺院建築研究最直接相關的文獻資料，此類文獻包括碑記、經幢記、塔銘、舍利函銘、墓誌銘等，不僅涉及許多建立寺塔的史實，一些碑記中還詳細記錄了寺院的空間佈局、建築形制、室內陳設等寺院建築的信息，能夠在很大程度上彌補《遼史》等正史記載的不足。結合現存寺院建築實例對石刻文獻材料進行整理，可以理清寺院興建的緣起，確定寺院的性質、等級、規模和空間格局，是對現存遼代寺院建築遺存的極大補充。近年來，隨著學界對遼代金石文獻的關注，出現了一些較為全面的彙編，如陳述編《全遼文》、向南編《遼代石刻文编》、《遼代石刻文續編》等，幾乎收錄了 2010 年前出土的所有碑刻銘記文獻，為進行遼代寺院相關問題的研究提供了便捷的查閱條件。

遼代南京道所轄區域，主要城市包括南京析津府，順、檀、涿、易、薊、景、平等八個州府城及其下轄的縣城。這一地區自先秦即有不亞于中原的經濟文化水準。幽雲十六州歸於契丹後，該地區就作為經濟中心和戰略要地得到了契丹統治者的重視，在原幽州府設置南京幽都府（後改為析津府），建立南京道。遼代南京道所轄州縣數目雖少，但卻是遼國全境人口密度和經濟發展程度最高的地區。析津府下轄各縣的人口多在萬人左右，數倍於上京、東京和中京道一些州城的人口。遼初，南京道南部地區一度成為遼與後漢、後周、北宋的戰場，發展較緩慢。直到統和二十二年（1004）遼宋締結澶淵之盟後，遼宋間局勢穩定，又在南京道設置榷場開展遼宋間的貿易，南京地道區的經濟得到快速發展。

幽、薊地區佛教信仰的傳入和寺院的興建較早，自北魏起即為是北方佛教文化傳播的一大中心。北魏時期幽州地區就已有建有多處大型寺院，之後的隋唐五代時期，幽州的佛教寺院建設蒸蒸日上，天顯十三年契丹獲幽雲十六州時，此地已是寺塔林立，高僧雲集的局面，成為遼國毋庸置疑的佛教信仰中心。而密集的人口、雄厚的經濟實力，以及遼國皇室貴族的崇佛習氣，成為這一地區入遼之後廣建佛寺的基礎。遼代不僅對前代所建的寺院加以增崇，更新建了許多高規格的寺院。遼南京地區佛教寺院的數量多，規格高，直到元代時尚為人所樂道，至元年間《大都重修昭覺禪寺》碑記即回顧了遼代在燕、薊地區廣建佛寺的情況：

> 遼自有國以來，崇奉大雄氏之教，陳法供，祈景福者無時無之，侯王宗貴傾財竭產，范金鏤玉，以寓晨夕之敬，為恐其後。以故紺修之園，金布之地，寶坊華宇，遍于燕薊之間。其魁傑偉麗之觀為天下甲。[(1)]

一、遼代京津冀地區的佛教中心

（1）南京析津府

遼南京地區寺院最為集中的城市是首府析津府，析津府的前身為北方重鎮幽州，從北魏開始即有高官顯貴在城內建設高規格的寺院，東魏時幽州刺史建大雲寺，後改為智泉寺，隋代複建。隋仁壽年間，又分別于城內智泉寺和城外弘業寺建塔葬文帝頒賜的舍利。唐貞觀年間唐太宗建憫忠寺，乾封元年建仙露寺，元和年間吐火羅國僧人建寶刹寺。唐代割據幽州的節度使安祿山、史思明、劉濟、張允伸、劉仁恭等均為佛教信徒，也在幽州廣建寺塔：天寶年間安、史建雙塔於憫忠寺中，史思明又建歸義寺。劉濟於幽州城中舍宅建崇孝寺，並延請高僧于天城院弘法。張允伸重建普覺寺（即東魏大雲寺），又請為天城院賜額為延洪寺。後唐時年河東節度使石敬瑭舍宅建法雲寺。

唐武宗會昌滅法時，由於幽州為節度使所割據，滅法的政策在幽州地區並未得到貫徹。入唐求法僧圓仁記到：

> 唯黃河已北，鎮、幽、魏、潞等四節度，元來敬重佛法，不拆舍，不條流僧尼，佛法之事，一切不動之。頻有敕使勘罰，雲：'天子自來毀拆焚燒，即可然矣。臣等不能作此事也。'[(2)]

由於相對寬鬆的政策環境，大批僧人逃亡至幽州避難，與幽州臨近的佛教聖地五臺山就有僧人亡奔幽州[(3)]。因此會昌滅法反而成為了幽州佛教發展的新契機，會昌滅法後，幽州地區的建寺活動再度興盛。

由於幽州城深厚的佛教信仰傳統，入遼後繼續成為遼國顯貴們崇佛建寺的中心地，前代所建的奉福、普覺、憫忠、仙露等寺院大多加以增修，也不斷新建大型寺院。澶淵之盟前，雖然南京道內戰事不斷，但契丹貴族就在參與遼宋戰爭的同時，陸續在析津府城內興建寺院。遼穆宗時，南京留守蕭思溫在城北薊丘建傳法院，聖宗時北院樞密使魏王耶律斜軫以鄴王韓匡美舊宅建開泰寺，規模冠于全城。澶淵之盟後，析津府的建寺活動更為活躍，遼興宗時建三學寺。遼道宗時期，遼國全境建寺立塔的活動達到巔峰，析津府內更新建了數座規模恢弘的大寺：清甯五年秦越國大長公主舍宅為契丹族高僧志智建大昊天寺，清甯八年宋楚國大長公主舍宅建竹林寺，咸雍年間尚父耶律仁先又在城外建佛舍利塔。這樣的熱潮一直延續到遼亡，天慶九年時，皇叔耶律淳還奉敕建析津府天王寺舍利塔。

析津府內見於史料明確的寺院就在 50 處以上。南宋初使金的洪皓在《松漠紀聞》中稱：

> 燕京藍若相望，大者三十有六，然皆律院。自南僧至，始立四禪院，曰大覺、招提、竹林、瑞像。[(4)]

當時據遼亡僅數年，文中所提到燕京寺院的情況應較遼代變化不大。金代重修中都奉福寺的碑記中也提到：

都城之內，招提蘭若如棋布星列，無慮數百，其大者三十有六焉。(5)

可推測遼時析津府內寺院的總數在數百座，大寺有三十六所，遼國全境佛教文化首屈一指的城市。

金代文獻中屢屢提及的燕京城內的三十六處大寺，其具體所指雖已不可考，但上述由各代貴冑參與興建的寺院，自然可以躋身大寺之列。而城內的崇國、聖恩、仰山、寶塔、崇仁、弘法、寶集、永泰、圓福、開悟等寺院，也都在遼代析津府的佛教活動中佔據一席之地。根據天慶九年天王寺建塔記中的題名，遼末時析津府內正式加“大”字額的寺院有延壽、憫忠、昊天三所，它們代表了當時析津府乃至遼國全境寺院的最高規格。金初，宋欽、徽二帝被俘至燕山府時，就被分別安置于延壽、憫忠二寺，並於昊天寺相見：

道君丁未五月十八日到燕山……拎延壽寺駐驛；七月初淵聖至雲中駐驛燕山湣忠寺……二聖兩寺居處，七月上旬於昊天寺相見。(6)

這也印證了延壽、憫忠、昊天三大寺的建築規模，應在當時的燕山府城內僅次於遼宮殿區，是城內最為恢弘的建築群。

(2) 西山、燕山山區

以析津府城為中心，城西、北兩面的山區也成為佛教寺院的密集分佈區。析津府城外西、北數十裡即為高山幽谷，這些山區既有比城市更清淨優越的自然和社會環境，同時也與城市有便利的交通，便於和城內信眾、城內寺院的交流，因此從南北朝時期就為一些注重禪修的寺院所看重，西晉時就建有嘉福寺（即今日潭柘寺的前身）。隋末唐初，白帶山又建雲居寺，在眾多皇室貴族、節度軍閥的助緣下開始了持續數百年的石經雕造工程。遼時，城北的銀山，城西的香山、陽臺、金城、馬鞍、穀積、大安、三盆、六聘、白帶、豐山等均建有規模嚴整的寺院，成為依託析津府發展起來的佛教名山。這些寺院雖位於深山，但影響力絕不亞於城內的寺院。如白帶山雲居寺，自唐以來就為整個河北地區僧眾巡禮之所，遼代則由聖宗、興宗欽賜造經費用，參與造經事業的包括樞密學士韓紹芳、宰相楊遵勖、梁穎等高官，以及深受道宗尊崇的高僧通理大師等。馬鞍山慧聚寺高僧法均曾設戒壇，遼、宋、西夏等國的國民都紛紛前來求戒，據大安七年《法均大師遺行碑銘》，慧聚寺戒壇開設時：

來者如雲，官莫可禦。凡瘖聾跛傴，貪愎憍頑，苟或求哀，無不蒙利。至有鄰邦父老，絕域羌軍，並越境冒刑，捐軀歸命。自春至秋，凡半載，日度數千輩。[7]

據馬鞍山百餘裡的新城縣衣錦鄉咸雍八年《特建葬舍利幢记》也記載了此次開設戒壇的勝況：

是以去咸雍六禩四月八日，于馬鞍山惠聚寺內開大乘菩薩戒壇，廣度於四眾……洎南宋同來求戒者，不可勝錄。自古及今，未之有也。[8]

因此可知馬鞍山慧聚寺不但是遼境內的著名寺院，在鄰國宋和西夏也有巨大的影響力。

（3）薊州與盤山

南京道內另一個佛教寺院分佈的中心是析津府東的薊州。薊州位於南京析津府與中京大定府的交通要道之上，其的政治地位雖不如析津府，但也集中了多處重要的寺院。薊州城內的獨樂寺，是由遼代顯貴尚父秦王韓匡嗣主持重修的韓氏的家寺。獨樂寺南的白塔，由中京留守韓知白和高僧輔國大師郎思孝建。

薊州西北的盤山，從北魏時就開始有佛教寺院興建，唐時更是發展為一處佛教勝地，彙集多座名寺。同幽州城附近的眾多佛教名山一樣，盤山的佛寺也依託幽、薊兩城，發展為倍受尊崇，寺產充裕的高規格寺院，如盤山感化寺。據乾统七年（1107）《上方感化寺碑》記，感化寺：

野有良田百餘頃，園有甘栗萬餘株。清泉茂林，半在疆域[9]

可知其寺產豐厚，後又由幽州節度使親自奏請賜額為感化寺。盤山寺院的高僧廣泛活躍于南京析津府，如甘泉寺僧非覺大師、嚴慧大德曾分別在析津府三學寺擔臨壇大德和殿主之任，說明盤山寺院在遼時有相當高的佛學研究水準。遼代統治者也相當重視盤山諸寺，遼聖宗就曾遊幸盤山的寺院。

（4）其他重要州縣

由析津府出發，延太行山東麓向南經由良鄉縣、涿州、淶水、易州入宋的驛道，是當時南京地區最重要的交通線，沿線各城市也是佛教寺院十分密集的地區，尤其是重鎮涿、易兩州，至今尚存許多遼代佛教寺塔的遺跡。

此外，南京道內香河縣新倉鎮，雖建置級別不高，但由於設有榷鹽院成為鹽貿易的中心，也成為一處經濟發達、人口密集的市鎮，因此在金代建縣之前，就已擁有多處佛寺，是南京道內較為特殊的一處佛教寺院密集區。

二、遼代南京道佛教寺院中的下院制度

(1)“子院”與“下院”

大型佛寺設置眾多子院，是唐宋時期盛行的寺院規制。如文獻記載唐長安大慈恩寺“凡十餘院，總一千八百九十七間[(10)]”，成都大聖慈寺“凡九十六院，八千五百區[(11)]”，五臺山竹林寺“有六院，律院、庫院、花嚴院、法華院、閣院、佛殿院[(12)]”。

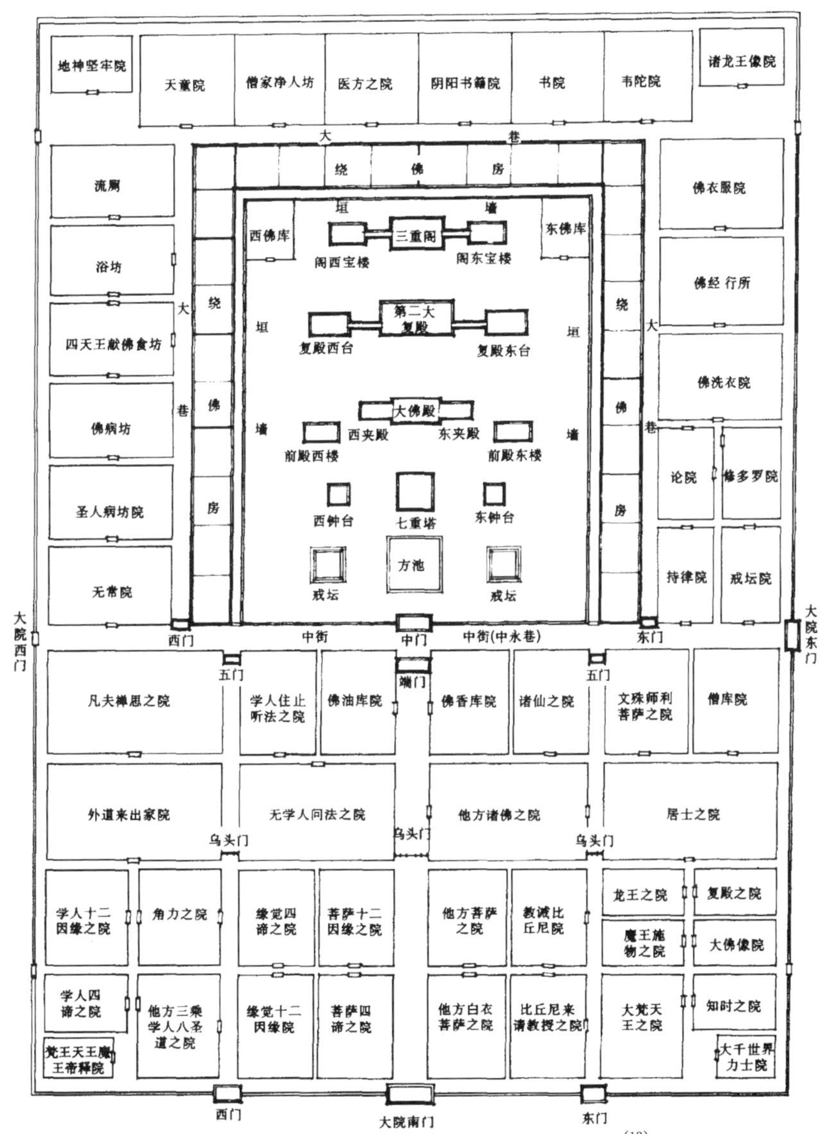

圖1 道宣《中天竺舍衛國祇洹寺圖經》中佛寺復原平面圖[(13)]

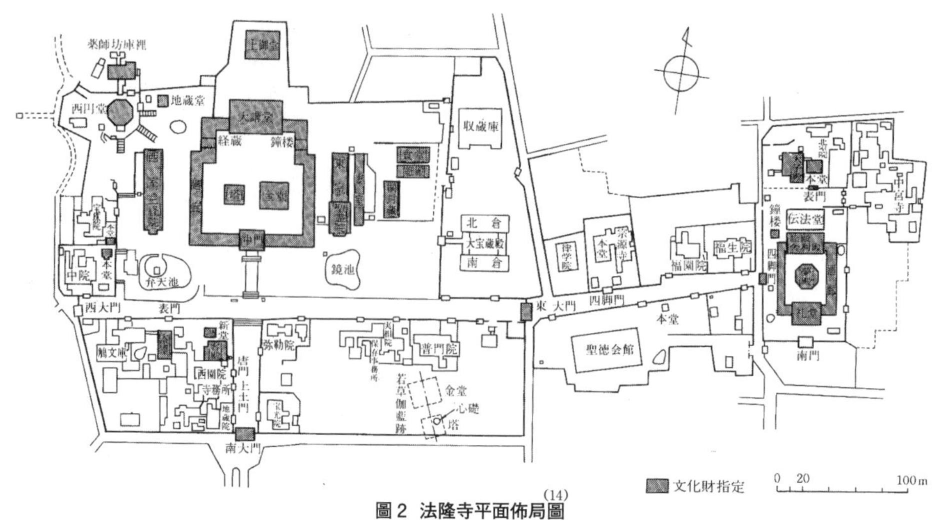

圖 2 法隆寺平面佈局圖(14)

唐代道宣所作的《關中創立戒壇圖經》及《中天竺舍衛國祇洹寺圖經》，可看作唐代理想佛寺的代表，從中可見唐代大型寺院的佈局方式，是模仿宮殿建築的佈局，由數十子院圍繞中心院落的佛寺形象，兩列子院間還設有東西巷，別院外側東西還隔大道設立園林、廚庫等附屬院落。

此種包含眾多子院的大型寺院的佈局，今天已能通過唐長安青龍寺、西明寺等寺院的考古發現得到證實，也能夠從日本早期建立的一些受中國影響的大寺上看到蹤跡。如飛鳥時代始建的法隆寺，便有十餘個小院環繞在東、西兩院四周。這些小院現存建築的時代都較晚，但與主院間的空間和功能上的關係卻非常類似唐宋文獻中的“子院”。

龔國強在《隋唐長安城佛寺研究》中，統計了文獻記錄的唐長安寺院中的子院，可知其主要有如下幾種類型：一是由不同宗教派系或供奉對象劃分的，如淨土院、禪院、三階院、律院、般若院、法華院、觀音院、盧舍那院、聖容院等；二是由不同的建築類型形成的子院，如塔院、閣院、多寶塔院、佛殿院；三是滿足寺院日常生活和學修功能的子院，如翻經院、庫院、僧廚院等[15]。唐代寺院中的子院雖然名目繁多，但都是同一寺院的組成部分，分別承擔寺院中宗教和日常生活的各個不同方面，共同使用寺院主院的佛殿、法堂，以及廚庫等設施。這一制度也被一些宋代寺院所繼承，如南宋建州開福寺“二十三子院皆總系開福寺物業，分頭佃作，一門而入。則中間殿宇、佛像、法堂，皆諸小院共之[16]。”由此可見，此類寺院的子院都緊密圍繞主院禮拜空間，形成一個建築組群，宗教活動也一體進行。

由石刻文獻中所反映的情況，可知遼代寺院與唐宋大型寺院中集中設立子院的制度不同，往往不設子院，而是建立眾多與主院分離的“下院”或“別院”，實際即為大寺的屬寺。如《日下舊聞考》中引用的元代《王惲大都創建天慶寺碑》中稱“永泰寺肇基自遼，彌陀者，永泰之別院也[17]。”說明析津府永泰寺有別院彌陀院。又據遼代《覺山寺碑》記，位於遼西京道靈丘縣的覺山寺有：

門頭莊建福寺壹處……故城東寺壹處……漫散莊寶峰寺……下寨莊觀音院……城西大覺寺……東關□興寺……靈園莊開福寺……。[18]

共有下院七處，其中故城東寺、城西大覺寺、東關□興寺三處，顯然是位於靈丘縣城中，而其餘四處則分別位於不同村鎮之中。

由上述兩例可知，遼代寺院的下院僅是名義上和經濟上依附主寺，在建築的位置上，下院都與主院分離，有的甚至位於其它城鎮中，與主院相距甚遠。如據《元一統志》所記，析津府法雲寺原為薊州盤山感化寺的禪院，有石敬瑭祈賜寺額之奏章，稱"臣亡父先于幽州置到宅一所，元施予盤山感化寺僧知譚充為禪院。"法雲寺與其主寺感化寺遠距數百里，這與唐宋寺院中子院圍繞主院設置的制度完全不同。

(2) 遼代南京道寺院下院的功能

大型寺院設置下院的情況，尤其以南京道最為突出。其原因，一方面是南京道的佛教傳統深厚，城鄉均有眾多的佛教信眾；另一方面，南京地道區的佛教寺院集中地區，既有位於平原的州縣城市，也有西山、燕山、盤山等交通較為不便的山區。寺院設立下院，主要是為了便於信眾的法事活動，一些位於山區的寺院，會於山下交通較便利的處所設置下院，形成一個上、下寺的組合，分擔寺院不同的功能需求。如據乾統三年（1103）《金山演教院千人邑記》記載，位於西山之中的金山演教院就分為上、下院。其中上院先建："構大藏一座。印內典五百餘帙，在中龕置，及建僧房數間。"[19]其後"奈以路歧險隘，老幼之人，難乎登陟"[20]，為了便於弘法，又陸續建立下院：

置小佛亭一座。前左道場房各□□□邊僧舍數間，東北廚房一座，準備每年起報國恩，□壇放戒度生，可謂經之營之不日成之者也。……自此恒有緇流十數人。在院居止。次……於亭子後建正堂五間，正面畫本尊八菩薩形像，專請到燕京憫忠寺論主大師義景在中開演。[21]

由碑記的描述可知，演教院的上院位於山中，環境清幽，因而主要設置供僧人生活和修行活動使用的僧房、經藏。下院也建有僧房、廚房等生活用房，但經不斷增建，主要設置滿足一般信眾的禮拜、法事活動的佛亭、正堂、道場房等法事活動的場所。

與之類似的是位於西山中的大安山延福寺，據天慶五年（1115）《大安山蓮花峪延福寺觀音堂記碑》記載，寺也分為上下兩院，上院"徑庵荒漏，絕於人跡"，是遼末高僧通圓、通理隱居之所，而下院規制完備，為延福寺主體所在。[22]

除了單純地根據地形劃分寺院空間的組合方式，遼代南京道許多大型寺院設置下院，是為了分理主寺在周邊區域的佛事活動。因此位於城市的寺院，多設下院於周邊的村鎮，以擴大寺院的影響範圍；而位於山區內的名寺，也常設下院於鄰近人口密集、經濟發達的村鎮之中，以吸引更多的信眾。如根據重熙十七年（1048）《薊州沽漁山寺碑銘》記載，沽漁山寺就在鄰近的采亭、燕山兩村分佈建有下院：

采亭村創建起下院，成辦得殿堂佛事圓滿。燕山村亦起建到下院，成辦及少許佛事。[23]

又據大安九年（1093）的《景州陳宮山觀雞寺碑銘》記載，觀雞寺位置臨近遼代鹽業生產繁榮的永濟院，[24]因此也於此設置下院。此類下院的規制應當屬於建置完備的小型寺院，可能具有一整套佛殿、講堂、經藏、僧房等設施，能夠獨立進行佛事活動。

另外，一些寺院的下院還可能具有特定的功能，如講院、墳院、塔院等。如根據乾統四年（1104）《范陽豐山章慶禪院實錄》記載，位於析津府西南豐山中的章慶禪院，在來往京城的途中設有一系列功能不同的下院。據碑記，由章慶禪院出發：

一徑東指，旁無枝岐。度石梯，下麻轂。繇□院道，南陟長嶺。西南趣柳溪，至玄心，則下寺也。又道出甘泉村南，並墳莊，涉泥溝河水，東南奔西馮別野，則輾莊也。又東北走驛路，抵良鄉，如京師。入南肅慎裡之高氏所營講宇，則下院也。是三者，皆供億厥處，暨迎候往來憩泊之所耳。[25]

章慶禪院的各下寺、墳莊，和京城內所設的講院，不但各具功能，也可作為寺僧來往主院與京城時的休憩之處，性質類似于唐代寺院所設之“普通院”。據日本求法僧圓仁所著《入唐求法巡禮行記》所載，由鎮州（即今河北正定）前往五臺山參拜的途中，每隔二三十裡便設有“普通院”供前往五台的僧人飲食休憩，可知此種下院的設置在河北地區早有傳統。

（3）遼代京津冀地區寺院下院的設立模式

遼代寺院中下院的設立，主要為自上而下設置，由主寺中的僧人前往周邊市鎮創建並擔任主持。如由北京順義縣無垢淨光舍利塔基出土石志可知，該塔所在寺院遼代名為義林院，為析津府大寺崇國寺僧人普言創建，普言于“崇國寺受業，從統和二十五年到州創建義林院。”[26]而開泰二年義林院建塔時，普言之師——崇國寺持念大德也參與建塔工程，說明義林院與崇國寺仍保持著密切的關係，很可能屬崇國寺的下院。

又如據清寧二年（1056）《涿州超化寺誦法華經沙門法慈修建實錄》所記，涿州超化寺的瓦井村下院，原為一處廢寺，後村人施與超化寺：

乃有綱首沙門守能等，湣此荒穢，遂於當寺僧臘間，擢大有□□者主焉。眾謂我師行望素高，尋以固請，不果辭讓，是往住（持）□後，克殫已力，善化他財，得一錢一飯之費，曾不自給。[27]

可知瓦井村下院的主持，是由超化寺選派德行高深的僧人擔任的，下院的建設工程也由這位元僧人負責。

另外，對照金元時期一些寺院的情況可以推測，遼時可能也存在某些寺院的下院是自下而上，由原來沒有寺額的鄉野蘭若，依附大寺而產生的。

（4）下院與遼代南京地區的佛教文化傳播

遼代寺院分散的下院的出現，是基於遼代南京地道區佛教文化之特徵。由上文可知，唐代大寺中的衆多子院，多是為了區分不同宗派、進行不同方式的修行活動。而遼代的佛學研究宣導顯密圓通、各宗兼學，僧徒廣泛修習各宗派的教義，即使較為興盛的華嚴、密宗、律宗也呈現出融合的傾向，因此各教派間分歧淡化，雖然僧衆各自仍有修行的側重，但並無教派之分，日常生活和修行的方式也基本相同，可以共同進行，無需如唐代大寺中各宗各派分別建立子院各自修行。

另外，受唐末興起的佛教世俗化風氣的影響，遼代的佛教活動表現出了相當世俗化的特點，這直接導致了遼南京道範圍內佛寺廣建下院的現象。宿白先生在對唐代佛寺佈局進行研究時，發現在唐末已出現了一些單獨設置的佛院，如五臺山法華院、北福勝院，以及各普通院等。他認為：

> 長安以外佛寺多建別院和無寺額獨立的佛院、蘭若、招提和普通院較普遍的興建，應可清晰地反映出 8 世紀後期以來中國佛教日益向民間擴展的總的趨勢[28]。

這一理論在遼代南京道的寺院中得到了切實的印證。由文獻記載可知，遼代南京道的佛教活動表現出了極其貼近普通民衆的世俗化的特點：僧徒的修行不僅限於傳統的經典翻譯、教理研習和禪修等方式，而且更重視對普通信衆弘揚教義的活動。而普通信衆的宗教活動需求也大大增加，遼時許多佛教信徒每日均進行誦經等活動，信徒生時熱衷於建寺立塔，崇飾佛像積累功德，死後也常由其親屬出資舉辦佛教法事，或設立墓幢祈求冥福。各村鎮均有佛教信徒組成的邑社，定期進行念經、供佛、供塔等法會活動。這些法事活動都需要僧人的領導和參與。將寺僧散佈於各個人口密集的區域進行佛事活動，顯然比在主寺周圍設立諸多子院更能滿足宗教活動的需求。

因此，寺院設置下院的制度，正是佛教世俗化趨勢下的產物。同時，下院制度也使遼代南京道區域內各地寺院間產生了緊密的聯繫，圍繞上文中所述的析津府、西山與燕山、薊州與盤山三大佛教中心，形成了一個佛教文化傳播的網路。大寺、名寺能夠通過派遣僧人建設下院，加強對偏遠地區的影響力；而偏遠地區的信徒，也能通過參與本地的大寺下院中的宗教活動迅速瞭解中心地區佛教文化的發展。相比唐時高僧集中于城市中的少數大寺進行譯經、禪修的封閉性活動，遼代的佛教風氣更為開放和平等，即使是京城大寺中身份地位很高的僧人，也常參與到一些偏遠村鎮小寺的法會活動中，如上文中位於西山的金山演教院就能延請到析津府大寺憫忠寺的高僧前來演法；順州義林院也能邀請析津府崇國寺的高僧前來主持建塔儀式。通過這樣的交流，各地的下院在推動遼代南京地道區佛教文化的傳播過程中起到了重要的作用。因此，遼代南京地道區佛寺的下院，既是當時佛教發展趨勢的表現，又是當時南京地道區佛教文化傳播網路的主要載體，是遼代佛教寺院制度中一個獨特的現象，也對我們今天認識本地區遼金時代佛教遺存的特性，及各遺存間的相互關係具有重要的意義。

【注】

(1)〔清〕繆荃孫抄《順天府志》影印版，北京：北京大學出版社，1983 年，第 15 頁。

(2)〔日〕圓仁著，〔日〕小野勝年校注《入唐求法巡禮行記校注》，石家莊：花山文藝出版社，1992 年，第 496 頁。

(3)〔宋〕司馬光《資治通鑑》，北京：中華書局，2013 年，卷第二百四十八。

(4)〔宋〕洪皓撰，翟立偉標注《松漠紀聞》，長春：吉林文史出版社，1986 年。

(5)〔元〕孛蘭肹撰，趙萬里校輯《元一統志》，北京：中華書局，1966 年，第 34 頁。

(6)〔宋〕徐夢莘《三朝北盟會編》卷九十八（清許涵度校刻本）。

(7) 向南輯注《遼代石刻文编》，石家莊：河北教育出版社，1995 年，第 437-439 頁。大安七年《法均大師遺行碑銘》。

(8) 向南輯注《遼代石刻文编》，第 350 頁，咸雍八年（1072）《特建葬舍利幢記》。

(9) 向南輯注《遼代石刻文编》，第 563 頁，乾统七年（1107）《上方感化寺碑》。

(10)〔唐〕段成式撰《酉陽雜俎》，北京：中華書局，1981 年，第 262 頁。

(11)〔宋〕釋志磐《佛祖統紀》卷四十，大正新修大藏經本。

(12)〔日〕圓仁著，〔日〕小野勝年校注《入唐求法巡禮行記校注》，卷二。

(13) 圖片引自傅熹年《中國古代建築史》第二卷，北京：中國建築工業出版社，2001 年，第 478 頁。

(14) 圖片引自西岡常一，小原二郎《法隆寺を支えた木》，東京：日本放送出版協会，1978 年。

(15) 引自龔国強《隋唐長安城佛寺研究》，北京：文物出版社，2006 年。

(16)〔宋〕彭倉方《客僧妄訴開福絕院》，〔明〕張四維《名公書判清明集》卷十一（明隆慶三年盛時選刻本）。

(17)〔清〕於敏中《日下舊聞考》卷五十八（清文淵閣四庫全書本）。

(18) 隗芾《覺山寺遼碑的發現和初步研究》，《汕頭大學學報》1990 年 1 期。

(19) 向南輯注《遼代石刻文编》，第 533 頁。

(20) 同上。

(21) 同上。

(22) 向南、張國慶、李宇峰輯注《遼代石刻文續编》，瀋陽：遼寧人民出版社，2010 年，第 286 頁。

(23) 向南輯注《遼代石刻文编》，第 254 頁。

(24) 向南輯注《遼代石刻文编》，第 452 頁。

(25) 向南輯注《遼代石刻文编》，第 544 頁。

(26) 北京市文物工作隊《順義縣遼淨光舍利塔基清理簡報》，《文物》1964 年 8 期，第 49-54 頁。

(27) 向南輯注《遼代石刻文编》，第 277 頁。

(28) 宿白《唐代長安以外佛教寺院的佈局與等級初稿》，宿白《魏晉南北朝唐宋考古文稿輯叢》，北京：文物出版社，2011 年。

中国古籍文化研究(ちゅうごくこせきぶんかけんきゅう)
稲畑耕一郎教授退休記念論集　上・下（全２冊）

2018年3月1日　初版第1刷発行

編　者●早稲田大学中国古籍文化研究所
発行者●山田真史
発行所●株式会社東方書店
東京都千代田区神田神保町1-3 〒101-0051
電話 03-3294-1001　営業電話 03-3937-0300
組　版●株式会社シーフォース
印刷・製本●モリモト印刷株式会社

定価はケースに表示してあります〈分売不可〉

ISBN978-4-497-21805-6 C3098
乱丁・落丁本はお取り替えいたします。
恐れ入りますが直接小社までお送りください。

小社ホームページ〈中国・本の情報館〉で小社出版物のご案内をしております。
http://www.toho-shoten.co.jp/